KB117033

데빌스 스타

**MAREKORS**(THE DEVIL'S STAR)

# 데빌스 스타

**1판 1쇄 발행** 2015년 4월 15일 **1판 6쇄 발행** 2021년 2월 26일

**지은이** 요 네스뵈 **옮긴이** 노진선
**펴낸이** 고세규
**편집** 이승희
**디자인** 길하나

**발행처** 김영사
**주소** 경기도 파주시 문발로 197(문발동) 우편번호 10881
**등록** 1979년 5월 17일 (제406-2003-036호)
**구입 문의 전화** 031)955-3100 **팩스** 031)955-3111
**편집부 전화** 02)3668-3292 **팩스** 02)745-4827 **전자우편** literature@gimmyoung.com
**비채 카페** http://cafe.naver.com/vichebooks **인스타그램** @drviche
**트위터** @vichebook **페이스북** facebook.com/vichebook **카카오톡** @비채책

**ISBN** 979-11-85014-90-6 03890 책값은 뒤표지에 있습니다.

비채는 김영사의 문학 브랜드입니다.
이 도서의 국립중앙도서관 출판시도서목록(CIP)은 서지정보유통지원시스템 홈페이지
(http://seoji.nl.go.kr)와 국가자료공동목록시스템(http://www.nl.go.kr/kolisnet)에서
이용하실 수 있습니다. (CIP제어번호: CIP2015010374)

# 데빌스 스타

## THE DEVIL'S STAR

### 요 네스뵈 장편소설

노진선 옮김

비채

## PART 2



## PART 3

# PART 5

- 본서는 저자 및 저작권사의 공식 인정을 받은 Don Bartlett의 영어판 번역과 노르웨이어판을 바탕으로 번역되었습니다.
- 인명을 포함한 고유명사는 현지 발음을 기준으로 표기하였습니다.
- 모든 주는 옮긴이주입니다.

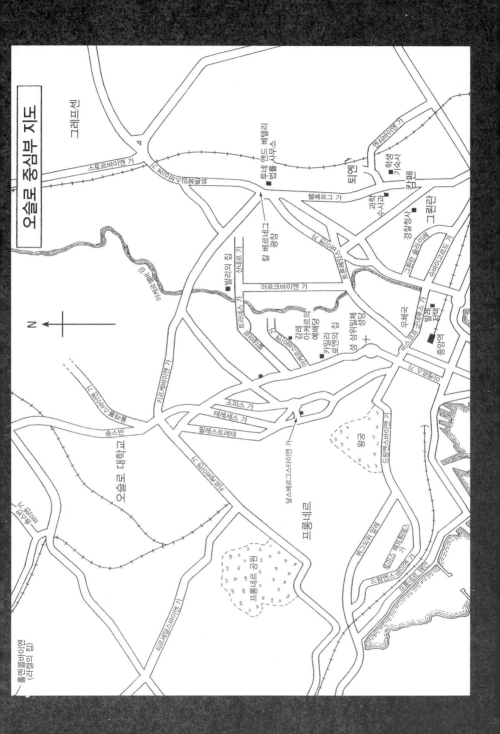

# THE DEVIL'S STAR

# 1
## 금요일. 달걀

그 집은 1898년, 진흙 위에 지어졌고 그 이후로 서쪽 측면이 조금씩 기울기 시작했다. 덕택에 물줄기는 문지방을 넘어 밖으로 흘러갈 수 있었다. 그리하여 쪽모이 세공을 한 마룻바닥에 젖은 자국을 남기며 침실을 가로질러 서쪽으로 향했다. 바닥이 움푹 파인 부분에 이르러 잠시 멈췄으나 뒤에서 더 많은 물이 밀려오자, 이내 겁먹은 생쥐처럼 굽도리널을 향해 쪼르르 내려갔다. 거기서 물줄기는 두 갈래로 갈라져 이곳저곳을 살피더니 솜씨도 좋게 굽도리널 아래로 슬그머니 기어 들어가 마루와 벽 사이의 틈을 찾아냈다. 그 틈에는 5크로네짜리 동전이 떨어져 있었는데, 동전에는 올라브 왕의 옆얼굴과 1987이라는 연도가 새겨져 있었다. 1987년은 그 동전이 목수의 주머니에서 떨어지기 한 해 전으로, 건축업이 호황을 누리던 시절이었다. 다락을 개조한 로프트 아파트가 우후죽순으로 생겨나던 때라서 목수는 굳이 틈새로 떨어진 동전을 찾으려고 애쓰지 않았다.

물줄기가 쪽모이 세공을 한 마룻바닥 안쪽으로 침투하기까지는 별로 오랜 시간이 걸리지 않았다. 1968년에 발생했던 누수를 제외하고(그해에 지붕도 새로 올렸다), 그 안쪽 마루는 외부의 어떤 자극도 없이 거기 깔린 채 수분이 점점 마르면서 수축되던 중이었다. 가장 안쪽에 깔린 두 소나무 널빤지 사이의 틈이 거의 0.5센티미터나 될 정도였다. 그 틈새로 들어간 물줄기는 다시 기둥으로 뚝뚝 떨어져 계속 서쪽으로 나아갔고, 이내 외벽의 회반죽과 모르타르 속으로 침투했다. 그것은 100년 전, 다섯 아이를 둔 아버지이자 벽돌공인 야코브 안데르센이 지금과 같은 한여름에 만든 것이었다. 당시 오슬로의 다른 벽돌공과 마찬가지로 안데르센 역시 자신이 사용하는 모르타르와 회반죽을 직접 만들었다. 자신만의 비율로 석회와 모래, 물을 섞었을 뿐 아니라 특별한 재료도 첨가했는데, 그것은 말의 털과 돼지 피였다. 야코브 안데르센은 털과 피가 회반죽의 응집력과 내구성을 더욱 높여준다고 믿었다. 당시 그의 이런 설명을 들은 동료들이 고개를 절레절레 흔들자, 안데르센은 이 방법을 고안한 사람은 자신이 아니라고 말했다. 스코틀랜드인이었던 그의 할아버지와 아버지가 양의 털과 피를 사용했다는 것이다. 비록 안데르센이 스코틀랜드의 성姓을 버리고 예명을 쓰기는 했어도 굳이 600년간 전해 내려오는 집안의 전통에 등을 돌릴 이유는 없었다. 벽돌공들 가운데는 그 전통이 비도덕적이라거나, 안데르센이 악마와 한편이라고 생각하는 이들도 있었지만 대부분은 그냥 비웃는 데서 그쳤다. 급성장하던 도시인 크리스티아니아*에 한참 유행했던 괴담을 퍼뜨린 것도 아마 그렇게 안데르센을 비웃던 무리들 중 한 명이었을 것이다.

　그 괴담은 이러하다. 그뤼네르뢰카에 살던 한 마부가 스웨덴 베

---

* 오슬로의 옛 지명.

름란드 출신의 먼 친척과 결혼했다. 두 사람은 방 하나에 부엌이 딸린, 사일덕스 가의 아파트를 신혼집으로 마련했는데, 그곳은 안데르센이 공사에 참여했던 아파트였다. 부부 사이에 태어난 첫 아기는 불행히도 갈색 곱슬머리에 갈색 눈동자였다. 부부는 둘 다 금발에 푸른 눈이었고, 남자는 천성적으로 질투심이 강했으므로 어느 날 밤, 마부는 아내의 손을 등 뒤로 묶은 채 지하실로 데려가 가둬버렸다. 여자는 그렇게 결박된 상태로 벽돌 벽 사이의 좁은 공간에 갇혔고, 두꺼운 벽은 그녀의 비명을 효율적으로 차단했다. 마부는 아내가 산소 부족으로 질식사할 것이라 생각했다. 하지만 벽돌공들은 환기가 잘되도록 벽돌 사이에 틈을 남겨두는 법이다. 결국 이 가여운 여인은 이로 벽돌을 물어뜯기 시작했다. 그리고 아마도 그 방법은 성공했을 것이다. 왜냐하면 스코틀랜드 출신의 벽돌공이 시멘트 반죽에 들어가는 값비싼 석회 대신 돼지 피와 말의 털을 사용했기 때문이다. 결과적으로 구멍이 송송 뚫려 있던 벽은 베름란드 태생의 튼튼한 이가 공격해오자 그대로 바스러져버렸다. 하지만 삶을 향한 탐욕 때문에 슬프게도 여자는 모르타르와 벽돌을 입안에 너무 많이 밀어 넣었고 결국에는 그것을 씹을 수도, 삼킬 수도, 뱉을 수도 없게 되었다. 그리하여 모래와 자갈, 진흙 덩어리는 그녀의 기도를 막아버렸고, 그녀는 얼굴이 새파랗게 질린 채 심장박동이 점점 느려지더니 결국에는 숨이 멎었다.

그녀는 일반적 의미에서 사망한 상태였다.

하지만 괴담에 따르면 입안에 감돌던 돼지의 피 맛 때문에 이 불행한 여자는 자신이 아직 살아 있다고 믿었다. 그리하여 자신을 결박하고 있던 밧줄을 즉시 풀고, 벽을 통과해 다시 걸어 다니기 시작했다. 그뤼네르뢰카 출신의 몇몇 노인들은 어릴 때 들었던 이 이야기를 여전히 기억하고 있었다. 돼지 머리를 한 여인이 한 손에 칼을 들고 돌아다닌다는 이야기. 그녀는 연기처럼 사라지지 않기 위해 입에서 계속 피 맛을 느껴야 했고, 그래서 밤늦게까지 돌아다니는 아이들의 머리를 잘라 갔다고 한다. 당시 그 벽돌공의 이름을 아는 사람은 거의 없었지만, 안데르센은 자신만의 특별한 모르타르를 만들며 쉬지 않고 일했다. 3년 뒤, 지금 물이 흘러가는 이 건물을 짓던 그는 발판에서 떨어져 달랑 200크로네와 기타 하나만 남기고 죽었다. 그로부터 100년이 흐른 뒤에야 벽돌공들은 인조털과 비슷한 섬유를 시멘트 반죽에 섞기 시작했고, 밀라노 실험실의 과학자들은 예리코*의 벽이 낙타의 털과 피로 인해 내구성이 높아졌다는 사실을 밝혀냈다.

하지만 흘러내린 물은 대부분 벽 속으로 침투하지 않고 아래로 내려갔다. 왜냐하면 비겁함이나 욕망과 마찬가지로 물은 늘 가장 낮은 곳을 향해 흐르기 때문이다. 처음에는 들보 사이에 끼워진 올록볼록한 단열재가 물을 흡수했다. 하지만 더 많은 물이 흘러내리자, 이내 단열재는 흠뻑 젖어버렸다. 단열재를 통과한 물줄기는 그 뒤에 있던 1898년 7월 11일자 신문까지 빨아들였다. 거기에는 건축업의 호황기가 아마도 정점을 찍었을 것이며, 몰염치한 부동산 투기꾼들에게 곧 시련이 닥칠 거라고 적혀 있었다. 3면에는 지난주 욕실에서 칼에 난자당한 채 발견된 젊은 여자 재봉사를 죽인 범인이 여전히 오리무중이라고 적혀 있었다. 지난 5월에도 한 여자가 아케르셀바 강 근처에서 비슷한 방식으로 살해된 채 발견되었지만, 경찰은 두 사건의 연관성에 대해 함구하고 있다고 전했다.

* 인류 최초의 도시로 요르단 강 서안에 있다.

신문지에서 흘러내린 물은 그 아래에 있던 두 목판 사이로 흘러 들어갔고, 페인트가 칠해진 아래층 방의 천장 안쪽을 따라 흘러내렸다. 그 천장은 1968년 누수 당시 손상되어 여기저기 구멍이 뚫려 있었다. 물줄기는 구멍 곳곳에 스며들어 물방울이 된 채 천장에 매달려 있었고, 점점 커져 중력이 장력을 무시할 수 있게 되자 천장을 떠나 308센티미터 아래로 추락했다. 그렇게 물은 자신의 궤적을 끝맺었다. 물속에 떨어지는 것으로.

비베케 크눗센은 담배를 세게 빨아들였다가 아파트 4층의 열린 창밖으로 연기를 내뿜었다. 무더운 오후였다. 담배 연기는 햇볕에 달궈진 뒷마당의 아스팔트에서 피어오른 공기를 타고 연푸른색 아파트 앞면을 따라 두둥실 떠올랐다가 이내 흩어져버렸다. 집의 반대편에서는 대개 차량들로 붐비는 울레볼스바이엔 가의 차 소리가 들리곤 했다. 하지만 지금은 다들 휴가를 떠났고 도심은 텅 비어 있었다. 파리 한 마리가 다리 여섯 개를 허공으로 쳐든 채 창틀에 누워 있었다. 더위를 피해야겠다는 생각을 미처 못한 모양이다. 울레볼스바이엔 가를 향한 쪽이 더 시원했지만 비베케는 그곳의 전망이 마음에 들지 않았다. 구세주의 묘지. 거기는 유명한 사람들로 가득했다. 고인이 된 유명 인사들. 이 건물 1층에 있는 가게는 간판에 적힌 대로 '기념품', 다시 말해 묘비를 팔았다. 누군가는 그걸 보고 '시장에 근접'해 있다고 할 것이다.

비베케는 창문의 시원한 유리에 이마를 댔다.

날씨가 막 더워지기 시작했을 때만 해도 그녀는 이 더위가 반가웠다. 하지만 그 반가움은 오래가지 못했다. 이제는 어서 열대야가 사라지고 거리가 사람들로 북적이기를 바랐다. 오늘은 점심시간 전에 다섯 명이, 점심시간 후에는 세 명이 미술관을 찾아왔다. 하도 심심해서 담배를 한 갑 반이나 피웠다. 그 때문에 심장이 두근거리고 목이 칼칼했다. 사실 미술관 상황이 어떤지 묻는 상사의 전화를 받았을 때는 목소리마저 잘 안 나올 지경이었다. 그런데도 집에 돌아와 전기레인지에 감자를 올려놓자마자 다시 담배가 당겼다.

2년 전 안데르스를 만나면서 비베케는 한동안 담배를 끊었었다. 안데르스가 요구해서가 아니었다. 오히려 그 반대였다. 그란 카나리아 섬에서 처음 만났을 때 안데르스는 그녀에게 담배를 빌리기까지 했다. 순전히 장난이었지만. 오슬로로 돌아온 지 한 달 만에 둘이 동거를 시작했을 때 그는 제일 먼저 이렇게 말했다. 약간의 간접흡연으로 그들의 관계가 흔들리는 일은 없을 것이며, 간접흡연에 대한 암 연구가들의 발언은 분명 과장되었을 거라고. 조금만 시간이 지나면 자신도 옷에서 풍기는 담배 냄새에 익숙해질 거라고. 그 말을 들은 다음 날 그녀는 금연을 결심했다. 며칠 후, 저녁 식사 자리에서 안데르스는 그녀에게 왜 요즘에는 담배를 통 피우지 않느냐고 물었다. 그러자 비베케는 자신은 원래 담배를 많이 피우지 않는다고 했다. 안데르스는 미소를 지으며 식탁 위로 몸을 내밀어 그녀의 뺨을 쓰다듬었다.

"그거 알아, 비베케? 난 늘 그럴 거라고 생각했어."

등 뒤에서 냄비가 보글보글 끓는 소리가 났다. 그녀는 담배를 바라보았다. 세 모금만 더. 첫 모금을 빨았다. 아무 맛도 나지 않았다.

언제부터 담배를 다시 피우기 시작했는지 기억나지 않았다. 아마도 작년에 그가 장기간 출장을 다니기 시작했던 무렵일 것이다. 아니면 신년 휴가가 끝나고 그녀가 거의 매일 밤마다 야근을 시작하면서부터였나? 담배를 다시 피우는 건 불행하기 때문일까? 그녀는 불행한 걸까? 그들은 절대 말다툼을 하지 않았다. 사랑을 나누지도 않았지만, 그건 안데르스가 일이 너무 많기 때문이다. 그는 어떤 문제든 일을 핑계로 그녀의 입을 막았다. 그렇다고 해서 그녀가 특별히 그와의 섹스를 그리워하는 것은 아니었다. 아주 가끔씩 그들이 건성으로 사랑을 나눌 때면 그는 마치 그곳에 없는 듯했다. 그래서 그녀는 자신도 그곳에 있을 필요가 없다는 것을 깨달았다.

하지만 두 사람은 말다툼을 하지 않았다. 안데르스는 언성을 높이는 걸 싫어했다.

비베케는 벽에 걸린 시계를 보았다. 5시 15분. 이이가 어쩐 일이지? 대개는 늦으면 늦는다고 전화로 알려주는 사람이다. 그녀는 비벼 끈 담배를 뒷마당에 던지고, 감자의 상태를 확인하려고 전기레인지로 갔다. 포크로 제일 큰 놈을 찔러보았다. 거의 다 익었다. 끓는 물의 표면에서 작은 검은색 덩어리가 통통 튀며 오르락내리락했다. 이상했다. 저건 감자에서 나온 건가? 아니면 냄비에서?

마지막으로 냄비를 썼던 때가 언제인지 기억해내려는데 현관문이 열리는 소리가 들렸다. 복도에서 누군가가 숨을 헐떡이며 신발을 벗어 던지는 소리가 들렸다. 안데르스가 부엌으로 들어와 냉장고를 열었다.

"오늘 저녁은 뭐야?" 그가 물었다.

"카르보나데*."

"그렇군……?" 말끝이 올라가며 물음표가 달렸다. 비베케는 그게 무슨 뜻인지 대충 알고 있었다. 또 고기야? 생선을 좀 더 자주 먹어야 하지 않을까?

---

* 노르웨이식 미트볼. 주로 감자를 곁들여 먹는다.

"좋아." 이번에는 말끝을 내린 어조로 말하며 그가 냄비 위로 몸을 기울였다.

"뭐 하다가 온 거야? 완전 땀에 절었네?"

"오늘 저녁에는 운동을 안 하니까 대신 송스반까지 자전거를 타고 갔다 왔어. 물속의 이 덩어리는 뭐야?"

"모르겠어. 나도 방금 전에야 봤어." 비베케가 말했다.

"모른다고? 당신 옛날에 요리사 비슷한 일을 하지 않았나?"

안데르스는 엄지와 검지로 재빨리 덩어리 하나를 건져 올려 입에 넣었다. 그녀는 안데르스의 뒤통수를 바라보았다. 한때 그녀가 그토록 매력적이라고 생각했던 가느다란 갈색 머리카락을. 손질도 잘되었고 길이도 딱 적당했으며 옆 가르마였다. 옛날의 그는 참으로 멋있어 보였다. 미래가 창창한 남자처럼. 두 사람을 거뜬히 책임질 수 있을 정도의 미래.

"무슨 맛이야?" 비베케가 물었다.

"아무 맛도 없어." 여전히 전기레인지 위로 몸을 숙인 채 그가 말했다. "달걀 맛이야."

"달걀? 하지만 내가 분명 냄비를……."

갑자기 그녀가 말을 멈췄다.

그가 돌아보았다. "왜 그래?"

"천장에서…… 뭐가 떨어졌어." 그녀가 그의 머리를 가리켰다.

안데르스는 얼굴을 찌푸리며 뒤통수를 만졌다. 두 사람은 동시에 고개를 뒤로 젖히고 천장을 올려다보았다. 하얀 천장에 물방울 두 개가 매달려 있었다. 비베케는 살짝 근시였기 때문에 만약 그 물방울이 반짝거렸더라면 보지 못했을 것이다. 하지만 물방울은 반짝거리지 않았다.

"윗집 욕실에서 물이 넘친 모양이야. 당신은 위층으로 올라가서 초인종을 눌러. 난 경비원에게 연락할게." 안데르스가 말했다.

비베케는 천장을 올려다보았다. 그러고는 다시 냄비 속의 덩어리를 바라보았다.

"맙소사." 그녀가 속삭였다. 심장이 다시 두근거렸다.

"왜 그래?" 안데르스가 물었다.

"가서 경비원을 데려와. 경비원을 데리고 위층으로 올라가서 초인종을 눌러. 난 경찰에 전화할게."

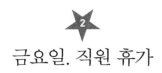

# 금요일. 직원 휴가

그뢴란에 있는 오슬로 경찰청사는 그뢴란과 퇴옌 사이의 산마루에 위치해 도심 동쪽을 내려다보고 있었다. 유리와 강철로 만들어진 이 건물은 1978년에 완공되었다. 조금의 기울어짐도 없이 완벽한 대칭을 이루었고 시공사인 텔리에, 토르프 앤드 오센은 상까지 받았다. 8층과 10층에 있는 두 개의 기다란 사무실 동棟에 전화선을 설치했던 전기공은 발판에서 떨어져 등을 다치는 바람에 사회보장연금을 받았고, 아버지로부터 큰 꾸지람을 들었다.

"우리 집안은 7대째 벽돌공으로 살았다. 평생 하늘과 땅 사이에서 아슬아슬하게 균형을 잡다가 결국에는 중력이 우리를 끌어내리는 걸로 삶을 마감했지. 우리 조부께서는 이 저주에서 벗어나려고 했지만, 그 저주는 북해까지 따라갔어. 그래서 네가 태어나던 날에 이 아비는 맹세했다. 너만은 그 운명에서 벗어나게 해주겠다고. 그리고 성공했다고 생각했지. 넌 전기공이 되었으니까…… 근데 전기공이 대체 6미터 높이에서 뭘 한 거냐?"

중앙 통제실에서 건 전화는 바로 그 아들이 깔았던 전화선 속의 구리를 따라, 공장에서 생산한 시멘트 반죽으로 만든 여러 층의 바닥을 통과해 7층에 있는 강력반 책임자 비아르네 묄레르의 사무실로 전해졌다. 그 순간 묄레르는 책상 앞에 앉아 곧 다가올 가족 휴가를 고대해야 할지 두려워해야 할지 생각하던 중이었다. 올해 휴가는 베르겐 외곽에 있는 오스의 산장에서 보낼 계획이었다. 7월의 오스라면 날씨가 우중충할 공산이 컸지만, 오슬로에 예고된 불볕더위에 비하면 약간의 이슬비가 훨씬 나았다. 문제는 비를 피해 집 안에 갇혀 있을 경우, 달랑 카드 한 벌만 가지고 기운이 펄펄 넘치는 두 아들과 놀아줘야 한다는 것이었다. 그나마 하트 잭 카드는 사라지고 없었다.

비아르네 묄레르는 긴 다리를 쭉 펴고 귀 뒤를 긁으며 전화기에서 흘러나오는 말을 들었다.

"시신은 어떻게 발견했다고 하던가?" 그가 물었다.

"아래층 천장에서 물이 샌답니다. 아래층 사는 남자가 경비원을 데리고 가 초인종을 눌렀지만 대답이 없더래요. 다행히 문이 잠겨 있지 않아서 그냥 집 안으로 들어갔다고 합니다." 중앙 통제실 직원이 대답했다.

"알았네. 우리 쪽 사람을 두 명 보내지."

묄레르는 전화기를 내려놓고 한숨을 내쉬었다. 그러고는 책상의 투명한 플라스틱 판 아래 깔려 있는 근무자 명단을 손가락으로 훑어 내려갔다. 매년 이맘때면 늘 그렇듯이 강력반 직원의 절반이 휴가 중이었다. 그렇다고 해서 오슬로 시민이 딱히 더 위험에 노출되었다고는 할 수 없었다. 도시의 악당들도 7월에는 짧은 휴가를 즐기는 듯했기 때문이다. 강력반에 할당되는 범죄에 한해서는 분명 7월이 비수기였다.

묄레르의 손가락이 베아테 뢴이라는 이름에서 멈췄다. 그는 셀

베르그 가에 있는 법의학 부서인 과학수사과 번호를 눌렀다. 아무도 전화를 받지 않았다. 잠시 기다리자, 전화가 중앙 교환실로 넘어갔다.

"베아테 뢴 씨는 실험실에 계십니다." 밝은 목소리가 대답했다.

"나 강력반의 묄레르일세. 베아테에게 연결 좀 해주겠나?"

그는 기다렸다. 강도수사과 소속이었던 베아테 뢴을 과학수사과로 스카우트한 사람은 최근에 은퇴한 과학수사과 책임자인 칼 베베르였다. 묄레르는 이것이야말로 수컷의 유일한 원동력이 자신의 유전자를 영구화하는 것이라는 신新 다위니즘의 진일보한 증거라고 생각했다. 베베르는 베아테 뢴이 자신과 꽤 많은 유전자를 공유했다고 생각한 것이 틀림없었다. 얼핏 보면 칼 베베르와 베아테 뢴은 닮은 구석이 전혀 없었다. 베베르는 뚱한 얼굴에 다혈질인 반면, 베아테는 작고 조용한 생쥐 같았다. 경찰대학을 졸업한 그녀는 누군가가 말을 걸 때마다 얼굴을 붉혔다. 하지만 두 사람의 경찰 유전자는 동일했다. 일단 먹잇감의 냄새를 맡으면 다른 일은 모두 제쳐두고 오로지 법의학적 단서와 정황 증거, 감시 카메라에 찍힌 영상, 목격자들의 막연한 진술에만 집중했다. 거기서 조금이나마 의미를 찾아낼 때까지. 악의적인 호사가들은 베아테와 베베르가 어디까지나 실험실 소속일 뿐, 재킷에서 떨어진 실밥이나 발자국보다 인간 행동에 대한 수사관의 이해가 여전히 더 중요한 분야에는 낄 수 없다고 혀를 놀려댔다.

베베르와 베아테는 자신들이 실험실 소속이라는 데에는 동의할 테지만, 실밥과 발자국이 덜 중요하다는 말에는 동의하지 않을 것이다.

"뢴입니다."

"안녕, 베아테. 나 묄레르일세. 내가 방해했나?"

"당연하죠. 무슨 일이세요?"

묄레르는 상황을 짧게 설명하고 그녀에게 주소를 알려주었다.

"우리 쪽 직원을 두 명 보낼 거야." 묄레르가 말했다.

"누구요?"

"누가 있는지 찾아봐야지. 자네도 알다시피 지금은 휴가철이니까."

묄레르는 전화를 끊고 다시 손가락으로 명단을 훑어 내려갔다.

이번에는 톰 볼레르라는 이름에서 멈췄다.

볼레르의 휴가 기간을 적어 넣는 공간은 비어 있었다. 놀랄 일도 아니었다. 가끔씩 묄레르는 톰 볼레르가 휴가를 내기는 하는지, 심지어 잠은 자고 다니는지 궁금했다. 수사관으로서 볼레르는 강력반의 두 스타플레이어 중 하나였다. 늘 자리를 지켰고, 사정을 훤히 꿰고 있었으며 맡는 사건마다 거의 다 해결했다. 또 한 명의 스타플레이어와 달리 톰 볼레르는 듬직했고 흠잡을 데 없는 전적을 가졌으며 모든 이들의 존경을 받았다. 한 마디로 모든 상관이 탐낼 만한 부하 직원이었다. 게다가 반론의 여지가 없는 뛰어난 리더십까지 있었으니 때가 되면 묄레르의 자리를 물려받게 될 것이다.

묄레르가 건 전화는 여러 개의 허술한 벽을 통과해 뚜르르 울렸다.

"볼레르입니다." 낭랑한 목소리가 대답했다.

"나 묄레르일세. 방금 – ."

"잠깐만요, 경정님. 지금 통화 중이라서요."

비아르네 묄레르는 손가락으로 책상을 두들기며 기다렸다. 톰 볼레르는 강력반 역사상 최연소 경정이 될 것이다. 가끔씩 자신의 자리를 톰에게 물려준다고 생각하면 그는 왠지 마음이 불편하곤 했다. 톰이 너무 젊기 때문일까? 아니면 예전에 있었던 두 번의 총격 사고 때문에? 톰 볼레르 형사는 범인을 체포하는 과정에서 두 번이나 총을 뽑았고, 경찰청 내부의 최고 사격수답게 두 상대 모두 목숨을 잃었다. 하지만 역설적이게도 그 두 사건이 결국 톰이 강력반의 차기 경정이 되는 데 우호적으로 작용하리라는 것을 묄레르는 알고 있었다. 독립적인 경찰 수사 기관인 SEFO의 조사에서도 톰이 어디까지나 자기 방어를 위해 총을 발사한 것으로 밝혀졌다. 사실 두 번의 조사 모두에서 톰이 긴박한 상황에서도 뛰어난 판단력과 빠른 대응을 보여준 것으로 결론이 났다. 차기 경정 후보로 이보다 더 적합한 사람이 어디 있겠는가.

"죄송합니다, 경정님. 휴대전화로 통화 중이었어요. 무슨 일이세요?"

"일이 생겼네."

"드디어."

통화는 10초 만에 끝났다. 이제 한 사람만 더 구하면 된다.

묄레르는 할보르센을 떠올렸지만, 근무자 명단에 따르면 그는 고향인 스타인셰르에서 휴가를 보내는 중이었다. 그의 손가락이 명단 아래로 계속 내려갔다. 휴가 중, 휴가 중, 병가 중. 그가 피하고 싶었던 이름에서 손가락이 멈추자 경정은 한숨을 쉬었다.

해리 홀레.

외톨이에 술고래, 톰 볼레르를 제외하고 경찰청 7층 강력반 최고의 형사이자 이단아. 그가 그렇게 뛰어난 형사가 아니었다면, 그리고 이 심각한 알코올 중독자인 형사를 위해 지난 몇 년간 비아르네 묄레르가 병적일 정도로 자기 목을 걸지 않았더라면 해리 홀레는 진작 해고되었을 것이다. 평상시였다면 그는 제일 먼저 해리에게 전화해 수사를 맡겼겠지만 지금은 평상시가 아니었다.

오히려 비상시라고 표현하는 편이 정확할 것이다.

한 달 전부터 해리의 상태는 급속히 악화되었다. 겨울 내내 해리는 가까운 동료였던 엘렌 옐텐이 아케르셀바 강 근처에서 살해된 사건을 재수사했다. 그 기간 동안 다른 사건에는 일절 관심을 보이지 않았다. 엘렌 옐텐 사건은 오래전에 해결되었으나 해리는 점점 더 그 사건에 집착했고, 솔직히 말해서 묄레르는 그의 정신 상태가 걱정되기 시작했다. 그러다 한 달 전에 일이 터졌다. 해리가 그의 사무실에 나타나 머리카락이 쭈뼛 설 정도로 끔찍한 음모론을 제시한 것이다. 한마디로 해리는 아무런 증거도 없이 톰 볼레르에 대한 허무맹랑한 비난을 늘어놓았다.

그러더니 그대로 사라져버렸다. 며칠 후 묄레르는 슈뢰데르 바에 전화를 해보았고, 자신의 우려가 현실이 되었음을 알았다. 해리가 다시 폭음을 시작한 것이다. 해리의 무단결근을 감추기 위해 묄레르는 이번에도 그를 휴가 처리했다. 대개는 일주일 후면 나타나곤 했는데 지금은 4주가 지났고 휴가 기간도 끝났다.

묄레르는 전화기를 응시하다가 일어서서 창가로 갔다. 5시 30분밖에 되지 않았는데도 경찰청 앞 공원에는 인적이 없었다. 한 여자가 혼자서 일광욕을 즐길 뿐이었다. 그뢴란슬라이레의 몇몇 가게에서는 차양 아래 진열된 채소 옆에 주인들이 앉아 있었다. 러시아워의 교통 체증이 전혀 없는데도 차들마저 느릿느릿 움직였다. 묄레르는 양손으로 머리카락을 쓸어 넘겼다. 평생 몸에 밴 습관이었는데 아내는 이제 그만하라고 했다. 그가 자기의 대머리를 감추려는 것처럼 보인다면서. 정말 해리 말고 다른 대안은 없을까? 묄레르는 한 술주정뱅이가 비틀거리며 그뢴란슬라이레를 걸어 내려가는 것을 바라보았다. 라브넨에 가려는 모양인데 거기서는 쫓겨날 것이다. 결국에는 복서Boxer에 가게 되겠지. 엘렌 옐텐 사건은 그곳에서 완전히 끝장났다. 아마 형사로서 해리 홀레의 경력도 거기서 끝장났다고 할 수 있을 것이다. 묄레르는 상관으로부터 압박을 받고 있었다. 해리를 어떻게 처리할 것인지 조만간 결정을 내려야 했다. 하지만 그건 나중 일이고 지금으로서는 이 사건이 먼저였다.

묄레르는 전화기를 들고 잠시 생각에 잠겼다. 해리 홀레와 톰 볼레르를 한 사건에 투입하는 것이 과연 옳은 일일까? 이놈의 휴가철은 정말 골치 아프다. 텔리에, 토르프 앤드 오센 건축회사의 작품인 경찰청사에서 출발한 전기 임펄스는 질서정연한 사회를 향해 여행을 떠났고, 혼돈이 점령한 곳에서 울리기 시작했다. 소피스 가의 한 아파트에서.

# 3
# 금요일. 각성

여자가 다시 비명을 지르자, 해리 홀레는 눈을 떴다.

나른하게 펄럭이는 커튼 사이로 태양이 환하게 빛났다. 필레스트레데 가를 따라 내려가는 트램의 날카로운 마찰음이 서서히 멀어져갔다. 해리는 자신의 현재 위치를 파악하려 했다. 그의 집 거실이었고, 그는 거실 바닥에 누워 있었다. 옷을 입은 채였지만 제대로 입고 있다고는 할 수 없었다. 살아 있기는 했지만 반은 죽어 있었다.

땀이 축축한 한 겹의 메이크업처럼 그의 얼굴에 들러붙어 있었다. 심장은 가볍게 그러나 빠르게 뛰었다. 콘크리트 바닥에 떨어진 탁구공처럼. 두통은 훨씬 더 심했다.

해리는 숨을 계속 쉴지 말지 잠시 고민했다. 천장과 벽이 빙글빙글 돌아갔고, 벽에는 시선을 고정시킬 만한 그림이나 전등이 전혀 없었다. 시야 끄트머리에서 이케아 책꽂이, 의자 등받이, 초록색 커피 테이블이 빙글빙글 돌아갔다. 그래도 최소한 꿈에서는 도망쳤다.

늘 꾸던 악몽이었다. 꿈속의 그는 꼼짝할 수가 없었고, 여자의 입이 뒤틀리고 벌어지며 무언의 비명을 지르는 것을 보지 않기 위

28

해 눈을 감으려 안간힘을 썼다. 암묵적인 비난의 눈빛으로 그를 멍하니 바라보는 커다란 눈동자. 어릴 때는 그 여자가 동생 쇠스였는데 이제는 엘렌 옐텐이었다. 예전에는 무언의 비명이었지만 이제는 강철 브레이크가 끼익거리는 듯한 소리가 났다. 어느 쪽이 더 싫은지 모르겠다.

해리는 바닥에 가만히 누운 채 커튼 사이를 내다보았다. 거리와 비슬렛의 뒤뜰 위로 떠오른 일렁이는 태양을 올려다보았다. 가끔씩 트램 소리만이 여름의 정적을 깨고 있었다. 그는 눈도 깜박이지 않았다. 계속 태양을 응시하자 마침내 태양은 얇은 하늘색 막 속에서 쿵쿵 뛰며 열기를 내뿜는 황금색 심장으로 변했다. 어린 시절, 어머니는 태양을 똑바로 바라보면 눈이 먼다고 했다. 햇빛이 머릿속으로 들어가 평생 사라지지 않는다는 것이다. 지금 그가 원하는 것이 바로 그것이었다. 머릿속에 햇빛이 들어가 다른 모든 것을 태워버리는 것. 이를테면 아케르셸바 강 옆의 눈밭에서 박살난 엘렌의 머리통과 그 위로 그림자가 드리운 장면 같은 것. 지난 3년간 그는 그 그림자를 잡으려 노력했다. 하지만 번번이 실패하고 말았다.

라켈…….

해리는 조심스럽게 머리를 들어 자동응답기의 죽어버린 까만 눈을 바라보았다. 복서에서 총경을 만난 지 몇 주가 지났건만 저 눈동자에는 불이 들어오지 않았다. 저 녀석도 햇빛에 타 죽은 모양이다.

젠장, 더워 죽겠네!

라켈…….

이제야 기억났다. 어느 순간 꿈속에서 얼굴이 변하더니 라켈의 얼굴이 되었다. 쇠스, 엘렌, 엄마, 라켈. 여자들의 얼굴. 마치 끊임없이 펌프질하며 고동치는 한 번의 움직임에 얼굴이 바뀌었다가 다시 합쳐지는 듯했다.

해리는 신음하며 다시 바닥으로 머리를 쿵 떨어뜨렸다. 머리 위의 테이블 가장자리에 아슬아슬하게 놓여 있는 술병이 얼핏 보였다. 짐 빔, 켄터키 주, 클레어몬트. 병은 비어 있었다. 증발해버렸다. 날아가버렸다. 라켈. 그는 눈을 감았다. 아무것도 남아 있지 않았다.

지금이 몇 시인지 도무지 감이 잡히지 않았다. 늦은 시간이라는 것만 알 수 있었다. 아니면 이른 시간이거나. 어쨌든 잠에서 깰 시간은 아니었다. 정확히 말하면 잠들어 있을 시간은 아니었다. 이맘때에는 다른 일을 해야 한다. 이를테면 술을 마신다든가.

해리는 무릎을 짚고 일어섰다.

바지 속에서 무언가가 진동했다. 그제야 그는 그것 때문에 자신이 잠에서 깼음을 깨달았다. 주머니 속에 갇힌 나방이 필사적으로 날개를 퍼덕였다. 그는 주머니에 손을 밀어 넣어 휴대전화기를 꺼냈다.

해리는 상크트 한스헤우겐 쪽으로 천천히 걸어갔다. 눈동자 뒤로 골치가 지끈거렸다. 묄레르가 불러준 주소까지는 걸어서 갈 수 있는 거리였다. 집을 나서기 전, 얼굴에 대충 물을 끼얹고 싱크대 아래 선반에 진열된 빈 병들 가운데 바닥에 술이 약간 남아 있는 위스키 한 병을 찾아내 남은 한 방울을 털어 마셨다. 그러고는 좀 걸으면 머리가 맑아지기를 바라며 집을 나섰다. 그는 술집인 언더워터를 지났다. 오후 4시부터 새벽 3시까지. 월요일은 오후 4시부터 새벽 1시까지. 일요일은 휴무. 그의 단골집은 아니었다. 그의 집에서 엎드리면 코 닿을 곳에 슈뢰데르가 있었기 때문이다. 하지만 대부분의 술고래들과 마찬가지로 해리의 머릿속에는 언제나 술집의 영업시간이 자동으로 입력되었다.

그는 때가 덕지덕지 낀 창문에 비친 자신의 얼굴을 보며 미소 지었다. 언젠가 기회가 있겠지.

모퉁이에 이르자 오른쪽으로 돌아 울레볼스바이엔 가로 내려갔다. 울레볼스바이엔 가를 걷는 건 그다지 즐거운 일이 아니었다. 이곳은 보행자가 아닌 차량을 위한 거리였다. 그나마 좋은 점이라고 한다면 오늘 같은 날에는 인도 오른쪽으로 그늘이 진다는 것뿐이다.

해리는 묄레르에게 들은 번지수가 적힌 건물 앞에서 걸음을 멈췄다. 건물 외관을 훑어보았다.

1층에는 빨간 세탁기들이 들어선 세탁소가 있었다. 창문에 붙은 종이에는 영업시간이 매일 8시에서 21시까지이며, 30크로네라는 할인된 가격으로 20분간 탈수 서비스를 제공한다고 적혀 있었다. 빨래가 돌아가는 세탁기 옆에는 가무잡잡한 피부의 여인이 어깨에 숄을 두른 채 앉아 멍하니 허공을 응시하고 있었다. 세탁소 옆은 묘비가 진열된 쇼윈도가 있었고, 그 옆은 스낵바 겸 식료품점이었는데 케밥 가게라고 적힌 초록색 네온등이 걸려 있었다. 해리의 시선이 지저분한 건물 외관을 떠돌았다. 낡은 창틀에 칠해진 페인트는 금이 가 있었지만, 지붕에 창문이 달린 것으로 보아 원래 4층이었던 건물에 다락을 개조하여 로프트를 만든 모양이었다. 녹슨 철문 옆에 새 인터콤이 설치되어 있었고 그 위쪽으로 감시 카메라가 달려 있었다. 오슬로 서부 지역의 돈이 느리지만 확실하게 동부 지역으로 흘러들어 가고 있었다. 해리는 맨 위에 적힌 카밀라 로엔이라는 이름 옆의 초인종을 눌렀다.

"네." 스피커가 대답했다.

뮐레르에게서 이미 들었는데도 톰 볼레르의 목소리가 흘러나오자 해리는 깜짝 놀랐다.

대답하려고 했지만 도무지 목소리가 나오지 않았다. 그는 기침을 하고 다시 시도했다.

"홀레야. 문 열어."

웅 소리가 나자, 그는 검은 철문에 달린 차갑고 거친 손잡이를 잡았다.

"안녕하세요."

해리는 뒤를 돌아보았다.

"안녕, 베아테."

평균보다 약간 작은 키에 갈색이 도는 짧은 금발, 푸른 눈동자의 베아테 륀은 못생기지도 예쁘지도 않은 얼굴이었다. 한마디로 그녀에게는 눈에 띄는 점이 전혀 없었다. 입고 있는 옷만 제외하고. 그녀는 위아래가 붙은 하얀 작업복을 입고 있었는데 약간 우주 비행복처럼 보이기도 했다.

해리가 그녀를 위해 문을 붙잡고 있는 동안, 그녀가 양손에 커다란 알루미늄 케이스를 들고 들어왔다.

"방금 온 건가?"

해리는 베아테가 지나갈 때 그녀 쪽으로 숨을 내쉬지 않으려고 노력했다.

"아뇨. 나머지 도구를 가지러 차에 갔다 온 거예요. 우린 30분 전에 왔어요. 어디 부딪히셨어요?"

해리는 손가락으로 콧등의 딱지를 쓸어내렸다.

"보다시피."

해리는 그녀를 따라 계단통으로 이어지는 다음 문을 통과했다.

"현장은 좀 어때?"

베아테는 초록색 엘리베이터 문 앞에 알루미늄 케이스를 내려놓더니 그를 올려다보았다.

"일단 현장부터 보고 질문은 나중에 하는 게 반장님의 철칙으로 아는데요." 그녀가 엘리베이터 버튼을 누르며 말했다.

해리는 고개를 끄덕였다. 베아테 뢴은 모든 것을 기억하는 부류였다. 해리가 진작 잊어버린 사건들의 시시콜콜한 세부 사항까지 그녀는 줄줄이 읊어댈 수 있었다. 심지어 그녀가 경찰대학에 입학하기 전에 일어났던 사건까지도. 게다가 뇌에서 얼굴을 기억하는 방추상회가 남들보다 유달리 발달되어 있었다. 그녀의 방추상회를 시험한 심리학자들도 놀랄 정도였다. 아니나 다를까, 그녀는 작년에 오슬로를 휩쓸었던 빈번한 은행강도 사건을 그와 함께 수사하며 그에게 배웠던 몇 안 되는 가르침까지 기억하고 있었다.

"사건 현장에 처음 도착해서 느끼는 내 첫인상을 가능한 한 방해받고 싶지 않은 건 사실이야, 맞아." 해리는 엘리베이터가 움직이는 소리에 깜짝 놀랐다. "하지만 이 사건을 계속 맡게 될지 의문이라서 말이야."

"왜요?"

해리는 대답하지 않았다. 왼쪽 바지 주머니에서 구겨진 카멜 담뱃갑을 꺼내 찌그러진 담배 한 개비를 꺼냈다.

"아, 이제야 기억났다." 베아테가 빙그레 미소 지었다. "올해는 휴가를 내서 여행 가실 거라고 그러셨죠? 노르망디라고 했던가요? 부럽네요……."

해리는 입술 사이로 담배를 밀어 넣었다. 쓰디쓴 맛이 났다. 두통에도 전혀 도움이 되지 않으리라. 두통의 해결책은 딱 하나뿐이었다. 그는 손목시계를 보았다. 월요일은 오후 4시부터 새벽 1시까지.

"노르망디는 가지 않을 거야." 해리가 말했다.

"정말요?"

"응. 휴가 때문이 아니야. 이 사건을 그치가 맡고 있기 때문이지."

해리는 담배를 길게 한 모금 빨고는 위층을 향해 고갯짓을 했다.

베아테는 오랫동안 해리를 뚫어지게 바라보았다. "그 사람에게 너무 집착하지 마세요. 이제 그만 떨치고 나아가야죠."

"떨치고 나아가라고?" 해리는 담배 연기를 내뿜었다. "그 자식은 사람들을 해친다고, 베아테. 그걸 알아야 해."

베아테가 얼굴을 붉혔다. "톰과 난 잠깐 사귀었을 뿐이에요. 그게 다예요."

"그 당시에 자네 목에 멍이 들지 않았던가?"

"반장님! 톰은 절대……."

베아테는 자신이 언성을 높였다는 것을 깨닫고 말을 멈췄다. 계단통 위로 그녀의 말이 울려 퍼졌지만, 둔탁하고 짧은 쿵 소리에 묻혀버렸다. 엘리베이터가 도착한 소리였다.

"반장님은 톰을 싫어하세요. 그래서 막 상상해내는 거예요. 사실 톰에게는 반장님이 모르는 좋은 점이 아주 많다고요." 베아테가 말했다.

"흠."

해리가 벽에 담배를 비벼 끄는 동안, 베아테가 엘리베이터의 문을 잡아당기고 안으로 들어갔다.

"안 타실 거예요?" 그녀가 물었다. 해리는 우두커니 서서 무언가를 뚫어지게 바라보고 있었다. 엘리베이터. 엘리베이터 문 안쪽에 또 다른 수동접이식 철제문이 있었다. 이 문을 옆으로 밀어서 엘리베이터에 탄 후에 다시 닫아야만 비로소 엘리베이터가 작동했다. 다시 비명이 울렸다. 소리 없는 비명. 위스키 한 모금으로는 부족하다. 턱없이 부족하다.

"뭐 잘못됐어요?" 베아테가 물었다.

"아니." 해리가 잠긴 목소리로 대답했다. "그냥 이런 구식 엘리베이터를 싫어해서. 난 계단으로 갈게."

# 금요일. 통계

이 건물에는 정말로 다락을 개조한 로프트 아파트가 있었다. 그 것도 두 채나. 그중 한 곳의 문이 열려 있었지만 오렌지색 폴리스 라인이 출입을 금하고 있었다. 해리는 폴리스 라인 아래로 192센 티미터의 몸을 구부렸다가 건너편에서 일으키며 균형을 잡기 위해 얼른 한 발을 내디뎠다. 그는 참나무 바닥으로 된 거실 한가운데 서 있었다. 천장은 한쪽으로 기울어졌고, 지붕창이 나 있었다. 실내 는 사우나실처럼 더웠다. 작은 평수의 아파트에는 최소한의 가구 만 놓여 있었다. 그의 집처럼. 하지만 비슷한 점은 그뿐이었다. 소 파는 힐메르스 후스에서 출시된 최신형이었고, 커피 테이블은 스 웨덴 브랜드인 룸 제품이었고, 소형 15인치 필립스 텔레비전은 스 테레오와 같은 색깔인 투명한 하늘색이었다. 해리는 부엌과 침실 문 안쪽으로 시선을 던졌다. 방이라고는 그 두 개가 전부였다. 그 리고 이상하게 조용했다. 제복 경찰이 팔짱을 끼고 발뒤꿈치에 체 중을 실은 채 부엌 출입문 옆에 서 있었다. 그렇게 서서 땀을 흘리 며, 치켜든 양 눈썹 아래로 해리를 바라보고 있었다. 해리가 신분 증을 꺼내려고 하자, 그는 고개를 저으며 씩 웃었다.

다들 경찰청 망나니를 알고 있군. 해리는 생각했다. 하지만 정작 망나니는 아는 사람이 아무도 없었다. 그는 손으로 얼굴을 쓸어내렸다.

"감식반은 어디 있지?"

"욕실에 있습니다." 경관은 그렇게 말하더니 침실 쪽으로 고갯짓을 했다. "뢴과 베베르요."

"베베르? 언제부터 은퇴한 사람까지 불러들이기로 한 거지?"

경관은 어깨를 으쓱였다. "휴가철이니까요."

해리는 주위를 둘러보았다.

"좋아. 우선 출입구부터 봉쇄해. 사람들이 이 건물을 꽤나 자유롭게 드나들고 있으니까."

"하지만 –."

"잘 들어. 이 건물 전체가 현장의 일부야. 알겠나?"

"알겠습니다." 경관이 날 선 목소리로 대답했다. 해리는 두 문장만으로 자신이 경찰청에 또 다른 적을 만들었다는 것을 깨달았다. 그 적들을 다 세우면 몇 킬로미터는 될 것이다.

"하지만 전 명령을 받았는데……." 경관이 말을 이었다.

"……이 현장에서 눈을 떼지 말라고 말이야." 침실 안쪽에서 목소리가 흘러나왔다.

침실 문간에 톰 볼레르가 나타났다.

갈색 양복을 입고 있었는데도 그의 이마에서 숱이 많은 갈색 머리카락으로 넘어가는 부분에는 땀이 한 방울도 맺혀 있지 않았다. 톰 볼레르는 잘생긴 남자였다. 매력이 넘친다고는 할 수 없을지라도 이목구비가 또렷하고 좌우 균형이 잘 잡혀 있었다. 해리만큼 키가 크지는 않았지만 다들 그 정도로 크게 보았다. 볼레르가 늘 꼿꼿한 자세를 유지했기 때문일 것이다. 혹은 그에게서 자연스럽게 흘러나오는 자신감 때문일 수도 있다. 그와 함께 일하는 사람들은 그의 그런 자신감에 감탄할 뿐 아니라, 자기들까지 그의 침착함에 전염되어 긴장이 풀리고 편안해진다고 했다. 그가 미남으로 보이는 데는 그의 몸매도 한몫했다. 일주일에 다섯 번씩 가라테와 근력 운동으로 단련된 그의 몸매는 어떤 옷으로도 감춰지지 않았다.

"그리고 이 친구는 현장에서 눈을 떼면 안 돼. 방금 전에 엘리베이터로 다른 경관을 내려보냈어. 어디든 필요한 곳은 봉쇄하라고 조치해뒀지. 그만하면 됐어, 홀레."

볼레르가 마지막 문장을 너무도 밋밋한 억양으로 말한 탓에 그만하면 됐다는 것인지, 아니면 그만하면 됐느냐고 묻는 것인지 알수 없었다. 해리는 목청을 가다듬었다.

"여자는 어디 있지?"

"이 안에."

볼레르는 해리가 지나갈 수 있도록 옆으로 비켜서면서 짐짓 걱정스러운 표정을 지어 보였다.

"어디 부딪히기라도 한 거야, 홀레?"

침실은 간소했지만 로맨틱하게 꾸며져 있었다. 1인용이긴 하지만 두 사람이 누울 수 있을 정도로 널찍한 침대는 머리가 기둥을 향해 놓여 있었는데, 기둥에는 삼각형을 품은 하트가 새겨져 있었다. 사랑의 표식인가 보다고 해리는 생각했다. 침대 위쪽 벽에는 남자들의 나체를 찍은 세 장의 사진이 액자에 걸려 있었다. 엄밀히 말하면 소프트 포르노와 예술 사진의 중간쯤 되는 수위였다. 그 밖에 다른 개인적인 사진이나 물품은 보이지 않았다.

침실에는 욕실이 딸려 있었다. 세면대, 변기, 커튼 없는 샤워기,

그리고 카밀라 로엔만으로 꽉 차는 크기였다. 그녀는 문을 향해 고개를 비튼 채 타일이 깔린 욕실 바닥에 누워 있었다. 그러나 그녀의 시선은 문이 아닌 위쪽, 샤워기를 바라보고 있었다. 마치 더 많은 물이 떨어지기를 기다리듯이.

그녀는 벌거벗은 채 흠뻑 젖은 하얀 목욕 가운을 입고 있었는데, 벌어진 목욕 가운의 한 자락이 배수구를 가리고 있었다. 베아테는 문간에 서서 사진을 찍고 있었다.

"사망 시간 확인했나?"

"검시관이 오는 길이에요. 하지만 사후 경직은 시작되지 않았고, 아직 체온이 남아 있어요. 길어야 두 시간 전에 사망했을 거예요." 베아테가 말했다.

"아랫집 남자와 경비원이 시신을 발견했을 때 샤워기가 틀어져 있다고 하지 않았나?"

"맞아요."

"뜨거운 물이 시신의 체온을 유지시켜서 경직을 늦췄을 수도 있어."

해리는 손목시계를 보았다. 6시 15분.

"5시쯤에 죽은 걸로 해두지."

볼레르의 목소리였다.

"왜지?" 해리가 돌아보지 않은 채 물었다.

"시체를 움직인 흔적이 전혀 없어. 그러니까 여자는 샤워하던 도중에 살해되었다고 할 수 있지. 보다시피 여자의 시신과 목욕 가운이 배수구를 막고 있어. 그래서 물이 넘친 거고. 샤워기를 잠근 경비원 말로는 물이 최대한으로 틀어져 있었다더군. 내가 수압을 확인해봤는데 이런 다락방치고는 꽤 높은 편이었어. 게다가 욕실이 이렇게 작으니 몇 분 지나지 않아서 물이 문지방을 넘어 침실로 흘러들어 갔을 거야. 잠시 후에는 그 물이 다시 아랫집으로 흘러내려 갔을 테고. 아래층 여자 말로는 정확히 5시 20분에 천장에서 물이 새기 시작했대."

"그렇다면 한 시간 전이로군. 그리고 자네는 30분 전에 여기 왔고. 다들 이례적으로 빨리 대처했군그래." 해리가 말했다.

"글쎄, 아닌 사람도 있지." 볼레르가 말했다.

해리는 대답하지 않았다.

"검시관 얘기야." 볼레르가 미소 지었다. "지금쯤이면 도착했어야 하는데."

사진을 다 찍은 베아테가 해리를 바라보았다.

볼레르는 베아테의 팔을 살짝 건드리며 말했다.

"내 도움이 필요하면 연락해. 난 2층에서 경비원과 이야기하고 있을 테니까."

"알았어요."

해리는 볼레르가 나갈 때까지 기다렸다.

"좀 봐도 될까?" 해리가 말했다.

베아테는 고개를 끄덕이며 옆으로 비켜섰다.

젖은 욕실 바닥 위에서 해리의 신발이 질퍽거렸다. 증기 때문에 욕실의 모든 표면에 김이 서렸고, 그것은 다시 줄무늬를 그리며 줄줄 흘러내렸다. 거울은 울고 있는 것처럼 보였다. 해리는 쪼그리고 앉았다가 균형을 잃지 않기 위해 손으로 벽을 붙잡았다. 콧구멍으로 숨을 들이쉬었지만 비누 냄새뿐, 이곳에 응당 있어야 할 다른 냄새는 나지 않았다. 강력반 전속 정신과의사인 에우네 박사에게 빌린 책에 따르면 그런 현상을 이상후각이라고 했다. 뇌가 특정 냄새를 인식하는 것을 거부하는 현상이었다. 원인은 감정적 트라우마인 경우가 많았다. 해리는 과연 자신에게 그 정도의 트라우마가 있는지 의문이었다. 확실한 것은 자신이 시신의 냄새를 맡지 못한다는 사실이었다.

카밀라 로엔은 젊었다. 스물일곱에서 서른쯤. 예쁘장하고 통통했으며 선탠한 피부는 매끄러웠지만 사후에 곧바로 나타나는 창백한 기운이 감돌고 있었다. 머리카락은 갈색이었는데 물기가 마르면 더 옅어질 것이다. 이마에 뚫린 작은 구멍은 장의사가 화장을 마치면 이내 사라질 것이다. 그 구멍을 제외하고는 장의사가 특별히 신경 쓸 부분은 별로 없었다. 부어오른 오른쪽 눈꺼풀만 살짝 감추면 될 것이다.

해리는 그녀의 이마에 뚫린 검은색의 동그란 구멍에 집중했다. 1크로네 동전만 한 크기였다. 그렇게 작은 구멍으로도 사람이 목숨을 잃는다는 사실에 해리는 늘 놀라지 않을 수 없었다. 때때로 총알이 들어간 다음에 피부가 다시 수축되어 구멍이 더 작아지기도 한다. 이 경우에는 총알이 이마에 뚫린 구멍보다 클 거라고 해리는 추측했다.

"시신이 물에 잠겨 있었던 게 유감이에요. 그것만 아니었다면 여자의 몸에서 범인의 지문이라든가 섬유 조직, DNA 같은 게 나왔을 텐데요." 베아테가 말했다.

"흠. 어쨌거나 이마는 물에 잠기지 않았잖아. 샤워기의 물도 별로 많이 들어가지 않았고."

"그걸 어떻게……?"

"총알이 들어간 곳 주위에 피가 검게 응고되어 있어. 게다가 총상으로 인해 피부가 변색되었고. 어쩌면 이 작은 구멍에서 한두 가

41

지 사실을 알아낼 수 있을지도 몰라. 확대경 좀 줘봐."

해리는 카밀라 로엔에게서 시선을 떼지 않은 채 손을 내밀었다. 묵직한 독일제 확대경의 무게가 손에 느껴졌다. 그는 총상 주변을 자세히 들여다보기 시작했다.

"뭐가 좀 보이나요?"

그의 귓가에서 베아테의 나지막한 목소리가 들렸다. 그녀는 언제나 열성적으로 더 배우고 싶어 했다. 머지않아 더 가르칠 게 없을 것이다.

"피부가 회색으로 그을린 것으로 보아 총알은 근거리에서 발사되었어. 그렇다고 코앞에서 쏜 건 아니고 아마 50센티미터쯤 떨어졌을 거야."

"그렇군요."

"그을린 자국이 좌우 비대칭이라는 건 총을 쏜 사람이 여자보다 커서 아래로 비스듬히 내려서 쐈다는 뜻이지."

해리는 죽은 여자의 머리를 조심스럽게 돌렸다. 그녀의 이마에는 아직 온기가 남아 있었다.

"총알이 나간 자국이 없군. 그렇다면 총을 아래로 비스듬히 내려 쐈을 거라는 가설에 더 무게가 실려. 어쩌면 여자는 총을 쏜 사람 앞에 무릎을 꿇고 있었을지도 몰라."

"무슨 총이었을지 짐작이 가세요?"

해리는 고개를 저었다. "그건 검시관이 탄도학 친구들과 머리를 맞대고 알아내겠지. 하지만 그을린 자국의 농담이 차츰 변하는 걸로 보아 일반 권총처럼 총신이 짧은 총일 거야."

해리는 시신을 차근차근 훑어보기 시작했다. 하나도 빠짐없이 눈여겨보려고 했으나 아직 알딸딸한 술기운이 남아 있어 세세한 것은 눈에 들어오지 않았다. 상관없다. 어차피 그가 맡을 사건도 아니니까. 그의 시선이 여자의 손에 이르렀을 때 해리는 뭔가가 사라졌다는 것을 알았다.

"도날드 덕." 해리는 그렇게 중얼거리며 몸을 앞으로 내밀었다.

베아테가 어리둥절한 표정으로 그를 바라보았다.

"만화 속 도날드 덕이 이렇지. 손가락이 네 개뿐이야." 해리가 말했다.

"전 만화를 안 봐서요."

여자의 집게손가락이 사라지고 없었다. 대신 그 자리에는 검게 응고된 피와 번들거리는 힘줄 끝부분만 남아 있었다. 잘린 자리는 평평하고 말끔했다. 해리는 분홍색 살 속에서 하얗게 번들거리는 부분을 손끝으로 조심스레 만져보았다. 잘린 뼈의 표면은 매끄럽고 반듯했다.

"펜치로군. 아니면 아주 잘 드는 칼이나. 잘린 손가락은 나왔어?" 해리가 물었다.

"아뇨."

갑자기 속이 울렁거리는 바람에 해리는 눈을 감았다. 몇 차례 깊은 숨을 들이쉰 후 다시 눈을 떴다. 범인이 피살자의 손가락을 잘라 가는 데는 많은 이유가 있을 수 있다. 굳이 지금 그가 하고 있는 생각을 고수할 필요는 없었다.

"돈 받으러 온 해결사일 수도 있겠네요. 그치들이 펜치를 좋아하거든요." 베아테가 말했다.

"그래, 그럴 수도 있지." 해리는 중얼거리며 자리에서 일어섰다. 단순히 핑크색 타일이라고만 생각했던 욕실 바닥 위로 그들의 발자국이 하얗게 찍혀 있었다. 베아테는 허리를 숙인 채 죽은 여자의 얼굴을 자세히 들여다보았다.

"피를 많이 흘렸어요."

"손이 물속에 있었기 때문이야. 물은 혈액 응고를 막거든." 해리가 말했다.

"이 많은 피가 고작 잘린 손가락 하나에서 흘러나왔다는 말씀이세요?"

"응. 그게 무슨 뜻인지 알아?"

"아뇨. 하지만 반장님이 알려주시겠죠."

"카밀라 로엔의 심장이 아직 뛰고 있을 때 손가락을 잘랐다는 뜻이야. 다시 말해 총으로 쏘기 전에 손가락부터 잘랐다는 거지."

베아테는 얼굴을 찡그렸다.

"난 아랫집 사람들 좀 만나고 올게." 해리가 말했다.


"카밀라는 우리가 이사 왔을 때 이미 여기 살고 있었어요." 비베케 크눗센은 그렇게 말하며 얼른 자신의 남자친구를 바라보았다. "우린 함께 어울릴 일이 별로 없었죠."

그들은 해리와 함께 다락 로프트 바로 아래층인 4층 집 거실에 있었다. 누가 보았다면 해리가 집주인인 줄 알았을 것이다. 두 남녀는 등을 곧게 세운 채 소파 끝에 걸터앉은 반면, 해리는 안락의자에 몸을 깊이 파묻고 있었기 때문이다.

참으로 묘한 커플이라고 해리는 생각했다. 둘 다 30대였지만 안데르스 뉘고르는 마라톤 선수처럼 깡마르고 강단 있어 보였다. 깔끔하게 다려 입은 하늘색 셔츠, 직장인다운 짧고 단정한 머리. 얇은 입술, 불안한 몸짓. 얼굴은 천진난만하고 소년 같아서 순수해 보일 지경이었으나 그가 풍기는 분위기는 금욕적이고 엄격했다.

반면 빨간 머리의 비베케 크눗센은 볼에 깊은 보조개가 패여 있었고, 몸매가 풍만했는데 딱 달라붙는 표범 무늬 상의 때문에 그 풍만함이 더욱 강조되었다. 전반적으로 유쾌한 사람이라는 인상을 주었다. 입술 위의 주름은 골초라는 뜻이었고, 눈가의 주름은 잘 웃는다는 뜻이었다.

"직업이 뭐였나요?" 해리가 물었다.

비베케는 남자친구를 힐끗 바라보았으나 그가 아무 말이 없자 자신이 대답했다.

"제가 알기로는 광고회사에 다니고 있었어요. 디자인이나 뭐 그 비슷한 일을 했죠."

"디자인이나 뭐 그 비슷한 일을 했다." 해리는 앞에 있는 수첩에 대충 끄적였다.

이것은 그가 사람들을 심문할 때 잘 쓰는 수법이었다. 그의 시선이 다른 곳으로 향해야 사람들은 더욱 긴장을 풀었다. 그들의 이야기가 별로 재미없다는 인상을 주면, 사람들은 자동적으로 그의 주의를 끌 만한 이야기를 하려고 노력한다. 그는 기자가 됐어야 했다. 기자라면 술에 취한 채 출근해도 좀 더 너그럽게 봐줄 것이다.

"남자친구는요?"

비베케는 고개를 저었다.

"애인은?"

비베케는 어색하게 웃더니 다시 남자친구를 바라보았다.

"우린 남의 집에서 나는 소리를 몰래 엿듣는 짓은 하지 않습니다." 안데르스 뉘고르가 말했다. "여자의 애인이 한 짓이라는 겁니까?"

"모르겠습니다." 해리가 말했다.

"모르는 거 같군요."

안데르스의 목소리에서 짜증이 느껴졌다.

"하지만 이 건물의 입주자들은 이게 개인적 원한에 의한 살인인지 아니면 이 동네에 미치광이 살인마가 돌아다니고 있는 건지 알고 싶단 말입니다."

"아마 이 동네에 미치광이 살인마가 돌아다니고 있을 겁니다." 해리는 그렇게 말하며 볼펜을 내려놓고 기다렸다.

비베케 크눗센이 깜짝 놀라는 것이 보였으나 해리는 안데르스 뉘고르에게 집중했다.

사람들은 겁이 나면 더 쉽게 흥분한다. 그가 경찰대학 1학년 때 배운 가르침이다. 경찰청에 막 입사했을 때는 겁에 질린 사람을 불필요하게 흥분시키지 말라고 배웠다. 하지만 해리는 그 반대가 훨씬 더 유용하다는 것을 알게 되었다. 흥분시켜라. 성난 사람들은 종종 의도하지 않았던 말, 더 정확히 말하면 말할 생각이 없었던 말까지 하게 된다.

안데르스 뉘고르는 무덤덤한 표정으로 그를 바라보았다.

"하지만 아마도 애인의 짓일 가능성이 더 높습니다. 애인 혹은 그녀와 사귀었거나 그녀에게 차인 사람." 해리가 말했다.

"왜죠?" 안데르스 뉘고르가 비베케의 어깨에 팔을 둘렀다.

참으로 우스꽝스러운 자세였다. 안데르스의 팔은 짧은데다 비베케는 어깨가 넓었기 때문이다.

해리는 의자에 등을 기댔다.

"통계죠. 담배 좀 피워도 될까요?"

"우리 집은 금연이라서요." 안데르스 뉘고르가 희미한 미소를 지으며 말했다.

담뱃갑을 다시 바지 주머니에 집어넣던 해리의 눈에 시선을 떨구는 비베케의 모습이 들어왔다.

"통계라는 건 무슨 뜻입니까? 왜 이런 사건에 통계가 적용된다고 생각하죠?" 안데르스가 물었다.

"음, 두 질문에 대답하기 전에 먼저 묻겠습니다. 통계에 대해 잘 아십니까, 뉘고르 씨? 가우스 분포, 유의성, 표준 편차 같은 것들 말입니다."

"아뇨. 하지만―."

"괜찮습니다." 해리가 그의 말을 잘랐다. "이 사건에서는 몰라도 되니까요. 지난 수백 년간 전 세계의 범죄 통계를 살펴보면 단순하고 기본적인 사실 하나를 알 수 있습니다. 카밀라 로엔이 전형적인 희생자라는 사실이죠. 설사 그렇지 않다 해도 범인은 그렇게 생각했습니다. 그것이 당신의 첫 번째 질문에 대한 답입니다. 두 번째 질문의 답이기도 하고요."

안데르스 뉘고르는 콧방귀를 뀌더니 비베케의 어깨에서 팔을 내렸다.

"완전히 비과학적이군요. 당신은 카밀라 로엔에 대해 전혀 모르잖습니까."

"맞습니다." 해리가 대답했다.

"그런데 왜 그런 말을 하는 겁니까?"

"뉘고르 씨가 물었으니까요. 이제 질문이 끝나셨으면 제가 좀 물어봐도 될까요?"

안데르스 뉘고르는 무슨 말인가 하려는 듯하더니 마음을 바꾸고 테이블을 노려보았다. 해리의 착각일 수도 있지만 비베케의 양 보조개 사이에 미소가 슬쩍 스친 것 같았다.

"카밀라 로엔이 마약을 했을까요?" 해리가 물었다.

안데르스가 고개를 번쩍 들었다. "왜 그런 질문을 하는 겁니까?"

해리는 눈을 감고 기다렸다.

"아뇨." 비베케가 말했다. 그녀의 목소리는 나직하고 부드러웠다. "그러지는 않았을 거예요."

해리는 눈을 뜨고 그녀에게 감사의 미소를 지었다. 안데르스 뉘고르는 다소 놀란 표정으로 그녀를 바라보았다.

"올라가셨을 때 현관문이 열려 있었죠?"

안데르스 뉘고르는 고개를 끄덕였다.

"이상하다는 생각은 안 하셨나요?" 해리가 물었다.

"뭐 별로요. 어쨌거나 집에 사람이 있었으니까요."

"음. 이 집 현관문에는 빗장 하나만 설치되어 있더군요. 그런데 아까 들어올 때 보니까……." 해리는 고갯짓으로 비베케를 가리켰다. "……문을 잠가놓으셨더군요."

"지금 좀 불안해합니다." 안데르스는 그렇게 말하며 비베케의 무릎을 다독였다.

"오슬로도 예전 같지 않아서요." 비베케가 말했다.

그녀의 시선이 잠시 해리의 시선과 마주쳤다.

"그렇죠." 해리가 대답했다. "카밀라 로엔도 당신과 같은 생각이었던 것 같습니다. 현관문에 이중 자물쇠와 체인까지 설치해두었으니까요. 문을 잠그지 않은 채 샤워를 할 사람 같지는 않더군요."

안데르스는 어깨를 으쓱였다. "범인이 문을 따고 들어왔을 수도 있죠."

해리는 고개를 저었다. "강도들이 문을 따는 건 영화에서나 있는 일입니다."

48

"누군가가 이미 카밀라와 함께 집 안에 있었을 수도 있겠네요."
비베케가 물었다.

"누구요?"

해리는 말없이 기다렸다. 아무도 이 침묵을 깨려는 조짐이 보이지 않자, 그는 자리에서 일어났다.

"나중에 경찰청에서 전화가 올 겁니다. 오늘은 여기까지 하죠. 감사합니다."

현관에서 그는 뒤를 돌아보았다.

"참, 경찰에는 누가 신고했습니까?"

"제가 했어요." 비베케가 말했다. "이이가 경비원을 데리러 간 동안에 제가 신고했죠."

"시신을 발견하기도 전에요? 어떻게……?"

"냄비 속으로 피가 떨어졌거든요."

"그게 피라는 걸 어떻게 아셨죠?"

안데르스 뉘고르는 큰 소리로 과장되게 한숨을 쉬며 비베케의 목덜미에 손을 올렸다. "빨간색이었으니까 그렇죠. 안 그래?"

"글쎄요. 빨갛다고 다 피는 아니죠." 해리가 말했다.

"맞아요. 색깔 때문이 아니었어요." 비베케가 말했다.

안데르스 뉘고르가 놀란 표정으로 그녀를 바라보았다. 비베케는 미소를 지었지만, 해리는 그녀가 목덜미에 있던 안데르스의 손을 뿌리치는 것을 보았다.

"예전에 요리사와 동거한 적이 있어요. 둘이 함께 작은 식당을 운영했죠. 그때 음식에 대해 몇 가지 배운 게 있는데 그중 하나가 피에는 알부민이 들어 있다는 거예요. 그래서 65도 이상의 물속에 피가 떨어지면 응고하면서 덩어리가 되죠. 끓는 물에서 달걀이 깨졌을 때처럼요. 안데르스가 물속의 덩어리를 먹더니 달걀 맛이 난다고 했을 때 전 그게 피라는 걸 알았어요. 뭔가 끔찍한 일이 벌어졌다는 것도요."

안데르스 뉘고르가 입을 딱 벌렸다. 갑자기 그의 구릿빛 얼굴이 아주 창백해졌다.

"저녁 맛있게 드십시오." 해리는 중얼거리며 그 집에서 나왔다.

# 금요일. 언더워터

해리는 특정한 테마가 있는 술집을 싫어했다. 아일랜드 풍의 술집, 상의를 벗어버린 여종업원들이 있는 술집, 자질구레한 장난감들이 진열된 술집. 그중에서 최악은 유명 인사들이 드나드는 술집으로, 벽에 악명 높은 단골의 사진이 죽 걸린 곳이었다. 언더워터의 테마는 고대 목조선의 낭만과 다이빙이 결합된 애매한 항해 분위기였다. 하지만 어느 순간, 아마도 맥주를 네 잔쯤 마셨을 무렵에는 초록색 물이 부글거리는 수족관이나 잠수모, 삐걱거리는 목재로 꾸며진 촌스러운 인테리어 따위는 해리의 눈에 들어오지 않게 되었다. 이 정도면 그나마 다행이었다. 지난번에는 갑자기 사람들이 돌아가며 자기가 좋아하는 오페라 아리아를 불러댔다. 그 순간 해리는 드디어 뮤지컬이 현실이 된 것 같았다. 그는 주위를 찬찬히 둘러보았다. 다행히 지금 있는 네 명의 손님은 느닷없이 노래를 부를 것 같지는 않았다.

"다들 휴가라도 갔나?" 그의 앞에 맥주를 내려놓는 카운터 뒤의 여자에게 해리가 물었다.

"아직 7시밖에 안 됐잖아요." 분명 아까 해리가 200크로네를 주었는데도 여자는 100크로네에 해당되는 거스름돈을 내주었다.

갈 수만 있다면 슈뢰데르에 갔을 것이다. 하지만 거기서 출입금지를 당한 기억이 어렴풋이 떠올랐고, 차마 다시 가서 진실을 알아낼 배짱은 없었다. 적어도 오늘은. 그게 화요일이었던가? 아니면 수요일? 어쨌거나 그날 슈뢰데르에서 있었던 일이 부분적으로 기억났다. 한 손님이 해리가 텔레비전에 출연해 '노르웨이의 경찰 영웅'으로 대접받았던 이야기를 꺼냈다. 당시 그가 시드니에서 무장한 살인범을 총으로 쏴 죽였기 때문이었다. 누군가가 그 일에 대해 몇 마디 하며 해리를 욕했다. 그중에는 정곡을 찌르는 말도 있었다. 그래서 결국 둘이 주먹다짐을 했던가? 그랬을 가능성도 있다. 하지만 다음 날 깨어났을 때 손가락 마디와 코에서 발견한 상처는 조약돌이 깔린 도브레 가에 넘어져서 생긴 것일 수도 있었다.

해리의 휴대전화가 울리기 시작했다. 그는 액정에 뜬 번호를 바라보았다. 이번에도 라켈은 아니었다.

"네, 보스."

"해리? 지금 어딘가?" 비아르네 묄레르의 목소리는 걱정스러웠다.

"물속입니다*. 무슨 일입니까?"

"물속?"

"네, 물. 민물. 짠물. 바닷물. 그런데 보스 목소리가…… 그걸 뭐라고 하더라? 왠지 허둥대는 거 같네요."

"취했나?"

"이 정도로는 부족하죠."

"뭐라고?"

---

* 술집 이름인 언더워터를 이용한 말장난.

"아무것도 아닙니다. 배터리가 얼마 안 남았어요, 보스."

"오늘 현장에 있었던 경찰 하나가 자네를 신고하겠다고 협박했네. 자네가 눈에 띄게 취한 상태로 현장에 도착했다더군."

"왜 현재형이 아니라 과거형입니까?"

"내가 신고하지 말라고 설득했으니까. 정말 취한 상태였나, 해리?"

"그럴 리가요, 보스."

"지금 사실을 말하는 게 확실한가, 해리?"

"지금 사실을 알고 싶으신 게 확실합니까?"

전화기 너머로 묄레르의 한숨 소리가 들렸다.

"계속 이럴 순 없네, 해리. 이제 끝내야 해."

"알겠습니다. 그럼 먼저 이 사건에서 절 빼주십시오."

"뭐라고?"

"들으셨잖습니까. 그 자식과 함께 일하고 싶지 않습니다. 저 대신 다른 사람을 투입하세요."

"지금 그럴 인력이 없다는 건······."

"그럼 절 자르십시오. 전 상관없으니까."

해리는 휴대전화를 다시 셔츠 안주머니에 집어넣었다. 묄레르의 목소리가 그의 젖꼭지에 닿아 부드럽게 울리는 것이 들렸다. 은근히 고소한 기분이 들었다. 맥주잔을 마저 비우고 자리에서 일어나, 따뜻한 여름 밤 속으로 비틀비틀 걸어갔다. 울레볼스바이엔 가에서 세 번이나 시도한 끝에 겨우 택시를 잡아탔다.

"홀멘콜바이엔 가로 갑시다." 땀에 젖어 축축한 목을 뒷좌석의 서늘한 가죽에 대며 그가 말했다. 달리는 차창 밖으로 연푸른 하늘을 가르며 먹이를 찾는 제비들이 보였다. 한창 곤충들이 나올 때였다. 제비에게는 지금이 절호의 기회, 살 수 있는 기회였다. 지금부터 해가 질 때까지.

택시가 검은색의 대형 목조 저택 아래에 멈춰 섰다.

"더 올라갈까요?" 택시 운전사가 물었다.

"아뇨. 그냥 여기서 잠깐 기다리면 됩니다." 해리가 말했다.

그는 저택을 올려다보았다. 창문에 얼핏 라켈이 보인 것 같았다. 아마 올레그는 곧 자러 갈 것이다. 분명 더 늦게 자겠다고 난리를 피우겠지. 왜냐하면…….

"오늘이 금요일 맞죠?"

택시 운전사는 백미러를 조심스럽게 바라보더니 고개를 살짝 끄덕였다.

며칠. 몇 주. 맙소사, 아이들이 얼마나 빨리 자라는지. 해리는 얼굴을 문질렀다. 자신이 달고 다니는 창백한 데스마스크에 조금이라도 생기를 불어넣기 위해서였다. 작년 겨울에는 상황이 그리 나쁘지 않았다. 큰 사건 두어 개를 해결했고, 엘렌 사건의 목격자를 찾아냈고, 술도 끊었다. 그와 라켈은 단순한 연인에서 가족적인 일도 함께하는 사이로 발전했다. 그는 그게 좋았다. 함께 떠나는 주말여행도, 아이가 늘 함께하는 것도 좋았다. 해리는 바비큐를 굽기도 했다. 일요일 점심 식사에 아버지와 쇠스를 초대하는 것도 좋았고, 다운증후군 환자인 동생 쇠스가 아홉 살짜리 올레그와 노는 모습을 지켜보는 것도 좋았다. 가장 좋은 점은 그와 라켈이 서로 깊이 사랑하고 있다는 것이었다. 심지어 라켈은 해리가 그녀의 집으로 이사 와야 한다는 암시를 주기도 했다. 올레그와 단둘이 살기에는 집이 너무 크다는 것이다. 하지만 해리에게는 편한 핑계가 있었다.

"일단 엘렌 사건을 해결한 후에 생각해보자고." 그는 그렇게 말했다. 그들이 예약한 노르망디 여행, 3주간 낡은 농가에서 지내고 1주간 배에서 지내는 이 여행은 그들이 동거할 준비가 되었는지 알아보는 일종의 테스트였다.

그런데 일이 틀어지기 시작했다.

그는 겨울 내내 엘렌 옐텐 사건에 매달려 지냈다. 약간 지나칠 정도로 사건에 몰두했지만 원래 그것이 그의 수사 방식이었다. 엘렌 옐텐은 단순한 동료가 아니었다. 그의 가장 가까운 친구, 누구보다 마음이 잘 맞던 친구였다. 2년 전 그와 엘렌은 프린스라는 암호명으로 활동하는 무기 밀매상을 턱밑까지 따라잡았고, 그러던 중 엘렌은 야구방망이에 두들겨 맞아 목숨을 잃었다. 아케르셀바 강 근처의 살인 현장에서는 스베레 올센을 범인으로 지목하는 증거가 나왔다. 올센은 경찰들도 익히 알고 있던 신나치족이었다. 그러나 불행히도 올센에게서 범행 동기는 들을 수 없게 되었다. 체포 과정에서 톰 볼레르에게 총을 쏘는 바람에 오히려 볼레르가 쏜 총에 머리를 맞았기 때문이다. 그런 사실에도 아랑곳하지 않고 해리는 엘렌을 죽인 진범은 프린스라고 믿었다. 그리하여 묄레르에게 독자적으로 수사할 수 있게 해달라고 설득했다. 그것은 철저하게 개인적인 수사였고, 강력반의 모든 규칙에도 어긋나는 일이었지만 묄레르는 허락했다. 물론 단기간으로. 해리가 다른 중요한 사건을 해결한 것에 대한 일종의 보상이었다. 작년 겨울, 마침내 돌파구가 나타났다. 엘렌이 살해되던 날 밤, 스베레 올센이 어떤 남자와 함께 빨간 차에 앉아 있는 것을 본 목격자가 나타난 것이다. 사건 현장에서 불과 몇백 미터밖에 떨어지지 않은 거리였다. 목격자인 로이 크빈스빅은 한때 신나치족 범죄자였으나 이제는 필라델피아 교파로 개종했다. 크빈스빅은 모범적인 목격자는 아니었지만, 해리가 내민 사진을 오랫동안 골똘히 들여다보더니 맞다고 대답했다. 사진 속의 남자가 올센과 함께 차 안에 있던 남자라고. 그것은 톰 볼레르의 사진이었다.

오랫동안 볼레르를 의심하기는 했어도 막상 확인을 받자 해리는 충격을 받았다. 특히나 그것은 경찰청에 볼레르와 같은 첩자가 더 많으리라는 의미이기 때문이었다. 다른 사람의 도움 없이 프린스 혼자서 그렇게 광범위한 무기 밀매 조직을 운영하는 것은 불가능하다. 그것은 다시 말해, 누구도 믿어서는 안 된다는 뜻이다. 따라서 해리는 로이 크빈스빅에게서 들은 말을 아무에게도 하지 않았다. 자신에게 기회는 오로지 한 번뿐이고, 그 한 번에 추악한 진실을 모두 밝혀내야 한다는 것을 알고 있었기 때문이다. 또한 이 세력을 완전히 뿌리 뽑지 못한다면, 그의 경력도 끝장날 터였다.

그때부터 해리는 은밀하게 볼레르의 유죄를 입증할 만한 확실한 증거들을 찾아 헤매기 시작했다. 하지만 누구를 믿어야 할지 알 수 없기 때문에 그 일은 생각보다 훨씬 어려웠다. 우선 다른 직원들이 모두 퇴근한 후에 자료실을 샅샅이 뒤지는 일부터 시작했다. 경찰청 인트라넷에 몰래 접속해 볼레르와 친한 동료들의 이메일, 수신 혹은 발신 전화의 목록을 출력하기도 했다. 오후에는 웅스토르게 광장 근처에 차를 세우고 헤르베르트 피자집을 감시했다. 해리는 그 피자집의 단골인 신나치족들 역시 무기 밀매에 가담했을 것이라고 확신했다. 하지만 그에 관한 어떤 단서도 나오지 않자, 이번에는 볼레르와 여러 동료들을 미행하기 시작했다. 특히 외케른의 사격장에서 총과 함께 많은 시간을 보내는 동료들에게 집중했다. 안전거리를 두고 그들을 미행했으며, 그들의 집 앞에 차를 대고 감시했다. 그들이 집 안에서 편안히 자는 동안, 해리는 차 안에서 추위에 떨다가 새벽이 되어서야 녹초가 되어 라켈의 집으로 돌아갔다. 그렇게 겨우 두세 시간 잔 후에 다시 출근했다. 얼마쯤 지나자 라켈은 그에게 야간 근무가 있는 날에는 그의 집에서 자라고 했다. 해리는 이 야간 근무가 비공식 업무라는 사실을 말하지 않았다. 근무 기록표에도 남지 않고, 그의 상관들도 모르고, 오로지 자기 혼자 독자적으로 하는 근무라는 사실을.

그러다 그는 수사 방향을 바꾸기로 했다.

어느 날 저녁, 해리는 헤르베르트 피자집에 들어갔다. 그리고 그 다음 날도. 그곳 손님들과 이야기를 나누고 맥주를 돌렸다. 물론 그들은 해리의 정체를 알고 있었지만 그래도 공짜 맥주를 마다하지는 않았다. 그들은 공짜 맥주를 마시고 씩 웃을 뿐 정보를 주지는 않았다. 해리는 점차 그들이 아무것도 모른다는 것을 깨달았다. 그래도 계속 그곳에 갔다. 이유는 알 수 없었다. 아마도 뭔가에, 용의 은신처에 접근했다는 느낌이 들어서일 것이다. 하지만 볼레르도, 그와 친한 어떤 동료도 그곳에 모습을 나타내지 않았다. 그래서 해리는 다시 볼레르가 사는 아파트를 감시하기 시작했다.

그러던 어느 날, 기온이 영하 20도까지 떨어졌던 밤이었다. 사람이라고는 그림자도 찾아볼 수 없는 거리에 한 남자가 반바지에 얇은 재킷만 입은 채 해리의 차 쪽으로 걸어왔다. 좌우로 비틀거리는 걸음새가 영락없이 마약 중독자였다. 그는 볼레르의 아파트 출입문 앞에 걸음을 멈추더니 좌우를 둘러본 후, 쇠지렛대로 자물쇠를 공격하기 시작했다. 해리는 차 안에 앉아 남자를 지켜봤다. 괜히 나섰다가는 자신의 존재가 노출될 위험이 있다는 사실을 익히 알고 있었다. 남자는 약에 완전히 취한 탓에 쇠지렛대도 제대로 다루지 못했다. 그가 지렛대를 아래로 홱 내리자 쩍 소리와 함께 나무로 된 문에 금이 갔고, 남자는 뒤로 넘어져 아파트 앞에 쌓인 눈밭에 쓰러졌다. 그러더니 움직일 생각을 하지 않았다. 몇몇 집 창문에 불이 켜졌다. 볼레르의 집 커튼도 움직였다. 해리는 기다렸다. 아무 일도 일어나지 않았다. 영하 20도. 볼레르의 집 창문에는 여전히 불이 켜져 있었다. 약쟁이는 꼼짝도 하지 않았다. 훗날 해리는 그때 자신이 어떻게 대처했어야 했는지 종종 생각하곤 했다. 추위 때문에 그의 휴대전화 배터리는 완전히 방전되어 응급실에 전화할 수도 없었다. 그는 기다렸다. 재깍재깍 시간이 흘렀다. 염병할 약쟁이. 영하 20도. 빌어먹을 약쟁이. 물론 그가 직접 차를 몰아 응급실로 가서 신고할 수도 있었다. 그때 무언가가 출입문 옆에서 움직였다. 볼레르였다. 가운에 부츠, 모자, 벙어리장갑까지 긴 꼴이 정말 가관이었다. 손에는 모직 담요 두 개를 들고 있었다. 볼레르가 약쟁이의 맥박과 동공을 확인한 후, 담요를 둘러주는 것을 보고도 해리는 자신의 눈을 믿을 수가 없었다. 볼레르는 우두커니 서서 해리의 차가 있는 쪽을 노려보았다. 몇 분 뒤, 앰뷸런스가 아파트 앞에 도착했다.

그날 밤 해리는 집에 돌아가 윙체어에 앉아 담배에 불을 붙이고, 라가 로커스와 듀크 엘링턴을 들었다. 그러고는 곧장 출근했다. 48시간 동안 입었던 옷 그대로.

4월의 어느 저녁, 라켈과 해리는 처음으로 말다툼을 했다. 그는 막판에 주말여행을 취소했고, 라켈은 시간이 얼마 남지 않은 상황에서 해리가 약속을 깬 것이 벌써 세 번째라고 지적했다. 이건 올레그와의 약속이기도 해, 그녀가 말했다. 해리는 그녀가 올레그를 평계로 이용하고 있으며 그녀가 진정으로 원하는 것은 해리가 엘렌을 죽인 범인을 찾는 일보다 그녀의 요구를 우선시하는 것이라고 비난했다. 라켈은 엘렌이 유령이고, 그가 세상과 인연을 끊은 채 오로지 시체 옆만 지키고 있으며, 그건 정상이 아니고, 그가 비극을 먹고살며, 그것은 일종의 시체애호증이고, 그를 이렇게 만든 것은 엘렌이 아니라 복수에 대한 그의 욕망일 뿐이라고 말했다.

"당신은 상처를 받았어. 그래서 복수하기 위해 다른 건 다 될 대로 되라는 거지." 라켈이 말했다.

씩씩거리며 집을 나가던 해리의 눈에 계단 난간 뒤로 올레그의 잠옷과 붉게 충혈된 아이의 눈동자가 얼핏 보였다.

그 후로 해리는 엘렌의 살인범을 쫓는 것과 직접적인 연관이 없는 일은 모두 중단했다. 책상 스탠드의 약한 불빛 아래서 이메일을 읽었고, 단독 주택과 아파트의 불 꺼진 창문을 응시하며 절대 나오지 않을 사람이 나오기를 기다렸으며, 소피스 가에 있는 자신의 아파트에서 쪽잠을 잤다.

낮이 점점 길어지고 환해졌지만 수사에는 눈곱만큼의 진전도 없었다. 그러던 어느 날 밤, 느닷없이 어린 시절에 꾸었던 악몽을 다시 꾸게 되었다. 쇠스의 긴 머리카락이 끼어버리고, 그 애의 얼굴에 공포가 서리고, 자신은 두려움으로 몸이 굳어버리는 꿈. 다음 날에도 똑같은 꿈을 꾸었다. 그 다음 날에도.

해리의 어릴 적 친구이자 본업인 택시 운전을 하지 않을 때에는 말리크에서 술을 마시는 외위스테인 아이켈란은 그에게 꼴이 말이 아니라면서 싸구려 각성제를 주었다. 하지만 해리는 거절했다. 그렇게 피곤하고 분노한 상태로 가차 없는 추적을 계속 해나갔다.

진실이 밝혀지는 것은 시간문제였다. 미지불된 고지서 같은 시시한 단서 하나만 나와도 도화선에 불이 붙을 것이다. 그때가 5월 말이었고, 그는 며칠째 라켈과 냉전 중이었다. 그러다 사무실 의자에서 자던 도중 전화벨 소리에 잠에서 깼다. 라켈은 여행사에서 전화가 왔다고 했다. 그들이 노르망디에 예약한 농가의 잔금을 아직 치르지 않았다는 것이다. 그들에게는 일주일의 말미가 있었고, 그때까지 돈을 지불하지 않으면 그 농가는 다른 사람에게 넘어갈 거라고 했다.

"금요일이 마감이야." 라켈은 그렇게 말하고 전화를 끊었다.

해리는 화장실로 가서 찬물로 얼굴을 씻고, 거울 속의 자기 얼굴과 대면했다. 바짝 깎은 금발이 물에 젖어 있었고 그 아래로 충혈된 두 눈과 다크서클, 핼쑥하게 푹 꺼진 뺨이 보였다. 억지로 미소를 지었다. 누런 이가 미소로 답했다. 거울 속 얼굴이 낯설었다. 라켈의 말이 맞았다. 이제 마감이었다. 그와 엘렌과의 관계, 그와 톰 볼레르와의 관계를 끝낼 시점.

그날 그는 직속상관인 비아르네 묄레르를 찾아갔다. 그가 경찰청 내에서 100퍼센트 믿을 수 있는 유일한 사람이었다. 해리가 자신이 원하는 바를 말하는 동안, 묄레르는 고개를 끄덕이기도 했다가 절레절레 흔들기도 했다. 그러더니 다행히도 그 일은 자기 소관이 아니라면서 총경님과 직접 이야기하라고 했다. 하지만 총경님을 찾아가기 전에 다시 한 번 생각해보라고 했다. 해리는 묄레르의 사각형 사무실을 나와 곧장 총경의 타원형 사무실로 갔다. 노크를 하고 안으로 들어가 자신이 해야 할 말을 했다. 스베레 올센이 톰 볼레르와 함께 있는 것을 봤다는 목격자에 대해, 그리고 엘렌 옐텐을 죽인 진범이 다름 아닌 볼레르였다는 사실에 대해. 그게 전부였다. 5개월간의 고군분투, 5개월간의 미행, 5개월간 미치기 직전의 정신 상태로 살면서 그가 얻어낸 것은 그게 전부였다.

총경은 해리에게 톰 볼레르가 엘렌 옐텐을 죽인 동기가 무엇일지 생각해봤냐고 물었다.

해리는 엘렌이 위험한 정보를 알고 있었다고 말했다. 살해되던 날 저녁, 엘렌은 해리의 자동응답기에 프린스가 누구인지 알아냈다는 메시지를 남겼다. 불법 무기 밀매의 배후 주모자이자 오슬로 범죄 조직이 총으로 완전 무장을 하게 만든 책임자의 정체를 알고 있었던 것이다.

"불행히도 제가 전화했을 때는 너무 늦었습니다." 총경의 표정을 읽으려고 애쓰며 해리가 대답했다.

"그럼 스베레 올센은?" 총경이 물었다.

"우리가 스베레 올센을 찾아냈을 때는 프린스가 이미 죽어버렸죠. 엘렌을 죽인 진범의 이름을 발설하지 못하도록 말입니다."

"그리고 자네 말로는 그 프린스가……?"

해리는 다시 한 번 톰 볼레르의 이름을 말했고, 총경은 말없이 고개를 끄덕이며 이렇게 말했다. "우리 동료란 말이지. 그것도 가장 존경받는 수사관 중의 하나."

그 후로 10초 동안, 해리는 마치 진공 속에 앉아 있는 것 같았다. 공기도 소리도 없는 진공. 그는 경찰로서 자신의 경력이 바로 이 자리에서 끝날 수도 있다는 것을 알고 있었다.

"알겠네, 홀레. 일단 자네가 말한 목격자를 만나보도록 하지. 그 후에 어떻게 할지 결정하겠네."

총경은 자리에서 일어섰다.

"잘 알겠지만 별도의 지시가 있기 전까지 이 일은 반드시 자네와 나, 둘만 알고 있어야 하네."

"언제까지 여기 있어야 합니까?"

해리는 택시 운전사의 말에 움찔했다. 어느새 잠이 든 모양이었다.

"돌아갑시다." 마지막으로 집을 바라보며 해리가 말했다.

키르케바이엔 가로 내려왔을 때 그의 휴대전화가 울렸다. 베아테였다.

"무기를 찾은 거 같아요. 반장님 말이 맞았어요. 권총이었어요." 그녀가 말했다.

"그렇다면 우리 둘 다에게 축하할 일이로군."

"음, 그렇게 힘들지도 않았어요. 싱크대 아래 쓰레기통 속에 있더라고요."

"제조사와 번호는?"

"글록 23이에요. 일련번호는 줄로 지워졌고요."

"줄로 지워져?"

"요즘 오슬로에서 압수되는 대다수의 권총들과 같은 방식으로 지워졌는지 물으시는 거라면 대답은 예스예요."

"알았어." 해리는 왼손으로 휴대전화를 바꿔 들었다. "그런데 왜 내게 전화해서 이런 걸 말해주는 거지? 내 사건도 아닌데."

"과연 그럴까요, 반장님? 묄레르 경정님 말이……."

"묄레르와 염병할 오슬로 경찰청은 지옥에나 떨어지라고 해!"

해리는 갈라지는 자기 목소리에 깜짝 놀랐다. 백미러에 V자 모양을 이룬 택시 운전사의 양 눈썹이 보였다.

"미안해, 베아테. 난…… 듣고 있어?"

"네."

"지금 내가 정상이 아니야."

"나중에 말해도 돼요."

"뭔데?"

"서두를 필요 없어요."

"지금 말해."

베아테는 한숨을 쉬었다.

"카밀라 로엔의 눈꺼풀이 부어 있던 거 보셨어요?"

"물론."

"전 범인에게 맞아서 그런 줄 알았어요. 아니면 넘어지다가 다쳤거나요. 하지만 부검 결과 그건 부은 게 아니었어요."

"그래?"

"검시관이 눈꺼풀을 눌러봤더니 돌처럼 딱딱했대요. 그래서 눈꺼풀을 들어 올렸더니 그 안에 뭐가 있었는지 아세요?"

"모르겠는데." 해리가 말했다.

"별 모양의 작고 불그스름한 보석요. 아무래도 다이아몬드 같아요. 어떻게 생각하세요?"

해리는 숨을 들이쉬고 시간을 확인했다. 소피 바의 영업시간까지 아직 세 시간이 남았다.

"이건 내 사건이 아니야." 해리는 그렇게 말하며 휴대전화의 전원을 꺼버렸다.

# 금요일. 물

　지금은 가뭄이지만 나는 그 형사가 술집에서 나오는 것을 보았다. 갈증을 풀어줄 물. 빗물, 강물, 양수.

　그는 나를 보지 못했다. 비틀거리며 울레볼스바이엔 가로 걸어가 택시를 잡으려 했다. 아무도 그를 태우려 하지 않는다. 강을 건너게 해줄 뱃사공이 없어서 강둑을 따라 떠돌며 안식을 얻지 못하는 영혼 같았다. 나도 그런 기분을 느껴본 적이 있다. 내가 아끼던 것들에게 발목이 잡혔던 경험. 난생 처음으로 내가 도움받을 차례가 됐는데 거절당했던 경험. 누군가가 내게 침을 뱉었는데 내게는 침을 되뱉어줄 대상이 없는 경험. 당신이 해야만 하는 일을 조용히 생각한다. 물론 역설적이게도 당신이 목을 베어야 할 사람은 당신을 동정한 택시 운전사다.

# 화요일. 해고

해리는 슈퍼마켓 뒤쪽으로 가서 우유가 보관된 냉장고의 유리문을 열고, 그 안에 상체를 들이밀었다. 땀에 젖은 티셔츠를 위로 올리고 눈을 감은 채 살갗에 닿는 서늘한 공기를 느꼈다.

일기예보에 의하면 오늘 밤은 열대야였다. 슈퍼마켓에서는 서너 명의 손님들이 바비큐와 맥주, 미네랄워터를 카트에 담고 있었다.

해리는 머리 색깔로 그녀를 알아보았다. 그녀는 그에게 등을 돌린 채 정육 코너에 서 있었다. 큰 엉덩이가 청바지를 빵빵하게 채우고 있었다. 그녀가 몸을 돌리자, 청바지 위로 얼룩말 무늬 상의가 보였다. 지난번에 보았던 표범 무늬 상의처럼 몸에 딱 달라붙었다. 비베케 크눗센은 마음을 바꿨는지 조리가 다 되어 있는 소고기 요리를 내려놓고, 카트를 밀어 냉동 코너로 가더니 대굿살 두 팩을 집어 들었다.

해리는 티셔츠를 내리고 유리문을 닫았다. 우유를 살 생각은 전혀 없었다. 고기나 대구를 사고 싶은 마음도 없었다. 가급적 적게, 그냥 먹을 만한 무언가를 사고 싶었다. 배가 고파서가 아니라 위장을 위해서였다. 전날 밤부터 위장이 아프기 시작했다. 지금 음식물을 넣어주지 않으면 더는 술을 한 방울도 마시지 못하리라는 것을 경험상 알고 있었다. 그의 카트 안에는 통밀빵 한 덩어리와 길 건너 빈모노폴*에서 구입한 술이 든 갈색 종이봉지가 있었다. 해리는 닭 반 마리와 여섯 개들이 한사 맥주를 카트에 넣고, 과일 코너 앞을 왔다 갔다 하다가 결국에는 그냥 계산대로 가서 비베케 크눗센 바로 뒤에 섰다. 고의적인 것은 아니었지만 그렇다고 딱히 우연만은 아니었다.

비베케는 반쯤 몸을 돌렸지만 그를 보지 못한 채 마치 어딘가에서 고약한 냄새가 난다는 듯이 코를 찡그렸다. 그 냄새의 근원지가 해리일 가능성도 있었다. 그녀는 계산대 여자에게 스무 개짜리 프린스 마일드 담배를 달라고 했다.

"금연 중인 줄 알았는데요."

비베케는 깜짝 놀라 뒤를 돌아보더니 그를 위아래로 훑어보고는 세 번의 각기 다른 미소를 지었다. 첫 번째는 순식간에 지나가는 반사적인 미소였고, 그다음에는 그를 알아보는 미소, 그리고 계산을 마친 뒤에는 호기심 어린 미소였다.

"그러는 형사님은 파티라도 여시는 모양이네요."

그녀는 계산을 마친 물건을 비닐봉지에 담았다.

"그런 셈이죠." 해리는 그렇게 중얼거리며 그녀에게 미소를 지어 보였다.

비베케가 머리를 한쪽으로 기울이자, 얼룩말 무늬가 따라서 움직였다.

"손님이 많은가 봐요."

* 국영 주류 판매점.

"서너 명쯤? 다 불청객들이죠."

계산대 여점원이 해리에게 잔돈을 내밀었으나, 해리는 고갯짓으로 구세군 모금함을 가리켰다.

"쫓아내면 되잖아요. 안 그래요?" 비베케의 미소는 이제 눈가에 닿을 지경이었다.

"물론이죠. 하지만 이 특별 손님들은 쫓아내기가 쉽지 않아서요."

해리가 비닐봉지를 들어 올리자 짐 빔이 여섯 개들이 맥주에 부딪히며 즐겁게 딸그락거렸다.

"그래요? 오랜 술친군가요?"

해리는 머뭇거리는 시선으로 그녀를 바라보았다. 그의 사정을 알고 하는 말 같았다. 그러자 그녀가 꽤나 근엄한 인상의 남자와 함께 산다는 사실이 한층 더 이상하게 느껴졌다. 좀 더 정확히 말하면, 그렇게 근엄한 남자가 이런 여자와 산다는 것이 이상했다.

"전 친구 없습니다." 해리가 말했다.

"그럼 여자들인가 보네요. 쉽게 안 떨어지는 타입."

해리는 그녀를 위해 문을 열어주려 했지만 알고 보니 자동문이었다. 이곳은 기껏해야 몇백 번밖에 오지 않았으니까. 두 사람은 슈퍼마켓 앞의 보도에 마주 보고 섰다.

해리는 무슨 말을 해야 할지 몰랐다. 그래서인지 이런 말이 튀어나왔다.

"여자 셋입니다. 제가 술에 취하면 알아서 갈지도 모르죠."

"네?"

비베케가 태양을 피하기 위해 손으로 눈을 가렸다.

"아무것도 아닙니다. 미안해요. 그냥 머릿속으로 한 생각이었는데 입 밖으로 튀어나왔네요. 그러니까…… 딱히 생각을 한 건 아니었는데…… 어쨌든 큰 소리로 말했나 봅니다. 실없는 소리였어요. 제가…….”

해리는 대체 이 여자가 왜 아직까지 자신과 함께 있는지 알 수가 없었다.

“주말 내내 계단을 오르락내리락거리더군요.” 비베케가 말했다.

“누가요?”

“경찰이겠죠, 아마도.”

그제야 해리는 자신이 카밀라 로엔의 아파트에 간 후로 주말이 지났다는 사실을 깨달았다. 슈퍼마켓 창문에 비친 자신의 모습을 슬쩍 훔쳐보려 했다. 주말이 지났다고? 지금 내 꼴이 어떨까?

“우리에게는 아무것도 말해주지 않더군요. 신문에서는 아무런 단서도 없다는 말만 하고요. 정말인가요?” 비베케가 말했다.

“제 사건이 아니라서요.”

“그렇군요.” 비베케 크눗센이 고개를 끄덕였다. 그러더니 다시 미소 지었다. “그런데 그거 아세요?”

“뭐요?”

“어쩌면 그게 잘된 걸지도 몰라요.”

2, 3초가 흐른 후에야 해리는 그 말뜻을 이해했다. 그러고는 웃었다. 그의 웃음은 마른기침으로 변해갔다.

“왜 전에는 이 슈퍼에서 당신을 본 적이 없을까요? 이상하네요.” 기침이 가라앉자 해리가 말했다.

비베케는 어깨를 으쓱였다. “혹시 알아요? 우리가 여기서 또 마주칠지?”

그녀는 환한 미소를 짓더니 걸어가기 시작했다. 그녀의 엉덩이와 비닐봉지가 좌우로 흔들거렸다.

그래요, 당신과 나, 그리고 날아다니는 돼지.

해리는 그 생각을 너무 열심히 하고 있었던 나머지, 순간 자신이 그 생각을 입 밖으로 낸 건 아닐까 두려웠다.


소피스 가의 아파트 단지 출입문 앞 계단에 한 남자가 앉아 있었다. 한쪽 어깨에 재킷을 걸치고, 한 손은 배 위에 얹고 있었는데 셔츠의 앞면과 양쪽 겨드랑이에 짙은 땀자국이 있었다. 해리를 보자 그가 자리에서 일어섰다.

해리는 숨을 들이쉬고 마음의 준비를 했다. 비아르네 묄레르였다.

"맙소사, 해리."

"맙소사, 보스."

"지금 자네 꼴이 어떤지 아나?"

해리는 주머니에서 열쇠를 꺼냈다. "근육이 좀 빠지긴 했죠."

"내가 주말에 발생한 살인사건 수사를 도우라고 말했는데 자넨 코빼기도 비치지 않았어. 오늘은 아예 출근도 하지 않았고."

"늦잠 잤습니다, 보스. 그리고 이건 보스가 좋아하는 그 빌어먹을 '사실'이라고요."

"지난 몇 주 동안 계속 금요일에만 출근하던데 그것도 늦잠 때문인가?"

"아마도요. 처음 일주일간 결근하고 났더니 정신이 좀 들더군요. 그래서 경찰청에 전화했는데 누가 절 휴가자 명단에 올려놓았다는 겁니다. 보스일 거라고 생각했죠."

해리는 복도를 터덜터덜 걸어갔고, 묄레르가 그 뒤를 바짝 쫓았다.

"나라고 좋아서 한 줄 아나?" 묄레르는 신음하며 한 손을 배로 가져갔다. "무려 4주일세, 해리!"

"4주 정도야 이 광활한 우주에서는 10억 분의 1초……."

"게다가 어디에 있다는 말 한 마디 없었어!"

해리는 힘겹게 열쇠를 자물쇠 안으로 밀어 넣었다. "곧 듣게 되실 겁니다, 보스."

"뭘?"

"제가 어디 있었는지에 관한 말 한 마디를요. 여깁니다."

해리가 자신의 아파트 현관문을 밀자 맥주와 담배꽁초, 썩은 쓰레기가 섞인 매캐한 냄새가 그들을 맞이했다.

"제가 어디 있는지 알았더라면 보스의 기분이 나았을까요?"

해리는 안으로 들어갔고, 묄레르도 머뭇거리며 그 뒤를 따랐다.

"신발은 벗지 않으셔도 됩니다, 보스." 해리가 부엌에서 외쳤다.

묄레르는 눈알을 굴리며 거실을 가로질러 갔다. 바닥에 널브러진 빈 병과 담배꽁초가 수북한 재떨이, 낡은 LP판을 밟지 않으려고 조심하면서.

"4주 내내 여기서 술을 마신 건가, 해리?"

"중간에 쉬기도 했습니다, 보스. 꽤 길게요. 휴가 중이니까 음주도 좀 쉬어줘야죠. 안 그렇습니까? 지난주에는 한 모금도 안 마셨습니다."

"나쁜 소식이 있네, 해리." 묄레르가 창문의 걸쇠를 풀고, 있는 힘껏 창문을 밀며 외쳤다. 세 번째로 민 후에야 창문이 벌컥 열렸다. 그는 신음하며 바지 벨트와 셔츠의 첫 번째 단추를 풀었다. 뒤를 돌아보니 해리가 뚜껑을 딴 위스키 병을 든 채 거실 입구에 서 있었다.

"아주 나쁜 소식인가 보군요." 묄레르의 느슨해진 벨트를 바라보며 해리가 물었다. "그래서 이제 그 벨트로 절 때린 다음 강간하실 건가요?"

"소화가 더뎌서 그러네." 묄레르가 설명했다.

"흠." 해리는 위스키 병의 뚜껑을 닫았다. "소화가 더디다는 건 참 재미있는 표현입니다. 저도 요즘 위장이 좀 나빠져서 조사를 했죠. 그랬더니 음식을 소화시키는 데 걸리는 시간이 열두 시간에서 스물네 시간 사이라더군요. 모든 사람이요. 누구든, 무얼 먹었든 상관없이. 뱃속이 계속 불편할지라도 그보다 더 오래 걸리지는 않죠."

"해리⋯⋯."

"한 잔 드릴까요, 보스? 잔이 지저분해도 괜찮으시다면."

"이제 다 끝났다는 말을 하려고 왔네, 해리."

"그만두시는 겁니까?"

"제발 그만 좀 하게!"

묄레르가 테이블을 어찌나 세게 내려쳤는지 바닥에 있던 빈 병들이 흔들렸다. 그는 초록색 암체어에 주저앉아 손으로 얼굴을 쓸어내렸다.

"지금까지 자네 밥줄을 지켜주려다가 내 밥줄까지 위험했던 적이 한두 번이 아니야. 내 인생에는 자네보다 가까운 사람들이 있네. 내가 먹여 살려야 하는 사람들. 여기서 멈춰야 할 거 같네, 해리. 더는 자네를 도와줄 수 없어."

"알겠습니다."

해리는 소파에 앉아, 옆에 있던 잔들 중 하나에 위스키를 따랐다.

"아무도 보스에게 절 도와주라고 하지 않았습니다만 어쨌거나 고맙습니다. 지금까지 도와주셔서요. 건배."

뮐레르는 숨을 깊이 들이쉬고는 눈을 감았다.

"이거 아나, 해리? 가끔씩 자네는 이 지구상에서 가장 건방지고 이기적이고 멍청한 개자식이야."

해리는 어깨를 으쓱이고는 단숨에 잔을 비웠다.

"자네 해고서를 작성했네." 뮐레르가 말했다.

해리는 빈 잔을 다시 채웠다.

"총경님 책상 위에 있어. 총경님이 서명만 하면 끝일세. 그게 무슨 뜻인지 아나, 해리?"

해리는 고개를 끄덕였다. "정말 가시기 전에 한잔 안 하실 겁니까, 보스?"

뮐레르는 자리에서 일어섰다. 그러고는 거실 입구 옆에서 걸음을 멈췄다.

"자네의 이런 모습을 보는 게 얼마나 가슴 아픈지 자넨 모를 거야, 해리. 자네에게는 라켈과 일이 인생의 전부였어. 그런데 처음에는 라켈에게 침을 뱉더니 이제는 일에도 침을 뱉는군."

정확히 4주 전에 그 두 가지 모두에 침을 뱉었죠, 해리는 마음속으로 그렇게 외쳤다.

"정말 미안하네, 해리."

뮐레르는 부드럽게 문을 닫고 아파트를 나갔다.

45분 뒤에 해리는 의자에 앉은 채 잠이 들었다. 이번에도 누군가가 그의 꿈속으로 찾아왔다. 단골손님인 세 여자가 아니었다. 총경이었다.


정확히 4주하고도 사흘 전의 일이다. 총경은 자기 입으로 복서에서 만나자고 했다. 복서는 취흥이 도도한 술꾼들을 위한 술집으로 경찰청에서 엎드리면 코 닿을 지점, 거기서 다시 비틀거리며 몇 걸음만 걸어가면 되는 곳에 있었다. 총경은 자신과 해리 그리고 로이 크빈스빅, 이렇게 딱 셋이서만 보자고 했다. 그러고는 공식적인 결정을 내리기 전까지는 모든 일을 최대한 비공식적으로 처리하는 것이 최선이라고 했다. 그래야 자신의 입장이 난처해지지 않는다는 것이다.

해리의 입장에 대해서는 아무 언급도 없었다.

해리가 약속 시간보다 15분 늦게 복서에 도착했을 때 총경은 맥주 한 잔을 앞에 둔 채 뒤쪽 테이블에 앉아 있었다. 해리는 자리에 앉으며 그의 따가운 시선을 느꼈다. 도도하게 솟아 있는 얇은 콧날 양쪽으로 움푹 들어간 안와 속에서 총경의 푸른 눈동자가 반짝였다. 희끗한 머리카락은 숱이 많았고, 등은 꼿꼿했으며, 나이에 비해 날씬했다. 총경은 한때 젊은 시절이 있었으리라고는 도저히 상상할 수 없는, 또한 언젠가 팍삭 늙으리라고도 상상할 수 없는 그런 60대 노인이었다. 강력반에서는 그를 대통령이라고 불렀다. 그의 사무실이 타원형인 데다가 그의 말투가 꼭 대통령 같았기 때문이다. 특히나 공식적인 행사에서는. 하지만 이것은 '최대한 비공식적인' 만남이었다. 입술이 없는 듯한 총경의 입이 벌어졌다.

"혼자 왔군."

해리는 웨이트리스에게 파리스 생수 한 병을 주문한 뒤, 테이블에 있던 메뉴판을 집어 들고 첫 페이지를 열심히 들여다보았다. 그러고는 마치 아무 쓸모없는 정보를 말하듯이 한 마디 툭 던졌다.

"그가 생각이 바뀌었답니다."

"자네 목격자가 생각이 바뀌었다고?"

"네."

총경은 맥주를 한 모금 마셨다.

"지난 5개월 동안, 그자는 제게 증인으로 출두하겠다고 했습니다." 해리가 말했다. "마지막으로 만난 게 그제였죠. 아이스바인*이 어떨까요?"

"그자가 뭐라고 하던가?"

"오늘 교회 예배가 끝난 뒤에 저와 만나기로 했습니다. 그런데 절 보더니 생각이 바뀌었다고 하더군요. 스베레 올센과 함께 차 안에 있었던 남자는 톰 볼레르가 아니라는 결론을 내렸다고 했습니다."

총경은 해리를 노려보더니 코트 소매를 올려 손목시계의 시간을 확인했다. 그것은 오늘의 만남이 끝났다는 뜻이라고 해리는 받아들였다.

"그렇다면 자네의 증인이 봤던 사람은 톰 볼레르가 아니라 다른 누구라는 결론을 내릴 수밖에 없군. 자네 생각은 어떤가?"

해리는 침을 삼켰다. 그리고 또 삼켰다. 그는 메뉴판을 바라보았다.

"아이스바인이 좋겠습니다. 돼지고기요."

"그렇게 하게. 난 이만 가야겠네. 하지만 계산은 내 앞으로 달아두게."

해리는 짧게 웃었다. "정말 친절하시군요, 총경님. 하지만 솔직히 말해서 결국에는 혼자 남은 제가 계산하게 될 것 같은 불길한 예감이 드네요."

* 독일식 족발 요리.

총경은 얼굴을 찡그리더니 짜증이 나서 살짝 떨리는 목소리로 말했다.

"정말 솔직히 말해도 될까, 홀레? 자네와 볼레르가 서로를 못 잡아먹어서 안달이라는 건 누구나 아는 사실이네. 자네가 이 말도 안되는 모함을 하며 날 찾아왔을 때부터 왠지 의심스러웠지. 혹시 자네가 개인적 반감으로 인해 판단력이 흐려진 게 아닐까 하고. 이제보니 그 의심이 맞는 것 같군."

총경은 테이블 가장자리에 놓여 있던, 마시다 만 맥주잔을 앞으로 밀고는 자리에서 일어나 코트의 단추를 채웠다.

"그러니 간단명료하게 말하도록 하지, 홀레. 엘렌 옐텐 살인사건은 해결됐고 이로써 완전히 종결됐네. 지금까지 자네든 누구든 그 사건의 수사를 재개할 정도로 확실한 증거를 제시하지 못했어. 그러니 자네가 또다시 이 사건을 건드린다면 명령 위반으로 간주하고, 내가 서명한 자네의 해고서를 당장 경찰청 인사과에 보낼 걸세. 내가 이 말을 하는 까닭은 부패 경찰관을 눈감아주기 위해서가 아니야. 경찰청 내의 기강을 적절하게 유지하는 것이 내 책임이기 때문이지. 그래야 터무니없이 거짓말하는 양치기 소년이 나오지 않을 테니까. 혹시라도 자네가 어떻게든 볼레르를 기소하려는 게 내 눈에 띈다면, 난 당장 자네를 정직시키고 그 사건을 SEFO에 제출하겠네."

"무슨 사건요? 볼레르 대 옐텐 사건?" 해리가 나지막이 물었다.

"홀레 대 볼레르 사건."

총경은 자리를 떴고, 해리는 자리에 앉은 채 반쯤 남은 맥주를 응시했다. 총경의 말을 무시하고 계속 볼레르를 감시할 수도 있었지만 그런다고 해도 아무것도 달라지지 않을 것이다. 무슨 일이 있었든 그는 끝장났다. 실패자였고 이제는 경찰청의 위험 요소가 돼 버렸다. 편집증에 사로잡힌 배신자, 재깍거리는 폭탄, 그들은 기회가 되는 대로 그를 제거하려 할 것이다. 그들에게 그 기회를 제공할 것인지 말 것인지는 순전히 그에게 달렸다.

웨이트리스가 파리스 생수를 가져오더니 그에게 음식을 주문하겠느냐고 물었다. 혹은 술이나. 해리가 혀로 입술을 적시는 동안, 그의 생각들이 서로 충돌했다. 그들에게 기회를 주기만 하면 나머지는 그들이 알아서 할 것이다.

해리는 파리스 병을 옆으로 밀치고 웨이트리스에게 주문했다. 그것이 4주하고도 사흘 전의 일이었고, 그때부터 모든 것이 시작되었다. 그리고 끝났다.

THE DEVIL'S STAR

p a r t

2

# 화요일과 수요일. 차우차우

화요일 오슬로의 기온은 응달에서도 29도까지 치솟았고, 오후 3시가 되자 직장인들은 벌써부터 후크와 베르벤북타의 해변으로 달려갈 준비를 했다. 관광객들은 아케르 브뤼게의 노천 레스토랑과 프롱네르 공원으로 몰려들었다. 특히 프롱네르 공원에서는 땀범벅이 된 채 모놀리텐 앞에서 의무적으로 사진을 찍고는 분수대로 선들선들 걸어갔다. 혹시라도 한 줄기 바람이 분수대의 미세한 물방울을 서늘한 물안개처럼 뿌려주지 않을까 하는 희망을 품고서.

관광객의 발길이 닿지 않는 곳은 조용했고, 그곳에 있는 소수의 생명체들은 느리게 움직였다. 도로 공사 중인 인부들은 웃통을 벗은 채 기계 위로 몸을 기울였고, 국립병원 근처 공사장에서는 발판에 올라간 벽돌공들이 인적 없는 거리를 내려다보았다. 택시 운전사들은 응달에 차를 세워두고서 삼삼오오 모여 올레볼스바이엔 가 살인사건에 대해 토론했다. 오로지 예전부터 신문사들이 몰려 있던 거리인 아케르스 가만이 조금 북적거렸다. 요즘은 굵직한 기삿거리가 없는 시기였기에 선정성을 추구하는 언론매체는 최근의 살인사건을 짜내고 또 짜냈다. 많은 직원들이 휴가 중이었으므로, 여름 방학을 맞아 잠시 인턴으로 일하는 저널리즘 전공 대학생부터 실직한 논설위원에 이르기까지 닥치는 대로 기사 작성에 투입되었다. 문화부 기자들만 도망치고 없었다.

그래도 아케르스 가 역시 평상시보다는 조용했다. 아마도 〈아프텐포스텐〉이 이 거리를 떠나 도심으로, 우정郵政사업본부 빌딩 혹은 아프텐포스텐 하우스라 불리는 건물로 이전했기 때문일 것이다. 명칭이 무엇이든 간에 소도시 버전의 흉측한 마천루가 되어버린 그 건물은 구름 한 점 없는 푸른 하늘을 찌르고 있었다. 비에르비카 공사장 맨 위쪽의 황갈색 거상은 다듬어지기는 했어도 여전히 범죄부 기자인 로게르 옌뎀의 사무실 전망을 가렸다. 그리하여 당분간은 약쟁이들의 시장인 플라타와 그들이 멋진 신세계를 꿈꾸며 주사를 맞는, 헛간 뒤의 공간만 보였다. 그는 자신이 가끔씩 그곳을 내려다보며 토마스를 찾고 있다는 것을 깨달았다. 하지만 토마스는 작년 겨울, 한 경찰의 아파트에 무단 침입을 시도한 죄로 울레르스모 교도소에서 복역 중이었다. 얼마나 정신이 나갔으면 그런 짓을 했을까? 혹은 얼마나 절박했으면? 어쨌든 로게르는 혹시라도 동생 토마스가 팔에 주사바늘을 찔러 넣는 장면을 보게 될까 걱정할 필요가 없었다.

현재 〈아프텐포스텐〉의 범죄부 부장 자리는 공석이었다. 전직 부장은 구조조정의 일환으로 두둑한 퇴직금이 주어지는 명예퇴직을 제안 받았고, 그 제안을 냉큼 받아들여 퇴사했다. 그 후로 범죄부는 그저 취재부서 소속이었고, 그것은 사실상 로게르 옌뎀이 일반 기자의 월급을 받으며 범죄부 부장 역할까지 해야 한다는 뜻이었다. 그는 키보드에 손을 올린 채 책상에 앉아 있었다. 그의 눈은 그가 직접 스캔한 컴퓨터 바탕화면 속 미소 짓는 여자에게로 향했고, 그의 마음은 세 번째로 짐을 꾸려 그의 아파트에서 나가버린 이 여자를 생각했다. 이번에는 데비가 영영 돌아오지 않으리라는 것을 그도 알고 있었다. 이제는 미련을 버려야 할 때였다. 그는 컴퓨터의 제어판으로 들어가 바탕화면을 삭제했다. 이것이 시작이었다. 마약에 관한 기사를 쓰던 중이었는데 잠시 미뤄야 했다. 잘된 일이었다. 그는 마약에 관한 기사를 쓰는 게 딱 질색이었다. 데비는 그게 토마스 때문이라고 우겼다. 로게르는 앞으로 써야 할 기사에 집중하기 위해 머릿속에서 데비와 토마스를 몰아냈다.

그는 울레볼스바이엔 가 살인사건의 세부 사항을 요약하는 중이었다. 수사가 좀 더 진전되고, 새로운 증거나 용의자가 한두 명 나오기를 기다리며 지금의 휴식기를 즐기고 있었다. 이 기사는 금방 쓸 수 있을 것이다. 모든 면에서 섹시한 사건이었다. 범죄부 기자라면 누구나 꿈꿀 만한 요소들이 거의 다 들어 있었다. 스물세 살의 미혼 여성이 자기 집 욕실에서 총에 맞아 사망한다. 그것도 금요일 대낮에. 살인무기는 집 안 쓰레기통에서 발견된 권총으로 밝혀진다. 이웃 사람들은 아무것도 보지 못했고, 근처를 어슬렁거리던 이방인도 없었다. 그저 이웃 사람들 중 한 명이 총성으로 추정되는 소리를 들었다고 주장할 뿐이었다. 무단 침입의 흔적이 전혀 없었기 때문에 경찰은 카밀라 로엔이 살인범을 직접 집 안으로 들였으리라는 쪽으로 가닥을 잡고 있었다. 하지만 그녀의 지인이나 친구들 중에는 딱히 의심이 갈 만한 인물이 없었으며 다들 어느 정도 빈틈없는 알리바이를 가지고 있었다. 광고 회사인 레오 버넷에서 그래픽 디자이너로 근무하는 카밀라 로엔은 6시에 쿤스트네르네스 후스에서 두 친구를 만나기로 한 약속 때문에 4시 45분에 퇴근했다. 이미 약속이 있는 상태였기에 누군가를 또다시 집으로 초대했을 가능성은 매우 희박했다. 또한 누군가가 카밀라 로엔의 집 초인종을 눌러 거짓 신분을 대고 아파트 안으로 몰래 들어갔을 가능성도 희박했다. 인터콤에는 비디오카메라가 설치되어 있어 초인종을 누른 사람의 얼굴을 볼 수 있기 때문이다.

지금까지 '사이코 살인마'나 '피 맛을 본 이웃'이라는 헤드라인이 달린 것으로도 모자라, 두 개의 단서가 더 밝혀지자 신문 1면에는 다음과 같은 기사들이 대서특필되었다. '카밀라 로엔의 절단된 손가락'. '눈꺼풀 속의 빨간 별 모양 다이아몬드'.

로게르 옌뎀은 극적인 강조를 위해 현재 시제로 기사를 쓰다가 사건 자체가 워낙 강렬해 그럴 필요가 없다는 것을 깨닫고 지금까지 썼던 기사를 모두 지워버렸다. 그러고는 양손에 머리를 파묻은 채 한동안 앉아 있다가 모니터 속의 휴지통 아이콘을 더블 클릭했다. '휴지통 비우기'에 커서를 올려놓은 뒤 잠시 망설였다. 그녀의 사진 중에서 남은 것은 이것뿐이었다. 그의 아파트에 남아 있던 그녀의 흔적은 모두 사라졌다. 심지어 그녀에게 늘 빌려주곤 했던 스웨터, 그녀의 향기가 난다는 이유로 소중히 간직했던 그 스웨터마저 세탁해버렸다.

"잘 가." 그는 그렇게 속삭이고 마우스를 클릭했다.

다시 기사의 서문을 읽으며 '올레볼스바이엔 가'를 '구세주의 묘지'로 바꾸었다. 이 편이 훨씬 나았다. 그러고는 다시 기사를 쓰기 시작했다. 이번에는 술술 잘 써졌다.


오후 7시가 되어도 구름 한 점 없는 하늘에는 여전히 태양이 작열했지만, 해변가의 사람들은 마지못해 집으로 발길을 돌렸다. 시간은 곧 8시, 9시가 되었다. 선글라스를 낀 사람들이 아직 야외에서 술을 마시는 동안, 노천 좌석이 없는 레스토랑의 웨이터들은 손님이 없어 빈둥거렸다. 9시 30분이 되자, 태양은 울레르노센 위쪽을 붉게 물들이더니 급속히 추락했다. 그러나 기온은 떨어질 줄 몰랐다. 오늘도 열대야였다. 레스토랑과 바에 있던 사람들은 땀을 흘리며 뜬눈으로 밤을 지새우기 위해 집으로 향했다.

아케르스 가에는 마감 시간이 다가왔고, 편집국 직원들은 함께 모여 1면 기사를 무엇으로 할 것인지 마지막으로 의논했다. 경찰에서는 아직 새로운 발표가 없었다. 정보를 감추기 위해서가 아니었다. 살인사건 발생 후로 나흘이 지났는데도 별다르게 할 말이 없는 듯했다. 반면 경찰의 이런 침묵은 로게르와 그의 동료들로 하여금 훨씬 더 광범위한 추측을 하게 만들었다. 이제는 창의력을 발휘할 시간이었다.

그와 비슷한 시각, 사과 과수원이 딸린 옵살의 노란 목조 저택에서 전화벨이 울렸다. 베아테 뢴은 이불 속에서 팔을 뻗었다. 아래층에 사는 엄마가 이 전화 소리에 깨지는 않았을지 걱정되었다. 아마 깼을 것이다.

"자고 있었어?" 쉰 목소리가 물었다.

"아뇨. 이 더위에 자는 사람도 있나요?" 베아테가 말했다.

"그런가? 난 방금 전에야 깼는데."

베아테는 몸을 일으켜 앉았다.

"수사는 어떻게 돼가?"

"뭐라고 말해야 좋을지 모르겠네요. 음, 별로예요, 네, 그 말은 할 수 있겠네요."

침묵. 베아테에게 해리의 목소리가 낯설게 들리는 것은 전화 연결이 나빠서가 아니었다.

"감식반에서 새로 나온 건 없어?"

"신문에서 읽으신 그대로예요."

"신문이라니?"

베아테는 한숨을 쉬었다. "이미 알고 계신 그대로라고요. 카밀라 로엔의 아파트에서 지문과 DNA가 나오기는 했어요. 하지만 현재로서는 그것만 가지고 살인범을 알아낼 수가 없네요."

"범인이지. 살인범이 아니라. 처음부터 악의를 품고 죽였는지는 아직 모르니까."

"네, 범인." 베아테가 하품을 했다.

"다이아몬드의 출처는 알아냈어?"

"지금 알아보고 있어요. 우리가 자문을 구한 보석상 말로는 그런 빨간 다이아몬드는 흔하대요. 하지만 노르웨이에서는 수요가 아주 적다더군요. 그러니 노르웨이의 보석상에게서 구입하지는 않았을 거래요. 만약 외국에서 반입된 거라면 범인이 외국인일 확률이 높아지죠."

"흠."

"왜요, 반장님?"

해리는 큰 소리로 기침을 했다. "그냥 머릿속으로 업데이트 좀 하는 중이야."

"지난번에는 반장님 사건이 아니라고 하셨잖아요."

"맞아."

"그런데 왜 알고 싶어 하시는 거죠?"

"그냥. 악몽을 꾸다가 잠이 깨서."

"제가 가서 자장가라도 불러드려요?"

"됐어."

다시 침묵.

"꿈에 카밀라 로엔이 나왔어. 그리고 자네가 말했던 다이아몬드도."

"그래요?"

"응. 그 다이아몬드에 뭔가 있는 거 같아."

"뭐가요?"

"나도 잘은 모르겠어. 근데 고대에는 시신을 매장하기 전에 시신의 눈 위에 동전을 올려놓는 풍습이 있었다는 거 알아?"

"아뇨."

"죽은 이의 영혼을 저승으로 데려다주는 뱃사공에게 줄 돈이었지. 영혼이 저승에 가지 못하면 안식을 얻지 못하니까. 생각해보라고."

"유익한 이야기 고마운데요, 전 유령은 믿지 않아서요."

해리는 대답하지 않았다.

"또 궁금한 거 있으세요?"

"하나만 더. 사소한 거야. 혹시 총경님 이번 주부터 휴가야?"

"네."

"총경님 휴가가 언제 끝나는지…… 혹시 알아?"

"3주 후에 오신다고 들었어요. 반장님은요?"

"내가 뭐?"

베아테의 귀에 라이터가 딸칵거리는 소리가 들렸다. 그녀는 한숨을 쉬었다. "반장님은 언제 오시냐고요."

해리가 담배를 빨아들이더니 잠시 숨을 멈추었다가 서서히 내뱉는 소리가 들렸다.

"유령은 안 믿는다면서."

베아테가 전화기를 내려놓을 무렵, 비아르네 묄레르는 복통 때문에 잠에서 깼다. 그는 침대에 누워 뒤척이다가 6시가 되자 포기하고 일어났다. 커피는 입에 대지 않은 채 오래오래 아침을 먹었는데 웬일인지 배가 한결 덜 아팠다. 8시 직후에 경찰청에 막 도착했을 때는 복통이 말끔히 사라져 있었다. 엘리베이터를 타고 사무실로 올라가 배가 아프지 않은 것을 축하하기 위해 책상에 두 발을 척 올리고, 오늘의 첫 커피를 한 모금 마신 뒤 조간신문을 붙잡았다.

〈다그블라데〉의 1면에는 미소 짓는 카밀라 로엔의 사진과 함께 '은밀한 연인?'이라는 헤드라인이 걸려 있었다. 〈베르덴스 강〉역시 같은 사진이 실렸지만 헤드라인은 달랐다. '투시력자가 말하는 범행 동기는 질투'. 〈아프텐포스텐〉의 기사만이 현실적이었다.

묄레르는 고개를 절레절레 흔들고는 손목시계를 힐끗 본 뒤, 톰 볼레르의 번호를 눌렀다. 지금이 전화하기에 딱 좋은 시간이었다. 방금 전에 카밀라 로엔 사건의 수사관들이 모두 함께하는 아침 회의가 끝났을 터였다.

"아직은 돌파구를 찾지 못했습니다." 볼레르가 말했다. "현재 이웃 사람들을 대상으로 탐문 수사를 실시하는 중입니다. 근처 가게 주인들과도 이야기 중이고요. 그 시간에 근처에 있었던 택시들도 확인했고, 정보원들과 얘기도 나눠봤고, 전과가 있는 친구들의 알리바이도 조사했습니다. 하지만 뭐랄까요. 딱히 용의자로 떠오르는 사람이 없습니다. 솔직히 말씀드려서 이 사건의 범인은 우리가 아는 놈이 아닐 거 같습니다. 성폭행 증거도 없고, 돈이나 귀중품에는 손대지 않았습니다. 다른 사건과의 유사점도 없고 이와 비슷한 사건은 들어본 적도 없습니다. 그 절단된 손가락과 다이아몬드만 봐도……."

묄레르의 뱃속이 꾸르륵거렸다. 배가 고파서 그런 것이기를 바랐다.

"그러니까 내게 보고할 희소식은 없다는 거로군."

"마요르스투아 경찰서에서 수사관 세 명을 보내줬습니다. 그래서 현재 열 명이 이번 수사의 전략을 짜고 있습니다. 또 크리포스의 과학수사요원들이 베아테를 도와 아파트에서 발견한 증거들을 조사하고 있습니다. 지금이 휴가철인 걸 감안하면 인력이 잘 갖춰진 셈이죠. 이게 희소식이 될까요?"

"고맙네, 볼레르. 계속 그 상태가 유지되기를 바라겠네. 물론 수사에는 진전이 있어야겠지만."

묄레르는 전화기를 내려놓고 고개를 돌려 창밖을 내다보았다. 다시 고개를 돌려 신문을 봐야 했는데도 그는 그 자세를 유지했다. 불편하기 이를 데 없는 각도로 고개를 비튼 채 눈은 경찰청사 앞의 잔디밭에 고정되어 있었다. 그뢴란슬라이레를 향해 천천히 걸어오는 한 형체가 눈에 들어왔기 때문이다. 빠른 걸음은 아니었지만 어쨌든 똑바로 걷고 있었으며 목적지가 어디인지는 의심의 여지가 없었다. 바로 이 경찰청이었다.

묄레르는 벌떡 일어나 복도로 나가 제니를 불렀다. 그녀에게 당장 커피포트와 컵 하나를 가져오라고 했다. 그러고는 다시 사무실로 돌아가 책상에 앉고는 서랍 속의 옛날 서류를 황급히 꺼냈다.

3분 뒤, 노크 소리가 들렸다.

"들어와!" 묄레르는 서류에서 눈을 떼지 않은 채 외쳤다. 그것은 장장 열두 페이지에 달하는 항의서로, 개를 키우던 한 남자가 스키페르 가의 동물병원을 고발하는 내용이었다. 그 병원에서 약물을 잘못 처방해주는 바람에 그의 애완견이었던 차우차우가 두 마리나 죽었다는 것이다. 문이 열리자 묄레르는 들어오라고 손짓하며 눈으로는 계속해서 개 두 마리가 일으켰던 출혈 증상과 그들이 애완견 대회에서 탔던 상들, 두 마리 모두 태어날 때부터 얼마나 총명했는지가 줄줄이 적힌 페이지를 정독했다.

"맙소사." 마침내 고개를 들었을 때 묄레르는 그렇게 말했다. "자네는 잘렸다고 했을 텐데."

"음. 제 사직서가 아직 서명되지 않은 채 총경님의 책상에 놓여 있잖습니까. 앞으로 최소한 3주는 그럴 테니까 그동안 출근해서 일이나 하려고요. 어떻습니까, 보스?"

해리는 제니의 커피포트에서 커피를 한 잔 따른 후, 컵을 들고 묄레르의 책상을 돌아 뒤쪽 창가로 갔다.

"하지만 그렇다고 해서 카밀라 로엔 사건을 맡겠다는 건 아닙니다."

비아르네 묄레르는 몸을 돌려 해리를 바라보았다. 전에도 이런 모습을 여러 번 본 적이 있었다. 죽기 직전까지 갔던 해리가 갑자기 다음 순간, 빨간 눈의 나사로처럼 부활해 멀쩡히 돌아다니던 모습. 익숙하기는 해도 볼 때마다 여전히 놀라운 광경이었다.

"자네가 해고됐다는 말을 그냥 엄포 정도로 생각했다면, 해리, 자네가 틀렸어. 이번에는 경고 사격이 아닐세. 지금까지 자네가 규율을 거역할 때마다 자네를 좀 봐줘야 한다고 주장하던 사람은 나였어. 바로 그 이유 때문에 나는 더 이상 책임을 회피할 수 없게 됐네."

비아르네 묄레르는 해리의 눈동자에 조금이라도 애원하는 기미가 있는지 살폈지만 전혀 찾을 수 없었다. 다행히도.

"그렇게 된 걸세, 해리. 이제 끝났네."

해리는 대답하지 않았다.

"내 기억으로는 자네의 총기 소지 허가증도 즉시 취소될 거야. 그게 정석이라네. 오늘 무기고에 들러서 소지 중인 무기는 뭐든 반납하도록 하게."

해리는 고개를 끄덕였다. 강력반 책임자는 해리를 뜯어보았다. 불시에 선생으로부터 뺨을 맞은 남학생이 느낄 법한 미약한 곤혹스러움이 있는지 살폈다. 묄레르는 셔츠의 맨 아래 단추에 손을 올렸다. 해리의 속마음을 파악하기란 쉽지 않다.

"마지막 몇 주 동안이라도 경찰청에 보탬이 되고 싶다면, 그래서 출근하고 싶다면 나로서는 반대할 이유가 전혀 없네. 자네는 정직된 게 아니니 어차피 이달 말까지는 월급도 나갈 거고. 게다가 출근이라도 하지 않으면 자네가 뭘 할지는 뻔한 거 아닌가."

"좋습니다." 해리는 무덤덤하게 대답하며 돌아섰다. "전 가서 제 사무실이 아직 있는지 살펴보죠. 제 도움이 필요하면 언제든 말씀하십시오, 보스."

비아르네 묄레르는 너그러운 미소를 지어 보였다.

"그래, 자네 호의를 받아들이지."

"예를 들면 그 차우차우 사건도 괜찮겠네요." 해리는 그렇게 말하며 등 뒤로 조용히 문을 닫았다.

★

해리는 문간에 서서 자신의 공동 사무실을 바라보았다. 그의 책상과 마주 보는 할보르센의 책상은 휴가 전에 치워둔 탓에 텅 비어 있었다. 서류 캐비닛 위쪽 벽에는 엘렌 옐텐의 사진이 걸려 있었다. 그녀가 지금의 할보르센 자리에서 근무했을 당시 찍은 사진이었다. 맞은편 벽은 오슬로 거리의 지도로 도배되다시피 했다. 지도는 엘렌이 살해될 무렵에 엘렌과 스베레 올센, 로이 크빈스빅의 위치를 나타내는 핀과 선, 시간 기록들로 장식되어 있었다. 해리는 벽으로 다가가 지도 앞에 섰다. 그러더니 단숨에 지도를 벽에서 떼어내 서류 캐비닛 서랍 속에 처넣었다. 재킷 주머니에서 은색 힙 플라스크*를 꺼내 재빨리 한 모금 마신 뒤, 금속 캐비닛의 시원한 표면에 이마를 댔다.

지금까지 이 사무실에서 10년 넘게 일했다. 705호. 7층의 레드 존에서 가장 작은 사무실. 몇 년 전, 상부에서 그를 반장으로 승진시키자는 이상한 제안을 했을 때도 그는 이 사무실을 계속 쓰겠다고 우겼다. 705호실에는 창문이 없었다. 하지만 그는 여기서 세상을 바라보았다. 이 10평방미터의 사무실에서 그는 형사라는 직업에 대해 배웠고, 자신이 이뤄낸 승리를 축하했으며, 인간의 심리에 대한 작은 통찰을 얻었다. 지난 10년 동안 그것 말고 또 무슨 일을 했는지 기억해내려 했다. 분명 무언가가 있을 것이다. 매일 여덟 시간에서 열 시간밖에 일하지 않았으니까. 어쨌든 열두 시간은 넘기지 않았다. 게다가 주말도 있고.

해리는 낡아빠진 책상 의자에 털썩 앉았다. 손상된 스프링이 즐겁게 비명을 질렀다. 앞으로 3주간은 기꺼이 이 자리를 지킬 수 있

---

* hip flask, 술을 넣어 가지고 다니는 납작한 휴대용 스테인리스 술통.

었다.

오후 5시 25분, 평소였다면 비아르네 묄레르는 아내와 아이들이 있는 집에 있었을 것이다. 하지만 지금은 가족들이 처가에 가고 없었기에 그는 휴가철의 이 평온함을 이용해 그간 밀린 서류 작업이나 하기로 마음먹었다. 울레볼스바이엔 가의 사건 때문에 그의 이런 계획이 어느 정도 차질을 빚었으나 그래도 손해 본 시간을 벌충하겠노라고 다짐했다.

중앙 통제실에서 전화가 왔을 때 묄레르는 짜증스런 어조로 수사과에 연락해보라고 말했다. 강력반에서 실종자 수사까지 맡을 수는 없기 때문이다.

"죄송합니다만, 경정님, 지금 수사과는 그레프센의 벌판에서 발생한 화재를 진압하느라 바쁩니다. 신고한 남자는 자기 부인이 범죄 사건에 휘말린 게 분명하다고 철석같이 믿고 있었습니다."

"지금 강력반 직원들은 다들 울레볼스바이엔 가 사건을 조사하는 중이란 말일세. 그래서 지금은……." 묄레르는 갑자기 말을 멈추었다. "아, 잠깐만, 잠깐만. 내가 확인해보겠네……."

# 수요일. 실종자

경관은 마지못해 브레이크를 밟았고, 경찰차는 알렉산데르 쉴란 광장 옆의 빨간 신호등에 멈춰 섰다.

"그냥 사이렌 달고 막 밟을까요?" 경관은 그렇게 물으며 조수석 쪽으로 몸을 돌렸다.

해리는 건성으로 고개를 저었다. 그의 시선은 광장으로 향했다. 예전에는 잔디밭이 깔린 저곳에 달랑 벤치 두 개뿐이었다. 주정뱅이들은 그 벤치를 차지하고 누워 요란하게 노래를 부르거나 연거푸 병나발을 불며 차량 소음을 잊으려 했다. 그러다 몇 년 전, 시에서는 수백만 크로네를 투자해 유명 작가의 이름이 붙은 저 광장을 재단장하기로 했다. 깨끗이 청소하고, 나무도 심고, 아스팔트를 깔고, 길을 내고, 계단 모양의 멋진 분수도 설치했다. 노래를 부르고 병나발을 불기에도 더 좋은 장소가 되었다는 것은 말할 것도 없었다.

경찰차는 우회전하여 산네르 가 쪽으로 올라가다가 아케르셀바 강의 다리를 건너 해리가 묄레르에게 받은 주소 바로 앞에 멈춰 섰다.

해리는 경관에게 먼저 돌아가라고 말한 다음, 차에서 내려 등을 똑바로 폈다. 길 맞은편에 새로 지은 사무용 빌딩이 있었는데 아직 텅 비어 있었다. 신문 기사에 따르면 당분간 계속 그럴 모양이었다.

빌딩 창문에 해리가 받은 주소의 아파트가 비쳤다. 아파트는 1940년대 무렵에 지은 흰색 건물로 기능적인 설계는 아니었지만 그 비슷하게 보였다. 건물 전면에는 영역 표시를 위한 그라피티 태깅*이 잔뜩 그려져 있었다. 버스 정류장에는 까무잡잡한 피부의 소녀가 팔짱을 낀 채 풍선껌을 질겅질겅 씹으며 길 반대편에 설치된 대형 디젤** 광고판을 바라보고 있었다. 아파트의 맨 위 초인종에 해리가 찾던 이름이 있었다.

"경찰입니다." 계단과 씨름할 마음의 준비를 하며 해리가 말했다.

해리가 헉헉거리며 계단을 올라가는 동안, 맨 꼭대기 층 문간에 이상한 형체가 서서 그를 기다리고 있었다. 남자는 사자 갈기처럼 덥수룩하고 헝클어진 머리카락에 자주색 얼굴, 검은 턱수염을 기르고 있었는데 목에서부터 샌들을 신은 발까지 내려오는 튜닉 스타일의 헐렁한 옷을 입고 있었다.

"이렇게 빨리 와주셔서 다행이오." 남자는 그렇게 말하며 앞발을 내밀었다.

사실 그건 앞발이라고 불러도 손색이 없을 정도의 손이었다. 남자는 그 큼직한 손으로 해리의 손을 폭 감싸며 자신을 빌리 발리라고 소개했다.

해리는 자신의 이름을 말한 뒤 얼른 손을 빼려고 했다. 그는 남

* 그라피티를 하는 사람들이 남기는 일종의 사인.
** 이탈리아 캐주얼 브랜드.

자와의 신체 접촉을 좋아하지 않았고, 이건 악수라기보다는 포옹에 가까웠다. 하지만 빌리는 마치 자신의 목숨이 달려 있다는 듯이 해리의 손을 꼭 붙잡고 놓아주지 않았다.

"리스베트가 사라졌소." 빌리가 속삭였다. 놀랍게도 그의 목소리는 밝았다.

"네, 신고 받았습니다. 좀 들어갈까요?"

"물론이오. 어서 들어오시오."

빌리가 앞장섰다. 이 집 역시 다락을 개조한 로프트였지만 카밀라 로엔의 집이 작고 최소한의 가구만 갖추고 있었던 것에 반해, 이곳은 넓은 평수에 호화롭고 화려하게 꾸며져 있었다. 신고전주의를 모방한 듯했으나 한편으로는 너무 과해서 토가 파티장*에 온 것 같았다. 평범한 소파와 의자 대신 할리우드의 로마 시대 소품처럼 비스듬히 누울 수 있는 의자들이 있었고, 회반죽을 바른 나무기둥은 도리아 식인지 코린트 식인지로 꾸며져 있었다. 해리는 늘이 두 가지를 구분할 수 없었다. 하지만 복도의 하얀 벽 바로 위에 설치된 회반죽 부조는 알아볼 수 있었다. 어린 시절, 어머니는 쇠스와 그를 코펜하겐의 박물관에 데려간 적이 있었는데 거기서 베르텔 토르발센의 조각품인 〈이아손과 황금 양털〉을 보았다. 이 로프트는 최근에 리모델링을 한 게 분명했다. 몰딩의 페인트가 새로 칠해져 있었고, 페인트를 칠하지 않을 곳에는 마스킹 테이프가 붙어 있었으며, 향긋한 용매 냄새가 풍겼기 때문이다.

거실에는 나지막한 2인용 테이블이 있었다. 해리는 빌리를 따라 계단을 올라간 후, 타일이 깔린 옥상 테라스로 나갔다. 테라스 아

---

* 고대 로마인들이 입던 헐렁한 겉옷인 토가를 입고 오는 파티.

래쪽에는 인접하는 아파트 건물에 둘러싸여 사면이 막힌 중앙 안뜰이 자리했다. 테라스의 인테리어는 현대적인 노르웨이식이었고, 그릴 위에는 숯 덩어리로 변한 고기 세 조각에서 연기가 피어오르고 있었다.

"이런 로프트 아파트는 오후가 되면 너무 더워서 말이오." 빌리는 사과하듯 말하며 하얀 바로크식 플라스틱 의자를 가리켰다.

"그런 것 같군요." 해리는 그렇게 말하며 테라스 가장자리로 걸어가 중앙 안뜰을 내려다보았다.

원래는 고소공포증이 전혀 없었는데도 오랫동안 술을 마시다 보니 조금 높은 곳에 가면 갑자기 어지러워지곤 했다. 15미터 아래로 고물 자전거 두 대와 회전식 빨랫대에 널린 채 바람에 펄럭이는 하얀 시트가 보였다. 그는 얼른 다시 고개를 들어야 했다.

안뜰 건너편으로 연철 난간이 달린 테라스가 보였다. 두 명의 이웃이 그에게 인사하듯 맥주병을 들어 올렸다. 그들 앞에 놓인 테이블의 절반은 갈색 맥주병으로 뒤덮여 있었다. 해리도 그들에게 가볍게 목례했다. 저 아래쪽 뜰에서는 바람이 쌩쌩 부는데 이 위쪽은 어쩌면 이렇게 잠잠할까?

"레드 와인 한잔하겠소?"

빌리는 반쯤 남은 와인 병을 들어 벌써 자신의 잔에 따르고 있었다. 부들부들 떨리는 그의 손이 해리의 눈에 들어왔다. 도멘 라 바스티드 시<sup>Domaine La bastide Sy</sup>. 해리는 와인 잔에 붙은 라벨을 읽었다. 원래 이름은 그보다 훨씬 길었지만 뒷부분은 초조한 손톱이 뜯어버리고 없었다.

해리는 의자에 앉았다. "고맙습니다만 전 근무 중에는 술을 안 마십니다."

빌리는 얼굴을 찡그리더니 얼른 와인 병을 테이블에 내려놓았다.

"당연히 그러시겠죠. 미안하군요. 내가 너무 걱정이 된 나머지 정신이 나갔나 봅니다. 사실 이런 상황에서는 나도 술을 마시면 안 되는데 말이오."

빌리가 잔을 들어 와인을 마셨다. 와인이 튜닉 앞자락에 뚝뚝 떨어지면서 붉은 얼룩이 점점 번지기 시작했다.

해리는 시간이 많지 않다는 것을 알리기 위해 손목시계를 보았다.

"아내는 갈빗살에 곁들여 먹을 감자 샐러드를 사러 잠깐 다녀온다고 했소." 빌리가 흐느꼈다. "불과 두 시간 전만 해도 지금 형사님 자리에 앉아 있었죠."

해리는 선글라스를 고쳐 썼다. "아내분이 실종된 게 불과 두 시간 전이라고요?"

"네, 음, 짧은 시간이라는 건 압니다만 바로 코앞에 있는 슈퍼에 간 거라서……."

태양이 반대편 발코니의 맥주병에 반사되었다. 해리는 손을 들어 눈가로 가져갔다가 손가락이 축축한 것을 깨닫고 이 땀을 어디에 닦을지 생각했다. 데일 듯이 뜨거운 플라스틱 의자 팔걸이에 손끝을 대자, 습기가 서서히 증발하는 것이 느껴졌다.

"친구나 지인들에게 전화해보셨습니까? 슈퍼마켓에는 가보셨고요? 어쩌면 아내분은 아는 사람을 만나 맥주나 한잔하고 있을지도 모릅니다. 아니면 –."

"아뇨, 아뇨, 아니오!" 빌리는 가슴 앞에서 양 손바닥을 들어 보였다. 손가락을 쫙 펼친 채. "그럴 리가 없소! 내 아내는 그런 사람이 아니오."

"그런 사람이 아니라뇨?"

"리스베트는 그러니까…… 언제나 돌아오는 사람이오."

"그렇군요……."

"제일 먼저 리스베트의 휴대전화에 전화했소. 하지만 아내는 당연히 전화를 두고 갔더군요. 그다음에는 리스베트가 슈퍼에 가는 길에 마주쳤을 법한 사람들에게 전화해봤소. 슈퍼에도 해보고. 경찰청이랑 경찰서 세 군데, 울레볼 병원과 국립병원의 응급 병동에도 해봤소. 하지만 어디에도 없었소. 연기처럼 사라져버렸단 말이오."

"걱정이 많이 되시나 봅니다."

빌리는 테이블 위로 몸을 내밀었다. 수염 속의 축축한 입술이 부들부들 떨렸다.

"난 걱정하는 게 아니오. 무서워 죽겠소. 아내는 그릴에 고기를 놓아둔 채 비키니 차림으로 50크로네 한 장만 달랑 들고 나갔어요. 그렇게 나간 사람이 갑자기 사라져야겠다고 결심한다는 게 말이 안 되잖소."

해리는 망설였다. 그냥 와인이나 한 잔 달라고 해야겠다고 마음먹었을 때 빌리가 남은 와인을 자기 잔에 마저 따라버렸다. 그런데도 왜 그는 가지 않고 계속 앉아 있는 걸까? 당신 같은 상황에서 실종 신고를 한 사람이 부지기수였고, 다들 걱정할 수밖에 없는 필연적이고 예외적인 이유가 있었으나 결국에는 실종자들이 돌아왔다는 식의 이야기로 그를 안심시키고, 그러니 잘 때까지도 아내가 돌아오지 않으면 그때 다시 신고하라고 말한 뒤에 그냥 일어나서 나가버리면 될 텐데 왜 그러지 않는 걸까? 아마 비키니에 50크로네만 들고 갔다는 설명 때문일 것이다. 혹은 그가 하루 종일 무슨 일인가가 터지기를 기다렸고, 이 일은 최소한 집에서 그를 기다리는 것과 대면하는 순간을 미룰 수 있는 기회였기 때문일 수도 있다. 하지만 무엇보다도 가장 큰 이유는 도무지 이해가 가지 않는 빌리의 공포 때문이었다. 해리는 지금까지 자기 자신이나 다른 사람의 직관을 과소평가해왔는데 매번 그로 인한 혹독한 대가를 치러야 했다.

"몇 군데 전화 좀 하겠습니다." 해리가 말했다.

오후 6시 45분, 산네르 가에 있는 발리 부부의 아파트에 베아테 뢴이 도착했다. 그리고 15분 후에는 탐지견 조련사가 셰퍼드 한 마리를 데리고 도착했다. 조련사는 자신과 개를 둘 다 이반이라고 소개했다.

"그냥 우연의 일칩니다. 제가 키우는 개가 아니에요." 조련사가 말했다.

이반은 해리에게서 뭔가 재치 있는 답변이 나오기를 기다리는 눈치였지만, 해리는 아무 생각도 나지 않았다.

빌리 발리가 리스베트의 최근 사진과 개에게 냄새를 맡게 해줄 옷가지를 가지러 침실로 간 사이, 해리는 두 사람에게 낮은 목소리로 재빨리 말했다.

"좋아, 여자는 어디에든 있을 수 있어. 남편을 떠난 것일 수도 있고, 갑자기 기절했을 수도 있고, 어딘가에 간다고 했는데 남편이 못 들은 것일 수도 있어. 백만 가지의 가능성이 있지만 지금 이 순간 약에 취해 차 뒷좌석에 누워 있을 수도 있지. 여자의 비키니 차림에 흥분한 십대 소년 네 명에게 강간을 당한 채 말이야. 구체적인 증거를 찾을 필요는 없어. 그냥 찾아."

베아테와 이반은 이해했다는 뜻으로 고개를 끄덕였다.

"곧 경찰차가 올 거야. 베아테, 자네가 그들을 맞아줘. 그 친구들에게 이웃 건물에 가서 사람들과 얘기를 나눠보라고 해. 특히 여자가 간다고 했던 슈퍼마켓. 자네는 이 건물에 사는 사람들과 얘기를 나눠봐. 나는 이 집 맞은편 발코니에 앉아 있는 사람들에게 가볼게."

"그 사람들이 아는 게 있을까요?" 베아테가 물었다.

"거기서는 이 아파트가 훤히 다 보여. 빈 맥주병의 숫자로 보건데 꽤 오랫동안 발코니에 앉아 있었어. 남편 말에 따르면 리스베트는 하루 종일 집에 있었대. 리스베트가 발코니에 나와 있는 걸 그 사람들이 봤는지 알고 싶어. 봤다면 언제 봤는지도."

"왜죠?" 개줄을 홱 잡아당기며 이반이 물었다.

"이 오븐 같은 아파트에서 비키니를 입고 있던 여자가 테라스에 나와 있지 않았다면 그거야말로 의심스러울 테니까."

"당연하죠. 남편을 의심하세요?" 베아테가 속삭였다.

"원칙적으로는 그렇지."

"왜죠?" 이번에도 이반이 물었다.

베아테는 이해한다는 듯이 미소를 지었다.

"범인은 늘 남편이니까." 해리가 말했다.

"홀레의 첫 번째 법칙이야." 베아테가 말했다.

이반의 시선이 해리에게서 베아테로 이동하더니 다시 해리에게로 돌아갔다.

"하지만…… 아내의 실종 신고를 한 사람이 남편이잖아요."

"그렇지." 해리가 말했다. "그래도 범인은 늘 남편이야. 그러니까 자네와 이반은 건물 밖의 거리가 아닌 여기, 집 안부터 수색해야 해. 남편이 이상하게 생각하면 어떻게든 핑계를 대라고. 어쨌거나 이 로프트 내부와 창고, 지하실부터 확인해. 그다음에는 집 밖을 수색하고. 알겠나?"

이반 경관은 어깨를 으쓱이고는 자신과 같은 이름의 개를 내려다보았다. 개는 체념한 눈빛으로 그를 바라보았다.

해리의 예상과 달리, 발리 부부의 집 맞은편 테라스에 있던 두 사람은 젊은 남자들이 아니었다. 성인 여자가 카일리 미노그의 사진을 벽에 붙여두고 자신과 동갑인 여자, 그것도 트론헤임스 외른*의 로고가 그려진 티셔츠에 짧은 머리카락을 송곳처럼 뾰족뾰족하게 세운 여자와 함께 산다고 해서 꼭 레즈비언은 아니라는 것을 해리는 알고 있었다. 그래도 그는 이들이 레즈비언일 것이라고 잠정적 결론을 내렸다. 해리는 안락의자에 앉아 두 여인을 마주 보았다. 닷새 전 비베케 크눗센과 안데르스 뉘고르를 만났을 때와 똑같은 자세였다.

"발코니에서 끌어내서 죄송합니다." 해리가 말했다.

자신을 루트라고 소개했던 여자는 트림 소리가 나지 않도록 손으로 입을 막았다.

"괜찮아요. 어차피 많이 마셨으니까. 안 그래?"

루트는 그렇게 말하며 옆에 있던 여자의 무릎을 찰싹 쳤다. 남성적인 손놀림이라고 해리는 생각했다. 그러자 즉시 경찰청 정신과 의사인 에우네의 말이 생각났다. 고정관념은 스스로 강화되는 성질이 있다고 했던 말. 우리는 무의식중에 자신의 고정관념을 강화

* 노르웨이 축구 클럽 중 하나로 노르웨이에서 가장 유명한 여자 축구팀이 있다.

시켜줄 만한 것들을 계속 찾기 때문이다. 그래서 경찰은 소위 경험이라는 것을 바탕으로 모든 범죄자들이 멍청하다고 생각하고, 범죄자들은 모든 경찰이 멍청하다고 생각한다.

해리는 얼른 상황을 설명했다. 두 여자는 놀란 표정으로 그를 바라보았다.

"물론 금방 해결될 테지만 정식 절차는 밟아야 하니까요. 현재로서는 사건을 시간대별로 파악하는 중입니다."

그들은 심각한 표정으로 고개를 끄덕였다.

"좋습니다." 해리는 전형적인 해리 홀레표 미소를 지어 보였다. 엘렌은 그것을 미소가 아닌 찡그림이라 부르곤 했는데, 해리가 명랑하면서도 사람 좋은 척하려고 할 때 짓는 미소였다.

해리의 추측대로 루트는 자신들이 오후 내내 발코니에 있었다고 했다. 그들은 빌리와 리스베트가 테라스에 누워 있는 걸 보았는데, 4시 30분경 리스베트가 집 안으로 들어갔다고 했다. 그러자 빌리가 곧장 바비큐 준비를 했고 감자 샐러드 어쩌고 하면서 외치자, 집 안에 있던 리스베트가 뭐라고 대답했다는 것이다. 빌리는 집 안으로 들어갔고, 20분쯤 뒤에 스테이크를 (해리는 '갈빗살'이라고 정정해주었다) 들고 다시 나왔다. 그러더니 잠시 후에(5시 15분쯤이었을 거라고 두 사람은 합의했다) 빌리가 휴대전화로 어딘가에 전화했다고 했다.

"가운데에 이런 안뜰이 있으면 소리가 잘 전달되죠. 빌리의 집 안에서 다른 전화가 울리는 소리가 들렸고, 빌리는 짜증난 기색이 역력했어요. 전화기를 테이블에 던져버리더군요."

"뻔하죠. 아내의 휴대전화에 전화했을 겁니다." 해리가 말했다.

해리의 말에 두 여자가 즉시 시선을 교환하자 해리는 '뻔하죠'라고 말한 것을 후회했다.

"근처에 있는 슈퍼마켓에 감자 샐러드를 사러 가는 데 몇 분이나 걸리죠?"

"키위 슈퍼마켓요? 계산하는 줄이 길지 않다면 5분 안에 갔다 올 수 있죠."

"리스베트 발리는 뛰지 않아." 트론헤임스 외른이 나지막이 말했다.

"그러니까 리스베트와 아는 사이로군요?"

루트와 트론헤임스 외른은 마치 대답을 일치시키려는 듯이 시선을 교환했다.

"아뇨. 하지만 누군지는 알죠."

"그래요?"

"네. 형사님도 베르덴스 강에 실린 전면 기사를 보셨을걸요? 올여름 국립극장에서 빌리 발리가 제작하는 뮤지컬을 공연한다는 내용이었죠."

"그냥 짤막한 기사였어, 루트."

"그렇지 않아." 루트가 톡 쏘아붙였다. "리스베트가 주연을 맡을 예정이었어요. 사진도 크게 실리고 그랬죠. 형사님도 분명 보셨을 텐데."

"음. 올여름에는 제가…… 신문을 볼 시간이 통 없어서요."

"꽤 열띤 논쟁이 있었어요. 각계각층의 문화 인사들이 국립극장에서 그런 쇼를 공연하는 것은 수치스러운 일이라고 했거든요. 그 뮤지컬 제목이 뭐였지? 마이 팻 레이디<sup>My Fat Lady</sup>?"

"마이 페어 레이디<sup>My Fair Lady</sup>." 트론헤임스 외른이 중얼거렸다.

"연극 쪽에 대해 잘 아시는군요." 해리가 끼어들었다.

"그냥 여기저기서 주워들은 거죠. 빌리 발리는 늘 여러 가지 일을 벌이는 타입이에요. 시사풍자극, 영화, 뮤지컬……."

"빌리는 제작자죠. 리스베트는 노래를 하고요."

"그래요?"

"네. 형사님도 결혼하기 전의 리스베트는 기억하실 거예요. 그때는 하랑이라는 성을 썼죠."

해리가 유감스러운 듯이 고개를 젓자, 루트는 깊은 한숨을 내쉬었다.

"당시 리스베트는 스피닝 휠*이라는 밴드에서 동생과 함께 노래했어요. 정말 매력적이었죠. 샤니아 트웨인을 좀 닮았달까? 음색이 아주 좋았어요."

"그렇게 유명하진 않았어, 루트."

"비다르 뢴 아르네센의 방송에도 출현해 노래를 불렀죠. 음반이 불티나게 팔렸어요."

"음반이 아니라 카세트테이프였어, 루트."

"모마르케데 컨트리 뮤직 페스티벌에서 스피닝 휠을 본 적이 있어요. 꽤 괜찮은 밴드더군요. 컨트리 음악의 본고장인 내슈빌에 가서 음반을 내도 손색이 없을 정도였죠. 하지만 리스베트는 발리의 눈에 띄게 되었고, 발리는 그녀를 뮤지컬 스타로 만들려고 했어요. 그렇게 되기까지 꽤 시간이 걸렸지만."

"8년이나요." 트론헤임스 외른이 말했다.

"어쨌든 리스베트 하랑은 스피닝 휠에서 탈퇴하고 빌리 발리와 결혼했어요. 재력가와 미녀의 결합, 이런 헤드라인 본 적 없어요?"

* Spinning Wheel, 물레라는 뜻.

"그래서 물레는 멈췄나요?"

"네?"

"스피닝 휠을 말하는 거야, 루트."

"아, 그거요. 동생 혼자 남아 노래하긴 했지만 원래 인기가 있었던 건 리스베트였으니까요. 아마 지금쯤은 휴양지 호텔이나 덴마크 행 페리에서 노래하고 있을걸요. 분명해요."

해리는 자리에서 일어섰다.

"마지막으로 의례적인 질문 하나만 더 하죠. 발리 부부의 결혼생활이 어땠는지 혹시 아시나요?"

트론헤임스 외른과 루트는 다시 눈빛으로 커뮤니케이션을 했다.

"아까 말씀드렸다시피 이런 안뜰이 있으면 소리가 잘 전달되죠. 그 부부의 침실도 안뜰 쪽으로 나 있고요." 루트가 말했다.

"두 사람이 다투는 소리를 들으셨나요?"

"다투는 소리는 아니었어요."

그들은 의미심장한 표정으로 해리를 빤히 바라보았다. 2, 3초가 흐른 후에야 해리는 그 말의 의미를 이해했고, 짜증스럽게도 그의 볼이 달아올랐다.

"그렇다면 두 분은 발리 부부의 금슬이 아주 좋았다고 생각하시는군요?"

"그 집 테라스 문은 여름 내내 빼꼼 열려 있었어요. 그래서 내가 지붕을 타고 올라가 안뜰을 돌아 그 집 테라스로 뛰어내리자고 농담을 했죠." 루트가 씩 웃었다. "살짝 훔쳐보자는 거죠. 안 될 게 뭐 있어요? 아주 쉬워요. 우리 집 발코니 난간 위로 올라가 홈통에 한 발을 딛고……."

트론헤임스 외른이 팔꿈치로 루트의 옆구리를 찔렀다.

"하지만 사실 그럴 필요도 없었어요." 루트가 말했다. "리스베트는 전문적인…… 그걸 뭐라고 하지?"

"전달자." 트론헤임스 외른이 말했다.

"바로 그거예요. 성대로 온갖 감정을 표현하는 사람이었죠."

해리는 목덜미를 문질렀다.

"신음 소리가 꼭 기차 화통을 삶아 먹은 거 같았어요." 모호한 미소를 지으며 트론헤임스 외른이 말했다.

해리가 빌리 발리의 아파트로 돌아와보니, 두 이반은 여전히 아파트 내부를 뒤지는 중이었다. 이반 경관은 땀을 뻘뻘 흘리고 있고, 셰퍼드 이반은 VIP 접대용의 적갈색 카펫 같은 혀를 입 밖으로 축 내밀고 있었다.

해리는 비스듬히 누울 수 있는 의자에 조심스럽게 걸터앉아 빌리에게 처음부터 있었던 일을 모두 말해달라고 했다. 빌리의 시간대별 설명은 루스와 트론헤임스 외른에게서 들었던 말과 일치했다.

해리는 빌리의 눈빛에서 순수한 절망을 보았다. 만약 리스베트에게 나쁜 일이 생겼다면, 이번만큼은 남편이 범인이라는 통계의 예외가 될지도 모른다는 생각이 들기 시작했다. 하지만 그보다는 리스베트가 곧 돌아올 거라는 믿음이 더욱 강해졌다. 남편이 아니라면 여자를 해칠 사람은 없기 때문이다. 통계적으로 봤을 때.

베아테가 돌아와 보고했다. 현재 이 건물에서 사람이 있는 집은 오직 두 가구뿐이며, 그들마저도 계단통에서건 거리에서건 보거나 들은 것이 전혀 없다고 했다.

문을 두드리는 노크 소리가 나자, 베아테가 문을 열었다. 순찰차를 타고 온 제복 경찰 중 하나였는데 해리는 그를 단번에 알아보았다. 지난번 카밀라 로엔의 아파트에서 현장을 지키던 그 경관이었다. 경관은 해리의 존재를 무시한 채 베아테에게로 몸을 돌렸다.

"거리와 슈퍼마켓에 있던 사람들과 이야기를 나눠봤습니다. 아파트 출입문과 안뜰도 확인했고요. 아무것도 없었습니다. 하지만 지금은 휴가철이라 거리에 인적이 없습니다. 그러니 아무도 모르게 여자를 차로 납치하기도 쉽죠."

해리는 옆에 서 있던 빌리 발리가 움찔하는 것을 느꼈다.

"근처에서 상점을 운영하는 파키스탄 놈들을 조사해봐야 할지도 모르겠습니다." 새끼손가락을 귓속에 넣어 돌리며 경관이 말했다.

"왜 하필 그들을 조사해야 한다는 거지?" 해리가 물었다.

마침내 경관은 해리가 있는 쪽으로 몸을 돌렸다. "범죄 통계도 안 보셨습니까, 반장님?" 그는 특히 마지막 단어를 힘주어 말했다.

"당연히 봤지. 하지만 내가 기억하기로 상점 주인은 그 목록의 한참 아래쪽에 있어서 말이야." 해리가 말했다.

경관은 자신의 새끼손가락을 내려다보았다.

"제가 이슬람교도에 대해 좀 아는데 아마 반장님도 아실 겁니다. 그놈들에게 비키니를 입고 돌아다니는 여자는 강간해달라고 사정하는 거나 마찬가지죠. 그런 여자들을 강간하는 건 의무나 다름없다고 생각한다고요."

"그래?"

"놈들의 종교가 그렇게 가르치죠."

"이슬람교를 기독교와 착각한 거 같군."

"아파트 내부 수색은 모두 마쳤습니다." 이반 경관이 개를 데리고 계단을 내려오며 말했다.

"쓰레기통에서 갈빗살 두 개를 발견한 게 전붑니다. 그런데 혹시 최근에 집에 다른 개를 데려온 적이 있으신가요?"

해리는 빌리를 바라보았다. 그는 고개를 저었다. 표정을 보아하니 말이 안 나오는 모양이었다.

"현관 복도에서 이반이 마치 다른 개가 있는 듯한 반응을 보였거든요. 하지만 다른 반응이었나 봅니다. 이젠 창고와 지하실을 볼까 하는데 누가 함께 가주시겠습니까?"

"물론이오." 빌리가 그렇게 말하며 자리에서 일어섰다.

그들은 아파트 밖으로 나갔고, 순찰 경관은 베아테에게 이제 그만 가봐도 되겠느냐고 물었다.

"그건 상사에게 물어야죠." 그녀가 말했다.

"주무시는 거 같아서."

경관은 냉소를 지으며 해리가 있는 쪽으로 고갯짓을 했다. 해리는 비스듬히 눕는 로마식 의자를 몸소 체험하는 중이었다.

"순경." 해리가 감은 눈을 뜨지 않은 채 나지막이 말했다. "이리 가까이 오게."

경관은 다리를 벌리고, 양 엄지손가락을 벨트 고리에 건 채 해리 앞에 섰다.

"네, 반장님."

해리는 한쪽 눈을 떴다.

"만약 자네가 톰 볼레르의 설득에 넘어가 또다시 날 신고한다면, 그때는 남은 평생 순찰차만 타고 다니다 은퇴하게 될 거야. 알아들었나, 순경?"

경관의 얼굴 근육이 실룩거렸다. 그가 입을 열었을 때 해리는 그의 입에서 욕이나 성질을 부리는 말이 나올 줄 알았다. 하지만 경관은 차분하고 나직한 목소리로 이렇게 말했다.

"첫째, 전 톰 볼레르라는 사람을 알지 못합니다. 둘째, 취한 채 일터에 나타나 자신과 동료를 위험하게 만드는 경찰은 신고하는 것이 제 의무라고 생각했습니다. 셋째, 전 순찰 업무 외에 다른 일을 하고 싶은 마음은 추호도 없습니다. 이제 가도 되겠습니까, 반장님?"

해리는 한쪽 눈으로 경관을 바라보았다. 그러고는 다시 눈을 감은 뒤 침을 삼키고 말했다.

"가봐."

현관문이 닫히는 소리가 들리자 그는 신음을 내뱉었다. 술이 필요했다. 지금 당장.

"안 가세요?" 베아테가 물었다.

"먼저 가. 난 여기 남아 있다가 이반이 지하실과 창고 수색을 마치는 대로 곧장 거리를 수색하도록 도와줄 거야."

"정말요?"

"물론."


해리는 계단을 올라가 테라스로 나갔다. 제비들을 바라보며, 안뜰을 둘러싼 집들의 열린 창문에서 흘러나오는 소리를 들었다. 테이블에 있던 레드 와인 병을 집어 들었다. 딱 한 방울 남아 있었다. 그는 남은 와인을 얼른 입에 털어 넣고, 루트와 트론헤임스 외른을 향해 병을 흔들었다. 그들은 결국 술이 부족했는지 다시 테라스에 나와 마시는 중이었다. 해리는 집 안으로 들어갔다.

침실 문을 여는 순간, 그것이 느껴졌다. 전에도 종종 느낀 적이 있었지만 타인의 침실에서 흘러나오는 이 적막감은 도무지 그 진원지를 알 수 없었다.

이 방에도 리모델링의 흔적이 아직 남아 있었다.

안쪽에 거울이 달린 옷장은 문 한 짝이 빵긋 열려 있었고, 단정하게 정돈된 더블베드 옆에는 열린 공구 상자가 놓여 있었다. 침대 위쪽 벽에는 빌리와 리스베트의 사진이 걸려 있었다. 아까 빌리가 순찰 경관에게 사진을 줄 때는 자세히 보지 않아서 몰랐는데 이제야 루트의 말이 맞다는 걸 알 수 있었다. 리스베트는 정말로 매력적이었다. 금발에 반짝이는 푸른 눈동자, 호리낭창한 몸매. 빌리보다 최소한 열 살은 어릴 것이다. 사진 속 두 사람은 햇볕에 그을렸고 행복해 보였다. 아마도 외국 여행을 갔다가 찍은 사진일 것이다. 그들 뒤로 거대한 건물과 말에 탄 남자의 조각상이 보였다. 프랑스의 어느 도시일지도 모른다. 노르망디.

해리는 침대 가장자리에 걸터앉았다가 갑자기 침대가 움직이는 바람에 깜짝 놀랐다. 물침대였다. 그는 뒤로 누워 매트가 몸의 굴곡에 따라 푹 들어가는 것을 느꼈다. 맨팔에 닿는 서늘한 이불 커버의 감촉이 좋았다. 그가 자세를 바꿀 때마다 고무 매트리스 안에서 물이 찰싹찰싹 소리를 냈다. 그는 두 눈을 감았다.

라켈. 두 사람은 강 위에 있었다. 아니다, 운하다. 그들이 탄 운하용 보트가 상하로 깐닥거렸고, 보트 양쪽으로 물이 찰싹거리며 키스하는 듯한 소리를 냈다. 두 사람은 갑판 아래의 선실에 있었다. 라켈은 침대 위에서 그의 곁에 조용히 누워 있었다. 그가 무어라고 속삭이자 그녀는 나지막이 웃더니 이내 자는 척했다. 그는 그게 좋았다. 그건 그들이 하던 일종의 게임이었다. 해리는 그녀를 보기 위해 돌아누웠다. 그의 시선이 옷장 문에 달린 거울에 떨어졌고, 거울 속에는 침대 전체가 훤히 비쳤다. 그는 열린 공구 상자를 바라보았다. 맨 위에 초록색 나무 손잡이가 달린 짧은 끈이 놓여 있었다. 끌을 들어보았다. 가볍고 작았다. 건축업자들이 사용하는 회반죽 가루가 얇게 쌓인 날 끝은 녹슨 흔적이 전혀 없었다.

끌을 다시 공구 상자에 넣으려는 찰나, 그의 손이 얼어붙었다. 상자 안에는 절단된 신체 부위가 있었다. 예전에 다른 사건 현장에서도 이와 똑같은 것을 본 적이 있었다. 절단된 성기. 다음 순간, 그는 진짜와 똑같이 생긴 이 살색 페니스가 실은 딜도라는 것을 깨달았다.

그는 손에 끌을 쥔 채 다시 침대에 누웠다. 침을 삼켰다.

오랫동안 매일같이 사람들의 사적인 공간과 사생활을 뒤지다 보니 이런 것쯤은 아무것도 아니었다. 침을 삼킨 것은 그 때문이 아니었다.

바로 이것, 침대 때문이었다.

당장 술을 마셔야 했다.

이런 안뜰이 있으면 소리가 잘 전달된다.

라켈.

그는 생각하지 않으려 했지만 이미 늦었다. 그녀의 몸이 그의 몸에 닿았다.

라켈.

그의 페니스가 발기되었다. 눈을 감자 그녀의 손이 움직이는 것이 느껴졌다. 잠든 사람의 무의식적이면서 제멋대로인 손놀림. 그러다 손이 그의 배 위에서 멈췄다. 마치 어디로도 갈 생각이 없다는 듯 거기 가만히 놓여 있었다. 그의 귀에 닿는 그녀의 입술, 그녀의 따뜻한 숨결은 타오르는 무언가의 포효 같았다. 그가 그녀를 만지자마자 그녀의 입술이 움직이기 시작했다. 작고 부드러운 가슴에 달린 민감한 젖꼭지는 그의 숨결이 닿기만 해도 빳빳해졌다. 그녀의 성性이 벌어져 그를 집어삼킬 것이다. 마치 울고 싶은 듯이 그의 목구멍 안쪽에서 무언가가 울컥했다.

아래층에서 문 닫는 소리가 들리자 해리는 깜짝 놀랐다. 얼른 일어나 이불을 정돈하고 거울로 옷매무새를 확인했다. 그러고는 양손으로 얼굴을 세게 문질렀다.


빌리는 탐지견 이반이 냄새를 찾아내는지 보겠다며 함께 따라가겠다고 우겼다.

그들이 산네르 가를 벗어나자 빨간 버스 한 대가 소리 없이 버스 정류장을 떠났다. 뒤쪽 창문에서 한 어린 소녀가 해리를 바라보았다. 버스가 로델뢰카를 향해 사라지면서 소녀의 둥근 얼굴은 점점 작아졌다.

그들은 키위 슈퍼마켓까지 갔다가 다시 돌아왔지만 이반은 어떤 반응도 보이지 않았다.

"그렇다고 해서 아내분이 여기 오지 않았다는 건 아닙니다. 차량과 사람들로 붐비는 도로에서는 한 사람의 체취를 구분해내기가 어렵거든요." 이반 경관이 말했다.

해리는 주위를 둘러보았다. 누군가가 자신을 감시하는 기분이 들었지만 거리는 텅 비어 있었다. 일렬로 늘어선 집들의 창문에 비치는 것은 어둑어둑한 하늘과 태양뿐이었다. 알코올 중독자의 편집증이다.

"그렇다면 현재로서는 더 이상 할 일이 없군요." 해리가 말했다.

빌리는 절망적인 시선으로 그들을 바라보았다.

"괜찮을 겁니다." 해리가 말했다.

"아뇨. 괜찮지 않을 거요." 빌리는 라디오 기상캐스터처럼 밋밋

한 음성으로 대답했다.

"이리 와, 이반!" 경관이 그렇게 외치며 개줄을 홱 잡아당겼다. 탐지견은 연석 옆에 주차된 폭스바겐 골프의 앞 범퍼 밑으로 코를 집어넣었다.

해리는 빌리의 어깨를 토닥이며 그의 강렬한 시선을 피했다.

"모든 순찰차에 일러두었습니다. 부인이 자정까지 나타나지 않으면 수색대를 꾸릴 겁니다. 아셨죠?"

빌리는 대답하지 않았다.

이반은 폭스바겐 골프를 향해 짖어대더니 줄을 잡아당겼다.

"잠깐만요." 이반 경관이 말했다.

그는 두 손과 두 무릎으로 땅을 짚고는 머리를 도로 가까이로 가져가 한 팔을 차 아래로 뻗었다.

"뭐가 있나?" 해리가 물었다.

경관이 몸을 돌리자, 그의 손에는 하이힐이 들려 있었다. 뒤에서 빌리가 흐느끼는 소리가 들렸다. "저게 부인의 구두가 맞습니까, 빌리?"

"괜찮지 않을 거요. 괜찮지 않을 거라고." 빌리가 말했다.

# 목요일과 금요일. 악몽

　목요일 오후, 빨간 우편 배달차가 로델뢰카의 우체국 앞에 멈춰 섰다. 우체통의 내용물은 모두 자루에 비워진 다음, 배달차 뒤 칸에 실려 비스코프 군네루스 가 14번지, 오슬로에서는 우정사업본부 빌딩이라는 명칭이 더 익숙한 곳으로 운반된다. 같은 날 저녁, 우편 센터에서는 우편물이 크기별로 분류되고 따라서 갈색 에어캡 봉투는 C5 포맷의 다른 편지들과 함께 한 상자 속으로 떨어지게 된다. 봉투는 다시 몇 사람의 손을 거치는데 당연히 누구도 이 봉투에 특별히 신경 쓰지 않았다. 봉투가 지역별로 분류되어 처음에는 외스틀란 상자로, 그다음에는 다시 우편번호 0032 상자 속으로 들어갈 때도 마찬가지였다.

　마침내 갈색 봉투는 다음 날 아침에 배달되기 위해 자루 속에 들어갔고 빨간 우편 배달차의 뒷부분에 실렸다. 그때가 한밤중이었고, 오슬로 시민들은 대부분 잠들어 있었다.

　"괜찮을 거야." 소년이 둥근 얼굴의 소녀에게 다가가 머리를 토닥였다. 소년의 손가락에 소녀의 길고 가는 머리카락이 달라붙었다. 정전기였다.

소년은 열한 살이었고, 일곱 살인 소녀의 오빠였다. 두 남매는 병원에 입원한 엄마를 만나고 오는 길이었다.

엘리베이터가 도착하자 소년이 문을 열었다. 엘리베이터에 타고 있던 하얀 가운을 입은 남자가 수동접이식 철제문을 한쪽으로 밀치더니, 살짝 미소를 지어 보이며 내렸다. 두 아이는 엘리베이터에 올라탔다.

"이 엘리베이터는 왜 이렇게 낡았어?" 소녀가 물었다.

"건물이 워낙 낡았으니까." 소년은 그렇게 대답하며 접이식 문을 잡아당겨 닫았다.

"여긴 병원이야?"

"그렇다고 할 수는 없어." 소년이 1층 버튼을 누르며 말했다.

"몸이 너무 피곤해서 좀 쉬어야 하는 사람들을 위한 곳이야."

"엄마가 피곤해?"

"응. 하지만 곧 나으실 거야. 문에 기대지 마, 쇠스."

"뭐라고?"

엘리베이터가 덜컹 움직이자, 소녀의 긴 금발 머리가 덩달아 움직였다. 정전기 때문이야. 소년은 그렇게 생각하며 소녀의 머리카락이 서서히 위로 올라가는 것을 바라보았다. 소녀가 손을 머리로 가져가며 비명을 질렀다. 귀청이 떨어질 듯한 가냘픈 비명이 소년을 꼼짝 못하게 만들었다. 소녀의 머리카락이 접이식 문 반대편에 걸린 모양이었다. 엘리베이터 문에 끼인 게 틀림없었다. 소년은 움직이려고 했지만 발이 못 박힌 것처럼 떨어지지 않았다.

"아빠!" 소녀가 비명을 지르며 발끝으로 섰다.

하지만 아빠는 차를 가지러 주차장에 가고 없었다.

"엄마!" 엘리베이터 바닥에서 발이 떨어지자 소녀가 비명을 질렀다. 하지만 엄마는 창백한 미소를 띤 채 침대에 누워 있었다. 남은 사람은 소년뿐이었다.

소녀는 머리카락에 온몸이 매달린 채 미친 듯이 허공에 발길질을 했다.

"해리!"

소년뿐이었다. 소년만이 소녀를 구할 수 있었다. 어떻게든 몸을 움직일 수만 있다면 좋을 텐데.

"도와줘!"

해리는 침대에서 벌떡 일어났다. 심장이 미친 듯이 두들겨대는 베이스 드럼처럼 쿵쾅거렸다.

"빌어먹을."

그의 귀에 자신의 쉰 목소리가 들렸고, 그는 다시 침대 위로 털썩 누웠다.

커튼 틈으로 새어 나오는 햇살은 회색빛이었다. 그는 머리맡 테이블에 있는 빨간 숫자를 응시했다. 4시 12분. 여름밤은 끔찍하다. 악몽도 끔찍하다.

침대에서 내려와 욕실로 갔다. 먼 곳을 응시하는 동안, 오줌이 변기 속으로 떨어졌다. 다시 잠들기는 글렀다.

냉장고는 텅 비어 있었다. 시력이 나쁜 탓에 실수로 쇼핑 카트에 집어넣었던 저알코올 맥주 한 병만 남아 있을 뿐이었다. 싱크대 위의 선반을 열어보았다. 맥주와 위스키 병 부대가 차렷 자세로 서서 말없이 그를 바라보았다. 모두 빈 병이었다. 해리는 갑자기 분노가 치밀어 병을 확 밀쳐버렸고, 선반 문을 닫은 뒤로도 병들은 오랫동안 계속 달그락거렸다. 다시 시간을 확인했다. 오늘은 금요일이었다. 빈모노폴은 다섯 시간 후에나 문을 열 것이다.

해리는 거실의 전화기 옆에 앉아 외위스테인 아이켈란의 휴대전화 번호를 눌렀다.

"오슬로 택십니다."

"교통 상황은 좀 어때?"

"해리?"

"안녕, 외위스테인."

"안녕 못해. 30분 동안 한 명도 못 태웠다고."

"휴가철이잖아."

"내가 그걸 몰라? 우리 사장은 크라게뢰의 산장으로 휴가를 떠났는데 나는 오슬로에서 가장 한가한 택시를 몰고 있다고. 그것도 북유럽에서 가장 한가한 이 도시에서 말이야. 염병할 중성자탄이라도 떨어진 것처럼 개미 새끼 한 마리 없어."

"너무 열심히 일하는 거 아냐? 구슬땀을 흘리는 이 나라의 일꾼은 되기 싫다며?"

"흥, 지금 난 돼지처럼 땀을 삘삘 흘리고 있다고. 구두쇠 사장 놈이 에어컨 없는 차를 샀거든. 덕분에 근무가 끝나면 일하는 동안에 빠져나간 수분을 보충하느라 염병할 낙타처럼 마셔대고 있지. 그비용이 만만치가 않아. 어제는 하루 종일 번 돈보다 술값이 더 나왔다니까."

"가슴 아파서 못 들어주겠군."

"암호 해독을 계속했어야 하는데."

"해킹 말이야? 그것 때문에 덴노르스케 은행에서 쫓겨나고 6개월 집행 유예를 받았는데도?"

"그거야 그렇지만 난 거기에 소질이 있다고. 반면 이 일은……

그건 그렇고 사장이 자기 운전 시간을 줄이려는 모양이야. 하지만 난 이미 열두 시간 교대고, 요즘에는 택시 운전 하겠다는 사람도 없어. 넌 생각 없지, 안 그래, 해리?"

"고맙다. 생각해볼게."

"근데 무슨 일로 전화한 거야?"

"잠 좀 자게 해줄 약이 필요해."

"그럼 의사한테 가야지."

"갔어. 이모반이라는 수면제를 받았는데 효과가 없어. 더 센 걸로 달라고 했더니 안 된대."

"의사한테 로힙놀을 달라고 할 때는 입에서 술 냄새를 풍기지 않는 게 좋아, 해리."

"내가 강력한 수면제를 복용하기에는 너무 젊대. 뭐 없을까?"

"로힙놀? 미쳤냐? 그건 불법이잖아, 안 그래? 플루니팜은 있어. 로힙놀하고 비슷한 약이지. 반 알만 먹어도 죽은 듯이 잘 수 있어."

"좋아. 지금 당장은 현찰이 없지만 이달 말에 줄게. 그게 악몽도 쫓아줄까?"

"응?"

"그거 먹으면 꿈도 안 꾸냐고."

전화기에서 잠시 정적이 흘렀다.

"있잖아, 해리. 잘 생각해보니까 플루니팜이 떨어진 거 같아. 게다가 그거 위험한 물건이야. 꿈을 안 꾸기는커녕 더 꾼다고."

"거짓말."

"어쨌거나 네게 필요한 건 플루니팜이 아니야. 일을 좀 줄여봐, 해리. 쉬라고."

"쉬어? 나 원래 안 쉬는 거 알잖아."

누군가가 택시 문을 열자, 외위스테인이 꺼지라고 욕하는 소리가 들렸다. 그러더니 다시 전화기에 대고 말했다.

"라켈 때문이야?"

해리는 대답하지 않았다.

"라켈과 싸운 거야?"

전화기 너머로 지글거리는 소리가 났다. 외위스테인이 또 경찰 무선을 듣는 모양이었다.

"여보세요, 해리? 네 죽마고우가 묻는데 대답 안 할래? 네 삶의 기반이 아직 온전하냐고 묻잖아."

"온전치 못해." 해리가 나직이 말했다.

"왜?"

해리는 숨을 깊이 들이쉬었다.

"내가 사실상 라켈에게 그걸 흔들어놓도록 강요했으니까. 오랫동안 매달렸던 일이 실패했는데 난 그 사실을 받아들일 수가 없었거든. 그래서 사흘 동안 집에 틀어박혀 진탕 마셔댔지. 전화도 받지 않고. 나흘째 되던 날, 라켈이 찾아와 초인종을 눌렀어. 처음에는 화를 내더군. 그냥 그렇게 달아날 순 없다고, 묄레르가 날 찾고 있다고 했어. 그러더니 내 얼굴을 쓰다듬으면서 혹시 도움이 필요하냐고 묻더군."

"내가 아는 너라면 분명 라켈에게 나가라고 했겠지. 안 그래?"

"난 괜찮다고 했어. 그랬더니 라켈이 아주 비참해하더군."

"당연하지. 그 여자는 널 좋아하니까."

"라켈도 그렇게 말했어. 하지만 이 일을 또 겪을 수는 없대."

"그게 무슨 말이야?"

"올레그의 아빠도 알코올 중독자였거든. 그거 때문에 세 사람의

117

관계가 다 망가졌지."

"그래서 뭐라고 했어?"

"그 말이 맞다고 했지. 나 같은 사람은 멀리해야 한다고. 라켈은 얼굴을 찡그리더니 가버렸어."

"그리고 넌 이제 악몽을 꾸고?"

"응."

외위스테인은 땅이 꺼질 듯한 한숨을 내쉬었다.

"이거 알아, 해리? 지금의 널 도와줄 수 있는 건 아무것도 없어. 음, 딱 하나 있기는 하지."

"나도 알아. 총알." 해리가 말했다.

"너 자신. 그게 내가 하려던 말이었어."

"그것도 알아. 내가 전화했던 거 잊어라, 외위스테인."

"벌써 잊었어."

해리는 저알코올 맥주를 꺼냈다. 안락의자에 앉아 못마땅한 눈으로 라벨을 바라보았다. 피식, 하는 안도의 한숨과 함께 뚜껑이 열렸다. 그는 커피 테이블에 끌을 내려놓았다. 나무 손잡이는 녹색이었고, 날 끝은 건축업자들이 사용하는 노란 회반죽 가루로 얇게 덮여 있었다.

금요일 아침 6시, 태양은 이미 에케베르그 언덕을 환히 비추었고 경찰청사는 크리스털처럼 반짝거렸다. 로비를 지키던 경비원은 큰 소리로 하품을 하다가 읽고 있던 〈아프텐포스텐〉에서 눈을 들었다. 부지런한 누군가가 보안장치에 출입증을 그으며 일등으로 출근하는 소리가 들렸기 때문이다.

"오늘은 더 더울 거라더군요." 드디어 몇 마디라도 나눌 수 있는 상대가 생겼다는 반가움에 경비가 말했다.

키가 큰 금발 남자는 충혈된 눈으로 경비원을 힐끗 바라볼 뿐 아무 말도 하지 않았다.

엘리베이터 두 대 모두 비어 있는데도 남자는 계단으로 올라갔다.

경비원은 다시 〈아프텐포스텐〉의 기사로 눈을 돌렸다. 평일 백주 대로에서 사라진 여자가 아직까지 나타나지 않았다는 내용이었다. 기사를 쓴 로게르 옌뎀 기자는 비아르네 묄레르 경정의 말을 인용해, 여자의 집 앞에 주차된 차 아래에서 그녀의 구두가 발견되었으며 그로 인해 이것이 범죄 사건일 가능성이 더욱 굳어졌다고 했다. 하지만 아직까지 그 사실을 입증할 만한 구체적인 증거는 전혀 없었다.


해리는 신문을 뒤적거리며 우편함으로 걸어가 보고서를 집어 왔다. 지난 이틀간 리스베트 발리의 수색이 어떻게 진행되었는지 기록한 보고서였다. 자동응답기에는 다섯 개의 메시지가 있었는데 하나만 제외하고 모두 빌리 발리가 남긴 것이었다. 해리는 메시지를 틀어보았다. 내용은 거의 똑같았다. 경찰이 수사 인력을 더 늘려야 한다, 자신이 잘 아는 투시력자가 있다, 신문사에 가서 누구든 리스베트를 찾도록 도와주는 사람에게 사례하겠다는 광고를 내겠다 등등.

마지막 메시지는 숨소리만 들릴 뿐 아무 말도 없었다.

해리는 테이프를 앞으로 감아 다시 틀었다.

또다시 틀었다.

전화를 건 사람의 성별조차 알 수 없었다. 하물며 라켈인지 알아내기는 더더욱 불가능했다. 전화기 액정에는 저녁 11시 10분, '모르는 번호'로부터 걸려온 전화라고 나와 있었다. 라켈이 자기 집에서 전화했을 때처럼. 하지만 정말로 라켈이라면 왜 그의 집이나 휴대전화로 연락하지 않았을까?

해리는 보고서를 훑어보았다. 쓸 만한 내용은 아무것도 없었다. 한 번 더 읽어보았다. 여전히 아무것도 없었다. 머릿속을 비우고 처음부터 다시 시작했다.

생각이 끝나자, 손목시계를 보고 혹시 우편물이 도착했나 싶어 우편함으로 갔다. 우편함에서 한 수사관이 작성한 보고서를 꺼내고, 자신에게 잘못 배달된 갈색 봉투를 원래 주인인 비아르네 묄레르의 우편함에 넣은 뒤, 다시 사무실로 돌아왔다.

수사관의 보고서는 간단명료했다. 아무것도 없다는 내용이었다.

해리는 자동응답기 테이프를 다시 감아 재생 버튼을 누르고 음량을 높였다. 눈을 감고 의자에 등을 기댔다. 라켈의 숨소리를 기억해내려 했다. 숨결을 느껴보려 했다.

"자기가 누군지 안 밝히고 끊어버리는 사람은 참 짜증 나. 안 그래?"

목덜미의 솜털이 쭈뼛 일어섰다. 그 말 때문이 아니라 목소리 때문이었다. 해리가 천천히 몸을 돌리자, 의자가 괴로운 듯 비명을 질렀다.

톰 볼레르가 문간에 기대어 있었다. 그는 사과를 먹으며 빙그레 미소를 짓더니 해리에게 봉지를 내밀었다.

"어디 산産인지는 모르겠어. 오스트레일리아 산? 맛은 기가 막히네."

해리는 그에게서 눈을 떼지 않은 채 고개를 저었다.

"들어가도 돼?" 볼레르가 물었다.

해리가 대답하지 않자, 그는 사무실로 들어와 등 뒤로 문을 닫았다. 해리의 책상을 돌아 맞은편 책상 의자에 앉더니 등을 기대고는 탐스러운 빨간 사과를 아삭아삭 씹어 먹었다.

"너와 내가 늘 경찰청에 일등으로 출근한다는 거 알아, 해리? 이상하지? 제일 늦게 퇴근하는 것도 우리 둘인데 말이야."

"넌 지금 엘렌 의자에 앉았어." 해리가 말했다.

볼레르는 의자 팔걸이를 토닥였다.

"우리가 이야기를 나눌 때가 됐어, 해리."

"지껄여봐."

볼레르는 빨간 사과를 들어 올려 천장 조명에 비추고는 한쪽 눈을 찡긋 감았다. "사무실에 창문이 없어서 답답하지 않아?"

해리는 대답하지 않았다.

"네가 그만둔다는 소문이 돌던데."

"소문?"

"소문이라고 하면 조금 과장이겠군. 내게 소식통이 있다는 정도로 해두지. 넌 아마 다른 일자리를 찾고 있겠지? 보안 회사나 보험 회사, 어쩌면 빚을 대신 받아주는 업체일 수도 있고. 법에 관한 약간의 지식이 있는 수사관을 필요로 하는 곳은 분명 많을 거야."

튼튼하고 새하얀 이가 사과의 과육 속을 파고들었다.

"하지만 음주 문제에 무단결근, 권력 남용, 상부 명령 불복종, 조직에 대한 불성실이라는 꼬리표가 달린 경력의 소유자를 요구하는 곳은 많지 않을 거야."

볼레르의 턱이 사과를 부수고 으깼다.

"하지만, 하지만 말이야." 볼레르는 말을 이었다. "그들이 널 고용하지 않는 게 꼭 나쁜 일만은 아닐지도 몰라. 어차피 그런 곳에 가봐야 재미있는 일은 전혀 못 맡을 테니까. 그 모든 결함에도 불구하고 자기 분야에서 최고로 손꼽히던 수사관이니 더욱 그렇겠지. 게다가 급료도 많지 않을 테고. 결국 가장 중요한 건 그거잖아, 안 그래? 자기 노력의 대가를 받는 거. 집세와 식비를 감당할 수 있을 정도의 돈. 맥주와 코냑을 사기에 충분한 돈. 코냑이 아니라 위스키였나?"

해리는 어금니를 너무 악물어서 턱이 아플 지경이었다.

"가장 좋은 건 말이야," 볼레르는 말을 이었다. "당연히 기본적인 생계 이상의 것을 약간 즐길 수 있을 정도로 돈을 버는 거지. 예를 들면 가족끼리 가끔씩 떠나는 노르망디 여행 같은 거."

해리는 마치 퓨즈가 끊어진 것처럼 머릿속에서 빠지직 소리가 나는 것을 느꼈다.

"너와 난 여러 면에서 달라, 해리. 하지만 그렇다고 해서 내가 형사로서 널 존중하지 않는다는 뜻은 아니야. 넌 목표 지향적이고 똑똑하고 창의적이야. 도덕성은 의심할 여지가 없고. 난 늘 그렇게 생각했어. 하지만 무엇보다 넌 정신력이 강해. 경쟁이 점점 심해지는 이 사회에서 그거야말로 필요한 자질이지. 불행히도 경쟁이 늘 우리가 원하는 수단만으로 이뤄지진 않아. 하지만 승자가 되고 싶다면, 기꺼이 경쟁자와 같은 수단을 사용해야만 해. 그리고 하나 더……."

볼레르는 목소리를 낮췄다.

"제대로 된 팀에서 뛰어야 해. 뭔가를 얻어낼 수 있는 팀."

"하고 싶은 말이 뭐야, 볼레르?"

해리는 자신의 목소리가 떨리는 것을 느꼈다.

"널 돕고 싶어." 볼레르는 의자에서 일어섰다. "꼭 이럴 필요는 없는 거 아냐, 안 그래……?"

"이렇다니, 뭐가?"

"이렇게 너와 내가 적이 되고, 총경님이 사직서에 사인을 해야만 하는 상황 말이야. 안 그래?"

볼레르는 문으로 걸어갔다.

"또 이렇게 네가 네 자신과 사랑하는 사람들에게 뭔가 좋은 것을 해주지 못하는 상황……."

볼레르는 문손잡이를 잡았다.

"잘 생각해봐, 해리. 이 정글 같은 세상에서 널 도와줄 수 있는 건 딱 하나뿐이야."

총알, 해리는 생각했다.

"너 자신." 볼레르는 그렇게 말하고 사무실을 나갔다.

# 11

# 일요일. 작별

　그녀는 침대에 누워 담배를 피웠다. 그러고는 낮은 서랍장 앞에 서 있는 그의 등을 바라보았다. 실크 조끼 아래로 그의 어깨뼈가 움직이면서 조끼가 검은색과 파란색으로 번들거렸다. 그녀는 거울로 시선을 옮겨 넥타이를 매는 그의 손놀림을 바라보았다. 부드러우면서 자신감이 넘치는 손놀림. 그녀는 그의 손을 좋아했다. 그의 손이 움직이는 것을 보는 게 좋았다.

　"언제 돌아올 거예요?" 그녀가 물었다.

　거울 속에서 두 사람의 시선이 마주쳤다. 그의 미소. 역시 부드럽고 자신감이 넘쳤다. 그녀는 뽀로통하게 아랫입술을 내밀었다.

　"가능한 한 빨리 돌아올 거야, 리블링."

　아무도 그런 애칭으로 그녀를 불러준 적은 없었다. 리블링*. 그의 기묘한 악센트와 노래하는 듯한 억양 때문에 독일어가 다시 좋아질 지경이었다.

　"이왕이면 내일 저녁 비행기로. 마중 나와 줄 테야?" 그가 말했다.

* Liebling, 독일어로 내 사랑이라는 뜻.

124

그녀는 미소가 번지는 것을 참을 수가 없었다. 그가 웃었고, 그녀도 따라 웃었다. 빌어먹을. 그는 늘 저런 식이다.

"오슬로에는 당신을 기다리는 여자들이 널렸을 텐데요." 그녀가 말했다.

"그랬으면 좋겠군."

그는 조끼 단추를 다 채우고 옷장 옷걸이에서 재킷을 꺼냈다.

"손수건은 다렸어, 리블링?"

"양말과 함께 수트케이스에 넣어뒀어요."

"잘했어."

"그 여자들 중 한 명과 약속이라도 했어요?"

그가 웃으며 침대로 다가가 그녀 위로 몸을 숙였다.

"어떨 거 같아?"

"모르겠어요." 그녀가 그의 목에 팔을 둘렀다. "당신이 돌아올 때마다 여자의 향기가 나는 거 같아요."

"그건 당신의 향기가 옅어질 만큼 내가 오래 떠난 적이 없으니까, 리블링. 내가 처음 당신을 찾아낸 지 얼마나 됐지? 이제 26개월째야. 26개월 동안 내겐 당신의 향기가 배어 있다고."

"다른 향기는 없고요?"

그녀는 꿈틀거리며 침대 아래쪽으로 내려갔고, 동시에 그를 끌어당겼다. 그가 그녀의 입술에 가볍게 키스했다.

"다른 향기는 없어. 비행기 놓치겠어, 리블링……."

그가 몸을 빼냈다.

그녀는 다시 그가 움직이는 것을 바라보았다. 그는 서랍장으로 걸어가 서랍을 열더니 그 안에서 여권과 비행기 표를 꺼내 재킷 안주머니에 넣고 재킷의 단추를 채웠다. 이 모든 행동이 끊어짐 없이 한 번에 능숙하게 이어졌다. 극도로 자연스럽게 이뤄지는 이런 효율성과 자신감은 관능적이면서도 한편으로는 무섭게 느껴졌다. 그가 매사를 이처럼 최소한의 노력만으로 해낸다는 사실을 몰랐더라면 그녀는 그가 평생 작별을, 헤어짐을 연습해온 사람이라고 생각했을 것이다.

지난 2년간 둘이 늘 붙어 있었던 것에 비해 그녀는 그에 대해 놀랄 정도로 아는 게 없었다. 다만 자신을 만나기 전에 그가 많은 여자를 거쳤다는 사실만 알고 있었다. 그녀를 애타게 찾고 있었기 때문이라고 그는 둘러대곤 했다. 그리하여 만났던 여자들이 그녀가 아니라는 것을 깨닫자마자, 그들을 모두 쫓아버리고 다시 그녀를 찾아 정신없이 헤맸다고. 2년 전 어느 가을날, 바츨라프 광장에 있는 그랜드 호텔 유로파의 바에서 그녀를 만날 때까지.

문란했던 과거를 그렇게 멋지게 포장하는 사람은 처음이었다. 어쨌든 그녀의 포장보다는 훨씬 멋졌다. 그녀는 늘 돈 때문이었다고 했으니까.

"오슬로에는 왜 가는 거예요?"

"사업차." 그가 말했다.

"당신이 하는 일이 뭔지 왜 말해주지 않죠?"

"우린 서로 사랑하니까."

그는 등 뒤로 문을 닫았고 이내 계단을 내려가는 발소리가 들렸다.

그녀는 다시 혼자가 되었다. 눈을 감고, 그가 돌아올 때까지 침대에 그의 향기가 남아 있기를 바랐다. 손을 목걸이로 가져갔다. 그에게서 이 목걸이를 받은 후로 한 번도 몸에서 떼어놓지 않았다. 심지어 목욕할 때도. 손가락으로 목걸이에 달린 펜던트를 쓰다듬으며 그의 수트케이스를 생각했다. 수트케이스의 양말 옆에서 우연히 발견한, 신부들이 사용하는 빳빳한 하얀색 로만 칼라를 생각했다. 왜 그것에 대해 묻지 않았을까? 이미 자신이 너무 많은 질문을 한다고 생각했기 때문일 것이다. 그를 짜증나게 해서는 안 된다.

그녀는 한숨을 쉬며 손목시계를 보고는 다시 눈을 감았다. 오늘은 특별한 일정이 없었다. 2시에 예약된 병원 진료뿐이다. 그녀는 초를 세기 시작하면서 손가락으로 펜던트를 계속 쓰다듬었다. 오각형 별 모양의 붉은 다이아몬드를.

〈베르덴스 강〉의 1면 기사는 노르웨이 언론 매체에 종사하는 한 익명의 유명 인사가 카밀라 로엔과 '짧지만 뜨겁게' 사귀었다는 내용이었다. 기사에는 조악한 화질의 사진 한 장이 실려 있었는데, 휴양지에서 손바닥만 한 비키니를 걸친 카밀라 로엔이었다. 그 사진은 당연히 둘의 관계에서 중요한 요소가 무엇이었는가에 관해 기사가 암시하는 바를 강조하고 있었다.

〈다그블라데〉에는 리스베트 발리의 동생 토야 하랑의 인터뷰 기사가 실려 있었다. '늘 도망치던 언니'라는 제목의 문단에서 그녀는 원인을 알 수 없는 언니의 실종이 어린 시절부터 비롯된 습관적 행동 때문일 수도 있다고 했다. "언니는 스피닝 휠에서 노래할 때도 그냥 도망쳐버렸어요. 또 그러지 말라는 법 있나요?"

기사에는 카우보이모자를 쓰고 밴드 버스 앞에서 포즈를 취한 토야 하랑의 사진이 실려 있었다. 그녀는 미소 짓고 있었다. 아무 생각 없이 찍은 사진일 거라고 해리는 생각했다.

"맥주 한 잔 줘요."

해리는 언더워터 바의 스툴에 앉으며 〈베르덴스 강〉을 꺼냈다. 발레 호빈 경기장에서 열리는 스프링스틴 콘서트는 매진되었다고 했다. 상관없었다. 첫째로 그는 대형 경기장에서 열리는 콘서트를 싫어했고, 둘째로 열다섯 살 때 외위스테인과 함께 히치하이킹으로 드람멘스할렌 경기장까지 가서 그의 콘서트를 본 적이 있었다. 외위스테인이 위조한 가짜 티켓으로. 그때가 세 사람 모두의 전성기였다. 스프링스틴과 외위스테인, 그리고 해리의.

그는 〈베르덴스 강〉을 옆으로 밀치고, 리스베트의 동생 사진이 실린 〈다그블라데〉를 펼쳤다. 두 사람은 놀랄 만큼 닮아 있었다. 그는 트론헤임에 있는 토야 하랑과 통화했지만 아무 말도 들을 수 없었다. 더 정확히 말하면, 쓸 만한 이야기를 전혀 들을 수 없었다. 그런데도 통화가 20분이나 지속된 것은 그의 탓이 아니었다. 그녀는 자신의 이름을 '아'를 강조해 토이아라고 발음해야 한다고 설명했다. 마이클 잭슨의 누나인 라토야 잭슨에게서 따온 이름이 아니기 때문에 그냥 '토야'라고 발음해서는 안 된다는 것이다.

리스베트가 실종된 지 오늘로 나흘째였고, 수사는 한마디로 말해 교착 상태에 빠져 있었다.

카밀라 로엔 사건도 마찬가지였다. 베아테마저 절망할 정도였다. 그녀는 휴가를 떠나지 않은 몇몇 과학수사요원들을 도와 주말 내내 일했다. 착한 베아테. 그녀의 그런 선량함이 아무런 보상도 받지 못했다는 건 부끄러운 일이다.

카밀라가 사교적인 성격이었던 탓에 사건이 발생하기 전 일주일간의 행적은 그럭저럭 짜 맞출 수 있었다. 하지만 수사에는 아무런 도움도 되지 않았다.

사실 해리는 볼레르가 사무실에 찾아왔던 이야기를 베아테에게 할 작정이었다. 뵐레르에게서 영혼을 팔라는 다소 노골적인 제안을 받았었다고. 하지만 왠지 모르게 마음이 바뀌었다. 게다가 그녀에게는 생각할 일들이 많았다. 그렇다고 이 일을 뵐레르에게 말했다가는 말다툼으로 이어질 게 뻔했으므로 즉시 단념했다.

두 번째로 주문한 맥주를 절반쯤 마셨을 때 해리는 그녀를 보았다. 그녀는 벽 옆의 어둑어둑한 테이블에 혼자 앉아 있었다. 그녀도 그를 똑바로 보며 살짝 미소 지었다. 그녀 앞의 테이블에는 맥주 한 잔이 있었고, 검지와 중지 사이에는 담배가 끼워져 있었다.

해리는 맥주잔을 들고 그녀의 테이블로 갔다.

"합석해도 될까요?"

비베케 크눗센은 빈자리를 향해 고갯짓을 했다.

"여긴 어쩐 일이세요?"

"우리 집이 바로 근처거든요." 해리가 말했다.

"그랬군요. 근데 전에는 당신을 여기서 본 적이 없어요."

"그럴 겁니다. 내 단골 술집은 따로 있거든요. 근데 지난주 내가 했던 행동에 대해 나와 술집의 견해가 좀 달라서 여기 온 겁니다."

"출입금지 명령을 받은 거예요?" 비베케가 쉰 목소리로 웃으며 물었다.

해리는 그녀의 웃음소리가 좋았다. 그리고 그녀가 매력적이라고 생각했다. 화장 때문일까? 아니면 어둠침침한 조명 때문에? 그래서 어떻다는 건가? 그는 그녀의 눈이 좋았다. 장난기가 넘치고 에너지로 가득했으며 어린아이 같았고 총기가 있었다. 라켈처럼. 하지만 두 사람의 닮은 점은 그것뿐이었다. 라켈의 입은 입술이 얇고 섬세한 반면, 비베케는 입이 큰데다가 소방차 같은 새빨간 립스틱을 발라서 훨씬 더 커 보였다. 라켈은 우아한 옷차림을 즐겨 했고 발레리나라고 해도 믿을 정도로 호리호리해서 풍만함은 없었다. 비베케는 오늘은 호피 무늬의 옷을 입었는데 표범 무늬나 얼룩말 무늬처럼 눈에 띄었다. 라켈은 대부분이 갈색이었다. 머리카락도, 눈동자도, 피부도. 그녀처럼 광채 나는 피부는 본 적이 없었다. 반면 비베케는 빨간 머리였고 피부는 창백했다. 그녀가 꼰 다리가 어둠 속에서 새하얗게 빛났다.

"여기서 혼자 뭐하는 겁니까?" 해리가 물었다.

비베케는 어깨를 으쓱이고는 맥주를 한 모금 마셨다.

"안데르스가 집에 없거든요. 출장 갔어요. 오늘 저녁에나 올 거라서 혼자 좀 즐기고 있었죠."

"멀리 갔습니까?"

"유럽 어딘가에 있겠죠. 남자들이 어떤지 아시잖아요. 아무것도 말해주지 않죠."

"무슨 일을 하는데요?"

"교회와 성당의 물품을 팔아요. 제단화나 연단, 십자가 같은 거요. 중고와 신상품 모두 취급하죠."

"흠. 그런 일을 유럽에서 한다고요?"

"스위스의 교회에서 새 연단을 구입한다면 그건 올레순에서 만든 제품일 확률이 높죠. 쓰던 연단은 스톡홀름이나 나르빅에서 다시 복원될 확률이 높고요. 그이는 늘 출장을 다녀요. 집에 있을 때보다 없을 때가 더 많죠. 특히 지난 몇 달은 더욱 그랬어요. 작년에도 그랬고요."

그녀는 담배를 한 모금 빨면서 이렇게 덧붙였다. "하지만 정작 본인은 기독교인이 아니에요."

"그래요?"

비베케는 고개를 끄덕였고, 빨간 입술 사이로 담배 연기가 서리서리 피어올랐다. 입술 위로 작게 쪼글쪼글 주름이 잡혔다.

"안데르스의 부모님이 오순절파라서 그이도 그쪽 교리를 배우며 자랐어요. 거기 예배에 딱 한 번 가봤는데 어땠는지 알아요? 오싹하더라고요, 정말로. 특히나 방언을 할 때는요. 교회 예배에 가본 적 있어요?"

"딱 두 번요. 필라델피아 교파였죠."

"구원받았나요?"

"불행히도 못 받았습니다. 날 위해 법정에서 증언해주겠다는 사람을 찾으러 간 거였으니까요."

"예수님은 만나지 못했어도 최소한 증인은 만났겠군요."

해리는 고개를 저었다.

"내가 찾는 남자가 더는 교회에 나오지 않는다고 하더군요. 내가 알고 있던 그의 거주지에서도 자취를 감췄고요. 그러니 아뇨, 난 전적으로 구원받지 못한 겁니다."

해리는 남은 맥주를 다 마시고 바를 향해 한 잔 더 달라고 손짓했다. 그러고는 새 담배에 불을 붙였다.

"오늘 당신에게 연락했었어요. 경찰청으로요." 비베케가 말했다.

"그래요?"

해리는 자동응답기에 남아 있던 침묵의 메시지를 떠올렸다.

"네, 그런데 당신 사건이 아니라는 대답을 들었죠."

"카밀라 로엔 사건을 말하는 거라면 그 말이 맞습니다."

"그래서 그 사건 담당자라는 사람에게 말했어요. 그 잘생긴 남자요."

"톰 볼레르 말입니까?"

"네. 그 남자에게 카밀라에 대해 몇 가지 말했어요. 당신이 물어봤을 때는 미처 말하지 못했던 것들요."

"왜 그땐 말하지 않았죠?"

"안데르스가 옆에 있었으니까요."

그녀는 담배를 길게 빨았다.

"그이는 내가 카밀라에 대해 험담하는 걸 싫어해요. 아주 길길이 날뛰죠. 그 여자를 잘 알지도 못하는데도요."

비베케는 어깨를 으쓱이며 말을 이었다.

"난 그게 험담이라고는 생각하지 않아요. 안데르스가 그렇게 생각하는 거죠. 아무래도 가정교육 때문인 거 같아요. 그이는 모든 여자가 평생 한 남자하고만 섹스를 해야 한다고 믿거든요." 그녀는 담배를 비벼 끄며 나지막이 덧붙였다. "아예 안하면 더 좋고요."

"흠. 그러니까 카밀라가 한 명 이상의 남자들과 섹스를 한 겁니까?"

"이름이 다 다르더군요."

"그걸 어떻게 알죠? 위층 소리가 다 들리나요?"

"층간 소음은 없어요. 그래서 겨울에는 잘 안 들리죠. 하지만 여름에는 창문을 열어놓으니까요. 그게…… 뭐랄까……."

"……가운데에 안뜰이 있는 건물은 소리가 잘 전달되죠."

"맞아요. 안데르스는 벌떡 일어나 침실 창문을 쾅 닫곤 했어요. 혹시라도 내가 '오늘 밤은 아주 후끈하시네'라는 식의 말이라도 할라치면 노발대발하면서 나가버렸죠. 그러고는 거실에서 혼자 잤어요."

"그 말을 하려고 내게 연락한 겁니까?"

"네. 그리고 하나 더 있어요. 이상한 전화를 받았어요. 처음에는 안데르스인 줄 알았는데 그이가 전화할 때는 배경 소리가 들리거든요. 대체로 유럽 어느 도시의 길거리에서 전화하죠. 이상한 게 매번 똑같은 장소에서 전화하는 것처럼 배경 소리가 늘 똑같아요. 어쨌거나 이 전화는 소리가 달랐어요. 예전 같았으면 그냥 전화를 끊고 잊어버렸을 거예요. 하지만 카밀라 일도 있고, 집에 저 혼자 있고 하니까……."

"그래서요?"

"음, 뭐 별일 아니었어요."

그녀가 피곤한 미소를 지었다. 아름다운 미소라고 해리는 생각했다.

"그냥 누군가의 숨소리만 들리더라고요. 그래도 왠지 오싹해서 당신에게 말하고 싶었어요. 볼레르 형사님이 조사해보겠다고 했지만, 발신자가 누군지는 알아낼 수 없을 거 같아요. 범인은 늘 범죄 현장에 다시 돌아온다고 하잖아요. 안 그래요?"

"추리 소설에서나 그렇죠. 나라면 그냥 무시하겠어요."

해리는 맥주잔을 빙빙 돌렸다. 약효가 나타나기 시작했다.

"두 분은 혹시 리스베트 발리와 아는 사이인가요?"

비베케는 그를 빤히 바라보았다. 눈썹연필로 그린 양쪽 눈썹이 위로 껑충 올라갔다.

"실종되었다는 여자요? 우리가 그 여자를 어떻게 알겠어요?"

"맞습니다. 두 분이 그 여자를 어떻게 알겠습니까." 해리는 그렇게 중얼거리며 자신이 왜 그런 질문을 했는지 의아해했다.

그들이 언더워터에서 나와 그 앞의 인도에 섰을 때는 9시가 다 된 시간이었다.

해리는 비틀거리는 몸의 균형을 잡았다.

"우리 집은 바로 이 아래에요. 혹시……?" 해리가 말했다.

비베케는 머리를 갸웃하고는 미소를 지었다.

"나중에 후회할 말은 하지 말아요, 해리."

"후회?"

"막판 30분 동안에는 그 라켈이라는 여자에 대해서만 쉴 새 없이 말했잖아요. 아직 그 여자를 못 잊은 거죠?"

"그녀는 날 원치 않는다고 했잖아요."

"네, 그리고 당신은 날 원치 않죠. 당신이 원하는 건 라켈이에요. 아니면 라켈 대용품이나."

비베케는 그의 팔에 한 손을 올려놓았다.

"상황이 지금과 달랐다면 한동안 내가 라켈 대역을 할 수 있었을지도 몰라요. 하지만 지금은 안 돼요. 안데르스도 곧 돌아올 거고요."

해리는 어깨를 으쓱이고는 옆으로 한 발 내디뎌 몸의 균형을 잡았다.

"음, 집까지 바래다 드리죠." 해리는 코를 훌쩍였다.

"200미터밖에 안 돼요, 해리."

"갈 수 있어요."

비베케는 큰 소리로 웃으며 그의 팔짱을 꼈다.

두 사람은 천천히 울레볼스바이엔 가를 내려갔다. 자동차와 빈 택시들이 그들 옆으로 지나갔고, 밤공기가 그들의 살갗을 부드럽게 어루만졌다. 오슬로가 7월일 때만 가능한 일이었다. 해리는 규칙적인 그녀의 콧노래를 들으며 라켈은 지금 뭘 하고 있을지 생각했다.

그들은 검은 연철로 만든 출입문 앞에서 멈췄다.

"잘 가요, 해리."

"음. 엘리베이터를 탈 건가요?"

"왜요?"

"그냥요." 해리는 균형을 잡기 위해 양손을 바지 주머니에 찔러넣었다. "잘 지내요. 잘 자고."

비베케는 미소를 지으며 그에게로 몸을 내밀었고, 해리는 그의 뺨에 키스하는 그녀의 향기를 들이마셨다.

"다음 생에 만나요. 혹시 또 알아요?" 그녀가 속삭였다.

기름을 듬뿍 칠한 부드러운 딸칵 소리와 함께 그녀의 뒤로 철문이 닫혔다. 해리는 우두커니 서서 현재 위치를 파악하려 했다. 그런데 그의 앞에 있던 쇼윈도 속의 무언가가 그의 시선을 끌었다. 쇼윈도 안쪽에 진열된 다양한 묘비가 아니라 유리창에 비친 영상이었다. 빨간 차 한 대가 길 반대편 연석 옆에 주차되어 있었다. 해리가 조금이라도 차에 관심이 있었다면 이 비싼 장난감처럼 생긴 차가 토미카이라 ZZ-R이라는 것을 알았으리라.

"이런 씨발." 해리는 나직이 중얼거리며 보도에서 내려와 길을 건넜다. 택시 한 대가 경적을 울리며 그의 옆을 쌩 지나갔다. 해리는 스포츠카로 다가가 운전석 옆에 섰다. 선팅을 한 차창 유리가 소리 없이 내려갔다.

"지금 여기서 뭐 하는 거야?" 해리는 씩씩거렸다. "지금 나 감시하는 거야?"

"안녕, 해리." 톰 볼레르는 하품을 했다. "카밀라 로엔의 아파트를 감시 중이야. 드나드는 사람들을 지켜보고 있지. 범인이 범죄 현장에 다시 돌아온다는 건 빈말이 아니니까."

"그래, 그건 진리지." 해리가 말했다.

"하지만 너도 아마 깨달았겠지만 우리에게 남은 희망은 그거뿐이야. 살인범이 남긴 단서가 별로 없어서 말이야."

"범인이라고 해야지. 그 남자가 꼭 살의를 가지고 − ." 해리가 말했다.

"여자일 수도 있지." 볼레르가 그의 말을 잘랐다.

해리는 어깨를 으쓱이고는 휘청거리는 몸을 가누었다. 조수석의 문이 벌컥 열렸다.

"타, 해리. 할 말이 있어."

해리는 실눈을 뜨고 열린 문을 바라보았다. 어떻게 할지 망설이다가 중심을 잡기 위해 다시 옆으로 한 발 내디뎠다. 마침내 차 앞을 돌아 조수석에 올라탔다.

"내가 한 말은 생각해봤어?" 음악 소리를 줄이며 볼레르가 물었다.

"그래, 해봤어." 좁은 일인용 좌석에서 몸을 꿈지럭거리며 해리가 말했다.

"그래서 올바른 결론을 내렸나?"

"빨간 일제 스포츠카를 정말 좋아하는군." 해리는 손을 들어 대시보드를 제법 세게 내려쳤다. "튼튼한데? 말해봐……." 해리는 발음이 또렷하게 나오도록 정신을 집중했다. "엘렌이 죽던 날 밤에도 너와 스베레 올센이 차에 나란히 앉아 이렇게 이야기를 나눴나?"

볼레르는 한동안 해리를 빤히 바라보더니 마침내 입을 열어 대답했다. "무슨 말인지 통 모르겠군, 해리."

"몰라? 엘렌이 무기 밀매의 배후 주모자로 널 지목했다는 거 알텐데. 엘렌이 그 사실을 발설하기 전에 네가 스베레 올센에게 엘렌을 죽이라고 한 거잖아. 그러다 내가 스베레 올센의 뒤를 쫓는다는 소식을 듣고 서둘러 뒷수습을 했지. 마치 네가 올센을 체포하려던 과정에서 올센이 총을 뽑은 것처럼. 하브넬라게레 빌딩에서 죽인 그 남자처럼 말이야. 골치 아픈 죄수들을 처형하는 게 네 전문이지."

"취했군."

"네가 그랬다는 증거를 지난 2년간 찾아 헤맸어, 볼레르. 알고 있었지?"

볼레르는 대답하지 않았다.

해리는 웃으면서 다시 손을 내려쳤다. 대시보드에 빠지직 금이 가는 불길한 소리가 들렸다.

"당연히 알았겠지! 프린스님께서는 모든 걸 아실 테니까. 어떻게 한 거야? 말해봐."

볼레르는 차창 너머로 케밥 가게에서 나오는 한 남자를 바라보았다. 남자는 걸음을 멈추고 좌우를 살피더니 성삼위일체 성당 쪽으로 걸어 내려가기 시작했다. 남자가 묘지와 보르 프루에스 병원 사이로 접어들 때까지 두 사람 다 아무 말도 하지 않았다.

"좋아." 볼레르가 나직이 말했다. "자백하는 거야 쉽지. 그게 네가 원하는 거라면. 하지만 내 자백을 듣고 나면 불쾌한 딜레마에 빠질 수도 있다는 걸 잊지 마."

"불쾌함 따위는 얼마든지 받아들일 수 있어."

"난 스베레 올센에게 합당한 응징을 했을 뿐이야."

해리는 천천히 고개를 돌려 볼레르를 바라보았다. 볼레르는 좌석 머리받이에 머리를 기댄 채 눈을 반쯤 감고 있었다.

"그놈과 내가 한패라는 게 밝혀질까 두려워서 죽인 게 아니라고.

그 부분에 관한 네 가설은 틀렸어."

"그래?"

볼레르는 한숨을 쉬었다.

"우리 같은 사람이 어떤 행동을 하는 동기가 뭔지 궁금하지 않아?"

"난 시키는 일만 하는데."

"가장 어릴 때 기억이 뭐야?"

"언제를 말하는 거야?"

"나의 가장 어릴 때 기억은 어떤 밤이야. 아버지가 침대에 앉아 누워 있는 나를 굽어보고 있지."

볼레르는 운전대를 쓰다듬었다.

"분명 네 살이나 다섯 살 때일 거야. 아버지에게서는 담배와 든든한 가장의 냄새가 났지. 아버지의 냄새가 어떤지 알잖아. 아버지는 내가 잠이 든 후에야 퇴근하셨고, 내가 일어나기 한참 전에 이미 출근하셨지. 만약 그때 내가 눈을 떴다면, 아버지는 미소를 지으며 내 머리를 토닥이고는 나가셨을 거야. 그래서 난 아버지가 좀 더 오래 머물도록 그냥 자는 척했어. 가끔씩 돼지 머리를 한 여자가 아이들의 피를 찾아 거리를 헤매는 악몽을 꿀 때가 있었어. 그럴 때면 눈을 뜨고 방에서 나가려는 아버지에게 좀 더 있어달라고 부탁했지. 내가 눈을 동그랗게 뜨고 아버지를 바라보는 동안, 아버지는 곁에 있어주셨어. 네 아버지도 그랬나, 해리?"

해리는 어깨를 으쓱였다.

"우리 아버지는 선생님이었어. 늘 집에 계셨지."

"그럼 중산층이었군."

"그런 셈이지."

볼레르는 고개를 끄덕였다.

"우리 아버지는 노동자였어. 내 단짝 친구인 가이르나 솔로의 아버지도 그랬고. 그 애들은 우리 집 바로 위층에 살았지. 오슬로 구시가지에 자리한 아파트 단지, 거기가 우리 집이었어. 오슬로의 회색빛 동부 지역이기는 했어도 노동조합 소유의 잘 관리된 좋은 아파트였어. 우리는 스스로를 노동자 계급이라고 생각하지 않았어. 다들 사업가라고 생각했지. 솔로의 아버지는 가게까지 있었고, 가족 모두 가게 일을 도왔으니까. 우리 동네 남자들은 다들 성실했지만 우리 아버지만큼 성실한 사람은 없었어. 아버지는 새벽부터 밤까지, 불철주야 일만 하셨지. 일요일에만 전원이 꺼지는 기계 같았어. 우리 부모님은 딱히 기독교인은 아니었어. 아버지는 목사가 되라는 할아버지 등쌀에 떠밀려 야간 학교에서 반년간 신학을 공부했지. 하지만 할아버지가 돌아가시자 공부를 그만뒀어. 그래도 우린 매주 일요일마다 볼레렝가 교회에 갔고, 예배가 끝나면 에케베르그나 외스트마르카로 놀러 갔어. 5시가 되면 온 가족이 옷을 갈아입고 거실에서 일요일 저녁 식사를 함께 했지. 따분하게 들리지? 하지만 이거 알아? 난 일주일 내내 일요일만 기다렸어.

월요일이 되면 아버지는 다시 일하러 가셨지. 공사판에는 늘 밤늦도록 일할 사람이 필요했으니까. '어떤 돈은 유달리 희고, 어떤 돈은 회색이고, 어떤 돈은 검지.' 아버지는 입버릇처럼 그렇게 말하곤 했어. 그 바닥에서 돈을 모으는 길은 그거뿐이었지. 내가 열세 살이 되었을 때 우리 가족은 오슬로 서부 지역으로 이사를 갔어. 사과 과수원이 딸린 집이었지. 아버지는 여기가 훨씬 좋은 동네라고 하셨어. 반에서 부모님이 변호사나 경제학자, 의사, 혹은 다른 번듯한 직업이 아닌 아이는 나뿐이었어. 우리 옆집에는 판사가

139

살았는데 나와 동갑인 아들이 있다고 했지. 아버지는 내가 커서 그렇게 되기를 바랐어. 나중에 그런 사람이 되려면 그쪽 친구들을 사귀어놓는 게 중요하다고, 그들의 규칙과 언어, 불문율을 배우는 게 중요하다고. 하지만 난 그 아들의 코빼기도 보지 못했어. 그 집 개만 봤지. 독일산 셰퍼드였는데 밤새 베란다에 서서 짖어댔어. 수업이 끝나면 난 기차를 타고 옛날 동네로 가서 가이르와 솔로를 만났어. 부모님은 동네 사람들을 전부 바비큐 파티에 초대했지만 다들 핑계를 대며 정중히 초대를 거절했어. 한 사람만 제외하고. 그날 여름 내내 다른 집 정원에서 나던 바비큐 냄새와 시끌벅적한 웃음소리가 아직도 생생해. 우리를 초대한 집은 하나도 없었지."

해리는 혀가 풀리지 않도록 정신을 집중했다. "이 이야기에 요점이 있기는 한 거야?"

"네가 정해. 그만할까?"

"아니, 계속해. 오늘 밤에는 텔레비전에서 딱히 재밌는 것도 안 하니까."

"어느 일요일, 우리 가족은 평상시처럼 교회에 갈 예정이었어. 나는 부모님이 나오길 기다리며 길가에 서서 옆집의 셰퍼드를 바라보고 있었지. 녀석은 미쳐 날뛰며 정원의 울타리 너머에서 날 향해 마구 으르렁거리고 짖어댔어. 왜 그랬는지 모르겠지만 난 그 집으로 가서 문을 열었어. 녀석이 외로워서 그렇게 짖어댄다고 생각했던 모양이야. 셰퍼드는 내게 달려들어 날 쓰러뜨리더니 내 볼을 물어뜯었어. 아직도 흉터가 남았지."

볼레르는 손가락으로 가리켰지만 해리의 눈에는 아무것도 보이지 않았다.

"판사가 베란다로 나와 개를 말리더군. 셰퍼드가 날 놓아주자,

판사는 내게 당장 꺼지라고 했어. 차를 몰아 응급실로 가는 동안 어머니는 울었고, 아버지는 거의 말이 없었지. 나는 볼에서 귀 바로 아래까지 두꺼운 검정 실로 꿰맨 채 집으로 돌아왔어. 아버지는 판사를 만나러 갔어. 집으로 돌아온 아버지의 눈동자는 분노로 이글거렸고, 말수는 더욱 줄어드셨지. 우리는 철저한 침묵 속에서 일요일 저녁 식사를 마쳤어. 그날 밤 나는 갑자기 잠에서 깼어. 왜 잠이 깼을까 생각했지. 사방이 고요했고 그제야 깨달았어. 셰퍼드. 셰퍼드가 짖지 않았던 거야. 우리 집 현관문이 닫히는 소리가 들렸고, 난 본능적으로 알았지. 다시는 그 셰퍼드의 소리가 들리지 않으리라는 걸. 내 침실 문이 살그머니 열리자 난 눈을 꼭 감았어. 하지만 얼핏 망치를 보았지. 아버지에게서는 담배와 든든한 가장의 냄새가 났어. 그리고 난 자는 척했지."

볼레르는 핸들에서 보이지 않는 먼지를 닦아냈다.

"난 스베레 올센이 우리 동료를 죽였기 때문에 내가 할 일을 했을 뿐이야. 엘렌을 위한 일이었다고, 해리. 우리를 위해서. 그래, 난 사람을 죽였어. 그래서 날 신고할 거야?"

해리는 그저 바라만 보았다. 볼레르는 눈을 감았다.

"우리에게는 올센이 했을 거라는 정황 증거뿐이었어, 해리. 그것만으로는 빠져나갈 게 뻔했다고. 그냥 그렇게 놔줄 수는 없잖아. 너라면 놔줬을까, 해리?"

볼레르는 고개를 돌려 자신을 뚫어지게 바라보는 해리의 시선을 맞받았다.

"놔줬을까?"

해리는 침을 삼켰다.

"너와 스베레 올센이 차에 함께 있던 걸 본 사람이 있었어. 그걸 법정에서 기꺼이 증언해주겠다고 했었지. 아마 너도 알고 있었을 거야. 안 그래?"

볼레르는 어깨를 으쓱였다.

"난 올센과 몇 번 이야기를 나눴어. 그놈은 신나치족 범죄자라고. 그런 놈들을 계속 감시하는 게 우리 일이야, 해리."

"그런데 너를 목격했던 증인이 갑자기 입을 다물어버렸어. 네가 그 녀석을 만난 거야. 그렇지? 녀석에게 입 다물라고 협박했지?"

볼레르는 고개를 저었다.

"그런 질문에는 대답할 수 없어, 해리. 설사 네가 우리 팀에 들어온다 할지라도 자신의 역할을 수행하는 데 꼭 필요한 사실만을 알아야 한다는 것이 불변의 규칙이야. 냉정하게 들리겠지만 우리 모두를 위해 그 편이 좋아."

"로이 크빈스빅과 얘기했어?" 해리가 혀 꼬부라진 소리로 말했다.

"크빈스빅은 네 풍차 중의 하나일 뿐이야, 해리. 그만 잊어. 네 앞날이나 걱정하라고."

볼레르는 해리에게 몸을 내밀고 목소리를 낮췄다.

"밑져야 본전이잖아. 거울을 한번 들여다봐……."

해리는 눈을 깜박였다.

"생각해보라고." 볼레르가 말했다. "나이는 마흔이 다 돼가는데 알코올 중독에 직업도, 가족도, 돈도 없잖아."

"마지막으로 묻는다!" 해리는 소리를 지르려고 했지만 너무 취해서 소리가 나오지 않았다. "크…… 크빈스빅과 얘기했나?"

볼레르는 등을 똑바로 폈다.

"집에 가, 해리. 가서 네가 가장 빚진 사람이 누군지 생각해봐. 경찰청일까? 네 단물만 빨아먹다가 이제는 맛없다고 뱉어버리는 조직? 골치 아픈 냄새를 맡자마자 겁에 질린 생쥐처럼 잽싸게 달아나는 네 상사들? 혹시 네가 빚진 사람은 너 자신이 아닐까? 해가 바뀌고 또 바뀌어도 넌 묵묵히 오슬로의 거리를 안전하게 지키지. 시민보다 범죄자들의 인권을 더 보호하는 이 나라에서. 사실 넌 네 분야에서 최고 실력자 중 하나야, 해리. 다른 놈들과 달리 넌 재능이 있다고. 그런데도 월급은 쥐꼬리만큼 받지. 난 지금 네가 버는 것보다 다섯 배는 줄 수 있어. 단지 돈이 문제가 아니야. 난 네게 약간의 품위를 줄 수 있다고, 해리. 품위. 잘 생각해봐."

해리는 볼레르에게 눈의 초점을 맞추려 안간힘을 썼지만 그의 얼굴은 계속 둥둥 떠다녔다. 이번에는 차문의 손잡이를 찾아 더듬거렸지만 찾을 수가 없었다. 염병할 일제 차. 볼레르는 해리에게로 몸을 숙여 차 문을 열어주었다.

"네가 크빈스빅을 찾아다니는 거 알아." 볼레르가 말했다. "내가 네 수고를 덜어주지. 그래, 난 그날 저녁 그뤼네르뢰카에서 올센과 이야기했어. 하지만 그렇다고 해서 내가 엘렌의 죽음에 연관이 있다는 뜻은 아니야. 일이 복잡해지는 것을 막으려고 말 안 했을 뿐이야. 네 마음대로 해도 되지만 내 말 믿어. 로이 크빈스빅에게는 쓸 만한 정보가 전혀 없어."

"그 자식 어딨어?"

"그걸 말해주면 뭐가 좀 달라지나? 그럼 날 믿을 거야?"

"어쩌면. 혹시 알아?" 해리가 말했다.

볼레르는 한숨을 쉬었다.

"송스바이엔 가 32번지. 예전 계부의 지하실에서 지내고 있어."

해리는 탑등을 켠 채 이쪽으로 달려오는 택시를 발견하고 몸을 돌려 손을 들었다.

"하지만 지금은 멘나 성가대와 합창 연습을 하고 있을 거야. 여기서 걸어갈 수 있는 거리야. 감레 아케르 예배당에서 연습하니까."볼레르가 말했다.

"감레 아케르?"

"로이 크빈스빅은 필라델피아 교파에서 베들레헴 교파로 개종했거든."

빈 택시가 멈춰 서더니 잠시 머뭇거리다가 다시 액셀러레이터를 밟고 도심을 향해 달려갔다. 볼레르는 쓴웃음을 지었다.

"그렇다고 개종에 대한 믿음을 잃진 말라고, 해리."

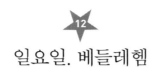

# 일요일. 베들레헴

　일요일 오후 8시, 비아르네 묄레르는 하품을 하며 책상 서랍을 잠그고 스탠드를 끄기 위해 팔을 뻗었다. 피곤했지만 만족감이 밀려들었다. 지난번 살인사건과 실종 사건으로 인한 언론의 집중포화는 누그러졌고, 그는 주말 내내 아무런 방해도 받지 않은 채 일할 수 있었다. 휴가철이 시작되었을 때만 해도 책상에 높이 쌓여 있던 서류 더미는 금세 반으로 줄어들었다. 이제는 집에 가서 부드러운 제임슨 위스키를 마시며 〈비트 포 비트*〉 재방송을 볼 수 있다. 그의 손가락이 스탠드 스위치에 닿은 순간, 그는 깨끗이 정돈된 책상을 마지막으로 훑어보았다. 그 순간 갈색 에어캡 봉투가 눈에 띄었다. 금요일에 우편함에서 그 봉투를 집어 온 기억이 어렴풋이 났다. 그 후로 계속 서류 더미 뒤에 감춰져 있었던 모양이다.

　묄레르는 망설였다. 내일 읽어도 큰 지장은 없을 것이다. 그는 봉투를 눌러보았다. 안에 어떤 물건이 만져졌는데 선뜻 감이 잡히지 않았다. 편지봉투용 칼로 봉투를 뜯었다. 편지는 들어 있지 않

---

* Beat for Beat, 노르웨이 방송국 NRK1의 뮤지컬 쇼. 1999년부터 시작하여 지금까지 큰 인기를 누리고 있다.

았다. 봉투를 거꾸로 쏟았지만 아무것도 나오지 않았다. 봉투를 세게 흔들자, 안의 공기포장지에 들러붙어 있던 무언가가 떨어지는 소리가 들렸다. 그 무언가는 책상 위로 툭 떨어졌다가 전화기로 튀어 오른 후 압지철, 그것도 근무자 명단 위에 착륙했다.

비아르네 뮐레르는 갑자기 복통이 밀려드는 것을 느끼며 허리를 숙인 채 숨을 헐떡거렸다. 몇 분이 지난 후에야 등을 펴고 전화번호를 누를 수 있었다. 아마 통증이 그렇게 심하지 않았다면 그도 알아차렸을 것이다. 편지봉투에서 떨어진 물건이 근무자 명단 위에서 가리킨 이름과 방금 자신이 전화한 사람이 같다는 사실을.

마리트는 사랑에 빠졌다.

또다시.

그녀는 예배당으로 이어지는 계단을 힐끗 바라보았다. 베들레헴의 별이 박혀 있는 둥근 창문에서 불빛이 새어 나와 새로 온 신자인 로이의 얼굴을 비추고 있었다. 그는 성가대 소속의 한 소녀와 이야기 중이었다. 마리트는 어떻게 하면 그에게 자신의 존재를 알릴 수 있을지 며칠간 고민했지만 영감이 떠오르지 않았다. 그에게 다가가 말을 거는 것도 나쁘지 않을 것이다. 하지만 적당한 기회가 생길 때까지 기다려야 한다. 지난주 성가대 연습 시간에 로이는 크고 또렷한 목소리로 자신의 과거를 고백했다. 자신이 필라델피아 교파에 있었으며, 심지어 구원받기 전에는 신나치족이었다고! 한 소녀는 그의 몸 어딘가에 커다란 나치 문신이 있다는 소문을 들었다고 했다. 다들 입을 모아 끔찍하다고 했지만, 마리트는 흥분으로 몸이 떨리는 것을 느꼈다. 마음 깊은 곳에서는 바로 그것이 자신이 사랑에 빠진 이유임을 알고 있었다. 그 새로움, 생소함, 이 짜릿하지만 일시적인 흥분. 자신이 결혼하게 될 사람은 그런 남자가 아니라는 것을 알고 있었다. 아마 크리스티안 같은 남자일 것이다. 크리스티안은 성가대 지휘자였다. 그의 부모도 모두 신도였고, 그는 최근에 청년부 예배에서 연설을 시작했다. 반면 로이 같은 사람들은 결국 변절하는 경우가 많았다.

오늘 저녁에는 연습이 꽤 길어졌다. 새로운 노래를 연습하기도 했고, 사실상 레퍼토리에 있는 곡들을 다 불렀기 때문이다. 크리스티안은 새 단원이 들어오면 늘 그러곤 했다. 우리 성가대가 얼마나 훌륭한지 보여주기 위해서였다. 보통은 가이트뮈르스바이엔 가에 있는 연습실에서 연습하지만 지금은 휴가철이라서 사용할 수가 없었다. 그래서 아케르스바켄 가에 있는 감레 아케르 예배당을 빌렸다. 자정이 넘은 시간이었는데도 연습이 끝난 성가대원들은 교회 앞에 모여 있었다. 마치 곤충 떼처럼 그들의 목소리가 웅웅거렸고, 오늘 저녁에는 공기 중에 특별한 짜릿함이 감도는 듯했다. 더운 날씨 때문일까? 아니면 결혼이나 약혼을 한 단원들이 모두 휴가를 떠났고, 따라서 오늘만큼은 젊은 남녀 단원들 간의 시시덕거림이 도를 넘는다 해도 미소를 띤 채 인자하지만 어디까지나 꾸짖는 시선으로 그들을 바라볼 사람이 없기 때문일까? 마리트는 다시 한 번 로이를 훔쳐보았다. 갑자기 말을 거는 친구들에게는 머릿속에 떠오르는 대로 대꾸했다. 그 커다란 나치 문신이 로이의 몸 어디에 있을지 궁금했다.

친구 중 하나가 팔꿈치로 마리트를 툭 치며 고갯짓을 했다. 한 남자가 아케르스바켄 가를 걸어 올라오고 있었다.

"저거 봐. 술에 취했어." 한 소녀가 속삭였다.

"가여워라." 다른 아이가 말했다.

"주님께서 구원하고 싶어 하시는 게 바로 저런 길 잃은 영혼이야."

그 말을 한 사람은 소피였다. 저 애는 늘 그런 식으로 말했다. 다른 소녀들이 고개를 끄덕였다. 덩달아 고개를 끄덕이던 마리트는 불현듯 깨달았다. 이거다, 기회가 온 것이다. 그녀는 일말의 망설임도 없이 친구들 곁을 떠나 남자의 앞길을 막아섰다.

남자는 걸음을 멈추고 그녀를 내려다보았다. 그녀의 예상보다 키가 컸다.

"주님을 아세요?" 마리트는 미소를 지으며 큰 소리로 또렷하게 물었다.

남자의 얼굴은 선홍색이었고, 눈은 초점이 없었다. 그녀의 뒤에서 들리던 말소리가 잠잠해졌고, 시야의 끄트머리로 계단에 서 있던 로이와 다른 소녀들이 자신을 돌아보는 것이 보였다.

"애석하게도 모르겠는데." 남자는 코를 훌쩍였다. "아가씨가 누군지도 모르겠고. 그런데 혹시 로이 크빈스빅을 아나?"

마리트는 얼굴에 홍조가 번지는 것을 느꼈다. 그녀의 다음 질문 ("주님께서 당신을 만나기를 고대하고 있다는 건 아세요?")은 목구멍 속으로 쏙 들어가버렸다.

"로이가 여기 있나?" 남자가 물었다.

마리트는 남자의 빡빡 깎은 머리와 부츠를 바라보았다. 갑자기 겁이 덜컥 났다. 이 남자도 신나치족일까? 로이가 예전에 알던 사람? 배신한 로이에게 복수하러 왔을까? 아니면 다시 돌아오라고 설득하러?

"그건······."

하지만 남자는 이미 그녀의 옆으로 지나갔다.

마리트가 뒤를 돌아보자, 마침 로이가 황급히 예배당으로 들어가며 문을 쾅 닫는 것이 보였다.

술에 취한 남자는 신발 아래로 오도독 소리를 내며 자갈길을 성큼성큼 가로질러 갔다. 그의 상체는 갑작스런 돌풍을 맞은 돛대처럼 앞으로 기울어져 있었다. 하지만 계단 앞에서 미끄러지는 바람에 무릎을 꿇은 채 바닥으로 넘어졌다.

"어머나······." 한 소녀가 숨을 헉 들이쉬었다.

남자는 다시 일어섰다.

남자가 계단을 올라가자, 크리스티안이 얼른 뒤로 물러섰다. 계단을 다 올라간 남자는 몸을 앞뒤로 흔들었다. 한순간 그의 몸이 뒤로 넘어갈 듯이 기울었다. 하지만 다시 중력의 힘을 통제하고는 문손잡이를 덥석 잡았다.

마리트는 손을 입으로 가져갔다.

남자가 문을 밀었지만 다행히도 로이는 문을 잠가두었다.

"이런 씨발!" 남자는 술기운이 묻어나는 목소리로 외쳤다. 그러더니 몸을 뒤로 기울였다가 머리를 앞으로 확 숙였다.

문에 달린 둥근 창문에 그의 이마가 부딪치면서 유리에 빠지직 금이 가는 소리가 들렸다. 계단에 유리 조각이 우수수 떨어졌다.

"그만하세요!" 크리스티안이 외쳤다. "그렇게 당신 멋대로 ······."

남자가 뒤를 돌아 크리스티안을 바라보았다. 그의 이마에 삼각형 모양의 유리 파편이 박혀 있었다. 그 유리 파편에서 가늘게 흘러내리던 피가 그의 콧마루에서 갈라졌다.

크리스티안은 더 이상 아무 말도 하지 않았다.

남자는 입을 벌리더니 울부짖기 시작했다. 칼날처럼 섬뜩한 울음이었다. 그러더니 지금껏 마리트가 한 번도 본 적이 없는 난폭함으로 다시 문을 공격하기 시작했다. 꽉 쥔 주먹으로 단단한 하얀 문을 미친 듯이 두들겨댔다. 늑대처럼 울부짖으며 문을 두드리고 또 두드렸다. 나무 문에 살갗이 닿는 소리, 그것은 마치 고요한 아침 숲에서 도끼를 휘두르는 듯한 소리였다. 이제 남자는 둥근 창문에 달린, 연철로 만든 베들레헴의 별을 잡아 뜯기 시작했다. 툭툭 떨어지는 핏방울이 하얀 문을 물들이는 동안 마리트는 살갗이 찢기는 소리를 들은 것 같았다.

"누가 어떻게 좀 해봐요." 누군가가 소리를 질렀다. 마리트는 크리스티안이 휴대전화를 꺼내는 것을 보았다.

연철로 만든 별이 느슨해졌다. 갑자기 남자가 무릎으로 털썩 주저앉았다.

마리트는 가까이 다가갔다. 다른 사람들은 물러섰지만 그녀는 다가가야만 했다. 가슴 속에서 심장이 두방망이질을 쳤다. 계단 앞에 이르렀을 때 그녀의 어깨를 잡는 크리스티안의 손길이 느껴지자, 마리트는 걸음을 멈췄다. 계단 위에서 남자가 마치 육지로 올라와 죽어가는 물고기처럼 헐떡이는 소리가 들렸다. 그 소리는 마치 우는 것처럼 들렸다.

15분 뒤 경찰차가 남자를 체포하러 왔을 때 그는 계단 위에 누워 있었다. 경찰은 남자를 일으켜 세웠고, 남자는 순순히 그들을 따라 차로 갔다. 여경 하나가 그들에게 혹시 신고해야 할 피해 상황이 있는지 물었지만 그들은 고개를 저었다. 너무 충격을 받은 나머지 부서진 유리창에 대해서는 까맣게 잊고 있었던 것이다.

경찰차는 떠났고 남은 것은 더운 여름밤뿐이었다. 마치 아무 일도 없었던 것 같다고 마리트는 생각했다. 마리트는 지치고 창백한

150

얼굴로 예배당에서 나왔던 로이가 다시 사라졌다는 것도, 크리스티안이 한 팔로 그녀를 안았다는 것도 알아차리지 못했다. 그저 창문의 망가진 별을 물끄러미 바라보았다. 별은 뒤틀리고 구부러져 있었다. 그리하여 다섯 꼭짓점 가운데 두 개는 위를, 하나는 아래를 가리켰다. 이 열대야 속에서도 그녀는 재킷을 더 단단히 여몄다.

자정을 훌쩍 넘긴 시간, 경찰청사 창문에 달이 비쳤다. 비아르네 뮐레르는 빈 주차장을 가로질러 유치장으로 들어갔다. 그는 재빨리 주위를 둘러보았다. 안내 데스크 세 곳에는 아무도 없었고, 경관 둘이 당직실에서 텔레비전을 보고 있었다. 찰스 브론슨의 오랜 팬으로서 뮐레르는 텔레비전에서 상영되는 영화를 알고 있었다. 〈데스 위시〉. 두 경관 중에서 더 나이 든 경관도 그가 아는 사람이었다. 그의 이름은 그로트였는데 다들 그를 '통곡자'라고 불렀다. 왼쪽 눈에서 볼로 흘러내리는 와인색 흉터 때문이었다. 뮐레르가 경찰청에 처음 왔을 때부터 그로트는 이미 유치장에서 일하고 있었으며 사실상 유치장이 그의 손아귀에 있다는 것은 누구나 아는 사실이었다.

"이봐요." 뮐레르가 외쳤다.

텔레비전에서 눈을 떼지 않은 채 그로트가 집게손가락을 들어 옆의 젊은 경관을 가리켰다. 젊은 경관은 마지못해 의자를 돌려 뮐레르를 바라보았다.

뮐레르는 신분증을 보여주었지만 굳이 그럴 필요까지는 없었다. 그들은 당연히 그를 알고 있었다.

"홀레는 어디 있나?" 뮐레르가 외쳤다.

"그 머저리?" 그로트가 콧방귀를 뀌자, 찰스 브론슨이 복수하기 위해 권총을 들어 올렸다.

"5호 감방일 겁니다, 아마도." 젊은 경관이 말했다. "그쪽에 있는 교도관에게 다시 물어보세요. 찾으실 수 있다면요."

"고맙네." 묄레르는 그렇게 말한 뒤, 감방으로 이어지는 문을 통과했다.

이곳에는 대략 100여 개의 감방이 있었고, 수감자의 수는 계절에 따라 달랐다. 지금은 분명 비수기였다. 묄레르는 굳이 교도관을 찾아가지 않고, 그냥 양쪽으로 감방이 늘어선 복도를 걸어 내려갔다. 복도에 그의 발소리가 울렸다. 그는 늘 이 유치장이 혐오스러웠다. 첫째로 살아 있는 사람을 이런 공간에 가둔다는 것은 어불성설이었다. 둘째로 이곳에는 인생은 시궁창이고 그나마 그 인생마저 망쳤다는 분위기가 감돌았다. 셋째로 묄레르는 여기서 어떤 일들이 벌어지는지 알고 있었다. 이를테면 예전에 한 수감자가 그로트를 고발한 적이 있었다. 그가 소방호스로 자신에게 물대포를 쏘았다는 것이다. 그러나 SEFO는 그 고소를 취하했다. 자기들이 조사한 결과 소방호스를 다 풀어도 감방까지 닿지 않았고, 그렇다면 어느 정도 떨어진 지점에서 물을 쏘았으리라고 추정했기 때문이다. 문제가 생기리라는 것을 눈치챈 그로트가 미리 소방호스를 뭉텅 잘랐을 거라고 짐작하지 못하는 사람들은 경찰청에서 SEFO뿐이었다.

다른 감방과 마찬가지로 5호 감방에는 자물쇠도, 열쇠도 없었다. 그저 밖에서 문을 열 수 있는 기본 장치뿐이었다.

해리는 양손에 머리를 묻은 채 바닥에 앉아 있었다. 묄레르의 눈에 제일 먼저 들어온 것은 피에 흠뻑 젖은 채 해리의 오른손에 감겨 있는 붕대였다. 해리는 천천히 고개를 들어 묄레르를 바라보았다. 그의 이마에는 반창고가 붙어 있었고, 눈은 마치 운 사람처럼 부어 있었다. 감방 안에서는 토사물 냄새가 났다.

"왜 침대에 누워 있지 않고?" 묄레르가 물었다.

"잠들기 싫어서요." 평소와는 다른 목소리로 해리가 속삭였다. "꿈꾸기 싫어서요."

묄레르는 자신이 충격을 받았다는 사실을 감추기 위해 얼굴을 찡그렸다. 전에도 상태가 좋지 않은 해리의 모습을 많이 보았지만 이 정도는 아니었다. 이렇게까지 나쁘지는 않았다. 이렇게까지 망가지지는 않았다.

묄레르는 헛기침을 했다.

"가세."

그로트와 젊은 경관은 경비실 옆으로 지나가는 두 사람에게 눈길조차 주지 않았다. 하지만 그로트가 못마땅하다는 듯이 고개를 절레절레 흔드는 것이 보였다.

해리는 주차장에서 다시 토했다. 그가 허리를 숙인 채 침을 뱉고 욕을 하는 동안, 묄레르는 담배에 불을 붙여 해리에게 건넸다.

"오늘은 휴일이니 이건 기록에 남지 않을 걸세."

해리는 숨이 넘어갈 듯이 웃어댔다. "고맙습니다, 보스. 쫓겨나는 마당에 인사고과가 조금이라도 좋아진다니 큰 위안이 되네요."

"그것 때문이 아닐세. 안 그랬다간 자네를 당장 정직시켜야 하니까 하는 말이야."

"그게 어때서요?"

"앞으로 며칠간 내게는 자네 같은 수사관이 필요하네. 다시 말해, 술을 마시지 않을 때의 자네 같은 수사관. 그러니까 문제는 자네가 술을 끊을 수 있느냐는 걸세."

해리는 등을 펴고 담배 연기를 들이마셨다.

"제가 마음만 먹으면 할 수 있다는 거 아시잖습니까. 하지만 제가 그러고 싶을까요?"

"나도 모르겠네. 그러고 싶나, 해리?"

"그러려면 이유가 필요합니다, 보스."

"그래. 그럴 줄 알았네."

묄레르는 자신의 수사관을 바라보며 생각에 잠겼다. 지금의 이 상황을 생각해보았다. 두 사람은 여기, 인적 없는 주차장 한가운데에 서 있었다. 오슬로의 어느 여름밤, 죽은 곤충들로 가득한 외등의 불빛과 달빛 아래. 그는 지금까지 둘이서 함께 겪었던 모든 일들을 생각했다. 그들이 이루고 또 이루지 못했던 모든 일들. 그 모든 것에도 불구하고, 그토록 오랜 세월을 함께한 후에 그들은 결국 여기서 이렇게 따분하기 짝이 없는 방식으로 각자의 길을 가게 되는 걸까?

"지금까지 내가 아는 바로는 자네를 움직이는 건 딱 하나뿐이야. 바로 일이지." 묄레르가 말했다.

해리는 대답하지 않았다.

"자네에게 맡길 사건이 있네. 물론 자네가 맡겠다면."

"무슨 사건입니까?"

"오늘 갈색 에어캡 봉투로 이 물건을 받았네. 이걸 받은 후로 계속 자네에게 연락했어."

묄레르는 손을 펼치고 해리의 반응을 살폈다.

달빛과 외등이 묄레르의 손바닥과 과학수사과에서 사용하는 지퍼백을 비추었다.

"음. 나머지 시신은요?" 해리가 물었다.

지퍼백 안에는 빨간 매니큐어를 칠한 길고 가느다란 손가락이 들어 있었다. 손가락에는 반지가 끼워져 있었는데, 오각형 별 모양의 보석이 박혀 있었다.

"이거뿐일세. 왼손 가운뎃손가락." 묄레르가 말했다.

"과학수사과에서 이 손가락의 신원을 밝혀냈나요?"

비아르네 묄레르는 고개를 끄덕였다.

"그렇게 빨리요?"

묄레르는 손으로 배를 눌렀고, 다시 고개를 끄덕였다.

"그렇군요. 그렇다면 이건 리스베트 발리의 손가락이겠군요." 해리가 말했다.

# THE DEVIL'S STAR

Part 3

# 월요일. 손길.

텔레비전에 당신이 나왔어, 내 사랑. 한쪽 벽이 당신으로 도배되었지. 당신과 똑같은 열두 명의 여자들, 동시에 움직이는 이 여자들은 색깔과 음영만 살짝 변형된 당신의 복사품들이야. 당신은 파리의 런웨이를 걷고 있어. 걸음을 멈추고 한쪽 엉덩이를 들어 올린 채 증오가 서린 냉랭한 시선으로 날 내려다보았지. 당신이 배운 대로 말이야. 그러고는 등을 돌려 가버렸어. 훌륭해. 거절은 언제나 먹히는 법이야. 당신도 알지, 내 사랑, 안 그래?

이제 그 보도가 끝나고 당신은 열두 개의 가혹한 시선으로 날 바라보며 열두 개의 비슷한 뉴스를 읽지. 나는 스물네 개의 붉은 입술을 읽지만 당신의 말소리는 들리지 않아. 바로 그런 점 때문에 내가 당신을 사랑하지.

그다음에는 유럽 어딘가에서 홍수가 발생한 장면이 나와. 저거 봐, 내 사랑. 우린 길을 건너고 있어. 나는 텔레비전 모니터 위로 손가락을 움직여서 당신의 별 사인을 그리지. 텔레비전은 죽었을지라도 먼지 쌓인 모니터와 내 손가락 사이에서 긴장감이 느껴져. 전기가 흐르는 게 느껴져. 압축된 삶. 그걸 살아나게 하는 게 바로 내 손길이야.

별의 한쪽 꼭짓점이 교차로 반대편에 있는 적벽돌 건물 앞의 인도에 닿았어. 난 이 텔레비전 가게에 서서, 텔레비전 수상기 사이의 틈으로 그 건물을 바라볼 수 있어. 여기는 오슬로에서 가장 번화한 교차로 중 하나야. 대개는 차들이 길게 늘어서 있지만 오늘은 아스팔트 심장에서 뻗어나간 다섯 개의 길 중에서 두 개에만 차들이 있어, 내 사랑. 오늘 하루 종일 침대에서 날 기다렸을 거야. 이 일만 끝내면 바로 갈게. 원한다면 벽 뒤에서 편지를 꺼내 당신에게 속삭여줄 수도 있어. "내 사랑! 난 늘 당신을 생각해. 내 입술에 닿던 당신의 입술, 내 살결에 닿던 당신의 살결이 아직도 생생해."

나는 가게 문을 열고 밖으로 나가. 햇볕이 홍수처럼 밀려들어. 햇볕. 홍수. 곧 당신 곁으로 갈게.


묄레르의 하루는 시작부터 잘 풀리지 않았다.

전날 밤 유치장에서 해리를 꺼내온 후, 아침에는 배가 아파 잠에서 깼다. 그의 배는 마치 바람이 너무 많이 들어간 비치볼처럼 팽팽하게 부풀어 있었다.

하지만 그것은 시작에 불과했다.

그래도 아침 9시, 해리가 말짱한 상태로 7층에 있는 강력반 회의실에 들어왔을 때는 상황이 그다지 나빠 보이지 않았다. 회의실 테이블에는 이미 톰 볼레르와 베아테 뢴, 그리고 이번 수사에 참가한 강력반 형사 네 명, 그리고 휴가 중에 소환된 전문가 두 명이 앉아 있었다.

"안녕들 한가." 묄레르가 말문을 열었다. "지금 우리가 해결해야 하는 사건이 무엇인지 이미 알고들 있을 거다. 범인이 동일범임을 암시하는 두 개의 사건이지. 아마도 살인사건일 것이다. 한마디로 우리 모두가 두려워하던 악몽이 실현된 것으로 보인다.”

뮐레르는 첫 번째 셀룰로이드 판을 오버헤드 프로젝터에 올려놓았다.

“왼쪽에 보이는 것이 검지가 절단된 카밀라 로엔의 왼손이다. 오른쪽에 보이는 것이 내게 우편으로 배달된 리스베트 발리의 왼손 중지이고. 아직 이 손가락과 일치하는 시신은 나오지 않았다. 하지만 베아테가 빌리 발리의 아파트를 수색할 때 채취해두었던 지문 덕분에 손가락의 신원을 확인할 수 있었다. 훌륭한 준비성이야, 베아테. 잘했어.”

베아테는 얼굴을 붉혔지만 연필로 계속 수첩을 툭툭 치며 태연한 척했다.

뮐레르는 두 번째 셀룰로이드 판을 올려놓았다.

“카밀라의 눈꺼풀 아래에서 나온 보석의 사진이다. 오각형 별 모양의 붉은 다이아몬드. 오른쪽 사진은 리스베트의 손가락에 끼워져 있던 반지다. 보다시피 반지 속 다이아몬드의 색깔이 더 연하기는 하지만 모양은 똑같다.”

“첫 번째 다이아몬드의 출처를 알아내려고 백방으로 노력했지만 실패했습니다.” 볼레르가 말했다. “안트베르펜에 있는 가장 큰 다이아몬드 커팅 회사 두 군데에 사진을 보냈는데, 이런 세공은 유럽의 다른 도시에서 할 거라고 하더군요. 러시아나 독일 남부일 거라고 했습니다.”

“전 세계를 통틀어 다이아몬드 원석을 사들이는 가장 큰 회사는 단연 드비어스예요.” 베아테가 말했다. “거기 전문가에게 연락해봤는데 분광분석법과 마이크로단층촬영법을 사용하면 다이아몬드의 출처를 정확히 알아낼 수 있다더군요. 우리를 돕기 위해 오늘 저녁 비행기로 런던에서 오겠다고 했어요."

젊은 형사 중의 하나로 강력반에 합류한 지 얼마 되지 않은 망누스 스카레가 손을 들었다.

"아까 하셨던 말씀으로 돌아가서요, 경정님, 설사 이게 이중살인이라 해도 왜 악몽이라고 하시는지 이해가 안 가는데요? 결국 범인이 둘에서 하나로 줄었잖아요. 그러니 여기 모인 우리가 같은 목표를 향해 일하면 될 거 같은데요. 제 생각으로는 이건 악몽이 아니라 오히려……."

나직한 헛기침 소리가 나자, 회의실에 있던 사람들의 시선이 해리 홀레에게로 향했다. 그는 지금까지 의자에 몸을 묻은 채 한 마디도 하지 않았다.

"이름이 뭐라고 했지?" 해리가 물었다.

"망누스라고 합니다."

"성은?"

"스카레요." 목소리에서 짜증이 배어나왔다. "그 정도는 기억하셔야–."

"아니, 스카레. 난 기억 안 할 거야. 하지만 자네는 지금부터 내가 하는 말을 기억해두라고. 미리 작정한 살인, 그것도 이 사건의 경우처럼 주도면밀하게 계획한 살인사건이 터지면 범인이 형사보다 훨씬 유리하기 마련이야. 법의학적 증거들도 모두 없앴을 테고, 피살자의 사망 시간에 확실한 알리바이도 세웠을 거고, 살인 무기도 모두 버렸을 테니까. 그것 말고도 많아. 하지만 범인이 사실상 절대 없앨 수 없는 것이 하나 있지. 그게 뭘까?"

망누스 스카레는 눈을 두어 번 깜박였다.

"바로 동기야." 해리가 말했다. "너무 쉽지, 안 그래? 동기, 우리의 수사는 거기서 시작해야 해. 동기를 찾는 건 너무 기본적인 거라 가끔씩 잊어버릴 때도 있지. 그러다 어느 날 느닷없이 괴물 같은 놈이 나오는 거야. 모든 형사들의 가장 끔찍한 악몽에서 나온 살인마. 그 형사의 사고 회로가 어떻게 생겨먹었느냐에 따라 악몽일 수도 있고, 평생 고대하던 꿈일 수도 있어. 악몽이라고 하는 이유는 범인에게 동기가 없기 때문이야. 더 정확히 말하자면, 인간적으로 이해할 수 있는 동기가 없지."

"지금 반장님께서는 악마를 만들어내시는 거예요." 스카레는 다른 사람들을 둘러보았다. "이 사건에 동기가 있는지 없는지는 아직 모르잖아요."

톰 볼레르가 목청을 가다듬었다.

묄레르는 해리의 턱 근육이 굳어지는 것을 보았다.

"그 말이 맞아." 볼레르가 말했다.

"당연히 맞죠." 스카레가 말했다. "아직 아무것도 ‒."

"입 다물어, 스카레. 홀레 반장의 말이 맞단 말이야. 우린 이 두 사건에 각각 열흘과 열닷새씩 매달렸지만 두 피살자를 이어줄 만한 단서는 하나도 나오지 않았어. 피살자들 간의 유일한 연관성이 살해 방식, 어떤 의식, 그리고 암호화된 메시지 같은 것들뿐이라면 우리는 한 단어를 떠올리게 되지. 아직 입 밖으로 내어서는 안 되지만 우리 모두의 마음 한 구석에 있는 바로 그 단어. 그러니 스카레와 다른 신참들은 당분간 입을 다물고 홀레 반장의 말에 귀를 활짝 열도록."

회의실 안이 조용해졌다.

묄레르는 해리가 볼레르를 바라보는 것을 보았다.

"요컨대 우리는 마음속으로 두 가지 사고를 동시에 해야 한다."

뮐레르가 말했다. "한편으로는 마치 이 두 사건이 평범한 살인사건인 것처럼 조직적으로 수사하고, 또 한편으로는 크고 뚱뚱하며 고약한 악마를 그려나가야 한다. 나 외에는 아무도 언론과 이야기하지 말도록. 다음 회의는 5시다. 빨리 일 시작해."

스포트라이트를 받고 있는 남자는 트위드 양복을 고상하게 차려입고, 손에는 셜록 홈스처럼 파이프를 들고 있었다. 그는 발뒤꿈치에 체중을 실어 몸을 들었다가 내리기를 반복하며 자기 앞에 있는 누더기 차림의 여성을 가련하다는 표정으로 바라보았다.

"그럼 내게 수업료로 얼마를 줄 건가?"

누더기 차림의 여자는 머리를 뒤로 홱 젖히며 양손으로 허리를 짚었다.

"아, 얼마가 적당한지 내가 알죠. 내가 아는 귀부인 친구가 프랑스 신사에게 프랑스어 수업을 받는데 1시간에 18펜스를 주더군요. 당신은 내게 우리말을 가르칠 건데 설마 그 프랑스어 수업만큼 받지는 않겠죠? 그러니 난 1실링 이상은 한 푼도 못 줘요. 싫음 말고요."

빌리 발리는 12열 좌석에 앉아 하염없이 눈물을 흘리고 있었다. 목을 타고 내려간 눈물이 태국 실크로 만든 셔츠 속으로, 가슴 위로 흘러내렸다. 눈물의 소금기에 젖꼭지가 쓰렸다. 이내 눈물은 배위로 흘러내렸다.

그런데도 눈물은 멈추지 않았다.

빌리는 흐느낌이 터져 나오는 입을 손으로 틀어막았다. 무대 위의 배우들이나 5열에 앉은 무대 감독을 방해하고 싶지 않았기 때문이다.

누군가가 그의 어깨를 잡는 바람에 그는 깜짝 놀랐다. 옆을 돌아보니 키 큰 남자가 그를 굽어보고 있었다. 불길한 예감에 그의 몸이 굳어버렸다.

"네?" 빌리는 잠긴 목소리로 속삭였다.

"접니다. 해리 홀레. 경찰." 남자가 속삭였다.

빌리 발리는 입에서 손을 떼고 해리의 얼굴을 찬찬히 바라보았다.

"아, 그렇군요." 그는 안도하는 목소리로 말했다. "미안하오, 반장. 너무 어두워서 난 또……."

형사가 빌리의 옆자리에 앉았다.

"난 또 뭐요?"

"검은 옷을 입으셨기에……."

빌리는 손수건으로 코를 풀었다.

"목사님인 줄 알았소. 나쁜 소식을 전해주러 온 목사님 말이오. 바보 같은 생각이죠?"

형사는 대답하지 않았다.

"하필 내가 좀 감정적일 때 오셨소, 반장. 오늘 처음으로 드레스 리허설을 하거든. 저 여잘 좀 봐요."

"누구요?"

"일라이자 둘리틀. 무대 위요. 처음 무대에 오른 그녀를 봤을 때 순간적으로 리스베트인 줄 알았소. 아내가 실종되었다는 건 그저 꿈이었나 보다 했지."

빌리는 숨을 깊이 들이쉬며 몸을 부르르 떨었다.

"하지만 그녀가 말하기 시작하자 내 리스베트는 사라져버렸소."

형사는 놀란 표정으로 무대를 응시하고 있었다.

"놀랄 만큼 닮았죠? 그래서 그녀를 데려온 거요. 원래 리스베트가 맡은 역할이었소."

"저 사람은 혹시……?" 해리가 말문을 열었다.

"맞아요. 리스베트의 동생이오."

"토야? 그러니까 토이아라고요?"

"지금까지는 용케 비밀로 해왔지만 내일 오후에 기자 간담회가 있소."

"그렇군요. 언론의 관심깨나 끌겠는데요."

토야는 몸을 빙글 돌렸다가 넘어지는 바람에 큰 소리로 욕을 내뱉었다. 상대 배우는 절망적인 표정으로 양손을 들어 올리더니 눈으로 감독을 찾았다.

빌리는 한숨을 쉬었다.

"언론의 관심을 끈다고 다 해결되는 건 아니오. 보다시피 앞으로 갈 길이 멀었소. 토야에게는 일종의 다듬어지지 않은 재능이 있소. 하지만 국립극장 무대에 서는 것은 시골 동네 회관에서 카우보이 노래를 부르는 것과는 천지 차이요. 리스베트에게 무대에서 움직이는 법만 가르치는 데도 2년이 걸렸소. 하지만 토야에게는 2주밖에 없소."

"제가 방해가 된다면 간략하게 말씀드리겠습니다, 발리 씨."

"간략하게요?"

빌리는 어둠 속에서 해리의 표정을 읽으려고 노력했다. 그는 다시 두려움에 사로잡혔고, 그리하여 해리가 입을 열자 본능적으로 그의 말을 막았다.

"전혀 방해될 거 없소, 반장. 난 제작자에 불과해요. 그냥 일이 돌아가게 하는 사람이죠. 이제 주도권은 다른 사람들에게 넘어갔소."

빌리는 무대 쪽으로 손짓했다. 무대 위에서는 트위드 양복을 입은 남자가 큰 소리로 외치고 있었다. "내가 이 칠칠치 못한 부랑아를 귀부인으로 만들 테다!"

"감독, 무대 디자이너, 배우들 말이오." 빌리가 말했다. "내일부터 난 그저 이……." 그는 적당한 단어를 찾기 위해 허공에 손을 저었다. "……코미디를 지켜보는 구경꾼 신세요."

"다들 각자의 재능이 있는 거니까요."

빌리의 입에서 공허한 웃음이 터져 나왔지만 금방 멎었다. 앞에 앉은 감독이 갑자기 그들을 돌아봤기 때문이다. 빌리는 형사에게 몸을 기울여 속삭였다. "맞는 말이오. 난 20년 동안 댄서였소. 굳이 말하자면 아주 형편없는 댄서였지만 오페라발레에는 늘 남자 댄서가 부족했소. 그래서 대충 팔다리만 움직일 줄 알면 아무나 채용했죠. 어쨌든 마흔이 되면 자동적으로 은퇴해야 했고, 난 다른 일을 찾아야 했소. 그때 깨달았죠. 내 진짜 재능은 타인을 춤추게 하는 것임을. 바로 무대 감독이었던 거요. 그것만이 내가 유일하게 할 수 있는 일이었소. 하지만 이거 아시오? 우리 같은 사람들은 조금이라도 성공의 맛을 보면 아주 한심해진다오. 한두 번의 제작 과정에서 일이 척척 진행되다 보면 자기가 모든 변수를 통제할 수 있는 신이고, 모든 방면에서 운명을 설계하는 건축가라 믿거든. 그러다가 이런 일이 터지면 그제야 자신이 얼마나 무력한 존재인지 깨닫죠. 나만 해도……."

빌리는 갑자기 말을 멈췄다.

"내 이야기가 너무 지루하죠?"

형사는 고개를 젓더니 헛기침을 했다.

"아내분의 일로 찾아왔습니다."

빌리는 마치 불쾌하고 큰 소음을 들을 준비라도 하듯이 두 눈을 꼭 감았다.

"경찰청으로 우편물이 배달됐습니다. 안에 잘린 손가락이 들어 있었죠. 유감스럽지만 부인의 손가락이었습니다."

빌리는 침을 꿀꺽 삼켰다. 그는 늘 자신이 사랑이 넘치는 사람이라고 생각했었다. 하지만 이제는 그것이 다시 자라는 것을 느낄 수 있었다. 그날 이후로 심장 아래에 생긴 혹. 그를 미치기 직전까지 몰고 가는 종양. 그것은 색을 띠고 있었으며, 미움은 노란색이라는 느낌이 들었다.

"이거 아시오, 반장? 차라리 마음이 놓이네요. 그런 일이 있을 줄 알았소. 아내가 다쳤을 거라고 생각했어요."

"다쳐요?"

상대의 어조에서 꺼림칙하게 놀라는 기색이 느껴졌다.

"한 가지만 약속해주겠소, 해리? 해리라고 불러도 되겠소?"

형사는 고개를 끄덕였다.

"놈을 잡아주시오. 놈을 꼭 잡아주시오, 해리. 잡아서 처벌해주시오. 혹독하게 처벌해주시오. 약속해주겠소?"

빌리는 형사가 고개를 끄덕이는 것을 본 것 같았지만 확실치 않았다. 눈물이 모든 것을 일그러뜨렸기 때문이다.

형사는 자리를 떴다. 빌리는 숨을 깊이 들이쉬고 다시 무대에 집중하려 했다.

"아뇨! 난 경찰을 부르겠어요. 부르고말고." 토야가 외쳤다.


해리는 사무실 의자에 앉아 책상을 바라보았다. 너무 피곤해서 일을 더 할 수 있을지 의문이었다.

전날의 무모한 행동(유치장에 감금되고 밤새 악몽에 시달린 일)으로 인한 여파였다. 하지만 그를 가장 힘 빠지게 한 것은 빌리 발리와의 만남이었다. 그에게 범인을 잡겠노라고 약속하고, 아내가 '다쳤을' 거라고 말하는 그를 보며 아무 말도 하지 못한 일. 해리가 한 가지 확신하는 것이 있다면 그건 리스베트 발리가 이미 죽은 목숨이라는 사실이기 때문이다.

오늘 아침에 눈을 뜨는 순간부터 지독하게 술이 마시고 싶었다. 처음에는 몸이 본능적으로 갈망했고, 그다음에는 술을 마실 수 없다는 패닉 상태에 빠져서였다. 오늘은 술을 멀리하기 위해 아예 힙 플라스크와 지갑을 집에 두고 왔기 때문이다. 이제 술에 대한 갈망은 새로운 단계로 접어들었다. 육체적으로는 통증이 느껴지면서, 정신적으로는 자신이 갈가리 찢기리라는 걷잡을 수 없는 공포가 밀려드는 것이다. 저 아래쪽의 적들은 사슬을 끌고 잡아당겼으며, 개들은 그의 심장 아래 뱃속 어딘가의 구덩이 속에서 그를 향해 으르렁거렸다. 맙소사, 그는 그 개들을 증오했다. 녀석들이 그를 증오하는 만큼 그도 녀석들을 증오했다.

해리는 자리에서 일어났다. 지난 월요일, 서류 캐비닛에 벨* 반병을 숨겨두었다. 이건 방금 떠오른 생각일까 아니면 그 사실을 계속 의식하고 있었던 걸까? 해리는 수백 가지 방법으로 해리를 농락하는 해리에게 이골이 나 있었다. 막 서랍을 잡아당기려던 찰나, 불현듯 눈을 들었다. 움직임이 감지되었기 때문이다. 엘렌이 사진 속에서 그에게 미소 짓고 있었다. 그가 미쳐가는 걸까, 아니면 방금 그녀의 입이 정말로 움직인 걸까?

* Bell's, 스카치위스키.

"뭘 봐, 이년아." 해리는 그렇게 중얼거렸고 다음 순간, 벽에서 액자가 떨어졌다. 액자는 바닥에 부딪혀 산산조각 났다. 해리는 부서진 액자 속에서 흔들림 없이 미소 짓는 엘렌을 바라보았다. 그러고는 액자를 향해 날렸던 오른손을 들어 올렸다. 붕대 안쪽이 욱신거렸다.

서랍을 열려고 몸을 돌리고서야 문간에 두 사람이 서 있다는 것을 알아차렸다. 그들은 한동안 거기 서 있었던 것이 틀림없다. 그가 봤던 액자 속의 움직임도 그들이 반사된 모습이었을 것이다.

"안녕, 아저씨." 신기하면서도 두렵다는 표정으로 올레그가 해리를 바라보며 말했다.

해리는 침을 삼킨 후, 잡고 있던 서랍을 놓았다.

"안녕, 올레그."

올레그는 운동화에 푸른색 바지, 브라질 축구 대표 팀의 노란 셔츠를 입고 있었다. 해리는 저 셔츠 뒤의 등번호가 9번이고, 그 위에 호나우두의 이름이 써 있다는 걸 알고 있었다. 어느 일요일, 라켈과 올레그를 데리고 스키를 타러 가던 길에 그가 주유소에서 직접 사준 셔츠이기 때문이다.

"아이가 로비에 있더군." 톰 볼레르가 말했다.

그는 한 손을 올레그의 머리에 올려놓고 있었다.

"안내 데스크에서 널 찾기에 내가 이리로 데려왔어. 너 축구 하나 보구나, 올레그?"

올레그는 아무 대답 없이 그저 해리만 바라보았다. 엄마와 똑같은 검은 눈동자는 때로는 한없이 부드럽지만, 또 때로는 한없이 냉혹하고 무자비했다. 지금 이 순간에는 어느 쪽인지 종잡을 수가 없었다. 하긴 원래 검은색은 안이 보이지 않으니까.

"그럼 공격수겠구나, 그렇지?" 볼레르가 미소를 지으며 손으로 올레그의 머리를 헝클어뜨렸다.

해리는 볼레르의 튼튼한 근육질 손가락, 볼레르의 구릿빛 손바닥 아래에서 헝클어지는 올레그의 검은 머리카락을 바라보았다. 머리카락이 저절로 일어섰다. 해리는 다리에서 힘이 빠지는 것을 느꼈다.

"아뇨." 여전히 해리에게 시선을 고정시킨 채 올레그가 답했다. "전 수비수예요."

"이봐, 올레그." 볼레르가 묻는 듯한 시선으로 해리를 바라보며 말했다. "해리 아저씨는 여기서 혼자 권투 연습을 좀 더 해야 해. 나도 기분 나쁜 일이 있을 때는 그러거든. 그러니까 아저씨가 여길 청소하는 동안, 너랑 나는 옥상으로 가서 전망을 보면 어떨까?"

"전 여기 있을래요." 올레그가 단호하게 말했다.

해리는 고개를 끄덕였다.

"좋아. 만나서 반가웠다, 올레그."

볼레르는 소년의 어깨를 툭툭 치고는 떠났다. 올레그는 계속 문간에 서 있었다.

"여긴 어떻게 왔어?" 해리가 물었다.

"지하철로요."

"너 혼자?"

올레그는 고개를 끄덕였다.

"엄마에게 말하고 왔니?"

올레그는 고개를 저었다.

"안 들어올 거야?" 해리는 목이 바싹 말랐다.

"아저씨가 집에 돌아왔으면 좋겠어요." 올레그가 말했다.

초인종을 누르고 4초 후, 라켈이 문을 벌컥 열었다. 그녀의 눈동자는 분노로 이글거렸다.

"대체 어딜 갔다 온 거야?"

순간 해리는 그 질문이 자신에게도 해당되는 걸로 착각했다. 하지만 그녀의 시선은 해리를 지나 올레그에게로 향했다.

"함께 놀 사람이 없었어요." 고개를 떨군 채 올레그가 말했다. "그래서 지하철을 타고 시내로 갔어요."

"지하철을? 너 혼자? 하지만 어떻게……?"

라켈의 목소리가 잠겼다.

"몰래 들어갔어요." 올레그가 말했다. "엄마도 기뻐할 줄 알았어요. 지난번에 엄마도 아저씨가……."

라켈은 서둘러 올레그를 껴안았다.

"엄마가 얼마나 걱정했는지 알아?"

라켈은 올레그를 꼭 껴안은 채 해리를 곁눈으로 보았다.


라켈과 해리는 정원 뒤쪽의 울타리 옆에 서서 오슬로와 오슬로 피오르를 내려다보았다. 침묵이 흘렀다. 돛단배가 푸른 바다를 배경으로 작은 하얀색 삼각형처럼 도드라졌다. 해리는 집 쪽으로 고개를 돌렸다. 나비들이 잔디밭에서 날아올라 열린 창문 앞의 사과나무 사이로 나풀나풀 날아갔다. 라켈의 집은 검은 목조로 만든 대형 주택이었다. 여름이 아닌 겨울을 대비한 집.

해리는 라켈을 바라보았다. 맨다리에 하늘색 원피스를 입고, 단추가 달린 빨간색 얇은 면 재킷을 걸쳤다. 목에는 어머니에게 물려받은 십자가 목걸이를 걸었는데 십자가 아래의 맨살에 맺힌 땀방울 위로 햇살이 반짝거렸다. 해리는 자신이 그녀에 대해 모두 안다고 생각했다. 저 면 재킷의 냄새, 저 원피스 아래로 부드러운 곡선을 이루는 등, 땀을 흘릴 때 그녀의 살갗에서 나는 냄새, 그녀가 삶에서 원하는 것들, 그리고 왜 지금 그녀가 아무 말도 하지 않는지.

이 모든 지식이 쓸모없게 되었다.

"어떻게 지내?" 해리가 물었다.

"잘 지내. 우리 이사할 거야. 통나무집인데 8월에나 들어갈 수 있어. 진작 이사했어야 했는데."

중립적인 말투였고 비난의 기색은 전혀 없었다.

"손 다쳤어?"

"그냥 베었어." 해리가 말했다.

머리카락 한 가닥이 그녀의 얼굴로 흘러내렸다. 해리는 머리카락을 넘겨주고 싶은 충동을 꾹 참았다.

"어제 주택 감정사가 왔었어." 라켈이 말했다.

"주택 감정사? 설마 이 집을 팔 생각은 아니겠지?"

"이 집은 두 사람이 지내기에는 너무 커, 해리."

"그야 그렇지. 하지만 당신은 이 집을 좋아하잖아. 어린 시절을 보낸 집이기도 하고. 올레그에게도 그렇지."

"굳이 상기시켜줄 필요 없어. 실은 겨울에 했던 보수 공사 비용이 내 예상보다 두 배나 더 나왔어. 게다가 지붕도 다시 수리해야 해. 이 집은 너무 낡았어."

"흠."

해리는 차고 문에 대고 축구공을 차는 올레그를 바라보았다. 올레그는 다시 공을 세게 차더니, 공이 발끝을 떠나자마자 두 눈을 감고 상상 속의 팬들에게 두 팔을 들어 올렸다.

"라켈."

그녀가 한숨을 쉬었다.

"왜, 해리?"

"내가 말할 때만이라도 날 봐줄 순 없어?"

"안 돼." 그녀의 목소리에는 분노도 상처도 없었다. 그저 사실을 말하는 목소리였다.

"내가 포기하면 상황이 달라질까?"

"당신은 포기 못해, 해리."

"경찰 일 말이야."

"그러니까."

해리는 잔디를 발로 찼다.

"내게 선택의 여지가 없을 수도 있어." 그가 말했다.

"그래?"

"응."

"근데 왜 가정법이야?"

그녀는 입으로 머리카락을 불어 넘겼다.

"더 조용한 직업을 구할 수도 있어. 집에 있는 시간도 많고, 올레그도 보살피고. 우리 다시 – ."

"그만해, 해리."

그녀의 목소리는 채찍 같았다. 그녀는 고개를 숙인 채 팔짱을 꼈다. 마치 이 이글거리는 햇빛 아래서도 춥다는 듯이.

"내 대답은 노야." 그녀가 속삭였다. "달라질 건 없어. 문제는 당신 직업이 아니니까. 문제는……."

그녀는 숨을 들이쉬더니 몸을 돌려 그의 눈을 바라보았다.

"당신이야, 해리. 당신이 문제라고."

그녀의 눈에 눈물이 그렁그렁했다.

"이제 그만 가." 그녀가 속삭였다.

해리는 무슨 말이라도 하고 싶었지만 그만두기로 했다. 대신 피오르의 돛단배들을 향해 고갯짓을 했다.

"맞아. 내가 문제야. 올레그에게 작별 인사 하고 갈게."

그는 몇 발짝 걷다가 걸음을 멈추고 돌아보았다.

"집 팔지 마, 라켈. 절대 팔면 안 돼, 알았지? 내가 다른 방도를 생각해낼게."

그녀는 흐르는 눈물 사이로 미소 지었다.

"당신은 이상한 사람이야." 그녀는 그렇게 속삭이며 마치 그의 뺨을 쓰다듬으려는 듯이 한 팔을 내밀었다. 하지만 그는 너무 멀리 있었고, 그녀의 팔은 그냥 툭 떨어졌다.

"몸 건강해, 해리."

돌아서서 나오던 해리는 등줄기를 타고 한기가 흐르는 것을 느꼈다. 5시 15분이었다. 회의에 참석하려면 서둘러야 했다.


나는 건물 안에 있어. 이곳에서는 지하실 냄새가 나. 난 꼼짝하지 않고 서서 앞에 걸린 게시판의 이름을 곰곰이 바라봐. 계단에서 사람들의 목소리와 발소리가 들리지만 두렵지 않아. 그들은 그걸 볼 수 없지만 난 눈에 보이지 않거든. 들었어? 그들은 그걸 볼 수 없지만……. 이건 역설이 아니야, 내 사랑. 그냥 역설처럼 들리게 표현한 거지. 세상 모든 것은 역설로 표현할 수 있어. 어렵지 않아. 진정한 역설은 존재하지 않으니까. 진정한 역설, 하하. 얼마나 쉬운지 알겠지? 그냥 말이고, 언어가 가진 정확함의 결여야. 난 말과는 작별했어. 언어도. 난 손목시계를 바라봐. 이게 내 언어야. 분명하고 역설도 없지. 준비는 끝났어.

# 14
## 월요일. 바바라

바바라 스벤센은 최근 시간에 대해 많이 생각하기 시작했다. 특별히 철학적인 사람이어서가 아니었다. 그녀를 아는 사람들은 대부분 그녀가 철학과는 거리가 먼 사람이라고 말할 것이다. 그녀는 단지 세상 모든 것에는 정해진 시간이 있고, 그 시간이 조금씩 줄어들고 있다는 사실을 이제야 깨달았을 뿐이다. 몇 해 전, 그녀는 자신이 모델로서 결코 성공할 수 없으며 '전직 모델'이라는 타이틀에 만족해야 한다는 것을 깨달았다. 꽤 그럴싸한 타이틀이었다. 비록 모델mannekeng을 뜻하는 단어가 '보통 사람'을 뜻하는 네덜란드어에서 비롯되었다고 해도. 그걸 알려준 사람은 페테르였다. 그녀가 알아둬야 할 것들은 대부분 페테르에게 배웠다. 헤드온의 바에 취직시켜준 사람도 페테르였다. 바에서 일이 끝나면 약에 취한 탓에 다시 학교로 돌아가고 싶은 마음이 들지 않았다. 당시 그녀는 사회학자가 되기 위해 블린던 캠퍼스*에서 공부하던 중이었다.

하지만 페테르와 약물, 사회학자를 꿈꾸던 시기는 끝나고 그녀

---

* 오슬로 대학의 메인 캠퍼스.

에게 남은 것은 마치지 못한 공부를 하느라 진 빚과 갚아야 할 약값, 그리고 오슬로에서 가장 지루한 바에서의 일자리뿐이었다. 그리하여 바바라는 모든 것을 그만두고 부모님에게 돈을 빌려 리스본으로 떠났다. 평온한 삶을 되찾고 어쩌면 포르투갈어도 조금 배울 수 있지 않을까 하는 생각에서였다. 리스본은 멋진 곳이었다. 시간은 빙글빙글 흘러갔지만 그녀는 개의치 않았다. 시간은 그저 왔다가 가는 것이라고 생각했다. 그러다 송금되던 돈이 끊겼고, '영원히 진실하겠다'던 마르코의 약속은 깨졌고, 그곳에서의 생활도 더는 재미가 없어졌다. 그녀는 몇 가지 경험을 더 쌓은 채 집으로 돌아왔다. 이를테면 포르투갈에서는 엑스터시를 노르웨이보다 싼 값에 구입할 수 있다는 것, 하지만 삶을 망친다는 점에서는 똑같다는 것, 포르투갈어는 매우 어려운 언어라는 것, 그리고 시간은 제한되어 있으며 재생이 불가능한 자원이라는 것.

그리하여 그녀는 롤프, 론, 롤란드의 순서대로 사귀었으며 그들로부터 경제적 지원을 받았다. 팔자 좋게 들리지만 실은 그렇지 않았다. 롤란드만 제외하고. 롤란드는 멋진 남자였지만 시간이 흐르며 그도 떠났다.

다시 부모님의 집으로 돌아오고 나서야 세상은 빙글빙글 도는 것을 멈췄고, 시간도 느려졌다. 그녀는 외출을 삼갔고, 간신히 약을 끊었으며, 공부나 다시 시작해볼까 하고 막연히 생각하기 시작했다. 그동안 맨파워라는 인력회사가 파견해주는 곳에서 임시직으로 일했다. 그중에는 할레, 투네 앤드 베텔리라는 법률회사도 있었는데 지리적으로는 칼 베르네르 광장에 위치했고, 법률계라는 위계 구조에서 보자면 빚 회수를 전문으로 하는 하류급 변호사들이 모인 회사였다. 그곳에서 임시직으로 4주 동안 일한 후 그녀는 정직원 제의를 받았다.

그것이 4년 전 일이었다.

그녀가 정직원 제의를 수락한 가장 큰 이유는 할레, 투네 앤드 베텔리에서는 세상 어느 곳보다 시간이 느리게 흐르기 때문이었다. 그 적벽돌 건물에 들어서서 엘리베이터 안의 숫자 5를 누르는 순간부터 시간은 더뎌지기 시작한다. 영원의 반이 지난 후에야 엘리베이터의 양쪽 문이 다시 닫히면 시간이 한층 더 느리게 흐르는 천국을 향해 엘리베이터가 서서히 올라간다. 안내 데스크 뒤에 편안히 자리를 잡고 나면 바바라는 출입문 위에 걸린 시계 속 초침의 움직임까지 기록할 수 있었다. 초와 분, 시간이 얼마나 느릿느릿, 마지못해 재깍재깍 흘러가는지. 가끔은 시간을 완전히 멈추게 할 수도 있었다. 순전히 집중력에 달려 있었다. 이상한 일은 사무실의 다른 사람들에게는 시간이 훨씬 빨리 흐르는 것처럼 보인다는 사실이었다. 마치 평행하지만 다른 시간 차원에 존재하는 듯했다. 그녀 앞의 전화기는 끊임없이 울어댔고 사람들은 무성영화에서처럼 흘러왔다 흘러갔다. 하지만 그녀는 그 모든 것들로부터 분리되어 있는 듯했다. 그녀도 다른 사람들처럼 빠르게 움직일 수 있는 부품들로 만들어진 로봇이지만 그녀의 내적 삶은 느리게 진행되는 것처럼.

지난주만 해도 그랬다. 제법 큰 규모의 빚 회수 업체가 갑자기 부도가 나자, 사무실 안의 모든 사람들이 사방으로 뛰어다니며 미친 듯이 전화를 걸어대기 시작했다. 베텔리 변호사는 지금이야말로 독수리들이 시장의 새로운 지분을 집어삼킬 수 있는 시기라고, 법률계의 리더로 올라갈 수 있는 절호의 기회라고 했다. 오늘 아침에는 바바라에게 퇴근을 늦출 수 있겠느냐고 물었다. 오후 6시까지 부도난 회사의 고객들과 회의가 있는데 그들에게 할레, 투네 앤드 베텔리는 모든 것이 착착 진행된다는 인상을 주고 싶다는 것이다. 늘 그렇듯이 베텔리는 말하는 동안 그녀의 가슴을 바라보았고, 늘 그렇듯이 바바라는 미소를 지으며 자동으로 가슴을 활짝 폈다. 헤드온에서 일할 때 페테르에게 배운 습관이었는데 지금은 거의 반사적으로 그렇게 되었다. 다들 자기가 가진 것을 과시하기 마련이다. 적어도 바바라 스벤센은 그렇게 배웠다. 바로 그 순간 사무실로 들어온 퀵서비스 배달원이 그 예였다. 저 배달원의 헬멧과 고글, 그리고 입가에 두른 손수건 아래로 감춰진 얼굴에는 잘난 구석이 하나도 없을 거라고 장담할 수 있었다. 그렇기 때문에 그녀에게 말할 때도 얼굴을 보이지 않는 것이다. 그는 자신이 배달해야 할 소포를 어느 사무실로 가져가야 할지 알고 있다면서 복도를 천천히 내려갔다. 딱 달라붙는 사이클용 반바지를 입은 덕택에 바바라는 그의 근육질 엉덩이를 제대로 감상할 수 있었다. 곧 교대하게 될 청소부 아줌마도 또 다른 예였다. 그녀는 불교라나 힌두교라나 아무튼 어떤 종교의 신자였는데 알라의 명령에 따라 천을 둘둘 감아 몸을 가려야만 했다. 하지만 아주 고른 치아를 가지고 있었다. 그래서 그녀가 어떻게 할까? 그렇다, 뽕 맞은 악어처럼 히죽거리며 돌아다닌다. 과시, 과시, 과시.

바바라가 시계의 초침을 바라보고 있을 때 문이 열렸다.

사무실로 들어온 남자는 꽤 작고 통통했다. 숨을 거칠게 몰아쉬고, 안경에는 김이 서린 것으로 보아 계단으로 올라온 모양이었다. 4년 전 이 일을 처음 시작했을 때는 드레스만에서 파는 중저가 양복과 프라다 양복을 구분할 수 없었다. 하지만 조금씩 훈련이 되어 이제는 양복뿐 아니라 넥타이, 그리고 구두까지 구분할 수 있게 되었다. 구두야말로 손님에게 어떤 서비스를 제공해야 할지 가장 확실한 척도가 되어주었다.

안경을 닦고 있는 새 고객은 딱히 인상적인 외모는 아니었다. 사실 미국 드라마 〈자인펠드〉에 나오는 뚱보를 연상시켰는데 그 드라마를 보지 않아서 배우의 이름은 알지 못했다. 하지만 옷차림으로 판단하자면(당연히 그래야 했고) 가는 세로줄 무늬의 연회색 양복과 실크 넥타이, 수제화를 신은 이 손님은 할레, 투네 앤드 베텔리에 곧 중요한 고객이 생기리라는 희망을 주었다.

"안녕하세요. 뭘 도와드릴까요?" 두 번째로 멋진 미소를 지으며 바바라가 말했다. 가장 멋진 미소는 그녀가 사귀고 싶은 남자가 사무실에 들어올 때를 대비해 남겨두었다.

"어디 봅시다." 남자가 미소로 답하며 가슴에 달린 주머니에서 손수건을 꺼내 이마의 땀을 찍어 눌렀다. "약속이 잡혀 있긴 한데 우선 물 한 잔만 마실 수 있겠소?"

그의 말투에서 외국 억양이 느껴졌지만 딱히 어디인지는 알 수 없었다. 그렇다고는 해도 공손하면서도 위엄 있게 부탁하는 태도로 보아 이 손님이 중요한 사람이라는 그녀의 확신은 더욱 굳어졌다.

"물론이죠. 잠시만요." 그녀가 말했다.

복도를 걸어 내려가던 바바라는 베텔리 변호사가 했던 말이 떠올랐다. 올해 매출이 좋으면 전 직원에게 보너스를 줄 거라고 했다. 그렇게만 된다면 그녀가 다른 법률 사무소에서 봤던 것 같은 냉각기를 설치해줄지도 모른다. 그러자 느닷없이 이상한 일이 벌어졌다. 시간이 빨라진 것이다. 시간은 앞으로 홱 튀어 나갔다. 하지만 그 현상은 오래가지 않았고 시간은 다시 느려졌다. 뭐라고 설명할 수 없지만 마치 몇 초를 빼앗긴 듯했다.

바바라는 여자 화장실로 들어가 세 개의 세면대 중 한 곳의 수도 꼭지를 틀었다. 보관함에서 플라스틱 컵 하나를 꺼낸 다음, 수돗물에 손가락을 대고 기다렸다. 물은 미지근했다. 밖의 손님은 좀 기다려야 하리라. 오늘 라디오에서 노르드마르카에 있는 호수의 수온이 22도쯤 될 거라고 했다. 하지만 수돗물을 한동안 틀어두면 마리달 호수에서 끌어오는 식수가 놀랍도록 차가워진다. 자신의 손가락을 내려다보며 바바라는 그 느낌이 어떨지 생각했다. 정말로 차가운 물이 나오면 손가락이 새하얗게 변하면서 거의 감각이 없어질 것이다. 왼손 넷째 손가락. 언제쯤 이 손가락에 결혼반지를 끼게 될까? 아무쪼록 그녀의 심장이 새하얗게 변하고 감각이 없어지기 전이기를. 어디선가 공기가 들어오는가 싶더니 이내 사라졌다. 그래서 그녀는 굳이 돌아보지 않았다. 수돗물은 여전히 미지근했다. 그리고 시간이 흘렀다. 시간은 바닥나고 있었다. 이 물처럼. 말도 안 돼. 서른이 되려면 아직 20개월이나 남았다. 시간은 충분했다.

갑자기 소리가 들리자 그녀는 눈을 들었다. 거울에 칸막이 화장실 두 개의 하얀 문이 비쳤다. 그녀가 모르는 사이에 누군가가 들어온 걸까?

갑자기 얼음장처럼 차가운 물이 나오는 바람에 그녀는 움찔했다. 땅속 깊은 곳에서 끌어올린 물. 그게 바로 이 물이었고, 그래서 이렇게 차가웠다. 플라스틱 컵을 수돗물에 대자 물이 금세 찼다. 그녀는 서둘러 여기서 나가고픈 충동을 느꼈다. 뒤를 돌아본 순간, 그녀는 컵을 바닥에 떨어뜨렸다.

"내가 놀라게 했나요?"

진심으로 걱정하는 듯한 목소리였다.

"미안해요." 가슴을 활짝 펴는 것을 잊은 채 그녀가 말했다. "오늘 제가 자꾸 놀라네요." 그녀는 컵을 주우려고 허리를 숙이며 이렇게 덧붙였다. "근데 사실 여긴 여자 화장실이에요."

바닥에 선 채 빙글빙글 돌아가던 컵이 딱 멈췄다. 컵에는 아직 물이 남아 있었다. 그녀가 컵을 집으려고 손을 뻗자, 하얀색의 둥근 수면에 그녀의 얼굴이 비쳤다. 그녀의 얼굴 옆으로, 수면에 비친 얼굴 바깥쪽에서 무언가 움직이는 게 보였다. 또다시 시간이 천천히 흐르는 듯했다. 끝없이 천천히. 다시 한 번 그녀는 시간이 얼마 남지 않았다는 생각을 했다.

# 월요일. 베나 아모리스

흰색과 붉은색으로 된 해리의 녹슨 포드 에스코트가 텔레비전 가게 앞에 멈춰 섰다. 먼저 도착한 경찰차 두 대와 볼레르의 빨간 스포츠카가 보였다. 그 차들은 칼 베르네르 광장이라는 번듯한 이름의 교차로 부근 인도에 아무렇게나 내던진 듯이 주차되어 있었다.

해리는 주차를 한 뒤, 주머니에서 초록색 끈을 꺼내 조수석에 내려놓았다. 출근하기 전, 아파트를 아무리 뒤져도 자동차 열쇠가 나오지 않자 그는 끈과 철사를 챙겨 동네를 샅샅이 훑었다. 그러다 마침내 스텐스베르그 가에서 자신의 사랑하는 차를 발견했다. 차 열쇠는 당연히 차 안에 있었다. 초록색 끈은 차 문을 구부리기에 안성맞춤이었고, 그다음에는 철사로 잠금장치를 톡 올라오게 했다.

해리는 빨간불이 켜졌는데도 횡단보도를 건넜다. 천천히. 지금의 몸 상태로는 속도를 내는 게 무리였다. 배도 아프고 머리는 지끈거리는 데다 땀에 젖은 셔츠는 등에 찰싹 달라붙어 있었다. 5시 55분이었다. 지금까지는 그럭저럭 술 없이 버텼지만 앞으로도 그럴 거라고 장담할 수는 없었다.

로비의 안내판에는 할레, 투네 앤드 베텔리 법률 사무소가 5층이라고 적혀 있었다. 해리는 신음했다. 엘리베이터를 힐끗 보니 신형이었다. 수동접이식 철제문은 없었다.

엘리베이터는 코네 제품이었다. 번쩍거리는 금속 문이 닫히자, 해리는 용접한 깡통 안에 갇힌 기분이었다. 엘리베이터가 올라가는 동안에는 기계 소리를 듣지 않으려고 했다. 눈을 감았지만 눈꺼풀 안쪽에서 쇠스의 영상이 보이는 바람에 황급히 눈을 떴다.

제복 경관 한 명이 사무실로 들어가는 문을 열어주었다.

"시신은 저쪽에 있습니다." 안내 데스크 왼쪽의 복도를 가리키며 경관이 말했다.

"감식반은 도착했나?"

"오는 중입니다."

"자네가 엘리베이터와 아래층의 문을 폐쇄해주면 그 친구들이 아주 고마워할 거야."

"알겠습니다."

"수사과에서는 누가 왔나?"

"리 형사님과 한센 형사님이 왔습니다. 시신이 발견될 때 여기 있었던 사람들을 모두 집합시켰습니다. 지금 회의실에서 그들을 심문하는 중입니다."

해리는 복도를 내려갔다. 카펫은 낡았고, 벽에는 낭만주의 시대의 걸작을 복제한 그림들이 걸려 있었는데 그마저도 색이 바랬다. 한때는 이 회사도 잘나갔던 모양이다. 아니었을 수도 있고.

여자 화장실 문이 벙긋 열린 데다 카펫이 해리의 발소리를 흡수한 덕분에 화장실 안쪽에서 흘러나오는 톰 볼레르의 목소리가 또렷이 들렸다. 해리는 화장실 앞에서 걸음을 멈췄다. 볼레르는 통화 중인 듯했다.

"만약 그 친구 물건이라면 더는 우리를 거치지 않는 게 분명합니다. 알겠습니다, 제게 맡기십시오."

해리가 문을 밀자, 바닥에 쪼그리고 앉은 볼레르가 보였다. 볼레르가 눈을 들어 그를 보았다.

"안녕, 해리. 나 잠깐 통화 좀."

해리는 문지방에 서서 눈앞의 광경을 빨아들이며 한편으로 볼레르의 휴대전화에서 희미하게 타닥거리며 흘러나오는 목소리에 귀 기울였다.

화장실은 대충 가로 4미터, 세로 5미터 정도로 놀랄 만큼 넓었다. 하얀 문이 달린 칸막이 화장실 두 개, 그리고 가로로 긴 거울 아래로 하얀 세면대 세 개가 설치되어 있었다. 하얀 벽과 하얀 타일 바닥 위로 천장에 달린 네온등의 불빛이 무자비하게 쏟아져 내렸다. 색채의 부재가 눈에 띄게 느껴질 정도였다. 시신이 작은 예술품처럼, 신경 써서 배열한 전시품처럼 보이는 것도 이 배경 때문인지 모른다. 여자는 젊고 날씬했다. 기도하는 이슬람교도처럼 무릎을 꿇은 채 이마를 바닥에 대고 있었다. 다만 양팔이 상체 아래에 깔려 있었다. 그녀의 정장 스커트는 위로 올라가 연한 노란색 티팬티가 드러나 있었다. 여자의 머리에서 시작된 암적색의 가느다란 핏줄기가 타일 사이에 바르는 회반죽을 따라 하수구로 흘러내렸다. 마치 극적인 효과를 더하기 위해 일부러 그려 넣은 것 같았다.

사체는 양발, 양 무릎, 그리고 이마 이렇게 다섯 군데를 지지대 삼아 균형을 유지하고 있었다. 정장, 기괴한 자세, 훤히 드러난 엉덩이 때문에 마치 상사에게 대줄 준비를 하고 있는 여비서처럼 보였다. 이 또한 고정관념이었다. 의외로 그녀가 상사일 수도 있다.

"알겠습니다, 하지만 지금은 그 일을 처리할 수 없습니다. 오늘 저녁에 전화 주세요." 볼레르가 말했다.

볼레르는 휴대전화를 다시 안주머니에 넣었지만 여전히 쪼그린 채 앉아 있었다. 해리는 볼레르의 다른 쪽 손이 여자의 하얀 살결 위, 팬티 바로 아래에 놓여 있는 것을 보았다. 아마도 그의 몸을 지탱하기 위해서일 거라고 짐작했다.

"멋진 사진이 나오겠어, 안 그래?" 마치 해리의 생각을 읽은 듯이 볼레르가 말했다.

"누구야?"

"바바라 스벤센, 스물여덟 살, 베스툼 출신. 여기 접수원이지."

해리는 볼레르 옆에 쪼그리고 앉았다.

"보다시피 뒤통수에 맞았어." 볼레르가 말했다. "분명 저 세면대 아래에 있는 총에서 발사되었을 거야. 아직도 화약 냄새가 난다고."

해리는 화장실 한쪽 구석에 떨어져 있는 검은 총을 바라보았다. 총신 끝에 큼직한 검은색 금속 덩어리가 달려 있었다.

"체스카 즈브로요프카. 체코 총이야. 특별 제작한 소음기가 달렸어."

해리는 고개를 끄덕였다. 볼레르에게 이 총도 네 밀수 품목에 포함되느냐고 묻고 싶었다. 혹은 아까 전화로 하던 이야기가 이 총에 관한 이야기였는지.

"독특한 자세로군." 해리가 말했다.

"응. 내 추측으로는 허리를 숙였거나 무릎을 꿇고 있다가 앞으로 쓰러진 거야."

"시신은 누가 발견했지?"

"여기서 일하는 변호사야. 여자. 5시 11분에 경찰청으로 신고했어."

"목격자는?"

"지금까지 이야기를 나눠본 바로는 전혀 없어. 이상하게 행동하는 사람도 보지 못했고, 막판에 수상한 사람이 사무실에 들어오거나 나간 적도 없었대. 변호사를 만나러 왔던 한 방문객은 바바라가 5시 5분에 자신에게 물을 가져다주려고 자리를 비웠고, 그 후로 돌아오지 않았다고 했어."

"물을 가져다주려고 여기 화장실로 왔다는 거야?"

"그런 거 같아. 부엌은 안내 데스크에서 꽤 멀거든."

"그런데 안내 데스크에서 화장실로 가는 피해자를 본 사람이 아무도 없다고?"

"안내 데스크와 화장실 사이에 두 개의 사무실이 있는데, 그 사무실 주인들은 이미 퇴근한 후였어. 남아 있던 사람들은 각자 자기 사무실이나 회의실에 있었지."

"피해자가 돌아오지 않아서 그 방문객은 어떻게 했대?"

"5시에 변호사와 약속이 잡혀 있었는데 접수원이 오지 않자 초조해져서 그냥 안으로 들어갔다더군. 그러다 자기와 만나기로 한 변호사의 사무실을 찾아냈대."

"그러니까 그 사람은 여기 내부의 지리를 알고 있는 거로군?"

"아니. 오늘 처음 왔다고 했어."

"흠. 그렇다면 피해자의 생전 마지막 모습을 본 게 그 사람이네."

"맞아."

해리는 볼레르의 손이 여전히 시체 위에 놓여 있는 것을 보았다.

"그렇다면 사건 발생 시각은 분명 5시 5분에서 11분 사이로군."

"그런 거 같아, 응."

해리는 수첩을 내려다보았다.

"꼭 그래야겠어?" 해리가 나직이 말했다.

"뭘?"

"꼭 그렇게 만져야겠냐고."

"넌 싫어?"

해리는 대답하지 않았다. 볼레르는 해리에게 몸을 숙였다.

"넌 시체를 한 번도 만진 적이 없다는 거야, 해리?"

해리는 수첩에 메모하려고 했지만 볼펜이 나오지 않았다.

볼레르가 큭큭거렸다.

"대답할 필요 없어. 네 얼굴에 답이 나와 있으니까. 호기심이 많은 건 잘못이 아니야, 해리. 우리가 경찰이 된 데에는 그 이유도 있잖아. 호기심과 짜릿함. 이를테면 방금 죽은 사람의 살갗은 어떤 느낌일지. 아주 따뜻하지도 차갑지도 않은 그 살갗의 느낌 말이야."

"난……."

갑자기 볼레르가 그의 손을 덥석 잡는 바람에 해리는 볼펜을 떨어뜨렸다.

"느껴봐."

볼레르는 해리의 손을 죽은 여자의 허벅지에 댔다. 해리는 콧구멍으로 거칠게 숨을 쉬었다. 얼른 손을 잡아 빼고 싶었지만 그러지 않았다. 그의 손에 닿은 볼레르의 손은 마르고 따뜻했으나 사람의 살갗 같지 않았다. 얇은 고무장갑이라도 끼고 있는 것 같았다. 살짝 따뜻한 고무장갑.

"느껴져? 바로 이런 짜릿함이야, 해리. 너도 거기 중독된 거지,

안 그래? 이 일을 그만두면 어디서 이런 걸 찾을 거야? 다른 한심한 놈들처럼 비디오 가게를 뒤지거나 술을 퍼마시는 걸로? 몸소 체험하고 싶지 않아? 느껴봐, 해리. 이게 바로 우리가 너에게 줄 수 있는 거야. 진짜 삶. 어때?"

해리는 헛기침을 했다.

"난 그냥 우리가 증거를 훼손하면 감식반에서 싫어할 거라는 뜻으로 한 말이었어."

볼레르는 오랫동안 해리를 물끄러미 바라보았다. 그러더니 눈을 가볍게 깜박이고는 해리의 손을 놓아주었다.

"맞는 말이야. 내 실수였어."

볼레르는 일어서서 화장실을 나갔다.

아까부터 해리는 복통 때문에 정신이 나갈 지경이었지만 숨을 깊이 들이쉬고 마음을 진정시키려 했다. 현장에 토하기라도 했다가는 베아테가 그를 용서하지 않을 터였다.

해리는 서늘한 타일 바닥에 한쪽 볼을 대고 바바라의 재킷을 들어 올렸다. 그녀의 몸 아래에 무엇이 있는지 보기 위해서였다. 부드러운 곡선을 이루는 그녀의 상체와 양 무릎 사이로 하얀 플라스틱 컵이 보였다. 하지만 정작 그의 시선을 끈 것은 그녀의 손이었다.

"젠장." 해리는 속삭였다. "젠장."

6시 20분, 베아테는 서둘러 할레, 투네 앤드 베텔리 법률 사무소로 들어갔다. 해리는 벽에 등을 기댄 채 여자 화장실 앞 바닥에 앉아 하얀 플라스틱 컵의 물을 마시고 있었다.

베아테는 해리 앞에서 걸음을 멈춘 후, 들고 있던 알루미늄 케이스를 내려놓았다. 그러고는 손등으로 축축한 선홍색 이마를 훔쳤다.

"죄송해요. 잉이에르스트란 해변에 누워 있었어요. 먼저 집에 가서 옷을 갈아입은 다음, 사무실로 가서 장비를 가져와야 했어요. 어떤 머저리가 엘리베이터 폐쇄 명령을 내린 바람에 여기까지 계단으로 올라왔어요."

"흠. 아마도 그 머저리는 증거를 보호하려고 그랬을 거야. 언론은 아직 냄새 못 맡았지?"

"해변에서 일광욕을 즐기고 있던데요? 많이는 아니고 네댓 명쯤요. 휴가철이잖아요."

"유감스럽게도 휴가철은 끝난 거 같아."

베아테는 얼굴을 찡그렸다.

"그 말은……?"

"들어와봐."

해리가 앞장서서 화장실로 들어가더니 쪼그려 앉았다.

"시신 밑을 봐, 왼손. 넷째 손가락이 잘렸어."

베아테가 신음했다.

"출혈이 많지 않은 걸로 봐서 사후에 잘랐어. 그리고 이것도 있어."

해리는 바바라의 왼쪽 귀 뒤로 머리카락을 넘겼다.

베아테가 코를 찡그렸다. "귀걸이요?"

"하트 모양이야. 오른쪽 귀의 은색 귀걸이와는 딴판이지. 은색 귀걸이 한 짝이 칸막이 화장실 바닥에 떨어져 있더군. 그러니 범인이 여자 귀에 이 귀걸이를 달아준 거야. 재미있는 건 이 귀걸이가 열린다는 거야. 안에 특이한 보석이 박혀 있지?"

베아테는 고개를 끄덕였다.

"오각형 별 모양의 붉은 다이아몬드네요."

"그러니까 어떤 결론을 내릴 수 있지?"

베아테는 해리를 바라보았다.

"이젠 그 단어를 큰 소리로 말해도 되나요?" 그녀가 물었다.


"연쇄 살인범?"

비아르네 묄레르가 어찌나 작은 소리로 속삭이는지 해리는 본능적으로 휴대전화기를 귀에 바짝 댔다.

"지금 사건 현장에 있는데 패턴이 똑같습니다. 빨리 수사를 진행하시고 직원들의 휴가를 취소하세요, 보스. 가능한 한 모든 인력을 끌어모아야 합니다."

"모방범의 소행일 수도 있지 않을까?"

"불가능합니다. 손가락 절단과 다이아몬드에 대해서는 우리만 알고 있으니까요."

"지금은 시기가 매우 좋지 않네, 해리."

"시기가 좋을 때 나타나는 연쇄 살인범은 아주 드뭅니다, 보스."

묄레르는 한동안 말이 없었다.

"해리?"

"듣고 있습니다, 보스."

"자네에게 부탁할 게 있네. 마지막 남은 몇 주 동안 톰 볼레르를 도와 이 사건을 수사해줄 순 없겠나? 강력반에서 연쇄 살인을 수사한 경험이 있는 사람은 자네뿐일세. 자넨 분명 싫다고 하겠지만 그래도 부탁하겠네. 우리를 좀 도와주게, 해리."

"알겠습니다."

"자네가 톰과 사이가 나쁜 건 알지만 이건 그보다 훨씬 중요한……. 지금 뭐라고 했나?"

"알겠다고 했습니다."

"진심인가?"

"네. 하지만 전화는 끊어야겠습니다. 오늘 저녁에는 다들 이 현장에 있을 겁니다. 그러니 수사에 관련된 인원이 모두 모이는 첫 미팅은 내일로 잡아주셨으면 합니다. 톰은 8시가 좋겠다더군요."

"톰?" 묄레르가 놀라서 물었다.

"톰 볼레르요."

"누군지는 알아. 자네가 그 친구의 이름을 부르는 건 처음 듣는군."

"다들 절 기다리고 있습니다, 보스."

"알겠네."

해리는 전화기를 주머니에 넣고 플라스틱 컵을 쓰레기통에 던진 후, 칸막이 화장실로 들어갔다. 그러고는 문을 잠그고 변기에 매달려 토하기 시작했다.

다 토한 후에는 세면대로 가서 물을 틀어놓은 채 거울 속의 자신을 바라보았다. 복도에서 웅성거리는 사람들의 말소리가 들렸다. 베아테의 조수는 사람들에게 폴리스 라인 밖으로 물러나달라고 부탁했다. 볼레르는 경관들에게 인근 건물에 누가 있었는지 알아내라고 지시했다. 망누스 스카레는 동료에게 자신은 감자튀김 빼고 치즈버거만 사다 달라고 외쳤다.

마침내 물이 차가워지자 해리는 수도꼭지 아래로 얼굴을 들이밀었다. 차가운 물이 볼을 지나 귀로 목 아래로, 그리하여 셔츠 속으로 들어가 어깨를 타고 팔까지 흘러내렸다. 그는 탐욕스럽게 물을 마셨다. 뱃속 깊은 곳에서 들리는 적의 말에는 귀를 닫았다. 그러고는 변기로 달려가 다시 토했다.

해리가 건물 밖으로 나와 담뱃불을 붙일 무렵, 밖은 빠르게 어두워지고 있었다. 칼 베르네르 광장에는 사람 그림자 하나 얼씬하지 않았다. 해리는 이쪽으로 다가오는 신문기자들을 피하기 위해 손을 들어 얼굴을 가렸다. 한 남자가 걸음을 멈췄다. 해리는 그를 알아보았다. 로게르 옌뎀이라고 했던가? 시드니에서 사건을 해결한 후, 그와 이야기를 나눴던 적이 있다. 질이 나쁜 기자는 아니었다. 어쩌면 약간 더 나을지도 몰랐다.

텔레비전 가게는 아직 영업 중이었다. 해리는 안으로 들어갔다. 가게 안에는 지저분한 플란넬 셔츠를 입고 신문을 읽으며 카운터를 지키는 뚱뚱한 남자뿐이었다. 카운터에는 선풍기가 틀어져 있었다. 그 때문에 벗겨진 머리를 가리려고 조심스럽게 빗어 넘긴 남자의 머리카락이 바람에 날렸고, 그의 땀 냄새가 가게 전체에 퍼졌다. 해리는 신분증을 보여주며 가게 안이나 밖에서 수상한 사람을 본 적이 없는지 물었다. 남자가 코를 훌쩍이며 대답했다.

"여긴 수상한 사람 천지죠. 동네가 워낙 개판이라."

"누군가를 죽일 것처럼 보이는 사람은 없었나요?" 해리가 무덤덤하게 물었다.

남자가 한쪽 눈을 찡그려 꼭 감았다. "그래서 이 근처에 경찰차가 쫙 깔린 건가요?"

해리는 고개를 끄덕였다.

남자는 어깨를 으쓱이더니 다시 신문을 읽기 시작했다.

"살면서 누군가를 죽이고 싶다는 생각을 한 번쯤 안 해본 사람이 어디 있나요?"

가게를 나온 해리는 우뚝 멈춰 섰다. 진열장에 전시된 한 텔레비전 화면에 그의 차가 나왔기 때문이다. 카메라는 칼 베르네르 광장을 쭉 훑다가 적벽돌 건물 앞에서 멈췄다. 그러더니 TV2 뉴스의 앵커로 바뀌었고, 이어서 패션쇼가 나왔다. 해리는 담배를 세게 빨아들이며 눈을 감았다. 한 런웨이에서, 아니, 열두 개의 런웨이에서 라켈이 그를 향해 걸어왔다. 텔레비전 진열장의 유리를 그대로 통과하더니 양손을 허리에 짚은 채 그의 앞에 섰다. 그러고는 그를 빤히 바라보다가 고개를 뒤로 홱 젖히고 뒤돌아 가버렸다. 해리는 다시 눈을 떴다.

8시. 근처 트론헤임스바이엔 가에 술을 파는 레스토랑이 있다는 사실을 애써 잊으려 했다.

가장 힘든 저녁 시간이 그를 기다리고 있었다.

그다음은 밤이었다.

10시가 되자 다행히 온도계의 수은은 2도 내려갔으나 공기는 여전히 뜨겁고 정체되어 있었다. 바람 한 줄기 불지 않았다. 바다 쪽으로 부는 바람이든, 바다에서 불어오는 바람이든, 어떤 종류의 바람이든 간에. 과학수사과 건물은 텅 비어 있었는데 베아테의 사무실만 불야성이었다. 법률 사무소에서 발생한 살인사건으로 경찰청이 발칵 뒤집힌 터라 베아테 역시 계속 사건 현장에 있었는데 갑자기 부하 직원인 비에른 홀름에게서 전화가 걸려왔다. 다이아몬드를 검사하기 위해 런던에서 날아온 드비어스 담당자가 그녀를 기다리고 있다는 것이다. 그제야 약속이 기억난 베아테는 서둘러 이곳으로 돌아왔고, 지금은 자기 앞에 앉아 있는 여자의 말을 경청하고 있었다. 땅딸막하고 기운이 넘치는 여자는 런던에 정착한 네덜란드인답게 완벽한 영어를 구사했다.

"다이아몬드에는 지질학적 지문이 있어요. 따라서 이론상으로는 소유주까지 추적이 가능하죠. 모든 다이아몬드에는 그 다이아몬드가 어디 산인지 적혀 있는 증명서가 발급되고, 그 증명서는 다이아몬드를 계속 따라다니거든요. 하지만 유감스럽게도 이런 다이아몬드는 해당이 안 돼요."

"왜요?" 베아테가 물었다.

"내가 본 두 개의 다이아몬드는 피의 다이아몬드거든요."

"붉은색이기 때문인가요?"

"아뇨. 대부분 시에라리온의 키우부 광산에서 채굴되기 때문이에요. 전 세계의 다이아몬드 상인들은 시에라리온의 다이아몬드를 거부하죠. 그곳의 다이아몬드 광산은 전쟁 자금을 대려는 반군들이 운영하니까요. 그것도 정치로 인한 전쟁이 아니라 돈을 위한 전쟁이죠. 그래서 피의 다이아몬드라는 이름이 붙었어요. 이 다이아몬드는 비교적 새 거네요. 아마 시에라리온에서 다른 나라로 밀수입되었을 거예요. 가짜 증명서, 이를테면 남아프리카의 유명 광산에서 채굴되었다고 적힌 가짜 증명서를 발행해주는 나라요."

"혹시 어느 나라일지 짐작이 가세요?"

"대부분은 과거 공산주의였던 나라들이죠. 철의 장막이 무너지면서 가짜 신분증을 위조하던 기술자들은 다른 일자리를 찾아야 했어요. 게다가 진본으로 보이는 다이아몬드 증명서를 위조하는 일은 꽤 많은 돈을 받았죠. 하지만 제가 동유럽을 지목한 이유는 그 때문만이 아니에요."

"그럼요?"

"전에 이런 별 모양의 다이아몬드를 본 적이 있어요. 동독과 체코슬로바키아에서 수입된 거였죠. 이 두 개의 다이아몬드처럼 그저 그런 수준의 다이아몬드를 갈아서 만든 거였어요."

"그저 그런 수준?"

"붉은 다이아몬드가 아름다워 보이기는 해도 사실 하얀 다이아몬드, 그러니까 투명한 다이아몬드보다 가격이 싸요. 당신들이 발견한 다이아몬드에도 뚜렷한 모양을 갖추지 않은 탄소가 상당량 함유되어 있었어요. 그 때문에 기준치보다 색깔이 탁하죠. 하지만 별 모양을 만들기 위해 다이아몬드의 상당량을 잘라내야 한다면 애초에 굳이 완벽한 다이아몬드를 쓰지 않겠죠."

"그러니까 동독과 체코슬로바키아라는 거군요." 베아테가 눈을 감았다.

"제 경험상 추측에 불과해요. 더 궁금하신 게 없다면 이제라도 저녁 비행기로 런던에 돌아가고 싶네요."

베아테는 눈을 뜨고 자리에서 일어났다.

"죄송해요. 오늘 정말 정신없고 힘든 하루였답니다. 큰 도움을 주셨어요. 와주셔서 감사합니다."

"천만에요. 범인을 잡는 데 도움이 됐으면 좋겠네요."

"도움이 되고말고요. 택시를 불러드리죠."

오슬로 택시에 전화해 연결되기를 기다리는 동안, 베아테는 여자의 시선이 전화기를 쥔 자신의 오른손에 머무는 것을 보았다. 베아테는 미소를 지었다.

"아주 아름다운 반지를 끼셨네요. 약혼반지인가요?"

베아테는 이유도 모른 채 얼굴을 붉혔다.

"아뇨. 전 약혼하지 않았어요. 이건 저희 어머니가 아버지에게 받은 약혼반지예요. 아버지가 돌아가신 후에 어머니가 제게 주셨죠."

"그래서 오른손에 꼈군요."

"네?"

"약혼반지는 보통 왼손에 끼니까요. 정확히 말하면 왼손 중지에 끼죠."

"중지요? 전 네 번째 손가락에 끼는 걸로 알고 있었는데요."

"이집트인들은 그렇게 믿지 않았어요."

"그래요?"

"그들은 베나 아모리스, 그러니까 사랑의 정맥이 심장에서 곧장 왼손 중지로 이어진다고 믿었죠."

택시가 도착하고 여자가 떠난 후에도 베아테는 우두커니 서서 자신의 손을, 왼손 중지를 바라보았다.

그러고는 해리에게 전화했다.

"권총도 체코 산이었지." 베아테의 이야기가 끝나자 해리가 말했다.

"그게 연관이 있을까요?" 베아테가 말했다.

"그럴 수도 있지. 그 정맥을 뭐라고 한다고?"

"베나 아모리스."

"베나 아모리스." 해리는 그렇게 중얼거리며 전화를 끊었다.

# 월요일. 대화

당신은 잠들어 있어. 난 당신의 얼굴에 손을 대지. 내가 보고 싶었어? 당신의 배에 키스해. 내가 더 아래로 내려가자 당신은 움직이기 시작해. 꿈틀꿈틀. 엘프의 춤이지. 당신은 말이 없어. 자는 척하지. 이제 그만 일어나도 돼, 내 사랑. 내가 당신을 찾아냈으니까.

해리는 침대에서 벌떡 일어났다. 몇 초가 지난 후에야 자신을 깨운 것은 자신의 비명 소리였음을 깨달았다. 그는 옅은 어둠 속을 노려보았고, 커튼과 옷장이 만들어내는 그림자를 유심히 바라보았다.

다시 베개에 머리를 뉘었다. 무슨 꿈을 꾸고 있었더라? 꿈속에서 그는 어두운 방에 있었다. 침대 속에서 두 사람이 서로를 향해 몸을 움직였다. 그들의 얼굴은 보이지 않았다. 손전등을 켜서 그들의 얼굴을 비췄을 때 해리는 자신의 비명에 놀라 잠에서 깼다.

침대 머리맡 테이블에 놓인 전자시계를 보았다. 7시가 되려면 아직 2시간 반이나 남았다. 그 시간이면 꿈에서 지옥까지 갔다가 돌아오기에 충분했다. 하지만 그래도 자야 했다. 그래야만 했다. 그

는 마치 물속으로 뛰어드는 사람처럼 숨을 깊이 들이쉰 후에 눈을
감았다.

# 화요일. 개요

해리는 톰 볼레르의 머리 위에 걸린 벽시계의 초침을 바라보았다.

7층 그린존의 대형 회의실에 모든 인원을 다 수용하기 위해서는 추가로 의자를 날라야 했다. 회의실 안에는 엄숙한 분위기마저 감돌았다. 잡담하는 사람도, 커피를 마시는 사람도, 신문을 읽는 사람도 없었다. 그저 수첩에 뭔가를 끄적이거나, 어서 8시가 되기를 말없이 기다리고 있었다. 해리가 세어보니 총 열일곱 명이었다. 그렇다면 한 사람이 빠졌다는 뜻이다. 톰 볼레르는 팔짱을 낀 채 맨 앞에 서서 자신의 롤렉스 시계를 바라보고 있었다.

벽시계의 초침이 움직이더니 멈춰서 부르르 떨며 차렷 자세를 취했다.

"자, 이제 시작하지." 톰 볼레르가 말했다.

모두가 동시에 자세를 고쳐 앉자 부스럭 소리가 났다.

"난 해리 홀레의 도움을 받아 이번 수사를 지휘할 계획이다."

테이블에 앉아 있던 사람들이 놀란 표정으로 해리를 돌아보았다. 해리는 회의실 맨 뒤에 앉아 있었다.

"우선 아무런 군말 없이 남은 휴가를 반납한 여러분들에게 감사한다." 볼레르가 말을 이었다. "유감스럽게도 앞으로는 그 이상의 희생을 요구할 테지만 그때마다 내가 일일이 찾아다니며 고맙다는 인사를 할 수는 없을 것이다. 그러니 이 '감사한다'는 말은 앞으로 한 달간 유효한 것으로 해두자. 알겠나?"

테이블 주위로 미소와 끄덕임이 번져갔다. 마치 미래의 강력반 책임자를 향한 미소와 끄덕임 같다고 해리는 생각했다.

"오늘은 여러모로 특별한 날이다."

볼레르는 오버헤드 프로젝터의 스위치를 켰다. 그의 뒤에 걸린 스크린에 〈다그블라데〉 1면이 나타났다. 활개 치는 연쇄 살인범? 사진은 없었다. 그저 굵은 글씨로 저렇게 외치는 헤드라인뿐이었다. 요즘에는 언론 매체라는 자신의 소임에 조금이라도 긍지를 갖는 신문사라면 저렇게 1면 헤드라인에 물음표를 다는 경우가 거의 없었다. 그리고 대부분의 사람들이(또한 경찰청 K715 회의실에 앉아 있는 전원이) 모르는 사실은 저 물음표를 달자는 결정이 윤전기가 돌아가기 몇 분 전에야 이뤄졌다는 사실이다. 수습기자가 트베데스트란에서 휴가 중인 편집국장에게 전화를 걸어 상의한 끝에.

"1980년대에 활개 쳤던 아른핀 네셋 이후로 노르웨이에는 연쇄 살인범이 없었다. 적어도 우리가 아는 바로는 말이지." 볼레르가 말했다. "연쇄 살인범은 드물다. 워낙 드물기 때문에 이 사건은 국제적인 관심을 얻게 될 것이다. 이미 많은 이들이 우리를 주목하고 있다."

극적 효과를 높이기 위해 톰 볼레르는 잠시 뜸을 들였다. 하지만 굳이 그럴 필요 없었다. 참석자들은 이미 전날 저녁 묄레르 경정과의 통화에서 간략히 설명을 들은 터라 이번 사건의 중요성을 알고 있었다.

"좋다. 이제부터 정말로 연쇄 살인범을 상대해야 한다면 우리에게는 몇 가지 이점이 있다. 우선 우리에게는 연쇄 살인사건을 수사하고 범인을 잡은 전적이 있는 수사관이 있다. 다들 시드니에서 큰 활약을 펼쳤던 해리 홀레 반장에 대해 알고 있겠지? 해리?"

사람들이 그를 향해 고개를 돌렸다. 해리는 헛기침을 했지만 아무래도 목소리가 떨릴 것 같아서 다시 한 번 기침을 했다.

"시드니에서 내가 했던 수사가 모범 사례가 될지는 잘 모르겠군." 해리는 쓴웃음을 지어 보였다. "다들 기억하다시피 난 범인을 쏴버렸으니까."

아무도 웃지 않았다. 심지어 웃음 비슷한 것조차 없었다. 해리는 미래의 강력반 책임자가 아니었다.

"그보다 더 나쁘게 끝나는 경우도 있어, 해리." 볼레르는 그렇게 말하며 다시 자신의 롤렉스 시계를 보았다. "다들 심리학자 스톨레 에우네 박사를 알고 있지? 몇몇 사건에서 우리가 전문적인 조언을 구하기도 했었다. 박사님께서 연쇄 살인에 대해 짤막한 프레젠테이션을 해주기로 하셨다. 이미 들은 사람도 있겠지만 복습한다고 해서 나쁠 건 없지. 지금쯤이면 도착하셨어야ㅡ."

문이 벌컥 열리자 사람들이 일제히 고개를 들었다. 회의실에 들어선 남자는 요란하게 헐떡거렸다. 불룩 튀어나온 배 때문에 터질 듯한 트위드 양복, 오렌지색 나비넥타이, 그리고 알이 너무 작아 과연 보이기나 할까 의심스러운 안경을 쓰고 있었다. 벗겨진 앞머리 아래의 이마는 땀으로 번들거렸고, 갈색 눈썹은 아마도 염색했을 테지만 어쨌거나 단정하게 다듬어져 있었다.

"호랑이도⋯⋯." 볼레르가 말했다.

"제 말 하면 온다지." 스톨레 에우네가 문장을 끝맺으며 양복 가슴에 달린 주머니에서 손수건을 꺼내 이마를 닦았다. "여기도 찜통이구만!"

에우네는 회의실 앞쪽으로 나가 낡은 갈색 가죽가방을 바닥에 탕 내려놓았다.

"다들 안녕한가. 이렇게 많은 젊은이들이 이 시간에 깨어 있으니 보기 좋군그래. 이미 아는 얼굴들도 있고, 오늘 처음 보는 얼굴도 있군."

해리는 빙그레 웃었다. 그는 후자와는 거리가 멀었다. 그가 에우네를 처음 만난 것은 여러 해 전, 자신의 음주 문제를 상의하기 위해서였다. 에우네가 알코올 중독 전문가는 아니었지만 어느덧 두 사람 사이에는 우정과 다름없는 감정이 생겼다는 것을 해리도 인정하지 않을 수 없었다.

"어서 수첩들 꺼내시게!"

에우네는 재킷을 벗어 의자에 걸쳤다.

"꼭 초상집에라도 온 사람들 같구만. 어떤 면에서는 그게 당연하겠지만 그래도 내가 떠나기 전에 조금이라도 웃는 얼굴을 보고 싶군. 이건 명령이야. 그리고 정신들 바짝 차리게. 아주 빨리 설명할 거니까."

에우네는 대형 종이 차트 아래쪽에 놓여 있던 마커 펜을 집어 들고, 팔목이 부러질 듯한 기세로 써내려가기 시작했다.

"이 지구상에 죽일 수 있는 대상이 한 명 이상 있는 한 연쇄 살인범은 늘 존재해왔네. 하지만 많은 이들이 1888년에 발생한 소위 '공포의 가을'을 근대에 발생한 최초의 연쇄 살인이라 보고 있지. 그것은 오로지 성적 동기만으로 이뤄진 최초의 문서화된 연쇄 살인이라네. 범인은 다섯 명의 여자를 죽이고 흔적도 없이 사라져버렸지. '잭더리퍼'라는 별명을 얻었지만 범인의 진짜 정체는 끝까지 밝혀지지 않았어. 노르웨이의 가장 유명한 연쇄 살인범이라고 한다면, 1980년대에 스무 명 정도의 환자를 독살시킨 아른핀 네셋이 떠오를 거야. 하지만 그보다 더 유명한 사람이 있지. 벨레 군네스. 게다가 드물게도 여성 연쇄 살인범이야. 그녀는 미국으로 이민을 가서 1902년에 한 말라깽이 남자와 결혼하지. 두 사람은 인디애나 주의 라 포르테 외곽에 있는 농장에 정착했어. 내가 남자를 말라깽이라 한 이유는 이 남자가 70킬로그램이었고, 여자는 120킬로그램이었기 때문이야."

에우네는 매고 있던 멜빵을 살짝 끌어당겼다.

"내 의견을 묻는다면 여자의 몸무게는 딱 적당하다고 할 수 있지."

여기저기서 웃음이 터졌다.

"보기 좋게 통통한 이 여인은 자신의 남편과 몇몇 아이들을 죽였어. 뿐만 아니라 시카고 신문에 애인을 구하는 광고를 내서 농장으로 불러들인 남자들도 죽였는데 정확한 숫자는 알려지지 않았어. 피해자들의 시신은 1908년 어느 날, 알 수 없는 이유로 갑자기 농장에 화재가 발생하면서 발견되었지. 불에 탄 시신들 중에는 유달리 거구에 목이 잘린 여자의 상체도 있었어. 아마 벨레 군네스가 자기 시체인 것처럼 속이기 위해 가져다 두었을 거야. 그 뒤로도 미국 전역에 걸쳐 여러 곳에서 벨레 군네스를 목격했다는 제보가 있었어. 하지만 그녀는 끝내 발견되지 않았지. 그리고 그게 바로 요점이라네, 친구들. 불행히도 잭과 벨레가 극히 전형적인 연쇄 살인범이야."

에우네는 마커 펜으로 차트를 톡톡 치며 쓰는 것을 끝냈다.

"그들은 절대 잡히지 않아."

좌중은 말없이 그를 바라보았다. 에우네는 말을 이었다.

"그러니 연쇄 살인범의 개념은 이제부터 내가 하려는 다른 모든 이야기와 마찬가지로 논란의 여지가 많다네. 그것은 심리학이 아직 초기의 학문이고, 심리학자들이 천성적으로 시비 걸기를 좋아하기 때문이지. 자, 그럼 우리가 연쇄 살인범에 대해 아는 것을 말해주지. 사실 잘 모른다고 해도 과언이 아니야. 그건 그렇고, 걸출한 심리학자들 중에는 '연쇄 살인범'이라는 용어가 무의미하다고 생각하는 사람들이 많다네. 다른 심리학자들의 주장에 따르면 존재하지도 않는 정신 질환을 지칭하는 용어라는 거지. 무슨 말인지 알겠나? 그래도 웃는 사람들이 좀 있군그래. 좋아."

에우네는 차트에 적은 자신의 첫 번째 항목을 검지로 톡톡 쳤다.

"전형적인 연쇄 살인범은 24세에서 40세 사이의 백인 남자라네. 대체로 혼자 활동하지만 공범이 있기도 해. 이를테면 둘이 짝을 지어 활동하는 경우지. 피해자를 잔인하게 죽였다면 그건 범인이 혼자 활동한다는 뜻이네. 피해자는 누구든 될 수 있지만 일반적으로는 범인과 같은 인종인 경우가 많아. 그리고 이례적으로 범인이 아는 사람일 수도 있지.

대개 연쇄 살인범은 자신이 잘 아는 지역에서 첫 번째 희생자를 고른다네. 일반인들은 연쇄 살인범이 살인을 할 때 늘 특별한 의식을 치른다고 생각하지만 그건 사실이 아니야. 하지만 어떤 의식을 치른다면 그건 연쇄 살인과 관련이 있는 경우가 많지."

에우네는 다음 항목을 가리켰다. 사이코패스/소시오패스.

"하지만 연쇄 살인범의 가장 큰 특징은 그가 미국인이라는 거야. 왜 그런지는 오로지 신만이, 그리고 어쩌면 블런던에 있는 심리학

교수들 몇 명만 알겠지. 흥미로운 사실은 연쇄 살인에 대해 가장 잘 아는 사람들, 그러니까 FBI와 미국 법조인들이 연쇄 살인범을 두 부류로 나눈다는 거야. 사이코패스와 소시오패스. 내가 앞서 언급한 교수들은 이런 개념과 구분 자체가 엉터리라고 믿지. 하지만 연쇄 살인범의 고향인 미국에서는 대부분의 법정이 맥노튼 원칙을 따른다네. 범죄를 저지르는 동안 자신이 무슨 짓을 하는지 모르는 사람만이 사이코패스라는 법령이야. 따라서 소시오패스와 달리 사이코패스는 징역형을 면하지. 또한 아마 신의 나라에서도 그러하듯이 사형도 면하고. 연쇄 살인범에 관한 내 생각은…… 음…….”

그는 마커 펜에 대고 코를 킁킁거리더니 한쪽 눈썹을 추켜올렸다.

볼레르가 손을 들자, 에우네가 고개를 끄덕였다.

“연쇄 살인범들이 어떤 형을 받는지도 매우 흥미롭습니다만,” 볼레르가 말문을 열었다. “그러려면 우선 범인을 잡아야겠죠. 우리에게 해주실 만한 실질적인 충고는 없나요?”

“자네 미쳤나? 난 그냥 심리학자일 뿐일세, 안 그런가?”

사람들이 웃음을 터뜨리자, 에우네는 만족스런 표정으로 고개를 끄덕였다.

“그래, 막 그 말을 하려던 참이었네, 볼레르 경감. 하지만 이 말부터 해두지. 혹시 여러분 중에 벌써 인내심이 바닥나기 시작한 사람이 있다면 앞으로 아주 힘들어질 거야. 내 경험상 연쇄 살인범을 잡는 일만큼 인내심을 요하는 일은 없으니까. 범인이 엉뚱한 타입일 경우엔 말이지.”

“엉뚱한 타입이 뭡니까?” 망누스 스카레의 질문이었다.

“우선 FBI의 심리학 프로필이 사이코패스와 소시오패스를 어떻게 구분하는지 살펴보도록 하지. 사이코패스는 종종 사회 부적응자들로 직장도 없고 교육도 제대로 받지 못한데다 전과가 있고 사회 문제도 많다네. 반면 소시오패스는 똑똑하고 겉보기에 정상적이며 성공적인 삶을 살아. 사이코패스는 어디서나 눈에 띄고 쉽게 의심을 받는 반면 소시오패스는 군중 속으로 사라져버리지. 소시오패스의 정체가 발각되면 이웃이나 친구들은 늘 충격을 받기 마련이야. FBI에서 프로파일러로 활동했던 심리학자와 이야기를 해봤는데 그 친구 말로는 자신이 가장 먼저 주목하는 것이 범행 시기라더군. 살인을 저지르는 데는 당연히 시간이 걸려. 하지만 이 친구에게는 살인이 평일에 일어났느냐, 아니면 주말이나 공휴일에 일어났느냐가 유용한 단서라는 거야. 후자일 경우에는 범인에게 직업이 있고, 따라서 소시오패스일 확률이 높다고 했어."

"그렇다면 이런 휴가철에 살인을 저지르고 다니는 우리 범인도 직업이 있는 소시오패스로 봐야 할까요?" 베아테 뢴이 물었다.

"물론 그런 결론을 내리기에는 아직 이른 감이 있지만, 우리가 이미 아는 사실을 고려해볼 때 아마도 그럴 거야. 이 정도면 실용적인 충고가 되겠나?"

"실용적이긴 합니다만, 제가 제대로 이해한 거라면 나쁜 소식이기도 하네요." 볼레르가 말했다.

"그렇다네. 우리의 범인은 아무래도 엉뚱한 타입의 연쇄 살인범인 것 같아. 소시오패스."

에우네는 좌중이 이 사실을 충분히 인식하도록 잠시 뜸을 들였다.

"미국 심리학자인 조엘 노리스에 따르면 연쇄 살인범은 살인을 할 때마다 여섯 개의 정신적 단계를 거친다고 하네. 첫 번째가 오라aura 단계로 점점 현실 감각이 떨어지기 시작하지. 다섯 번째인

토템 단계가 바로 살인인데, 연쇄 살인범의 클라이맥스라고 할 수 있어. 정확히 말하면 안티 클라이맥스지. 타인의 생명을 빼앗음으로써 카타르시스를 느끼고 정화하게 되리라는 그의 희망과 기대는 절대 충족되지 못하니까. 그렇기 때문에 살인범은 바로 다음 단계, 즉 우울의 단계로 접어들지. 이는 다시 새로운 오라 단계로 이어지고 그는 힘을 내어 다시 다음 살인을 준비하지."

"그렇게 계속 돌고 도는군요. 페르페투움 모빌레*처럼요." 남들 눈에 띄지 않고 몰래 들어온 비아르네 묄레르가 문간에 서서 말했다.

"다만 페르페투움 모빌레는 아무 변화 없이 계속 반복되지."에우네가 말했다. "그와 달리 연쇄 살인범은 장기적으로 변화의 과정을 거친다네. 다행히 통제력은 줄어들지만, 불행히도 잔인함의 강도는 더욱 증가하는 특징이 있지. 언제나 첫 번째 살인의 여파에서 회복되기가 가장 어렵고, 따라서 소위 냉각기라고 하는 것이 가장 길어지는 때도 바로 첫 번째 살인 이후야. 장기간의 오라 단계를 거치며 다음 살인을 위한 힘을 비축하고, 충분히 오랜 시간을 들여 계획을 짜지. 만약 범죄 현장에서 범인이 사소한 것들까지 굉장히 신경을 썼다면, 만약 의식이 정확히 치러졌고 범행이 발각될 가능성이 적다면, 그건 범인이 아직 초기 단계에 있다는 뜻이야. 이 단계에서는 보다 효율적으로 살인을 실행하기 위해 자신의 수법을 완벽하게 다듬어가지. 범인을 잡으려는 사람들에게는 이 시기가 제일 불리해. 하지만 서너 번 살인을 저지르고 나면 일반적으로 냉각기가 점점 짧아지지. 계획을 세우는 시간은 점점 더 줄어들고,

* 외부의 동력 없이 계속 움직이는 기계 장치.

207

살인 현장은 점점 더 지저분해지고, 의식도 대충 치르고, 위험을 더 많이 감수하지. 이 모든 것은 범인의 절망감이 깊어지고 있다는 뜻이야. 달리 말하자면, 피에 대한 갈증이 점점 더 심해지고 있다는 뜻이고. 통제력을 잃었기 때문에 잡기도 더 쉽지. 하지만 만약 이 시기에 범인을 잡으려다 실패하면, 범인은 겁을 먹고 한동안 살인을 멈출 거야. 범인은 어쩔 수 없이 냉각기를 갖게 되고 맨 첫 단계로 되돌아가지. 이 예시들이 너무 절망적이지 않기를 바라네."

"견딜 만합니다. 우리가 수사하는 사건에 대해 좀 더 말해주실 수 있나요?" 볼레르가 말했다.

"그러지. 우리에게는 사전에 계획한 세 건의 살인이 –."

"두 건입니다! 리스베트 발리는 아직 실종된 상태니까요." 이번에도 스카레였다.

"세 건이네. 내 말 믿게, 젊은이." 에우네가 말했다.

몇몇 형사들이 시선을 교환했다. 스카레는 무슨 말인가를 하려는 듯하다가 마음을 바꾸었다. 에우네는 말을 이었다.

"세 건의 살인이 각각 같은 날짜만큼의 간격을 두고 발생했네. 세 건 모두 손가락 절단과 시신을 꾸미는 의식을 치렀고, 범인은 손가락 하나를 자르고, 그 보상으로 피살자에게 다이아몬드를 주었네. 이런 보상 행위는 잔인한 범죄에서 흔히 나타나는 특징이지. 어렸을 때 엄격한 도덕적 원칙에 따라 키워진 살인자들의 전형적 행동이라네. 그게 단서가 될지도 모르겠군. 노르웨이에는 그렇게 도덕적인 집안이 별로 없으니 말이야."

아무도 웃지 않았다.

에우네는 한숨을 쉬었다.

"이런 걸 블랙 유머라고 하는 걸세. 내가 빈정대지 않으면 요점을 전달하기는 더 쉽겠지. 하지만 그보다는 수사를 시작도 하기 전에 이 사건에 기죽지 않으려고 이러는 거야. 자네들도 그러길 바라네. 어쨌든 이번 사건의 경우에 사건들 간의 일정한 간격이 있고 의식을 치렀다는 점으로 보아, 범인이 아직 통제력이 있고 초기 단계라는 뜻이지."

누군가가 부드럽게 헛기침을 했다.

"말해보게, 해리." 에우네가 말했다.

"피해자의 선택과 사건 장소요." 해리가 말했다.

에우네는 검지로 턱을 문지르며 잠시 생각에 잠기더니 고개를 끄덕였다.

"그 말이 맞네, 해리."

테이블에 앉아 있던 다른 사람들이 무슨 뜻이냐는 시선을 교환했다.

"뭐가 맞다는 겁니까?" 스카레가 외쳤다.

"피해자의 선택과 사건 장소를 보면 그 반대야. 범인이 통제력을 잃고 무차별적으로 죽이는 단계로 빠르게 이동하고 있다는 뜻이지." 에우네가 말했다.

"어떤 면에서요?" 묄레르가 물었다.

해리는 테이블에서 눈을 들지 않은 채 말했다.

"카밀라 로엔이 살해된 첫 번째 사건은 그녀가 혼자 사는 아파트에서 발생했습니다. 범인은 잡히거나 신원이 밝혀질 위험 없이 그녀의 아파트에 들어갔다 나올 수 있었죠. 누구의 방해도 없이 여자를 죽이고 의식을 치를 수 있었습니다. 하지만 두 번째 살인에서 이미 도박을 시작했어요. 주택가 한복판, 백주대로에서 리스베트 발리를 납치한 겁니다. 아마도 차를 이용했을 거고, 그렇다면 분명

번호판이 있었겠죠. 세 번째 살인은 두말할 것 없이 완전 도박입니다. 물론 근무 시간이 끝난 후이기는 했지만 주변에 사람이 아주 많았습니다. 잡히거나 신분이 밝혀지지 않기 위해서는 운이 따라야만 했죠."

묄레르는 에우네 쪽으로 몸을 돌렸다.

"그래서 결론이 뭡니까?"

"아무 결론도 내릴 수 없다는 거네. 우리가 최대한 추측할 수 있는 것은 범인이 적응력이 뛰어난 소시오패스라는 거야. 앞으로 그 자가 미쳐 날뛸지, 아니면 여전히 스스로를 통제할지는 아무도 모르지."

"우리에게는 어느 쪽이 이익일까요?"

"첫 번째 가설대로라면 앞으로 여러 명이 죽어 나갈 거야. 하지만 범인이 위험을 무릅쓰는 동안 우리에게 잡힐 가능성도 있지. 두 번째 가설대로라면 앞으로 살인 간의 간격이 더 길어지겠지. 하지만 우리의 경험상 가까운 미래에는 놈을 잡지 못할 거야. 그러니 자네가 선택하게."

"그럼 어디서부터 시작해야 할까요?" 묄레르가 물었다.

"통계를 좋아하는 내 동료들의 말을 따른다면 야뇨증이 있고, 동물을 학대하고, 방화와 강간을 저지르는 사람들부터 찾아보라고 하겠네. 특히 방화범. 하지만 난 그 통계를 믿지 않는다네. 불행히 달리 믿을 것도 없고 말이야. 그러니 내 대답은 나도 모르겠다는 걸세."

에우네는 마커 펜의 뚜껑을 닫았다. 무거운 침묵이 감돌았다.

톰 볼레르가 벌떡 일어났다.

"자, 여러분. 우리에게는 할 일이 있다. 우선 이 두 사건과 관련해 지금까지 우리가 이야기한 적이 있는 사람들을 모두 다시 심문한다. 전과가 있는 녀석들을 모두 확인하고, 특히 강간이나 방화의 전과가 있는 녀석들은 명단을 작성하도록."

해리는 업무를 나누어 주는 볼레르를 바라보며 그가 얼마나 효율적이고 자신감이 넘치는지 깨달았다. 누군가가 사건과 관련된 현실적 이의를 제기할 때는 융통성을 발휘해 재빨리 처리했고, 사건과 무관한 이의에는 단호하게 대처했다.

문 위의 시계가 9시 15분을 가리켰다. 이제야 하루가 시작되고 있었는데 해리는 벌써 에너지가 바닥난 느낌이었다. 늙고 병들어 무리에서 뒤처진 사자처럼. 한때는 그 사자도 리더에게 싸움을 걸 수 있었다. 그렇다고 해서 자신이 리더가 되겠다는 야망이 손톱만큼이라도 있었던 것은 아니다. 하지만 어쨌거나 상황은 급격히 곤두박질쳤다. 이제 늙은 사자가 할 수 있는 일이라고는 바닥에 누워 누군가가 뼈다귀라도 던져주기를 바라는 것뿐이었다.

그런데 누군가가 뼈다귀를 던져주었다. 그것도 아주 큰 걸로.


좁은 심문실에 설치된 방음장치 때문에 해리는 이불 속에 대고 말하는 기분이었다.

"전 보청기 수입업잡니다." 키가 작고 통통한 남자가 한 손으로 실크 넥타이를 쓸어내리며 말했다. 넥타이는 눈에 잘 띄지 않는 금색 넥타이핀으로 하얀 셔츠에 고정되어 있었다.

"보청기요?" 해리는 톰 볼레르에게서 넘겨받은 인터뷰 용지를 내려다보며 물었다. 이름 칸에는 앙드레 클로센, 그 아래 직업 칸에는 개인 사업이라고 적혀 있었다.

"청력에 문제라도 있으십니까?" 클로센이 물었다. 해리는 이 빈

정거림이 자신을 향한 것인지 아니면 그냥 반어적으로 말한 것인지 알 수 없었다.

"흠. 그러니까 보청기에 대해 이야기하려고 할레, 투네 앤드 베텔리 법률 사무소에 갔다는 겁니까?"

"에이전시와의 계약서를 감정받고 싶었습니다. 당신의 친절한 동료가 어제 오후에 그 계약서를 복사해 갔죠."

"이겁니까?" 해리가 폴더를 가리켰다.

"맞습니다."

"보고 있던 중이었습니다. 그런데 2년 전에 작성한 걸로 되어 있군요. 계약을 갱신하실 겁니까?"

"아뇨. 그냥 사기를 당한 게 아닌지 확인하고 싶어서요."

"2년이나 지난 후에요?"

"늦더라도 안 하는 것보다 낫죠."

"전문 변호사는 없으십니까?"

"있습니다. 그런데 유감스럽게도 나이가 너무 많아서요." 클로센이 미소를 짓자 금니가 슬쩍 보였다. "이 법률 사무소가 어떤 서비스를 제공할 수 있는지 들어보려고 일단 상담을 신청한 겁니다."

"그런데 주말 직전에야 약속을 잡으셨더군요. 그것도 빚 수금이 전문인 회사에."

"상담을 하고 나서야 그 사실을 알았습니다. 그 난리법석이 일어나기 전에 잠깐 이야기를 나눴거든요."

"하지만 새 변호사를 구하신다면 분명 다른 회사와도 약속을 잡아두셨겠군요. 어떤 회사인지 말씀해주시겠습니까?"

해리는 앙드레 클로센의 얼굴을 보지 않았다. 그가 과연 거짓말을 하는지 알아낼 수 있는 곳은 얼굴이 아니기 때문이다. 그는 자

212

신의 생각을 얼굴에 드러내는 부류가 아니었다. 해리는 클로센을 처음 본 순간부터 그걸 알아차렸다. 수줍어서 그럴 수도 있고, 직업상 포커페이스를 유지해야 하기 때문일 수도 있고, 어릴 때부터 자기 절제를 필수 미덕이라 생각하고 자라서일 수도 있다. 따라서 해리는 다른 징후를 찾았다. 이를테면 무릎에 있던 손이 위로 올라가 다시 넥타이를 쓰다듬는 것 같은 사인. 그러나 손은 움직이지 않았다. 클로센은 그저 해리를 바라볼 뿐이었다. 노려보는 것은 아니었지만 이 상황이 짜증난다는 듯이, 약간 지루하다는 듯이 눈꺼풀이 내려가 있었다.

"내가 전화해본 변호사들은 대부분 휴가가 끝난 후에 약속을 잡으려고 하더군요. 거기에 비하면 할레, 투네 앤드 베텔리는 훨씬 협조적이었죠. 근데 혹시 날 의심하는 겁니까?"

"모든 사람을 의심하는 중입니다." 해리가 말했다.

"좋습니다."

BBC 방송에서 듣던 것과 똑같은 억양의 영어로 클로센이 대답했다.

"살짝 억양이 있으시군요."

"그런가요? 최근에 여행을 많이 했죠. 그래서 그런지도 모르겠군요."

"어디를 여행하셨습니까?"

"사실은 대부분 국내 여행이었습니다. 노르웨이의 병원과 보호 시설을 찾아다녔죠. 해외에 나갈 때는 주로 스위스에 갔고요. 거기 보청기를 생산하는 공장이 있거든요. 제품이 향상되는 속도가 워낙 빨라서 직업적으로 계속 업데이트를 해줘야 합니다."

이번에도 그의 말투에서 설명하기 힘든 빈정거림이 느껴졌다.

"결혼하셨습니까? 가족이 있으신가요?"

"형사님 동료가 작성한 내용을 보시면 제가 미혼으로 되어 있을 텐데요."

해리는 인터뷰 용지를 보았다.

"네, 그렇군요. 그러니까…… 어디 보자…… 김레 테라세에서 혼자 사시는 겁니까?"

"아뇨. 트룰스와 함께 삽니다."

"그렇군요. 알겠습니다."

"안다고요?" 클로센이 미소를 지었고, 그의 눈꺼풀은 살짝 더 내려와 있었다. "트룰스는 내가 키우는 골든 레트리버인데요."

해리는 눈 뒤쪽에서 두통이 밀려오는 것을 느꼈다. 명단을 보니 점심시간 전까지 네 명을, 그 후에는 다섯 명을 만나야 했다. 그 많은 사람들과 실랑이할 기운이 없었다.

그는 클로센에게 무슨 일이 있었는지 다시 한 번 말해달라고 부탁했다. 그가 법률 사무소가 있는 건물에 들어선 순간부터 경찰이 도착할 때까지.

"기꺼이 말씀드리죠." 클로센이 하품을 하며 말했다.

클로센이 유창하면서도 자신 있게 이야기를 하는 동안, 해리는 의자에 등을 기댔다. 클로센은 자신이 택시를 타고 도착했으며, 엘리베이터를 타고 올라가 접수원과 짧은 인사를 나눈 후, 그녀가 물을 가져다주기를 5, 6분 동안 기다렸다고 했다. 아무리 기다려도 접수원이 돌아오지 않자, 사무실을 헤매고 다니다 할레 씨의 이름이 적힌 사무실을 발견했다는 것이다.

인터뷰 용지 한쪽에 볼레르가 적은 메모가 붙어 있었다. 클로센이 사무실 문을 두드린 시각이 5시 05분이었음을 할레 변호사에게 확인받았다는 내용이었다.

"여자 화장실에서 누가 나오거나 들어가는 걸 봤습니까?"

"내가 기다리던 대기실에서는 화장실 문이 보이지 않습니다. 사무실로 가는 중에도 화장실을 드나드는 사람은 보지 못했고요. 사실 지금까지 이 말을 네댓 번은 했습니다."

"앞으로도 더 많이 하셔야 합니다." 해리는 큰 소리로 하품을 하며 손으로 얼굴을 쓸어내렸다. 그 순간 망누스 스카레가 취조실 유리창을 두드리며 손목시계를 들어 보였다. 스카레 뒤로 베텔리 변호사가 보였다. 해리는 알았다는 뜻으로 고개를 끄덕이고 마지막으로 인터뷰 용지를 힐끗 보았다.

"여기에는 당신이 접수원을 기다리는 동안, 수상한 사람이 들어오거나 나가는 것을 못 봤다고 되어 있군요."

"맞습니다."

"음, 협조해주셔서 감사합니다." 해리는 그렇게 말하며 용지를 폴더 안에 넣고, 녹음기의 정지 버튼을 눌렀다. "저희가 다시 연락드릴 겁니다."

"수상한 사람은 없었습니다." 클로센이 일어나며 말했다.

"네?"

"기다리는 동안 수상한 사람은 없었다고요. 하지만 청소부 아주머니가 들어와 사무실을 돌아다니는 건 봤습니다."

"네, 저희도 그 아주머니와 이야기했습니다. 그분 역시 곧장 부엌으로 갔기 때문에 아무도 보지 못했다더군요."

해리는 자리에서 일어나 명단을 훑어보았다. 다음 인터뷰는 4번 방에서 10시 15분에 있었다.

"물론 퀵 배달원도 봤고요." 클로센이 말했다.

"퀵 배달원?"

"네. 내가 할레 변호사 사무실을 찾아 나서기 조금 전에 퀵서비스 배달원이 나가더군요. 분명 뭔가 배달했거나 수거하러 왔을 겁니다. 왜 그런 눈으로 보십니까, 반장님? 솔직히 말해서, 변호사 사무실에 배달원이 오는 거야 딱히 수상하다고 할 수는 없잖습니까."

30분 뒤, 할레, 투네 앤드 베틸리 법률 사무소 그리고 오슬로의 모든 퀵서비스 회사와 통화한 뒤, 해리는 한 가지 확실한 결론을 내렸다. 사건이 발생한 월요일에는 법률 사무소의 누구도 퀵서비스 배달원을 부르거나, 퀵서비스 배달원으로부터 받을 물건이 없었다는 사실.

클로센이 경찰청을 떠난 지 두 시간 후, 태양이 가장 높이 뜨기 직전에 그는 사무실에서 다시 경찰청으로 호송되었다. 배달원의 생김새를 설명해주기 위해서였다.

하지만 그에게는 해줄 말이 별로 없었다. 180미터 정도의 키에 보통 체격이라는 것뿐이었다. 그 외의 다른 신체적 특징은 딱히 눈여겨보지 않았다고 했다. 그건 남자로서 할 짓이 아닐뿐더러 관심도 없기 때문이라는 것이다. 그러면서 그 배달원은 그저 자전거를 타고 다니는 다른 배달원들과 똑같은 차림이었다는 말만 반복했다. 몸에 다소 달라붙는 소재로 만든 검정색과 노란색으로 된 사이클 셔츠, 반바지, 카펫 위에서 걸을 때조차 따각따각 소리가 나는 사이클 신발. 얼굴은 헬멧과 선글라스로 가렸다고 했다.

"입은요?" 해리가 물었다.

"입에 흰 천을 두르고 있었습니다. 마이클 잭슨처럼요. 배달원들은 배기가스를 들이마시지 않기 위해 저렇게 하나 보다 생각했죠."

"뉴욕이나 도쿄에서는 그렇죠. 하지만 여긴 오슬롭니다."

클로센은 어깨를 으쓱였다. "어쨌거나 딱히 이상하게 보이진 않았습니다."

해리는 클로센을 보낸 뒤, 톰 볼레르의 사무실로 갔다. 해리가 사무실로 들어갔을 때 볼레르는 귀에 전화기를 댄 채 '으흥'과 '응'을 중얼거리고 있었다.

"범인이 카밀라 로엔의 집에 어떻게 들어갔는지 알아낸 거 같아." 해리가 말했다.

톰 볼레르는 통화를 끝내지도 않은 채 전화기를 내려놓았다.

"그 여자가 사는 아파트 정문 인터콤에 비디오카메라가 연결되어 있지?"

"그게 왜……?" 볼레르가 몸을 내밀었다.

"어느 집 초인종이든 누르고, 다 가린 얼굴을 카메라에 들이밀기만 해도 문이 재깍 열리는 사람이 누구겠어?"

"산타클로스?"

"아니지. 하지만 특급 소포나 꽃다발을 들고 온 사람이라면 너도 문을 열어줄 거야. 퀵서비스 배달원. 안 그래?"

볼레르가 전화기의 통화중 버튼을 눌렀다.

"클로센이 그 법률 사무소에 도착한 지 4분이 좀 넘었을 때 퀵배달원이 나가는 걸 봤대. 퀵 배달원들은 총알같이 뛰어 들어와 물건을 배달하고 다시 총알처럼 뛰어나가지. 4분이나 있을 이유가 없어."

볼레르는 천천히 고개를 끄덕였다.

"자전거를 탄 배달원이라. 기막히게 간단하군. 배달원이라면 어디든 들어갈 수 있는 그럴싸한 이유가 있지. 입에 천까지 두를 수 있고 말이야. 모두가 볼 수 있지만 아무도 주의를 기울이지 않는 사람.”

“트로이의 목마야. 연쇄 살인범을 위한 완벽한 장치.” 해리가 말했다.

“서둘러 나가는 배달원을 이상하다고 생각할 사람은 아무도 없을 거야. 게다가 자전거는 등록된 교통수단도 아니니, 아마 도시에서 도망치기에 가장 효과적인 수단일 거고.” 볼레르가 전화기에 손을 올려놓았다.

“사건 발생 시간에 현장 근처에서 자전거를 탄 배달원을 본 사람이 있는지 조사해보라고 할게.”

“그리고 생각해야 할 문제가 하나 더 있어.” 해리가 말했다.

“알아. 사람들에게 낯선 배달원을 조심하라고 발표할지 말지 결정해야 한다는 거지?”

“맞아. 경정님께 말해주겠어?”

“그래. 그리고 해리…….”

해리는 문간에서 걸음을 멈췄다.

“아주 잘했어.” 볼레르가 말했다.

해리는 목례를 하고 사무실을 나왔다.

3분 뒤, 해리가 단서를 찾아냈다는 소문이 강력반에 돌았다.

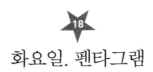

# 화요일. 펜타그램

　니콜라이 로에프는 부드럽게 건반을 눌렀다. 텅 빈 예배당에 섬세하고 부서질 듯한 피아노 소리가 울려 퍼졌다. 표트르 일리치 차이콥스키, 피아노 협주곡 제1번 b플랫 단조. 많은 피아니스트들이 이 작품을 이상하고 우아함이 부족하다고 생각하지만 니콜라이의 귀에는 세상 어떤 음악보다도 아름답게 들렸다. 그가 외우고 있는 이 곡의 몇 마디를 치기만 해도 고향이 그리워졌다. 감레 아케르 예배당의 조율되지 않은 피아노 앞에 앉을 때마다 그의 손가락이 자동적으로 연주하는 곡도 바로 이것이었다.

　니콜라이는 열린 창밖을 바라보았다. 묘지에서 새들이 노래하고 있었다. 그걸 보니 레닌그라드의 여름과 아버지가 떠올랐다. 아버지는 그를 시내 외곽에 있는 옛 전쟁터로 데려간 적이 있다. 니콜라이의 할아버지를 비롯해 모든 친척 아저씨들이 묻혀 있는 그곳은 오래전에 사람들의 기억에서 잊힌 공동묘지나 다름없었다.

　"저 새소릴 들어보렴. 얼마나 아름답고 얼마나 허망하니." 아버지는 그렇게 말했다.

　누군가의 헛기침 소리에 니콜라이는 몸을 돌렸다.

티셔츠에 청바지 차림의 키 큰 남자가 문간에 서 있었다. 남자의 한 손에는 붕대가 감겨 있었다. 가끔씩 이 예배당을 찾아오는 마약 중독자 중 하나인가 보다고 니콜라이는 생각했다.

"도와드릴까요?" 니콜라이가 외쳤다. 예배당의 과한 음향 시설 때문에 그의 목소리는 그가 의도했던 것보다 덜 친절하게 들렸다.

남자가 문지방을 넘어섰다.

"네. 제 죄를 보상하러 왔습니다."

"그거 참 반가운 소리군요. 하지만 유감스럽게도 난 여기서 고해 성사를 받을 수 없습니다. 저쪽에 붙은 시간표를 확인한 다음, 인코그니토 가에 있는 교회로 가십시오."

남자가 그에게 다가왔다. 충혈된 눈 아래로 다크서클이 있는 것을 보아 한동안 잠을 못 잔 모양이었다.

"그게 아니라 문에 달린 별을 망가뜨린 것에 대해 보상하고 싶다는 말이었습니다."

몇 초가 지난 후에야 니콜라이는 남자의 말을 이해했다.

"아, 그거 말이군요. 사실 그건 저와 아무 상관이 없습니다. 별이 약간 느슨해지고 거꾸로 돌아가긴 했더군요." 니콜라이는 미소를 지었다. "완곡히 말하자면 이런 종교적인 장소에 있기에는 조금 부적절하죠."

"여기 소속이 아니신가요?"

니콜라이는 고개를 끄덕였다.

"가끔씩 이 예배당을 빌릴 뿐입니다. 난 성스러운 사도의 올가 공후 교회 소속입니다."

남자의 양 눈썹이 올라갔다.

"러시아 정교회죠." 니콜라이가 덧붙였다. "난 그 교회의 신부이자 행정국장입니다. 보상 문제라면 이 교회 사무실로 가보십시오. 거기에 도와줄 사람이 있을 겁니다."

"네. 감사합니다."

하지만 남자는 움직이지 않았다.

"차이콥스키, 맞죠? 피아노 협주곡 1번인가요?"

"맞습니다." 니콜라이는 놀란 목소리로 대답했다. 노르웨이인은 딱히 문화적 소양이 넘치는 사람들은 아니었기 때문이다. 게다가 이 남자는 티셔츠 차림이었고 노숙자처럼 보였다.

"어머니가 그 곡을 쳐주시곤 했죠. 어려운 곡이라고 하셨어요." 남자가 말했다.

"훌륭한 어머니를 두셨군요. 자식에게 너무 어려울 거라고 생각했던 곡을 쳐주셨으니 말입니다."

"네, 좋은 분이셨죠. 성자나 다름없었습니다."

한쪽 입꼬리만 올라간 남자의 미소는 니콜라이를 혼란스럽게 했다. 자기모순적인 미소였기 때문이다. 열려 있으면서도 닫혀 있고, 다정하면서도 냉소적이고, 웃는 듯하면서도 고통스러워 보였다. 하지만 아마도 그가 너무 많은 것을 읽어내려 했기 때문일 것이다. 늘 그렇듯이.

"도와주셔서 감사합니다." 남자는 그렇게 말하고 문 쪽으로 걸어갔다.

"천만에요."

니콜라이는 다시 피아노로 주의를 돌리고 정신을 집중했다. 건반 하나를 누르되 소리가 나지 않을 정도로 아주 부드럽게 건드렸다. 피아노 줄에 닿는 해머의 펠트천이 느껴졌다. 그 순간, 니콜라이는 아직 문 닫히는 소리가 나지 않았다는 사실을 깨달았다. 뒤를 돌아보니 남자가 손으로 문손잡이를 잡은 채 부서진 창문의 별을 우두커니 응시하고 있었다.

"왜 그러십니까?"

남자가 눈을 들었다.

"아까 신부님께서 하신 말을 생각하고 있었습니다. 거꾸로 달린 별이 이런 종교적 장소에 있는 건 부적절하다고 하셨죠?"

니콜라이가 웃음을 터뜨리자 그 소리가 사방의 벽에 부딪혀 튕겨 나왔다.

"펜타그램이 거꾸로 뒤집혔잖습니까. 안 그래요?"

남자의 표정을 보니 무슨 말인지 이해를 못하는 게 분명했다.

"펜타그램은 오랜 종교적 상징입니다. 비단 기독교에서만이 아니죠. 보다시피 이 오각형 별은 하나의 선을 계속 연장하여 몇 차례 자신과 교차하며 만들어집니다. 수천 년 전의 묘비에도 이 별이 새겨져 있었죠. 하지만 하나의 꼭짓점이 아래로 가고, 두 개의 꼭짓점이 위로 가면서 별이 뒤집어지면 그건 완전히 다른 의미가 됩니다. 데모놀로지에서 가장 중요한 상징 중의 하나죠."

"데모놀로지?"

남자는 차분하지만 또렷한 목소리로 물었다. 늘 대답을 듣는 데 익숙한 사람 같다고 니콜라이는 생각했다.

"악을 연구하는 학문입니다. 악령인 데몬이 존재하면서 악이 비롯되었다고 믿었던 시절의 용어죠."

"흠. 그래서 이제 악령은 봉인된 겁니까?"

니콜라이는 피아노 의자를 빙글 돌렸다. 그가 사람을 잘못 본 걸까? 저 남자는 마약 중독자나 노숙자치고는 조금 지나치게 예리했다.

"전 경찰입니다." 마치 그의 생각을 읽은 듯 남자가 대답했다. "우린 늘 질문을 하죠."

"알겠습니다. 근데 왜 여기에 관심이 있는 겁니까?"

남자는 어깨를 으쓱였다.

"모르겠습니다. 최근에 이 별을 봤는데 어디서 봤는지 기억이 안 나네요. 이게 중요한지 아닌지도 모르겠습니다. 이 상징을 쓰는 악령이 뭐죠?"

"초르트." 니콜라이가 건반 세 개를 부드럽게 누르며 말했다. 불협화음이었다. "사탄이라고도 하죠."


오후가 되자, 올레우그 시버첸은 비에르비카 쪽으로 난 발코니의 유리문을 열었다. 그러고는 의자에 앉아 빨간 기차가 집 옆으로 미끄러지듯 지나가는 것을 바라보았다. 1891년에 지어진 이 붉은 벽돌 저택은(건축가의 이름을 따 발레 저택이라고 불렸다) 꽤나 평범했지만 위치만큼은 매우 특별했다. 오슬로 중앙역 바로 앞, 선로들이 지나다니는 영역 안쪽, 그것도 선로 옆에 홀로 덩그러니 서 있었기 때문이다. 가장 가까운 이웃이라고 해봐야 노르웨이 철도 소유의 야트막한 창고와 작업장뿐이었다. 발레 저택은 역장과 그의 가족, 하인들의 숙소로 지어졌기 때문에 벽이 매우 두꺼웠다. 기차가 지나갈 때마다 역장 부부가 잠을 깨는 일이 없도록 하기 위해서였다. 게다가 역장은 건축업자에게(그가 이 집의 공사를 맡을 수 있었던 이유도 벽을 유달리 단단하게 만드는 특수 회반죽을 사용했기 때문이다) 벽을 더욱 두껍게 해달라고 주문했다. 혹시라도 선로를 탈선한 기차가 이 저택을 들이받을 경우, 충돌로 인해 가장 큰 피해를 입는 것은 그와 그의 가족이 아니라 기관사가 되어야 했기 때문이다. 지금까지는 어떤 기차도 이토록 이상하게 고립되어 있는 역장의 우아한 저택을 들이받지 않았다. 선로가 꼭 햇볕을 받은 뱀처럼 희끄무레한 빛을 내뿜으며 구불구불 지나가는 황폐한 검은 자갈밭 위의 그 저택은 공중누각처럼 보였다.

올레우그는 눈을 감고 따뜻한 햇볕을 쬐었다.

젊은 시절에는 그녀도 햇볕이 싫었다. 햇볕을 쬐면 피부가 빨갛게 변해 간질거리는 탓에 늘 고향인 노르웨이 북서부의 시원하고 습한 여름이 그리웠다. 하지만 이렇게 늙고 나니(그녀의 나이 거의 여든이었다) 이제는 추위보다는 더위가, 어둠보다는 빛이, 고독보다는 사람들과 함께 있는 것이, 침묵보다는 소리가 더 좋았다.

그녀가 저 선로를 따라 아베뢰야에서 오슬로로 왔던 해인 1941년에만 해도 그렇지 않았다. 오슬로로 상경한 이유는 나치 친위대 분대장 부부가 살았던 발레 저택에서 하녀로 일하기 위해서였다. 분대장 에른스트 슈바베는 키가 크고 잘생긴 남자였으며, 그의 아내 란디는 귀족 집안 출신이었다. 처음 며칠 동안, 올레우그는 잔뜩 겁을 먹었다. 하지만 이내 독일인들이 명성을 떨치는 자질인 철두철미함과 정확성으로 자신이 맡은 일만 해낸다면 겁먹을 이유가 없다는 것을 깨달았다.

에른스트 슈바베는 독일 국방군 수송대인 WLTA 담당자로, 본인이 직접 선로 옆의 발레 저택을 선택했다. 그의 아내 란디 역시 WLTA에서 일하는 듯했으나 군복을 입은 모습은 한 번도 보지 못했다. 올레우그의 방은 남향으로 정원과 선로를 내려다보았다. 상경한 지 처음 몇 주 동안은 오랫동안 덜컹거리며 지나가는 기차 소리, 귀를 찌를 듯한 호각 소리, 그 외 도심의 모든 소리 때문에 밤새 잠을 이루지 못했지만 점차 소리에 익숙해졌다. 그로부터 1년

후, 처음 휴가를 얻어 고향으로 내려가 어릴 때부터 살았던 집의 침대에 누워 침묵과 공허함을 듣고 있노라니 삶과 살아 있는 사람들의 소리가 못 견디게 그리웠다.

살아 있는 사람들, 전쟁 중 발레 저택은 사람들이 끊이질 않았다. 슈바베 부부는 사교 활동에 열심이었고, 그들이 주최하는 파티에는 독일인과 노르웨이인들이 모두 참석했다. 당시 독일 국방군이 주최한 파티에 참석해 먹고 마시고 담배를 피웠던 노르웨이 명사들이 누구였는지 세상에 알릴 수 있다면 좋으련만. 전쟁이 끝나고 그녀에게 떨어진 첫 번째 명령 가운데 하나는 그동안 보관하고 있었던 손님들의 네임 카드*를 태우는 것이었다. 그녀는 명령대로 했고 그 사실을 아무에게도 말하지 않았다. 물론 가끔씩 그 카드에 적힌 이름의 주인공들이 신문에 나와 독일 식민치하라는 굴레에서 어떤 삶을 살았는지 떠들어댈 때면 그 비밀을 발설하고픈 충동이 들기도 했다. 하지만 그녀는 입을 꼭 다물었다. 오직 한 가지 이유에서였다. 전쟁이 끝나자마자 그들은 올레우그의 어린 아들을 데려가겠다고 협박했었다. 세상에서 그녀의 유일한, 그리고 가장 소중한 소유물인 아들을. 그 두려움은 지금까지도 그녀의 마음속에 뿌리 깊게 남아 있었다.

올레우그는 약해진 햇살 속에서 실눈을 떴다. 기세가 한풀 꺾이기는 했어도 햇볕은 여전히 강렬했다. 하루 종일 반짝거리며 창틀 아래의 화분에 심은 그녀의 꽃들을 모조리 말려 죽일 기세였다. 올레우그는 미소를 지었다. 맙소사, 그녀는 얼마나 어렸던가. 누구도 그렇게 어릴 수는 없었을 것이다. 그녀가 다시 그 시절로 돌아가고

---

* 파티에서 테이블에 놓아두는 카드로 그 자리에 앉을 사람의 이름이 적혀 있다.

싫을까? 딱히 그렇지는 않았다. 하지만 말벗, 삶, 집 안에 북적이던 사람들은 그리웠다. 노인들의 외롭다는 말이 무슨 뜻인지 전에는 몰랐지만 이제는……

혼자라는 사실보다 자신을 필요로 하는 사람이 없다는 게 힘들었다. 아침에 눈을 떴을 때 자신이 오늘 하루 종일 침대에 누워 있다 한들 그로 인해 곤란해질 사람이 아무도 없다는 게 몹시 슬펐다.

그래서 그녀는 하숙인을 들였다. 트뢴델라그 출신의 쾌활한 아가씨로 이나라고 했다.

생각해보면 올레우그가 오슬로로 상경했을 때보다 겨우 두세 살 더 많은 이나가 하녀 시절에 그녀가 썼던 방을 쓴다는 사실이 참 신기했다. 아마도 이나는 뜬눈으로 밤을 지새우며 이 도심의 소음에서 벗어나 트뢴델라그 북쪽 어딘가에 위치한 조용하고 작은 고향 마을로 돌아가고 싶어 할 것이다.

물론 올레우그의 생각이 틀렸을 수도 있다. 이나에게는 남자친구가 있었기 때문이다. 올레우그는 아직까지 그를 만나는 건 고사하고 얼핏 본 적도 없었다. 하지만 침실에 있으면 뒷계단을 올라가 이나의 방으로 들어가는 남자의 발소리가 들렸다. 올레우그가 하녀였던 시절과 달리 이나에게 방에 남자를 들이지 말라고 명령하는 건 불가능했다. 어차피 그런 말을 하고 싶은 마음도 없었지만. 올레우그의 유일한 희망은 아무도 이나를 빼앗아가지 않는 것이었다. 그녀에게 이나는 가까운 친구였고, 심지어 딸 같은 존재였다. 그녀가 가져본 적이 없는 딸.

하지만 올레우그는 알고 있었다. 나이 많은 여자와 젊은 여자의 관계에서 우정을 쌓는 것은 전적으로 젊은 여자 쪽에 달렸다는 것을. 그래서 그녀는 너무 나서지 않으려고 조심했다. 이나는 늘 다정했으나 아마도 그것은 월세가 싸기 때문일 것이라고 올레우그는 생각했다.

두 사람 사이에는 일종의 정해진 의식이 있었다. 저녁이 되면 올레우그는 차를 만들었고, 쟁반에 차와 비스킷을 담아 7시쯤 이나의 방문을 두드렸다. 올레우그는 이나의 방에서 차를 마시는 게 더 좋았다. 이상하게도 이 집에서 마음이 가장 편한 장소는 여전히 그 방이었다. 두 사람은 햇볕 아래서 온갖 이야기를 나누었다. 특히 이나는 전쟁 시절, 그리고 당시 발레 저택에서 있었던 일에 관심이 많았다. 그래서 올레우그는 그 시절의 이야기를 들려주었다. 에른스트와 란디 부부가 얼마나 서로를 사랑했는지, 두 사람이 거실에 앉아 그저 이야기를 나누고, 서로를 부드럽게 어루만지고, 머리카락을 넘겨주고, 어깨에 머리를 기댄 채 얼마나 많은 시간을 보냈는지. 그리고 가끔씩 자신이 부엌문 뒤에서 그들을 몰래 지켜보았던 일까지. 그녀는 에른스트 슈바베의 꼿꼿한 체형과 숱이 많은 검은 머리, 높고 훤한 이마를 바라보곤 했었다. 또한 농담과 진지함, 분노와 웃음, 중요한 일을 처리할 때의 자신감과 사소하고 작은 일을 처리할 때의 소년 같은 혼란스러움을 오가던 그의 눈동자도. 하지만 그녀의 시선이 주로 향했던 곳은 란디 슈바베의 윤기 흐르는 빨간 머리카락과 날씬하고 하얀 목, 그리고 진푸른색 원 안에서 연푸른색 홍채가 반짝거리는 눈동자였다. 올레우그는 평생 그렇게 아름다운 눈동자는 본 적이 없었다.

그렇게 부엌문 뒤에서 두 사람을 바라보며 올레우그는 두 사람이 천생연분이자 소울메이트이고, 세상 무엇도 두 사람을 갈라놓을 수 없을 거라고 생각했다. 하지만 발레 저택에서 열리는 파티의 행복한 분위기는 손님들이 떠나자마자 맹렬한 말다툼과 함께 깨지

기도 했었다.

에른스트 슈바베가 올레우그의 침실 문을 두드린 것도 그런 말다툼이 벌어졌던 밤이었다. 그는 불도 켜지 않은 채 침대 가장자리에 앉아 아내가 발끈해서 집을 나갔고, 오늘 밤은 호텔에서 자고 올 거라고 했다. 올레우그는 그의 입에서 풍기는 술 냄새를 맡을 수 있었다. 하지만 너무도 어렸기에 자신보다 스무 살이나 많은 남자, 자신이 존경하고 흠모하며 심지어 약간 사랑하기도 하는 남자가 자신에게 잠옷을 벗고 알몸을 보여달라고 말하자, 어떻게 해야 할지 알 수 없었다.

그날 밤, 그는 그녀를 만지지 않았다. 그저 바라만 보며 그녀의 뺨을 쓰다듬고 그녀가 아름답다고, 그녀로서는 도저히 이해하지 못할 정도로 아름답다고 말하고는 일어나서 나갔다. 방에서 나가는 그의 얼굴은 금방이라도 눈물을 쏟을 것만 같았다.

올레우그는 자리에서 일어나 발코니 문을 닫았다. 7시가 다 되었다. 그녀는 뒷계단 꼭대기에 있는 이나의 방문을 슬쩍 훔쳐보았다. 문 앞 도어매트에 멋진 남자 신발 한 켤레가 놓여 있었다. 손님이 있는 모양이었다. 올레우그는 침대에 앉아 귀를 기울였다.

8시가 되자, 이나의 방문이 열렸다. 누군가가 신발을 신고 계단을 내려가는 소리가 들렸다. 하지만 그것 말고도 다른 소리, 마치 개의 발 같은 것이 슥 움직이며 긁는 듯한 소리도 났다. 그녀는 부엌으로 가서 차 마실 물을 끓였다.

몇 분 뒤, 이나의 방문을 두드렸지만 아무 소리도 들리지 않았다. 이상한 일이었다. 더군다나 방 안쪽에서는 부드러운 음악 소리가 흘러나오고 있었다.

그녀는 다시 노크했다. 하지만 여전히 대답이 없었다.

"이나?"

올레우그가 문을 밀자, 스르륵 문이 열렸다. 답답한 실내 공기가 제일 먼저 느껴졌다. 창문을 닫은데다 커튼까지 쳐서 방 안은 깜깜할 지경이었다.

"이나?"

아무 대답도 없었다. 아무래도 자는 모양이었다. 올레우그는 문지방을 넘어 침대가 있는 문 뒤를 보았다. 침대는 비어 있었다. 이상했다. 어둠에 적응한 그녀의 노안이 이나를 찾아냈다. 그녀는 창문 옆 흔들의자에 앉아 있었는데 잠든 듯했다. 두 눈은 감겨 있었고 머리가 한쪽으로 기울어져 있었다. 올레우그는 이 나지막이 웅웅거리는 음악 소리가 대체 어디서 흘러나오는 것인지 알 수 없었다.

그녀는 흔들의자로 다가갔다.

"이나?"

그녀의 하숙생은 아무 반응이 없었다. 올레우그는 한 손으로 쟁반을 든 채 다른 손을 부드럽게 이나의 뺨에 댔다.

부드러운 쿵 소리와 함께 찻주전자가 카펫에 떨어졌다. 곧 두 개의 찻잔과 독일 제국 시대의 문장인 독수리가 그려진 은색 설탕통, 접시, 여섯 개의 메릴랜드 쿠키가 그 뒤를 따랐다.


올레우그의 찻잔, 정확히 말하면 슈바베 가문의 찻잔이 바닥에 떨어진 바로 그 순간, 스톨레 에우네는 자신의 찻잔, 정확히 말하면 오슬로 경찰청 소유의 찻잔을 들어 올렸다.

비아르네 묄레르는 옆으로 삐죽 뻗어 나온 심리학자의 새끼손가락을 바라보며 에우네 박사가 여성스러운 척하는 것인지, 아니면 그냥 손가락이 우연히 뻗어 나온 것인지 생각했다.

묄레르는 자신의 사무실에서 회의를 소집했다. 에우네 말고도 이번 수사의 주역인 톰 볼레르, 해리 홀레, 베아테 뢴을 호출했다.

다들 지쳐 보였다. 가장 큰 이유는 가짜 퀵서비스 배달원의 존재를 알아내면서 생겨났던 희망이 시들기 시작했다는 것이리라.

방금 전 톰 볼레르는 텔레비전과 라디오를 통해 시민들에게 제보해달라고 발표했던 성명의 결과를 말해주었다. 총 스물네 통의 전화가 걸려왔는데 그중 열세 통은 뭘 봤든 안 봤든 늘 전화하는 단골이었다. 나머지 열한 통 중에서 일곱 통은 진짜 업무상으로 전화한 퀵서비스 배달원들이었다. 나머지 네 통의 제보는 경찰이 이미 알고 있는 사실을 알려주었을 뿐이었다. 다시 말해 월요일 오후 5시 무렵, 칼 베르네르 광장 근처에서 퀵서비스 배달원을 봤다는 전화였다. 다만 범인이 자전거를 타고 트론헤임스바이엔 가로 내려갔다는 사실을 새롭게 알게 되었다. 유일하게 흥미로운 사실을 제보해준 사람은 택시 기사였다. 그는 카밀라 로엔이 죽던 시간에 울레볼스바이엔 가의 예술 과학 학교 앞에서 헬멧과 고글을 쓰고 노란색과 검정색으로 된 셔츠를 입은 배달원을 봤다고 했다. 퀵서비스 업체 가운데 그날 그 시간, 울레볼스바이엔 가 근처에 배달 업무가 있었던 업체는 한 군데도 없었다. 그런데 한 퀵서비스 업체의 배달원에게서 전화가 걸려왔다. 자신이 맥주를 한잔하려고 상크트 한스헤우겐의 노천 레스토랑으로 가던 길에 울레볼스바이엔 가를 급히 지나갔다는 것이다.

"다시 말해, 시민들의 제보는 전혀 도움이 안 되었다는 뜻이로군." 묄레르가 말했다.

"아직 초기입니다."

묄레르는 고개를 끄덕였지만 표정으로 보아 별 위안이 안 되는 듯했다. 에우네를 제외한 이 방의 모든 사람들은 초기에 걸려오는 전화가 제일 중요하다는 것을 알고 있었다. 사람들의 기억력은 짧기 때문이다.

"일손이 부족한 법의학 협회에서는 뭐라고 하던가? 범인의 신원을 밝힐 만한 단서가 나왔나?" 묄레르가 물었다.

"아뇨. 현재 다른 검시를 다 미뤄두고 우리 시신을 우선적으로 부검하고 있지만 지금까지는 나온 게 없답니다. 정액도, 혈흔도, 머리카락도, 아무것도 나오지 않았대요. 범인이 남긴 유일한 물리적 단서는 총알구멍뿐입니다." 볼레르가 말했다.

"흥미롭군." 에우네가 말했다.

"뭐가 말입니까?" 다소 낙담한 표정으로 묄레르가 말했다.

"범인이 살해된 여성들을 성적으로 유린하지 않은 점 말일세. 연쇄 살인범으로서는 매우 드문 현상이거든."

"어쩌면 섹스가 목적이 아닌지도 모르죠." 묄레르가 말했다.

에우네는 고개를 저었다. "범인을 움직이는 건 늘 성적 동기라네. 늘."

"어쩌면 〈정원사 챈스의 외출Being There〉에 나오는 피터 셀러스 같은지도 모르죠. '나는 보는 게 좋습니다.'" 해리가 말했다.

다른 사람들이 무슨 뚱딴지같은 소리냐는 표정으로 그를 바라보았다.

"제 말은 범인이 성적 만족을 느끼기 위해 꼭 피해 여성들을 만져야 할 필요는 없다는 겁니다."

해리는 볼레르의 시선을 피했다.

"살인과 시신을 보는 것만으로도 충분할지 모르죠."

"그럴 수도 있겠군." 에우네가 말했다. "보통 범인은 오르가슴에 도달한 사정을 원하지만 범행 현장에 정액을 남기지 않고 사정했을 수도 있지. 아니면 통제력이 뛰어나서 안전해질 때까지 기다렸다가 했을 수도 있고."

2, 3초간 침묵이 흘렀다. 해리는 다들 지금 자신과 똑같은 생각을 한다는 걸 알고 있었다. 범인은 사라진 여인, 리스베트 발리를 어떻게 했을까?

"범죄 현장에서 발견된 총들은 어떤가?"

"확인해봤어요. 실험 결과, 살인에 사용된 무기일 확률이 99.9퍼센트예요." 베아테가 말했다.

"그 정도면 정확하군. 그 총을 어디서 구했을지 감이 잡히나?" 묄레르가 말했다.

베아테는 고개를 저었다. "이전에 발견된 총들과 마찬가지로 일련번호가 줄로 지워져 있었어요. 지워진 자국이 우리가 압수한 총들과 똑같아요."

"흠. 총기를 밀반입하는 거대 조직 설이 또다시 대두되는 건가? 국가정보국 친구들이 곧 수사에 착수하겠군, 안 그런가?" 묄레르가 말했다.

"인터폴이 4년 넘게 그 사건에 매달렸는데 아무 성과도 없었답니다." 볼레르가 말했다.

해리는 의자를 뒤로 기울인 채 볼레르를 몰래 훔쳐보았다. 놀랍게도 그는 볼레르에게 지금까지 한 번도 느껴본 적이 없는 감정을 느꼈다. 존경심. 살아남기 위해 자신이 해야 할 일을 완벽히 해내는 맹수를 볼 때 느껴지는 그 존경심이었다.

묄레르는 한숨을 쉬었다. "나도 알고 있네. 우린 3 대 0으로 지고 있는데 여전히 공은 구경조차 할 수 없는 꼴이지. 누구 묘안이 있는 사람 없나?"

"묘안인지는 잘 모르겠지만……."

"어서 말해보게, 해리."

"범행 현장을 보면서 느낀 육감이라고 할 수 있겠네요. 세 현장에 공통점이 있는데 아직은 딱 꼬집어낼 수가 없습니다. 첫 번째 살인은 울레볼스바이엔 가의 다락을 개조한 아파트에서 일어났습니다. 두 번째는 거기서 1킬로미터 북서쪽으로 옮겨간 산네르 가였고요. 세 번째는 거기서 또다시 1킬로미터 정도 이동했는데 이번에는 동쪽이었죠. 칼 베르네르 광장에 위치한 사무실. 범인은 계속 움직이는데 왠지 어떤 논리에 따라 움직이는 것 같은 기분이 듭니다."

"범인이 왜 그렇게 움직일까요?" 베아테가 물었다.

"자신의 영역을 구축하는 거지. 아마 심리학적 이유가 있지 않을까?" 해리가 대답했다.

묄레르가 고개를 돌려 에우네를 바라보자, 그는 차를 한 모금 마셨다.

"하실 말씀 없으십니까, 박사님?"

에우네는 얼굴을 찡그렸다. "제대로 된 얼 그레이가 아니로구만."

"차 말고요."

에우네는 한숨을 쉬었다.

"농담이네, 묄레르. 하지만 해리가 무슨 말을 하려는 건지는 알겠어. 범인이 범행의 지리적 위치를 매우 중요시한다는 거지. 대략적으로 보면, 이건 세 타입으로 분류되네."

에우네는 손가락을 하나씩 꼽았다.

"피해자를 자신의 집으로 유인하거나 강제로 끌고 와 죽이는 고착형 살인자. 제한된 지역에서만 범행을 저지르는 영역형 살인자. 이를테면 잭더리퍼는 홍등가에서만 살인을 했지. 하지만 대부분은 도시 전체를 자신의 영역으로 삼는다네. 그리고 마지막으로 방랑형 살인자. 아마도 이들은 자신이 저지른 살인에 가장 죄책감을 느끼는 부류일 거야. 오티스 툴과 헨리 리 루카스는 둘이 함께 미국의 각 주를 돌아다니며 300명 이상의 사람들을 죽였지."

"그렇군요. 하지만 자네가 말하는 논리가 뭔지는 잘 모르겠네, 해리." 묄레르가 말했다.

해리는 어깨를 으쓱였다.

"제가 말했다시피 이건 그냥 육감이니까요."

"세 사건의 공통점이 하나 있어요." 베아테가 말했다.

마치 원격조정기로 조정한 것처럼 다른 사람들이 일제히 그녀에게로 고개를 돌렸다. 베아테는 볼을 붉혔고, 괜히 말을 꺼냈다고 후회하는 듯했다. 하지만 그래도 꿋꿋하게 말을 이었다.

"범인은 여자들이 가장 안전하다고 느끼는 장소에 침범했어요. 피해자의 집, 백주대로, 회사의 여자 화장실."

"훌륭해, 베아테." 그렇게 말한 해리는 베아테로부터 스쳐가는 감사의 눈빛을 받았다.

"뛰어난 관찰력이네." 에우네도 맞장구쳤다. "범인의 이동 패턴에 관한 이야기가 나왔으니 한 가지 덧붙이고 싶군. 소시오패스에 속하는 살인자들은 종종 자신감이 넘친다네. 지금 이 사건처럼 말이야. 그들은 수사의 진행 상황을 면밀히 추적하면서 어떻게든 수사 현장에 가까이 접근하려고 노력하는 성격적 특성이 있지. 수사를 자신과 경찰 사이의 게임으로 보기도 하고. 많은 소시오패스들이 혼란에 빠진 경찰을 보는 게 즐겁다고 했네."

"그렇다면 지금 어딘가에서 누군가가 아주 흡족해하고 있겠군요."
묄레르는 그렇게 말하고 박수를 짝 쳤다. "자, 오늘은 그만하지."

"한 가지만 더요." 해리가 말했다. "범인이 피해자에게 남긴 다이아몬드 말입니다……."

"그게 왜?"

"오각형이잖아요. 펜타그램과 비슷하죠."

"비슷해? 내가 알기로는 정확히 펜타그램 같던데."

"펜타그램은 하나의 선이 끊어지지 않고 이어지며 서로 교차하여 만들어지죠."

"아하!" 에우네가 외쳤다. "그 펜타그램 말이로군. 황금분할을 이용해 그리는 아주 흥미로운 도형이지. 그건 그렇고, 바이킹 시절에 켈트족이 노르웨이인들을 기독교로 개종시키려고 했다는 설이 있네. 그래서 켈트족들은 남부 노르웨이 지도 위에 신성한 펜타그램을 그리고, 그걸 이용해 도시와 교회의 위치를 결정했다고 하지."

"다이아몬드가 왜요?" 베아테가 물었다.

"다이아몬드 자체를 말하는 게 아니라 모양 말이야. 펜타그램. 분명 범죄 현장 어딘가에서 그 도형을 봤는데 어디였는지 기억이 안 나. 헛소리처럼 들리겠지만 중요한 거 같아서."

"그러니까," 묄레르가 두 손으로 턱을 받치며 말했다. "확실히 기억나지 않는 뭔가가 기억나는데 그게 중요한 거 같다?"

해리는 양손으로 얼굴을 세게 문질렀다.

"범죄 현장에 가면 고도로 집중하는 탓에 우리의 뇌는 처리 한도를 훌쩍 넘어설 정도로 많은 것들을 받아들이죠. 그것들은 계속 뇌에 남아 있습니다. 그러다 무슨 일이 생기거나, 무언가 새로운 것이 불쑥 끼어들면서 퍼즐 한 조각이 다른 조각과 딱 맞아떨어지게 되죠. 하지만 첫 번째 조각이 어디서 온 건지는 기억이 안 납니다. 직감적으로 이게 중요하다는 느낌은 있는데 말이죠. 제가 이상한가요?"

"정신병 같구만." 에우네가 하품을 하며 말했다.

세 사람이 그를 바라보았다.

"내가 농담을 할 땐 최소한 미소라도 지어줄 순 없겠나? 그건 지극히 정상적인 두뇌라네, 해리. 전혀 걱정할 거 없어."

"여기 있는 네 사람의 뇌는 오늘 할 일을 충분히 한 것 같군요." 묄레르는 그렇게 말하며 자리에서 일어났다.

순간 그의 앞에 있던 전화가 울렸다.

"묄레릅니다……. 잠깐만요."

그는 전화기를 볼레르에게 넘겼다. 볼레르는 전화기를 받아 귀에 댔다.

"네."

다들 의자를 뒤로 밀며 자리에서 일어났지만 볼레르는 그들에게 기다리라고 손짓했다.

"잘됐군." 그는 그렇게 말하며 전화를 끊었다.

나머지 네 사람이 관심을 보이며 그에게로 몸을 돌렸다.

"제보 전화가 걸려왔답니다. 카밀라 로엔이 살해되던 금요일 오후에 구세주의 묘지 근처의 울레볼스바이엔 가에 있는 아파트 건물에서 한 남자가 자전거를 타고 나오는 걸 봤대요. 남자가 입에 하얀 천을 두르고 있던 게 특이해서 기억하고 있었답니다. 상크트한스헤우겐으로 맥주를 마시러 갔던 배달원은 하얀 천을 두르지 않았어요."

"그래서?"

"제보자가 아파트의 정확한 주소를 기억하지 못해서 스카레가 차로 그녀를 데리고 갔답니다. 그녀가 가리킨 건물은 카밀라 로엔의 아파트였고요."

묄레르는 손으로 책상을 세게 내려쳤다.

"됐어!"


올레우그는 한 손으로 목을 감싼 채 침대에 앉아 맥박이 서서히 정상으로 돌아가는 것을 느꼈다.

"간 떨어지는 줄 알았다." 그녀가 나지막이 속삭였다. 꽉 잠긴 목소리가 평상시와 완전히 달랐다.

"정말 죄송해요." 마지막으로 남은 메릴랜드 쿠키를 집으며 이나가 말했다. "들어오시는 소리를 못 들었어요."

"사과는 내가 해야지. 그렇게 불쑥 들어왔으니. 네가 그걸······ 끼고 있는 줄 몰랐어."

"이어폰요?" 이나가 웃음을 터뜨렸다. "제가 음악을 꽤 크게 틀었나 봐요. 콜 포터를 듣고 있었어요."

"너도 알다시피 난 요즘 음악은 잘 모른다."

"콜 포터는 옛날 재즈 뮤지션이에요. 벌써 죽었는걸요."

"아이고 저런, 너 같은 젊은 아가씨는 죽은 사람의 음악을 들으면 안 돼."

이나가 다시 웃었다. 조금 전, 이나는 무언가가 자신의 볼에 닿는 것을 느끼고 반사적으로 팔을 휘둘렀다가 찻잔이 놓여 있던 쟁반을 쳐버렸다. 카펫에는 아직도 하얀 설탕이 한 꺼풀 얇게 내려앉아 있었다.

"누가 제게 그의 음악을 들려줬어요."

"참 수수께끼 같은 미소로구나. 그 남자친구니?"

올레우그는 그렇게 물어놓고 곧바로 후회했다. 이나는 자신이 감시당한다고 생각할 터였다.

"글쎄요." 이나의 눈동자가 반짝거렸다.

"그럼 그 사람이 너보다 나이가 많겠구나. 그렇지?" 올레우그는 자신이 그를 훔쳐보지 않았다는 것을 넌지시 알리고 싶었다. "옛날 음악을 좋아하니 말이다."

올레우그는 이 말 역시 괜히 했다고 생각했다. 이나는 그녀가 남의 사생활을 꼬치꼬치 캐묻는다고 생각할 것이다. 남의 말 하기 좋아하는 늙은이처럼. 순간적으로 패닉 상태에 빠진 올레우그에게는 이나가 벌써 다른 집을 구해야겠다고 결심하는 것처럼 보였다.

"저보다 약간 많긴 하죠, 네."

하지만 이나가 장난스런 미소를 짓자, 올레우그는 갈피를 잡을 수가 없었다.

"부인과 슈바베 씨 정도 될 거예요."

올레우그는 이나와 함께 행복하게 웃었다. 이제야 안심이 되었다.

"상상해보세요. 그이는 지금 부인이 앉아 계신 바로 거기에 앉아 있었어요." 느닷없이 이나가 말했다.

올레우그는 손으로 침대 위의 담요를 쓰다듬었다.

"그랬구나."

"그날 저녁, 슈바베 씨가 울었던 건 부인을 가질 수 없었기 때문일까요?"

올레우그는 담요를 계속 쓰다듬었다. 손바닥 아래로 느껴지는 거친 울의 감촉이 좋았다.

"모르겠구나. 물어볼 엄두가 나지 않았어. 대신 뭐라고 대답할지 내가 결정했지. 내가 가장 좋아하는 대답, 밤마다 애지중지 키워오던 꿈을 말하기로. 그 후로 난 사랑에 푹 빠져버렸지."

"두 분이 함께 외출하신 적 있으세요?"

"응. 한 번은 슈바베 씨가 차를 운전해 날 뷔그되위에 데려갔지. 수영하러 갔었어. 사실 수영한 건 나 혼자였고, 그분은 앉아서 날 지켜보기만 했어. 날 님프라고 불렀단다."

"부인께서 임신하셨을 때 슈바베 부인은 아기 아빠가 자기 남편이라는 걸 알았나요?"

올레우그는 머뭇거리는 눈빛으로 이나를 바라보다 고개를 저었다.

"그 사람들은 1945년 5월에 노르웨이를 떠났단다. 그 후로는 두 번 다시 그들을 보지 못했어. 그해 7월이 되어서야 난 내가 임신했다는 걸 알았고."

올레우그는 손으로 담요를 찰싹 쳤다.

"하지만 내 얘기는 지겨울 테니 그만하고 네 얘기를 하자꾸나. 너의 남자친구는 어떤 사람이니?"

"좋은 사람이에요."

이나는 여전히 꿈꾸는 표정이었다. 올레우그에게서 그녀의 처음이자 마지막 사랑인 에른스트 슈바베에 대한 이야기를 들을 때와 같은 표정이었다.

"그이에게서 받은 게 있어요." 이나는 서랍을 열어 금색 리본이 묶인 작은 상자를 꺼냈다.

"우리가 약혼하기 전까지는 열어보지 말라더군요."

올레우그는 미소를 지으며 이나의 뺨을 쓰다듬었다. 그녀가 약혼한다니 덩달아 기뻤다.

"그 남자를 좋아하니?"

"그이는 다른 남자들하고 달라요. 뭐랄까…… 구식이에요. 천천히 가까워지고 싶어 해요. 제 말뜻 아시죠?"

올레우그는 고개를 끄덕였다. "널 진지하게 생각하는 것 같구나."

"네." 이나의 입에서 작은 한숨이 새어 나왔다.

"관계가 더 깊어지기 전에 이 남자가 네가 원하는 사람인지 확실히 해두렴." 올레우그가 말했다.

올레우그는 그 남자친구가 개를 기르는지 물어보려다 참았다. 꼬치꼬치 캐묻는 것은 이 정도로 충분하다. 그녀는 마지막으로 담요를 쓸어내리고 자리에서 일어났다.

"난 내려가서 다시 차를 가져오마."


그것은 계시였다. 기적이 아니라 계시.

다른 직원들이 모두 퇴근한 지 30분쯤 되었을 때였다. 해리는 리스베트 발리의 아파트 맞은편에 사는 두 여자들을 심문한 보고서를 막 다 읽은 참이었다. 책상 스탠드를 끄고 어둠 속에서 눈을 깜박였을 때 갑자기 그 생각이 떠올랐다. 어쩌면 잠을 자러 갈 때처럼 불을 꺼서인지도 모른다. 아니면 잠시 생각을 멈췄기 때문일 수도 있다. 이유가 뭐든 간에 마치 누군가 선명하고 또렷한 사진을 그의 코앞에 들이민 것 같았다.

해리는 범죄 현장의 열쇠들이 보관된 사무실로 가서, 자신이 찾던 열쇠를 찾았다. 그러고는 집으로 차를 몰아 손전등을 챙겨서 올레볼스바이엔 가로 걸어갔다. 자정이 다 된 시간이었다. 1층의 가게들은 모두 문을 닫았고, 세탁소도 불이 꺼져 있었다. 비석을 파는 가게의 쇼윈도에만 '고이 잠드소서'라는 문구에 조명이 환히 밝혀져 있었다.

해리는 카밀라 로엔의 아파트에 들어갔다.

가구를 비롯해 모든 게 그대로였는데도 그의 발소리가 울렸다. 마치 집주인의 사망으로 인해 집 안에 전에 없던 물리적 공동이 생긴 듯했다. 그와 동시에 집 안에 자기 혼자가 아니라는 느낌이 들었다. 그는 영혼의 존재를 믿었다. 딱히 신앙심이 두터워서가 아니라 시신을 볼 때마다 늘 똑같은 생각이 들었기 때문이다. 시신에서 무언가가 사라졌는데 그 무언가는 사후에 발생하는 시신의 물리적 변화 과정과 무관하다는 생각. 시신은 꼭 거미줄에 걸린 곤충의 빈 껍데기 같았다. 생명도 사라졌고, 빛도 사라졌고, 오래전에 폭발한 별들 주위에서 볼 수 있는 잔광의 환영마저 없었다. 시신에서는 영혼이 빠져나갔고, 그가 영혼을 믿게 된 것은 바로 그런 영혼의 부재 때문이었다.

그는 불을 켜지 않았다. 천장의 채광창을 통해 들어오는 달빛만으로도 충분했다. 침실로 곧장 들어가 손전등을 켜고, 침대 옆의 기둥을 비췄다. 그러고는 숨을 헉 들이쉬었다. 그의 처음 생각과 달리 그것은 삼각형을 품은 하트가 아니었다.

해리는 침대에 앉아 기둥에 새겨진 그 자국을 손끝으로 만져보았다. 오래된 갈색 나무 기둥 위의 그 자국은 매우 또렷한 것으로 보아 최근에 새겨진 것이 분명했다. 또한 끊지 않고 한 번에 새긴 것이었다. 하나의 긴 선이 계속 방향을 틀어 서로 교차하며 이뤄낸 모양이었다. 펜타그램.

해리는 손전등으로 바닥을 비췄다. 고운 먼지가 한 겹 내려앉아 있었고, 큰 먼지 뭉치도 두세 개 있었다. 카밀라 로엔이 죽기 전에 청소를 하지 않았다는 걸 알 수 있었다. 하지만 거기, 침대 위쪽 다리 옆에 그가 찾던 것이 있었다. 펜타그램을 새길 때 떨어진 나무 부스러기.

해리는 침대에 누웠다. 부드러운 매트리스가 푹 들어갔다. 기울어진 천장을 올려다보며 머리를 굴려보았다. 침대 위의 저 별을 새긴 사람이 정말로 범인이라면 그건 대체 무슨 의미일까?

"고이 잠드소서." 해리는 그렇게 중얼거리며 눈을 감았다.

너무 피곤해서 머리가 잘 돌아가지 않았다. 또 다른 질문이 그의 머릿속을 마구 휘저었다. 왜 처음에는 이 펜타그램을 알아보지 못했을까? 왜 별과 다이아몬드, 이 두 가지를 연결시키지 못했을까? 아니면 연결시켰을까? 어쩌면 그가 너무 성급했던 건지도 모른다. 그의 무의식은 펜타그램을 다른 것, 다른 범죄 현장에서 본 무언가와 연결시켰는데 그가 미처 끄집어내지 못한 것일 수도 있다.

그는 범죄 현장을 머릿속으로 그려보려 했다.

산네르 가의 리스베트. 칼 베르네르 광장의 바바라. 그리고 바로 옆 욕실의 카밀라. 그녀는 거의 벌거벗은 상태였다. 젖은 살결. 그는 그 살결을 만졌다. 더운 물 때문에 그녀는 실제 사망 시각보다 더 이후에 죽은 것처럼 보였다. 그는 그녀의 살결을 만졌다. 베아테가 그런 그를 바라보았다. 그런데도 멈출 수가 없었다. 마치 따뜻하고 부드러운 고무 위를 손가락으로 훑는 느낌이었다. 그는 고개를 들었고, 욕실에 시체와 단둘만 남았다는 사실을 알았다. 그제야 샤워기에서 떨어지는 따뜻한 물줄기가 느껴졌다. 그의 눈이 다시 아래로 향했다. 그녀가 눈에 이상한 광채를 띤 채 그를 올려다

보고 있었다. 그는 깜짝 놀라 두 손을 뗐다. 마치 전원이 꺼지는 텔레비전 모니터처럼 그녀의 시선이 점점 희미해져갔다. 그는 이상하다고 생각하며 한 손을 그녀의 볼에 대고 기다렸다. 샤워기에서 쏟아지는 뜨거운 물에 그의 옷이 흠뻑 젖어들었다. 그러자 눈의 광채가 서서히 돌아오기 시작했다. 이번에는 다른 쪽 손을 그녀의 배에 얹었다. 그녀의 눈동자가 살아났고, 손가락 아래로 그녀의 몸이 꿈틀거리는 것이 느껴졌다. 그는 자신의 손길이 그녀를 소생시켰다는 것을 알았다. 그의 손길이 없으면 그녀는 사라질 것이다. 죽을 것이다. 그는 그녀의 이마에 자신의 이마를 댔다. 물이 그의 옷속으로 흘러들어 살갗을 적셨고, 옷과 살갗 사이에 따뜻한 필터처럼 끼어들었다. 그제야 그는 그녀의 눈동자가 푸른색도, 갈색도 아니라는 것을 깨달았다. 그녀의 입술도 더 이상 창백하지 않고 붉은색이었다. 생명력으로 가득했다. 라켈. 그는 그녀의 입술에 자신의 입술을 포갰다가 흠칫 놀라 입술을 뗐다. 그녀의 입술이 얼음장처럼 차가웠기 때문이다.

그녀가 그를 바라보았다. 그녀의 입술이 움직였다.

"여기서 뭐 하는 겁니까?"

해리는 심장이 멎는 줄 알았다. 그 말의 메아리가 아직도 방 안에 감도는 것으로 보아 꿈이 아닌 게 분명했기 때문이다. 또 한편으로는 그것이 남자 목소리였기 때문이다. 하지만 가장 큰 이유는 누군가가 침대 발치에 서서 그를 내려다보고 있었기 때문이다.

그의 심장이 다시 빨리 뛰기 시작했고, 그는 몸을 홱 돌려 아직 불이 켜진 손전등을 찾아 더듬거렸다. 손전등이 부드러운 쿵 소리를 내며 바닥에 떨어지더니 데굴데굴 굴러갔다. 더불어 손전등의 빛줄기와 정체 모를 형체의 그림자도 벽을 타고 함께 굴러갔다.

다음 순간, 천장에 달린 조명에 불이 들어왔다.

해리는 눈이 부셔서 아무것도 볼 수 없었고, 그저 반사적으로 두 손을 들어 올려 얼굴을 가렸다. 1초가 지났다. 아무 일도 일어나지 않았다. 총알도, 주먹도 날아오지 않았다. 해리는 두 손을 내렸다.

그는 자기 앞에 서 있는 남자를 알아볼 수 있었다.

"대체 여기서 뭐 하는 겁니까?" 남자가 물었다.

남자는 핑크색 나이트가운을 입고 있었지만 자다가 일어난 것 같지는 않았다. 머리의 가르마가 한 치의 흐트러짐도 없었기 때문이다.

그는 안데르스 뉘고르였다.


"소리 때문에 잠에서 깼습니다." 안데르스는 그렇게 말하며 드립 커피가 담긴 잔을 해리 앞에 내밀었다. "처음에는 누군가가 윗집이 빈 걸 알고 몰래 들어온 줄 알았죠. 그래서 확인하려고 올라간 겁니다."

"이해합니다. 다만 전 제가 문을 잠근 줄 알았거든요." 해리가 말했다.

"제가 관리인의 열쇠를 가지고 있었습니다. 혹시 몰라서요."

뒤에서 발소리가 들리자, 해리는 돌아보았다.

비베케 크눗센이 가운 차림으로 문가에 서 있었다. 졸음이 가득한 얼굴에 빨간 머리카락은 사방으로 뻗어 있었다. 민낯으로 부엌의 강렬한 조명을 받으니 지난번에 봤을 때보다 늙어 보였다. 비베케는 부엌에 있는 해리를 보고 깜짝 놀랐다.

"무슨 일이야?" 그녀가 웅얼거리며 해리와 자신의 남자친구를 번갈아 보았다.

"카밀라의 아파트에서 뭘 좀 확인하는 중이었습니다." 그녀의 얼굴에 걱정스러운 기색이 비치자 해리가 얼른 대답했다. "침대에 앉아 잠깐 눈을 감고 쉰다는 게 그만 잠이 들었나 봅니다. 여기 계신 뉘고르 씨가 소리를 듣고 올라오는 바람에 잠에서 깼죠. 오늘 힘든 하루였거든요."

딱히 이유도 모른 채 해리는 보란 듯이 하품을 했다.

비베케는 남자친구를 바라보았다.

"뭘 입은 거야?"

안데르스 뉘고르는 그제야 자신이 뭘 입고 있는지 깨달았다는 듯이 핑크색 가운을 내려다보았다.

"이런. 꼭 여장남자 같겠군."

안데르스가 킥킥거렸다.

"자기 주려고 산 선물이야. 내 수트케이스 속에 들어 있었는데 급하게 나오느라 이것밖에 찾을 수가 없었어. 당신 줄게."

그는 끈을 풀더니 가운을 벗어 비베케에게 던졌다. 그녀는 움찔했지만 그래도 가운을 받았다.

"고마워." 어리둥절한 표정으로 그녀가 말했다.

"그건 그렇고, 웬일로 깼어?" 안데르스가 부드럽게 속삭였다. "수면제를 안 먹은 거야?"

비베케는 당황한 눈초리로 해리를 보았다.

"난 그만 잘게." 그녀는 중얼거리며 자리를 떴다.

안데르스는 커피메이커로 가서 다시 유리로 된 커피포트를 끼워 넣었다. 그의 등과 팔꿈치 위쪽까지는 백짓장처럼 창백한 반면, 팔꿈치 아래로는 갈색이었다. 한여름 대형 트럭 운전사의 팔처럼. 다리 역시 무릎을 중심으로 그렇게 흰색과 갈색으로 또렷하게 나뉘었다.

"원래 비베케는 밤새 죽은 듯이 잔답니다." 안데르스가 말했다.

"당신은 아니고요?"

"무슨 말이죠?"

"여자친구가 밤새 죽은 듯이 잔다는 걸 알고 있으니까요."

"본인이 그렇게 말하니까요."

"그런데 당신은 누군가가 위층에서 걸어 다니기만 해도 깨는군요."

안데르스는 해리를 보았다. 그러고는 고개를 끄덕였다.

"맞습니다, 반장님. 난 잠을 안 잡니다. 그 일이 있고 난 후로는 잠드는 게 쉽지 않더군요. 뜬눈으로 밤을 지새우며 머릿속으로 온갖 가설을 세우죠."

해리는 커피를 한 모금 마셨다. "우리에게 도움이 될 만한 가설도 있을까요?"

안데르스는 어깨를 으쓱였다.

"난 대량 학살에 대해서는 잘 모릅니다. 지금 벌어지고 있는 일이 그거라면요."

"아닙니다. 이건 연쇄 살인이죠. 대량 학살과는 크게 다릅니다."

"그렇군요. 근데 피해자들의 공통점을 눈치채셨습니까?"

"모두 젊은 여자라는 것 말고 또 있나요?"

"다들 문란한 여자들이죠. 혹은 문란했거나요."

"네?"

"신문에 다 나와 있잖습니까. 여자들의 과거만 봐도 자명하죠."

"리스베트 발리는 유부녀였습니다. 그리고 제가 알기로는 결혼 생활에 충실했고요."

246

"결혼한 후에는 물론 그랬겠죠, 네. 하지만 결혼 전에는 밴드와 함께 전국을 돌아다니며 파티에서 노래를 했습니다. 그 정도면 반장님도 짐작하실 텐데요. 안 그렇습니까?"

"흠. 그래서 그런 유사점을 통해 어떤 결론이 나왔나요?"

"생과 사의 결정권자 행세를 하는 살인자들은 스스로를 신과 같은 위치로 격상시키죠. 그리고 성경의 히브리서 13장 4절을 보면 하느님이 간음하는 자들을 심판한다고 나와 있습니다."

해리는 고개를 끄덕이고는 손목을 들어 시간을 확인했다.

"기억해두겠습니다."

안데르스는 커피잔을 만지작거렸다.

"찾던 물건은 찾았습니까?"

"그런 셈이죠. 펜타그램을 발견했습니다. 교회 물품을 취급하시니까 펜타그램이 뭔지 아시겠군요."

"오각형 별 말입니까?"

"네, 선 하나로 그리는 별이죠. 그 표식이 뭘 상징하는지 혹시 아십니까?"

해리는 테이블 위로 고개를 숙였지만 몰래 안데르스의 얼굴을 살폈다.

"잘 알죠. 5라는 숫자는 흑마술에서 가장 중요한 숫잡니다. 위를 향한 꼭짓점이 하나던가요, 둘이던가요?"

"하나였습니다."

"그렇다면 악마의 표식은 아니군요. 형사님이 말하는 건 아마도 활력과 열정의 상징일 겁니다. 어디서 찾으셨죠?"

"침대 위의 기둥에 있더군요."

"아, 그렇군요. 그렇다면 간단합니다."

"네?"

"마레코쉬Marekors, 악마의 별이죠."

"마레코쉬?"

"이교도의 상징입니다. 마레Mare를 쫓아내기 위해 침대나 문간 위에 새겨 넣곤 했죠."

"마레?"

"네, 악몽mareritt이라는 단어가 거기서 파생됐죠. 잠든 사람의 가슴에 앉아 그 사람이 악몽을 꾸게 하는 여자 악령입니다. 이교도들은 마레가 유령이라고 생각했습니다. '마레'의 어원이 인도게르만어족의 '메르mer'라는 걸 감안하면 이상한 일도 아니죠."

"제가 인도게르만어족에 대해서는 잘 몰라서요."

"메르는 '죽음'을 뜻합니다." 안데르스는 자신의 커피잔을 내려다보았다. "정확히 말하면, '살인'이죠."


해리가 집에 도착했을 때 자동응답기에는 메시지가 남겨져 있었다. 라켈이었다. 내일 프롱네르 공원에 있는 수영장에서 올레그를 봐줄 수 있는지 알고 싶어 했다. 자신은 3시부터 5시까지 치과 예약이 되어 있다고 했다. 올레그의 부탁이야, 라고 그녀는 말했다.

해리는 의자에 앉아 메시지를 듣고 또 들으며, 며칠 전에 누군가가 남긴 메시지에서처럼 숨소리가 들리는지 살폈지만 결국 포기했다.

그는 옷을 벗고 알몸으로 침대에 들어갔다. 어젯밤부터 이불에서 커버를 벗겨내 커버만 덮고 잤다. 한동안 커버를 발로 이리저리 차다가 잠이 들었는데 어쩌다 커버 입구에 발이 걸리는 바람에 천이 북 찢어졌고 그 소리에 화들짝 놀라 잠에서 깼다. 창밖의 어둠은 이미 회색빛을 띠고 있었다. 그는 커버의 찢어진 부분을 바닥에 던져버리고 벽으로 돌아누웠다.

그러자 그녀가 왔다. 그녀는 그의 위에 올라타더니 그의 입에 굴레를 씌우고 잡아당겼다. 그의 머리가 좌우로 돌아갔다. 그녀가 몸을 낮추더니 그의 귀에 뜨거운 입김을 불어넣었다. 불을 뿜는 용이었다. 말없는 메시지, 쉿 하는 소리, 전화기의 자동응답기. 그녀가 채찍으로 그의 허벅지와 옆구리를 찰싹 때리자 달콤한 통증이 밀려들었다. 이윽고 그녀가 말했다. 그가 사랑할 수 있는 여자는 자기뿐이니 처음부터 그 사실을 알아두는 게 좋을 거라고.

태양이 가장 높이 솟은 지붕의 기와 위에서 빛날 때까지도 그녀는 그를 놓아주지 않았다.

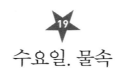

# 수요일. 물속

    오후 3시가 되기 조금 전, 프롱네르 공원의 야외 수영장 앞에 주차하던 해리는 오슬로에 남아 있던 사람들이 모두 어디로 갔는지 알 수 있었다. 티켓 창구 앞에는 대략 100미터 가량의 줄이 서 있었다. 염소 소독물로 구원받기 위한 줄이 조금씩 앞으로 움직이는 동안, 해리는 〈베르덴스 강〉을 읽었다.

    연쇄 살인사건에 관해 새로이 밝혀진 사실은 전혀 없었는데도 기자들에게는 네 면에 달하는 전면 기사를 쓸 만큼의 소재가 아직도 있는 모양이었다. 기사의 제목은 다소 모호했으며 지금까지 이 사건에 계속 관심을 가지고 읽어온 독자들을 겨냥하고 있었다. 언론은 이제 이 사건을 '퀵 배달원 살인사건'이라고 불렀다. 모든 정보가 공개되어 더는 경찰이 언론보다 한발 앞서 있다고 할 수도 없었다. 신문사 기자들의 아침 회의는 경찰청 수사관들의 회의와 똑같을 터였다. 해리는 목격자들의 진술을 읽었다. 경찰청에서 그들이 직접 심문했던 목격자들이건만 이상하게도 기사에서는 더 많은 것을 기억해냈다. 신문사에서 실시한 여론조사에 따르면 사람들은 이번 사건으로 인해 무섭거나, 매우 무섭거나, 겁이 난다고 대답했다. 또한 퀵서비스 업계는 만약 사람들이 문을 열어주지 않으면 자신들은 배달 일을 할 수 없기 때문에 정부 차원에서 보상이 필요하다, 결국 범인을 잡는 것은 정부의 책임이 아니냐고 했다. 퀵서비스 배달원 살인과 리스베트 발리의 실종, 이 둘 간의 연관성은 더는 짐작이 아닌 사실로 언급되었다. '언니의 역을 넘겨받다'라는 헤드라인 아래에는 토야 하랑과 빌리 발리가 국립극장 앞에 서 있는 사진이 실려 있었다. 사진 아래에는 이런 캡션이 달려 있었다. '에너지 넘치는 제작자, 공연을 취소할 의도 없다.'

해리의 눈이 기사를 죽 훑어내려 가다가 빌리 발리의 말이 인용된 부분에서 멈췄다.

"'쇼는 계속되어야 한다.' 이것은 단순히 상투적인 표현이 아니라, 우리 업계의 금과옥조입니다. 리스베트에게 무슨 일이 생겼든 간에 전 그녀가 우리를 응원해줄 거라고 믿습니다. 현재 상황으로부터 영향을 받지 않을 수는 없겠죠. 하지만 우리는 긍정적인 자세를 유지하려고 노력 중입니다. 이번 작품은 리스베트에게 바치는 헌사가 될 겁니다. 리스베트는 위대한 아티스트입니다. 아직 세상은 그녀의 잠재력을 알아보지 못했지만 곧 그렇게 될 겁니다. 저는 그럴 거라고 확신합니다."

마침내 수영장 입구를 통과한 해리는 걸음을 멈추고 주위를 둘러보았다. 그가 마지막으로 이 야외 수영장에 왔던 것이 분명 20년 전이었다. 하지만 건물의 외관을 개조하고, 수심이 얕은 쪽에 파란색의 대형 미끄럼틀을 설치한 것을 제외하면 별로 바뀐 것이 없었다. 진동하는 염소 냄새, 바람을 타고 샤워기에서 풀장 쪽으로 날아가며 작은 무지개를 만드는 물방울, 아스팔트 위를 차박차박 뛰어다니는 발소리, 젖은 수영복 차림으로 매점 앞 그늘에 줄을 서서 몸을 떠는 아이들, 모두가 그대로였다.

해리는 아동용 풀장 바로 아래, 비탈진 잔디밭에 앉아 있는 라켈과 올레그를 발견했다.

"안녕, 해리."

라켈의 입은 미소를 지었지만, 큼지막한 구찌 선글라스 뒤의 눈은 웃고 있는지 그렇지 않은지 알 수 없었다. 라켈은 노란색 비키니를 입고 있었다. 노란색 비키니가 잘 어울리는 여자는 드문데 라켈은 그중 하나였다.

"그거 알아요, 아저씨?" 올레그가 불쑥 말했다. 아이는 귀에 들어간 물을 빼려고 고개를 한쪽으로 기울인 채 흔들고 있었다. "나 5미터에서 뛰어내렸어요."

라켈과 올레그가 앉아 있는 러그가 충분히 넓은데도 해리는 그냥 잔디에 앉았다.

"이런 뻥쟁이를 봤나."

"정말이에요. 진짜라고요."

"5미터? 그렇다면 완전 스턴트맨인걸?"

"아저씨는 5미터에서 뛰어내린 적 있어요?"

"간신히."

"7미터는요?"

"배치기 다이빙이었지."

해리는 라켈에게 의미심장한 눈길을 던졌지만, 그녀는 올레그를 바라보고 있었다. 올레그는 갑자기 고개 흔들던 것을 멈추고 나지막이 물었다.

"10미터는요?"

해리는 다이빙 전용 풀장을 힐끗 올려다보았다. 즐거워서 못 견

디겠다는 비명과 확성기에 대고 소리치는 안전요원들의 거슬리는 목소리가 모두 그 풀장에서 흘러나오고 있었다. 10미터. 다이빙대는 파란 하늘을 배경으로 검은색과 흰색으로 된 T자처럼 우뚝 서 있었다. 그가 마지막으로 여기 왔던 때는 20년 전이 아니었다. 그로부터 몇 년 후, 어느 여름밤이었다. 그와 크리스틴은 담장을 넘어 이 안에 들어왔고, 다이빙대의 계단을 올라가 맨 꼭대기 다이빙 보드에 나란히 앉았다. 그렇게 앉아 밤새 이야기하고 또 이야기했다. 다이빙보드의 뻣뻣하고 거친 매트가 살갗을 파고들었고, 머리 위로는 밤하늘의 별들이 반짝거렸다. 내 인생의 여자는 크리스틴 하나뿐일 거라고 해리는 생각했었다.

"아니, 10미터에서는 한 번도 뛰어내린 적 없어."

"한 번도요?"

올레그의 목소리에 실망감이 감돌았다.

"응. 점프해서 뛰어내리는 정식 다이빙 말고 그냥 뚝 떨어진 적은 있지."

"점프 없이요?" 올레그가 벌떡 일어났다. "그건 더 멋있는 거잖아요. 보는 사람이 많았어요?"

해리는 고개를 저었다. "한밤중이라서 나 혼자뿐이었어."

올레그는 신음했다. "그럼 그게 다 무슨 소용이에요? 보는 사람이 없으면 용감하게 행동할 필요가 없잖아요……?"

"아저씨도 가끔은 그런 생각이 들어."

해리는 라켈과 눈을 마주치려고 했지만 그녀의 선글라스는 색깔이 너무 진했다. 라켈은 짐을 챙기더니 비키니 위로 티셔츠와 데님 미니스커트를 입었다.

"하지만 그게 가장 힘든 점이야. 아무도 보지 않는 상태에서 혼자 있는 거." 해리가 말했다.

"부탁 들어줘서 고마워, 해리. 정말 친절하네." 라켈이 말했다.

"천만에. 필요한 만큼 천천히 있다가 와."

"내가 아니라 의사에게 달렸지. 오래 걸리지는 않을 거야."

"어떻게 입수했어요?" 올레그가 물었다.

"평범하게." 라켈에게서 눈을 떼지 않은 채 해리가 말했다.

"5시에 돌아올 테니까 자리 옮기지 마." 그녀가 말했다.

"손가락 하나도 안 움직일게." 해리는 그렇게 말해놓고 곧바로 후회했다. 지금은 한심하게 굴 때가 아니었다. 좀 더 적당한 때가 있을 것이다.

해리는 라켈이 사라질 때까지 그녀의 뒷모습을 바라보았다. 요즘 같은 휴가철에 진료 약속을 잡기가 얼마나 힘들었을까?

"내가 5미터에서 뛰어내리는 거 볼래요?" 올레그가 말했다.

"그래." 해리가 티셔츠를 벗으며 말했다.

올레그는 해리의 벗은 상체를 바라보았다.

"아저씨는 선탠 안 해요?"

"그런 거 안 해."

올레그가 다이빙대에서 두 번 뛰어내린 후, 해리도 청바지를 벗고 다이빙대에 올라갔다. 해리 뒤에 서 있던 몇몇 소년들은 바탕에 EU 상징기가 그려지고 축 늘어지기까지 한 그의 사각 팬츠를 못마땅한 시선으로 바라보았다. 해리는 올레그에게 자신의 다이빙법을 설명하기 위해 손바닥을 위로 해서 손을 내밀었다.

"비결은 허공에 수평으로 떠 있는 거야. 진짜 이상하게 보이지. 사람들은 네가 팬케이크처럼 납작하게 떨어질 거라고 생각할 거야. 그런데 수면에 닿기 직전에……."

해리는 엄지와 검지를 맞대었다.

"······몸을 반으로 접는 거야. 잭나이프처럼. 그래서 손과 발이 동시에 입수하는 거지."

해리는 다이빙보드 위를 달려 점프했다. 그가 몸을 반으로 접어 이마가 수면에 닿는 순간, 안전요원의 호각 소리가 들렸다.

"이봐요, 아저씨, 5미터는 출입금지라고 했잖아요." 해리가 수면 위로 다시 올라왔을 때 귀에 거슬리는 확성기 소리가 들렸다.

올레그는 다이빙대에서 신호를 보냈고, 해리는 알아들었다는 뜻으로 올레그에게 엄지를 들어 보였다.

해리는 물 밖으로 나와 조심스럽게 계단을 내려갔다. 수영장 안이 들여다보이는 창문 옆에 가서 섰다. 초록색과 파란색의 물속 풍경을 바라보며 차가운 유리창을 손가락으로 쓸어내리고 물방울이 맺힌 곳에 그림을 그렸다. 위쪽 수면에서 수영복과 물장구치는 다리, 파란 하늘의 구름 윤곽선이 보였다. 언더워터가 생각났다.

그러자 올레그가 물속으로 떨어졌다. 물거품을 부글부글 일으키며 속도를 줄이더니, 수면 위로 올라가지 않고 발을 몇 번 차서 해리가 서 있는 창가로 왔다.

두 사람은 서로를 바라보았다. 올레그는 미소를 지으며 팔을 흔들고 손으로 해리를 가리켰다. 아이의 얼굴은 창백하고 푸르스름했다. 수영장 안쪽의 소리는 하나도 들리지 않았다. 그저 벙긋거리는 올레그의 입술과 머리 위로 둥둥 떠올라 해초처럼 춤을 추며 위를 가리키는 검은 머리카락만 보였다. 그걸 보자 해리는 무언가가 떠올랐다. 이 순간에는 생각하고 싶지 않은 무언가가. 유리 반대편에는 올레그가 있고, 하늘에서는 태양이 이글거리고, 삶의 온갖 즐거운 소리들에 둘러싸였지만 한편으로는 완벽한 정적 속에

우두커니 선 채 해리는 갑자기 끔찍한 일이 벌어질 거라는 예감이 들었다.

하지만 다음 순간, 올레그가 발을 탁 차며 그의 시야에서 사라짐과 동시에 그 예감은 잊히고 다른 감정으로 대체되었다. 해리는 꺼진 텔레비전 화면에 시선을 고정시킨 채 우두커니 서 있었다. 꺼진 텔레비전 화면. 물방울 위에 그가 그린 선들. 이제야 그걸 어디서 봤는지 기억이 났다.

"올레그!" 해리는 재빨리 계단을 올라갔다.


텔레비전 가게 주인인 칼은 전반적으로 사람에게 관심이 없었다. 이를테면 칼 베르네르 광장에서 20년 넘게 이 가게를 운영하고 있었는데도 자신과 이름이 같은 그 사람, 광장의 이름을 따온 그 사람에 대해 알아볼 정도의 관심조차 없었다. 또한 경찰 신분증을 내밀고 자기 앞에 서 있는 키 큰 남자와 젖은 머리로 남자 옆에 서 있는 소년에게도 관심이 없었다. 물론 이 형사가 말하는 여자, 길 건너 법률 사무소 화장실에서 죽은 채 발견되었다는 여자에게도 관심이 없었다. 지금 이 순간 칼이 유일하게 관심이 있는 사람은 〈비맨*〉의 표지에 실린 여자뿐이었다. 그녀가 몇 살인지, 정말로 퇸스베르그 출신인지, 그리고 지나가는 남자들이 볼 수 있도록 자기 집 아파트 발코니에서 알몸으로 선탠한다는 말이 사실인지.

"바바라 스벤센이 살해된 날에도 내가 찾아왔었죠." 형사가 말했다.

"당신이 그렇다면 그런 거겠죠." 칼이 말했다.

---

* Vi Menn, 노르웨이를 비롯한 스칸디나비아에서 인기 있는 성인잡지.

"진열장의 저 텔레비전 보이죠? 전원이 꺼진 거 말입니다." 형사가 손가락으로 가리키며 말했다.

"필립스 겁니다." 〈비 맨〉을 옆으로 밀며 칼이 말했다. "괜찮은 물건이죠. 50헤르츠에 평면 스크린입니다. 서라운드 음향에 텔레텍스트, 라디오 기능까지 있어요. 79크로네였는데 지금은 59크로네까지 내려갔습니다."

"누군가가 먼지 쌓인 모니터에 그림을 그려놨소. 보입니까?"

"알았습니다." 칼은 한숨을 쉬었다. "그럼 56으로 해드리죠."

"난 저 텔레비전에는 쥐뿔도 관심 없소. 다만, 저걸 누가 그렸는지 알고 싶단 말이오."

"왜요? 난 신고할 생각도 없는데?" 칼이 말했다.

형사는 카운터 위로 몸을 내밀었다. 얼굴빛으로 보건대 그의 대답이 마음에 들지 않는 모양이었다.

"내 말 잘 들어. 우린 지금 살인범을 찾고 있어. 근데 그놈이 여기 와서 텔레비전 모니터에 그림을 그렸다고 믿을 만한 근거가 있단 말이야. 이만하면 이유가 되겠어?"

칼은 말없이 고개를 끄덕였다.

"좋아. 그러니까 이제 잘 생각해봐."

뒤에서 문에 달린 종이 울리자, 형사가 뒤를 돌아보았다. 알루미늄 케이스를 든 여자가 문간에 서 있었다.

"필립스 텔레비전이야." 형사가 손으로 가리키며 말했다.

여자는 말없이 고개를 끄덕이더니 텔레비전이 있는 벽 앞에 쪼그리고 앉아 케이스를 열었다.

칼은 눈을 휘둥그렇게 뜬 채 그들을 바라보았다.

"생각나는 거 없어?"

그제야 이 일이 튄스베르그 출신의 리즈보다 더 중요하다는 생각이 들었다.

"가게에 오는 손님들을 다 기억할 수는 없는 노릇 아닙니까." 칼이 더듬거리며 말했다. 사실은 하나도 기억하지 못했지만.

원래 그랬다. 그에게 상대의 얼굴은 아무 의미도 없었다. 리즈의 얼굴도 이미 잊어버렸다.

"다 기억하라는 게 아냐. 이 사람만 기억해내라는 거지. 오늘 보니 손님도 별로 없는 것 같은데." 형사가 말했다.

칼은 체념한 표정으로 고개를 저었다.

"사진을 좀 보면 어떻겠어? 그 사람을 알아볼 수 있겠어?" 다시 형사가 물었다.

"글쎄요. 당신도 알아보지 못했으니……."

"아저씨……." 소년이 말했다.

"텔레비전 모니터에 뭔가를 그리는 사람을 보기는 한 거야?"

"아저씨……."

그날 칼은 가게에서 누군가를 보았다. 같은 날 저녁 이 형사가 찾아와 수상한 사람을 보았느냐고 물어본 기억이 났다. 문제는 그 사람이 딱히 아무 짓도 하지 않았다는 것이다. 그저 텔레비전 앞에 서서 화면을 바라보기만 했을 뿐이다. 그러니 뭐라고 말했어야 했을까? 얼굴도 기억나지 않는 누군가가 가게에 와서 수상하게 행동했다고? 그랬다가 덤으로 온갖 귀찮은 일에 휘말리고 원치 않는 관심까지 받으라고?

"아뇨. 텔레비전에 뭔가를 그리는 사람은 보지 못했어요." 칼이 말했다.

형사는 무어라고 혼잣말을 했다.

"아저씨……." 소년이 형사의 티셔츠를 잡았다. "5시예요."

형사는 앞으로 내밀었던 상체를 다시 뒤로 가져가더니 손목시계를 확인했다.

"베아테, 뭐 좀 보여?" 형사가 물었다.

"더 기다려봐야 해요. 손자국이 찍히기는 했는데 손가락을 끌었기 때문에 온전한 지문을 채취하기는 힘들어요." 여자가 말했다.

"나중에 전화해줘."

문에 달린 종이 다시 딸랑거렸고, 가게에는 칼과 알루미늄 케이스의 여인만 남게 되었다.

칼은 다시 퇸스베르그 출신의 리즈를 집어 들었다. 하지만 마음을 바꾸어 다시 그녀를 카운터에 내려놓고 여자가 있는 쪽으로 갔다. 여자는 아주 작은 브러시로 텔레비전 위에 뿌려놓은 가루 같은 것을 조심스럽게 털어내고 있었다. 그제야 보였다. 먼지 위에 그려진 도형이. 그는 가게에 들어가는 비용을 절약하고 있었기에 청소에도 많은 돈을 쓰지 않았다. 따라서 며칠이 지난 지금까지도 그 도형이 남아 있다는 것은 놀랄 일이 아니었다. 하지만 그 도형 자체는 놀라웠다.

"이게 뭘 그린 건가요?" 칼이 물었다.

"모르겠어요. 나도 명칭만 들었어요." 여자가 말했다.

"명칭이 뭔데요?"

"악마의 별."

259

# 수요일. 성당의 인부들

해리와 올레그는 야외 수영장에서 나오던 라켈과 마주쳤다. 그녀는 올레그에게 달려가 양팔로 아이를 껴안으며 해리를 무섭게 노려보았다.

"지금 뭐 하자는 거야?" 그녀가 속삭였다.

해리는 양팔을 축 늘어뜨린 채 다른 발로 체중을 옮겼다. 라켈에게 설명할 수도 있었다. 자신이 하고자 하는 일은 사람들의 생명을 구하려는 노력이라고. 하지만 그것도 거짓말일 것이다. 제멋대로 행동하면서 주위 사람들로 하여금 그 대가를 치르게 하는 일, 그것이 그가 하는 일이었다. 늘 그래 왔고 앞으로도 그럴 것이다. 혹시라도 그 과정에서 사람들의 목숨을 구하게 된다면 그건 어디까지나 덤이었다.

"미안해." 해리는 그냥 그렇게 말했다. 어쨌거나 미안한 것은 사실이었으니까.

"연쇄 살인범이 있었던 곳에 다녀왔어요." 올레그는 신나서 말했다가 기가 막히다는 엄마의 표정을 보고 멈칫했다.

"그게 –." 해리가 말문을 열었다.

"됐어." 라켈의 그의 말을 잘랐다. "말도 꺼내지 마."

해리는 어깨를 으쓱이며 올레그에게 슬픈 미소를 지었다.

"어쨌든 집까지 태워다줄게."

라켈이 어떻게 나올지는 보지 않아도 뻔했다. 그는 우두커니 서서 멀어지는 두 사람의 뒷모습을 바라보았다. 라켈은 앞서서 씩씩하게 걸어갔고, 올레그는 뒤를 돌아보며 손을 흔들었다. 해리도 손을 흔들었다.

감은 눈 너머로 햇빛이 쏟아져 내렸다.

구내식당은 경찰청 맨 꼭대기 층에 있었다. 해리는 문간에 서서 식당을 훑어보았다. 그에게 등을 돌린 채 앉아 있는 한 사람을 제외하고는 그 넓은 식당이 텅 비어 있었다. 해리는 프롱네르 공원에서 곧장 경찰청사로 왔다. 7층의 복도를 걸어오는 길에 톰 볼레르의 사무실을 확인했는데 불은 켜져 있었지만 사람은 없었다.

해리는 셔터가 내려진 카운터로 갔다. 식당 구석에 매달린 텔레비전에서는 복권 당첨 번호를 뽑고 있었다. 해리는 깔때기로 또르르 떨어지는 공을 바라보았다. 음량은 작게 줄여져 있었지만 여자가 "5번, 이번에는 5번입니다"라고 말하는 소리가 들렸다. 누군가는 행운을 잡았을 것이다. 식탁 의자가 뒤로 밀리는 소리가 들렸다.

"안녕, 해리. 영업 끝났어."

톰이었다.

"알아." 해리가 말했다.

해리는 라켈이 했던 말을 생각했다. 지금 자신이 뭘 하자는 건지.

"그냥 담배나 한 대 피우러 왔어."

해리는 옥상 테라스 쪽을 향해 고갯짓을 했다. 테라스라고는 하지만 실제로는 1년 내내 흡연실로 사용되었다.

옥상 테라스에서 바라보는 경치는 기가 막혔다. 하지만 건물 아래쪽과 마찬가지로 공기는 여전히 뜨겁고 정체되어 있었다. 오후의 태양이 비스듬히 기울어 비에르비카에 머물러 있었다. 비에르비카는 고속도로가 지나가는 곳이자 선적 컨테이너를 보관하는 부두들이 있었고 약쟁이들의 은신처였다. 하지만 이제 곧 오페라 하우스와 호텔, 백만장자의 아파트가 들어설 것이다. 부가 도시 전체를 강탈하기 시작했다. 해리는 아프리카의 강에 사는 메기가 생각났다. 몸집이 크고 검은 이 메기는 가뭄이 닥쳤을 때 더 깊은 곳으로 헤엄쳐 가야 한다는 것을 깨닫지 못한다. 그래서 결국에는 천천히 말라가는 진흙 웅덩이 속에 갇히고 만다. 모든 건물의 공사는 이미 시작되었다. 오후의 태양을 배경으로 크레인이 마치 기린 같은 실루엣으로 서 있었다.

"아주 근사할 거야."

해리는 톰이 다가오는 발소리조차 듣지 못했다.

"두고 봐야지."

해리는 담배를 꺼냈다. 뭐라고 대답해야 할지 알 수 없었다.

"너도 좋아하게 될 거야. 적응만 된다면." 볼레르가 말했다.

해리의 눈앞에 마지막 물마저 말라버린 진흙 웅덩이 속에 누운 메기가 보였다. 꼬리로는 바닥을 탁탁 치고, 입은 마치 대기에서 호흡하는 데 적응하려는 것처럼 활짝 벌어져 있었다.

"하지만 난 대답이 필요해, 해리. 네가 들어올 건지, 빠질 건지 알아야 한다고."

공기에 빠져 죽다. 어쩌면 메기의 죽음은 다른 죽음보다 딱히 나쁠 것이 없는지도 모른다. 비교적 편안한 죽음일 것이다.

"베아테가 전화했어. 텔레비전 가게의 지문을 채취했다더군." 해리가 말했다.

"그래?"

"일부밖에 없었대. 가게 주인은 기억하는 게 아무것도 없고."

"유감이군. 에우네 박사 말로는 스웨덴에서 기억이 없는 증인들에게 최면을 써서 좋은 결과를 얻기도 했대. 어쩌면 우리도 그걸 시도해야 할지 몰라."

"물론."

"그리고 오늘 오후 과학수사과에서 재미있는 정보를 알아냈어. 카밀라 로엔에 관해서."

"뭔데?"

"알고 보니 임신 중이었다더군. 2개월째였대. 하지만 그녀의 지인들은 아이 아빠가 누구일지 짐작도 못하더라고. 임신 사실이 그녀의 죽음과 큰 연관이 있는 것 같지는 않지만 흥미롭기는 해."

"음."

둘은 말없이 서 있었다. 볼레르는 난간으로 다가가 난간 밖으로 몸을 내밀었다.

"네가 날 싫어하는 거 알아, 해리. 하룻밤 새에 날 좋아해달라고 부탁하진 않겠어."

그는 뜸을 들였다.

"하지만 우리가 함께 일할 거라면 어딘가에서부터 시작은 해야 해. 서로에게 좀 더 마음을 열면 어떨까?"

"마음을 연다고?"

"응. 소름 끼쳐?"

"조금."

톰 볼레르는 미소 지었다. "동감이야. 하지만 너부터 시작해. 나에 대해 알고 싶은 게 있으면 뭐든 물어봐."

"알고 싶은 거?"

"그래. 뭐든."

"그때 총을 쏜 사람이 너……?" 해리는 말을 멈췄다. "좋아. 네가 어떤 행동을 하는 이유가 뭔지 알고 싶어."

"무슨 말이야?"

"너로 하여금 아침에 일어나서 어떤 일을 하게 만드는 게 뭐냐고. 네가 추구하는 것과 그 이유."

"알았어."

톰은 곰곰이 생각했다. 꽤 오랫동안. 그러더니 크레인을 가리켰다.

"저거 보여? 내 증조부는 서덜랜드 양 여섯 마리와 애버딘의 벽돌공 조합에서 써준 추천장을 가지고 스코틀랜드에서 이곳으로 이주했지. 아케르셀바 강을 따라 보이는 집들, 그리고 선로를 따라 동쪽에 있는 집들을 지으셨어. 나중에는 당신 자식들이 그 일을 이어받았고, 그 후에는 손자들이 그랬지. 우리 아버지 대까지. 할아버지는 노르웨이식 성을 썼지만 우리 가족이 오슬로 서부 지역으로 이사를 가면서 아버지는 원래 성으로 바꿨어. 볼레르. 벽이라는 뜻이지. 이름에 대한 자부심 때문이기도 했지만, 아버지는 안데르센이라는 성이 장래 판사에게는 어울리지 않는다고 생각하셨어."

해리는 볼레르를 바라보았다. 그의 턱에서 흉터 자국을 찾으려 했다.

"그럼 판사가 되려고 했단 말이야?"

"처음에 법학 공부를 시작했을 때는 그랬지. 그 일이 없었다면 아마도 계속 그랬을 거야."

"무슨 일?"

264

볼레르는 어깨를 으쓱였다.

"아버지가 근무 중에 사고로 돌아가셨어. 이상한 게 말이야, 아버지가 돌아가시면 불현듯 지금까지 자기가 했던 모든 결정이 사실은 자신뿐 아니라 아버지를 위한 것이었다는 걸 알게 되지. 난 내가 다른 법학과 학생들과 공통점이 하나도 없다는 걸 깨달았어. 난 철없는 이상주의자였던 거 같아. 정의라는 기치를 내걸고 현대의 민주주의를 진일보시키는 것이 목적이었지. 하지만 다른 학생들은 판사라는 직함을 얻고, 취직을 하고, 울레른에 사는 옆집 여자에게 잘 보일 정도로 돈을 버는 데에만 관심이 있었어. 뭐, 너도 법학을 전공했으니까……."

해리는 고개를 끄덕였다.

"유전자 때문인지도 모르지. 어쨌거나 난 늘 뭔가를 짓는 게 좋았어. 큰 건물을. 어릴 때도 레고로 거대한 궁전을 지었지. 다른 아이들보다 훨씬 크게. 법학을 전공하면서 난 내가 소심한 머리로 소심한 생각을 하면서 사는 사람들과 완전히 다르게 생겨먹었다는 걸 알게 됐어. 아버지가 돌아가신 지 두 달 후에 난 경찰대학에 지원했지."

"흠. 소문에 의하면 수석 졸업이었다던데?"

"차석."

"그래서 여기 경찰청에서도 네 궁전을 지어야 한다는 거야?"

"해야 하는 게 아냐. 해야 하는 건 없어, 해리. 어릴 때 다른 아이들의 레고를 뺏어다가 내 건물을 더 크게 만들곤 했지. 이건 무엇을 원하느냐의 문제야. 초라하고 시시한 삶을 사는 사람들을 위한 초라하고 시시한 집에서 살고 싶어? 아니면 너 자신보다 위대한 무언가, 네가 얻으려고 애쓰는 무언가를 가리키는 오페라 하우스와 대성당, 웅장한 건물을 갖고 싶어?"

볼레르는 손으로 강철 난간을 쓸어내렸다.

"성당을 짓는 일은 소명이야, 해리. 이탈리아에서는 성당을 짓다가 죽은 석공들에게 성인의 자격을 부여하지. 비록 성당이 인간을 위한 것이라고는 해도 인류 역사상 인간의 피와 뼈 위에 세워지지 않은 성당은 없어. 우리 할아버지는 늘 그렇게 말씀하셨지. 앞으로도 그럴 거고. 우리 가문의 피는 여기 보이는 숱한 건물의 반죽으로 쓰였어. 난 그저 더 많은 정의를 원할 뿐이야. 모든 사람을 위한 정의. 필요한 건축 자재가 있다면 얼마든지 쓸 거고."

해리는 담배의 불빛을 곰곰이 바라보았다.

"그래서 내가 건축자재다?"

"그렇게 표현할 수도 있겠지. 네가 대답을 원한다면 맞다고 할게. 내겐 다른 대안도 있지만……."

볼레르는 문장을 끝맺지 않았지만 해리는 어떻게 끝날지 알고 있었다. "……네게는 대안이 없지."

해리는 담배를 길게 빨아들인 후에 나지막이 물었다. "내가 합류하겠다고 하면 어떻게 되는 거야?"

볼레르는 한쪽 눈썹을 올리고 해리를 뚫어지게 바라본 후에야 대답했다.

"너에게 첫 번째 임무가 주어질 거야. 넌 혼자서 그 일을 해내야 하고 어떤 질문도 할 수 없어. 다른 사람들도 다 거친 과정이야. 충성의 표시지."

"그 임무가 뭔데?"

"때가 되면 알게 될 거야. 일단 그 일을 하게 되면 다시는 돌이킬 수 없어."

266

"법에 어긋나는 일인가?"

"아마도."

"아하. 그럼 네가 내 약점을 잡게 되고, 따라서 내가 널 밀고할 수 없게 되는 거로군."

"나라면 다르게 표현하겠지만 요점은 제대로 파악했어."

"그 임무가 대체 뭐야? 밀수?"

"아직은 말해줄 수 없어."

"내가 국가정보국이나 SEFO의 첩자가 아니라는 걸 어떻게 알지?"

볼레르는 난간 위로 몸을 더 내밀더니 아래를 가리켰다.

"저 여자 보여, 해리?"

해리는 난간 가장자리로 다가가 공원을 내려다보았다. 사람들이 여전히 잔디밭에 누운 채 스러지는 마지막 햇살을 붙잡으려 하고 있었다.

"노란 비키니를 입은 여자. 멋진 색깔이지, 안 그래?" 볼레르가 말했다.

해리의 뱃속이 요동쳤고, 해리는 내밀었던 몸을 다시 일으켰다.

"우린 바보가 아니야." 잔디밭에서 눈을 떼지 않은 채 볼레르가 말했다. "우리 편으로 끌어들이고 싶은 사람이 있으면 미행하지. 그 여자는 나이에 비해 어려 보이더군. 똑똑하고 독립적이고. 내가 본 바로는 말이야. 하지만 물론 그 여자도 같은 처지의 여자들과 원하는 게 똑같을 거야. 자신을 부양해줄 수 있는 남자. 그건 순수한 생물학이라고. 그리고 너에겐 시간이 많지 않아. 그런 여자는 주위에 남자가 끊이질 않으니까."

해리의 담배가 난간 너머로 떨어졌다. 불똥이 흩날렸다.

"어제 외스틀란 지역 전체에 화재 주의보가 발령된 거 몰라?" 볼레르가 말했다.

해리는 대답하지 않았다. 그저 그의 어깨에 볼레르의 손이 닿자, 몸이 부르르 떨렸다.

"엄밀히 말하자면 마감은 이미 지났어, 해리. 하지만 우리가 얼마나 친절한 사람들인지 보여주기 위해 이틀의 시간을 더 주지. 그때까지도 대답이 없으면 내 제안을 철회하겠어."

해리는 마른침을 꿀꺽 삼키며 한 마디라도 내뱉으려고 했다. 하지만 그의 혀가 말을 듣지 않았고, 침샘은 아프리카의 메마른 강바닥처럼 바짝 말라 있었다.

마침내 그의 입에서 간신히 한 마디가 나왔다.

"고마워."


베아테 뢴은 자신의 일을 즐겼다. 일의 정해진 절차, 일이 주는 안도감, 자신이 유능하다는 사실이 좋았다. 쉘베르그 가 21A의 과학수사과에 근무하는 다른 사람들도 그녀가 유능하다는 사실을 알고 있었다. 그녀가 삶에서 중요하게 생각하는 것은 오로지 일뿐이었기에 그것은 아침에 그녀를 일어나게 하는 충분한 이유가 되었다. 일 외의 나머지는 간주곡에 불과했다. 그녀는 옵살에 있는 어머니의 집에서 살았고, 2층을 혼자서 썼다. 두 사람은 사이좋게 잘 지냈다. 아버지가 살아 있을 때는 아버지와 훨씬 더 친했다. 아마도 그래서 아버지의 뒤를 이어 경찰이 되었을 것이다. 그녀에게는 취미도 없었다. 비록 해리와 같은 사무실을 쓰는 할보르센과 커플 비슷한 관계가 되기는 했지만 아직 두 사람이 연인이라는 확신은 없었다. 그녀가 읽었던 잡지에서는 이런 의심이 드는 것은 매우 자연스러운 현상이며 따라서 모험을 해봐야 한다고 했다. 베아테는 모험을 좋아하지 않았다. 의심이 드는 것도. 그녀가 자신의 일을 좋아하는 이유도 바로 그 때문이었다.

어른이 되면서 그녀는 누군가가 자신을 생각한다고 생각만 해도 볼이 붉어졌다. 또한 숨어 있을 수 있는 여러 가지 다른 방법을 고안해내며 대부분의 시간을 보냈다. 볼은 아직도 붉어졌지만 숨어 있을 만한 곳은 찾아냈다. 과학수사과의 낡은 적벽돌 건물 안에서는 몇 시간이고 앉아 있을 수 있었다. 완벽한 평화와 정적 속에서 지문이나 탄환 보고서, 비디오 녹화자료, 음성 분석을 연구하거나 DNA나 섬유 조직, 발자국, 혈액을 포함해 중요하면서도 복잡하고 논란의 여지가 많은 사건을 해결할 수도 있는 무한한 과학적 단서들을 분석하면서. 또한 그녀는 이 일이 보기보다 훨씬 덜 위험하다는 것을 알게 되었다. 큰 소리로 또렷하게 말하고, 망신을 당하거나 얼굴이 빨개지거나 옷차림에 대한 공포심을 그럭저럭 누르고, 이유도 모르는 수치심을 가득 안은 채 사람들 앞에 서 있을 수만 있다면. 쉘베르그 가의 사무실은 그녀의 성이었고, 하얀 가운과 업무는 그녀의 정신적 갑옷이었다.

벽시계가 새벽 12시 반을 가리켰을 때 사무실 전화가 울리며 그녀를 방해했다. 그녀는 리스베트 발리의 손가락에 관한 실험실의 보고서를 읽는 중이었다. 전화기 액정에 '모르는 번호'라는 글씨가 뜨자 심장 박동이 빨라지기 시작했다. 이 문구가 뜰 사람은 한 명뿐이었다.

"베아테 룐입니다."

그녀의 예상대로였다. 그가 속사포처럼 말을 쏟아냈다.

"왜 지문에 대해 내게 전화하지 않았지?"

베아테는 잠시 숨을 참았다가 대답했다.

"반장님이 당신에게 전해주겠다고 했어요."

"그래, 들었어. 다음번에는 나한테 먼저 전화하라고. 알았어?"

그녀는 침을 꿀꺽 삼켰다. 두려움 때문인지 분노 때문인지 알 수 없었다.

"알았어요."

"또 없어? 해리에게만 말하고 내겐 말하지 않은 거."

"없어요. 다만 우편으로 배달됐던 손가락의 손톱 밑에 있던 물질을 분석한 결과가 나왔어요."

"리스베트 발리의 손가락 말이야? 뭐가 나왔는데?"

"인분이 나왔어요."

"뭐?"

"똥이라고요."

"참 고맙군. 그게 뭔지는 나도 알아. 그 출처가 어딘지 알아?"

"음, 네."

"정정하지. 출처가 누군지 알아?"

"확실히는 모르지만 짐작은 할 수 있어요."

"그럼 어디 한번 말해봐."

"인분에 혈액이 묻어 있었는데 아마 치질 때문일 거예요. 이 경우에는 B형이었죠. 노르웨이 국민의 7퍼센트만이 B형이에요. 빌리 발리는 헌혈을 한 적이 있는데 그 사람 혈액형이 — ."

"알았어. 그래서 결론이 뭐야?"

"모르겠어요." 베아테가 얼른 대답했다.

"하지만 항문이 성감대라는 건 너도 알지, 베아테? 남자나 여자나 말이야. 벌써 잊었나?"

270

베아테는 두 눈을 꼭 감았다. 또 시작이다. 제발 좀 그만해. 그건 오래전 일이었고 그녀는 조금씩 잊는 중이었다. 온몸에서 그 기억을 몰아내는 중이었다. 하지만 그녀의 곁에는 늘 그의 목소리가 있었다. 뱀 껍질처럼 매끄러우면서도 질긴 목소리.

"넌 아주 조신한 척하는 데 소질이 있어, 베아테. 맘에 들어. 네가 그걸 원치 않는 척할 때 나도 아주 좋았거든."

당신도 알고, 나도 알고, 하지만 다른 사람들은 아무것도 모르지. 그녀는 생각했다.

"할보르센도 나처럼 해주나?"

"전화 끊어요." 베아테가 말했다.

그의 웃음소리가 그녀의 귓가에서 치직거렸다. 그제야 베아테는 알았다. 어디에도 숨을 곳은 없다는 것을. 그녀가 어디에 있든 그들은 그녀를 찾아낼 것이다. 살해된 세 여자들이 가장 안전하다고 느꼈던 곳에서 살해되었듯이. 성 따위는 존재하지 않았다. 갑옷도.


외위스테인이 테레세스 가의 택시 승강장에 주차한 채 롤링스톤스를 듣고 있을 때 전화가 울렸다.

"오슬로 택-."

"안녕, 외위스테인. 나 해리야. 차에 누구 탔어?"

"믹과 키스뿐이야."

"누구?"

"지상의 가장 위대한 밴드."

"외위스테인."

"왜?"

"롤링스톤스는 지상의 가장 위대한 밴드가 아니야. 두 번째로 위대한 밴드도 아니고. 지상에서 가장 과대평가된 밴드야. 그리고 'Wild Horses'를 작곡한 사람은 키스도 믹도 아니야. 그램 파슨스라고."

"그거 거짓말인 거 너도 알잖아! 전화 확 끊어버린다."

"여보세요? 외위스테인?"

"그럼 내 기분 풀어줘. 빨리."

"'Under My Thumb'은 나쁘지 않아. 'Exile On Main Street'도 한때는 좋았고."

"좋아. 용건이 뭐야?"

"도움이 필요해."

"지금 새벽 3시야. 이 시간에는 자고 있어야 하는 거 아냐?"

"잘 수가 없어. 눈을 감을 때마다 무서워 죽겠어."

"또 같은 악몽이야?"

"지옥의 신청곡이지."

"그 엘리베이터 꿈?"

"난 어떤 일이 벌어질지 정확히 알고 있고 매번 겁에 질려 있어. 얼마나 빨리 올 수 있어?"

"가기 싫어, 해리."

"얼마나 빨리 올 수 있냐고?"

외위스테인은 한숨을 쉬었다.

"6분쯤 걸릴 거야."

외위스테인이 계단을 올라가자 해리는 청바지만 입은 채 문간에 서 있었다.

그들은 불도 켜지 않은 채 거실에 앉았다.

"맥주 있나?" 외위스테인은 플레이스테이션 로고가 박힌 검은 모자를 벗고, 땀에 젖은 성긴 머리카락을 쓸어 넘겼다.

해리는 고개를 저었다.

"이거 받아." 외위스테인은 검은 카메라 필름 통을 테이블에 올려놓았다.

"공짜로 줄게. 플루니팜이야. 완전 뿅 갈 거야. 한 알이면 충분해."

해리는 필름 통을 바라보았다.

"그거 때문에 오라고 한 거 아냐, 외위스테인."

"아냐?"

"응. 암호를 어떻게 푸는지 알려줘. 어떻게 시작하는지."

"해킹 말이야?" 외위스테인은 놀란 눈으로 해리를 보았다. "암호를 풀어야 해?"

"그런 셈이야. 신문에 실린 연쇄 살인범 기사 봤어? 내 생각에는 그자가 우리에게 암호를 보내는 거 같아."

해리는 램프를 켰다. "이걸 봐."

외위스테인은 해리가 테이블에 올려놓은 종이를 바라보았다.

"별이야?"

"펜타그램이야. 범인이 사건 현장 두 곳에 이 도형을 남겼어. 하나는 침대 기둥에 새겨놓았고, 또 하나는 사건 현장 맞은편의 텔레비전 가게에 남겼지. 먼지 쌓인 텔레비전 모니터 위에."

외위스테인은 별을 바라보며 고개를 끄덕였다. "그래서 내가 이 별의 의미를 알려줄 수 있을 거라고 생각하는 거야?"

"아니." 해리는 두 손으로 머리를 감쌌다. "그건 아니지만 암호를 푸는 원리에 대해 알려줬으면 좋겠어."

"내가 푸는 암호는 수학적 암호야, 해리. 사람 간의 암호는 의미가 완전히 다르다고. 일례로 여자들이 하는 말은 내게 여전히 해독 불가야."

"이게 둘 다라고 상상해봐. 단순한 논리이자 동시에 숨겨진 의미가 있다고."

"좋아, 암호 기법에 대해 말해주지. 숨겨진 의미, 그걸 알아내기 위해서는 논리적인 사고와 소위 유추적인 사고 모두 필요해. 후자는 무의식과 직관, 다시 말해 자신이 이미 알고 있는데도 아직 깨닫지 못하는 걸 이용하는 거야. 그런 다음에 직선적 사고를 패턴의 인식과 결합시키는 거지. 앨런 튜링이라고 들어봤어?"

"아니."

"영국인이야. 2차 세계대전 중에 독일군의 암호를 해독했어. 간단히 말해 그 사람 덕분에 연합군이 승리한 거야. 튜링은 암호를 풀기 위해서는 무엇보다 상대가 어떤 관점에서 움직이고 있는지 알아야 한다고 했어."

"그게 무슨 뜻이야?"

"말하자면 글자와 숫자를 넘어서는 차원이라고 할 수 있지. 언어도 넘어서는 차원. '어떻게'는 모르지만 '왜'는 알려주는 대답. 이해하겠어?"

"아니, 하지만 어떻게 해야 하는지 말해봐."

"그거야 아무도 모르지. 신앙심이 돈독한 사람들이 가끔씩 미래를 내다보는 것과 같아. 재능에 가깝지."

"'왜'를 알아냈다고 치자. 그다음에는 어떻게 되는데?"

"갈 길이 멀어. 죽을 때까지 모든 배열을 다 해보는 거야."

"죽는 건 내가 아니야. 나한테는 짧은 길을 갈 시간밖에 없다고."

"내가 아는 방법은 한 가지뿐이야."

"말해봐."

"무아지경."

"웃기시네."

"농담 아니야. 자료를 계속 보다 보면 어느 순간 의식적 사고가 멈춰. 근육을 잡아당기면 쥐가 나면서 제멋대로 움직이는 것과 같아. 등산하다가 바위틈에 빠진 발이 경련을 일으키는 거 본 적 있어? 없다고? 아무튼 그것과 같은 원리야. 1988년에 난 나흘 동안 덴노르스케 은행의 계좌 시스템에 들어갔지. LSD에 약간 취한 상태로 말이야. 네 무의식이 암호를 깨면 넌 성공하는 거야. 그렇지 못하면…….

"못하면?"

외위스테인은 웃음을 터뜨렸다. "암호가 널 깨부술 거야. 정신과에 가면 나 같은 사람이 수두룩하다고."

"음. 무아지경이란 말이지?"

"무아지경. 직관. 그리고 의약품의 도움을 아주 약간만 받으면…….

해리는 검은 필름 통을 집어 눈앞으로 가져갔다.

"이거 알아, 외위스테인?"

"뭐?"

해리는 필름 통을 던졌고, 외위스테인은 그걸 받았다.

"'Under My Thumb'이 나쁘지 않다는 건 거짓말이야."

외위스테인은 필름 통을 테이블 가장자리에 내려놓고 신발끈을 묶었다. 유달리 너덜너덜한 이 푸마 운동화는 복고풍이 유행하기 한참 전에 구입한 것이었다.

"알아. 라켈하고는 좀 진전이 있어?"

해리는 고개를 저었다.

"그거 때문에 신경 쓰이는 거지?"

"어쩌면. 일자리를 하나 제안 받았어. 과연 거절할 수 있을지 잘 모르겠어."

"그 일자리가 일전에 내가 말한 택시 일이 아닌 건 분명하네."

해리는 빙그레 웃었다.

"미안. 난 경력에 관한 조언은 해줄 처지가 아니라서 말이야." 외 위스테인은 자리에서 일어났다. "이 통은 여기 두고 갈 테니까 네 마음대로 해."

## 21

# 목요일. 피그말리온

수석 웨이터는 자기 앞에 서 있는 남자를 머리끝에서 발끝까지 훑어보았다. 30년간 이 일을 한 덕분에 그에게는 골칫거리의 냄새를 맡을 수 있는 약간의 능력이 있었는데, 이 남자는 멀리서부터 악취가 풍겼다. 골칫거리라고 다 나쁜 건 아니었다. 사실 이 비엔나 극장 카페의 손님들도 가끔씩은 좋은 스캔들이 터지기를 기대하고 있었다. 하지만 그건 어디까지나 올바른 종류의 골칫거리였다. 이를테면, 이 카페에서 노래하던 젊고 야심만만한 가수가 갑자기 자신이 차세대 스타라고 노래한다든가, 술에 취한 전직 국립극장 주연 배우가 옆 테이블에 앉은 유명한 금융업자를 가리키면서 그의 장점은 동성애자라는 것뿐이며 따라서 자손을 보기는 글렀다고 큰 소리로 떠들어댔던 사건 같은 것들이다. 하지만 지금 수석 웨이터 앞에 서 있는 이 남자는 전혀 재치 있거나 독창적인 발언을 할 사람으로 보이지 않았다. 그의 외모는 좀 더 지루한 골칫거리를 암시했다. 미납 청구서라든가 술주정, 실랑이 같은. 처음에는 블랙진이나 빨간 코, 빡빡 깎은 머리 같은 외적 요소 때문에 국립극장 근처의 술집인 번스를 들락거리는 술 취한 무대감독들 중 한 명인가 보다 생각했다. 하지만 남자가 빌리 발리 씨와 이야기할 수 있 겠냐고 묻자, 수석 웨이터는 이 자가 토스트룹셸레렌의 시궁쥐가 틀림없다는 것을 깨달았다. 토스트룹셸레렌은 다스로켓*이라는 딱 맞는 이름의 노천 레스토랑 지하에 자리한 술집으로 신문기자들의 아지트였다. 수석 웨이터는 아름다운 아내가 극적으로 실종되어 가뜩이나 불쌍한 발리 씨를 아무 거리낌 없이 뜯어먹는 이런 독수 리 떼 같은 놈들을 경멸했다.

"찾으시는 분이 여기 계신 게 확실합니까?" 수석 웨이터는 그렇 게 물으며 예약자 명단을 바라보았다. 물론 그는 발리 씨가 늘 그 렇듯이 10시 정각에 나타나 늘 앉는 테이블에 앉아 있다는 것을 알고 있었다. 스토르팅스 가를 바라보는, 천장과 벽이 모두 유리로 된 베란다의 테이블이었다. 평소와 한 가지 다른 점이라면(이 때문 에 수석 웨이터는 발리 씨의 정신 상태가 심히 걱정스러웠다) 이 쾌활한 제작자가 요일을 착각해 늘 오는 수요일이 아닌 목요일에 왔다는 것이다.

"됐습니다. 찾았어요." 앞에 있던 남자는 그렇게 말하더니 사라 졌다.

해리는 사자 갈기 같은 머리를 보고 빌리 발리를 찾아냈다. 하지 만 가까이 다가갈수록 자신이 틀린 건 아닌지 의심스러웠다.

"발리 씨?"

"해리!"

빌리의 눈동자가 환해졌지만 그 빛은 이내 사라졌다. 볼은 쑥 꺼

* Dasslokket, 변기 뚜껑이라는 뜻.

278

졌고, 며칠 전까지만 해도 건강했던 구릿빛 피부는 허연 가루를 한 겹 뒤집어쓴 듯 핏기가 없었다. 한마디로 빌리 발리는 쪼그라든 것 같았다. 넓은 어깨마저도 더 좁아 보였다.

"청어 들겠소?" 빌리가 테이블을 가리키며 말했다. "여기 청어는 오슬로로 최고요. 매주 수요일마다 먹는다오. 심장에 좋다더군. 하지만 그것도 심장이 있을 때 얘기지. 그리고 이 카페에 오는 손님들은……." 빌리는 팔을 뻗어 거의 텅 비다시피 한 카페를 가리켰다.

"됐습니다." 자리에 앉으며 해리가 말했다.

"그럼 빵이라도 좀 들어요." 빌리가 빵 바구니를 내밀었다. "노르웨이에서 제대로 된 회향 빵을 먹을 수 있는 곳은 여기뿐이라오. 회향 씨앗이 통째로 들어가 있죠. 청어와 완벽한 궁합을 이룬다오."

"고맙습니다만 그냥 커피면 됩니다."

빌리는 웨이터에게 손짓했다.

"내가 여기 있는 건 어떻게 알았소?"

"극장에 갔습니다."

"그래요? 하지만 누가 날 찾거든 시내에 없다고 하랬는데. 그 기자들이……."

빌리는 자신의 목을 조르는 시늉을 했다. 해리는 그것이 빌리 본인의 상황을 나타낸 것인지, 아니면 기자들을 그렇게 하고 싶다는 뜻인지 알 수 없었다.

"경찰 신분증을 보여주고 중요한 일이라고 말했습니다." 해리가 말했다.

"잘했소. 잘했어."

웨이터가 커피잔을 들고 다가와, 이미 테이블에 있던 포트의 커피를 따르는 동안 빌리는 해리 앞의 어딘가를 멍하니 바라보았다. 웨이터가 물러나자 해리는 헛기침을 했다. 빌리는 움찔하며 다시 정신을 차렸다.

"나쁜 소식을 전하러 온 거라면 바로 말해줘요, 해리."

해리는 고개를 저으며 커피를 마셨다.

빌리는 눈을 감고 알아들을 수 없는 말을 중얼거렸다.

"연극은 어떻게 돼갑니까?"

빌리는 희미하게 미소를 지었다.

"어제 다그블라데 문화부 여기자에게 전화가 왔는데 똑같은 질문을 했소. 난 작품의 예술적 부분에 대해 설명했죠. 하지만 그 여자가 정말로 알고 싶었던 건 리스베트의 의문스러운 실종과 토야의 대역에 관한 보도가 흥행에 긍정적인 영향을 미쳤냐는 거였소."

빌리는 눈동자를 굴렸다.

"긍정적인 영향을 미쳤나요?" 해리가 물었다.

"지금 그걸 말이라고 하시오?"

빌리의 목소리가 불길하게 우렁거렸다.

"지금은 여름이오. 사람들은 알지도 못하는 여자의 실종을 슬퍼하기보다는 재미있게 놀고 싶어 한단 말이오. 우린 이번 작품의 가장 큰 흥행 요인을 잃었소. 리스베트 발리, 컨트리 음악계의 알려지지 않은 스타. 뮤지컬 개막 직전에 리스베트가 사라진 게 흥행에 좋을 리가 없잖소!"

식당 안쪽에 있던 몇몇 사람들이 고개를 돌려 그들을 바라보았지만 빌리는 여전히 큰 소리로 말을 이었다.

"티켓이 거의 팔리지 않았소. 물론 개막 공연은 제외하고. 개막일 티켓은 불티나게 팔렸소. 피에 굶주린 사람들은 스캔들 냄새를 기가 막히게 맡으니까. 한마디로, 해리, 이번 공연이 성공하는 길은 평론가들이 극찬해주는 것뿐이오. 하지만 지금으로서는…….”

빌리가 주먹으로 하얀 식탁보를 내려치자, 잔 속의 커피가 허공으로 튀어 올랐다.

“……흥행 따위는 전혀 중요치 않소!”

빌리는 해리를 바라보았다. 폭발한 그의 감정은 쉽게 사그라지지 않을 기세였다. 그런데 갑자기 보이지 않는 손이 그의 얼굴에서 분노를 말끔히 지워버렸다. 빌리는 마치 지금 여기가 어딘지 모르겠다는 듯이 멍한 표정을 지었다. 그러더니 얼굴을 실룩거리다가 두 손으로 얼른 얼굴을 가렸다. 수석 웨이터가 왠지 모르게 희망에 찬, 이상한 시선으로 그들을 바라보았다.

“미안해요.” 빌리가 손가락 뒤에서 웅얼거렸다. “평상시에는 이런 일이…… 요즘 잠을 통 못 자서…… 젠장, 완전 꼴불견이로군.”

그는 흐느꼈다. 울음과 웃음 사이 어딘가에서 나오는 듯한 소리였다. 그는 다시 한 손으로 테이블을 내려치더니 얼굴을 찡그렸다. 그러고는 찡그린 얼굴을 간신히 비틀어 절박하게 씩 웃었다.

“내가 뭘 도와주면 좋겠소, 해리? 보아하니 자기 연민에 빠진 표정이군요.”

“자기 연민?”

“슬프고 우울하고 기운이 없다는 뜻이오.”

빌리는 어깨를 으쓱이더니 청어와 빵을 포크로 찍어 입 속에 밀어 넣었다. 생선 비늘이 번들거렸다. 웨이터가 소리 없이 다가와 샤틀랭 상세르를 빌리의 잔에 따라주었다.

“불쾌할 정도로 사적인 질문을 하나 드려야겠습니다.” 해리가 말했다.

빌리는 와인과 함께 음식을 삼키며 고개를 저었다.

"사적일수록 덜 불쾌해요, 해리. 내가 예술가라는 거 잊었소?"

"그렇군요."

해리는 마음의 준비를 하기 위해 커피를 또 한 모금 마셨다.

"리스베트의 손톱 밑에서 인분과 혈액이 나왔습니다. 예비 분석을 해보니 당신 혈액형과 일치하더군요. DNA 테스트를 해야 할지 알고 싶어서 왔습니다."

빌리는 씹던 것을 멈추고 오른손 검지를 입술에 대더니 수심에 잠겨 허공을 바라보았다.

"아뇨. 번거롭게 그럴 필요 없소." 빌리가 말했다.

"그렇다면 리스베트의 손가락이 당신의…… 인분에 닿은 거군요."

"우리는 그녀가 실종되기 전날 밤에 사랑을 나눴소. 우리는 매일 밤마다 사랑을 나누죠. 집 안이 그렇게 덥지 않았다면 그날 낮에도 사랑을 나눴을 거요."

"그러면……."

"우리가 핑거퍼킹fingerfucking을 했는지 알고 싶은 거요?"

"네……?"

"리스베트가 손가락을 내 항문에 삽입했는지 알고 싶은 거냐고요. 우린 가능한 한 자주 했소. 하지만 조심해야 해요. 내 나이의 노르웨이인 60퍼센트처럼 나도 치질이 있다오. 그래서 리스베트는 절대 손톱을 길게 기르지 않았소. 당신도 핑거퍼킹을 하시오, 해리?"

커피를 마시던 해리는 사레가 들렸다.

"혼자서든 다른 사람하고든." 빌리가 물었다.

해리는 고개를 저었다.

"당신도 꼭 해야 해요. 특히 남자는. 무언가를 내 몸 속으로 받아들이는 것은 절대적으로 근원적인 감정을 건드린다오. 용기만 있다면 당신에게 상상했던 것보다 훨씬 더 다양한 감정이 있다는 걸알게 될 거요. 다른 사람이 들어오지 못하게 꽉 조이면 자기 혼자만 남죠. 하지만 자신을 열어서 스스로 약한 존재가 되고 신뢰를보여준다면, 말 그대로 타인에게 당신 안으로 들어올 수 있는 기회를 주는 거요."

빌리는 포크를 휘둘렀다.

"물론 위험이 따르는 일이긴 하죠. 상대가 당신을 파괴하고 안에서부터 당신을 난도질할 수 있으니까. 하지만 상대가 당신을 사랑할 수도 있어요. 그럼 당신은 그들의 사랑을 모두 받아들일 수 있소, 해리. 모두 당신 것이지. 흔히들 섹스를 할 때 남자가 여자를 소유한다지만 그게 어디 사실이요? 누가 누구를 소유한다는 거요?생각해봐요, 해리."

해리는 생각했다.

"예술가도 마찬가지요. 우리는 마음을 열고 스스로를 약한 존재로 만들어서 상대가 들어오게 해야 해요. 사랑받을 기회를 얻기 위해서는 내면부터 파괴될지도 모를 위험을 감수해야만 한다오. 이건 정말 위험 부담이 큰 스포츠요, 해리. 춤을 그만둔 게 얼마나 다행인지."

빌리가 미소 짓자, 양쪽 눈에서 눈물이 한 방울씩 흘러내렸다.볼을 타고 평행 활강으로 떨어진 눈물은 수염 속으로 사라졌다.

"그녀가 그립소, 해리."

해리는 식탁보를 뚫어지게 바라보았다. 그만 일어나서 나가야 하는 게 아닐까 생각했지만 그냥 앉아 있었다.

빌리는 손수건을 꺼내 요란한 트럼펫 소리를 내며 코를 풀더니 남아 있던 와인을 잔에 따랐다.

"아까 당신이 자기 연민에 빠진 것 같다고 했죠? 괜히 참견하고 싶지는 않지만 그 말을 할 때 생각해보니 당신은 늘 자기 연민에 빠진 표정이었소. 여자 때문이오?"

해리는 커피잔을 만지작거렸다.

"아니면 여자들?"

해리는 더 이상의 질문을 차단하는 대답을 할 작정이었다. 그런데 웬일인지 마음이 바뀌어 고개를 끄덕였다.

"원인은 늘 여자들이지. 그거 알고 있소? 누굴 떠나보낸 거요?"

해리는 빌리를 바라보았다. 털북숭이 제작자의 표정에는 무언가가 있었다. 고통스러운 진심과 경계하지 않는 솔직함. 그걸 보니 이 사람을 믿어도 되겠다는 마음이 들었다.

"제가 어릴 때 어머니가 병으로 돌아가셨죠." 해리가 말했다.

"그래서 어머니가 그리운 거요?"

"네."

"하지만 어머니 말고도 또 있죠? 안 그래요?"

해리는 어깨를 으쓱였다.

"6개월 전에 여자 동료가 살해됐습니다. 그리고 여자친구였던 라켈은……."

해리는 말을 멈췄다.

"계속 해봐요."

"재미없네요, 이런 얘기."

"그게 문제의 핵심인 거 같군요." 빌리는 한숨을 쉬었다. "두 사람이 각자의 길을 가기로 한 거 말이오."

"두 사람이 아니라 라켈만 그런 겁니다. 전 그녀의 마음을 돌리려는 중이에요."

"아하. 근데 왜 여자는 떠나고 싶어 하죠?"

"제가 이렇게 생겨 먹었으니까요. 말하자면 길지만 간단히 말해서 제가 문젭니다. 라켈은 제가 달라지길 원하고요."

"내게 좋은 생각이 있소. 라켈을 우리 공연에 데려와요."

"왜요?"

"'마이 페어 레이디'는 조각가인 피그말리온이 자신의 조각상인 아름다운 갈라테아와 사랑에 빠지는 그리스 신화를 바탕으로 하니까요. 피그말리온은 조각상과 결혼하기 위해 비너스에게 조각상을 사람으로 만들어달라고 애원하죠. 그리고 그 기도는 응답을 받습니다. 우리 공연을 보면 아마 라켈도 알게 될 겁니다. 우리가 상대방을 변화시키려 할 때 어떻게 되는지."

"잘못된다고요?"

"그 반대죠. '마이 페어 레이디'에서는 피그말리온이 히긴스 교수로 바뀌는데 그는 자신의 목표를 성공적으로 달성하죠. 난 해피엔딩으로 끝나는 작품만 제작한다오. 그게 내 인생의 모토거든. 해피엔딩이 없으면 지어내기라도 할 거요."

해리는 고개를 저으며 한쪽 입꼬리만 올린 채 씩 웃었다.

"라켈은 절 바꾸려 하지 않습니다. 똑똑한 여자거든요. 절 바꾸려는 대신 그저 자기의 길을 갈 겁니다."

"왠지 그녀는 당신이 돌아오기를 바라고 있다는 느낌이 드는군요. 오프닝 티켓을 두 장 보내드리죠."

빌리는 웨이터에게 계산서를 가져오라고 손짓했다.

"무슨 근거로 라켈이 제가 돌아오기를 바란다는 겁니까? 라켈에 대해서는 아무것도 모르시잖아요." 해리가 말했다.

"맞소. 내가 헛소리를 했군. 화이트 와인을 곁들인 브런치는 말만 좋지 할 짓이 못 돼. 지금만 해도 너무 많이 마셨어. 내 사과하리다."

웨이터가 계산서를 가져왔다. 빌리는 계산서를 보지도 않고 사인을 하더니 다른 것과 함께 달아두라고 했다. 웨이터가 계산서를 들고 갔다.

"하지만 연극 오프닝 공연에 여자를 데려와 VIP석에서 관람하는 일은 절대 실패하는 법이 없소." 빌리가 미소 지었다. "내 말 믿어요. 내가 수도 없이 실험해봤으니까."

빌리의 미소를 보자 해리는 아버지의 미소가 떠올랐다. 슬프고도 체념한 듯한 미소, 자신을 미소 짓게 하는 것은 과거에 있으므로 늘 과거만 바라보는 남자의 미소.

"말씀은 고맙습니다만 저는-."

"무조건 내 말대로 해요. 만약 두 사람이 현재 냉전 중이라면 최소한 전화할 수 있는 핑계라도 생기는 셈이잖소. 티켓을 두 장 보내줄게요, 해리. 리스베트도 좋아했을 거요. 토야의 실력도 많이 좋아졌고. 훌륭한 작품이 될 거요."

해리는 식탁보를 만지작거렸다.

"생각해보죠."

"좋아요. 그럼 난 낮잠 자러 가기 전에 일을 좀 해야겠소." 빌리가 자리에서 일어났다.

"그건 그렇고." 해리는 재킷 주머니에 손을 집어넣었다. "두 곳의 범죄 현장 근처에서 이 도형이 나왔습니다. 악마의 별이라고 하는 건데 혹시 리스베트가 실종된 후로 이걸 보신 적이 있습니까?"

빌리는 사진을 바라보았다.

"이런 건 본 적이 없는 것 같소."

해리는 사진을 다시 집기 위해 손을 뻗었다.

"잠깐만." 빌리는 수염을 긁적이며 다시 사진을 바라보았다.

해리는 기다렸다.

"본 적이 있어. 근데 어디였지?" 빌리가 말했다.

"아파트에서 보셨나요? 계단 옆에서? 길거리에서?"

빌리는 고개를 저었다.

"그런 곳이 아니었소. 최근도 아니었고. 아주 오래전에 어딘가에서 봤는데 그게 어디였지? 이게 중요한 거요?"

"그럴 수도 있습니다. 혹시라도 생각나면 연락 주십시오."

빌리와 헤어진 해리는 우두커니 서서 드람멘스바이엔 가를 올려다보았다. 트램 전선이 햇빛에 반짝거렸고, 아지랑이 때문에 트램은 둥둥 떠다니는 것처럼 보였다.

## 22

# 목요일과 금요일. 계시

짐 빔은 호밀과 보리, 알곡의 75퍼센트가 그대로 남아 있는 옥수수알을 이용해 만든다. 특히 이 옥수수알에서 스트레이트 위스키와 구별되는 버본의 달착지근하고 부드러운 맛이 비롯된다. 짐 빔에 들어가는 물은 켄터키 주 클레몬트에 있는 양조장 근처의 수원水源에서 가져온다. 이 양조장에서는 특별 효모를 만드는데 어떤 사람들은 그 효모가 1795년 제이콥 빔이 처음으로 짐 빔을 만들 때 사용했던 바로 그 레시피대로 만들어진다고 주장한다. 그렇게 만들어진 결과물은 최소한 4년 동안 보관되었다가 전 세계로 보내지는데, 해리 홀레도 그중 한 병을 구입했다. 해리는 제이콥 빔에게는 관심도 없었으며, 수원에 대한 헛소리도 파리스*의 수원에 관한 이야기처럼 상술에 불과하다고 생각했다. 그가 유일하게 신경 쓰는 것은 라벨에 작은 글씨로 적힌 알코올 함량뿐이었다.

해리는 손에 단검을 든 채 냉장고 앞에 서서 황갈색 액체가 든 병을 바라보고 있었다. 그는 발가벗은 상태였다. 침실의 열기에 못

---

* 노르웨이 산 생수.

이겨 아직까지 축축하고 염소 냄새가 나는 팬티마저 벗어버렸다.

오늘로 나흘째 금주였다. 가장 힘든 고비는 넘겼다고 그는 스스로를 타일렀다. 하지만 그것은 사실이 아니었다. 가장 힘든 고비는 이제부터 시작이었다. 한번은 에우네가 그에게 왜 술을 마시는 거 같냐고 물은 적이 있었다. 해리는 조금도 망설이지 않고 대답했다. "갈증이 나서요." 해리는 음주의 단점이 장점보다 부각되는 사회에 살고 있다는 사실을 여러 가지 방법으로 한탄했다. 그는 한 번도 원칙적인 이유로 금주를 한 적이 없었다. 그저 실용적인 이유에서 했을 뿐이다. 술고래로 산다는 것은 매우 지치는 일이었고, 그로 인한 보상이라고 해봐야 잠깐 동안의 권태롭고 비참한 삶과 육체적 통증뿐이었다. 알코올 중독자에게 인생이란 취기와 그 사이사이의 맨 정신으로 이뤄져 있었다. 취했을 때와 맨 정신일 때, 둘 중에서 어느 쪽이 진짜 삶인가 하는 철학적 문제에 대해서는 충분히 생각해보지 않았다. 그 답이 뭐든지 간에 어차피 그로 인해 삶이 더 나아지거나 더 나빠질 리가 없었기 때문이다. 알코올 중독자의 기본적인 삶의 법칙(지독한 갈증)에 의하면 좋은 것을 포함한 모든 것은 조만간 사라진다. 해리도 이 방정식을 믿었다. 라켈과 올레그를 만나기 전까지는. 두 사람을 만난 후로 그에게는 금주의 새로운 차원이 생겼지만 그렇다고 해서 알코올 중독자의 기본 법칙이 무효화되지는 않았다. 그리고 이제는 더 이상 악몽을 견딜 수가 없었다. 그녀의 비명 소리를 참을 수가 없었다. 그녀의 머리가 엘리베이터의 천장을 향해 올라가는 동안, 경직되고 죽은 듯한 그녀의 눈에 떠오른 공포를 바라볼 수가 없었다. 해리의 손은 찬장을 향해 움직였다. 온갖 수단과 방법을 다 동원해야 한다. 그는 짐 빔 옆에 단도를 놓고 찬장 문을 닫았다. 그러고는 침실로 돌아갔다.

불은 켜지 않았다. 한 줄기 달빛이 커튼 사이로 떨어졌다.

베개와 매트리스는 축축하고 구겨진 베갯잇과 시트에서 벗어나고 싶은 것처럼 보였다.

그는 침대로 기어 들어갔다. 마지막으로 악몽을 꾸지 않고 잠들었던 때는 카밀라 로엔의 침대에서 몇 분간 깜빡 잠들었을 때였다. 그때도 죽음에 대한 꿈을 꿨지만 평소와 달리 두렵지는 않았다. 사람은 방에 갇혀 지낼 수는 있어도 잠은 자야 한다. 그리고 잠 속에서는 아무도 숨지 못한다.

해리는 두 눈을 감았다.

커튼이 움직였고 달빛이 부르르 떨었다. 달빛은 침대 머리판 위의 벽과 거기에 칼로 새겨진 검은 표식을 비췄다. 하얀 벽지를 바른 나무 벽에 깊이 파여 있는 것으로 보아 꽤나 힘을 주어 새긴 것이 분명했다. 벽에 파인 홈은 끊어지지 않고 계속 이어져 거대한 오각형의 별이 되었다.


그녀는 침대에 누운 채 트로이스카 쪽으로 난 창문에서 들리는 차 소리, 그리고 옆에서 들리는 깊고 규칙적인 숨소리에 귀 기울였다. 이따금씩 동물원에서 비명 소리가 들리는 듯했지만, 아마도 강 건너편의 야간열차가 중앙역에 들어가기 전에 브레이크를 밟는 소리일 것이다. 그들이 트로야로 이사 왔을 때 그는 기차 소리가 좋다고 했다. 트로야는 갈색 물음표 모양으로 프라하를 관통하여 흐르는 블타바 강의 맨 꼭대기에 위치한 지역이었다.

밖에는 비가 내리고 있었다.

그는 하루 종일 외출했었다. 브르노에 가야 한다고 말했다. 마침내 현관문 열리는 소리가 나자 그녀는 안심이 되었다. 복도 바닥에 수트케이스가 긁히는 소리가 나더니 그가 침실로 들어왔다. 그녀는 자는 척하며 그를 몰래 훔쳐보았다. 그는 천천히, 조용히 옷을 벗어 걸면서 선반 옆의 거울로 가끔씩 그녀를 힐끗 바라보았다. 그러고는 침대 속으로 들어왔다. 그의 손은 차가웠고, 피부는 땀이 말라 끈적거렸다. 두 사람은 양철 지붕에 떨어지는 빗소리를 들으며 사랑을 나눴다. 그에게서는 소금 맛이 났고 사랑을 나누는 일이 끝나자 아기처럼 곤히 잤다. 대개는 그녀도 곯아떨어졌지만 지금은 깨어 있었고, 그동안 그의 정액이 그녀의 몸에서 흘러나와 시트를 적셨다.

그녀는 자신이 잠들지 못하는 이유를 모른 척하려 했다. 하지만 마음은 자꾸만 같은 곳으로 돌아갔다. 그가 오슬로에서 돌아온 다음 날, 그녀가 그의 양복 재킷을 솔질하다 소매에서 발견한 약간 긴 금발 머리카락으로. 이번 주 토요일에 그는 또 오슬로에 가고 이게 벌써 4주 동안 네 번째라는 사실로. 오슬로에서 뭘 하는지 그는 도통 말해주지 않았다. 물론 머리카락은 어디에서든 묻을 수 있다. 남자의 머리카락일 수도 있고 심지어 개의 털일 수도 있다.

그가 코를 골기 시작했다.

그녀는 그들의 첫 만남을 회상했다. 그의 천진한 얼굴과 솔직한 고백에 속아 그녀는 그가 비밀이 없는 사람이라 착각했었다. 그의 앞에 서면 그녀는 바츨라프 광장에 내리는 봄눈처럼 녹아내렸다. 하지만 한 남자에게 쉽게 빠지다 보면 늘 괴로운 의심이 뒤따르기 마련이다. 이렇게 사랑에 빠진 여자가 나 하나만은 아닐 거라는 의심.

페를로바 가의 다른 매춘부들처럼 그녀도 돈으로 쉽게 살 수 있었지만 그는 그러지 않았다. 오히려 그녀를 존중해주었다. 거의 그와 동등하게 대접해주었다. 그를 만난 것은 그녀에게 복권이 당첨

된 것이나 다름없었다. 그녀가 유일하게 내 사람이라고 말할 수 있고 따라서 유일하게 잃을 수도 있는 사람이었다. 그 확실한 사실 때문에 그녀는 늘 조심스러웠고 그에게 어디 다녀왔는지, 누구와 함께 있었는지, 무슨 일을 하고 다니는지 묻지 않았다.

하지만 이제 상황이 달라졌고, 그녀는 그를 믿을 수 있는지 알아야만 했다. 잃어서는 안 되는 더욱 소중한 것이 생겼기 때문이다. 아직 그에게는 아무 말도 하지 않았다. 사흘 전 병원에 다녀오고 나서야 확실해졌기 때문이다.

그녀는 슬그머니 침대에서 내려와 까치발로 방을 가로질렀다. 화장대 위의 거울에 비친 그의 얼굴을 바라보며 조심스럽게 문손잡이를 아래로 눌렀다. 그러고는 복도로 나가 다시 조심스럽게 등 뒤로 문을 닫았다.

수트케이스는 진한 회색의 최신 제품으로 샘소나이트 마크가 찍혀 있었다. 거의 새 것이나 다름없었지만 측면에 긁힌 자국이 있었다. 수하물 검사를 마쳤다는 스티커들이 찢어진 채 여기저기 붙어 있었는데 거기에 적힌 목적지는 그녀가 들어본 적도 없는 도시들이었다.

어슴푸레한 빛 속에서 수트케이스 잠금장치의 숫자가 보였다. 0-0-0. 늘 이 숫자였다. 굳이 열어보려 하지 않아도 가방이 잠겨 있으리라는 것을 그녀는 알고 있었다. 가방은 한 번도 열려 있었던 적이 없었다. 유일하게 열리는 때는 그녀가 침대에 누워 있고, 그가 서랍에 있던 옷을 가방에 옮길 때였다. 지난번 그가 짐을 쌀 때 가방을 볼 수 있었던 건 순전히 행운이었다. 잠금장치의 암호인 숫자가 가방 안쪽에 표시되어 있었던 것도 행운이었다. 숫자 세 개를 기억하는 건 딱히 어렵지 않다. 외워야만 하는 상황이라면. 그녀를 찾는 손님들의 전화가 걸려와 어떤 옷을 입고 오라는 둥, 이런저런 주문 사항을 말할 때 다른 건 다 잊고 호텔방 번호인 세 자리 숫자만 기억하는 게 어렵지 않았듯이.

그녀는 귀를 기울였다. 문 뒤에서 들리는 그의 코골이 소리가 나지막한 톱질 소리 같았다. 그가 모르는 것들이 있다. 그가 알 필요가 없는 것들, 그녀가 억지로 해야만 했던 일들이 있었다. 하지만 다 지난 일이다. 그녀는 숫자가 적힌 톱니에 손끝을 대고 돌리기 시작했다. 이제부터 중요한 것은 오로지 미래일 뿐이다.

부드러운 찰칵 소리와 함께 잠금장치가 벌컥 열렸다.

그녀는 쪼그린 자세로 가방 속을 바라보았다.

잠금장치 아래로, 하얀 셔츠 위에 흉측한 검은색 금속 물체가 놓여 있었다.

굳이 만져보지 않아도 그 총이 진짜라는 것을 그녀는 알고 있었다. 예전에, 어린 시절에 본 적이 있었다.

그녀는 침을 삼켰다. 눈물이 터져 나오는 것을 느끼고 손가락으로 두 눈을 꾹 눌렀다. 어머니의 이름을 두 번 속삭였다.

눈물은 이내 멎었다.

마음을 가라앉히며 숨을 깊이 들이쉬었다. 그녀는 이 일을 견뎌내야만 했다. 그들은 이 일을 견뎌내야만 했다. 최소한 왜 그가 자신이 하는 일을 말해주지 않았는지, 분명 돈을 많이 버는 듯했는데 어떻게 그렇게 벌 수 있는지는 설명이 되었다. 사실 어느 정도 예상했던 일이 아니었던가.

그녀는 마음의 결정을 내렸다.

그녀가 모르는 것들이 있었다. 그녀가 알 필요 없는 것들.

그녀는 수트케이스를 닫고 다시 숫자를 0으로 돌려놓았다. 문에

293

귀를 대고 있다가 조심스럽게 문을 열고 살그머니 안으로 들어갔다. 사각형 달빛이 침대에 떨어졌다. 문을 닫기 전에 그녀가 거울을 한 번이라도 힐끗 보았다면 그가 눈을 뜨고 있는 것을 알았으리라. 하지만 그녀는 머릿속 생각들에 정신이 팔려 있었다. 생각들이라기보다는 한 가지 생각이라고 해야 옳을 것이다. 침대에 누워 차소리, 동물원에서 들리는 동물의 비명 소리, 그의 깊고 규칙적인 숨소리를 듣는 동안 그녀의 마음은 그 한 가지 생각으로 거듭 돌아갔다. 이제부터는 오로지 미래만이 중요했다.

비명 소리, 인도 위에서 박살나는 병, 그 뒤를 따르는 요란한 웃음소리와 욕설. 소피스 가를 따라 달리다 비슬렛 스타디움 쪽으로 따그닥거리며 사라지는 발소리.

해리는 천장을 응시하며 창 밖에서 들리는 밤의 소리에 귀 기울였다. 꿈꾸지 않고 세 시간을 잔 후, 그는 잠에서 깨어 생각하기 시작했다. 비싼 값에 그의 영혼을 사겠다고 제안한 남자, 그리고 두 곳의 범죄 현장과 세 여자에 대해. 해리는 그 안에서 시스템을 찾아내려 했다. 패턴을 보려 했다. 외위스테인이 말했던 패턴을 넘어서는 차원, '어떻게' 이전의 문제인 '왜'를 이해하려 했다.

왜 그 남자는 퀵서비스 배달원으로 가장하고 두 명의 여자를, 그리고 아마도 세 번째 여자까지 죽였을까? 왜 그토록 힘들게 범죄현장을 선택했을까? 왜 메시지를 남겼을까? 이전의 모든 연쇄 살인범들이 성적 동기에 의해 살인을 저질렀는데 왜 카밀라 로엔과 바바라 스벤센의 경우에는 성적 학대의 흔적이 없을까?

해리는 두통이 밀려오는 것을 느꼈다. 이불 커버를 차내고 옆으로 돌아누웠다. 알람시계의 빨간 숫자가 2시 51분으로 빛나고 있었다. 해리의 마지막 질문 두 개는 자신에게 묻는 질문이었다. 왜 그토록 내 영혼을 지키려고 안간힘을 쓰는 걸까? 그것이 내 마음을 아프게 하는데도. 그리고 왜 나를 미워하는 조직을 위해 이토록 애쓰는 걸까?

해리는 두 발로 바닥을 짚고 부엌으로 가서 싱크대 위의 찬장을 바라보았다. 수도꼭지를 틀어 유리컵에 넘치도록 물을 가득 받았다. 그러고는 나이프와 포크가 든 서랍을 열어 검은 필름 통을 꺼냈다. 회색 뚜껑을 벗겨내고 내용물을 손바닥에 쏟았다. 한 알을 먹으면 잠들 것이다. 두 알과 짐 빔 한 잔이면 흥분 상태가 될 것이다. 세 알 혹은 그 이상은 결과를 예측할 수 없었다.

해리는 입을 크게 벌리고 세 알을 넣은 다음, 미지근한 물로 삼켰다.

거실로 가서 듀크 엘링턴 음반을 틀었다. 영화 〈더 컨버세이션〉에서 진 해크먼이 야간 버스에 앉아 있는 장면에서 흐르던 음악을 듣고 산 음반이었다. 그 부서질 듯한 피아노 가락은 지금까지 해리가 들었던 음악 중에서 가장 외로웠다.

해리는 윙체어에 앉았다.

"내가 아는 방법은 하나뿐이야." 외위스테인은 그렇게 말했었다.

해리는 처음부터 시작했다. 그가 비틀거리며 언더워터를 지나 주소지에 적힌 울레볼스바이엔 가로 갔던 날부터. 금요일. 산네르가. 수요일. 칼 베르네르 광장. 월요일. 세 여자. 세 개의 절단된 손가락. 왼손. 처음에는 둘째 손가락, 그다음에는 가운뎃손가락, 그다음에는 넷째 손가락. 세 개의 장소. 이웃은 있지만 가정집은 없는 곳들. 19세기에서 20세기로 넘어가던 무렵에 지어진 낡은 아파트 건물, 또 하나는 1930년대에 지어진 아파트, 그리고 1940년대에 지어진 사무실 건물. 엘리베이터. 엘리베이터 문 위로 몇 층에 있는지 알리는 숫자가 보였다. 스카레는 오슬로와 그 인근 지역에서 퀵서비스 배달원들이 타고 다니는 특별 자전거 판매점을 조사했다. 자전거 장비나 노란 셔츠에 대해서는 아무런 도움도 얻을 수 없었지만, 응급 서비스를 받을 수 있는 보험 계약을 통해 지난 6개월간 배달원들이 사용하는 값비싼 자전거를 구입한 사람들의 명단은 손에 넣을 수 있었다.

해리는 몸이 무감각해지는 것을 느꼈다. 의자의 거친 모직천이 그의 벌거벗은 허벅지와 엉덩이를 찔렀다.

첫 번째 피해자: 카밀라, 광고회사의 카피라이터, 싱글, 28세, 갈색 머리, 약간 통통. 두 번째 피해자: 리스베트, 가수, 유부녀, 33세, 금발, 날씬함. 세 번째 피해자: 바바라, 접수원, 28세, 부모님과 함께 거주, 갈색이 도는 금발. 세 사람 모두 미인이지만 눈에 띌 정도는 아님. 사건 발생 시간. 리스베트가 납치된 후 바로 살해되었다고 가정하면 모두 평일에 발생. 그것도 근무 시간이 끝난 오후.

듀크 엘링턴의 연주가 빨라졌다. 마치 그의 머릿속이 음악으로 가득 차서 그걸 짜내야 한다는 듯이. 그러더니 연주가 완전히 멈추다시피 했다. 그저 없어서는 안 될 마침표를 찍는 중이었다.

해리는 피해자들의 배경까지 직접 조사하지는 않았다. 다시 말해, 그녀들의 친척이나 친구들과 이야기를 해본 적은 없었다. 다른 형사가 대신 심문한 보고서를 훑어보았는데 딱히 관심이 가는 사항은 없었다. 해답이 있는 곳은 거기가 아니기 때문이다. 피해자가 누구인가도 중요하지 않았다. 중요한 것은 그들이 나타내는 것, 그들이 무엇인가 하는 것이었다. 이 살인범에게 피해자들이란 그들을 둘러싼 모든 것과 마찬가지로 외형에 불과했기 때문이다. 다분히 무작위로 선택한 외형. 따라서 그 본질을 알아볼 수 있어야 했다. 패턴을 볼 수 있어야 했다.

이윽고 강렬한 약기운이 올라오기 시작했다. 그 효과는 수면제라기보다 환각제에 가까웠다. 사고가 멈추고 여러 가지 생각이 떠오르더니 그는 통제력을 완전히 상실한 채 배가 불룩한 술통을 타고 강을 떠내려갔다. 시간이 고동쳤다. 팽창하는 우주처럼 흔들렸다. 다시 정신을 차리자 주위의 모든 것이 고요했다. 레코드 플레이어의 바늘이 음반 한가운데의 라벨을 긁어대는 소리만 들릴 뿐이었다.

그는 침실로 가서 침대 발치에 가부좌를 틀고 앉아 악마의 별에 정신을 집중했다. 잠시 후 별이 그의 눈앞에서 춤추기 시작했다. 그는 눈을 감았다. 감아도 별은 계속 보이니 상관없었다.

밖이 환해질 때쯤 되자, 그는 모든 것을 초월한 상태였다. 앉은 채로 듣고 보았지만 동시에 꿈을 꾸고 있었다. 〈아프텐포스텐〉이 계단에 부드럽게 툭 떨어지는 소리가 그를 깨웠다. 그는 고개를 들고 악마의 별에 초점을 맞췄다. 별은 더 이상 춤추지 않았다.

춤추는 것은 아무것도 없었다. 끝났다. 그는 패턴을 보았다.

진정한 감정을 절박하게 찾아 헤매는 어느 무감각해진 남자의 패턴. 사랑하는 누군가가 있는 곳에 사랑이 있다고, 질문이 있는 곳에 답이 있다고 믿는 순진한 바보. 해리 홀레의 패턴. 갑자기 분노가 치밀어 그는 벽에 새겨진 악마의 별을 머리로 들이받았다. 눈앞에 불꽃이 보였고, 그는 침대에 털썩 누웠다. 그의 시선이 알람시계에 떨어졌다. 5시 55분. 이불 커버는 축축하고 따뜻했다.

그러자 마치 누군가가 불을 끈 것처럼 그는 의식을 잃었다.

그녀는 그의 잔에 커피를 따르고 있었다. 그가 '당케'라고 대꾸하며 〈옵서버〉를 뒤적였다. 길모퉁이 호텔에서 파는 신문이었다. 그는 아침이면 동네 빵집인 흘링카에서 갓 구워낸 신선한 크루아상과 함께 그 신문을 사오곤 했다. 그녀는 외국에 가본 적이 없었다. 유일하게 가본 곳이 슬로바키아였는데 사실 거기는 외국이라고 할 수도 없었다. 하지만 그의 말에 따르면 이젠 프라하도 유럽의 다른 대도시에 뒤지지 않는다고 했다. 그녀는 여행이 하고 싶었다. 그를 만나기 전, 미국인 사업가가 그녀와 사랑에 빠진 적이 있었다. 남자의 거래처인 프라하의 제약회사 간부가 일종의 선물로 그에게 그녀를 보내준 것이다. 그는 다정하고 순수하며 약간 통통한 남자로, 자신이 사는 로스앤젤레스에 함께 가기만 한다면 그녀에게 모든 것을 다 주겠노라고 했다. 물론 그녀는 승낙했다. 하지만 포주이자 이복 오빠인 토마스에게 그 사실을 말했더니, 토마스가 호텔로 미국인을 찾아가 칼로 협박했다. 미국인은 다음 날 떠나버렸고, 그 후로 그녀는 두 번 다시 그를 보지 못했다. 그로부터 나흘 뒤, 그녀가 상심한 채 그랜드 호텔 유로파에 앉아 와인을 마시고 있을 때 지금의 이 남자를 만났다. 그는 뒤쪽 의자에 앉아 그녀를 지켜보고 있었다. 그녀는 찰거머리처럼 들러붙는 남자들을 매몰차게 거절하는 중이었는데 바로 그 모습에 반했다고 그는 늘 말하곤 했다. 단지 그녀가 남자들에게 인기가 많아서가 아니라 그들의 구애에 꿈쩍하지 않는다는 사실 때문에. 그토록 태연하게 무관심하고 완벽하게 정숙한 모습에. 아직도 그런 자질을 높이 평가하는 남자들이 있다고 그는 말했다.

그녀는 그가 사주는 와인 한 잔을 받아 마셨고, 고맙다고 말한 뒤 혼자 집으로 걸어갔다.

다음 날 스트라스니체에 있는 손바닥만 한 그녀의 지하 아파트 초인종이 울렸다. 그는 그녀의 주소를 어떻게 알아냈는지 절대 말해주지 않았다. 하지만 인생은 눈 깜짝할 사이에 잿빛에서 장밋빛으로 바뀌었다. 그녀는 행복했고 지금도 그랬다.

그가 부스럭 소리를 내며 신문을 넘겼다.

진작 알았어야 했다. 수트케이스 속의 총만 아니었다면 두 번도 생각하지 않았을 것이다.

그녀는 잊기로 결심했다. 중요한 것만 생각하고 모두 잊기로. 그들은 행복했고, 그녀는 그를 사랑했다.

그녀는 의자에 앉았다. 앞치마는 벗지 않았다. 그가 앞치마를 두른 그녀의 모습을 좋아했기 때문이다. 어쨌거나 그녀는 남자를 흥분시키는 것이 무엇인지 조금은 알고 있었는데 그 비결은 다 보여주지 않는 것이다. 그녀는 무릎을 내려다보았다. 자기도 모르게 미소가 지어졌다.

"당신에게 할 말이 있어요." 그녀가 말했다.

"그래?" 바람에 나부끼는 돛대처럼 신문이 펄럭거렸다.

"화내지 않겠다고 약속해줘요." 그녀는 미소가 번지는 것을 느꼈다.

"그건 약속 못하겠는데." 신문에서 눈을 들지 않은 채 그가 말했다.

그녀의 미소가 굳어졌다. "왜요……?"

"어젯밤에 몰래 나가서 내 가방을 뒤지고 왔다는 얘기를 하려는 거잖아."

그녀는 처음으로 그의 말투가 달라졌다는 것을 알아차렸다. 노래하는 듯한 억양이 사라졌다. 그는 신문을 내리고 그녀의 눈을 바라보았다.

그녀는 거짓말을 할 필요가 없어서 다행이라고 생각했다. 어차피 하지도 못했을 것이다. 이것이 그 증거였다. 그녀는 고개를 저었지만 얼굴의 표정을 통제할 수가 없었다.

그가 한쪽 눈썹을 치켜세웠다.

그녀는 침을 삼켰다.

벽시계의 초침, 이케아에서 그의 돈으로 산 대형 부엌 시계가 소리 없이 틱틱 움직였다.

그가 미소를 지었다.

"그렇다면 내 애인들이 보낸 러브레터가 산더미처럼 쌓여 있는 걸 봤겠군. 안 그래?"

그녀가 어리둥절한 표정으로 눈을 깜빡거렸다.

그가 몸을 내밀었다. "농담이야, 에바. 무슨 문제라도 있어?"

그녀는 고개를 끄덕였다.

"나 임신했어요." 그녀는 재빨리 속삭였다. 갑자기 다급해졌다는 듯이. "내게…… 우리에게…… 아이가 생길 거예요."

그는 움직이지 않은 채 멍한 표정으로 앞만 바라보았다. 그녀는 임신이 아닐까 싶었고 그래서 병원을 찾아갔는데 임신이라는 확진을 받은 일에 대해 이야기했다. 그녀의 이야기가 끝나자 그는 자리에서 일어나 부엌을 나갔다. 그러더니 작고 검은 상자를 가지고 돌아왔다.

"어머니를 뵙고 왔어." 그가 말했다.

"네?"

"내가 오슬로에 가서 뭘 하는지 궁금해했잖아. 어머니를 뵙고 왔다고."

"당신에게도 어머니가 있었어요……?"

그것이 맨 처음으로 든 생각이었다. 그에게도 정말 어머니가 있단 말인가? 하지만 이내 이렇게 덧붙였다. "……그러니까 오슬로에요?"

그는 미소를 지으며 고갯짓으로 상자를 가리켰다.

"안 열어볼 거야, 리블링? 당신 거야. 아이를 위한 선물."

그녀는 눈을 두 번 깜빡인 후, 비로소 정신을 차리고 상자를 열었다.

"아름다워요." 그녀는 두 눈에 눈물이 고이는 것을 느꼈다.

"사랑해, 에바 마르바노바."

그의 말투에 다시 노래하는 듯한 억양이 살아났다.

그가 두 팔로 그녀를 끌어안자, 그녀는 눈물을 흘리며 미소 지었다.

"용서해줘요." 그녀가 속삭였다. "용서해줘요. 내가 알아야 할 건 당신이 날 사랑한다는 것뿐이에요. 나머지는 중요하지 않아요. 당신 어머니에 대해 말할 필요 없어요. 총에 대해서도……."

그녀는 그의 몸이 굳어지는 것을 느꼈다. 그녀는 그의 귓가에 속삭였다.

"총을 봤어요. 하지만 아무것도 알고 싶지 않아요. 아무것도. 알았죠?"

그는 그녀의 팔을 풀었다.

"그래, 음. 하지만 미안해, 에바. 이젠 돌이킬 수 없어."

"무슨 말이에요?"

"당신은 내가 누구인지 알아야 해."

"하지만 난 당신이 누군지 알아요."

"내가 무슨 일을 하는지는 모르잖아."

"꼭 알아야 하나요?"

"알아야 해."

그는 그녀에게서 상자를 빼앗아 상자 안의 목걸이를 들어 올렸다.

"이게 내가 하는 일이야."

별 모양의 다이아몬드가 부엌 창문으로 들어오는 아침 햇살에 반사되어 연인의 눈동자처럼 반짝거렸다.

"그리고 이것도."

그는 재킷 주머니에서 손을 뺐다. 그의 손에는 어젯밤 그녀가 수트케이스 안에서 봤던 총이 들려 있었다. 하지만 총은 더 길어졌고, 총신 끝에 큼지막한 검은 금속이 장착되어 있었다. 에바 마르바노바는 총에 대해 잘 몰랐지만 그게 무엇인지는 알고 있었다. 정확한 명칭은 소음기였다.


해리는 전화벨 소리에 잠에서 깼다. 마치 누군가가 그의 입에 수건을 쑤셔 박은 듯했다. 혀로 입 안을 적시려 해보았지만 입천장에 닿는 혓바닥마저 오래되어 굳은 빵처럼 거칠었다. 머리맡 테이블의 시계는 10시 17분이었다. 절반의 기억, 절반의 영상이 그의 뇌 속으로 들어왔다. 그는 거실로 갔다. 여섯 번째로 전화벨이 울렸다.

그는 전화기를 집어 들었다.

"여보세요?"

"사과하려고 전화했어."

그가 그토록 듣고 싶어 했던 목소리였다.

"라켈?"

"당신은 해야 할 일을 했을 뿐이야. 내겐 화낼 권리가 없어. 미안해."

해리는 의자에 앉았다. 반쯤 잊힌 꿈의 덤불 속에서 무언가가 기어 나오려고 용을 썼다.

"당신은 얼마든지 화낼 권리가 있어." 그가 말했다.

"당신은 경찰이야. 우리 시민을 지켜줘야 할 사람."

"일 얘기를 하는 게 아니야."

그녀는 대답하지 않았다. 해리는 기다렸다.

"당신이 그리워." 그녀가 울먹이는 목소리로 말했다.

"당신이 그리워하는 사람은 당신이 원하는 모습의 나야. 하지만 내가 그리워하는 사람은 —."

"잘 있어." 그녀가 말했다. 마치 전주 중간에 뚝 끊긴 노래처럼.

해리는 전화기를 바라보며 환희와 절망을 동시에 느꼈다. 어젯밤 꿨던 꿈의 파편들이 수면 위로 올라오려는 마지막 시도를 했다. 매 초마다 기온이 떨어지며 점점 더 두꺼워지는 얼음을 뚫고 나오려고 온몸을 던졌다. 그는 담배를 찾아 테이블 위를 뒤졌지만 재떨이 속의 담배꽁초뿐이었다. 혀는 아직도 감각이 완전하게 돌아오지 않았다. 그의 혀 꼬부라진 소리를 듣고 라켈은 아마도 그가 또 취했다고 생각했으리라. 아주 틀린 추측은 아니었다. 다만 이번에는 이런 일을 또 겪고 싶은 마음이 추호도 없었다.

그는 침실로 들어가 침대 머리맡 테이블에 놓인 시계를 보았다. 출근해야 할 시간이다. 그런데 무언가가……

그는 눈을 감았다.

듀크 엘링턴의 메아리가 그의 이도耳道에 맴돌았다. 거기가 아니었다. 더 깊이 들어가야 했다. 그는 계속 귀 기울였다. 트램의 고통스런 비명 소리, 지붕 위로 지나가는 고양이의 발소리, 초록 잎이 무성한 뒤뜰의 자작나무가 불길하게 우수수 울어대는 소리. 그보다도 더 깊이 들어가야 했다. 뜰이 신음하고, 창틀에 바른 접합제에 금이 가고, 심연 깊은 곳에 있는 빈 지하실이 우르렁거리는 소리가 들렸다. 그의 살갗에 시트가 바스락 스치는 소리, 조급한 그의 신발이 복도에서 따각거리는 소리가 들렸다. 어머니의 속삭임도 들렸다. 예전에 그가 잠들기 전에 책을 읽어주었던 것처럼. "옷장 뒤에 옷장 뒤에 옷장 뒤 그의 부인에게······.*" 그러더니 그는 다시 꿈속으로 돌아갔다.

어젯밤의 꿈으로. 꿈속에서 그는 앞이 보이지 않았다. 소리만 들렸기 때문에 눈이 안 보이는 게 틀림없었다.

나지막한 목소리가 기도 비슷한 것을 읊조리는 소리가 들렸다. 그 소리가 울리는 것으로 보아 교회 예배당 같은 넓은 실내인 듯했는데 어디선가 끊임없이 똑똑 떨어지는 소리가 들렸다. 높이 솟은 아치형의 천장 아래로(눈이 보이지 않으니 정확히 알 수는 없지만) 미친 듯이 퍼덕이는 날갯소리가 울려 퍼졌다. 비둘기일까? 신부나 목사로 짐작되는 사람이 예배를 주도하고 있었는데 말소리가 이상하고 생경했다. 러시아어 같기도 했고 방언 같기도 했다. 신도들이 다 함께 찬송가를 불렀다. 짧고 신랄한 가사들이 이상한 조화를 이루었다. 예수나 마리아와 같이 익숙한 단어는 없었다. 갑자기 신도들이 찬송가가 아닌 다른 노래를 부르기 시작했고 오케스트라가 연주를 시작했다. 해리도 아는 멜로디였다. 텔레비전에서 들은 적이 있다. 잠깐만. 무언가가 굴러가는 소리가 들렸다. 공이다. 공이 멈췄다.

* 노르웨이 시인 잉에르 하게룹의 '집 너머의 집'이라는 시의 한 구절.

"5번. 이번 번호는 5입니다." 여자가 말했다.

암호.

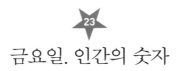

# 금요일. 인간의 숫자

예전에 그가 받았던 계시들은 얼음처럼 차갑고 작은 물방울이 머리에 똑똑 떨어지는 식이었다. 딱 그만큼이었다. 물론 전에도 고개를 들어 떨어지는 물방울을 바라보노라면 가벼운 연관성을 찾아낼 수는 있었다. 하지만 이번 계시는 달랐다. 이것은 선물이자 절도였으며, 천사가 베푸는 분에 넘치는 호의였다. 듀크 엘링턴 같은 사람들에게 찾아오는 음악적 영감처럼 이미 완성된 채 꿈에 나왔다. 우리가 할 일은 그저 자리를 잡고 연주하는 것뿐이다.

그리고 해리는 바로 그걸 하려는 중이었다. 우선 오후 1시에 자신의 사무실에서 열릴 콘서트에 관객을 초대했다. 그때까지라면 가장 중요한 부분, 암호의 마지막 조각을 끼워 넣기에 충분했다. 그리고 그러기 위해서는 먼저 북극성이 필요했다. 또한 성도星圖도.

출근하는 길에 문구점에 들러 각도기와 자, 두 개의 나침반, 제일 가는 펠트펜, 오버헤드 프로젝터에 사용할 셀룰로이드 판 두 장을 샀다. 그러고는 사무실에 도착하자마자 작업에 착수했다. 우선 예전에 구해둔 대형 오슬로 지도를 꺼내 찢어진 부분을 테이프로 이어 붙이고, 접힌 자국을 잘 펴준 다음, 사무실의 기다란 벽에 핀으로 고정시켰다. 그다음에는 셀룰로이드 판에 원을 그려 정확히 72도 각도의 부채꼴 다섯 개로 나누었다. 부채꼴이 원과 만나는 다섯 개의 접점들 중에서 가장 멀리 떨어진 두 개의 점들끼리 자를 대고 펠트펜으로 계속 이어나갔다. 일이 끝나자 그는 셀룰로이드 판을 들어 불에 비춰 보았다. 악마의 별이었다.

회의실의 오버헤드 프로젝터가 사라지고 없었기에 해리는 강도 수사과 회의실에 들어갔다. 그곳에서는 이바르손 경정이 휴가 기간에 임시 근무하는 직원들을 강제로 징집해다가 그 뻔한 연설을 하는 중이었다. 동료들 사이에서 일명 '내가 어떻게 그렇게 똑똑해질 수 있었는가'로 통하는 연설이었다.

"급한 일이 생겨서요." 해리는 그렇게 말하며 플러그를 뽑고, 프로젝터가 놓여 있는 카트를 밀며 놀란 표정의 이바르손 옆으로 지나갔다.

다시 사무실에 돌아온 해리는 셀룰로이드 판을 프로젝터 위에 올리고, 사각형의 불빛을 지도로 향하게 한 다음 천장에 달린 형광등을 껐다.

창문 하나 없는 어두컴컴한 사무실에서 해리는 자신의 숨소리를 들으며 셀룰로이드 판을 이리저리 돌리고, 프로젝터를 앞뒤로 밀기도 하면서 별의 검은 윤곽선의 초점을 조정했다. 별이 일치할 때까지. 그리고 마침내 일치했다. 일치하는 게 당연했다. 그는 지도를 응시하며 두 곳에 동그라미를 치고 두 군데에 전화를 했다.

이제 준비는 끝났다.


1시 5분, 해리와 할보르센의 공동 사무실은 다른 사무실에서 가져온 의자들이 빼곡히 들어차 있었고, 비아르네 묄레르, 톰 볼레르,

베아테 뢴, 그리고 스톨레 에우네가 앉아 있었다. 실내는 쥐 죽은 듯이 고요했다.

"이건 암흡니다." 해리가 말했다. "아주 간단한 암호죠. 우리가 진작 눈치챘어야 할 공통분모요. 범인이 우리 손에 쥐여준 것이나 다름없습니다. 바로 숫자죠."

다들 해리를 바라보았다.

"5." 해리가 말했다.

"5?"

"숫자 5죠."

해리는 어리둥절한 표정의 네 얼굴을 바라보았다.

그러자 이상한 일이 벌어졌다. 아무런 사전 경고도 없이 별안간 발밑이 쑥 꺼지는 것이다. 오랫동안 술을 마신 이후로 가끔씩 경험하는 일이었는데 갈수록 빈도가 잦아졌다. 해리는 추락하는 기분을 느끼며 모든 현실 감각을 잃어버렸다. 그의 앞에는 더 이상 네 명의 동료가 앉아 있지도 않았고, 살인사건도 없었고, 오슬로의 무더운 여름날도 없었다. 라켈과 올레그라 불리는 사람은 아예 존재하지도 않았다. 그러더니 다시 정신이 돌아왔다. 하지만 이 짧은 공황 발작 후에 다른 증상들이 이어질 수 있다는 것을 해리는 알고 있었다. 지금도 간신히 버티고 있었다.

해리는 커피가 든 머그컵을 들어 올려 천천히 마시며 마음을 추슬렀다.

이 머그컵이 책상에 놓이는 소리가 들리면 다시 여기, 현실로 돌아오겠다고 마음먹었다.

그는 머그컵을 내려놓았다.

부드러운 쿵 소리가 났다.

"첫 번째 질문." 해리가 말했다. "범인은 모든 피살자들에게 다이아몬드로 표식을 남겼습니다. 그 다이아몬드가 몇 각형이죠?"

"오각형이지." 묄레르가 대답했다.

"두 번째 질문. 범인은 모든 피살자들의 왼손에서 손가락을 하나씩 잘라갔습니다. 우리 손에는 손가락이 몇 개죠? 세 번째 질문. 두 건의 살인과 한 건의 실종 사건은 3주 연속으로 발생했습니다. 각각 금요일과 수요일, 월요일에요. 며칠 간격으로 발생했죠?"

잠시 조용해졌다.

"5일." 볼레르가 말했다.

"발생 시각은요?"

에우네가 목청을 가다듬었다. "5시경이지."

"다섯 번째이자 마지막 질문. 범행 현장은 무작위로 선택된 것처럼 보이지만 한 가지 공통점이 있습니다. 베아테?"

그녀는 얼굴을 찡그렸다. "설마 5?"

네 사람은 멍하니 해리를 바라보았다.

"이런 젠장⋯⋯." 베아테는 그렇게 외쳤다가 말을 멈추고는 얼굴을 붉혔다. "죄송해요, 그러니까⋯⋯ 5층이네요. 피해자들은 모두 5층에서 죽었어요."

"맞았어."

다른 사람들의 얼굴에 깨달음의 표정이 번지는 동안, 해리는 문가로 걸어갔다.

"5."

묄레르는 마치 그것이 역겨운 단어라도 된다는 듯이 입 밖으로 내뱉었다.

해리가 불을 끄자 사무실은 칠흑처럼 어두워졌다. 해리의 발소리만 들렸다.

"5는 여러 가지 의식에 자주 등장하는 숫잡니다. 흑마술, 마법, 악마 숭배, 물론 기독교에도요. 십자가에 매달린 예수는 다섯 군데를 찔렸죠. 이슬람교에는 다섯 기둥*이 있고, 하루에 다섯 번씩 기도 방송을 합니다. 몇몇 문헌에서 5는 인간의 숫자로 언급되죠. 우리에겐 오감이 있고, 삶의 다섯 단계를 거치니까요."

딸칵 소리가 나더니 갑자기 어둠 속에서 그들 앞에 허옇게 빛나는 얼굴이 나타났다. 눈 주위는 움푹 들어가 거무스름했고 이마에는 별이 있었다. 여기저기서 나지막이 중얼거리는 소리가 들렸다.

"죄송합니다……."

해리는 오버헤드 프로젝터를 반대로 돌려, 자신의 얼굴에 떨어졌던 사각형 불빛을 하얀 벽으로 이동시켰다.

"보다시피 이건 펜타그램 혹은 악마의 별입니다. 카밀라 로엔의 집과 바바라 스벤센의 사무실 근처에서도 이와 똑같은 표식이 발견되었죠. 황금 분할을 바탕으로 만들어졌다고 합니다. 어떻게 계산한다고 하셨죠, 에우네 박사님?"

"나도 아는 바가 없네." 에우네는 코를 훌쩍였다. "난 정확한 과학은 딱 질색이라서."

"좋습니다. 제가 각도기로 간단하게 만들어봤습니다. 우리의 목적에는 이걸로도 충분하죠."

"우리의 목적?" 묄레르가 물었다.

"지금까지는 여러분들께 5가 겹친다는 것만 보여드렸습니다. 하지만 그건 우연일 수도 있죠. 그게 우연이 아니라는 증거가 여기

---

* 이슬람교도가 지켜야 할 다섯 가지 기본 의무를 말한다.

있습니다."

해리는 오버헤드 프로젝터를 부드럽게 옆으로 틀어 사각형 빛 속의 별이 지도와 겹쳐지게 했다. 그가 다 맞추기도 전에 앉아 있던 사람들이 놀라 숨을 들이쉬는 소리가 들렸다.

"세 건의 살인은 모두 오슬로 도심을 중심으로 한 원의 가장자리에서 발생했습니다." 해리가 말했다. "게다가 그 세 지점은 각각 정확히 72도 각도로 떨어져 있죠. 여기 보시다시피 범행 현장은……."

"……별의 세 꼭짓점이군요." 베아테가 속삭였다.

"하느님 맙소사." 묄레르가 감탄하며 말했다. "그렇다면 범인이…… 범인이 우리에게……."

"범인이 우리에게 북극성을 준 거죠." 해리가 말했다. "이것이 그의 암호입니다. 다섯 개의 살인에 대해 말해주는 암호. 세 건은 이미 실행됐고 아직 두 건이 더 남았습니다. 그리고 이 별에 의하면 범행 장소는 여기와 여기죠."

해리는 지도 위에 표시해둔 두 개의 동그라미를 가리켰다. 두 개의 꼭짓점 부근에 그린 동그라미였다.

"그리고 우리는 범행 날짜도 알고 있고." 톰 볼레르가 말했다.

해리는 고개를 끄덕였다.

"하느님 맙소사." 묄레르가 말했다. "닷새 간격으로 일어나는 거라면 다음 사건은……."

"토요일이네요." 베아테가 말했다.

"내일이로군." 에우네가 말했다.

"하느님 맙소사." 묄레르가 세 번째로 말했다. 신을 부르는 그 주문은 진심으로 들렸다.

★

해리는 계속 설명했고 중간중간 흥분한 동료의 목소리가 끼어들었다. 그동안 태양은 흐릿하게 그을린 여름 하늘을 가로질러 높은 포물선을 그렸다. 하늘 아래로 하얀 돛단배들이 별로 내키지 않는다는 듯이 나른하게 뭍으로 향하고 있었다. 비에르비카의 로터리는 보금자리에 얽혀 있는 뱀들처럼 도로가 서로 마구 얽혀 있었는데 그 위로 더운 기류를 타고 비닐봉지 하나가 둥둥 떠다녔다. 장차 오페라 하우스가 들어설 부지에 있는 보관 창고의 바닷가 쪽에서 한 남자가 이미 염증이 생긴 상처 속에서 정맥을 찾으려고 애쓰고 있었다. 그러면서 눈앞에 먹이를 둔 수척해진 표범처럼 인상을 쓴 얼굴로 주위를 둘러보았다. 빨리 서두르지 않으면 하이에나가 나타나리라는 것을 알고 있기 때문이다.

"잠깐만." 톰 볼레르가 말했다. "만약 범인이 길에서 기다렸다면 리스베트 발리가 5층에 산다는 걸 어떻게 알았을까?"

"길에서 기다린 게 아니에요." 베아테가 말했다. "계단통에 있었던 거죠. 전에 발리 씨가 아파트 출입문이 잘 닫히지 않는다고 말했어요. 우리가 확인해봤는데 사실이더군요. 그러니까 범인은 아파트에 몰래 들어와 엘리베이터를 지켜보며 누군가가 5층에서 내려오기를 기다린 거죠. 누가 오는 소리가 들리면 지하실로 내려가는 통로에 숨었을 테고요."

"잘했어, 베아테. 그다음엔?" 해리가 말했다.

"리스베트를 따라 거리로 나왔겠죠. 그리고…… 아니에요, 그건 너무 위험해요. 엘리베이터에서 내리는 리스베트를 막아서서 클로로포름으로 기절시켰을 거예요."

"아냐." 볼레르가 단호하게 말했다. "그것도 너무 위험해. 그랬다가는 기절한 여자를 밖에 세워둔 차까지 끌고 가야 한다고. 혹시라도 누가 그걸 봤다면 분명 그의 차와 번호판을 눈여겨봤을 거야."

"클로로포름은 아니야." 묄레르가 말했다. "차는 아파트에서 꽤 멀리 떨어진 곳에 주차되었을 거야. 범인은 총으로 여자를 위협해 앞서서 걸어가게 하고, 총을 주머니에 넣은 채 여자를 따라갔을 거야."

"어떻게 했든지 간에 피살자들은 무작위로 선택됐습니다." 해리가 말했다. "중요한 건 살인이 벌어진 장소였으니까요. 만약 빌리 발리가 부인 대신 엘리베이터를 타고 5층에서 내려왔다면 그가 살해되었을 겁니다."

"자네 말대로라면 왜 피해 여성들에게서 성적 학대의 흔적이 없었는지 설명되는군." 에우네가 말했다. "만약 살인자가……."

"범인이."

"……범인이 피해자를 의도적으로 선택한 것이 아니라면 피해자가 모두 여자라는 건 순전히 우연이라는 뜻이야. 이 경우, 피해자들은 딱히 범인의 성적 대상이 아니었어. 범인에게 만족감을 준 것은 살인이라는 행위 그 자체였지."

"그렇다면 왜 여자 화장실을 골랐을까요?" 베아테가 말했다. "그건 우연이 아니잖아요. 피해자의 성별이 중요치 않다면 남자인 범인이 남자 화장실을 들어가는 편이 더 자연스럽지 않았을까요? 그랬다면 화장실에 들어가거나 나갈 때 사람들의 시선을 끌 위험도 없고요."

"그럴 수도 있지. 하지만 보이는 것처럼 범인이 범행을 철저히 준비했다면 법률회사에는 여자보다 남자가 훨씬 많다는 걸 알았을 거야. 이해가 가?" 해리가 말했다.

베아테는 두 눈을 세게 깜박거렸다.

"훌륭한 추리야, 해리. 여자 화장실이라면 의식을 치르는 동안 방해받을 확률이 훨씬 적지." 볼레르가 말했다.

시간은 2시 8분이었고, 마침내 이 토론을 끝낸 사람은 묄레르였다.

"자 자, 죽은 사람에 대한 이야기는 그쯤 해두지. 이제는 산 사람들에게 집중해볼까?"

태양은 포물선의 나머지 반을 향해 출발했고, 그림자는 퇴엔의 인적 없는 학교 운동장 속으로 슬금슬금 이동했다. 운동장은 벽에 퍽퍽 부딪히는 단조로운 축구공 소리만 들릴 뿐 쥐 죽은 듯이 고요했다. 밀봉된 듯한 해리의 사무실 공기는 사람들의 증발된 땀으로 인해 죽처럼 걸쭉해졌다. 펜타그램에서 칼 베르네르 광장이 위치한 꼭짓점 옆의 꼭짓점에는 캄펜의 엔쇠바이엔 가 바로 옆에 자리잡은 건물이 있었다. 해리는 이 건물이 1912년에 지어졌으며 '폐결핵 요양소'로 불렸으나 훗날 학생용 기숙사로 개조되었다고 설명했다. 처음에는 가정학과, 그다음에는 간호학과 학생들의 기숙사였다가 마침내 일반 대학생들의 기숙사가 되었다고 했다.

펜타그램의 마지막 꼭짓점은 검은 평행선들이 격자무늬로 교차하는 곳을 가리켰다.

"저건 오슬로 역에서 나온 선로 아닌가? 저긴 사는 사람이 없을 텐데." 묄레르가 물었다.

"속단하시면 안 됩니다." 해리는 음영이 들어간 작은 사각형을 가리켰다.

"거긴 분명 저장 창고일 텐데. 저건 - ."

"아뇨. 지도가 맞습니다." 볼레르가 말했다. "사실 저기에 집 한 채가 있죠. 기차 타고 지나가실 때 못 보셨습니까? 이상한 벽돌집 한 채가 덩그러니 서 있죠. 정원이랑 다른 시설도 딸려 있는…….."

"발레 저택 말이로군." 에우네가 말했다. "역장 사택이지. 아주 유명한 집이야. 지금은 사무실로 쓰일 텐데."

해리는 고개를 저었다.

"주민등록 인구통계에 따르면 거기에 한 사람이 살고 있는 것으로 돼 있습니다. 올레우그 시버첸이라는 노부인이죠. 하지만 학생 기숙사나 역장 사택에는 5층이 없습니다." 해리가 말했다.

"그렇다면 범인이 살인을 멈출까요?" 볼레르가 에우네를 돌아보며 물었다.

에우네는 어깨를 으쓱였다.

"그럴 것 같지는 않네. 하지만 개인행동의 특징을 예측하는 일에 있어서라면 내가 자네보다 딱히 더 낫다고 할 수도 없지."

"알겠습니다. 그렇다면 내일 범인이 기숙사를 습격할 거라고 생각하면 되겠군요. 우리로서는 치밀한 작전을 짜는 게 최상이겠고요. 다들 동의하십니까?" 볼레르가 말했다.

테이블에 앉은 사람들이 모두 고개를 끄덕였다.

"좋습니다. 제가 특수 부대의 시베르트 폴카이드에게 연락해서 바로 세부 계획을 짜도록 하겠습니다." 볼레르가 말했다.

해리는 톰 볼레르의 눈에서 불꽃이 이는 것을 보았다. 이해가 갔다. 행동 개시. 체포 작전. 사냥감 포획. 경찰 업무에서 가장 맛있는 부위였다.

"전 베아테와 함께 슈바이고르드 가로 가서 시버첸 부인을 만날 수 있는지 알아보겠습니다." 해리가 말했다.

"조심들 하게." 여기저기서 의자가 뒤로 끽끽 밀리는 소리를 뚫고 뮐레르가 외쳤다. "이 일은 절대 새어 나가선 안 돼. 이런 부류의 범인들은 늘 수사 현장 근처를 맴돈다는 에우네 박사님의 말을 명심하라고."

해가 지고 있었다. 기온은 오르고 있었다.

# 금요일. 오토 탕엔

오토 탕엔은 몸을 옆으로 굴렸다. 간밤에 또다시 열대야에 시달리느라 온몸이 땀에 흠뻑 젖어 있었다. 하지만 그가 잠에서 깬 건 그 때문이 아니었다. 그가 전화기를 향해 손을 뻗자, 부서진 침대가 불길하게 삐그덕거렸다. 이 침대는 한가운데가 꺼져 있었다. 1년도 더 전의 어느 날 밤, 빵집에서 일하는 에우드리타와 침대에 가로로 누워 섹스를 하다가 그렇게 되었다. 에우드리타는 몸매가 가냘팠지만 그해 봄, 오토는 110킬로그램이 넘었다. 그들이 우지끈 소리와 함께 침대는 가로가 아니라 세로로 움직이기에 적합하도록 설계되었다는 것을 깨달았을 때는 방 안이 칠흑처럼 캄캄했다. 오토가 에우드리타의 몸에 올라타 있었기 때문에 그녀의 쇄골에는 금이 갔고, 오토는 그런 그녀를 회네포스의 응급실로 데려갔다. 에우드리타는 길길이 화를 냈고, 닐스에게 말해버리겠다고 고래고래 호통을 쳐댔다. 닐스는 그녀의 남자친구이자 오토의 단짝 친구였다. 사실상 유일한 친구나 다름없었다. 당시 닐스는 115킬로그램이었고 성질이 불같기로 유명했다. 오토는 너무 웃겨서 숨을 쉴 수가 없었고, 그 후로는 빵집에 갈 때마다 에우드리타가 그를 무섭게 노려보았다. 오토는 그 사실이 매우 슬펐는데 그런 비극적인 사고에도 불구하고 그날 밤은 그에게 매우 소중한 추억이었기 때문이다. 또한 그의 마지막 섹스이기도 했고.

"해리 음향입니다." 오토가 전화기에 대고 헉헉거렸다.

그는 영화 〈더 컨버세이션〉에 나오는 진 해크만의 극중 이름을 따서 회사 이름을 해리로 정했다. 여러모로 그의 직업과 미래를 결정지은 영화인 〈더 컨버세이션〉은 1974년, 프란시스 포드 코폴라가 감독했는데 도청 전문가에 관한 이야기였다. 오토의 좁은 인맥 안에서는 이 영화를 본 사람이 아무도 없었다. 하지만 그는 그 영화를 서른여덟 번이나 보았다. 그 영화를 통해 약간의 기술적 장비가 타인의 삶에 어떤 통찰을 가져다주는지 깨달은 후로, 열다섯 살때 처음 마이크를 사서 부모님이 침실에서 무슨 이야기를 하는지 알게 되었다. 그 다음 날부터는 생애 첫 카메라를 사기 위해 돈을 모으기 시작했다.

이제 그는 서른다섯 살이었고, 100개의 마이크와 스물네 개의 카메라, 열한 살짜리 아들이 있었다. 어느 축축한 가을밤, 예일로에서 만난 여자와 그의 도청 차량에서 하룻밤을 보낸 후에 태어난 아이였다. 적어도 그는 여자를 설득해 아이 이름을 진 해크만의 '진'으로 하자는 데 성공했다. 그렇다고는 해도 누가 묻는다면 아들보다는 마이크가 더 내 새끼처럼 느껴진다고 말했을 것이다. 그것도 눈 하나 깜짝하지 않고. 그도 그럴 것이 그의 소장품 중에는 무려 1950년대에 노이만에서 제작한 붐 마이크와 오프스크린 지향성 마이크도 있었기 때문이다. 후자는 군대용 카메라와 함께 사용하기 위해 특별 제작된 것으로, 그는 그것을 불법으로 구입하기 위해 미국까지 다녀왔다. 하지만 요즘은 손쉽게 인터넷으로 구입할 수 있다. 그렇다고는 해도 그의 소장품 가운데 으뜸은 콩알만 한 크기의 러시아 스파이용 마이크 세 개였다. 이 마이크에는 제조회사의 이름이 없었는데 비엔나의 무역박람회에 갔다가 구입한 물건이었다.

게다가 해리 음향은 노르웨이에서 오로지 두 개밖에 없는 이동 전문 감시 스튜디오를 소유하고 있었다. 이는 가끔씩 경찰이나 국가정보국, 그리고 아주 드물게는 국방부 소속의 정보국에서 그를 찾는다는 뜻이었다. 오토는 그런 일이 좀 더 자주 있기를 바랐다. 세븐일레븐이나 비디오 대여점에 감시 카메라를 설치하고 가게 직원들을 훈련시키는 데는 신물이 났다. 그들은 감시 카메라의 존재를 모르는 손님들을 감시할 경우에 유념해야 할 보다 미묘한 요소들을 전혀 이해하지 못했다. 감시 작업에 관해서라면 경찰청이나 국방부 쪽에서 마음에 맞는 사람들을 만나기가 더 쉬웠다. 하지만 해리 음향의 고급 장비들은 돈이 많이 들었고, 예산이 삭감되었다는 똑같은 레퍼토리를 듣는 일이 점점 더 잦아졌다. 그들은 감시해야 할 목표물 근처의 집이나 아파트에 자신들의 장비를 설치하는 쪽이 훨씬 더 저렴하다고 했다. 물론 맞는 말이었다. 하지만 가끔씩 주위에 적당한 조건의 집이 없거나, 그들에게 없는 고급 장비가 필요한 경우에는 해리 음향에 연락하곤 했다. 지금처럼.

오토는 전화기에서 흘러나오는 말을 들었다. 중요한 업무 같았다. 그 목표물 근처에는 분명 적당한 아파트가 많았는데도 그를 필요로 하는 걸 보니 거물을 쫓는 듯했다. 그리고 지금 이 시기의 거물이라면 딱 하나뿐이었다.

"이거 퀵 배달원 사건인가요?" 침대 가운데가 꺼지지 않도록 조심스럽게 몸을 일으키며 오토가 물었다. 진작 새 침대를 샀어야 했다. 그는 그 일을 계속 미루는 이유가 경제적으로 쪼들려서인지 아니면 이 침대에 깃든 추억 때문인지 알 수 없었다. 이유가 뭐든 간에 지금 이 남자가 말하는 조건대로 계약이 성사되기만 한다면 그는 곧 넓고 튼튼한 맞춤 침대를 구입할 수 있을 것이다. 어쩌면 그 둥근 침대를 구입할 수 있을지도 모른다. 그러면 에우드리타를 다시 꼬드겨봐야지. 현재 닐스는 135킬로그램이나 나가서 역겨워 보였다.

"급한 일입니다." 오토의 질문을 무시한 채 볼레르가 말했다. 오토에게는 그것만으로도 충분한 답이 되었다. "오늘까지 다 설치해주셔야 합니다."

오토는 큰 소리로 웃었다.

"4층짜리 건물의 계단통과 엘리베이터, 건물 곳곳을 연결하는 복도마다 영상과 음향을 보고 들을 수 있는 장치를 설치해달라고요? 그것도 하룻밤 만에? 미안하지만 형씨, 그렇게는 안 되겠수다."

"이건 아주 급한 일입니다. 다른 일은 다 제쳐두고 – ."

"불–가–능–하–다–고–요. 아셨소?"

생각만 해도 어이가 없어서 오토가 껄껄 웃자, 침대가 흔들리기 시작했다.

"그렇게 급하다면 오늘 밤에 시작할 수는 있어요. 그러면 월요일 아침까지는 끝내겠다고 약속하죠."

"그렇군요. 내가 너무 순진했나 봅니다." 볼레르가 말했다.

오토가 사람들의 음성을 녹음하는 것만큼이나 그것을 해석하는 데도 능숙했다면 아마도 볼레르의 말투에서 자신의 똑 부러진 거절이 상대의 심기를 거슬렸다는 것을 눈치챘을 것이다. 하지만 지금으로서는 빨리 설치할 수 있는 가능성은 깎아내리고, 장비를 설치하는 데 걸리는 시간은 부풀리느라 여념이 없었다.

"자, 그럼 이제 우리의 의견이 일치한 거 같군요." 오토는 그렇게 말하며 양말을 찾아 침대 밑을 보았다. 하지만 거기에는 먼지 덩어리와 빈 맥주 캔뿐이었다.

"야근 수당은 따로 청구할 겁니다. 물론 주말 수당도."

맥주! 새 일을 맡게 된 기념으로 맥주를 한 박스 사서 축하파티라도 열까? 에우드리타를 초대해야겠다. 그녀가 안 된다면 닐스라도.

"그리고 앞으로 빌려야 할 장비에 대한 선수금을 좀 주셔야 합니다. 내가 모든 장비를 다 가지고 있는 게 아니라서 말이죠."

"그렇겠지. 아마 아스케르에 있는 스타인 아스트룹의 헛간에 있겠지." 볼레르가 말했다.

오토 탕엔은 하마터면 전화기를 떨어뜨릴 뻔했다.

"저런," 볼레르가 부드럽게 빈정거리듯 말했다. "내가 민감한 데를 건드렸나? 깜빡 잊고 세관 신고를 안 한 물건이라도 있어? 로테르담에서 배로 보낸 무슨 장비 같은 건가?"

침대가 우지끈 소리와 함께 바닥으로 꺼져버렸다.

"우리 쪽 사람들을 몇 명 보내줄 테니까 도움을 받으라고. 얼른 바지 주워 입고, 그 잘난 도청 차량을 끌고 경찰청으로 날 찾아와. 간단한 브리핑과 함께 설계 도면을 설명해줄 테니까." 볼레르가 말했다.

"난…… 난……."

"……황송해서 어쩔 줄을 모르겠지? 좋은 친구와 함께 일하게 돼서 좋군, 안 그래, 탕엔? 머리 잘 굴리고, 입 잘 다물고, 이 일을 네 생애 최고의 역작으로 만들라고. 그럼 아무 문제 없을 테니까."

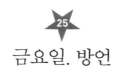

# 금요일. 방언

"여기 사시는 분인가요?" 해리가 깜짝 놀라 물었다.

그가 놀란 까닭은 문을 열어준 노부인이 놀랄 만큼 닮았기 때문이었다. 그는 창백하고 주름진 얼굴을 뚫어지게 바라보았다. 주범은 노부인의 눈이었다. 두 눈동자에 깃든 차분함과 따뜻함이 그가 아는 눈과 똑같았다. 그것이 가장 큰 이유였다. 하지만 자신이 올레우그 시버첸이라고 말할 때의 목소리도 한몫했다.

"경찰입니다." 해리는 경찰 신분증을 들어 올렸다.

"저런. 뭐가 잘못됐나요?"

가는 주름과 깊게 패인 주름이 얽힌 그녀의 얼굴 위로 걱정스런 표정이 스쳤다. 해리는 저 걱정이 누굴 위한 걱정일지 궁금했다. 그런 생각이 드는 것 역시 그가 아는 얼굴과 너무 닮아서인지 모른다. 그 얼굴은 늘 다른 사람을 걱정했기 때문이다.

"전혀 아닙니다." 그는 자동적으로 그렇게 말하고는 고개를 흔들어 거짓말을 반복했다. "들어가도 될까요?"

"물론이죠."

노부인은 문을 더 활짝 열고 옆으로 비켜섰다. 해리와 베아테는 안으로 들어갔다. 해리는 눈을 감았다. 비누와 낡은 옷 냄새가 은은하게 풍겼다. 당연했다. 눈을 뜨자, 노부인이 호기심 어린 미소를 반쯤 지은 채 그를 바라보았다. 해리도 노부인에게 미소 지었다. 해리가 무엇을 기대하고 있었는지 그녀는 짐작도 못할 것이다. 포옹과 머리를 토닥여주는 손길, 그리고 할아버지가 깜짝 놀랄 선물과 함께 너와 쇠스를 기다린다는 속삭임이었다.

노부인은 그들을 거실로 안내했지만 거기에는 아무도 없었다. 거실 천장에는 크라운 유리를 덧댄 장식용의 둥근 쇠시리가 설치되어 있었고, 우아한 골동품 가구들이 놓여 있었다. 게다가 이와 비슷한 거실이 연달아 세 개나 있었다. 가구와 카펫 모두 낡았지만 티끌 한 점 없이 깨끗하고 깔끔했다. 아마도 혼자 살기 때문에 가능했을 것이다.

해리는 아까 왜 그녀에게 여기 사는 분이냐고 물었는지 생각해보았다. 그녀가 문을 여는 방식 때문이었을까? 아니면 그들을 집 안으로 들이는 방식 때문에? 어쨌거나 그는 집 안에 남자가, 가장이 있을 거라고 반쯤 예상했었다. 하지만 주민등록 연구통계의 기록이 맞았다. 그녀는 이 집의 유일한 거주자였다.

"어서 앉으세요. 커피 드릴까요?" 노부인이 물었다.

그 말은 권한다기보다 간청하는 것처럼 들렸다. 해리는 마음이 불편해서 헛기침을 했다. 자신들이 온 이유를 곧장 말해야 할지, 아니면 어느 정도 대화를 나누다 맨 끝에 말해야 할지 알 수 없었다.

"좋죠." 베아테가 미소를 지으며 말했다.

노부인은 미소를 지으며 느릿느릿 거실에서 나갔다. 해리는 고맙다는 눈빛으로 베아테를 바라보았다.

"저분을 보니까 우리……." 그가 말문을 열었다.

"알아요. 반장님 표정을 보니까 그런 것 같더라고요. 우리 할머니도 저분과 좀 닮았어요."

"음." 해리는 주위를 둘러보았다.

가족사진은 많지 않았다. 진지한 얼굴들이 모여 있는 빛바랜 흑백 사진 두 장뿐이었는데 2차 세계대전 전에 찍은 것이 분명했다. 그 외에는 각기 다른 나이에 찍힌 소년의 사진이 네 장 있었다. 십대 시절에 찍힌 사진에는 얼굴에 뾰루지가 있고, 1960년대 초반의 머리 스타일을 했으며, 문간에서 그들을 맞이했던 것과 똑같은 테디베어의 눈동자를 가지고 있었다. 그리고 미소 짓고 있었다. 정확히 미소였다. 그 나이에 카메라 앞에 섰던 해리가 미소를 짓는답시고 힘들게 얼굴을 찡그렸던 것과 달리 진짜 미소.

노부인이 쟁반을 가지고 돌아와 자리에 앉더니 커피를 따라주었고 메릴랜드 쿠키가 담긴 접시를 건넸다. 해리는 커피에 대한 베아테의 칭찬이 끝날 때까지 기다렸다.

"최근 오슬로에서 살해된 젊은 여자들에 대한 기사를 읽으셨습니까, 시버첸 부인?"

그녀는 고개를 저었다.

"헤드라인에서 보기는 했어요. 아프텐포스텐 1면에 실려 있었으니 보지 않을 수가 없죠. 하지만 난 원래 그런 기사는 읽지 않아서."

그녀가 미소를 짓자 눈가의 주름이 비스듬히 아래로 향했다.

"그리고 미안한데 난 시버첸 부인이 아니에요. 그냥 늙은 독신녀랍니다."

"죄송합니다. 전……." 해리는 사진을 힐끗 바라보았다.

"네. 맞아요. 저 애는 내 아들이에요." 노부인이 말했다.

거실에 정적이 흘렀다. 바람결에 멀리서 개 짖는 소리와 할덴 행 기차가 17번 플랫폼에서 출발한다는 금속성의 목소리가 실려 왔다. 하지만 발코니 문의 커튼은 거의 움직이지 않았다.

"그렇군요." 해리는 커피잔을 들어 올렸지만 그냥 단도직입적으로 말하고 끝내기로 마음먹었다. "저희는 그 여자들을 살해한 범인이 연쇄 살인범이라고 믿고 있습니다. 그리고 그자의 다음 두 목표물 중 하나가—."

"비스킷이 정말 맛있네요, 시버첸 부인." 갑자기 베아테가 입에 비스킷이 가득 든 채 해리의 말을 잘랐다. 해리는 어리둥절한 표정으로 그녀를 보았다. 발코니 문으로 기차의 출발을 알리는 휘슬 소리가 들렸다.

노부인이 다소 당황하며 미소를 지었다.

"아유, 그건 그냥 슈퍼에서 파는 거예요." 노부인이 말했다.

"다시 말씀드리죠, 시버첸 부인." 해리가 말했다. "첫째로 걱정하실 필요 전혀 없습니다. 우리가 상황을 완벽하게 통제하고 있으니까요. 둘째로……."


"고마워." 해리가 말했다. 두 사람은 창고와 나지막한 공장 건물들을 지나 슈바이고르드 가를 걸어 내려가는 중이었다. 그 건물들은 고립된 저택과 뚜렷한 대조를 이루며 서 있었고, 저택에 딸린 정원은 검은 자갈밭 속의 초록색 오아시스 같았다.

베아테는 얼굴을 붉히지 않은 채 미소 지었다.

"그분에게 대퇴골 골절에 맞먹는 정신적 상처를 주는 일은 피해야 한다고 생각했어요. 가끔은 돌려서 말해도 되니까요. 살짝 누그러뜨려서 표현하는 거죠."

"그래, 나도 전에 그런 지침을 들은 적이 있어."

해리는 담배에 불을 붙였다.

"난 사람들에게 말하는 게 늘 서툴러. 듣는 걸 더 잘하지. 어쩌면 이제…… 다른 일을 할 때가 된 건지도 모르겠어. 운전 좀 해줄래?"

해리가 자동차 지붕 너머로 열쇠 꾸러미를 던졌다.

베아테는 열쇠를 잡아채서 걱정스런 표정으로 내려다보았다.

오후 8시, 이번 수사를 주도하는 네 명의 수사관과 에우네 박사는 다시 회의실에 모였다.

해리는 발레 저택을 방문했던 일을 보고하며 올레우그 시버첸이 상황을 담담히 받아들였다고 전했다. 물론 겁을 먹기는 했지만 자신이 연쇄 살인범의 다음 표적이 될지도 모른다고 생각하며 패닉 상태에 빠지지는 않았다고 했다.

"베아테가 부인에게 당분간 아드님 댁에서 지내는 게 어떻겠느냐고 제안했습니다." 해리가 말했다. "저도 그 편이 좋을 거라고-."

볼레르가 고개를 저었다.

"안 된다고?" 해리가 놀라서 물었다.

"아마도 범인은 다음 범행 장소를 감시하고 있을 거야. 행여나 상황이 평소와 달라지면 놈이 꽁무니를 뺄 수도 있어."

"지금 그 말은 무고한 노부인을 그러니까…… 그러니까……." 베아테는 분노를 감추려고 했지만 얼굴이 빨개지면서 말을 더듬었다. "……미끼로 쓰자는 거예요?"

볼레르가 베아테를 빤히 바라보았다. 이번만큼은 그녀도 시선을 피하지 않았다. 결국 침묵이 점점 무거워지자 묄레르가 무슨 말이라도, 아무 말이라도, 무작위로 고른 단어들을 말하려고 입을 열었다. 하지만 볼레르가 한발 빨랐다.

"난 그저 범인을 확실하게 잡으려는 것뿐이야. 그래야 우리 모두 발 뻗고 잘 수 있을 테니까. 그리고 내가 알기론 그 할머니는 다음 차례가 아니야. 기숙사가 먼저지."

묄레르가 큰 소리로 어색하게 웃었다. 긴장된 분위기가 전혀 누그러지지 않았다는 것을 깨닫자 그는 한층 더 크게 웃었다.

"어쨌거나 시버첸 부인은 계속 그 집에 있을 거야. 아들이 너무 먼 곳에 산다더군. 외국 어딘가에." 해리가 말했다.

"좋아." 볼레르가 말했다. "학교 기숙사는 지금 방학이라 거의 비어 있어. 하지만 남아 있는 학생들에게는 내일 방에서 나오면 안 된다고 분명히 말해뒀지. 그것 외에는 최소한의 정보만 알려줬어. 이 모든 게 내일 현장에서 강도를 체포하기 위해서라고 해뒀고. 오늘 밤 범인이 잠든 사이에 기숙사에 감시 장비를 설치할 거야."

"특수 부대는 어떤가?" 묄레르가 물었다.

볼레르는 미소 지었다. "그 친구들이야 기쁨에 들떠 있죠."

해리는 창밖을 바라보았다. 기쁨에 들떠 있다는 게 어떤 기분인지 기억도 나지 않았다.


묄레르는 회의를 끝냈고, 해리는 에우네의 셔츠 양쪽 겨드랑이에 소말리아 모양의 땀자국이 생긴 것을 보았다.

세 사람은 다시 자리에 앉았다.

묄레르는 냉장고에서 칼스버그 네 병을 꺼냈다.

에우네는 행복한 표정으로 고개를 끄덕였고, 해리는 고개를 저었다.

"하지만 왜까?" 묄레르는 칼스버그 두 병을 따르며 물었다. "왜 범인이 자진해서 암호의 열쇠를 준 걸까? 그럼 우리가 다음 범행 장소를 알게 될 텐데?"

"우리에게 자기를 잡는 법을 알려주고 싶었던 겁니다." 해리는 그렇게 말하며 창문을 위로 밀어 올렸다.

여름밤의 도시 소음이 회의실로 밀려들었다. 하루살이의 절박한 날갯짓, 오픈카에서 흘러나오는 음악, 과장된 웃음, 아스팔트 위에서 미친 듯이 또각거리는 하이힐. 사람들은 즐거운 시간을 보내고 있었다.

묄레르는 어이없다는 표정으로 해리를 바라보았다가 다시 에우네에게 시선을 던졌다. 해리가 제정신이 아니라는 확인을 받고 싶어서였다.

에우네는 나비넥타이 앞에서 양손끝을 맞대며 말했다.

"해리의 말이 맞을 수도 있네. 연쇄 살인범이 경찰의 도전의식을 북돋우며 수사를 돕는 경우는 꽤 흔하니까. 샘 바크닌이라는 심리학자 말에 의하면 연쇄 살인범들은 자신들의 가학적 초자아를 정당화시키기 위해 경찰에 잡혀서 벌을 받고 싶어 하는 욕구가 있다더군. 개인적으로는 연쇄 살인범들이 자기 안의 괴물을 멈추게 하기 위해 누군가가 도와주기를 바란다는 이론에 더 끌리지만. 그들이 자신들의 병을 어느 정도 객관적으로 이해하기 때문에 그렇게 잡히고자 하는 욕구가 생겨난다고 보네."

"자기가 미쳤다는 걸 스스로 아나요?"

에우네는 고개를 끄덕였다.

"지옥이 따로 없겠군요." 묄레르는 부드럽게 말하며 맥주병을

328

들어 올렸다.

묄레르는 〈아프텐포스텐〉에 전화 회신을 하기 위해 자리를 떴다. 〈아프텐포스텐〉에서는 어린아이들의 외출을 금지하는 옴부즈맨의 항소를 경찰이 지지하는지 알고 싶어 했다.

해리와 에우네는 그대로 앉아 멀리서 들리는 파티 소리에 귀 기울였다. 희미한 함성과 스트룩스의 음악 소리가 들리더니 갑자기 이슬람교의 기도 방송이 나왔다. 무슨 이유에서인지 방송이 갑자기 쇳소리를 내며 웅웅 울리기 시작했고, 그 소리가 불경스럽게 들리기는 해도 한편으로 이상하게 아름다웠다.

"그냥 궁금해서 그러는데 말일세, 도화선이 뭐였나? 암호가 5라는 걸 어떻게 알아냈지?" 에우네가 물었다.

"무슨 말입니까?"

"창의적 과정에 대해서라면 나도 좀 안다네. 어떻게 된 건가?"

해리는 빙그레 웃었다.

"박사님이 말해주셔야죠. 어쨌거나 오늘 아침 잠들기 전에 마지막으로 본 건 머리 맡 시계 속의 5, 5, 5라는 숫자였습니다. 세 개의 5. 세 명의 여자. 5."

"인간의 뇌는 정말 경이로운 도구야." 에우네가 말했다.

"그런 거 같습니다. 암호깨나 푸는 제 친구 말로는 '왜'라는 질문의 답을 얻어야 암호가 완전히 풀린다고 하더군요. 그 대답은 5가 아니었습니다."

"그럼 뭔가?"

해리는 하품을 하며 기지개를 켰다.

"'왜'는 박사님의 영역 아니었나요? 전 그냥 범인만 잡으면 만족합니다."

에우네는 미소를 지으며 손목시계를 본 뒤, 자리에서 일어났다.

"자넨 참 이상한 친구야, 해리."

에우네는 트위드 재킷을 입었다.

"자네가 요즘 술을 조금 마시는 걸로 알고 있는데 그래서 그런지 얼굴이 좀 낫군. 이번에는 고비를 넘긴 건가?"

해리는 고개를 저었다.

"금주 중입니다."

해리가 집으로 걸어가는 동안 그의 머리 위에서 아치를 이룬 하늘이 온갖 색깔로 화려하게 물들어갔다.

선글라스를 낀 여자가 니아치의 네온 간판 아래 서 있었다. 니아치는 해리의 아파트 바로 다음 블록에 위치한 작은 슈퍼마켓이었다. 여자는 한 손으로 허리를 짚고, 다른 손으로는 아무 글씨도 적혀 있지 않은 니아치의 하얀 비닐봉지를 들고 있었다. 그녀는 미소를 지으며 마치 해리가 오기를 기다리고 있었던 척했다.

비베케 크눗센이었다.

해리는 이것이 일종의 연극이며, 자신도 이 연극에 동참해야 한다는 것을 알았다. 그리하여 걷는 속도를 늦추고 그녀에게 미소로 답했다. 마치 그도 여기서 그녀와 만나기를 기다리고 있었다는 듯이. 이상하게도 그것은 사실이었다. 지금에서야 그걸 깨달았을 뿐이다.

"요새 언더워터에서 통 안 보이던데요?" 비베케가 선글라스를 들어 올리더니 마치 태양이 아직도 옥상 위에 걸려 있다는 듯이 눈을 가늘게 떴다.

"머리를 수면 위에 내놓으려고 노력하는 중입니다." 해리가 담뱃갑을 꺼내며 말했다.

"어머, 말장난하는 거예요?" 비베케가 기지개를 켜며 말했다.

오늘은 이국적인 동물무늬의 옷이 아니었다. 그저 네크라인이 깊이 파인 푸른색 여름 드레스였다. 옷은 터질 듯이 팽팽했고 그녀도 그걸 알고 있었다. 해리가 담뱃갑을 건네자, 그녀가 담배 하나를 꺼내 입술 사이에 밀어 넣었는데 그 입의 움직임은 아무리 봐도 외설적이었다.

"여긴 어쩐 일입니까? 장보기는 키위에서 하지 않았나요?" 해리가 물었다.

"거긴 문 닫았어요. 지금 자정이 다 되었다고요, 해리. 아직 문을 연 곳이 있는지 찾다 보니 여기까지 오게 됐어요."

그녀의 미소가 번지며 눈이 가늘어졌다. 장난꾸러기 고양이들처럼.

"여긴 금요일 밤에 아가씨가 돌아다니기에는 위험한 동넵니다." 비베케의 담배에 불을 붙여주며 해리가 말했다. "살 게 있으면 남자친구를 대신 보내시지……."

"술에 섞어 마실 믹서를 사러 나왔어요." 비닐봉지를 들어 올리며 그녀가 말했다. "그래야 술이 덜 독해질 테니까요. 그리고 내 약혼자는 집에 없어요. 이 동네가 위험하다면 당신이 아가씨를 구해 안전한 곳으로 모셔야 하지 않겠어요?

그녀가 아파트 단지 쪽을 향해 고갯짓을 했다.

"커피 한 잔은 대접할 수 있죠." 해리가 말했다.

"네?"

"인스턴트커피로요. 내가 줄 수 있는 건 그것뿐입니다."

해리가 끓는 물과 커피 글라스를 가지고 거실에 들어섰을 때 비베케 크눗센은 신발을 벗은 채 두 무릎을 끌어안고 소파에 앉아 있었다. 우유처럼 뽀얀 살결이 어스름 속에서 희미하게 빛났다. 그녀는 또 다른 담배에 불을 붙였는데 이번에는 그녀의 담배였다. 해리로서는 처음 보는 외국 브랜드였다. 필터 없는 담배. 성냥의 펄럭이는 불빛 속에서 암적색 페디큐어를 바른 그녀의 부러진 발톱이 보였다.

"언제까지 버틸 수 있을지 모르겠어요." 비베케가 말했다. "그이는 변했어요. 집에 오면 안절부절못하면서 거실을 서성이거나 운동하러 나가버리죠. 어서 다시 출장을 가고 싶어서 몸살 난 사람 같아요. 내가 말을 걸어도 내 말을 자르거나 도저히 이해하지 못하겠다는 시선으로 날 바라볼 뿐이죠. 우린 정말로 다른 행성에서 왔나 봐요."

"행성이 궤도를 이탈하지 않는 건 행성 간의 거리와 상호 간의 끌림이 합쳐진 결과죠." 해리는 동결 건조시킨 커피 알갱이를 스푼으로 뜨면서 말했다.

"또 말장난인가요?" 비베케가 핑크색의 젖은 혀끝에서 가느다란 담배를 떼어내며 말했다.

해리는 큭큭 웃었다. "대기실 잡지에서 읽은 겁니다. 사실이었으면 좋겠더군요. 나를 위해서라도."

"가장 이상한 게 뭔지 알아요? 안데르스가 날 싫어한다는 거예요. 그런데도 그이는 날 놓아주지 않을 거예요."

"무슨 뜻입니까?"

"그이는 날 필요로 해요. 정확히 무엇 때문인지는 나도 모르겠어요. 하지만 마치 그가 무언가를 잃었고 그것 때문에 날 필요로 하는 것 같아요. 그의 부모님은……."

"부모님이 왜요?"

"그이는 부모님과 연락을 끊고 살아요. 난 두 분을 뵌 적이 없죠. 그분들은 아마 내 존재도 모르실 거예요. 며칠 전에 전화가 왔는데 웬 남자가 안데르스를 찾더군요. 그이의 아버지라는 느낌이 왔어요. 부모들이 자식 이름을 부를 때 그 특유의 방식이 있잖아요. 너무 자주 불렀던 이름이라서 세상에서 제일 자연스럽게 발음하지만, 또 한편으로는 너무 친숙해서 발가벗는 느낌이 들기 때문에 부끄러워하며 빨리 발음하는 거 말이에요. 지금 자고 있어서 깨워야 한다고 말했더니 그분이 갑자기 외국어로 횡설수설하는 거예요. 아니…… 정확히 말하면 외국어는 아니고 우리가 급하게 할 말을 찾을 때와 비슷했어요. 예배 중에 분위기에 취한 사람들이 막 중얼거리는 것처럼요."

"방언 말입니까?"

"네, 아마 그게 맞을 거예요. 안데르스는 그런 걸 들으며 자랐죠. 제게 그런 얘기는 한 번도 한 적이 없지만요. 전 한동안 안데르스의 통화를 엿들었어요. 처음에는 간간히 '사탄'과 '소돔'이라는 단어가 들리더군요. 그러더니 저속한 표현이 들렸어요. '음부'라거나 '창녀' 같은 단어들요. 그래서 자리를 떴죠."

"거기에 대해 안데르스가 뭐라고 하던가요?"

"그이에게는 말하지 않았어요."

"왜죠?"

"난…… 거긴 내가 끼어들 영역이 아닌 것 같아서요. 끼어들고 싶지도 않았고요."

해리는 커피를 마셨다. 비베케는 커피에 손도 대지 않았다.

"가끔씩 외로울 때 없어요, 해리?"

해리는 눈을 들어 비베케를 바라보았다.

"혼자라는 느낌 말이에요. 누군가와 함께 있고 싶지 않아요?"

"그 두 가진 별개죠. 누군가와 함께 있어도 혼자라는 느낌이 들 수 있어요."

마치 한랭전선이 거실을 통과하는 것처럼 그녀가 몸을 부르르 떨었다.

"있잖아요, 나 술 마시고 싶어요." 비베케가 말했다.

"미안한데 술 종류는 다 떨어졌어요."

그녀가 핸드백을 열었다. "잔 두 개만 가져다줄래요?"

"하나만 있으면 될 것 같은데요."

"좋아요, 그럼."

비베케는 핸드백에서 꺼낸 힙 플라스크의 뚜껑을 열더니 고개를 뒤로 젖히고 술을 마셨다.

"난 절대로 움직이면 안 돼요." 그녀가 웃으며 말했다. 반짝이는 갈색 방울이 그녀의 턱을 따라 흘러내렸다.

"네?"

"안데르스는 내가 움직이는 걸 좋아하지 않아요. 그래서 난 꼼짝하지 않고 누워 있어야 해요. 말을 하거나 신음 소리를 내서도 안 돼요. 잠든 척해야 하죠. 내가 적극적으로 나오면 욕구가 사라진대요."

"그래서요?"

그녀는 해리에게서 눈을 떼지 않은 채 한 모금 더 마시고는 다시 힙 플라스크의 뚜껑을 닫았다.

"그건 거의 불가능한 일이죠."

그녀의 시선이 너무 강렬해서 해리는 자동적으로 숨을 좀 더 깊이 들이쉬었다. 짜증나게도 바지 안쪽에서 발기가 되어 욱신거리는 느낌이 들었다.

비베케는 마치 그녀도 그걸 느꼈다는 듯이 한쪽 눈썹을 치켜세웠다.

"이리 와서 소파에 앉아요." 그녀가 속삭였다.

어느새 그녀의 목소리는 거칠고 허스키하게 변해 있었다. 그녀의 하얀 목에 있는 두꺼운 푸른 정맥이 부풀어 오른 것이 보였다. 단순한 반사작용일 뿐이야, 해리는 생각했다. 음식이 나오는 소리를 듣기만 하면 침을 질질 흘리는 파블로프의 개처럼 조건반사일 뿐이야. 그뿐이라고.

"그렇게는 못하겠는데요." 그가 말했다.

"내가 두려워요?"

"네." 해리가 말했다.

슬픈 달콤함이 그의 아랫배에 감돌았다. 그의 남성성이 말없이 탄식했다.

비베케는 큰 소리로 웃더니 그의 눈을 보고 웃음을 그쳤다. 그러고는 입을 삐죽거리며 어린아이 같은 목소리로 간청하듯 말했다. "하지만 해리, 그러지 말고⋯⋯."

"그럴 수 없어요. 당신은 정말 멋진 여자지만⋯⋯."

그녀의 미소는 그대로였지만 그녀는 마치 뺨이라도 맞은 듯이 눈을 깜박거렸다.

"당신이 원하는 건 내가 아닙니다." 해리가 말했다.

그녀의 시선이 흔들렸다. 마치 웃으려는 사람처럼 양 입꼬리가 올라갔다.

"하!" 그녀가 말했다.

비꼬기 위한, 과장된 연극적 감탄사로서 내뱉은 말이었으리라. 하지만 지쳐서 체념하는 신음처럼 들렸다. 연극은 끝났고, 두 사람 모두 대사를 잊었다.

"미안해요." 해리가 말했다.

그녀의 눈에 눈물이 고였다.

"오, 해리." 그녀가 속삭였다.

그녀가 그 말을 하지 않았더라면 좋았을 텐데. 그랬다면 그녀에게 당장 나가달라고 할 수 있었을 것이다.

"당신이 내게서 원하는 게 무엇이든지 간에 내겐 그게 없어요. 그녀도 그걸 알고, 이젠 당신도 알겠군요." 그가 말했다.

THE DEVIL'S STAR

Part 4

# 토요일. 영혼. 디데이.

토요일 아침, 태양이 에케베르그 언덕을 가로질러 흘러가며 또 다른 기록적인 더위를 약속하고 있을 때 오토 탕엔은 마지막으로 믹싱 콘솔을 점검했다.

도청 버스 안은 어둡고 비좁았으며, 오래 묵은 옷 냄새가 풍겼다. 아무리 방향제를 걸어두고 담배를 말아 피워도 이 냄새는 도무지 사라지지 않았다. 가끔씩 오토는 자신이 죽음의 악취가 코를 찌르는 참호 벙커에 앉아 있지만 벙커 바로 밖에서 벌어지는 일과는 여전히 분리되어 있다는 느낌이 들었다.

캄펜 맨 꼭대기에 위치한 땅덩어리 중앙에 우뚝 선 기숙사 건물은 퇴엔을 내려다보고 있었다. 이 4층짜리 낡은 적벽돌 건물 양쪽으로 1950년대에 지어진 그보다 더 높은 아파트 두 채가 거의 평행을 이루며 서 있었다. 기숙사 건물은 아파트와 같은 색깔이었고, 창문 모양도 같았는데 아마도 통일감을 주기 위해서였을 것이다. 하지만 세월의 차이는 속일 수가 없었다. 마치 다른 곳에 있던 기숙사 건물이 토네이도에 빨려 들어가 아파트 단지 한가운데 툭 떨어진 것처럼 보였다.

해리와 볼레르는 도청 버스를 다른 차들과 함께 주차장에 두기로 했다. 주차장은 기숙사 바로 앞이어서 수신 상태가 좋았고, 버스도 그다지 눈에 띄지 않았다. 혹시라도 지나가던 사람들이 힐끗 쳐다본다 해도 창문은 인조 고무로 차단되어 있었고, 이 녹슨 푸른색 볼보 버스가 '킨더가르덴 액시던트Kindergarden Accident'라는 록밴드 소유의 차량이라고 생각할 터였다. 버스 양쪽에 검은색 글씨로 그 밴드 이름이 적혀 있었는데 두 개의 i는 점이 해골로 그려져 있었다.

오토는 땀을 닦고 카메라가 빠짐없이 작동하는지, 모든 각도에서 다 잡히는지 확인했다. 기숙사 건물 밖에서 움직이는 것은 모두 다 하나 이상의 카메라에 찍혔다. 따라서 목표물이 기숙사 입구 복도에 들어서는 순간부터 4개 층의 여덟 개 복도에 있는 총 80개의 방 중 하나 앞에 설 때까지 계속 지켜볼 수 있었다.

그들은 밤새 장비를 조립하고 줄을 잇고 벽에 카메라를 달았다. 오토의 입 안에서는 아직도 마른 모르타르의 씁쓸한 금속 맛이 났고, 그의 지저분한 청재킷 어깨에는 노란 회반죽 가루가 비듬처럼 떨어져 있었다.

오토의 설명을 다 듣고 난 볼레르는 마침내 오늘까지 장비를 다 설치하려면 음성 녹음은 포기해야 한다는 사실을 깨달았다. 범인 체포에는 아무런 지장도 없었다. 다만 범인이 뭔가 유죄를 인정하는 말을 했을 때 그것을 증거로 보관할 수 없을 뿐이었다.

또 엘리베이터 안에도 카메라를 설치하지 않았다. 전선이 없는 카메라를 설치하면 엘리베이터 내부가 잘 보이지 않았다. 콘크리트로 만들어진 엘리베이터의 수직 갱도가 전파를 차단하기 때문이다. 그렇다고 전선이 달린 카메라를 설치하면 제대로 보일지는 몰라도 엘리베이터 부품의 전선과 얽힐 가능성이 있었다. 그에 대해 볼레르는 엘리베이터에는 카메라를 설치하지 않아도 된다고 했다. 어차피 범인은 엘리베이터를 혼자 탈 테니 말이다. 기숙사 학생들은 이 일을 비밀로 하겠노라고 맹세했으며 오후 4시에서 6시까지 방문을 잠그고 나오지 말라는 지침을 받았다.

오토 탕엔은 작은 화면들의 모자이크를 대형 모니터 세 개로 옮긴 후 또렷이 보일 때까지 확대시켰다. 왼쪽 모니터에는 북쪽으로 향한 복도들이 보였다. 맨 위가 4층 복도였고, 맨 아래가 1층이었다. 가운데 모니터에는 기숙사 출입문, 각 층의 계단참, 그리고 엘리베이터 문이 보였다. 오른쪽 모니터는 남쪽으로 향하는 복도들이었다.

오토는 '저장'을 클릭하고, 두 손을 머리 뒤에서 깍지 긴 채 만족스러운 신음을 뱉으며 의자에 등을 기댔다. 이제 건물 전체를 모니터할 수 있었다. 젊은 대학생들의 기숙사라. 만약 시간이 좀 더 있었더라면 몇몇 학생들의 방에 카메라를 설치했을 것이다. 물론 학생들은 전혀 눈치채지 못할 것이다. 생선 눈알만 한 작은 렌즈를 절대 눈에 띄지 않을 곳에 설치하면 그만이다. 러시아제 마이크와 함께. 노르웨이에서 온 간호학과 색정녀. 그걸 비디오테이프로 만들어 지인들을 통해 팔 수도 있다. 그 볼레르 새끼는 엿이나 먹으라지. 아스트룹과 아스케르의 헛간에 대해 어떻게 알았지? 의심스러운 생각 하나가 오토의 머릿속에서 펄럭였다. 예전부터 아스트룹이 누군가에게 뇌물을 주고 그의 보호를 받는 게 아닐까 의심스러웠다.

오토는 담배에 불을 붙였다. 화면은 마치 정지된 것 같았다. 노란색으로 칠해진 복도나 계단에는 이것이 생중계 화면이라는 것을 말해주는 단 하나의 움직임도 없었다. 여름방학을 기숙사에서 보내는 학생들은 아직도 자는 모양이었다. 하지만 몇 시간만 더 기다리면 어제 새벽 2시에 303호의 예쁜 여학생을 따라 방으로 들어갔던 남자를 볼 수 있을지도 모른다. 그 여학생은 술에 취한 듯했다. 술에 취했고 준비가 되어 있었다. 남자는 그냥 준비가 된 듯이 보였다. 오토는 에우드리타를 생각했다. 닐스의 집에서 열린 파티에서 처음 그녀를 만났을 때 다들 그녀와 악수하기 위해 통통한 손을 내밀었다. 마침내 그녀가 작고 하얀 손을 내밀어 오토의 손을 잡고 '에우드리타Aud - Rita'라고 천천히 발음했을 때는 마치 그에게 취했느냐고 묻는 듯했다.*

오토는 땅이 꺼지도록 한숨을 내쉬었다.

그 망할 볼레르 새끼는 어제 자정까지 특수 부대 사람들과 작전 회의를 했다. 오토는 버스 밖에서 볼레르와 특수 부대 대장이 나누는 이야기를 들었다. 그 후에 특수 부대 요원들이 각 층 복도마다 세 명씩, 그러니까 총 스물네 명이 배치되었다. 검은 옷에 발라클라바를 쓰고 장전된 MP5와 최루탄, 가스 마스크로 무장한 채. 이 버스에서 신호만 주면 목표물이 기숙사 방을 노크하거나, 방에 들어가려고 하는 찰나 그들이 즉각 작전을 개시할 것이다. 그 생각을 하니 오토는 흥분으로 몸이 떨렸다. 예전에 그런 현장을 두 번 본 적이 있었는데 더럽게 비현실적이었다. 발로 문짝을 차고, 빛을 비춰대는 것이 꼭 헤비메탈 콘서트 같았다. 그리고 두 번 다 목표물은 공포로 얼어붙어 체포는 몇 초 만에 끝나버렸다. 오토는 그것이 이 작전의 핵심이라고 들었다. 목표물이 혼이 빠지도록 겁을 줘서

---

* '당신 취했어요?'에 해당되는 노르웨이어인 'Er'u drita?'는 에우드리타와 발음이 비슷하다.

감히 반항해야겠다는 생각 자체가 들지 않도록 하는 것.

오토는 담배를 비벼 껐다. 덫은 완성되었다. 이제는 쥐가 오기를 기다리기만 하면 된다.

형사들은 3시에 오기로 했다. 볼레르 새끼는 그 시간 외에는 누구도 버스에서 나오거나 들어가면 안 된다고 했다. 길고 더운 하루가 될 것이다.

오토는 바닥에 놓인 매트리스에 몸을 던졌다. 지금 303호에서는 무슨 일이 벌어지고 있을지 궁금했다. 집에 있는 자신의 침대가 그리웠다. 흔들거리는 그 움직임이 그리웠다. 에우드리타가 그리웠다.


같은 시각, 해리는 등 뒤로 아파트 출입문을 닫았다. 걸음을 멈추고 오늘의 첫 담배에 불을 붙이며 하늘을 올려다보았다. 하늘에는 아침 안개가 얇은 베일처럼 깔려 있었고, 태양은 그 베일을 불태우는 중이었다. 간밤에는 숙면을 취했다. 한 번도 깨지 않았고, 꿈도 꾸지 않았다. 거의 비현실적인 일이었다.

"오늘 하루 종일 냄새가 진동하겠어요, 해리! 일기예보에서 오늘이 1907년 이후로 가장 더운 날이 될 거라고 했거든요."

해리의 아랫집에 사는 이웃이자 니아치 주인인 알리였다. 해리가 아무리 일찍 일어나도 출근길에 지나다 보면 알리와 그의 동생은 늘 바삐 일하고 있었다. 알리는 빗자루를 들어 인도 위의 무언가를 가리켰다.

해리는 알리가 가리킨 것을 보기 위해 눈을 가늘게 떴다. 개똥이었다. 어제 저녁 비베케가 바로 저 자리에 서 있었을 때는 보지 못했다. 분명 누군가가 오늘 아침, 혹은 어제 저녁에 개를 산책시키다가 다른 일에 정신이 팔려 미처 치우지 못한 모양이다.

해리는 손목시계를 보았다. 오늘이 바로 디데이였다. 몇 시간 후면 답을 얻게 될 것이다.

담배 연기를 폐 깊숙이 들이마셨다. 신선한 공기와 니코틴이 들어가니 몸이 깨어나는 것이 느껴졌다. 아주 오랜만에 처음으로 담배 맛을 느낄 수 있었다. 심지어 맛있기까지 했다. 순간 그는 앞으로 자신이 잃게 될 것들, 그의 직업과 라켈, 그리고 그의 영혼에 대해 까맣게 잊어버렸다.

오늘이 디데이이기 때문이다.

그리고 시작부터 좋았다.

이 역시도 거의 비현실적인 일이었다.


해리는 자신의 목소리를 들은 그녀가 반가워한다는 걸 느낄 수 있었다.

"아버지께 말씀드렸더니 기꺼이 올레그를 봐주겠다고 하셨어. 쇠스도 올 거야."

"오프닝 공연?" 그녀가 쾌활한 웃음이 깃든 목소리로 말했다. "국립극장에서? 세상에."

라켈은 호들갑을 떨었다. 그녀는 이따금씩 그렇게 행동하는 걸 좋아했다. 하지만 해리도 덩달아 흥분되기 시작했다.

"당신은 뭐 입을 거야?" 그녀가 물었다.

"아직 내 초대에 대답 안 했어."

"당신 답에 달렸어."

"양복 입어야지."

"무슨 양복?"

"어디 보자……. 재작년 5월 17일에 헤그데헤우그스바이엔 가에서 산 양복. 당신도 알잖아. 그 회색 – ."

"당신 양복은 그거 한 벌뿐이잖아."

"그럼 더더군다나 그걸 입어야겠군."

그녀가 웃었다. 그녀의 살갗과 키스처럼 부드러운 웃음. 하지만 그가 가장 좋아하는 건 여전히 그녀의 평소 웃음이었다. 아주 간단했다.

"6시에 데리러 갈게."

"좋아. 근데 해리……."

"응?"

"행여나 이걸……."

"알아. 그냥 연극 한 편 보는 거야."

"고마워, 해리."

"천만에."

그녀가 다시 웃었다. 그녀는 한 번 웃음보가 터지면 그가 하는 거의 모든 말에 웃었다. 마치 둘이서 하나의 머리를 가지고 같은 눈으로 바라보는 것처럼. 딱히 뭐라고 말할 필요 없이 손으로 가리키기만 해도 충분했다. 그는 간신히 전화를 끊었다.

오늘이 디데이다. 그리고 아직까지는 순조로웠다.

작전이 진행되는 동안, 베아테는 올레우그 시버첸 부인과 함께 있기로 했다. 묄레르는 목표물(이틀 전, 볼레르가 범인을 '목표물'이라고 부른 뒤로 다들 그렇게 불렀다)이 함정을 눈치채고 살인의 순서를 바꾸는 경우에도 대비하고 싶어 했기 때문이다.

전화벨이 울렸다. 외위스테인이었다. 그는 해리가 어떻게 지내는지 알고 싶어 했다. 해리는 잘 지내고 있으며 용건이 뭐냐고 물었다. 외위스테인은 그것이 용건이라고 했다. 해리가 어떻게 지내는지 아는 것. 해리는 부끄러워졌다. 그는 그런 식의 배려에 익숙하지 않았다.

"잠은 좀 자냐?"

"간밤엔 잘 잤어." 해리가 말했다.

"잘됐네. 암호는? 풀었어?"

"일부만. 장소와 시간은 알아냈어. 살인 동기는 여전히 모르고."

"그러니까 텍스트를 읽기는 하는데 무슨 뜻인지는 모르겠다?"

"비슷해. 놈을 잡으면 나머지 답도 알게 되겠지."

"이해가 안 가는 게 뭔데?"

"한두 개가 아니야. 이를테면 왜 시체 한 구는 숨겼는지. 혹은 왜 피살자의 왼손 손가락을, 그것도 매번 다른 손가락을 자르는지 같은 사소한 것들도 궁금하고. 첫 번째 피살자는 검지, 두 번째 피살자는 중지, 세 번째 피살자는 약지를 잘랐거든."

"그럼 순서대로 자른 거네. 체계적인데."

"응, 하지만 왜 엄지부터 시작하지 않았을까? 거기에 무슨 메시지라도 있는 걸까?"

외위스테인이 웃음을 터뜨렸다.

"조심해, 해리. 암호는 여자와 같아. 네가 암호를 깨지 못하면 암호가 널 깨부술 거라고."

"전에 말했어."

"그래? 다행이네. 그건 내가 사려 깊은 사람이라는 뜻이니까. 내 눈으로 보고도 못 믿겠지만 방금 내 차에 손님이 탄 거 같다, 해리. 나중에 통화해."

"그래."

해리는 담배 연기가 느린 동작으로 발레리나처럼 뱅글뱅글 돌아가는 것을 지켜보았다. 손목시계를 보았다. 외위스테인에게 말하지 않은 것이 하나 있었다. 곧 나머지 사소한 것들이 딱 맞아떨어지리라는 직감이 든다는 것. 약간 너무 지나칠 정도로 딱. 왜냐하면 의식을 치르기는 했어도 이 일련의 살인에는 감정이 전혀 드러나지 않았기 때문이다. 미움, 욕망, 열정이 눈에 띌 정도로 결여되어 있었다. 그렇게 따지면 사랑도 마찬가지였고. 이 살인들은 너무 완벽하게 실행되었다. 정석에 따라, 거의 기계적일 정도로. 잔뜩 흥분했거나 마음의 균형을 잃은 사람이 아닌, 컴퓨터를 상대로 체스를 두는 것 같았다. 어쨌거나 시간이 지나면 알게 되겠지.

해리는 다시 손목시계를 보았다.

심장 박동이 빨라지고 있었다.

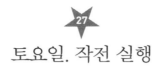

# 토요일. 작전 실행

오토 탕엔의 기분은 상승세였다.

조금 전 잠든 지 두 시간쯤 됐을 때 미친 듯이 문을 두드려대는 소리가 그를 깨웠다. 머리가 깨질 듯이 아팠다. 문을 열자 볼레르와 특수 부대의 폴카이드, 그리고 전혀 경찰처럼 보이지 않는 해리 홀레라는 남자가 버스 안으로 쳐들어왔다. 그러더니 대뜸 차 안의 공기가 너무 나쁘다고 투덜대는 것이다. 기분이 드러웠지만 네 개의 보온병 중 하나에서 커피를 따라 마시고, 모니터를 켜고, '녹화'하기 위해 테이프를 준비하자 오토는 흥분으로 온몸이 짜릿짜릿했다. 목표물이 다가올 때 늘 일어나는 현상이었다.

폴카이드는 간밤에 사복 입은 대원들을 기숙사 건물 곳곳에 배치해두었다고 설명했다. 탐지견들이 다락방과 지하실을 수색해, 이 건물에 숨어 있는 사람이 아무도 없는 것을 확인했다. 기숙사에 묵고 있는 학생들만 들락거렸는데 다만 303호의 여학생이 자기 방에 남자친구가 와 있다고 출입문을 지키는 대원에게 말해두었다고 한다. 폴카이드의 부대원들은 각자 위치에서 명령을 기다리고 있었다.

볼레르가 고개를 끄덕였다.

폴카이드는 규칙적으로 부대원들과 교신을 주고받았다. 오토의 장비가 아닌, 특수 부대 소유의 장비였다. 오토는 눈을 감고 소리를 음미했다. 무전기 버튼에서 손을 뗄 때의 그 짧은 대기 소음, 알아들을 수 없는 암호를 중얼거리는 소리. 그 암호는 어른을 위한 일종의 놀이용 언어였다.

"스모르크 틴네." 오토는 소리 내지 않은 채 입만 벙긋거렸다. 그러고는 사과나무 위에 올라가 불 켜진 창문 너머의 어른들을 훔쳐보던 어느 가을 저녁을 떠올렸다. 깡통에 대고 '스모르크 틴네'라고 속삭이면 그 소리는 울타리 너머로 늘어뜨린 선을 타고 닐스의 귀에 댄 깡통으로 흘러갔다. 닐스는 울타리 밖에 쪼그리고 앉아 대기 중이었다. 그러니까 기다리다 지쳐 저녁 먹으러 집에 간 게 아니라면. 깡통은 보이스카우트 책에 나와 있는 것과는 달리 소리가 잘 전달되지 않았다.

"우린 방송할 준비가 됐어. 시계 준비됐나, 탕엔?" 볼레르가 말했다.

오토는 고개를 끄덕였다.

"16시 00. 좋아…… 시작." 볼레르가 말했다.

오토는 녹화기의 타이머를 바라보았다. 10분의 1초 단위의 시간이 화면 위로 쏜살같이 지나갔다. 그는 뱃속에서 어린아이의 신난 웃음이 소리 없이 터져 나오는 것을 느꼈다. 사과나무에서 구경할 때보다도 좋았다. 에우드리타가 만든 크림빵보다도 좋았다. 그녀가 혀 짧은 소리로 신음하며 그에게 어떻게 하라고 말해주는 것보다 더 좋았다.

쇼가 시작되었다.

올레우그 시버첸은 문을 열어주며 베아테에게 미소 지었다. 마치 그녀가 찾아오기를 오랫동안 기다렸던 사람처럼.

"어머나, 또 왔구랴! 어서 들어와요. 신발은 벗을 필요 없어요. 이놈의 더위는 누그러질 기세가 안 보이네. 그렇죠?"

올레우그 시버첸은 앞서서 복도를 걸어갔다.

"걱정 마세요, 부인. 사건이 곧 끝날 거 같아요."

"나와 함께만 있어준다면 오래 걸려도 상관없어요." 그녀는 웃었다가 깜짝 놀라며 손으로 입을 가렸다. "내 정신 좀 봐! 내가 무슨 말을 한 거야. 그 남자는 사람들을 죽인다고 했죠?"

그들이 거실에 들어서자 대형 괘종시계가 네 번 울렸다.

"차 마실래요?"

"네."

"나 혼자 부엌에 다녀와도 되나요?"

"네, 하지만 제가 가도 괜찮으시다면……."

"그럼 어서 와요. 함께 갑시다."

새로 들여놓은 전기레인지와 냉장고를 제외하면 부엌은 2차 세계대전 이후로 별반 바뀐 것이 없는 듯했다. 노부인이 전기레인지에 주전자를 올려놓는 동안, 베아테는 큼지막한 나무 식탁 옆의 의자에 앉았다.

"부엌에서 좋은 냄새가 나네요." 베아테가 말했다.

"그래요?"

"네. 전 이런 부엌 냄새가 좋아요. 솔직히 말해서 전 부엌이 더 좋답니다. 거실은 별로 좋아하지 않아요."

"그러우?" 올레우그 시버첸은 한쪽으로 고개를 기울였다. "실은 나도 그래요. 우리가 공통점이 있네. 나도 부엌이 더 좋아요."

베아테가 미소 지었다.

"거실은 그 사람이 타인에게 나를 어떻게 보이고 싶어 하는지 보여주죠. 반면 부엌에서는 누구나 좀 긴장이 풀어져요. 그냥 나 자신이 되어도 괜찮을 것처럼 말이에요. 부엌에 들어선 순간, 우리 둘 다 긴장이 풀어진 거 느꼈어요?"

"전적으로 맞는 말씀이세요."

두 여자는 함께 웃었다.

"그거 알아요? 경찰청에서 아가씨를 보내줘서 다행이에요. 난 아가씨가 맘에 들거든요. 그렇다고 얼굴이 빨개질 것까지는 없어요. 난 그냥 외로운 할머니니까. 그런 건 아껴뒀다 남자 앞에서 해야지. 혹시 결혼했나요? 미혼이에요? 뭐 그렇다고 세상이 끝나는 건 아니니까."

"부인은 결혼한 적 있으신가요?"

"나요?"

올레우그는 커피잔을 꺼내며 웃었다.

"없어요. 너무 어린 나이에 스벤이 생겨서 기회가 없었죠."

"그러셨어요?"

"네, 한두 번 기회가 있기는 했어요. 하지만 당시 나 같은 처지의 여자는 헐값이어서, 소개받는 남자라고 해봐야 여자들이 절대 결혼하고 싶어 하지 않는 그런 남자들뿐이었죠. 끼리끼리 만난다는 말이 괜히 있는 게 아니니까요."

"단지 미혼모라는 이유로요?"

"스벤이 독일인의 아들이었기 때문이죠."

주전자가 나지막한 휘파람 소리를 내기 시작했다.

"아, 그랬군요. 아드님이 참 힘든 유년기를 보내셨겠어요."

올레우그는 주전자의 휘파람 소리가 점점 커지는 것도 모른 채 허공을 바라보았다.

"상상할 수 없을 정도였죠. 그때 생각을 하면 지금도 눈물이 난답니다. 가여운 아이예요."

"물이……."

"아이고 내 정신 좀 보게. 내가 노망이 났다니까."

올레우그는 전기레인지에서 주전자를 들어 커피잔에 부었다.

"지금 아드님은 무슨 일을 하시나요?" 베아테가 손목시계를 보며 물었다. 4시 15분이었다.

"수출입업을 하고 있어요. 구 공산권 국가에서 여러 가지 물건을 수입해서 되팔고 있죠." 올레우그가 미소 지었다. "그 일로 돈을 얼마나 버는지는 모르겠지만 난 그 발음이 좋더라고요. '수출입업.' 말은 안 되는 단어지만 그래도 좋아요."

"어쨌든 잘 풀렸네요. 그러니까 그렇게 힘든 유년기를 보냈는데도 말이에요."

"그렇죠. 하지만 처음부터 그랬던 건 아니라우. 아마 그쪽 기록에도 우리 아들 이름이 남아 있을 거예요."

"우리 쪽 기록에 이름이 남아 있는 사람은 아주 많아요. 하지만 많은 사람들이 다시 바른 길을 찾아가죠."

"그 애가 베를린에 갔을 때 무슨 일이 있었던 거 같아요. 나도 정확히는 모르겠어요. 그 애는, 스벤은 자기가 뭘 하고 다니는지 말하는 걸 싫어하니까. 늘 비밀이 많죠. 하지만 내 생각에는 아무래도 자기 아버지를 찾아간 거 같아요. 그리고 그 만남으로 인해 자궁심이 높아진 거 같고요. 에른스트 슈바베는 훌륭한 사람이니까요."

올레우그는 한숨을 쉬었다.

"물론 이건 모두 내 추측이니 아닐 수도 있죠. 어쨌거나 스벤은 변했어요."

"어떻게요?"

"더 차분해졌죠. 전에는 늘 이것저것 원하는 게 많았거든요."

"예를 들면요?"

"전부 다요. 돈. 재미. 여자. 꼭 지 아버지 같았죠. 구제 불능의 낭만적인 바람둥이. 그 애는 어린 여자를 좋아하고, 어린 여자들도 스벤을 좋아해요. 하지만 아무래도 스벤에게 특별한 사람이 생긴 거 같아요. 지난번 통화할 때 내게 전해줄 소식이 있다고 했거든요. 아주 흥분한 목소리였죠."

"무슨 내용인지는 말 안 하고요?"

"여기 왔을 때 직접 말하겠다고 했어요."

"여기 오나요?"

"네, 오늘 저녁에 오기로 했답니다. 일단 고객과의 미팅이 끝난 후에요. 내일까지 오슬로에 있다가 돌아갈 거예요."

"베를린으로요?"

"아뇨, 아뇨. 베를린에 살았던 건 아주 오래전 얘기죠. 지금은 체코에 살아요. 그 애는 늘 보헤미아라고 하더군요. 잘난 척하려고 말이죠."

"보헤미아라면……?"

"프라하요."

마리우스 벨란은 기숙사 406호의 창밖을 바라보았다. 여학생 하나가 기숙사 앞쪽 잔디밭에 수건을 깔고 누워 있었다. 마리우스가 가비지*의 셜리 맨슨에서 따와 남몰래 셜리라고 부르는 303호 여학생과 비슷해 보였다. 하지만 그녀가 아니었다. 오슬로 피오르 위에 떠 있던 태양은 구름 뒤로 숨어버렸다. 드디어 날씨가 더워지기 시작했다. 이번 주에는 폭염 예보까지 있었다. 오슬로에서 보내는 여름. 마리우스는 이 시간을 손꼽아 기다렸다. 여기가 아니었다면 백야와 주유소에서의 아르바이트가 기다리는 고향 뵈피오르로 돌아가야 했다. 트론헤임의 NTNU 대학에 진학해 토목기사가 될 수 있는 성적이었는데도 왜 군이 오슬로에서 미디어 학부를 전공하느냐고 끊임없이 따지는 아버지. 어머니의 미트볼. 한 번도 마을을 떠난 적이 없고, 마을을 떠난 사람은 배신자라고 생각하는 동네 사람들과 동창생들이 술에 취해 고래고래 소리를 질러대는 토요일의 마을 회관. 자칭 '블루스 밴드'라 주장하지만 늘 크리던스 클리어워터 리바이벌과 레너드 스키너드를 도저히 알아들을 수 없게 연주하는 밴드. 이 모든 것으로 돌아가야 했다.

하지만 그가 올여름을 오슬로에서 보내는 이유가 그것 때문만은 아니었다. 꿈같은 일자리를 얻었기 때문이다. 음반을 듣고, 영화를 보고, 그에 대한 자신의 의견을 쓰는 대가로 돈을 받게 되었다. 지난 2년간 몇몇 잡지사와 신문사에 계속 리뷰를 보냈지만 아무런 성과도 없었다. 하지만 지난 달 친구를 따라 〈소 홧!**〉에 갔다가 루나르라는 남자를 소개받게 되었다. 루나르는 운영하던 의류사업을 접고 〈존Zone〉이라는 무가지를 창간할 계획인데 모든 것이 계획

* Garbage, 미국의 얼터너티브 록밴드.
** So What!, 메탈리카의 공식 팬클럽에서 발행하는 음악 잡지.

대로만 된다면 8월에 창간호가 나온다고 했다. 친구는 루나르에게 마리우스가 리뷰 쓰는 것을 좋아한다고 말했고, 루나르는 마리우스의 셔츠가 마음에 든다면서 즉석에서 그를 채용했다. '따뜻하고 박식하면서도 포괄적인 아이러니로 대중문화에 접근해 새롭고 도시적인 가치'를 반영하는 것이 리뷰 작성자로서 마리우스의 임무였다. 그것이 루나르가 마리우스에게 맡긴 업무였고, 그 대가로 마리우스는 두둑한 보상을 받게 될 터였다. 단 현찰이 아니라 콘서트와 영화의 공짜 티켓, 새로 오픈한 바의 음료권, 그의 미래에 도움이 될 인맥을 쌓을 수 있는 장소에 출입할 수 있는 권한이었다. 이것은 마리우스가 고대하던 기회였고, 따라서 제대로 준비해야 했다. 물론 대중음악에 대한 기본 지식은 꽤 많은 편이었지만 그래도 대중음악의 역사를 좀 더 공부하기 위해 루나르가 소장하고 있던 CD를 몇 개 빌려왔다. 최근에는 1980년대 미국 록음악을 듣고 있었다. R.E.M, 그린 온 레드, 드림 신디케이트, 픽시스. 지금 CD플레이어에서 흘러나오는 음악은 바이올런트 팜프였다. 좀 구식이긴 했지만 그래도 에너지가 넘쳤다.

"Let me go wild*. Like I blister in the sun."

잔디밭에 누워 있던 여학생이 자리에서 일어났다. 아마 약간 추울 것이다. 마리우스는 그녀가 옆 건물을 향해 가는 것을 눈으로 좇았다. 그녀 옆으로 누가 자전거를 끌고 지나갔다. 옷차림으로 보아 퀵서비스 배달원 같았다. 마리우스는 눈을 감았다. 이제부터 리뷰를 쓸 작정이었다.

---

* 원래 가사는 let me go on이지만 듣기에 따라 let me go wild에 가깝게 들린다. 작가도 같은 이유로 이렇게 쓴 듯하다.

오토 탕엔은 니코틴 자국이 있는 손가락으로 눈을 비볐다. 겉으로는 지극히 평온해 보였지만 사실 버스 안에는 불편한 기운이 감돌고 있었다. 움직이는 사람도, 말하는 사람도 없었다. 5시 20분이었고, 어떤 화면에도 별다른 움직임이 없었다. 그저 화면의 한쪽 모서리에서 시간의 작은 조각들이 하얀 숫자로 쏜살같이 흘러갈 뿐이었다. 오토의 엉덩이 사이로 또다시 땀 한 방울이 흘러내렸다. 이렇게 앉아 있다 보면 피해망상에 빠져들기 마련이다. 혹시 누군가가 장비에 손을 대서 지금 그들이 어제 녹화된 화면을 보고 있는 건 아닌가 하는.

오토는 키보드 옆에서 손가락으로 테이블을 두드려댔다. 볼레르 자식이 버스 안 금연령을 내렸다.

오토는 몸을 옆으로 기울여 소리 없이 방귀를 뀌며 금발의 빡빡머리를 바라보았다. 저 새끼는 버스에 들어온 후로 한 마디 말도 없이 계속 앉아 있었다. 꼭 전직 기도처럼 생겨가지고.

"우리 주인공은 오늘 일 안 하려는 모양인데요." 오토가 말했다. "너무 더워서 그런지도 모르죠. 내일로 미루고 대신 아케르 브뤼게에 맥주 한 잔 하러 갔을 거예요. 일기예보에서 – ."

"입 다물어, 탕엔."

볼레르가 나직이 말했지만 충분히 큰 소리였다.

오토는 한숨을 크게 내쉬고 어깨를 풀었다.

화면 구석의 시계는 5시 21분이었다.

"303호의 남자가 나가는 거 본 사람 있나?"

볼레르의 목소리였다. 오토는 볼레르가 자신을 바라보고 있다는 걸 알았다.

"오늘 아침엔 난 자고 있었어요." 오토가 말했다.

355

"303호를 확인해봐야겠어. 폴카이드?"

특수 부대 대장이 헛기침을 했다.

"그 방에 범인이 있을 확률은−."

"지금 당장 확인해, 폴카이드."

폴카이드와 볼레르가 서로 바라보는 동안, 장비의 열을 식혀주는 팬이 웅웅 소리를 냈다.

폴카이드는 다시 헛기침을 했다.

"여기는 알파. 찰리 투 나와라 오버."

대기 소음.

"찰리 투."

"당장 303호를 확인하라."

"알았다. 303호 확인."

오토는 화면을 바라보았다. 아무것도 보이지 않았다. 혹시…….

그들이 나타났다.

세 남자. 검은 유니폼, 검은 발라클라바, 검은 기관총, 검은 부츠. 모든 게 눈 깜짝할 사이에 일어났지만 이상하게 극적이지 않았다. 소리 때문이었다. 소리가 들리지 않았다.

그들은 문을 여는 도구로 멋있는 소형 폭탄 대신 구식 쇠지렛대를 이용하려는 모양이었다. 오토는 실망했다. 분명 예산 삭감 때문일 것이다.

화면 속의 소리 없는 남자들은 마치 경주를 시작하려는 것처럼 각자 자리를 잡았다. 한 사람은 자물쇠 밑에 쇠지렛대를 집어넣었고, 나머지 둘은 그로부터 1미터 떨어져 기관총을 들었다. 그러더니 갑자기 행동을 개시했다. 그것은 하나의 조직화된 움직임이었고, 사무적인 율동이었다. 문이 벌컥 열렸다. 대기하고 있던 두 남자가 방 안으로 뛰어들었고, 세 번째 남자가 말 그대로 그들 위로 몸을 날렸다. 오토는 어서 이 화면을 닐스에게 보여주고 싶어 근질거렸다. 열렸던 문이 다시 반쯤 닫히다가 멈췄다. 방 안에 카메라를 설치하지 못한 것이 정말 유감이었다.

8초가 지났다.

폴카이드의 무전기가 지글거렸다.

"303호 확인. 여학생 한 명과 남학생 한 명, 둘 다 비무장 상태다."

"살아 있나?"

"매우…… 에, 살아 있다."

"남자 몸을 수색했나?"

"남자는 알몸이다, 알파."

"그놈 끌어내. 젠장!" 볼레르가 말했다.

오토는 문간을 응시했다. 그들은 그걸 하고 있었던 것이다. 벌거벗은 채. 밤새, 그것도 모자라 하루 종일. 오토는 홀린 듯이 문간을 바라보았다.

"옷을 입혀서 너희들 위치로 데려가라, 찰리 투."

폴카이드는 무전기를 내려놓고 나머지 두 사람을 바라보며 부드럽게 고개를 저었다.

볼레르는 손바닥으로 의자 팔걸이를 세게 내려쳤다.

"이 버스는 내일도 사용하실 수 있습니다." 오토가 볼레르를 슬쩍 바라보며 말했다.

지금은 조심스럽게 접근해야 했다.

"일요일이라고 특별 수당을 더 받지는 않겠습니다. 하지만 언제 - ."

"저것 좀 봐."

오토는 자기도 모르게 몸을 돌렸다. 마침내 기도가 아가리를 벌렸다. 그는 가운데 모니터를 가리키고 있었다.

"복도. 정문으로 들어와서 곧장 엘리베이터로 가고 있어."

2초 동안 버스 안이 조용해졌다. 그러더니 무전기에 대고 말하는 폴카이드의 목소리가 들렸다.

"여기는 알파. 모든 대원에게 알린다. 목표물로 짐작되는 남자가 엘리베이터를 탔다. 대기하라."

"아뇨, 괜찮습니다." 베아테가 미소 지었다.

"그래요, 쿠키는 그 정도면 충분할 거야." 노부인은 한숨을 쉬며 비스킷이 담긴 깡통을 테이블에 내려놓았다. "내가 어디까지 했죠? 아, 그래. 난 혼자 사니까 스벤이 찾아오는 게 정말 반갑죠."

"네, 이렇게 큰 집에 혼자 살면 정말 외로우시겠어요."

"그래서 난 이나와 이야기를 많이 해요. 오늘은 이나가 남자친구와 산장으로 휴가를 떠났어요. 내가 안부를 전해달라고 하긴 했지만, 요새 젊은이들은 우리 때와는 워낙 달라서 말이죠. 마치 모든 걸 다 해보고 싶어 하면서도 사실은 아무것도 영원하지 않다고 생각하는 거 같아요. 어쩌면 그래서 그렇게 비밀이 많은지도 모르죠."

베아테는 다시 손목시계를 훔쳐봤다. 끝나는 대로 바로 전화해주겠다고 홀레 반장이 말했었다.

"지금 뭔가 다른 생각을 하고 있군요, 그렇죠?"

베아테는 고개를 끄덕였다.

"괜찮아요. 범인이 잡혔어야 할 텐데." 올레우그가 말했다.

"착한 아드님을 두셨네요."

"네, 맞아요. 요즘처럼 그 애가 자주 찾아와준다면 더 바랄 게 없어요."

"얼마나 자주 오는데요?" 베아테가 물었다. 지금쯤은 끝났어야 했다. 왜 전화가 안 오는 걸까? 결국 범인이 나타나지 않은 걸까?

"지난 4주 동안 매주 한 번씩 왔죠. 아니, 사실은 그보다 더 자주 왔네요. 닷새마다 한 번씩 왔으니까. 물론 바로 떠나기는 했지만. 정말로 프라하에 그 애를 기다리는 사람이 있는 거 같아요. 그리고 아까 말했듯이 오늘 저녁에는 특별한 소식을 전해줄 모양이에요."

"네."

"지난번에 왔을 때는 선물로 보석도 가져왔답니다. 한번 볼래요?"

베아테는 노부인을 바라보았다. 갑자기 신물이 났다. 이 일에, 퀵 배달원 살인사건에, 톰 볼레르와 해리 홀레에게, 올레우그 시버첸에게 그리고 무엇보다도 자기 자신에게. 착한 소녀가 된다면, 착하고 똑똑하고, 똑똑하고 늘 다른 사람이 원하는 대로 하면 무언가 이룰 수 있을 거라고, 뭔가가 달라질 거라고 믿는 고결하고 성실한 베아테 뢴에게. 이제 변해야 할 때였지만 과연 변할 수 있을지 의문이었다. 무엇보다도 그냥 집에 가서 이불 속에 숨어서 자고 싶었다.

"그래요. 뭐 딱히 대단한 보석은 아니니 굳이 볼 필요는 없겠지. 차 더 마실래요?"

"네."

노부인이 물을 더 따르려고 하자, 베아테가 손을 들어 그녀의 잔을 막았다.

"죄송해요." 베아테가 웃으며 말했다. "제 말은 보고 싶다고요."

"뭘……?"

"아드님에게 받은 보석요."

노부인의 얼굴이 환해지더니 부엌에서 나갔다.

잘했어, 베아테는 생각했다. 그러고는 남은 차를 다 마시기 위해 잔을 들었다. 홀레 반장에게 전화해서 일이 어떻게 됐는지 알아봐 야겠다.

"이거라우." 노부인이 말했다.

베아테 뢴의 찻잔, 다시 말해 올레우그 시버첸 부인의 찻잔, 엄밀히 말해 독일 국방군 소유의 찻잔이 허공에서 멈췄다.

베아테는 브로치를, 브로치에 부착된 보석을 바라보았다.

"이게 스벤이 수입하는 보석이에요. 이런 방식의 세공은 프라하에서만 가능할 거예요." 노부인이 말했다.

그것은 다이아몬드였다. 펜타그램 모양의.

베아테는 혀를 굴려 바싹 마른 입 안을 적셨다.

"전화를 좀 해야겠네요." 베아테가 말했다.

입 안의 건조함이 가시질 않았다.

"그동안에 아드님의 사진을 좀 찾아주시겠요? 가능한 한 최근 사진으로요. 아주 중요한 일이에요."

노부인은 어리둥절한 표정이었지만 고개를 끄덕였다.


오토는 화면을 응시하고, 주위에서 들리는 목소리를 새겨들으며 벌린 입으로 숨을 쉬었다.

"목표물이 브라보 투 쪽으로 간다. 목표물이 문 앞에서 멈췄다. 준비 됐나, 브라보 투?"

"브라보 투, 준비 됐다."

"목표물이 움직이지 않는다. 손을 주머니에 넣고 있다. 무기일 가능성이 있다. 여기서는 그의 손이 안 보인다."

볼레르가 말했다. "지금이야."

"실행하라, 브라보 투."

"이상하네." 기도가 중얼거렸다.


마리우스 벨란은 처음에는 잘못 들은 줄 알았지만 확인하기 위해 바이올런트 팜프의 음악 소리를 줄였다. 그러자 다시 들렸다. 누군가가 문을 노크하고 있었다. 대체 누굴까? 그가 알기로 기숙사 이쪽 복도에 묵고 있는 학생들은 모두 집에 돌아가고 없었다. 물론 셜리는 제외하고. 마리우스는 아까 계단에서 셜리와 마주쳤을 때 걸음을 멈추고 물어보았다. 자기와 함께 콘서트에 가지 않겠냐고. 혹은 영화나 연극이나. 무엇이든 그녀가 원하는 대로 고를 수 있었다.

자리에서 일어난 마리우스는 손에서 땀이 나는 것을 느꼈다. 왜 지? 지금 문을 두드리는 사람이 셜리일 거라는 논리적 근거는 전혀 없었다. 그는 방 안을 힐끗 둘러보았고 그제야 자신이 이 방을 제대로 본 적이 한 번도 없다는 것을 깨달았다. 방을 난장판으로 어질러놓을 물건조차 없었다. 벽에는 잡지에서 찢어낸 이기 팝의 포스터와 슬퍼 보이는 벽걸이 선반뿐이었다. 곧 저 선반에 공짜 CD와 DVD가 가득 찰 것이다. 개성이라고는 눈곱만큼도 찾아볼 수 없는 썰렁한 방이었다. 다시 노크 소리가 들렸다. 마리우스는 소파 겸 침대 발치의 삐죽 나와 있는 이불 덮개를 얼른 밀어 넣었다. 문을 열었다. 그녀일 리가 없다. 그녀일 리가…… 그녀가 아니었다.

"벨란 씨?"

"네?"

마리우스는 뒤로 물러서서 남자를 바라보았다.

"배달 왔습니다."

남자는 어깨에서 배낭을 내리더니 A4 크기의 봉투를 내밀었다. 마리우스는 우표가 붙어 있는 하얀 봉투를 받아 들었다. 봉투에는 수신인도, 발신인도 적혀 있지 않았다.

"이게 정말 저한테 온 건가요?" 마리우스가 물었다.

"네. 영수증이 필요한데……."

남자는 종이가 끼워진 클립보드를 내밀었다.

마리우스는 어쩌라는 거냐고 묻는 시선으로 그를 바라보았다.

"미안하지만 혹시 볼펜 있으신가요?" 배달원이 미소 지었다.

마리우스는 다시 그를 바라보았다. 무언가 이상했다. 딱 짚어서 말할 수 없는 무언가가.

"잠깐만요." 마리우스가 말했다.

그는 봉투를 들고 방 안으로 들어가 선반 위, 해골 장식이 달린 열쇠 뭉치 옆에 봉투를 내려놓았다. 서랍을 열고 볼펜을 꺼내 뒤를 돌았다가 흠칫 놀랐다. 배달원이 그의 바로 뒤, 어두운 현관 앞 복도에 서 있었던 것이다.

"들어오는 소리를 못 들었어요." 마리우스가 말했다. 벽에 부딪혀 울리는 자신의 어색한 웃음소리가 들렸다.

하지만 그가 놀란 이유는 그 때문이 아니었다. 그의 고향에서도 대체로 그렇게 살그머니 들어오고들 한다. 집 안의 온기가 밖으로 새어 나가지 않도록, 혹은 집 밖의 냉기가 안으로 들어오지 않도록. 하지만 이 남자는 어딘가 이상했다. 이제 남자는 고글과 헬멧을 벗은 상태였고, 마리우스는 자신이 놀란 이유가 무엇인지 알 수 있었다. 남자는 너무 늙어 보였다. 퀵 배달원들은 대체로 20대였다. 이 남자의 몸은 날씬하고 근육질이어서 20대라고 해도 믿을 수 있을 정도였다. 하지만 얼굴은 족히 30대, 심지어 40대까지도 되어 보였다.

마리우스가 무언가 말하려는 찰나, 배달원의 손에 있던 물건이 눈에 들어왔다. 방 안은 밝았고 복도는 어두웠지만 마리우스는 영화 속에서나 봤던 그 물건을 알아볼 수 있었다. 총신 끝에 소음기가 달린 총이었다.

"그것도 내게 배달된 물건인가요?" 마리우스는 당황했다.

배달원은 미소를 지으며 그에게 총구를 겨눴다. 그의 얼굴에. 그제야 마리우스는 지금이 겁에 질려야 할 상황이라는 것을 알았다.

"앉아. 볼펜은 그대로 가지고 있어. 봉투 열어."

마리우스는 의자에 털썩 앉았다.

"이제부터 넌 글을 쓸 거야." 배달원이 말했다.


"잘했다, 브라보 투!"

폴카이드가 외쳤다. 벌겋게 달아오른 그의 얼굴이 반짝거렸다.

오토는 씩씩거리며 코로 숨을 쉬었다. 화면 속 남자는 205호 앞 바닥에 배를 대고 누워 있었다. 등 뒤로 돌려진 두 손에는 수갑이 채워져 있었다. 무엇보다도 뒤틀린 얼굴을 카메라 쪽으로 돌린 채 누워 있었다. 덕분에 그 얼굴에서 놀라움, 고통으로 인한 뒤틀림, 서서히 깨닫는 패배감을 볼 수 있었다. 특종이었다. 아니, 그 이상이었다. 역사적 기록이었다. 피로 물들었던 오슬로 여름의 극적인 클라이맥스였다. 네 번째 살인을 저지르려다 체포된 퀵 배달원 살인마. 전 세계가 이 장면을 보여주려고 눈에 불을 켤 것이다. 맙소사, 그는, 오토 탕엔은 이제 부자였다. 세븐일레븐의 거지 같은 음식도, 저 망할 볼레르 새끼도 안녕이다. 이젠 무엇이든…… 살 수 있었고…… 에우드리타도 만날 수 있었고…… 또…….

"저 사람이 아니야." 기도가 말했다.

버스 안이 조용해졌다.

의자에 앉아 있던 볼레르가 몸을 내밀었다.

"뭐라고, 해리?"

"저 사람이 아니야. 205호는 방 주인과 연락이 닿지 않았던 방들 중 하나였어. 내가 여기 가지고 있는 기숙사 명단에 의하면 저 사람의 이름은 오트 에이나르 릴레보스타야. 손에 든 게 뭔지 잘 안 보이지만, 아마도 열쇠일 거야. 미안하지만 내 짐작에는 오트 에이나르 릴레보스타가 그냥 기숙사로 돌아온 거야."

오토는 화면을 바라보았다. 지금 이 버스에는 백만 크로네 이상의 값어치를 하는 장비가 있었다. 그가 직접 사거나 빌려온 이 장비들로 저 남자의 손을 확대해 저 기도 새끼의 말이 맞는지 확인하는 건 식은 죽 먹기였다. 하지만 그럴 필요가 없었다. 사과나무의 가지에 금이 가고 있었다. 창문에 켜진 불이 보였다. 깡통이 딸그락거렸다.

"여기는 브라보 투. 알파 나와라. 은행카드를 보니 이 남자의 이름이 오트 에이나르 릴레보스타로 되어 있다."

오토는 의자에 등을 털썩 기댔다.

"너무 낙심하지 말자고. 아직 놈이 올 가능성은 있으니까. 안 그래, 해리?" 볼레르가 말했다.

해리 자식은 대답이 없었다. 대신 그의 휴대전화가 삐삐 울렸다.


마리우스 벨란은 봉투에서 꺼낸 백지 두 장을 바라보았다.

"가장 가까운 친족이 누구지?" 남자가 물었다.

마리우스는 침을 삼키고 대답하려 했으나 목소리가 나오지 않았다.

"내가 하라는 대로만 하면 널 죽이지 않을 거야." 남자가 말했다.

"어머니, 아버지." 마리우스가 속삭였다. 한심한 SOS처럼 들렸다.

남자는 봉투에 부모님 이름과 주소를 쓰라고 했다. 마리우스는 볼펜을 봉투로 가져갔다. 이름. 익숙한 이름. 그리고 뵈피오르. 다 쓰고 나서 글씨를 바라보았다. 삐뚤빼뚤하고 흔들린 글씨체였다.

남자는 쓸 내용을 불러주기 시작했다. 마리우스는 종이를 가로 질러 고분고분하게 적어나갔다.

"그동안 잘 지내셨어요? 갑자기 계획이 바뀌었어요! 게오르그와 모로코로 떠나요. 게오르그는 학교에서 만난 모로코인 친구예요. 하산이라는 작은 산속 마을에 있는 그 애의 부모님 댁에서 지낼 거예요. 4주 후에 돌아올게요. 아마 전화 드리기는 힘들겠지만 편지는 써보도록 할게요. 게오르그 말로는 우편 서비스도 별로라고 하네요. 어쨌든 돌아오는 대로 바로 연락드릴게요. 사랑하는……."

"마리우스." 마리우스가 말했다.

"마리우스."

남자는 마리우스에게 편지를 봉투에 넣은 다음, 그가 내민 가방에 넣으라고 했다.

"다른 종이에는 그냥 이렇게만 써. '외국에 갑니다. 4주 후에 돌아올게요.' 오늘 날짜 쓰고, 네 이름 써. 그래, 고마워."

마리우스는 의자에 앉아 자신의 무릎을 바라보았다. 남자는 그의 바로 뒤에 서 있었다. 미풍에 커튼이 흔들렸다. 밖에서 새들이 신경질적으로 쩍쩍거렸다. 남자가 몸을 앞으로 내밀어 창문을 닫았다. 이제 선반에 있는 라디오 겸용 CD플레이어에서 흘러나오는 나직한 음악 소리만 들렸다.

"무슨 노래지?" 남자가 물었다.

"'Blister In The Sun.'" 마리우스가 말했다. 이 노래가 마음에 들어 반복 재생 버튼을 눌러둔 참이었다. 좋은 리뷰를 써줬을 텐데. 따뜻하면서도 냉소적이고 포괄적인 리뷰.

"전에 들은 적이 있어." 남자는 그렇게 말하더니 볼륨 스위치를 찾아 소리를 키웠다. "어디서 들었더라?"

마리우스는 고개를 들고 창밖을 바라보았다. 무음이 된 여름을, 잘 있으라고 손을 흔드는 듯한 자작나무를, 초록색 잔디밭을. 그의 뒤에 서 있는 남자가 총을 들어 올려 그의 뒤통수를 겨누는 모습이 창문에 비쳤다.

"Let me go wild!" 소형 스피커에서 끽끽거렸다.

남자가 올렸던 총을 다시 내렸다.

"미안. 안전장치 푸는 걸 깜빡했어. 완료."

마리우스는 눈을 꼭 감았다. 셜리. 그는 셜리를 생각했다. 지금 그녀는 어디에 있을까?

"아, 기억났다." 남자가 말했다. "프라하였어. 바이올런트 팜프라는 밴드였을 거야. 아내가 날 콘서트에 데려갔지. 그렇게 훌륭한 밴드는 아니었어. 안 그래?"

마리우스는 대답하기 위해 입을 열었다. 하지만 그 순간 총이 마른기침을 했고, 마리우스가 바이올런트 팜프를 어떻게 생각하는지는 누구도 알 수 없게 되었다.

★

오토는 화면에서 눈을 떼지 않았다. 뒤에서 폴카이드가 브라보 투와 암호를 주고받고 있었다. 해리 자식은 삑삑 울어대는 휴대전화를 받았지만 별 말이 없었다. 아마 어떻게 하면 그와 한번 자볼까 궁리하는 못생긴 여자에게서 온 전화일 거라고 생각하며 오토는 귀를 쫑긋 세웠다.

볼레르는 아무 말이 없었다. 그저 멍한 표정으로 손마디를 깨물며 오트 에이나르 릴레보스타가 끌려 나가는 장면을 지켜보았다. 수갑은 없었다. 그를 의심할 만한 이유가 없었다. 전혀.

오토는 계속 화면을 바라보았다. 마치 원자로 옆에 앉아 있는 기분이었다. 겉으로는 전혀 위험해 보이지 않지만, 안에서는 절대 접촉하고 싶지 않은 물질이 부글부글 끓어오르는 원자로. 그래서 화면만 뚫어지게 바라보았다.

폴카이드는 "교신 끝"이라고 말하며 그 지껄여대던 물건을 내려놓았다. 해리 자식은 전화기에 대고 계속 단답형의 대답을 하고 있었다.

"놈은 안 와." 화면 속의 텅 빈 복도와 계단을 바라보며 볼레르가 말했다.

"아직은 단정 짓기 이릅니다." 폴카이드가 말했다.

볼레르가 서서히 고개를 저었다. "우리가 왔다는 걸 아는 거야. 느낄 수 있어. 어딘가에 앉아서 우릴 비웃고 있겠지."

정원의 사과나무에서, 라고 오토는 생각했다.

볼레르는 자리에서 일어섰다.

"그만 짐 싸자고, 친구들. 펜타그램 이론은 무효야. 내일 처음부터 다시 시작하지."

"그 이론은 유효해."

나머지 세 사람은 해리 자식을 돌아보았다. 해리의 휴대전화가 주머니 속으로 미끄러져 들어갔다.

"이름은 스벤 시버첸. 프라하에 거주 중인 노르웨이인으로 1946년 오슬로에서 출생. 하지만 나이보다 훨씬 어려 보인다는군. 우리 동료인 베아테 뢴의 말에 따르면 말이야. 밀수로 두 번 감옥에 갔다 온 적이 있어. 어머니에게 다이아몬드를 줬는데 우리 시신에서 나온 것과 동일한 다이아몬드야. 어머니 말로는 사건이 일어났던 날마다 그녀를 방문하려고 오슬로에 왔었대. 발레 저택에."

오토는 볼레르의 얼굴이 굳어지며 헬쑥해지는 것을 보았다.

"그의 어머니라니." 볼레르가 속삭이다시피 말했다. "별의 맨 마지막 꼭짓점이 가리키던 집 말이야?"

"응." 해리 자식이 대답했다. "그리고 아들은 어머니를 찾아가겠다고 했대. 오늘 저녁에. 지원 병력을 실은 차가 이미 그 쪽으로 가는 중이야. 밖에 내 차도 있고."

그는 의자에서 일어났다. 볼레르는 턱을 문지르고 있었다.

"조직을 재편성해야겠습니다." 폴카이드가 무전기를 붙잡으며 말했다.

"잠깐!" 볼레르가 외쳤다. "내가 말하기 전까지는 아무도 움직이지 마."

나머지 두 사람은 기대에 찬 표정으로 그를 바라보았다. 볼레르는 눈을 감았다. 2초가 지났다. 그러더니 그가 눈을 떴다.

"지원 차량은 지금 당장 멈추라고 해, 해리. 경찰차가 그 집의 1미터 반경 이내로 들어가서는 안 돼. 그놈이 조금이라도 위험을 감지했다가는 우린 끝장이라고. 동유럽 밀수업자들에 대해서는 내가 좀 알아. 그들은 언제나, 언제나, 나갈 구멍을 마련해놓지. 이번에도 놓치면 다시는 잡지 못해. 폴카이드, 자네는 대원들과 여기남아서 계속 감시해. 내 명령이 있을 때까지."

"하지만 아까 범인이 여기 오지 않을 거라고ㅡ."

"내 말대로 해. 이게 우리에게 남은 유일한 기회야. 그리고 내 목이 걸린 일이니만큼 범인은 내가 직접 체포하겠어. 해리, 넌 여길 맡아줘. 알았어?"

오토는 해리 자식을 바라보았다. 그 새끼는 멍한 표정으로 볼레르를 바라보고 있었다.

"알았냐고." 볼레르가 재차 물었다.

"응." 그 새끼가 대답했다.

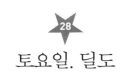

# 토요일. 딜도

올레우그 시버첸은 겁먹은 큰 눈동자로 베아테를 바라보았다. 베아테는 리볼버의 약실에 총알이 모두 들어 있는지 확인하고 있었다.

"우리 스벤이? 세상에나, 분명 뭔가 착오가 있었을 거예요! 스벤은 파리 한 마리도 못 죽이는 애라우."

베아테는 리볼버의 탄창을 제자리로 밀어 넣고 부엌 창문으로 갔다. 창밖으로 슈바이고르드 가의 주차장이 보였다.

"그러기를 바라야죠. 하지만 그걸 알아내려면 먼저 체포해야 해요."

베아테의 심장이 빠르게, 그러나 너무 빠르지 않게 뛰고 있었다. 피곤함이 사라지고 대신 가벼운 현기증이 일면서 마음이 차분해졌다. 마치 약을 먹은 것처럼. 이것은 아버지가 쓰던 리볼버였다. 절대 단발 권총에 의지해서는 안 된다고 예전에 아버지가 동료에게 말하는 것을 들은 적이 있었다.

"아드님이 몇 시에 온다는 말은 없었나요?"

올레우그가 고개를 끄덕였다.

"먼저 처리할 일이 몇 가지 있다고 했어요."

"열쇠를 가지고 있나요?"

"아뇨."

"잘됐네요. 그럼 –."

"하지만 그 애가 오는 날엔 문을 잠가두지 않아요."

"문을 잠그지 않았다고요?"

베아테는 머리가 피로 몰리며 목소리에 가시가 돋친 것을 느꼈다. 누구에게 더 화가 나는지 모르겠다. 경찰의 보호를 받는 처지인데도 아들이 곧장 들어올 수 있도록 현관문을 열어둔 노부인인지 아니면 이런 기본적인 것도 확인하지 않은 자신인지.

그녀는 목소리를 진정시키기 위해 숨을 들이쉬었다.

"여기 앉아 계세요, 부인. 그럼 제가 현관으로 가서 –."

"안녕하세요!"

베아테의 뒤에서 목소리가 들렸다. 그녀의 심장이 빠르게, 그러나 너무 빠르지 않게 뛰기 시작했다. 그녀는 오른팔을 쭉 뻗은 채 뒤를 돌았다. 그녀의 하얗고 가느다란 손가락은 묵직하고 느릿한 방아쇠를 감싸 쥐고 있었다. 한 형체가 복도로 이어지는 문간을 가로막고 있었다. 베아테는 그의 발소리조차 듣지 못했다. 아주 솜씨가 좋은 놈이었고, 그녀는 멍청하기 그지없었다.

"와우." 큭큭 웃는 소리와 함께 목소리가 들렸다.

가늠자에 남자의 얼굴이 들어왔다. 그녀는 아주 잠깐 머뭇거린 후, 방아쇠를 감은 손가락에서 힘을 뺐다.

"누구시죠?" 올레우그가 물었다.

"흑기삽니다, 시버첸 부인. 전 톰 볼레르 경감이라고 합니다." 그는 올레우그에게 손을 내밀며 그렇게 말하고는 베아테를 힐끗 바라보았다. "그리고 실례를 무릅쓰고 제가 현관문을 잠갔습니다, 시버첸 부인."

"다른 사람들은 어딨죠?" 베아테가 물었다.

"다른 사람은 없어. 그냥……." 베아테가 굳은 얼굴로 바라보자 톰 볼레르가 미소를 지으며 덧붙였다. "……자기와 나, 둘뿐이야."

8시가 넘은 시각이었다.

텔레비전에서는 아나운서가 한랭전선이 영국을 가로질러 다가오고 있다고 경고했다. 폭염은 곧 끝날 것이라고 했다. 우정사업본부 빌딩의 복도에서는 로게르 엔뎀이 동료에게 이야기하는 중이었다. 최근 며칠간 경찰이 눈에 띄게 침묵을 지키고 있고, 아마도 뭔가 꾸미는 게 아닐까 싶다고. 그는 특수 부대가 동원되었다는 소문을 듣고 지난 이틀간 특수 부대 대장인 시베르트 폴카이드에게 전화를 해보았으나 한 통도 받지 않았다고 했다. 로게르의 동료는 그거야 네 바람이겠지, 라고 대꾸했고 편집장도 동의했다. 그들은 한랭전선을 1면 기사로 실었다.

비아르네 묄레르는 소파에 앉아 〈비트 포 비트〉를 보고 있었다. 그는 이 프로그램의 사회자인 이바르 뒤르헤우그를 좋아했다. 그의 노래도 좋아했다. 경찰청의 몇몇 동료들이 이 프로가 너무 구식이고 가정적이라고 생각해도 상관없었다. 그는 가정적인 분위기를 좋아했다. 또한 이 프로그램을 보다 보면 노르웨이에는 제대로 주목조차 받지 못하는 실력파 가수들이 너무 많다는 걸 늘 실감하게 되었다. 하지만 오늘 저녁에는 방송에 집중할 수 없었다. 그저 멍하니 화면을 바라보면서 마음속으로 방금 해리가 전해준 새로운 소식을 곱씹고 있었다.

묄레르는 손목시계를 확인한 뒤, 전화기를 힐끗 바라보았다. 벌써 30분 동안 다섯 번째였다. 새로운 소식이 들어오는 대로 전화해 주겠다고 해리가 말했다. 그리고 총경은 작전이 끝나는 대로 브리핑을 해달라고 부탁했다. 묄레르는 총경이 휴가를 보내는 오두막에도 텔레비전이 있는지, 있다면 지금 그도 자신처럼 텔레비전을 보며 입으로는 퀴즈의 정답을 얘기하면서도 머리로는 딴 생각을 하고 있을지 궁금했다.

오토는 담배를 빨아들이며 눈을 감았다. 불 켜진 창문이 보이고, 낙엽이 바람에 바스락거렸다. 창문에 커튼이 쳐지자, 기분이 착 가라앉았다. 반대쪽 깡통은 도랑에 버려졌다. 닐스가 집에 가버린 것이다.

오토는 담배가 다 떨어지고 없었지만 해리라는 형사 자식에게 한 대 빌렸다. 볼레르가 떠난 지 30분쯤 되자, 해리는 주머니에서 카멜 라이트 한 갑을 꺼냈다. 좋은 담배지. 라이트라는 것만 빼고. 그들이 담배를 피우기 시작하자 폴카이드가 못마땅하다는 듯이 쏘아보았지만 아무 말도 하지 않았다. 오토는 푸르스름한 담배 연기 너머로 시베르트 폴카이드의 얼굴을 바라보았다. 짜증날 정도로 아무 움직임이 없는 복도와 계단의 화면 위로도 푸른 베일이 드리웠다.

해리는 화면을 더 자세히 보기 위해 오토 옆으로 의자를 끌고 갔다. 그러고는 느긋하게 담배를 피우며 화면을 하나씩 꼼꼼히 바라보았다. 마치 그 안에 아직 알아차리지 못한 무언가가 있다는 듯이.

"저건 뭡니까?" 해리가 왼쪽 모니터의 화면 하나를 가리키며 물었다.

"저거요?"

"아뇨, 더 높이. 4층에요."

오토는 역시나 텅 빈, 연한 노란색으로 칠해진 복도를 바라보았다.

"특별한 건 안 보이는데요." 오토가 말했다.

"오른쪽에서 세 번째 문 위요. 회반죽을 바른 벽에 말입니다."

오토는 눈을 가늘게 떴다. 벽에 뭔가 하얀 자국이 있었다. 처음에는 카메라를 설치하려다 실패해서 생긴 자국인가 싶었지만 딱히 저곳의 벽에 구멍을 뚫은 기억이 없었다.

폴카이드가 허리를 숙였다. "저게 뭐죠?"

"모르겠어. 오토, 혹시 저 부분만 확대할 수 있나요……?" 해리가 말했다.

오토는 화면을 가로질러 커서를 이동해 문 위의 벽에 작은 사각형을 만든 다음, 두 개의 자판을 동시에 눌렀다. 문 윗부분이 21인치 모니터 화면을 가득 채웠다.

"맙소사." 해리가 중얼거렸다.

"이 정도야 식은 죽 먹기죠." 오토가 뽐내듯이 말하며 컴퓨터 콘솔을 사랑스럽게 토닥였다. 이 해리라는 사람이 마음에 들기 시작했다.

"악마의 별." 해리가 중얼거렸다.

"뭐라고요?"

하지만 그 형사는 이미 폴카이드에게 몸을 돌린 상태였다.

"델타 원인지 뭔지 하는 그 사람들에게 406호를 습격할 준비를 하라고 해. 내가 갈 때까지 기다리라고 하고."

형사는 자리에서 일어나더니, 오토가 심야에 인터넷을 서핑하다가 본 적이 있는 총을 꺼내 들었다. 글록 21. 뭔지는 몰라도 무슨 일이 벌어지려 하고 있었다. 결국 그가 특종을 얻게 될지도 모른다.

형사는 이미 버스 밖으로 나가고 없었다.

"여기는 알파. 델타 원에게 알린다." 폴카이드가 그렇게 말하며 무전기 버튼에서 손을 뗐다.

소음. 사랑스럽게 지글거리는 대기 소음.

해리는 기숙사 출입문 안쪽의 엘리베이터 앞에 서서 잠시 미적거렸다. 그러다 엘리베이터 문의 손잡이를 잡아당겼다. 문 안쪽에 설치된 검은색의 접이식 철제문을 보자 가슴이 철렁 내려앉았다. 수동 접이식 철제문.

그가 불에 덴 것처럼 손잡이에서 손을 떼자 문이 저절로 닫혔다. 어차피 너무 늦었다. 이건 그냥 한심한 막판 전력 질주였다. 기차가 이미 떠난 걸 알고 있지만 그래도 마지막 뒷모습이라도 보고 싶어 플랫폼으로 마구 달려가는.

해리는 계단으로 올라갔다. 차분히 걸어가려 했다. 놈은 언제 왔다 간 걸까? 이틀 전? 일주일 전?

하지만 더는 참지 못하고 달리기 시작했다. 신발 밑창이 계단 위에서 사포로 긁는 듯한 소리를 냈다. 마지막 뒷모습이라도 보고 싶었다.

4층에서 왼쪽으로 돌아 복도로 들어서자 검은 옷을 입은 세 사람이 복도 맨 끝에서 달려 나왔다.

해리는 벽에 새겨진 별 아래 섰다. 별은 노란 벽을 바탕으로 하얗게 빛나고 있었다.

그 아래에는 406이라는 방 번호가 쓰여 있고, 거기에 이름이 있었다. 벨란. 그 아래에 스카치테이프 두 개로 종이 한 장이 붙어 있었다.

외국에 갑니다. 4주 후에 돌아올게요, 마리우스.

해리는 델타 원에게 시작하라고 고개를 끄덕였다.

6초 뒤, 문이 열렸다.

해리는 대원들에게 밖에서 기다리라고 하고 혼자 들어갔다. 방안은 텅 비어 있었다. 그는 방 안을 훑어보았다. 깨끗하고 깔끔한 방. 지나칠 정도로 깔끔했다. 소파 겸 침대 위쪽에 붙어 있는, 가장자리가 들쭉날쭉하게 찢어진 포스터와 어울리지 않았다. 깨끗이 치운 책상 위에 설치된 벽걸이형 선반에는 너덜너덜해진 페이퍼백이 서너 권 놓여 있었다. 책 옆에는 대여섯 개의 열쇠가 달린 해골 모양의 열쇠고리가 있었다. 햇볕에 그을린 담갈색 피부의 소녀가 미소 짓는 사진도 있었다. 여자친구 아니면 누이일 것이다. 부코스키의 책과 카세트 플레이어 사이에 밀랍으로 만든 엄지가 있었다. 하얀색으로 칠해진 엄지는 천장을 가리키며 좋다는 신호를 보내고 있었다. 모든 것이 준비되었다. 모든 것이 좋다. 정말 그런가?

해리는 포스터 속의 이기 팝을 바라보았다. 허리까지 드러난 군살 없는 상반신, 자해한 흉터, 움푹 들어간 눈, 강렬한 시선, 분명 자신만의 십자가에 못 박히는 일을 한두 번은 겪어냈을 남자. 해리는 선반에 고정된 엄지를 만졌다. 회반죽이나 플라스틱으로 만들었다기에는 너무 부드러워 거의 진짜 손가락 같은 감촉이었다. 차갑지만 진짜 같았다. 빌리 발리의 집에서 봤던 딜도를 생각하며 하얀 손가락의 냄새를 맡아보았다. 포르말린과 페인트 섞인 냄새가 났다. 그는 두 손가락으로 엄지를 잡고 꼭 눌러보았다. 페인트에 금이 가면서 코끝을 찌르는 악취가 훅 풍기자 해리는 움찔했다.

"베아테 뢴입니다."

"나 해리야. 거긴 어때?"

"아직 기다리는 중이에요. 볼레르는 복도에 자릴 잡았고, 나와 시버첸 부인은 부엌으로 쫓아냈어요. 여성 해방은 아직 멀었어요."

"나 지금 기숙사 건물 406호야. 놈이 여길 왔다 갔어."

"왔다 갔다고요?"

"문 위쪽 벽에 악마의 별을 새겨놓았어. 이 방 주인인 마리우스 벨란은 사라졌고. 다른 학생들 말로는 몇 주 전부터 보이지 않았대. 문에 외국에 다녀온다는 종이만 한 장 붙어 있어."

"그럼 정말로 외국에 갔나 보죠."

베아테가 자신의 말버릇을 따라 하기 시작했다는 걸 해리는 알아차렸다.

"그럴 리가 없어. 마리우스의 엄지는 아직 이 방에 있으니까. 일종의 방부 처리된 상태로 말이야."

전화기 반대쪽이 조용해졌다.

"과학수사과의 자네 부서에 전화했어. 지금 그쪽에서 오는 중이야."

"하지만 이해가 안 가네요. 기숙사 건물 전체를 감시 중이라고 하지 않으셨어요?" 베아테가 말했다.

"그거야 그렇지. 하지만 이 일이 발생한 20일 전에는 아니었지."

"20일 전? 그건 어떻게 알아요?"

"왜냐하면 마리우스의 부모님 전화번호를 알아내서 전화해봤으니까. 마리우스에게서 모로코에 다녀오겠다는 편지를 받았대. 아버지 말로는 아들에게서 편지를 받아본 적은 그게 처음이었대. 주로 전화를 하니까. 그 편지에 찍힌 소인이 20일 전이었어."

"20일 전이라면……." 베아테가 중얼거렸다.

"20일 전. 다시 말해, 카밀라 로엔이 살해되기 정확히 닷새 전이지. 다시 말해……."

베아테가 전화기에 대고 숨을 길게 들이쉬는 소리가 들렸다.

"……우리가 첫 번째라고 생각했던 살인이 일어나기 닷새 전." 해리가 말했다.

"맙소사."

"그뿐만이 아니야. 기숙사 학생들을 소집해 혹시 그날 있었던 일을 기억하는 사람이 있는지 물어봤어. 그랬더니 303호 여학생이 그날 오후, 건물 앞 잔디밭에서 일광욕을 한 기억이 난다는 거야. 근데 기숙사로 돌아오는 길에 퀵서비스 배달원이 지나가는 걸 봤대. 기숙사에 퀵 배달원이 오는 일이 흔치 않아서 기억한다는 거야. 그로부터 2주 후에 퀵 배달원 살인사건에 대한 기사가 나기 시작했을 때 복도에서 다른 학생들과 그 일에 대해 농담까지 했었다는군."

"그럼 범인이 살인의 순서를 속인 건가요?"

"아니. 내가 어리석었던 거지. 기억나? 내가 범인이 자른 손가락도 일종의 암호가 아닐까 고민했던 거? 바로 그거야. 아주 간단한 암호였어. 엄지손가락. 그자는 왼손 엄지부터 시작해서 잘라간 거야. 굳이 천재가 아니더라도 카밀라가 두 번째였다는 걸 알 수 있지."

"음."

또 내 말버릇을 따라 하고 있군, 해리는 생각했다.

"그럼 이제 우리에게는 다섯 번째 살인만 남았군요. 새끼손가락." 베아테가 말했다.

"그게 무슨 뜻인지 알고 있지? 응?"

"우리 차례라는 뜻이죠. 처음부터 계속 우리를 노리고 있었던 거고요. 맙소사, 그자가 정말로…… 그럴까요?"

"시버첸 부인이 옆에 있어?"

"네, 그자가 무슨 짓을 할지 말해주세요, 반장님."

"나도 몰라."

"반장님도 모르는 거 알아요. 그래도 말해주세요."

해리는 망설였다.

"알았어. 연쇄 살인범들은 대부분 자기혐오에 시달리는 사람들이야. 다섯 번째 살인이 마지막, 최후의 살인이니까 범인은 아마도 존속살해를 저지를 가능성이 높아. 혹은 자살할 수도 있고. 둘 다 일 수도 있지. 어머니와의 관계가 좋고 나쁘고와는 상관없어. 자기 자신과의 관계가 핵심이지. 어쨌거나 살인 장소를 그 집으로 선택한 건 논리적이야."

침묵이 흘렀다.

"듣고 있어, 베아테?"

"네, 그럼요. 그 사람은 독일인의 아들로 자랐어요."

"누구?"

"지금 여기로 오고 있는 사람요."

다시 침묵이 흘렀다.

"왜 복도에 볼레르 혼자 대기하고 있는 거지?"

"그게 왜요?"

"일반적으로는 둘이 함께 범인을 체포하는 게 관례니까. 자네가 부엌에 있는 것보다 그 편이 안전하잖아."

"그럴 수도 있죠. 하지만 전 이런 현장 경험이 많지 않으니까요.

자기가 알아서 하겠죠."

"그래."

어떤 생각이 해리의 머리를 스쳐갔다. 그가 억눌러왔던 생각.

"뭐 잘못됐어요, 반장님?"

"응. 담배가 떨어졌어." 해리가 말했다.

# 토요일. 익사

　해리는 휴대전화를 재킷 주머니에 넣고 소파에 등을 기댔다. 아마 감식반에서는 난리를 칠 테지만, 이 방에는 딱히 훼손될 만한 증거도 별로 없었다. 이번에도 범인은 뒤처리를 철저하게 한 것이 분명했다. 바닥에 떨어진 검은 덩어리를 자세히 보려고 허리를 굽혔을 때는 희미한 바닥 세척제 냄새마저 났다. 얼핏 보기에는 장판이 불에 타서 굳은 고무 같았다.

　문간에 누군가의 얼굴이 보였다.

　"감식반의 비에른 홀름입니다."

　"어서 와. 담배 있나?"

　해리는 자리에서 일어나 창가로 걸어갔고, 홀름과 그의 동료들은 작업에 착수했다. 비스듬한 햇살이 건물 정면과 도로, 나무를 지나 캄펜을 가로질러 퇴옌으로 미끄러졌다. 해리는 이런 해 질 녘의 오슬로보다 더 아름다운 도시는 본 적이 없었다. 분명 어딘가에는 있을 테지만 그가 아는 한은 없었다.

　해리는 선반 위의 엄지를 바라보았다. 범인은 엄지를 페인트에 담갔다가 본드를 발라 움직이지 않도록 선반에 고정시켰다. 도구는 다 가져간 모양이었다. 책상 밑에 페인트 통이나 본드는 없었기 때문이다.

"이 검은 덩어리가 뭔지 좀 알아내줘."

해리가 바닥을 가리키며 말했다.

"네." 홀름이 대답했다.

해리는 어지러웠다. 지금까지 여덟 개비를 연달아 피웠다. 덕분에 술 생각이 안 나기는 했지만 사라지지는 않았다. 그는 책꽂이 위의 엄지를 바라보았다. 아마도 펜치로 잘랐을 것이다. 거기다 페인트에 본드. 또 문 위에 펜타그램을 새기기 위한 끌과 망치까지. 이번에는 범인이 도구를 꽤나 많이 챙겨 왔다.

펜타그램은 이해가 갔다. 손가락을 자른 것도. 그런데 왜 본드로 고정시킨 거지?

"녹은 고무 같은데요." 바닥에 쪼그리고 앉은 홀름이 말했다.

"고무를 어떻게 녹이지?" 해리가 물었다.

"불에 태우면 되죠. 아니면 전기다리미나 열선총을 쓸 수도 있고요."

"녹인 고무를 어디에 쓰지?"

홀름은 모르겠다는 뜻으로 어깨를 으쓱였다.

"가황 고무는 수리나 방수 처리에 쓰여요." 홀름의 동료가 말했다. "예를 들면 타이어요. 혹은 밀폐 상태로 봉인할 때도 쓰이고요."

"또?"

"모르겠는데요."

"고마워."

엄지는 천장을 가리키고 있었다. 암호의 답을 가리키는 거라면 좋으련만, 해리는 생각했다. 이건 분명 암호였다. 범인은 그들에게 코뚜레를 씌워 자기가 원하는 방향으로 끌고 가고 있었다. 멍청한 동물들을 다루듯이. 따라서 이 암호에도 답이 있을 것이다. 그처럼 평균적 지능의 바보를 상대로 하는 암호라면 꽤 간단한 답이.

해리는 손가락을 바라보았다. 위를 가리키고 있었다. 오케이. 로저. 그는 범인의 메시지를 이해했다.

저녁 햇살이 계속 방 안으로 밀려들었다.

해리는 담배를 힘껏 빨았다. 니코틴이 그의 정맥을 따라, 허파의 가는 모세혈관을 따라 북쪽으로 향했다. 그의 몸에 독을 퍼뜨리고, 건강을 해치고, 그를 조종했지만 그래도 마음의 준비를 시켰다. 젠장!

해리는 한 차례 미친 듯이 기침을 해댔다.

손가락은 천장을 가리키고 있었다. 406호의 천장. 4층의 천장. 당연했다. 바보. 머저리.


해리는 열쇠를 돌리고 문을 열었다. 벽을 더듬어 전등 스위치를 켠 다음, 안으로 들어섰다. 다락은 천장이 높았고 창문 하나 없는데도 바람이 잘 통했다. 각각 번호가 적힌 2평방미터의 창고들이 벽을 따라 다닥다닥 줄지어 있었다. 주인의 품을 떠났지만 그렇다고 아직 버릴 수는 없는 물건들이 육각형 모양의 구멍으로 이루어진 철조망 뒤에 쌓여 있었다. 구멍이 뚫린 매트리스라든가 유행에 뒤처진 가구, 옷이 담긴 상자, 아직 작동하는 가전제품들이었다.

"지옥 불이 따로 없군." 폴카이드가 특수 부대 대원 둘을 거느리고 들어서며 중얼거렸다.

해리는 그 말이 아주 정확한 비유라고 생각했다. 밖에서는 태양이 서쪽 하늘 위에 나지막이 걸려 힘을 잃어가고 있었지만, 이미 하루 종일 지붕을 달궈놓은 터였다. 이제 지붕은 그 저장된 열기를 발산하며 다락방을 진짜 사우나로 만들고 있었다.

"406호의 창고는 이쪽인 거 같아." 해리는 그렇게 말하며 오른쪽으로 향했다.

"왜 시신이 이 다락에 있을 거라고 확신하죠?"

"음, 4층 위에는 5층이 있다는 명백한 사실을 범인이 직접 가리키고 있으니까."

"가리켜요?"

"일종의 수수께끼야."

"여기에서 시신이 나오기란 완전히 불가능하다는 건 아시죠?"

"왜 그렇지?"

"어제 탐지견을 데리고 여기 왔었으니까요. 이 더위에 4주 동안 시신이 방치되어 있다는 건……. 개의 후각기를 인간의 청각에 비유한다면 그건 개들에게 이 안에서 미친 듯이 울려대는 사이렌을 찾는 것과 마찬가지란 말이죠. 개가 찾아내지 못했을 리가 없어요. 아무리 무능한 개라고 해도요. 게다가 어제 우리가 데려왔던 개는 실력이 최고라고요."

"냄새가 절대 새어 나가지 않는 무언가로 시신을 꽁꽁 쌌다고 한다면?"

"공기 분자는 빠르게 이동하기 때문에 아주 미세한 구멍으로도 빠져나갑니다. 냄새가 안 난다는 건 불가능 – ."

"가황 고무." 해리가 말했다.

"네?"

해리는 406호 창고 앞에 멈춰 섰다. 특수 부대원 두 명이 재깍

쇠지렛대를 올려 들었다.

"이 방법부터 시도해보지."

해리는 해골이 달린 열쇠 뭉치를 그들 눈앞에 흔들어 보였다.

가장 작은 열쇠가 자물쇠에 꼭 맞았다.

"나 혼자 들어갈게. 감식반에서는 현장에 발자국이 많은 걸 싫어하니까."

해리는 손전등을 빌린 다음, 높고 널찍한 흰색 옷장 앞에 섰다. 문짝 두 개가 달린 옷장은 창고의 공간을 거의 다 차지하고 있었다. 옷장 손잡이를 잡고 마음의 준비를 한 후, 문을 열었다. 곰팡이 핀 옷과 먼지, 나무 냄새가 코를 찔렀다. 그는 손전등을 켰다. 마리우스가 3대에 걸쳐 물려받았을 법한 파란 양복들이 옷장에 나란히 걸려 있었다. 해리는 손전등으로 안을 비쳐보고 손으로 양복을 쓸어내렸다. 거친 울이었다. 한 양복에는 얇은 비닐 커버가 씌워져 있었다. 옷장 안쪽에는 회색 양복 커버가 있었다.

해리는 옷장 문을 닫고 창고 뒤쪽으로 몸을 돌렸다. 빨래 건조대 위에 커튼 두 개가 씌워져 있었다. 집에서 직접 만든 커튼인 듯했다. 해리는 커튼을 걷어 올렸다. 작고 날카로운 이빨이 그를 향해 말없이 으르렁거렸다. 털은 회색이었고, 대리석 같은 갈색 눈은 윤을 내줘야 할 것 같았다.

"담비네요." 폴카이드가 말했다.

"음."

해리는 주위를 둘러봤다. 찾아볼 곳도 많지 않았다. 정말 그가 틀린 걸까?

그러자 둘둘 말려 있던 카펫이 눈에 들어왔다. 페르시아 카펫이었는데(적어도 그의 생각으로는) 철조망에 기대어 세워져 있었고 천장과 바닥 중간쯤 되는 높이였다. 해리는 등나무 의자를 카펫 앞으로 가져가 의자 위에 올라간 다음, 카펫 안쪽을 손전등으로 비췄다. 창고 밖에 서 있던 대원들이 긴장된 표정으로 그를 바라보았다.

"그렇군." 해리는 의자에서 내려와 손전등을 껐다.

"있습니까?" 폴카이드가 물었다.

해리는 고개를 저었다. 갑자기 분노가 솟구쳐 옷장 옆을 발로 찼더니 옷장이 벨리 댄서처럼 좌우로 흔들렸다. 그의 뱃속에서 개들이 짖어댔다. 한 잔, 딱 한 잔, 고통 없는 한 순간. 창고에서 나오려는데 어디선가 긁히는 소리가 들렸다. 무언가 벽을 따라 미끄러지듯이. 해리는 뒤로 홱 돌았고, 옷장 문이 벌컥 열리며 회색 양복 커버가 자신을 덮치는 것을 보았다. 그러고는 그대로 바닥에 쓰러졌다.

한순간 정신을 잃은 게 틀림없었다. 눈을 다시 떠보니 바닥에 등을 댄 채 누워 있었고, 뒤통수에서 무지근한 통증이 느껴졌기 때문이다. 그는 마른 나무 바닥에서 피어오른 먼지를 헉 하고 들이마셨다. 양복 커버의 무게에 짓눌려 몸 안의 공기가 다 빠져나간 탓에 마치 물이 가득 든 커다란 비닐봉지 속에 누워 익사하는 기분이었다. 그는 패닉 상태에 빠져 주먹을 마구 휘둘렀고, 주먹에 뭔가 미끈한 표면이 닿았다. 그러자 양복 커버 안쪽에서 물컹한 것이 그의 몸에서 내려갔다.

해리는 몸이 굳은 채 가만히 누워 있었다. 천천히 눈의 초점이 돌아왔고, 익사하는 것 같은 기분도 천천히 사라져갔다. 대신 이미 익사한 기분이 느껴졌다.

회색 양복 커버의 비닐 뒤에서 초점 없는 눈동자가 그를 바라보았다.

마리우스 벨란의 시신이 나왔다.

# 토요일. 체포

창밖으로 고속 열차가 미끄러지듯이 지나갔다. 잠깐 나타났다 사라지는 입김처럼 조용히, 은색으로 반짝이며. 베아테는 올레우그 시버첸을 바라보았다. 그녀는 고개를 똑바로 들고 창밖을 내다보며 눈을 연신 깜빡였다. 식탁에 놓여 있는 그녀의 주름진 근육질 손은 시골의 조감도와 비슷했다. 주름은 깊은 계곡이었고, 검푸른 혈관은 강, 툭툭 불거진 손마디는 겹겹이 포개진 산, 그 위를 덮은 살갗은 회백색의 캔버스 천이었다. 베아테는 자신의 손을 바라보았다. 그녀는 이 두 손이 평생 어떤 일을 할 수 있는지 생각했다. 그리고 할 수 없는 일이 무엇인지. 또한 도저히 이룰 수 없는 일은 무엇인지도.

21시 56분이 되자, 정문이 열리는 소리와 자갈길을 걸어오는 소리가 들렸다.

베아테는 자리에서 일어섰다. 그녀의 심장이 가이거 계수기처럼 빠르고 가볍게 뛰기 시작했다.

"우리 아들이에요." 올레우그가 말했다.

"확실한가요?"

올레우그는 슬픈 미소를 지었다. "난 우리 아들이 꼬맹이일 때부터 저 소릴 들었어요. 스벤이 자라 밤에 외출했을 때는 저 애의 두 번째 발소리에 잠에서 깨곤 했죠. 현관까지 열두 걸음이랍니다. 세어봐요."

갑자기 볼레르가 부엌 문간에 나타났다.

"누가 오고 있어. 무슨 일이 있어도 부엌에서 나오지 마. 알았지?" 볼레르가 말했다.

"그 사람이에요." 베아테가 올레우그를 향해 고갯짓을 하며 말했다.

볼레르가 고개를 짧게 끄덕이더니 다시 가버렸다.

베아테는 노부인의 손 위에 자신의 손을 포갰다.

"별일 없을 거예요." 베아테가 말했다.

"오해가 있었다는 걸 알게 될 거예요." 올레우그가 베아테의 시선을 피하며 말했다.

열한 발짝, 열두 발짝. 베아테는 현관문이 열리는 소리를 들었다.

그러더니 볼레르의 고함 소리가 들렸다.

"경찰이다! 내 신분증은 네 앞쪽 바닥에 있다. 총을 내려놓지 않으면 쏘겠다!"

베아테는 올레우그의 손이 움찔하는 것을 느꼈다.

"경찰이다! 총을 내려놓지 않으면 쏜다!"

왜 저렇게 고래고래 소리를 지르는 거지? 그들은 멀어야 5, 6미터밖에 떨어져 있지 않았다.

"마지막으로 경고한다!" 볼레르가 외쳤다.

베아테는 자리에서 일어나 어깨에 차고 있던 권총집에서 권총을 꺼냈다.

"베아테······." 올레우그의 목소리가 떨렸다.

베아테는 눈을 들어 노부인의 간청하는 눈동자를 바라보았다.

"무기를 버려라. 넌 지금 경찰을 겨누고 있다."

베아테는 네 발짝을 걸어가 문을 연 다음, 총을 들어 올린 채 복도로 들어섰다. 2미터쯤 떨어진 곳에 톰 볼레르가 그녀에게 등을 돌리고 서 있었다. 현관에는 회색 양복을 입은 남자가 있었는데 한 손에는 서류 가방을 들고 있었다. 지금 그녀의 눈앞에 펼쳐진 광경은 부엌에서 예상했던 장면과 너무 달랐다. 베아테는 혼란스러웠다.

"쏜다!" 볼레르가 외쳤다.

현관문 앞에 선 남자의 놀란 얼굴과 벌어진 입이 보였다. 볼레르는 방아쇠를 잡아당길 때의 반동에 대비해 벌써 어깨를 앞으로 내밀고 있었다.

"톰······."

베아테는 나직이 그의 이름을 불렀지만 톰 볼레르의 등은 경직되었다. 마치 그녀가 뒤에서 총이라도 쏜 것처럼.

"저 사람에게는 총이 없어요, 톰."

베아테는 마치 영화를 보는 기분이었다. 누군가가 정지버튼을 눌러 화면이 그대로 멈춰버린 듯했다. 화면이 떨리며 움찔거렸고, 시간이 정지했다. 그녀는 총성이 들리기를 기다렸으나 소리는 들리지 않았다. 당연한 일이었다. 톰 볼레르는 미치지 않았으니까. 의학적 의미로는. 그는 충동에 관해서라면 자제력이 넘치는 사람이었다. 그와 사귈 당시 베아테가 가장 무서웠던 것도 아마 그런 부분이었을 것이다. 그녀를 학대할 때 보여주었던 그 냉철한 자제력.

"이왕 나온 김에······." 마침내 볼레르가 입을 열었다. 그의 목소

리는 긴장되어 있었다. "……우리 범인에게 수갑이나 채워주지그
래?"

## 31

# 토요일.

# "미워할 사람이 있다는 건 멋진 일 아닌가?"

비아르네 묄레르가 경찰청 출입문 앞에서 두 번째 기자회견을 했을 때는 자정이 다 된 시간이었다. 아주 밝은 별들만이 오슬로 상공의 아지랑이를 뚫고 반짝거렸는데도 묄레르는 손으로 눈을 가려야 했다. 앞에서 터지는 플래시 전구와 카메라 불빛 때문이었다. 촌철살인의 질문들이 빗발치듯 쏟아졌다.

"한 사람씩 질문해주세요." 묄레르는 그렇게 말하며 팔을 든 사람을 가리켰다. "그리고 자기소개 먼저 해주십시오."

"아프텐포스텐의 로게르 엔뎀입니다. 스벤 시버첸이 자백했습니까?"

"현재 피의자는 이번 수사팀의 리더인 톰 볼레르 경감이 심문 중입니다. 심문이 끝나기 전에는 그 질문에 답할 수가 없군요."

"시버첸의 서류 가방에서 총과 다이아몬드가 나왔다는 게 사실입니까? 그 다이아몬드가 피해자들의 시신에서 나온 다이아몬드와 동일합니까?"

"사실입니다. 저 뒤의 여자분. 네."

젊은 여자의 목소리가 들렸다. "좀 전의 기자회견에서 스벤 시버첸이 프라하에 거주중이라고 하셨는데 사실 제가 그의 공식 거주지를 찾아냈습니다. 하숙집이더군요. 하지만 그가 그 집을 떠난 지 1년이 넘었고, 아무도 그가 어디 사는지 모르는 듯했습니다. 혹시 그가 어디 사는지 아시나요?"

뮐레르가 대답하기도 전에 다른 기자들이 열심히 그녀의 말을 메모했다.

"아직 모릅니다."

"제가 그 하숙집 사람들 몇 명과 이야기를 나눠봤는데요," 여기자의 목소리에는 숨길 수 없는 자부심이 담겨 있었다. "그들 말로는 스벤 시버첸에게 어린 여자친구가 있다더군요. 여자의 이름은 모르지만 그중 한 사람 말로는 매춘부라고 했습니다. 이 사실을 알고 계시나요?"

"몰랐습니다. 저희 수고를 덜어주셔서 감사합니다." 뮐레르가 말했다.

"이하동문입니다." 기자들 속에서 누군가가 외치자 수컷 하이에나들이 웃음을 터뜨렸다. 여기자가 얼떨떨한 표정으로 미소를 지었다.

외스트폴 사투리로 묻는 질문이 이어졌다. "다그블라데입니다. 피의자의 어머니는 이 사실을 어떻게 받아들이나요?"

뮐레르는 기자와 눈을 마주쳤고, 화난 어조로 말하지 않기 위해 아랫입술을 깨물었다.

"그건 저도 모르겠습니다. 다음 분. 네."

"닥스아비센입니다. 이렇게 기록적인 폭염에 어떻게 마리우스 벨란의 시신이 4주 동안 기숙사 다락방에 방치될 수 있었죠? 상식적으로 이해가 안 갑니다. 어떻게 아무도 몰랐을 수가 있습니까?"

"살해된 시기가 정확히 언제인지는 아직 확실히 모릅니다. 하지만 양복 커버 비슷한 비닐에 시신을 넣은 다음 고무로 용접해 밀봉 처리를 해서……." 묄레르는 정확한 단어를 찾았다. "기숙사 다락방 옷장에 걸어둔 것으로 보입니다."

기자들 사이로 나지막한 웅얼거림이 퍼져갔고, 묄레르는 자신이 너무 세세하게 설명한 게 아닌가 생각했다.

로게르 옌뎀이 다른 질문을 했다.

묄레르는 그의 입이 움직이는 것을 바라보며 머릿속에서 계속 울리는 멜로디를 들었다. "I just called to say I love you." 그녀는 〈비트 포 비트〉에서 그 노래를 멋들어지게 불렀었다. 그녀의 동생, 이번에 뮤지컬에서 언니를 대신해 주연을 맡은 여자. 그 여자이름이 뭐였더라?

"미안합니다만 한 번 더 말해주시겠습니까?" 묄레르가 말했다.


해리와 베아테는 바글거리는 기자들로부터 떨어진 야트막한 담에 앉아 담배를 피우며 기자회견을 지켜보았다. 베아테는 자신이 사람들과 어울리려는 목적으로만 담배를 피우는 흡연자라면서 방금 해리가 산 담배를 한 개비 가져간 터였다.

해리로서는 사람들과 어울리고 싶은 마음이 전혀 없었다. 그저 자고 싶을 뿐이었다.

경찰청사에서 나오던 톰 볼레르가 미친 듯이 터지는 플래시를 향해 미소 지었다. 경찰청사의 벽 위로 그림자들이 승리의 춤을 추었다.

"이제 유명 인사가 됐군요. 이번 수사 책임자이자 퀵 배달원 살인마를 단독으로 체포한 사람." 베아테가 말했다.

"고작 총 두 개로 말이지." 해리가 빙그레 웃었다.

"네, 마치 서부 시대 총잡이 같았어요. 그런데 왜 총을 들고 있지도 않은 사람에게 총을 내려놓으라고 했을까요?"

"아마 볼레르는 범인이 몸에 지니고 있던 총을 의미했을 거야. 나라도 똑같이 말했을걸?"

"그거야 그렇죠. 근데 범인의 총이 어디에 있었는지 아세요? 수트케이스 속에 있었어요."

"그자가 수트케이스에서 가장 빨리 총을 뽑아드는 서부 총잡이일 수도 있으니까."

베아테가 웃음을 터뜨렸다. "이따 맥주 마시러 오실 거죠?"

그들의 시선이 마주쳤다. 베아테의 얼굴과 목으로 홍조가 번지면서 그녀의 미소가 굳어졌다.

"제가 깜빡……."

"괜찮아. 내 몫까지 축하해줘, 베아테. 난 내 할 일을 다했어."

"그래도 함께 갈 수는 있잖아요."

"그럴 필요가 있을까? 이게 내 마지막 사건이었어."

해리가 담배를 휙 튕기자, 담배가 반딧불이처럼 밤공기를 가로질러 날아갔다.

"다음 주부터 난 더 이상 경찰이 아니야. 홀가분해야 마땅할 텐데 지금은 그런 기분마저 안 들어."

"앞으로 뭐 하실 거예요?"

"다른 일." 해리는 담에서 내려왔다. "완전히 다른 일."


볼레르는 주차장으로 가는 해리를 따라잡았다.

"벌써 가는 건가, 해리?"

"피곤해. 유명 인사가 된 소감이 어때?"

"그냥 신문에 실릴 사진 몇 장 찍은 거야. 너도 그런 적이 있으니까 잘 알 거 아냐."

"시드니 사건 때를 말하는 거라면 언론에서는 내가 범인을 쐈다는 이유로 날 카우보이로 묘사했다고. 넌 범인을 생포했잖아. 그야말로 사회 민주주의가 원하는 경찰 영웅이지."

"지금 비꼬는 거야?"

"천만에."

"좋아. 난 언론이 누굴 영웅으로 만들든지 상관없어. 경찰의 이미지만 좋아진다면 싸구려 엽서 모델도 할 수 있다고. 하지만 경찰청 내부에서는 이번 수사의 진짜 영웅이 따로 있다는 걸 알고 있어."

해리는 자동차 열쇠를 꺼내 자신의 하얀색 에스코트 앞에 멈춰섰다.

"내가 하고 싶은 말도 바로 그거야, 해리. 너와 함께 일했던 모든 사람을 대신해서. 이 사건은 네가 해결했어. 나도, 다른 누구도 아닌."

"난 그냥 할 일을 했을 뿐이야."

"할 일, 그래. 마침 그 얘기도 하려던 참이야. 잠깐 차에 좀 앉을까?"

차 안에서는 달큼한 휘발유의 악취가 풍겼다. 어딘가에 녹이 슬어 구멍이 뚫린 모양이다. 볼레르는 해리가 권하는 담배를 거절했다.

"네 첫 번째 임무가 정해졌어. 어려운 데다 위험도 따르는 일이야. 하지만 일단 성공만 하면 우린 너를 완전한 파트너로 받아들일 거야." 볼레르가 말했다.

"그게 뭔데?" 해리가 백미러 위로 연기를 뿜으며 말했다.

볼레르는 라디오가 뜯겨 나가고 없는 자리에서 튀어나온 전선들을 손끝으로 쭉 훑었다.

"마리우스 벨란은 어떤 모습이었지?" 볼레르가 물었다.

"비닐 커버 속에서 4주나 있었으니 물어보나마나지."

"그 친구는 스물네 살이야, 해리. 스물네 살. 네가 스물네 살 때 뭘 꿈꿨는지 기억나? 인생에서 뭘 기대했는지?"

해리는 기억이 났다.

볼레르는 쓴웃음을 지었다.

"난 스물두 살이 되던 여름에 가이르, 솔로와 함께 유럽 배낭 여행을 떠났어. 이탈리아의 리비에라에 도착했는데 거기 호텔들은 너무 비싸서 도저히 묵을 수가 없었지. 여행 떠나기 전날, 솔로가 아버지 가게의 금전등록기에 있던 돈을 몽땅 들고 왔는데도 말이야. 밤이 되자 우리는 해변에 텐트를 쳤고, 낮에는 걸어 다니며 여자들과 자동차, 보트를 구경했어. 이상한 건 말이야, 우린 매우 부자가 된 기분이었다는 거야. 스물두 살이었기 때문이지. 우리는 모든 게 우리 거라고 생각했어. 크리스마스트리 아래서 우리를 기다리는 선물처럼 말이야. 카밀라 로엔, 바바라 스벤센, 리스베트 발리, 다들 젊은 친구들이지. 어쩌면 그들은 아직 인생에 실망하지 않았는지도 몰라, 해리. 아직 크리스마스를 기다리고 있는지도 모른다고."

볼레르는 손으로 계기판을 훑어 내렸다.

"방금 스벤 시버첸을 심문하고 왔어, 해리. 자세한 건 나중에 보고서를 읽어봐. 지금 내가 말해줄 수 있는 건 앞으로 벌어질 일이야. 그자는 차갑고 계산적인 악마야. 그러니 정신병자 행세를 하겠지. 판사는 속아 넘어갈 테고, 정신과의사들은 그의 정신 상태를 의심해 그를 감옥에 보내지 않을 거야. 한마디로 치료감호소에 수감됐다가 이내 놀라운 호전을 보여서 몇 년 후에는 석방되겠지. 요즘에는 늘 그런 식이야, 해리. 그게 우리를 둘러싼 인간쓰레기를 처리하는 방식이라고. 우린 그 쓰레기를 청소하지 않아. 버리지도 않아. 약간 옮겨놓을 뿐이지. 집에서 악취가 나고 쥐새끼들이 들끓을 때는 너무 늦는다는 걸 우린 몰라. 범죄가 단단히 뿌리내린 다른 나라들을 보라고. 불행히도 지금 이 순간, 이 나라는 너무 부유해서 정치가들은 서로 퍼주려고 경쟁하고 있지. 우린 너무 무르고 착해져서 아무도 더는 책임지고 불쾌한 일을 하려 하지 않아. 이해하겠어?"

"지금까지는."

"그래서 우리가 끼어드는 거야, 해리. 우린 책임을 지지. 이 사회가 감히 실행하지 못하는 위생 작업을 한다고."

해리는 담배를 빠지직 소리가 나도록 세게 빨아들였다.

"무슨 뜻이야?" 해리가 물었다.

"스벤 시버첸." 창밖을 살피며 볼레르가 말했다. "인간쓰레기. 네가 그자를 없애야 해."

해리는 허리를 숙이고 기침을 하며 연기를 뱉어냈다.

"그게 네가 하는 일이야? 다른 건? 무기 밀매는?"

"모든 활동은 이 일의 자금을 대기 위해서야."

"너의 성당을 짓는 일?"

볼레르는 천천히 고개를 끄덕였다. 그러더니 해리에게로 몸을 내밀었고, 해리는 그가 자신의 재킷 주머니에 무언가를 넣는 것을 느꼈다.

"앰플이야. '요셉의 축복'이라는 거지. 아프가니스탄 전쟁 때 KGB가 개발했는데, 그보다는 체포된 체첸 용사들의 자살 수단으로 유명하지. 먹으면 호흡이 멎지만 청산가리와 달리 무미무취야. 항문이나 혀 밑에 숨기기에 딱 맞는 크기고. 만약 그자가 이걸 물에 타서 마신다면 몇 초 후에 바로 죽을 거야. 네가 해야 할 일이 뭔지 이해했어?"

해리는 등을 폈다. 기침은 멎었지만 이젠 눈에 눈물이 고였다.

"그러니까 자살처럼 보이게 하려는 거야?"

"유치장에서 깜빡 잊고 항문을 수색하지 않았다고 증언해줄 거야. 다 말해뒀으니까 걱정 말라고."

해리는 숨을 깊이 들이쉬었다. 휘발유 냄새에 속이 울렁거렸다. 멀리서 사이렌이 칭얼거리는 소리가 피어올랐다가 사라졌다.

"넌 그자를 쏠 생각이었지, 안 그래?"

볼레르는 대답하지 않았다. 유치장 정문 앞에 경찰차 한 대가 모습을 드러냈다.

"넌 애초에 그자를 체포할 생각이 없었어. 총이 두 개였던 것도 그를 쏜 후에 하나는 그자의 손에 쥐여주려고 했던 거야. 그가 널 위협했던 것처럼 보이게 하려고. 베아테와 시버첸 부인을 부엌으로 보낸 다음, 넌 소리를 질러댔지. 그들이 네 고함 소리를 듣고 나중에 네 행동이 정당방위였다는 증언을 하도록 말이야. 하지만 베아테가 부엌에서 나오는 바람에 네 계획은 틀어졌지."

볼레르는 깊은 한숨을 내쉬었다.

"우리는 청소를 하는 거야, 해리. 네가 시드니에서 그 살인범을 제거한 것처럼. 법률 제도만으로는 안 돼. 언젠가 더 순수한 시대가 오면 가능할지도 모르지. 그런 날이 올 때까지는 범죄자들로부터 오슬로를 지켜야 해. 너도 매일 가까이에서 보니까 잘 알 거 아냐."

해리는 어둠 속에서 담배의 불빛을 응시했다. 그러고는 고개를 끄덕였다.

"그저 큰 그림이 알고 싶었을 뿐이야."

"좋아, 해리. 잘 들어. 스벤 시버첸은 내일 저녁까지 유치장의 9호 감방에 있을 거야. 다시 말해, 월요일 아침까지란 말이야. 그 이후에는 울레르스모 교도소로 이송되어 우리의 손아귀를 벗어나게 돼. 9호 감방의 열쇠는 유치장 안내 데스크 왼쪽에 놓여 있을 거야. 내일 자정까지 끝내야 해, 해리. 그러면 내가 유치장으로 전화할 거고, 퀵 배달원 살인마가 합당한 처벌을 받았다는 말을 듣게 될 거야. 알았어?"

해리는 고개를 끄덕였다.

볼레르가 미소를 지었다.

"이거 알아, 해리? 마침내 우리가 한 팀이 되어 기쁘기는 하지만 약간 슬프기도 해. 왠지 알아?"

해리는 어깨를 으쓱였다. "돈으로는 뭐든 살 수 있다는 걸 깨달아서?"

볼레르가 웃었다.

"그럴듯하군. 하지만 틀렸어. 내가 슬픈 건 호적수를 잃었기 때문이야. 우린 비슷해. 무슨 뜻인지 알지?"

"'미워할 사람이 있다는 건 정말 멋진 일 아닌가?'"

"뭐라고?"

"미카엘 크론. 라가 로커스의 리드 보컬."

"24시간 남았어. 해리. 행운을 빌어."

# THE DEVIL'S STAR

Part

5

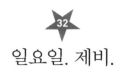

# 일요일. 제비.

라켈은 침실 거울에 비친 자신을 바라보았다.

창문이 열려 있어 집 앞에 서는 차 소리와 자갈이 깔린 진입로를 걸어오는 발소리가 들렸다. 그녀는 화장대에 놓인 아버지의 사진을 바라보았다. 볼 때마다 사진 속의 아버지는 참으로 젊고 순수해 보였다.

머리는 평상시처럼 뒤로 모아 핀을 꽂았다. 오늘은 다른 스타일로 해야 할까? 오늘 입을 드레스는 엄마의 빨간 모슬린 드레스로 미리 그녀의 몸에 맞게 수선해두었다. 너무 지나치게 차려입는 게 아니어야 할 텐데. 어릴 때 아버지에게서 이 드레스를 입은 엄마를 처음 만났을 때의 이야기를 종종 듣곤 했는데 그 이야기는 아무리 들어도 질리는 법이 없어 마치 동화 같았다.

라켈이 핀을 풀고 머리를 좌우로 흔들자, 갈색 머리카락이 그녀의 얼굴을 덮었다. 순간 초인종이 울리고 현관으로 걸어가는 올레그의 발소리가 들렸다. 흥분한 올레그의 목소리와 해리의 나직한 웃음소리가 들렸다. 그녀는 마지막으로 거울을 보았다. 심장 박동이 빨라지는 게 느껴졌다. 그녀는 문을 열고 나갔다.

"엄마, 해리 아저씨가―."

라켈이 계단 꼭대기에 모습을 드러내자, 올레그의 외침이 멎었다. 그녀는 조심스럽게 한 발짝 내디뎠다. 하이힐이 갑자기 불안정하게 흔들리는 듯했지만 그녀는 이내 균형을 찾고 눈을 들었다. 올레그가 층계 아래에 서서 입을 딱 벌린 채 그녀를 바라보았다. 해리는 올레그 옆에 서 있었다. 반짝이는 그의 두 눈에서 느껴지는 열기가 어찌나 뜨거운지 그녀의 볼이 타오르는 듯했다. 그의 손에는 장미 한 다발이 들려 있었다.

"정말 아름다워요, 엄마." 올레그가 속삭였다.

라켈은 눈을 감았다. 양쪽 차창이 내려져 있어 바람이 그녀의 머리카락과 살갗을 스치고 지나갔다. 해리는 에스코트를 조심스럽게 몰아 구불구불한 홀멘콜렌의 내리막길을 내려갔다. 희미한 세척제 냄새가 풍겼다. 립스틱이 번지지 않았는지 확인하려고 선바이저를 내리자, 그 안의 작은 유리마저 깨끗이 닦여 있는 게 눈에 들어왔다.

그녀는 두 사람의 첫 만남을 생각하며 미소 지었다. 해리는 그녀에게 태워다주겠다고 했고, 그녀는 차에 시동이 걸리도록 뒤에서 차를 밀어야 했다.

그때 이미 폐차했어야 할 차를 지금도 운전하다니, 정말로 믿기 힘든 일이다.

그녀는 시야 끄트머리로 그를 바라보았다.

그때와 똑같이 날카로운 콧날. 그때와 똑같이 부드러운 굴곡을 이루면서 남성적인 눈이나 코와 또렷한 대조를 이루는 입술. 그리고 눈. 결코 전형적인 미남이라고 할 수는 없는 얼굴이었다. 하지만 그에게는, 그 단어가 뭐였더라? 진정성. 그에게는 진정성이 있었다. 그의 눈 때문이다. 아니다, 눈이 아니라 눈빛 때문이었다.

그는 마치 그녀의 생각을 엿듣기라도 한 것처럼 그녀를 돌아보았다.

그러고는 미소 지었다. 바로 저거다. 눈에 비치는 어린아이 같은 부드러움. 마치 그의 얼굴 뒤에서 한 소년이 그녀를 바라보며 웃는 것 같았다. 그녀를 바라보는 그의 시선에는 모종의 천진난만함이 있었다. 타락하지 않은 진실함. 정직함. 온전함. 의지할 수 있는 눈빛이었다. 혹은 의지하고 싶은 눈빛.

라켈도 그에게 미소 지었다.

"무슨 생각해?" 그가 물으며 다시 도로 쪽으로 시선을 돌렸다.

"이런저런 생각."

지난 몇 주간 그녀는 오랜 시간을 생각했다. 해리가 지키지 못할 약속은 한 적이 없다는 것을 깨달을 정도로. 그는 그녀에게 다시는 술로 망가지지 않겠다고 약속한 적이 없었다. 언젠가는 그의 인생에서 일보다 그녀가 더 중요하게 될 거라고 약속한 적도 없었다. 자신과 함께하는 것이 쉬울 거라는 약속도 하지 않았다. 이 모든 것은 그저 그가 스스로에게 했던 약속이었다. 이제는 라켈도 그 사실을 알 수 있었다.

그들이 옵살에 있는 집에 도착하자, 올라브 홀레와 쇠스가 집 앞에서 그들을 기다리고 있었다. 라켈은 이 집에 대한 이야기를 하도 많이 들어서 가끔씩 자신도 이 집에서 자란 기분이 들었다.

"어서 와, 올레그." 쇠스가 의젓하고 나이 많은 누나처럼 말했다. "우리가 도넛 반죽을 만들어놨단다."

"정말요?" 올레그는 급한 마음에 라켈이 앉은 조수석 뒤를 밀치며 차에서 내리려고 했다.

두 사람은 올레그를 내려주고 시내로 향했다. 라켈은 머리받이
에 머리를 기대며 자신은 그가 잘생겼다고 생각하지만 그렇다고
괜히 이상한 오해는 하지 말라고 했다. 그러자 해리는 자신은 그녀
가 훨씬 더 아름답다고 생각하며 얼마든지 이상한 오해를 해도 된
다고 말했다. 그들이 에케베르그 언덕에 도달해 차 아래로 오슬로
시가지가 펼쳐졌을 때 그녀는 하늘을 가르는 검은 V자를 보았다.

"제비네." 해리가 말했다.

"낮게 날고 있어. 저건 곧 비가 온다는 뜻 아냐?"

"응. 일기예보에서 비가 온다고 했어."

"잘됐네. 그래서 제비들이 낮게 나는 거야? 사람들에게 비가 온
다고 알리려고?"

"아니. 그보다는 더 유용한 일을 하는 거지. 대기 속 곤충들을 청
소하는 거야. 해충 같은 것들."

"근데 왜 저리 열심이야? 신경질적으로 보일 정돈데?"

"시간이 많지 않기 때문이지. 지금은 곤충들이 돌아다니지만 해
가 저물면 해충 사냥은 끝내야만 하거든."

"끝내야만 하는 게 아니라 저절로 끝나는 거겠지. 안 그래?"

그녀는 해리에게로 고개를 돌렸다. 그는 생각에 잠긴 채 전방을
응시하고 있었다.

"해리?"

"아, 미안. 잠깐 딴 생각 좀 하느라."


개막 공연을 볼 관객들은 그늘진 국립극장 앞 광장에 모여 있었
다. 유명 인사들이 유명 인사들과 이야기를 나누는 동안 기자들이

몰려들었고, 카메라가 찰칵거렸다. 몇몇 스캔들을 제외하고 대화의 주제는 다들 똑같았다. 전날 체포된 퀵 배달원 살인마.

두 사람은 서둘러 입구로 걸어갔고, 해리는 라켈의 등 아래쪽에 가볍게 손을 댔다. 라켈은 얇은 천 너머로 해리의 손끝에서 나오는 열기를 느낄 수 있었다. 누군가가 그들 앞을 막아섰다.

"아프텐포스텐의 로게르 옌뎀입니다. 미안하지만 지금 여론 조사 중이거든요. 오늘 공연의 원래 주연이었던 여배우의 납치범이 잡힌 것에 대해 사람들의 생각을 듣는 중입니다."

두 사람은 걸음을 멈췄고, 라켈은 그녀의 등 뒤에 있던 손이 갑자기 사라진 것을 느꼈다.

기자의 미소는 그대로였지만 시선은 흔들렸다.

"전에 만났잖습니까, 홀레 반장님. 전 범죄부 기잡니다. 시드니에서 사건을 해결하고 돌아오셨을 때 몇 번 인터뷰를 했죠. 제가 반장님 말을 정확하게 보도한 유일한 기자라고 하셨잖습니까. 기억나세요?"

해리는 로게르 옌뎀의 얼굴을 빤히 바라보더니 고개를 끄덕였다.

"음. 범죄부 기자는 그만둔 겁니까?"

"아뇨, 아뇨!" 로게르는 머리를 세게 흔들었다. "오늘은 그냥 대타로 온 겁니다. 휴가 기간이라서요. 해리 홀레 형사님의 의견을 들을 수 있을까요?"

"아뇨."

"아니라고요? 한 마디도 안 해주실 겁니까?"

"그게 아니라, 난 형사가 아니라고요." 해리가 말했다.

로게르는 적잖이 놀란 기색이었다.

"하지만 제가 분명히……."

해리는 얼른 주위를 살피더니 몸을 앞으로 내밀었다.

"혹시 명함 있습니까?"

"네……."

로게르는 파란 고딕체로 〈아프텐포스텐〉이라고 적힌 하얀 명함을 건넸다. 해리는 명함을 뒷주머니에 집어넣었다.

"마감은 11십니다."

"알겠소."

로게르 엔뎀이 어리둥절한 표정으로 우두커니 서 있는 동안, 라켈은 다시 등 뒤로 해리의 따뜻한 손을 느끼며 계단을 올라갔다.

입구 옆에서 수염이 덥수룩한 남자가 눈물이 그렁그렁한 눈으로 그들에게 미소 지었다. 라켈은 저 남자를 신문에서 본 적이 있었다. 빌리 발리였다.

"두 사람이 이렇게 함께 온 걸 보니 정말 기쁘군." 빌리가 굵은 목소리로 말하며 양팔을 벌렸다. 해리는 머뭇거렸지만 잡히고 말았다.

"당신은 분명 라켈이겠군요."

빌리 발리는 마치 장신의 이 남자가 잃어버렸다 다시 찾은 곰 인형이라도 된다는 듯이 꼭 껴안으며 해리의 어깨 너머로 그녀에게 윙크했다.

"어떻게 된 거예요?" 앞에서 네 번째 줄에 있는 자신들의 좌석을 찾아 앉은 후, 라켈이 물었다.

"남자의 애정 표현이지. 저 사람은 예술가잖아."

"그거 말고. 당신이 형사가 아니라는 말."

"어제 형사로서 내 마지막 업무를 끝냈어."

라켈은 그를 바라보았다. "왜 나한테는 아무 말도 안 했어?"

"말했잖아. 그때 정원에서."

"그럼 이제부터 뭘 할 거야?"

"다른 일."

"그게 뭔데?"

"지금까지와는 완전히 다른 일. 친구가 제안을 했는데 그걸 받아들였어. 이젠 더 나은 삶을 살고 싶어. 나중에 자세히 말해줄게."

무대 위의 커튼이 올라갔다.


커튼이 내려오자 우레와 같은 박수가 쏟아졌고, 그 박수는 거의 10분간 똑같은 열기로 지속되었다.

배우들이 다시 나와 매번 새로운 배열로 서서 인사를 하고, 다시 들어가기를 반복하다가 마침내 더는 준비해둔 배열이 없자 그냥 서서 박수갈채를 받았다. 토야 하랑이 앞으로 나와 인사할 때마다 '브라보'라고 외치는 소리가 울려 퍼졌고, 결국에는 연극에 관련된 모든 스태프들까지 일일이 호명되어 무대 위로 올라갔다. 빌리 발리는 토야 하랑을 껴안았고, 배우와 관객 모두 눈물을 흘렸다.

라켈도 해리의 손을 꼭 쥐며 손수건을 꺼내 들었다.


"두 사람 이상해요." 올레그가 뒷좌석에서 말했다. "무슨 일 있었어요?"

라켈과 해리는 동시에 뒤를 돌아보았다.

"이제 다시 친구가 된 거예요? 그런 거예요?"

라켈은 미소 지었다. "우린 늘 친구였어, 올레그."

"아저씨?"

"네, 보스." 해리가 백미러를 바라보았다.

"그럼 우리 다시 영화 보러 갈 수 있는 거예요? 남자 영화?"

"어쩌면. 점잖은 남자 영화라면."

"어머, 그럼 난 뭘 하고?" 라켈이 물었다.

"엄만 올라브 할아버지랑 쇠스 누나와 놀면 되죠." 올레그가 열띤 어조로 말했다. "오늘 정말 재미있어요, 엄마. 할아버지가 체스 두는 법을 가르쳐줬어요."

해리는 진입로로 들어가 저택 앞에 차를 세웠다. 시동은 끄지 않았다. 라켈은 올레그에게 열쇠를 주며 먼저 들어가라고 했고, 두 사람은 자갈길을 뛰어가는 올레그를 바라보았다.

"맙소사, 벌써 저렇게 컸다니." 해리가 말했다.

라켈은 해리의 어깨에 머리를 기댔다. "들어갈래?"

"지금은 안 돼. 경찰청에서 마지막으로 해야 할 일이 하나 남았거든."

그녀는 손으로 그의 얼굴을 쓰다듬었다. "더 늦게 와도 돼. 원한다면."

"음. 심사숙고한 거야, 라켈?"

그녀는 한숨을 쉬며 눈을 감았다. 그러고는 이마를 그의 목에 기댔다.

"아니. 응. 불타는 집에서 뛰어내리는 기분이야. 불에 타는 것보다 떨어지는 게 낫지."

"적어도 허공에 떠 있는 동안은."

"살아가는 것과 추락에는 어떤 공통점이 있다는 걸 깨달았어. 우선 둘 다 매우 일시적인 존재 상태라는 점에서."

그들은 엔진의 불규칙적인 리듬을 들으며 말없이 서로를 바라보았다. 이윽고 해리가 라켈의 턱 밑에 손가락을 대고 키스했다. 그

409

녀는 눈앞이 아찔해지면서 평정심과 균형을 잃는 기분이었다. 매달릴 수 있는 것은 오직 하나뿐이었고, 그녀는 떨어지는 동시에 불타올랐다.

얼마나 키스했는지 모르지만 마침내 그가 그녀의 품에서 부드럽게 몸을 뗐다.

"문 열어둘게." 그녀가 속삭였다.

그게 멍청한 짓이라는 걸 그녀는 알았어야 했다.

그게 위험한 짓이라는 걸 그녀는 알았어야 했다.

하지만 생각은 지난 몇 주간 실컷 했다. 생각이라면 신물이 났다.

# 일요일 밤. 요셉의 축복

유치장 앞 주차장에는 차도, 사람도 찾아볼 수 없었다.

해리가 시동을 끄자 숨이 끊어지는 듯한 소리와 함께 엔진이 꺼졌다.

손목시계를 보았다. 23시 10분. 50분 남았다.

그의 발소리가 텔리에, 토르프 앤드 오센이 설계한 외관 벽에 부딪혀 튕겨 나왔다.

해리는 깊은 숨을 두 번 들이쉰 다음, 안으로 들어갔다.

안내 데스크에는 아무도 없었고 실내는 쥐 죽은 듯 고요했다. 오른쪽에서 움직임이 감지되었다. 당직실에서 등을 돌리고 있던 의자 하나가 서서히 돌아갔다. 그를 덤덤히 바라보는 눈동자 아래로 다갈색 흉터가 눈물처럼 흘러내린 얼굴이 절반 정도 보였다. 그러더니 의자가 다시 원래대로 서서히 돌아가 그에게 등을 돌렸다.

그로트였다. 그로트 혼자뿐이라니 이상했다. 아니, 어쩌면 그게 맞는 건지도 모른다.

해리는 안내 데스크 뒤 왼쪽에서 9호 감방의 열쇠를 발견했다. 열쇠를 집어 들고 감방이 있는 곳으로 걸어갔다. 교도관들의 방에서 목소리가 흘러나왔지만 편리하게도 9호 감방은 그 앞을 지나갈 필요가 없었다.

해리는 자물쇠에 열쇠를 넣고 돌렸다. 잠시 기다렸다. 감방 안에서 인기척이 느껴졌다. 그는 문을 잡아당겼다.

침대에 앉아 그를 올려다보는 남자는 살인자처럼 보이지 않았다. 해리는 그게 아무 의미도 없다는 것을 알고 있었다. 가끔씩 그들은 살인자처럼 보이기도 했고, 안 그렇기도 했다.

이 남자의 경우는 잘생겼고 말쑥했으며 갈색 머리칼은 짧게 다듬어져 있었다. 푸른 눈동자는 한때 어머니와 똑같았을 테지만 시간이 흐르며 점차 자신만의 것이 되었으리라. 해리는 마흔을 목전에 두고 있었고, 스벤 시버첸은 쉰이 넘은 나이였다. 하지만 대부분의 사람들은 그 반대로 생각할 것이다.

무슨 이유에서인지 시버첸은 붉은 죄수복을 입고 있었다.

"안녕, 시버첸. 난 홀레 반장이야. 일어나서 뒤로 돌아주겠어?"

시버첸의 한쪽 눈썹이 올라갔다. 해리는 그의 코앞에서 수갑을 흔들었다.

"규칙이라서 말이야."

시버첸은 말없이 일어섰고, 해리는 수갑을 채운 뒤에 그를 다시 침대로 밀쳤다.

감방 안에는 의자가 없었다. 자기 자신이나 타인을 해칠 수 있는 개인 물품은 둘 수 없었다. 여기서는 오로지 정부만이 처벌의 독점권을 가졌다. 해리는 벽에 등을 기댄 채 주머니에서 구겨진 담뱃갑을 꺼냈다.

"화재 경보가 울릴 텐데. 저게 아주 민감하거든." 시버첸이 말했다. 그의 목소리는 놀랄 정도로 고음이었다.

412

"맞아. 여기가 처음이 아닌 모양이야. 그렇지?"

해리는 담배에 불을 붙였다. 그러고는 발꿈치를 들어 경보기의 뚜껑을 벗긴 다음, 건전지를 빼버렸다.

"거기에 관한 규칙은 없나 보지?" 스벤 시버첸이 비꼬듯이 물었다.

"기억 안 나. 담배 줄까?"

"이건 무슨 수작이지? 착한 형사 놀이?"

"아니." 해리가 미소 지었다. "우리에겐 당신에 대한 증거가 너무 많아서 어떤 연극도 할 필요가 없어. 세부 사항을 알아내야 할 필요도 없고, 리스베트 발리의 시신도 필요 없고, 당신 자백도 필요 없어. 당신 도움은 전혀 필요 없다고, 시버첸."

"그럼 왜 여기 온 거지?"

"호기심 때문에. 우린 심해 낚시를 하는 사람들이고 난 이번엔 뭐가 걸렸는지 알고 싶거든."

시버첸이 콧방귀를 뀌었다.

"기발한 비유로군. 하지만 실망하게 될 거야, 홀레 반장. 월척을 낚은 거 같겠지만 유감스럽게도 이건 낡은 장화 한 짝에 불과하거든."

"목소리를 조금만 낮춰주겠어?"

"누가 우리 대화를 들을까 겁나는 거야?"

"그냥 하란 대로 해. 네 건의 살인으로 체포된 사람치고는 아주 침착해 보이는군."

"난 결백해."

"음. 내가 지금 상황을 간략하게 요약해주지, 시버첸. 당신 서류 가방 속에서 붉은 다이아몬드가 나왔는데 그건 흔한 물건이 아닐

뿐더러 몇몇 피해자들의 시신에서 발견된 것과 동일해. 게다가 체스카 즈브로요프카도 나왔는데 이건 노르웨이에서는 비교적 보기 드문 총이지. 하지만 바바라 스벤센을 살해한 것과 같은 브랜드야. 당신 진술에 의하면 살인사건이 발생했던 날 프라하에 있었다지만 우리가 항공편을 조사해본 결과, 당신은 사건 발생 일마다 비행기로 오슬로를 방문했어. 어제도 포함해서. 각각의 사건 발생일 5시에 뭘 했는지 알리바이를 댈 수 있나, 시버첸?"

스벤 시버첸은 대답하지 않았다.

"그럴 줄 알았어. 그러니까 결백하다는 말은 하지 마, 시버첸."

"당신이 어떻게 생각하든 상관없어, 홀레. 또 할 말 있나?"

해리는 벽에 등을 기댄 채 아래로 미끄러져 내려와 쪼그리고 앉았다.

"있어. 톰 볼레르를 아나?"

"누구?"

대답이 재빨리 튀어나왔다. 너무 빨리. 해리는 천천히 연기를 천장으로 내뿜었다. 스벤 시버첸의 얼굴은 지겨워 죽겠다는 표정이었다. 하지만 해리는 전에도 껍질이 딱딱한 살인자들을 만난 적이 있었다. 딱딱한 껍질 안에 물컹한 젤리 같은 정신을 가진 살인자들. 반면 깨도 깨도 딱딱한 껍질만 나오는 꽁꽁 얼어버린 녀석들도 있었다. 이 남자는 얼마나 딱딱할지 궁금했다.

"당신을 체포하고 심문까지 한 형사의 이름을 굳이 모르는 척할 필요는 없어, 시버첸. 그 전부터 아는 사이였는지 궁금해서 묻는 거야."

해리는 시버첸의 눈에서 약간의 머뭇거림을 보았다.

"당신은 전에 무기 밀매를 한 적이 있어. 당신 가방에서 나온 총에는 기계를 이용해 일련번호를 지운 자국이 있더군. 최근 오슬로에는 그렇게 일련번호가 지워진 채 등록되지 않은 총이 점점 늘어나고 있어. 우린 배후에 무기 밀매 조직이 있다고 생각하지."

"재미있군."

"볼레르에게 총을 공급한 적이 있나, 시버첸?"

"맙소사, 당신네 경찰들이 그런 짓도 한다는 거야?"

스벤 시버첸은 눈 하나 깜짝하지 않았다. 하지만 그의 숱 많은 머리와 이마가 만나는 부분에서 작은 땀방울 하나가 흘러내렸다.

"더운가, 시버첸?"

"아니, 적당해."

"음."

해리는 일어나서 세면대로 갔다. 시버첸에게 등을 돌린 채 하얀 플라스틱 종이컵 보관함에서 컵 하나를 꺼낸 다음, 수돗물을 세게 틀었다.

"이거 알아, 시버첸? 동료에게서 볼레르가 당신을 체포한 과정을 듣고 나니까 문득 떠오르는 게 있더군. 내가 당신에 대해 처음 말해줬을 때 볼레르가 보였던 반응이었어. 평상시에는 냉혈한이던 놈이 갑자기 얼굴이 창백해지면서 기절할 것 같았지. 난 그게 우리가 범인에게 허를 찔렸고, 그래서 또 사망자가 나오겠구나, 하는 생각 때문에 그런 줄 알았어. 하지만 동료에게서 볼레르가 총을 두 자루 가지고 있었고, 당신에게 총을 쏘지 말라고 외쳤다는 말을 듣자 모든 게 맞아떨어지더군. 볼레르가 동요했던 건 또 다른 살인에 대한 두려움 때문이 아니었어. 내가 당신 이름을 언급했기 때문이지. 그는 당신을 알고 있었던 거야. 사실 당신은 그의 공급책 중 하나였어. 그러니 당신이 살인죄로 피소되면 모든 것이 밝혀지리라는 걸 볼레르는 알았던 거야. 당신이 사용했던 총들하며, 오슬로에 자주 왔던 이유, 당신이 총을 공급했던 모든 사람들까지. 심지어 당신이 경찰에 협력하면 판사가 형량을 감면해줄지도 모르지. 그래서 볼레르가 당신을 쏘려고 했던 거야."

"쏜다고……?"

해리는 플라스틱 컵에 물을 가득 담은 다음, 뒤를 돌아 스벤 시버첸에게 갔다. 그의 앞 바닥에 컵을 내려놓은 후 수갑을 풀어주었다. 시버첸은 손목을 문질렀다.

"마셔. 그런 다음 담배 한 대 피우게 해주지. 그리고 다시 수갑을 찰 거야."

시버첸은 망설였다. 해리는 손목시계를 보았다. 아직 30분이 남았다.

"어서, 시버첸."

시버첸은 해리에게서 눈을 떼지 않은 채 컵을 들고 고개를 뒤로 젖혀 물을 다 마셨다.

해리는 입술 사이에 담배를 밀어 넣고 불을 붙인 다음, 시버첸에게 건넸다.

"당신은 내 말을 안 믿는군, 그렇지? 오히려 반대로 생각하고 있어. 톰 볼레르가 여기서, 이걸 뭐라고 불러야 할까? 이 지루한 상황에서 당신을 구해줄 거라고 말이야. 안 그래? 당신이 오랫동안 그의 지갑을 충성스럽게 불려준 보답으로 그가 위험을 감수할 거라고. 당신이 그의 약점을 잡고 있으니 최악의 상황에서는 그에게 당신을 도우라고 협박할 수도 있다고 말이야."

해리는 부드럽게 고개를 저었다. "난 당신이 똑똑한 줄 알았어, 시버첸. 당신이 남긴 그 수수께끼들, 무대를 연출하는 방식, 게다가

416

늘 한발 앞서 있기까지 했으니 말이야. 그런 것들 때문에 난 당신이 경찰의 생각과 향후 행동을 정확히 예측하는 사람일 거라고 상상했어. 그런데 지금 당신은 볼레르 같은 상어가 어떻게 나올지 예상조차 못하고 있잖아."

"당신 말이 맞아." 시버첸은 그렇게 말하며 눈을 반쯤 감은 채 담배 연기를 천장에 내뿜었다. "난 당신 말을 안 믿어."

시버첸은 담뱃재를 톡톡 털었다. 하지만 담뱃재는 그가 들고 있던 컵 밖으로 떨어졌다.

이건 금이 갔다는 신호일까? 해리는 생각했다. 하지만 전에도 금이 갔다고 생각했다가 틀린 적이 있었다.

"일기예보에서 앞으로 날씨가 추워질 거라고 한 거 알아?"

"난 노르웨이 뉴스는 안 봐." 시버첸이 씩 웃었다. 이 남자는 자기가 이겼다고 생각하는 게 틀림없었다.

"비가 온다고 했어. 그나저나 물맛은 어때?"

"물맛이 다 똑같지 뭐."

"그렇다면 요셉의 축복이 제대로 작용한 모양이군."

"요셉의 뭐?"

"축복. 무미무취. 그 제품에 대해 아는 것 같군. 어쩌면 당신이 직접 볼레르에게 가져다준 거 아니야? 체첸에서 프라하로, 거기서 다시 오슬로로." 해리는 씩 웃었다. "운명의 장난이로군."

"무슨 말을 하는 거야?"

해리는 무언가를 시버첸에게 던졌다. 시버첸은 그걸 받아 자세히 살펴보았다.

"비었잖아……." 그는 해리의 표정을 살폈다.

"건배."

"뭐라고?"

"우리 공동의 보스인 톰 볼레르가 안부 전해달래."

해리는 코로 담배 연기를 내뿜으며 시버첸을 바라보았다.

무의식중에 그의 눈썹이 움찔거리고, 울대뼈가 올라갔다 내려왔다. 손가락은 갑자기 턱을 긁기 시작했다.

"네 건의 살인사건 피의자인 당신은 경비가 삼엄한 교도소에 갇혀 있어야 하는 게 정상이야, 시버첸. 그런 생각 안 해봤어? 그런데 지금 이렇게 평범한 유치장에 있다고. 경찰 배지만 있으면 누구든 마음대로 들락날락거릴 수 있는 곳에. 형사로서 난 당직 경비에게 당신을 심문해야 한다고 말한 뒤, 휘리릭 서명만 하면 당신을 여기서 빼낼 수 있어. 그런 다음 당신에게 프라하 행 비행기 표를 줄 수 있지. 혹은 이 경우처럼 지옥 행 티켓이거나. 누가 당신을 여기로 보냈을 거 같아, 시버첸? 그건 그렇고 지금 기분은 어때?"

시버첸은 침을 꿀꺽 삼켰다. 금이 가고 있었다. 아주 큰 금이.

"왜 내게 그 얘기를 하는 거지?" 그가 속삭였다.

해리는 어깨를 으쓱였다.

"볼레르는 자기 부하들에게 상황을 자세히 말해주지 않거든. 그리고 알다시피 난 선천적으로 호기심이 많아서 말이야. 당신도 나처럼 큰 그림을 보고 싶은가, 시버첸? 아니면 죽으면 모든 것을 저절로 알게 된다고 믿는 그런 부류야? 그것도 좋지. 하지만 난 그때까지 기다리기에는 인내심이 부족해서……."

시버첸의 얼굴이 창백해졌다.

"담배 한 대 더 줄까? 아니면 속이 울렁거리기 시작했어?" 해리가 물었다.

시버첸은 마치 큐 신호를 받은 사람처럼 입을 벌리고 고개를 옆으로 기울였다. 그러더니 노란 토사물이 벽 위로 후드득 떨어졌다. 그는 앉은 채 숨을 헐떡였다.

해리는 바지에 튄 방울을 못마땅하다는 듯이 바라보다가 세면대로 가서 휴지를 둘둘 풀어 바지를 닦았다. 그러고는 다시 휴지를 풀어 이번에는 시버첸에게 건넸다. 시버첸은 그걸로 입을 닦았다. 그러더니 앞으로 푹 쓰러지며 두 손에 얼굴을 묻었다. 마침내 그가 입을 열고 울먹이는 소리로 말했다.

"처음 현관문을 열고 들어섰을 때는…… 어리둥절했지. 하지만 곧 그가 연극을 한다는 걸 알아차렸어. 그는 내게 윙크를 하더니 고갯짓을 했어. 그래서 난 그가 다른 사람을 의식해서 큰 소리로 외쳐댄다는 걸 알았지. 난 곧 상황을 이해했어. 물론 나의 큰 착각이었지만. 난…… 그러니까…… 내가 총을 들고 있는 것처럼 꾸며서 그가 날 도망가게 해주려는 줄 알았어. 그가 총 두 개를 들고 있었거든. 난 그가 날 위해 총 하나를 더 준비했다고 생각했지. 그걸 내게 줘서 다른 사람이 봤을 때 내가 무장한 것처럼 보이게 하려고. 그래서 난 우두커니 서서 그가 총을 건네주기만을 기다리고 있었어. 그런데 그 빌어먹을 여자가 들어오는 바람에 산통이 깨진 거야."

해리는 다시 벽에 등을 기댄 채 눈을 들었다.

"그러니까 퀵 배달원 살인사건과 관련해 경찰이 당신을 쫓고 있다는 걸 알고 있었던 거로군?"

시버첸은 고개를 저었다.

"아니, 아니, 난 살인자가 아니야. 무기 밀매로 체포됐다고 생각했지. 그리고 다이아몬드하고. 볼레르가 이 모든 수사의 책임자니까 모든 일이 수월하게 풀릴 거라고만 생각했어. 그가 날 빼내줄 거라고. 난……."

바닥에 또 토사물이 쏟아졌다. 이번에는 좀 더 녹색이었다.

해리는 그에게 휴지를 건넸다.

시버첸은 흐느끼기 시작했다.

"시간이 얼마나 남았지?"

"그건 당신한테 달렸어."

"나한테?"

해리는 바닥에 담배를 비벼 끄고는 주머니에 손을 넣어 비장의 무기를 꺼냈다.

"이거 보여?"

해리의 엄지와 검지 사이에는 하얀 알약이 있었다. 시버첸은 고개를 끄덕였다.

"요셉의 축복을 먹고 10분 안에 이 약을 먹으면 당신은 살 수 있어. 제약회사와 일하는 친구에게서 이걸 얻었지. 내가 왜 이 약을 얻었는지 궁금하지? 왜냐하면 난 당신과 거래를 하고 싶거든. 당신이 법정에서 볼레르에게 불리한 증언을 해줬으면 좋겠어. 그의 무기 밀매와 관련해서 아는 걸 모두 증언해줘."

"알았어. 알았으니까 어서 그 약을 줘."

"하지만 내가 당신을 믿을 수 있을까, 시버첸?"

"맹세할게."

"심사숙고해서 대답하라고, 시버첸. 내가 사라지자마자 당신이 다른 편에 붙지 않으리라는 보장이 없잖아."

"뭐라고?"

해리는 알약을 다시 주머니에 넣었다.

"시간이 계속 흐르고 있어. 내가 왜 당신을 믿어야 하지, 시버첸?

그럴싸한 이유를 하나만 대봐."

"지금?"

"요셉의 축복은 당신의 숨을 멎게 할 거야. 목격자의 말로는 매우 고통스럽다던데."

시버첸은 눈을 두 번 깜빡이더니 말하기 시작했다.

"당신은 날 믿어야 해. 왜냐하면 그게 논리적이니까. 오늘 밤에 내가 죽지 않으면 톰 볼레르는 나를 죽이려 했던 자신의 계획이 들통 났다는 걸 알겠지. 그러니 우린 다시 한편이 될 수 없어. 내가 자기를 죽이기 전에 반드시 날 먼저 죽이려고 할 거야. 그러니 내게는 선택의 여지가 없다고."

"좋아, 시버첸. 계속 해봐."

"여기서는 아무 기회도 없어. 내일 아침 다른 교도소로 이송되기 전에 난 이미 죽을 거라고. 내 유일한 기회는 볼레르의 실체가 알려져서 가능한 한 빨리 철창신세가 되는 거야. 그리고 그렇게 되도록 도와줄 수 있는 사람은…… 당신뿐이고."

"정답이야. 축하해." 해리는 그렇게 말하며 일어섰다. "양손을 등 뒤로 돌려."

"하지만……."

"하라는 대로 해. 여기서 나가야 해."

"먼저 약부터……."

"그건 플루니팜이라는 약이야. 불면증에만 효과가 있지."

시버첸은 입을 딱 벌린 채 어이가 없다는 눈으로 해리를 바라보았다.

"당신……."

해리는 공격할 준비를 했다. 옆으로 비켜서서 주먹을 세게 날렸다. 시버첸은 비치볼에서 바람이 빠지는 듯한 소리를 내더니 앞으로 폭 고꾸라졌다.

해리는 한 손으로 그를 일으키고 다른 손으로 수갑을 채웠다.

"너무 걱정하지 마, 시버첸. 볼레르가 준 앰플 속의 독은 어젯밤에 세면대에 버렸으니까. 물맛에 불만이 있다면 오슬로 상수도 사업본부에 연락하라고."

"하지만…… 난……."

두 사람은 토사물을 내려다보았다.

"저녁을 너무 많이 먹었나 보군. 다른 사람에겐 비밀로 해주지." 해리가 말했다.


등을 보이던 당직실의 의자가 서서히 돌아갔다. 반쯤 감은 한쪽 눈이 보였다. 그러더니 느슨히 처져 있던 눈꺼풀이 위로 휙 올라가며 쏘아보는 커다란 눈동자가 드러났다. '통곡자' 그로트는 놀랄 정도로 신속하게 살찐 몸을 일으켰다.

"지금 뭐하는 거야?" 그가 짖어댔다.

"9호 감방의 죄수야." 해리가 시버첸을 향해 고갯짓을 하며 말했다. "7층으로 데려가서 심문할 거야. 어디에 사인하면 되지?"

"심문? 심문할 거란 얘기는 전혀 못 들었는데."

통곡자는 안내 데스크에서 뒤로 살짝 물러나며 두 발을 딱 벌리고 가슴 위로 팔짱을 꼈다.

"내가 알기로는 우리가 그런 것까지 당신에게 일일이 보고하진 않아, 그로트." 해리가 말했다.

통곡자의 눈이 혼란스러워하며 해리에게서 시버첸으로 향했다가 다시 해리에게로 돌아갔다.

"걱정 마." 해리가 말했다. "그냥 계획에 한두 가지 변화가 생겼을 뿐이야. 죄수가 약을 안 먹어서 말이지. 다른 방도를 찾을 거야."

"무슨 말을 하는 건지 모르겠군."

"당연히 그렇겠지. 더 듣고 싶지 않다면 어서 외출 기록부나 빨리 내놔, 그로트. 우린 할 일이 많다고."

통곡자는 눈물이 흘러내리는 눈으로 해리를 바라보며 다른 쪽 눈을 가늘게 떴다.

해리는 호흡에 집중하며 무섭게 쿵쾅거리는 자신의 심장이 겉으로는 표가 나지 않기를 바랐다. 여기서 그의 모든 계획이 모래성처럼 무너져버릴 수도 있었다. 참으로 적절한 비유였다. 그는 모래성을 쌓는 데 소질이 없었다. 게다가 이건 물기도 없는 모래였다. 그의 유일한 희망은 그로트의 혼란스러운 두뇌가 그의 기대대로 작동하기를 바라는 것뿐이었다. 자신의 이익이 위험에 처했을 때 이성적으로 생각하는 인간의 능력은 지성과 반비례한다는 에우네 박사의 근본 원칙에 엉성하게 바탕을 둔 기대였다.

통곡자가 툴툴거렸다.

해리는 그것이 통곡자가 제대로 이해했다는 뜻이기를 바랐다. 즉 해리가 규정에 따라 사인을 하고 죄수를 끌고 나가는 편이 그에게는 위험 부담이 덜하다는 것을 깨달았기를 바랐다. 그렇게 되면 그로트로서는 나중에 형사들에게 사실대로만 말하면 그만이었다. 9호 감방의 죄수가 의문의 죽음을 당하던 시간에 들어오거나 나가는 사람이 없었다는 거짓말을 했다가 들통 날 염려가 없는 것이다. 해리의 서명으로 인해 그로트는 마음의 짐을 덜 수 있고, 따라서 이것이 그에게는 희소식이라는 것을 그로트는 깨달아야 했다. 굳이 볼레르에게 재확인할 필요도 없었다. 어쨌거나 이제부터는 해리도 한편이라는 걸 볼레르에게 들었을 테니까.

통곡자는 헛기침을 했다.

해리는 점선 위에 자신의 이름을 휘갈겨 썼다.

"앞으로 가." 해리가 시버첸을 밀며 말했다.

유치장 밖의 밤공기는 목구멍으로 넘어가는 차가운 맥주 같았다.

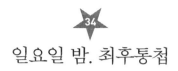

# 일요일 밤. 최후통첩

라켈은 잠에서 깼다.

아래층에서 현관문이 열리는 소리가 들렸기 때문이다.

몸을 돌려 시계를 보았다. 12시 45분. 기지개를 켜고 가만히 누워 귀를 기울였다. 나른한 만족감이 짜릿한 흥분으로 바뀌어갔다. 그가 침대로 들어오면 그녀는 자는 척할 것이다. 유치한 장난이라해도 그녀는 그게 재미있었다. 그는 그녀 옆에 가만히 누워 있을 것이다. 그러다 그녀가 잠결에 돌아누우며 우연히 손으로 그의 배라도 건드리면 그의 호흡은 빨라지고 깊어질 것이다. 그들은 꼼짝도 하지 않고 누가 더 오래 버티는지 지켜볼 것이다. 일종의 경쟁이었다. 그리고 그가 질 것이다.

아마도.

그녀는 눈을 감았다.

한참 후에 다시 눈을 떴다. 불안이 마음속을 파고들었다.

침대에서 내려와 침실 문을 열고 귀를 기울였다.

아무 소리도 들리지 않았다.

그녀는 계단으로 다가갔다.

"해리?"

자신의 불안한 목소리를 들으니 한층 더 무서워졌다. 마음을 가다듬고 아래층으로 내려갔다.

아무도 없었다.

그녀는 잠가두지 않은 현관문이 제대로 닫히지 않았다가 바람결에 열리는 소리를 듣고 잠에서 깬 거라는 결론을 내렸다.

현관문을 잠근 뒤, 우유 한 잔을 따라 식탁에 앉았다. 나무로 지어진 저택이 삐걱거리는 소리가 들렸다. 오래된 벽들이 말을 하는 것 같았다.

1시 30분이 되자, 그녀는 자리에서 일어났다. 해리는 자기 아파트로 간 모양이다. 오늘 밤에는 그가 이길 수도 있었다는 사실을 영영 알지 못한 채.

침실로 가는 도중 갑자기 어떤 생각이 떠올라 그녀는 잠시 패닉 상태에 빠졌다. 얼른 뒤로 돌았다. 침대에서 자고 있는 올레그를 확인한 후에야 안도의 한숨이 나왔다.

그런데도 한 시간 후에 악몽을 꾸다가 깨어났고 밤새 이리저리 뒤척였다.


백색의 포드 에스코트는 웅웅거리는 낡은 잠수함처럼 여름밤을 가르며 달려갔다.

"외케른바이엔 가. 손스 가." 해리가 중얼거렸다.

"뭐라고?" 시버첸이 물었다.

"그냥 혼잣말이야."

"뭐에 대해서?"

"가장 짧은 경로에 대해서."

"어디로 가는데?"

"곧 알게 될 거야."

그들은 단독 주택 서너 채가 길을 잃고 들어와 있는 듯한 고층 아파트 단지의 좁은 일방통행로에 차를 세웠다. 해리는 시버첸 위로 몸을 내밀어 조수석의 문을 열었다. 이 차는 오래전에 고장 나서 밖에서는 조수석의 문이 열리지 않았다. 예전에 라켈이 그것에 관해 농담을 한 적이 있었다. 차와 이런 차를 쓰는 주인의 성격에 관해. 그때 그 농담의 숨은 의미를 그는 과연 제대로 이해했을까? 해리는 차에서 내려 조수석으로 돌아가 시버첸을 끌어낸 후, 뒤로 돌아서게 했다.

"당신 사우스포*야?" 수갑을 풀며 해리가 물었다.

"뭐라고?"

"어느 쪽 펀치가 더 세지? 왼손? 오른손?"

"아, 그거. 난 주먹질 안 해."

"잘됐군."

해리는 자신의 오른손과 시버첸의 왼손에 수갑을 걸쳐 채웠다. 시버첸이 놀란 눈으로 바라보았다.

"당신을 잃고 싶지 않아서 말이야, 친구."

"총으로 날 겨누는 게 더 쉬울 텐데?"

"당연히 그렇지. 하지만 난 상부의 명령에 따라 2주 전에 총을 반납해야 했거든. 어서 가자고."

그들은 밤하늘을 배경으로 높이 솟은, 육중하고 어두운 아파트 단지들을 향해 들판을 가로질렀다.

---

* 왼손 주먹이 센 권투선수

"익숙한 곳에 오니까 좋지?" 그들이 기숙사 건물 앞에 이르자 해리가 말했다.

시버첸은 어깨를 으쓱였다.

건물 안으로 들어서자 별로 듣고 싶지 않았던 소리가 들렸다. 계단을 내려오는 발소리. 해리는 재빨리 주위를 둘러보았다. 엘리베이터 문에 달린 둥근 창문에서 빛이 새어 나왔다. 해리는 시버첸을 끌고 엘리베이터에 올라탔다. 두 사람의 무게에 엘리베이터가 흔들거렸다.

"우리가 몇 층으로 갈지 맞춰봐!" 해리가 말했다.

해리가 플라스틱 해골이 달린 열쇠 뭉치를 그의 얼굴 앞에서 흔들어대자, 시버첸이 눈동자를 굴렸다.

"게임할 기분이 아니신가? 좋아, 4층을 눌러, 시버첸."

시버첸은 4라고 적힌 버튼을 누르고는 고개를 들어 엘리베이터가 움직이기를 기다렸다. 해리는 시버첸의 얼굴을 뜯어보았다. 연기력이 일품이었다. 그것만은 인정하지 않을 수 없었다.

"접이식 문." 해리가 말했다.

"뭐?"

"접이식 문을 닫기 전에는 엘리베이터가 움직이지 않아. 알면서 왜 그래?"

"이거?"

해리는 고개를 끄덕였다. 시버첸이 접이식 철제문을 오른쪽으로 잡아당기자 문이 덜컹거렸다. 하지만 엘리베이터는 여전히 꿈쩍하지 않았다.

해리는 이마에 땀이 맺히는 걸 느꼈다.

"오른쪽 끝까지 잡아당겨야지." 해리가 말했다.

"이렇게?"

"연기 집어치워." 해리는 침을 삼켰다. "완전히 닫혀야 한다고. 문이 문틀 옆 바닥에 있는 접합 부분에 닿지 않으면 엘리베이터는 작동하지 않아."

시버첸은 빙그레 웃었다.

해리는 오른손을 꼭 쥐었다.

엘리베이터가 덜컹 움직이더니 검은색의 번들거리는 철제문 뒤로 하얀 벽이 내려가는 것이 보였다. 엘리베이터 문 하나를 지났고, 둥근 창 너머로 계단을 내려가는 누군가의 뒤통수가 보였다. 아무쪼록 학생이기를. 어쨌거나 비에른 홀름은 과학수사과가 이 건물에서 철수했다고 말했었다.

"엘리베이터를 좋아하지 않는군. 그렇지?"

해리는 대답하지 않았다. 그저 벽이 유유히 지나가는 것을 바라보았다.

"약간의 공포증인가?"

갑자기 엘리베이터가 멈추자 해리는 균형을 잡기 위해 발을 옆으로 디뎠다. 발 아래로 엘리베이터 바닥이 흔들렸고, 철제문의 격자 사이로 벽이 보였다.

"지금 뭐하는 짓이야?" 해리가 속삭였다.

"아주 땀에 절었군, 홀레 반장. 이럴 때 한 가지 분명히 해둬야 할 거 같아서."

"지금은 뭘 하기에도 좋은 때가 아니야. 빨리 엘리베이터 작동시켜. 안 그러면……."

시버첸은 엘리베이터 버튼을 가로막고 서더니 전혀 움직일 기미가 보이지 않았다. 해리는 오른손을 들어 올렸고, 그제야 그것을 보았다. 시버첸이 왼손에 쥐고 있던 끈. 녹색 손잡이가 달린.

"이게 좌석 등받이와 시트 패드 사이에 끼어 있더라고." 미안한 듯한 미소를 지으며 시버첸이 말했다. "차 안을 청소해놨어야지. 이제 내 말을 들을 건가?"

끈이 빛에 반사되어 번쩍거렸다. 해리는 생각하려 했다. 패닉 상태에 빠지지 않으려고 했다.

"말해봐."

"좋아. 이제부터 좀 집중해서 내 말을 들어야 할 거야. 난 결백해. 그러니까 무기와 다이아몬드를 밀수한 건 사실이야. 수년간 그 일을 해왔지. 하지만 사람을 죽인 적은 없어."

해리가 손을 움직이려 하자, 시버첸이 끈을 쳐들었다. 해리는 다시 손을 내렸다.

"무기 밀수는 프린스라는 사람을 통해서 했어. 얼마 전에야 프린스가 톰 볼레르 경감과 동일인이라는 걸 알게 됐지. 더 재미있는 건 말이야, 내가 그 사실을 증명할 수도 있다는 거야. 그리고 내가 상황을 제대로 이해했다면 넌 내 증언과 증거가 있어야만 톰 볼레르를 잡을 수 있어. 볼레르를 잡지 못하면, 네가 볼레르에게 잡히는 거고. 맞지?"

해리의 시선이 끈으로 향했다.

"홀레?"

해리는 고개를 끄덕였다.

시버첸의 웃음은 고음이었다. 소녀의 웃음소리처럼.

"정말 멋진 역설 아니야, 홀레? 여기 이렇게 무기 밀수업자와 경찰이 수갑으로 묶인 채 서로에게 완전히 의지하고 있잖아. 그러면서도 어떻게 하면 서로를 죽일 수 있을까 머리를 굴리고 있지."

"진정한 역설은 존재하지 않아. 원하는 게 뭐야?" 해리가 말했다.

"내가 원하는 건," 시버첸은 끌을 치켜들어 해리를 겨누었다. "나를 모함에 빠뜨린 사람이 누군지 찾아내는 거야. 네가 진범을 찾아낸다면, 내가 볼레르의 머리를 은쟁반에 받쳐서 넘겨주지. 넌 내 등을 긁어주고, 난 네 등을 긁어주는 거야."

해리는 시버첸을 노려보았다. 그들의 손목에 채워진 수갑이 부딪혔다.

"알았어. 하지만 일의 순서를 먼저 정하자고. 볼레르를 먼저 처넣는 걸로 해. 그러고 나면 누구의 방해도 받지 않고 내가 널 도울 수 있어."

시버첸은 고개를 저었다.

"난 지금 내가 어떤 혐의를 받고 있는지 알아. 어제 하루 종일 생각해봤다고, 홀레. 내가 협상할 수 있는 유일한 근거는 볼레르에 대한 불리한 증거뿐이고, 내가 협상할 수 있는 유일한 사람은 당신이야. 경찰은 이미 샴페인을 터뜨렸고, 그러니 아무도 이 사건을 새로운 시각으로 보려 하지 않을 거야. 세기의 성공을 세기의 실수로 바꿔놓을 위험까지 감수하면서 말이야. 이 여자들을 죽인 미치광이는 내게 누명을 씌웠어. 이건 모함이라고. 네가 도와주지 않으면 난 끝장이야."

"지금 이 순간 톰 볼레르와 그의 동료들이 우리를 찾아내려고 혈안이 되어 있어. 1분 1초가 지날 때마다 놈들이 점점 더 다가올 거라고. 그들이 우릴 찾아내면 당신과 나, 우리 둘 다 끝이야. 알아?"

"알아."

"그런데 왜 그런 무리수를 두는 거야? 당신 말이 맞다고 쳐. 경찰이 죽었다 깨어나도 이 사건을 재수사하지 않을 거라고 치자고. 그래도 죽는 것보다는 20년간 감방에 처박혔다가 나오는 게 낫지 않아?"

"20년간 감방에 처박히는 건 내겐 도저히 받아들일 수 없는 대안이야."

"왜지?"

"내 인생이 송두리째 바뀌게 될 일이 벌어졌으니까."

"그게 뭔데?"

"난 곧 아빠가 될 거야, 홀레 반장."

해리는 눈을 깜박거렸다.

"그러니 볼레르가 우릴 찾아내기 전에 진범을 찾아내, 홀레. 간단하다고."

시버첸이 해리에게 끌을 건넸다.

"날 믿나?"

"그래." 해리는 거짓말을 하며 끌을 재킷 주머니에 집어넣었다.

강철 케이블이 비명을 질렀고, 엘리베이터는 다시 움직이기 시작했다.

# 일요일 밤. 재미있는 헛소리

"이기 팝을 좋아해야 할 텐데." 406호실 창문 아래 설치된 라디에이터에 스벤 시버첸의 수갑을 채우며 해리가 말했다. "당분간 우리가 볼 수 있는 풍경은 이거뿐이니까."

"이 정도면 준수하지." 포스터를 올려다보며 시버첸이 말했다. "베를린에서 이기와 스투지스의 공연을 본 적 있어. 아마 이 방의 주인이 태어나기도 전일 거야."

해리는 손목시계를 보았다. 1시 10분. 지금쯤이면 볼레르와 그의 부하들이 소피스 가에 있는 그의 아파트를 뒤진 후, 호텔을 순례하고 다닐 것이다. 그들에게 시간이 얼마나 남았을지 알 수 없었다. 해리는 소파에 털썩 앉아 두 손으로 얼굴을 문질렀다.

망할 시버첸!

원래 계획은 아주 간단했다. 은신처로 피신해 비아르네 묄레르와 총경에게 전화해 스벤 시버첸의 증언을 들려준다. 그런 다음, 앞으로 세 시간 후에 신문사에 전화해 이 사실을 알릴 테니 그 안에 톰 볼레르를 체포하라고 말할 생각이었다. 이 얼마나 간단한가. 그와 시버첸은 그저 톰 볼레르가 감방에 갇힐 때까지 꼭꼭 숨어 있기만 하면 된다. 약속했던 세 시간이 지나면 〈아프텐포스텐〉의 로게르 옌뎀에게 전화해 총경에게 이번 체포에 관한 의견을 들으라고 알려주는 것이다. 그런 연후에야, 이 모든 사실이 공개적으로 알려진 후에야 해리와 시버첸은 이 은신처에서 기어나갈 작정이었다.

시버첸이 그런 최후의 통첩만 하지 않았다면 모든 것이 순풍에 돛 단 듯이 진행되었을 것이다.

"만약에 말이야……."

"괜히 머리 굴리지 마, 홀레."

해리를 바라보지도 않은 채 시버첸이 말했다.

젠장!

해리는 다시 손목시계를 보았다. 이러면 안 된다는 걸 알고 있었다. 시간은 완전히 잊어야 했다. 차분히 생각을 모으고 재편성하고 즉흥성을 발휘해 지금 이 상황에서 어떤 선택을 할 수 있는지 깨달아야 한다. 젠장!

"좋아." 눈을 감으며 해리가 말했다. "당신 이야기를 좀 해봐."

수갑이 달그락거리더니 스벤 시버첸이 몸을 앞으로 내밀었다.

해리는 열린 창문 옆에 서서 담배를 피우며 스벤 시버첸이 고음의 목소리로 들려주는 이야기를 들었다. 그는 열일곱 살 때 처음 아버지를 만났던 일부터 시작했다.

"어머니는 내가 코펜하겐에 간 줄 알았지만 사실 난 아버지를 찾아 베를린으로 갔어. 그분은 티에르 공원 근처에서 경비견이 있는 대저택에 살고 있었지. 난 정원사를 설득해 현관까지 데려다달라고 한 다음, 초인종을 눌렀어. 문이 열리자 마치 거울을 보는 거 같더군. 우린 입을 딱 벌린 채 서로를 바라보았어. 내가 누구인지 말할 필요도 없었지. 결국 아버지는 울음을 터뜨리더니 날 껴안았어. 난 4주 동안 그 집에 머물렀지. 아버지에게는 부인과 세 자녀가 있었어. 난 아버지가 무슨 일을 하는지 묻지 않았고, 아버지도 내게 말하지 않았어. 아버지의 부인인 란디는 불치의 심장병 때문에 알프스에 있는 고급 요양원에서 요양 중이었지. 무슨 로맨스 소설에나 나올 법한 이야기 같지 않아? 가끔씩 나는 아버지가 로맨스 소설에서 영감을 받아 란디를 거기로 보낸 게 아닐까 싶었지. 아버지가 란디를 사랑하는 것은 의심의 여지가 없었어. 아니, 그보다는 사랑과 사랑에 빠져 있었다고 말하는 편이 더 정확하겠군. 아버지가 죽어가는 아내에 대해 이야기할 때면 마치 3류 여성지에 나오는 글을 읽는 것 같았지. 하루는 란디의 친구라는 여자가 찾아왔어. 우리는 함께 차를 마셨고, 아버지는 운명의 여신이 자신에게 란디를 보내줬다고 했어. 하지만 두 사람이 너무 거리낌 없이 요란하게 사랑하자, 운명의 여신은 그들에게 벌을 내려 란디를 시들어가게 했다는 거야. 그녀의 아름다움은 그대로 간직한 채. 아버지는 이런 말을 조금도 부끄러워하지 않고 태연하게 할 수 있었지. 그날 밤, 잠이 안 와서 1층에 내려갔어. 아버지의 술이 진열된 장식장이나 뒤질 생각이었지. 그런데 란디의 친구란 여자가 아버지의 침실에서 몰래 나가는 게 보이더군.”

해리는 고개를 끄덕였다. 밤공기가 더 얼얼한 걸까? 아니면 그의 착각일까? 시버첸이 자세를 바꾸었다.

“낮에는 집에 나 혼자 있었어. 아버지에게는 두 딸이 있었는데 하나는 열여섯, 또 하나는 열네 살이었지. 알리스와 보딜. 당연히 그들에게 난 아주 설레는 존재였어. 듣도 보도 못했던 이복 오빠가 느닷없이 나타났으니까. 둘 다 나와 사랑에 빠졌지만 난 보딜을 선택했어. 더 어린 쪽을. 어느 날, 보딜이 학교에서 일찍 왔고 난 그 애를 아버지의 침실로 데려갔지. 나중에 그 애가 피 묻은 시트를 벗겨내려 하자, 난 그 애를 쫓아버리고 방문을 잠가버렸어. 그러고는 그 열쇠를 정원사에게 주면서 아버지에게 가져다드리라고 했지. 다음 날 아침 식탁에서 아버지는 내게 당신 밑에서 일하겠느냐고 물었어. 그래서 다이아몬드 밀수를 시작하게 된 거야."

시버첸은 말을 멈췄다.

"시간이 얼마 남지 않았어." 해리가 말했다.

"난 오슬로에서 일했지. 초반에 두 번의 실수를 저질러서 형을 받은 걸 제외하고는 잘해냈어. 내 전공은 공항에서 세관 통과하기였어. 누워서 떡 먹기였지. 점잖은 사람처럼 차려입고 겁먹은 표정만 짓지 않으면 돼. 그리고 난 겁나는 게 하나도 없었고, 잃을 게 없었거든. 난 주로 신부의 로만 칼라를 달고 다녔어. 물론 너무 뻔한 속임수라서 세관원들의 의심을 살 수도 있지. 하지만 성직자들의 걸음걸이, 머리 모양, 신발, 손을 놀리는 방식, 표정 등을 연구해두면 돼. 이런 것만 배워두면 누구도 세관원에게 걸리지 않아. 세관원의 의심을 살 수는 있어도 성직자를 잡아 세운다는 건 쉽지 않은 일이거든. 성직자의 가방을 뒤졌다가 아무것도 안 나오는데 그 사이에 장발의 히피족이 유유히 걸어 나가면 반드시 항의가 들어오게 되어 있다고. 세관 공무원들도 다른 공무원들과 똑같아. 국민들에게 자신이 일을 잘하고 있다는 긍정적인(비록 잘못을 저지르더라도) 인상을 주려고 필사적으로 노력하지.

아버지는 1985년에 암으로 돌아가셨어. 란디의 심장병은 여전히 불치병이었지만 그래도 다시 집으로 돌아와 사업을 넘겨받을 정도는 되었지. 내가 보딜의 순결을 빼앗은 걸 그녀가 알았는지는 잘 모르겠어. 어쨌든 난 곧 실직자가 됐어. 노르웨이에서 사업을 철수할 계획이라고 란디가 그랬거든. 딱히 내게 다른 일자리도 주지 않았고 말이야. 난 오슬로에서 몇 년간 백수로 지내다가 프라하로 떠났지. 철의 장막이 무너진 뒤로 그곳은 밀수꾼들의 엘도라도였으니까. 난 독일어가 유창해서 곧 자리를 잡았어. 돈을 빨리 벌었고, 또 그만큼 빨리 써버렸지. 친구가 생기긴 했지만 누구와도 돈독한 사이는 아니었어. 여자도 마찬가지였고. 그럴 필요가 없었어. 왜냐하면, 그거 아나, 홀레? 난 내가 아버지의 재능을 물려받았다는 걸 알았어. 사랑에 빠지는 능력."

시버첸은 이기 팝 포스터를 향해 고갯짓을 했다.

"여자에게 가장 강력한 최음제는 사랑에 빠진 남자야. 특히 유부녀가 내 전공이었지. 그 편이 뒤탈도 훨씬 적었고. 내가 돈에 쪼들릴 때는 일시적이긴 해도 반가운 수입원이 돼줬어. 덕분에 몇 년 동안 태평하게 살았지. 30년 넘게 내 미소는 공짜였고, 침대는 내 놀이터였고, 내 물건은 이어달리기의 바통이었어."

시버첸은 벽에 머리를 기대고 눈을 감았다.

"냉소적으로 들리겠지만 내 입에서 나왔던 사랑의 맹세는 하나같이 진심이었어. 우리 아버지가 란디에게 했던 말들처럼. 나는 그 여자들에게 내가 가진 모든 것을 주었어. 그러다가 끝날 때가 되면 나가는 문으로 안내해주었지. 난 아버지처럼 요양원에 보내줄 능력이 없으니까. 여자들과의 관계는 늘 그렇게 끝났고, 앞으로도 늘 그럴 거라고 생각했어. 2년 전 어느 가을날, 바츨라프 광장의 그랜드 호텔 유로파의 바에 들어가기 전까지는. 거기서 그녀를 만났어. 에바. 그래, 그게 그녀의 이름이야. 그리고 역설이 존재하지 않는다는 건 거짓말이야, 홀레. 그녀의 첫인상은 그다지 미인은 아니라는 거였어. 그저 미인처럼 행동할 뿐이었지. 하지만 자신이 아름답다고 믿는 사람은 아름다운 법이야. 난 여자들을 잘 다룰 줄 알았고, 그래서 그녀에게 접근했지. 그녀는 내게 꺼지라고 하지 않았어. 그저 어느 정도 거리를 두고 예의 바르게 행동했는데 그게 날 더 미치게 만들었지."

시버첸은 한쪽 입꼬리를 들어 올려 미소를 지었다.

"남자에게 가장 강력한 최음제는 사랑에 빠지지 않은 여자니까. 에바는 나보다 스물여섯 살이나 어렸지만 내가 평생 가도 따라가지 못할 품격이 있었어. 게다가 가장 중요한 건 날 필요로 하지 않는다는 거였고. 독일인 사업가들을 주무르고 빨아주면서 계속 혼자 살 수 있었거든. 에바는 자기가 무슨 일을 하는지 내가 모르는 줄 알았지만."

"그런데 왜 당신과 엮인 거지?" 해리가 이기 팝의 포스터를 향해 연기를 내뿜으며 말했다.

"내가 그녀를 내버려두지 않았으니까. 난 사랑에 빠져버렸거든. 그녀가 다른 남자들을 만나는 것도 개의치 않을 정도로. 하지만 난 그녀를 독점하고 싶었고, 에바는 사랑에 빠지지 않은 여자가 으레 그렇듯이 경제적 안정을 더 중요시했어. 그래서 그녀를 독점하기 위해 난 돈을 벌어야 했지. 시에라리온에서 생산되는 피의 다이아몬드를 밀수하는 건 위험 부담이 적었지만 날 부자로 만들어줄 만큼의 돈은 벌 수 없었어. 마약은 위험 부담이 너무 컸고. 그래서 무기 밀매를 시작했고 프린스를 만나게 됐지. 우리는 거래 절차와 조건을 합의하기 위해 프라하에서 두 번 만났어. 두 번째 만남은 바츨라프 광장의 노천 레스토랑에서 이뤄졌지. 난 에바에게 프린스

438

와 내가 앉은 식탁 근처에 앉아 사진을 찍어대는 관광객 흉내를 내라고 했고, 그 사진에는 대부분 우리의 모습이 찍혔어. 가끔씩 물건을 보낸 후에도 입금하지 않는 고객들에게는 내가 이렇게 찍은 사진과 독촉장을 보내주곤 하거든. 그러면 어김없이 입금이 돼. 하지만 프린스는 약속을 칼같이 지켰지. 한 번도 문제를 일으킨 적이 없었어. 그가 경찰이라는 건 한참 후에야 알았고."

해리는 창문을 닫고 소파 겸 침대에 앉았다.

"올봄에 전화 한 통을 받았어. 외스틀란 사투리를 쓰는 노르웨이인이었지. 내 전화번호를 어떻게 알아냈는지 모르겠지만 그 남자는 나에 관한 모든 걸 알고 있더라고. 소름이 끼칠 정도였지. 아니, 소름이 끼쳤어. 내 어머니가 누구인지, 내가 몇 년 형을 받았는지, 지난 몇 년간 내가 펜타그램 모양의 다이아몬드를 거래하고 있다는 것까지. 게다가 최근에 내가 무기 밀매를 시작했다는 것까지 알고 있더군. 그게 제일 무서웠어. 그자는 둘 다를 원했어. 다이아몬드와 소음기가 달린 체스카. 그러면서 엄청나게 많은 금액을 제안했지. 난 체스카는 거절했어. 총은 다른 사람을 통해서 받아야 한다고. 하지만 그는 중개인 없이 내게 곧바로 받기를 원했어. 그러면서 금액을 올렸지. 이미 말했듯이 에바는 원하는 게 많은 여자였어. 난 그녀를 놓칠 수 없었고. 그래서 그자의 요구를 수락했지."

"정확히 어떤 요구였지?"

"그의 요구 사항은 매우 구체적이었어. 프롱네르 공원의 모놀리텐 바로 아래에서 물건을 건네받아야 한다는 거였지. 5주 전에 첫 거래가 이뤄졌어. 시간은 오후 5시, 관광객과 퇴근한 직장인들이 가장 많이 몰리는 시간이었지. 그 편이 그쪽이나 나나 시선을 끌지 않고 움직이기에 좋다고 그러더군. 어차피 누군가가 날 알아볼 확률은 아주 적었어. 오래전, 프라하의 동네 술집에서 노르웨이 남자를 만난 적이 있었어. 어릴 때 날 두들겨 패던 녀석이었는데 날 모르는 척하더군. 또 프라하에 신혼여행을 왔다가 나랑 바람난 여자가 있었지. 내가 오슬로를 떠난 뒤로 오슬로 출신의 노르웨이인을 만난 건 이 둘뿐이야.”

해리는 고개를 끄덕였다.

“어쨌든 내 고객은 날 만나는 걸 원치 않았고 난 상관없었어. 그저 갈색 비닐봉지에 물건을 넣어 프롱네르 공원 중앙에 있는 분수대 앞의 녹색 쓰레기통에 넣고 가면 그만이었으니까. 시간을 엄수하는 게 매우 중요했어. 약속했던 금액은 스위스의 내 계좌에 선불로 입금되었지. 그는 자기가 날 찾아냈기 때문에 내가 자길 속일 생각은 하지 않을 거라고 했는데 그 말이 맞았어. 담배 좀 피울 수 있을까?”

해리는 담배에 불을 붙여 건넸다.

“처음으로 물건을 건넨 다음 날, 그가 내게 전화했어. 이번에는 다음 주에 글록 23과 피의 다이아몬드를 가져다달라고 하더군. 같은 장소, 같은 시간, 같은 절차로. 그날은 일요일이었지만 여전히 사람이 많았어.”

“마리우스 벨란이 죽던 때와 같은 날, 같은 시간이로군.”

“뭐라고?”

“아무것도 아니야. 계속 해봐.”

“이게 세 번 되풀이됐어. 늘 닷새의 간격을 두고 이뤄졌지. 하지만 마지막 날은 좀 달랐어. 물건을 두 번 전해달라고 했어. 한 번은 토요일, 또 한 번은 일요일에. 그러니까 바로 어제였어. 토요일 밤에 우리 어머니의 집에 있으라더군. 그래야 계획에 차질이 생기면 자기가 그 집으로 연락할 수 있다고. 나야 좋았지. 어차피 어머니를 찾아뵐 생각이었으니까. 희소식을 전해드려야 했거든."

"곧 할머니가 될 거라는 소식?"

시버첸은 고개를 끄덕였다.

"또 내가 곧 결혼한다는 소식도."

해리는 담배를 비벼 껐다.

"그러니까 지금 당신 말은, 당신 서류 가방에서 나온 다이아몬드와 총이 일요일에 그 남자에게 건네주기 위한 거였다는 거야?"

"그래."

"흠."

"소감이 어때?" 오랜 침묵이 흐른 뒤에 시버첸이 물었다.

해리는 머리 뒤에서 두 손을 깍지 끼며 소파 겸 침대에 등을 기대고는 하품을 했다.

"이기 팝의 오랜 팬이라니까 〈블라 블라 블라Blah Blah Blah〉를 알겠군. 아주 훌륭한 앨범이지. 재미있는 헛소리고."

"재미있는 헛소리?"

스벤 시버첸이 팔꿈치로 라디에이터를 탁 치자, 공허하고 텅 빈 땡강 소리가 났다.

해리는 일어섰다. "머리 좀 식혀야겠어. 저 길 아래쪽에 24시간 주유소가 있더군. 뭐 필요한 거 없어?"

시버첸은 두 눈을 감았다.

"이봐, 홀레. 우린 지금 한배를 탔다고. 가라앉는 배. 알아? 그냥 나쁜 놈인 줄만 알았더니 멍청하기까지 하군."

해리는 씩 웃으며 자리에서 일어났다.

"한번 생각해보지."

20분 뒤에 해리가 돌아왔을 때 시버첸은 잠들어 있었다. 마치 손을 흔들듯 한 팔이 라디에이터 위에 매달린 채.

해리는 햄버거 두 개와 감자튀김, 코카콜라 큰 병을 테이블에 올려놓았다.

시버첸이 눈을 비비며 깨어났다.

"생각 좀 해봤나, 홀레?"

"응."

"뭐에 대해서?"

"프라하에서 당신 여자친구가 당신과 볼레르를 찍었다는 사진에 대해서."

"그게 이 일과 무슨 상관인데?"

해리는 시버첸의 수갑을 풀어주었다.

"아무 상관없어. 그냥 당신 여자친구가 관광객 행세를 하면서 관광객들이 하는 일을 했다던 말을 생각했지."

"관광객들이 하는 일?"

"아까 당신이 말했잖아. 사진을 찍었다고."

시버첸은 손목을 문지르며 실눈으로 테이블 위의 음식을 바라보았다.

"콜라는 잔에 따라 마시는 게 어때, 홀레?"

해리는 병을 가리켰다.

시버첸은 콜라의 뚜껑을 돌리면서 반쯤 감은 눈으로 해리를 바라보았다.

"그러니까 지금 연쇄 살인범과 같은 병으로 마시겠다는 거야?"

해리는 입 안 가득 햄버거를 문 채 대답했다. "같은 배. 같은 병."

올레우그 시버쳇은 거실에 앉아 멍하니 전방을 응시했다. 일부러 거실 불은 켜지 않았다. 그녀가 집에 없는 줄 알고 기자들이 그만 돌아가기를 바라서였다. 그들은 하루 종일 전화를 해대고, 초인종을 눌러대고, 정원에서 그녀를 불러대고, 부엌 창문에 자갈을 던졌다. "할 말 없어요." 그녀는 그렇게 말하고는 전화 코드를 뽑아버렸다. 결국 그들은 검은색의 긴 망원렌즈가 달린 카메라를 들고 집 밖을 에워쌌다. 한 번은 그녀가 커튼을 치러 창가에 갔더니 카메라에서 곤충 같은 소리가 났다. 지지지, 찰칵. 지지지, 찰칵.

거의 하루가 지났는데도 경찰에서는 아직 자기들의 실수를 깨닫지 못했다. 하긴 지금은 주말이다. 그러니까 월요일이 되어 정상 근무를 시작한 후에야 일을 수습할지도 모른다.

붙잡고 하소연할 사람이라도 있다면 좋으련만. 의문의 신사와 여행을 떠난 이나는 아직 돌아오지 않았다. 그 베아테라는 여자 형사에게 전화해볼까? 그들이 스벤을 체포한 건 베아테의 잘못이 아니다. 그녀는 스벤이 살인을 저지르고 다닐 사람이 아니라는 것을 아는 듯했다. 심지어 자기 전화번호까지 주면서 할 말이 있으면 언제든 전화하라고 했다. 무슨 말이든.

올레우그는 창밖을 내다보았다. 죽은 배나무의 실루엣이 정원과 역사 위로 나지막이 걸린 달을 움켜잡으려는 손가락처럼 보였다. 저런 달은 본 적이 없었다. 죽은 사람의 얼굴을 닮았다. 하얀 살결 위로 튀어나온 푸른 정맥.

이나는 어떻게 된 걸까? 늦어도 일요일 오후까지는 돌아올게요, 라고 그녀는 말했다. 올레우그는 이나와 스벤이 다 함께 모여 차를 마시고, 둘이 서로 인사를 나누면 얼마나 좋을까 생각했었다. 이나는 시간 약속이라든가 다른 모든 것에 있어서 믿을 만한 아이였다.

올레우그는 계속 기다렸다.

마침내 벽시계가 두 번 울리자 그녀는 번호를 눌렀다.

세 번째 신호음이 갔을 때 상대가 전화를 받았다.

"여보세요." 졸리는 목소리가 말했다.

"베아테? 나 올레우그 시버첸이에요. 이렇게 늦은 시간에 전화해서 정말 미안해요."

"괜찮습니다, 시버첸 부인."

"이나가 걱정돼서 전화했어요. 우리 집 하숙생요. 진작 돌아왔어야 하는데 아직까지 안 왔어요. 게다가 이런 일들도 있고 하니, 음, 네, 걱정이 되네요."

전화기에서 곧바로 대답이 나오지 않자, 그녀는 베아테가 잠들어버린 건가 의아했다. 그러자 다시 목소리가 들렸다. 이번에는 졸리지 않은 목소리였다.

"지금 그 집에 하숙생이 있다는 말씀이세요, 시버첸 부인?"

"네, 맞아요. 이나라고 하는 아가씨예요. 하녀들이 쓰던 방에 묵고 있답니다. 아이고머니, 내가 그 방을 안 보여줬네요, 그렇죠? 그 방이 뒤쪽 계단 너머에 있는 방이라서. 이나는 주말 내내 집을 비웠어요."

"어딜 갔죠? 누구랑요?"

"나도 알았으면 좋겠어요. 상대 남자는 비교적 최근에 알게 된 남잔데 나도 아직 소개를 못 받았답니다. 이나 말로는 그의 별장에 다녀온다고 했어요."

"진작 말씀하셨어야죠, 시버첸 부인."

"그런가요? 정말 미안해요……. 난……."

올레우그는 자신의 목소리가 울먹이는 것을 느꼈지만 막을 도리가 없었다.

"아뇨, 그런 뜻으로 드린 말씀이 아니에요." 베아테가 황급히 덧붙였다. "제가 화난 건 부인이 아니라 저 때문이에요. 그런 걸 확인하는 게 제가 할 일이거든요. 부인께서는 그 일이 우리 수사와 관계가 있다는 걸 모르셨을 거예요. 제가 경찰청 통제실에 일러둘게요. 그쪽에서 부인께 전화해서 이나에 대해 자세히 물어볼 거예요. 그래야 지명수배를 할 수 있거든요. 분명 이나에게는 아무 문제도 없을 테지만 그래도 확실히 해두는 게 좋으니까요. 통화를 하신 다음에는 잠을 좀 자두세요. 제가 내일 아침 일찍 다시 전화 드릴게요. 그러면 되겠죠, 부인?"

"네." 올레우그는 밝은 목소리로 대답하려고 애썼다. 스벤이 어떻게 되었는지 정말로 묻고 싶었지만 그럴 용기가 나지 않았다.

"네, 그렇게 해요. 잘 자요, 베아테."

눈물이 볼을 타고 흘러내리는 동안 그녀는 전화기를 내려놓았다.


베아테는 다시 누워 잠을 청했다. 집 안의 소리에 귀 기울였다. 집이 말하고 있었다. 엄마는 11시에 텔레비전을 껐고, 이제 아래층은 쥐 죽은 듯 고요했다. 엄마도 아빠를 생각하고 있을까? 두 모녀가 아빠를 언급하는 일은 거의 없었다. 그들에게는 너무 힘든 일이었기 때문이다. 그녀는 도심에 아파트를 알아보고 다녔다. 작년부터 엄마의 집 2층에 사는 것이 갑갑하게 느껴지기 시작했다. 할보르센을 만난 후로 더욱 그랬다. 그녀는 스타인셰르 출신의 이 듬직한 형사를 아직 이름이 아닌 성으로 불렀고, 그는 일종의 두려움이 섞인 정중함으로 그녀를 대했는데 그녀로서는 그것이 매우 고마웠다. 도심에서는 큰 방을 구할 수 없을 것이다. 그리고 그녀는 이 집의 소리가 그리울 것이다. 태어나면서부터 줄곧 그녀의 자장가가 돼주었던 말 없는 독백이.

다시 전화벨이 울렸다. 베아테는 한숨을 쉬며 팔을 뻗었다.

"네, 시버첸 부인."

"나 해리야. 이미 깨어 있었나 보네."

그녀는 일어나 앉았다.

"네, 오늘 밤은 쉬지 않고 전화가 오네요. 무슨 일이세요?"

"자네 도움이 필요해. 내가 믿을 사람은 자네뿐이야."

"그렇겠죠. 제가 반장님을 제대로 알고 있다면 제게는 성가신 일일 테고요."

"엄청 성가신 일이지. 도와줄 거야?"

"싫다면요?"

"일단 내 말부터 들어봐. 그다음에 싫다고 해도 늦지 않아."

# 월요일. 사진

월요일 새벽 5시 45분, 태양이 에케베르그 언덕을 환히 비추고 있었다. 경찰청 로비를 지키던 경비원은 큰 소리로 하품을 하며 읽고 있던 〈아프텐포스텐〉에서 눈을 들었다. 누군가가 보안장치에 출입증을 그으며 일등으로 출근하는 소리가 들렸기 때문이다.

"신문에서는 오늘 비가 올 거라더군요." 몇 시간 만에 처음으로 사람을 봤다는 기쁨에 경비원이 말했다.

키가 크고 얼굴에 수심이 가득한 남자는 경비원을 힐끗 바라볼 뿐 대답하지 않았다.

그 후로 2분 동안, 세 남자가 연달아 출근했는데 다들 말이 없고 얼굴에 수심이 가득했다.

아침 6시, 네 남자는 7층 경찰청장의 사무실에 모여 앉았다.

"음," 경찰청장이 운을 뗐다. "우리 수사관 중 하나가 유치장에 있던 피의자를 데려갔고, 현재 아무도 그들의 위치를 모른단 말이지."

경찰청장이 자신의 직분을 잘 수행하는 비결 중 하나는 문제를 정확히 요약하는 능력이었다. 또 다른 비결은 어떻게 대처해야 할지 간략히 처방하는 능력이었다.

"그러니 한시바삐 두 사람을 찾아내야겠군. 현재 상황은 어떤가?"

총경은 묄레르와 볼레르를 힐끗 훔쳐본 뒤 목청을 가다듬고 입을 열었다.

"노련한 소수 정예 부대를 편성했습니다. 현재 이 수색 작업을 맡고 있는 볼레르 경감이 직접 고른 사람들입니다. 국가정보국에서 세 명, 강력반에서 두 명입니다. 어젯밤 유치장의 간수로부터 시버첸이 돌아오지 않았다는 보고를 받은 지 한 시간 반 만에 수색을 시작했습니다."

"발 빠르게 대처했군. 그런데 왜 아직 순찰반에 알리지 않은 건가? 수사과도 모르고 있던데."

"진행 상황을 지켜보다가 이 회의에서 청장님의 의견을 들은 후에 결정을 내리려고 했습니다."

"내 의견?"

총경은 손가락으로 윗입술을 훑었다.

"볼레르 경감이 오늘이 가기 전에 홀레와 시버첸을 잡아 오겠다고 약속했습니다. 그래서 지금까지는 이 사실이 알려지지 않도록 손을 써뒀습니다. 여기 네 사람과 유치장 간수인 그로트, 이 다섯 명만이 시버첸의 실종 사실을 알고 있죠. 울레르스모 교도소에도 전화해서 시버첸의 이송을 취소하라고 말해뒀습니다. 시버첸을 그 교도소에 보낼 경우, 그의 안전이 위협받을 거라는 정보를 입수했고 따라서 당분간 은신처에 기거할 거라고요. 한마디로 볼레르와 그의 팀이 이 상황을 해결하기 전까지는 이 사실을 비밀로 할 겁니다. 물론 청장님이 동의한다는 전제하에요."

경찰청장은 양손끝을 모으며 생각에 잠겨 고개를 끄덕였다. 그러더니 자리에서 일어나 창가로 걸어가 그들에게 등을 돌린 채 창밖을 보았다.

"지난주에 택시를 탔는데 운전사가 내 옆자리에 신문을 펼쳐놓았더군. 난 그에게 퀵 배달원 살인사건에 대해 어떻게 생각하냐고 물었지. 서민들의 생각을 듣는 건 언제나 재미있거든. 그랬더니 기사가 말하길, 이 살인사건의 문제는 세계 무역센터 테러 사건과 똑같다는 거야. 질문의 순서가 틀렸다더군. 다들 '누가' '어떻게'만 묻고 있는데 수수께끼를 풀기 위해서는 다른 질문부터 해야 한다는 거지. 그게 뭔지 아나, 총경?"

총경은 대답하지 않았다.

"'왜'라네. 이 택시 운전사는 뭘 좀 아는 사람인 거지. 혹시 스스로에게 이 질문을 해본 사람이 있나, 제군?"

경찰청장은 발뒤꿈치에 체중을 싣고는 대답을 기다렸다.

"택시 운전사의 말도 일리는 있습니다만," 마침내 총경이 대답했다. "이 사건에도 '왜'라는 질문이 해당되는지는 잘 모르겠습니다. 적어도 이성적인 '왜'는 없습니다. 여기 모인 우리는 모두 홀레가 심리적으로 불안정하며 알코올 중독자라는 사실을 알고 있습니다. 그가 해고된 이유도 그 때문이고요."

"미친놈에게도 동기는 있다네, 총경."

누군가가 조심스럽게 헛기침을 하는 소리가 들렸다.

"말해보게, 볼레르."

"바토우티가 아닐까요?"

"바토우티?"

"바토우티는 이집트의 항공기 조종사였는데 자신을 좌천시킨

449

항공사에 복수하기 위해 승객들이 탄 비행기를 일부러 추락시켰죠.*"

"무슨 말을 하는 건가, 볼레르?"

"토요일 저녁, 우리가 시버첸을 체포한 후에 제가 홀레를 따라가 주차장에서 잠깐 이야기를 나눴습니다. 그 친구는 아주 억울해하더군요. 해고된 것도 그렇고, 자신이 범인을 잡을 수 있는 기회를 우리에게 빼앗긴 것도 그렇고요."

"바토우티라……."

첫 아침 햇살이 창문에 닿자, 경찰청장은 손을 들어 눈을 가렸다.

"자넨 아직 한 마디도 하지 않았군, 묄레르 경정. 자네 생각은 어떤가?"

비아르네 묄레르는 창문 앞의 실루엣을 올려다보았다. 복통이 너무 심해서 배가 터질 것 같았고, 차라리 그렇게 되었으면 싶었다. 어젯밤 자다가 일어나 이 납치 소식을 들은 순간부터 누군가가 자신을 흔들어 깨워주기를, 그래서 그가 악몽을 꾼 거라고 말해주기를 기다렸다.

"모르겠습니다." 묄레르는 한숨을 쉬었다. "솔직히 말씀드려서, 이게 어떻게 된 일인지 전 정말 모르겠습니다."

경찰청장은 천천히 고개를 끄덕였다.

"우리가 이 일을 숨겼다는 사실이 알려지면 대중으로부터 호된 질타를 받을 걸세." 청장이 말했다.

"정확한 지적이십니다." 총경이 말했다. "하지만 연쇄 살인범이 달아나도록 내버려두었다는 사실이 알려져도 마찬가지일 겁니다.

---

* 이것은 미국 측의 주장이고, 이집트 조사팀에서는 비행기 추락 원인이 기체 결함이라고 발표했다.

설사 범인을 다시 찾아낸다 해도요. 이 문제를 비밀리에 해결할 방법이 아직 하나 있습니다. 볼레르에게 계획이 있다고 합니다."

"그게 뭔가, 볼레르?"

톰 볼레르는 오른손으로 쥔 주먹을 왼손으로 감쌌다.

"이렇게 설명 드리죠. 우리가 이 작전에서 실패한다는 것은 절대 있을 수 없는 일입니다. 따라서 극단적인 조치를 써야만 합니다. 후폭풍을 감안한다면 청장님께서는 이 계획을 모르는 편이 좋으실 듯합니다."

경찰청장이 살짝 놀란 표정으로 몸을 빙글 돌렸다.

"그거 참 너그럽구만, 볼레르. 하지만 그렇게 할 수는ㅡ."

"부탁드립니다."

경찰청장은 눈살을 찌푸렸다.

"부탁드린다고? 지금 이게 얼마나 위험한 일인지 알고 하는 소린가, 볼레르?"

볼레르는 양손바닥을 펴고 바라보았다.

"네, 하지만 이건 제 책임입니다. 제가 수사팀을 꾸렸고 홀레를 곁에 두고 일했습니다. 책임자로서 이런 일이 일어나리라는 걸 미리 알고 대처했어야 합니다. 최소한 주차장에서 대화를 나눈 후에라도요."

경찰청장은 볼레르를 뜯어보았다. 사각형의 햇살이 사무실 바닥을 살금살금 기어가는 동안, 그는 다시 창으로 몸을 돌린 채 그대로 서 있었다. 그러더니 춥다는 듯이 어깨를 들고 몸을 부르르 떨었다.

"자정까지만 기다려주겠네." 청장이 창유리에 대고 말했다. "자정 이후에는 범인이 실종됐다는 소식이 언론에 발표될 거야. 그리

451

고 이 회의는 없었던 거네."

사무실을 나서던 묄레르는 총경이 볼레르의 손을 꽉 쥐더니 따뜻한 감사의 미소를 짓는 것을 보았다. 부하 직원의 충성에 고마워하는 것 같다고 묄레르는 생각했다. 암묵적으로 황태자를 임명하는 것 같다고.


과학수사과의 비에른 홀름은 손에 마이크를 쥔 채 완전히 바보가 된 기분으로 서 있었다. 그의 앞에는 일본인들이 기대에 찬 시선으로 그를 바라보고 있었다. 그의 손바닥은 땀으로 축축했는데 단순히 더워서가 아니었다. 오히려 그 반대였다. 브리스톨 호텔 앞에 주차된 이 호화 관광버스는 에어컨이 설치되어 있어 외부보다 5, 6도는 낮았다. 그가 땀을 흘리는 이유는 마이크에 대고 말해야 했기 때문이다. 영어로.

조금 전 가이드가 그를 노르웨이 경찰이라고 소개하자, 한 노인이 싱글벙글 웃으며 카메라를 꺼내 들었다. 마치 비에른 홀름이 관광 일정의 중요한 일부분이라도 된다는 듯이. 홀름은 손목시계를 보았다. 7시였다. 앞으로 더 많은 관광객들을 만나야 했고 그러니 서둘러야 했다. 그는 숨을 깊이 들이쉬고 오는 길에 연습했던 그대로 말했다.

"저희 경찰에서는 오슬로의 모든 관광회사의 스케줄을 확인했습니다. 그 결과 여러분이 토요일 오후 5시 무렵에 프롱네르 공원을 방문했다는 걸 알아냈고요. 제가 묻고 싶은 건 이겁니다. 그날 공원에서 사진 찍은 분 계십니까?"

반응이 없었다.

홀름은 당황하여 가이드를 바라보았다.

가이드는 미소를 지으며 그에게 목례를 하더니 마이크를 가져갔다. 그러고는 관광객들에게 일본어로 말하기 시작했는데 아무래도 방금 전 홀름이 했던 말을 다시 전달하는 듯했다. 말을 마친 가이드는 관광객들에게 목례를 했다. 홀름은 팔을 든 사람들을 훑어보았다. 오늘 하루 종일 현상소에서 일해야 할 것 같았다.

로게르 옌뎀은 트레 스모 시네세레*의 노래를 흥얼거리며 차 문을 잠갔다. 주차장에서 우정사업본부 건물에 있는 그의 사무실까지는 짧은 거리였지만 그래도 그는 뛰어갈 것이다. 지각해서가 아니었다. 오히려 남들보다 훨씬 이른 출근이었다. 그런데도 뛰어가는 까닭은 로게르 옌뎀이 매일 출근하기를 손꼽아 기다리는 소수의 운 좋은 사람에 속하기 때문이다. 그는 어서 빨리 일과 관련된 익숙한 것들에 둘러싸이고 싶어서 몸이 근질근질했다. 전화와 컴퓨터가 있는 사무실, 그날 아침에 발행된 신문들, 동료들의 웅웅거리는 말소리, 꿀럭거리는 커피머신, 흡연실에서의 수다, 아침 회의실의 긴장된 분위기. 어제는 올레우그 시버첸의 집 앞에서 하루 종일 대기했지만 창가에 선 그녀의 사진을 찍은 것 말고는 건진 게 없었다. 하지만 괜찮다. 그는 어려운 업무가 좋았다. 그리고 범죄부에는 그런 어려운 업무들이 넘쳐났다. 범죄 중독자. 데비는 그를 그렇게 불렀다. 그는 데비가 그 단어를 쓰는 게 마음에 들지 않았다. 그의 남동생인 토마스가 마약 중독자이기 때문이다. 로게르는 대학 때 정치학을 공부했고, 우연히 범죄부 기자로 일하는 것을 좋아하게 됐을 뿐 근면성실한 사람이었다. 물론 그것과는 별개로 데

* Tre Små Kinesere, 세 명의 작은 중국인들이라는 뜻의 노르웨이 밴드.

453

비의 말도 일리는 있었다. 범죄부 기자라는 일에는 분명 중독을 연상시키는 점이 있었기 때문이다. 그는 원래 정치부 기자였는데 잠시 범죄부에서 대리 기자로 일하다가 곧 매일 아드레날린을 솟구치게 하고 생사가 오가는 이야기만이 줄 수 있는 짜릿함에 빠져버렸다. 그날 그는 바로 편집장에게 이야기했고 즉시 범죄부로 발령이 났다. 편집장은 전에도 그런 기자들을 본 것이 분명했다. 그리고 그날 이후로 로게르는 주차장에서 사무실까지 뛰어다녔다.

하지만 오늘은 뜀박질을 시작하기 전에 멈춰야만 했다.

"안녕하쇼." 느닷없이 나타난 남자가 그의 앞을 막아서면서 말했다. 다층 주차장인 이곳은 꽤 어두운데도 남자는 보잉 선글라스를 썼고, 검정색의 짧은 가죽 재킷을 입고 있었다. 로게르는 기자로서 경찰을 알아볼 정도의 연륜은 있었다.

"안녕하세요." 로게르가 말했다.

"당신에게 전해줄 말이 있소, 옌뎀."

남자의 팔은 양 옆구리에 축 늘어져 있고, 손등은 검은 털로 덮여 있었다. 차라리 손을 가죽 재킷 주머니에 넣었더라면 더 자연스러워 보였을 거라고 로게르는 생각했다. 아니면 뒷짐을 지거나. 아니면 가슴 앞에서 팔짱을 끼거나. 지금으로서는 남자가 어떤 목적을 위해 두 손을 쓰려 한다는 인상을 주었는데 그 목적이 무엇인지는 짐작이 가지 않았다.

"네에?" 로게르가 물었다. '에'가 벽 사이에 부딪혀 짧게 울렸다. 물음표의 소리.

남자가 몸을 앞으로 숙였다.

"당신 동생은 현재 울레르스모에서 복역 중이야." 남자가 말했다.

"그래서요?"

밖에서는 아침 태양이 환히 빛나고 있을 터였는데 자동차의 지하 묘지인 이곳은 갑자기 살을 에듯 추워졌다.

"동생이 걱정된다면 우리 부탁을 들어줘야겠어. 알겠나, 엔뎀?"

로게르는 놀라서 고개를 끄덕였다.

"해리 홀레 반장에게서 전화가 오거든 이렇게 해. 먼저 그에게 어디 있는지 물어봐. 대답하지 않으면 만나자고 해. 직접 만나기 전에는 기사를 쓸 수 없다고. 만나는 시간은 오늘 자정 안으로 하고."

"무슨 기사요?"

"그자는 아마 한 경찰에게 아무 근거도 없는 혐의를 씌울 거야. 그 경찰의 이름은 밝힐 수 없지만 굳이 알 필요도 없어. 어차피 기사가 나가는 일은 없을 테니까."

"하지만 – ."

"알아들었어? 홀레의 전화를 받은 뒤에는 이 번호로 전화해서 홀레가 어디 있는지 알려줘. 아니면 언제 어디서 만나기로 했는지 알려주든가. 알겠나?"

남자는 왼손을 주머니에 넣었다가 빼며 로게르에게 종이쪽지를 건넸다.

로게르는 거기 적힌 번호를 보고는 고개를 저었다. 겁이 나긴 했지만 한편으로는 웃음이 터져 나오는 걸 참을 수가 없었다. 어쩌면 너무 겁이 나서 그런지도 몰랐다.

"당신이 경찰이라는 거 압니다." 미소를 참으며 로게르가 말했다. "이런 게 안 먹힌다는 건 당신이 더 잘 알 텐데요. 난 기자고 그런 식으로 – ."

"옌뎀."

남자가 선글라스를 벗었다. 주위가 어두웠는데도 남자의 눈동자는 회색 홍채 속의 작은 점에 불과했다.

"당신 동생은 A107감방에 있어. 다른 중독자들과 마찬가지로 매주 화요일이면 밀반입한 마약을 받지. 그럼 그걸 곧장 주사기로 투약해. 절대 확인하지 않고 말이야. 다행히 지금까지는 아무 문제없었어. 내 말 무슨 뜻인지 알지?"

로게르는 그 말을 듣고도 믿을 수가 없었다. 하지만 믿어야 한다는 걸 알고 있었다.

"좋아. 질문 있어?" 남자가 말했다.

로게르는 혀로 입술을 축이고는 입을 열었다.

"왜 해리 홀레가 내게 전화한다는 겁니까?"

"그 친구는 지금 절박하니까." 다시 선글라스를 끼며 남자가 말했다. "그리고 당신이 어제 국립극장 앞에서 그에게 명함을 줬으니까. 좋은 하루 보내라고, 옌뎀."

로게르는 남자가 사라질 때까지 꼼짝하지 않았다. 그러고는 지하 주차장의 축축하고 먼지가 자욱한 공기를 들이마셨다. 그런 다음 사무실까지의 짧은 거리를 걸어갔다. 내키지 않는 느린 발걸음으로.


텔레노르 전화국의 오슬로 지부 통제실에서는 클라우스 토르킬센 앞에 있는 스크린에 전화번호들이 뜨며 춤을 추었다. 그는 동료들에게 방해받고 싶지 않다며 문을 잠가둔 터였다.

그의 셔츠는 땀으로 흠뻑 젖어 있었다. 출근길에 뛰어왔기 때문이 아니었다. 그는 딱히 빠르지도, 그렇다고 느리지도 않은 걸음으로 걸어왔다. 그런데 막 로비에 들어섰을 때 안내 데스크 직원이 그를 불렀다. 이름이 아닌 성으로. 그는 그 편이 더 좋았다.

"손님이 찾아오셨어요." 여직원은 그렇게 말하며 로비의 소파에 앉아 있던 남자를 가리켰다.

클라우스 토르킬센은 기절할 뻔했다. 그의 직업상 손님이 찾아올 일은 없었기 때문이다. 그건 우연이 아니었다. 그의 사생활과 직업 선택에서 가장 중요한 원칙은 절대적으로 필요한 경우가 아닌 한 사람들과 대면하지 않는 것이었다.

소파에 앉아 있던 남자가 일어났다. 그는 경찰에서 나왔다면서 그에게 앉으라고 했다. 클라우스는 소파에 몸을 묻었다. 그의 몸이 소파 속으로 점점 가라앉는 동안, 온몸에서 땀이 흐르기 시작했다. 경찰. 지난 15년간 불법적인 일은 전혀 하지 않았고, 15년 전의 그 사건도 그저 벌금을 낸 것에 불과했지만 그는 길에서 경찰 제복만 봐도 피해망상에 시달렸다. 이 남자가 입을 연 순간부터 그의 모든 땀구멍이 활짝 열렸다.

남자는 곧장 본론으로 들어가 한 휴대전화의 위치를 추적해달라고 했다. 클라우스는 전에도 비슷한 일을 한 적이 있었다. 비교적 간단한 작업이었다. 휴대전화는 일단 전원이 켜지면 30분 간격으로 신호를 전송하고, 이는 도심 곳곳에 흩어진 기지국에 기록된다. 뿐만 아니라 기지국에서는 가입자의 모든 통화 내용을 녹음해둔다. 수신 전화든 발신 전화든. 각각의 기지국이 담당하는 범위에서 교차방위법을 실시하면 1평방킬로미터의 범위 안에서 휴대전화의 위치를 콕 집어낼 수 있다. 그래서 한 번은 그가 위치 추적에 참여

했던 바네헤이아 사건*에서 논란이 일기도 했었다.

클라우스는 도청을 하려면 상부의 허가가 있어야 한다고 했다. 하지만 남자는 지금이 비상 상황이기 때문에 공식 절차를 밟을 시간이 없다고 했다. 남자의 요구 사항은 특정 휴대전화를 감시할 뿐 아니라, 그 전화의 주인(클라우스는 그 사람이 해리 홀레라는 남자임을 알아냈다)이 연락할 가능성이 있는 사람들의 전화까지 감시해달라는 것이었다. 그러면서 전화번호와 이메일이 적힌 명단을 내밀었다.

클라우스는 왜 하필 자기를 찾아왔느냐고 물었다. 이런 일이라면 그보다 더 노련한 전문가들이 있었기 때문이다. 대답을 들었을 때 그의 등에서 흘러내리던 땀은 얼어붙었고, 로비의 에어컨 바람에 그의 몸은 살짝 떨리기 시작했다.

"왜냐하면 당신은 이 일을 절대 발설하지 않을 테니까, 토르킬센. 우리가 당신 상사와 동료들에게 당신이 불시에 체포된 과거를 말하지 않는 것처럼. 그때가 1987년 1월, 스텐스 공원이었지? 잠복했던 여자 경찰 말로는 당신이 알몸에 코트 한 장만 걸쳤다던데. 엄청 추웠겠어⋯⋯."

클라우스는 침을 꿀꺽 삼켰다. 당시 경찰에서는 3, 4년쯤 지나면 공식 기록이 삭제될 거라고 했었다.

그는 다시 침을 삼켰다.

이 휴대전화는 도무지 추적이 불가능했다. 전원이 켜져 있는 것은 확실했다. 30분마다 신호를 보냈기 때문이다. 하지만 그를 약 올리기라도 하듯 매번 다른 장소였다.

---

* 10살과 8살의 두 소녀가 강간 살해된 사건. 몇몇 전문가들은 범인의 휴대전화 위치 추적 결과 그가 살인사건 당시 현장에 있을 수 없다고 주장했으나 이 주장은 반박되었다.

클라우스는 명단에 적힌 번호에 집중했다. 그중 하나는 쉘베르그 가 21번지의 구내전화 번호였다. 그는 주소를 확인해보았다. 그곳은 과학수사과였다.

전화벨이 울리자마자 베아테는 전화기를 집어 들었다.

"어떻게 됐어?" 상대가 물었다.

"지금까지는 별거 없어요." 그녀가 말했다.

"음."

"지금 직원 둘이서 사진을 현상 중인데 끝나자마자 또 가져올 거예요."

"스벤 시버첸이 찍힌 사진은 없다는 거지?"

"만약 그가 바바라 스벤센이 살해되던 날에 정말로 프롱네르 공원의 분수대 옆에 있었다면, 운이 나쁜 거죠. 지금까지 제가 본 어떤 사진에도 없었어요. 거의 100장 가까이 봤는데 말이죠."

"하얀 반팔 셔츠에 푸른색─."

"벌써 말씀하셨어요, 반장님."

"비슷한 얼굴도 없었어?"

"전 사람 얼굴을 잘 알아본다고요. 어떤 사진에도 없었어요."

"음."

그녀는 새로 뽑은 사진을 무더기로 들고 있는 비에른 홀름에게 들어오라고 손짓했다. 홀름은 아직도 현상액 냄새가 풍기는 사진을 베아테의 책상에 내려놓더니 한 사진을 가리키며 엄지를 척 들어 보이고는 사라졌다.

"잠깐만요." 베아테가 말했다. "방금 새로운 사진을 받았어요. 토요일 5시에 공원에서 찍은 사진들이에요. 한번 볼게요……."

"그래."

"맙소사…… 지금 내가 누굴 보고 있게요?"

"정말이야?"

"네. 스벤 시버첸이 떡하니 찍혔네요. 비곌란의 여섯 거인 앞에서 옆모습으로요. 그 앞을 지나가는 중인 거 같아요."

"손에 갈색 비닐봉지를 들었어?"

"사진이 그 위로 잘려서 손은 보이지 않아요."

"좋아, 하지만 최소한 거기 있다는 거로군."

"네, 하지만 토요일에는 아무도 안 죽었어요, 반장님. 그러니까 이건 알리바이가 못 된다고요."

"적어도 그가 한 말의 일부는 사실이라는 뜻이지."

"글쎄요, 최고의 거짓말은 90퍼센트가 사실이죠."

베아테는 귓불이 달아오르는 것을 느꼈다. 그 말이 해리 홀레 복음서에서 정확히 인용한 문장임을 깨달았기 때문이다. 심지어 말투까지 해리와 똑같았다.

"지금 어디세요?" 그녀가 황급히 물었다.

"말했듯이 그건 모르는 편이 우리 둘 다에게 좋아."

"죄송해요. 깜박했어요."

침묵이 흘렀다.

"우리가…… 에, 사진을 계속 찾아볼게요. 비에른이 다른 살인사건이 발생했던 시간에 프롱네르 공원에 있었던 관광객들의 명단을 입수했어요." 베아테가 말했다.

해리는 끙 소리를 내며 전화를 끊었고, 베아테는 그 신음을 '고마워'라는 말로 받아들였다.

해리는 엄지와 검지로 콧등 양쪽의 눈 앞부분을 누르며 두 눈을 꼭 감았다. 오늘 아침에 두 시간 잔 것까지 합하면 지난 사흘 동안 총 여섯 시간을 잤다. 앞으로 한동안은 잠을 자지 못할 것이다. 꿈에 거리가 나왔다. 지도가 그의 눈앞을 지나갔고, 오슬로의 거리 이름들이 나왔다. 손스 가, 니테달 가, 쇠룸 가, 쉐스모 가, 캄펜의 구불구불한 골목들. 그러더니 다시 밤이 되었고 눈이 내렸다. 그는 홀로 그뤼네르뢰카의 길(마르크바이엔 가? 토프테스 가?)을 걷고 있었다. 빨간 스포츠카 한 대가 주차되어 있었는데 차 안에는 두 사람이 타고 있었다. 가까이 다가가 보니 한 사람은 돼지 머리를 하고 옛날 드레스를 입은 여자였다. 그는 그녀의 이름을 불렀다. "엘렌." 그녀는 대답하려고 몸을 돌려 입을 열었다. 하지만 자갈로 가득 찬 입에서는 자갈만 줄줄 흘러내렸다. 해리는 뻣뻣한 목을 좌우로 늘렸다.

"이봐." 해리는 바닥의 매트리스에 누워 있는 스벤 시버첸에게 눈의 초점을 맞추며 말했다. "방금 나와 통화한 사람이 당신과 날 위해 어떤 프로그램을 돌리고 있어. 발각되는 날에는 당장 해고될 뿐 아니라 공모 혐의로 쇠고랑을 찰 수도 있는데 말이야. 그 친구에게 마음의 평화를 줄 만한 물건이 필요해."

"무슨 말이야?"

"당신과 볼레르가 함께 찍힌 사진을 그 친구에게 보내줘."

시버첸은 웃음을 터뜨렸다.

"귓구멍이 막혔나, 해리? 그건 내가 협상할 수 있는 유일한 카드라고 말했잖아. 그걸 지금 내놓으면 시버첸 구출 작전은 바로 취소될 거 아니야."

"그 작전은 당신 생각보다 더 일찍 취소될 수도 있어. 당신이 토요일에 프롱네르 공원에 있었다는 걸 증명할 수 있는 사진은 찾아냈어. 하지만 바바라 스벤센이 살해되던 날에는 당신이 찍힌 사진이 없었어. 분수대가 여름 내내 일본인들의 플래시 세례를 받는 걸 생각하면 좀 이상하지 않아? 어쨌든 당신에게는 나쁜 소식이라고. 그러니까 어서 당신 여자친구에게 전화해서 과학수사과의 베아테 뢴에게 메일이나 팩스로 사진을 보내라고 해. 당신이 그 사진을 협상 카드로 계속 가지고 싶다면 여자친구에게 볼레르의 얼굴은 지우라고 하면 되잖아. 어쨌든 난 당신이 톰 볼레르일 수도 있는 누군가와 그 광장에 앉아 있는 사진을 봐야겠다고."

"바츨라프 광장."

"이름이 뭐든 간에. 지금부터 딱 한 시간 주지. 사진을 받지 못하면 우리 협상은 끝이야. 알겠어?"

시버첸은 한동안 해리를 뚫어지게 바라보더니 입을 열었다.

"에바가 집에 없을 수도 있어."

"직장에 다니는 것도 아니잖아. 임신한 몸인데다 당신을 걱정하고 있을 거야. 그러니 하루 종일 집에서 당신 전화만 기다리고 있지 않을까? 어쨌든 그러기를 바라자고. 당신을 위해서. 59분 남았어."

시버첸의 시선이 방 안의 이곳저곳으로 떠돌다가 마침내 다시 해리에게 머물렀다. 그는 고개를 저었다.

"안 되겠어, 홀레. 이 일에 에바를 끌어들일 순 없어. 에바는 아무 잘못도 없다고. 볼레르는 지금 그녀의 존재에 대해 전혀 몰라. 우리가 어디 사는지도 모르고. 하지만 이 일이 실패하면 알게 되겠지. 그렇게 되면 에바의 목숨도 노릴 거야."

"그럼 아이 아빠가 네 명의 여자를 죽인 혐의로 종신형을 사는 동안, 에바가 혼자 아이를 키우는 게 나을까? 지금 당신 뒤에서는 악마가 쫓아오고 눈앞에는 낭떠러지야, 시버첸. 58분 남았어."

시버첸은 두 손에 얼굴을 묻었다.

"젠장……."

그가 고개를 들자, 해리가 휴대전화를 내밀었다.

시버첸은 아랫입술을 깨물었다. 그러고는 전화기를 받아 들어 번호를 누른 다음, 빨간 휴대전화를 귀에 댔다. 해리는 시간을 쟀다. 초침이 종종걸음으로 돌아갔다. 시버첸은 불안한 표정으로 전화기를 반대쪽 귀에 댔다. 해리는 20초를 셌다.

"어때?"

"브루노에 있는 어머니 집에 갔나 봐." 시버첸이 말했다.

"안됐군." 시계에서 눈을 떼지 않은 채 해리가 말했다. "57분."

전화기가 바닥에 떨어지는 소리가 났다. 해리가 눈을 들어 일그러진 시버첸의 얼굴을 본 순간, 자신의 목을 움켜잡는 손이 느껴졌다. 해리는 재빨리 두 손을 들어 올려 시버첸의 손목을 쳤다. 시버첸의 손이 해리의 목에서 미끄러졌다. 해리는 앞에 있는 얼굴로 달려들어 주먹을 휘둘렀다. 무언가가 그의 주먹에 맞아 옆으로 쓰러졌다. 해리는 다시 주먹을 휘둘렀고 손가락 사이로 뜨듯하고 끈적한 피가 흐르는 것을 느꼈다. 그러자 이 피가 마치 예전에 할머니가 하얀 식빵에 발라주시던 딸기 월귤잼 같다는 기괴한 생각이 들었다. 해리는 다시 때리기 위해 주먹을 들어 올렸다. 손에 수갑을 찬 무방비 상태의 남자가 팔로 몸을 가린 채 누워 있는 것이 보였다. 하지만 그 모습을 보자 더욱 화가 치밀었다. 피곤하고 두렵고 화가 났다.

"Wer ist da(누구세요)?"

해리의 몸이 굳어졌다. 그와 시버첸은 서로를 바라보았다. 둘 다 아무 말도 하지 않았다. 바닥에 떨어진 휴대전화에서 코맹맹이 소리가 흘러나왔다.

"Sven(스벤)? Bist du es, Sven(당신이에요, 스벤)?"

해리는 휴대전화를 집어 들어 귀에 댔다.

"스벤은 여기 있습니다." 그가 천천히 영어로 말했다. "누구시죠?"

"Eva(에바예요)." 여자가 화난 목소리로 말했다. "Bitte, was ist passiert(어떻게 된 거죠)?"


"베아테 뢴입니다."

"나 해리야. 내가ㅡ."

"끊고 제 휴대전화로 하세요." 그녀가 전화를 끊었다.

10초 후, 그는 그녀의 휴대전화로 다시 전화했다.

"무슨 일이야?"

"감시당하고 있어요."

"어떻게?"

"전 직원에게 안티 해킹 프로그램을 깔라는 지시가 내려졌는데 그걸 깔면 제3자가 모든 통화 기록과 이메일을 볼 수 있어요. 범죄로부터 우리를 보호하기 위해서라고 하지만 비에른의 말로는 인터넷 서비스 제공업체에서 우리를 감시하는 것 같대요."

"도청한단 말이야?"

"그건 아니지만 모든 전화 통화가 녹음되고 수발신 이메일이 기록돼요."

"볼레르와 똘마니들 짓이야."

"알아요. 그러니까 그쪽에서 반장님이 제게 전화하는 걸 알고 있다는 뜻이죠. 이제 저로서는 더 이상 도와드릴 수가 없어요, 반장님."

"시버첸의 여자친구가 시버첸과 볼레르가 프라하에서 만난 사진을 보낼 거야. 볼레르는 뒷모습만 나와 있어서 어떤 증거로도 사용될 수 없어. 하지만 그 사진을 보고 진짜인지 확인 좀 해줘. 여자친구 컴퓨터에 사진이 저장되어 있다니까 자네한테 메일로 보낼 거야. 메일 주소가 뭐지?"

"방금 제가 한 말 못 들으셨어요, 반장님? 그 사람들이 제가 받는 이메일과 전화를 모두 감시하고 있다고요. 지금 프라하에서 이메일이나 팩스가 오면 그들이 어떻게 생각하겠어요? 전 못해요, 반장님. 이 사실이 발각되었다간 왜 반장님이 저에게 전화했는지 그럴싸한 핑계를 대야 하는데 전 반장님만큼 머리가 빨리 돌아가지 않는다고요. 맙소사, 제가 무슨 핑계를 댈 수 있겠어요?"

"진정해, 베아테. 자넨 아무 변명도 할 필요 없어. 난 자네에게 전화하지 않았으니까."

"그게 무슨 말이에요? 제게 세 번이나 전화하셨잖아요?"

"그랬지. 하지만 그놈들은 그걸 몰라. 지금 내가 쓰는 전화는 내 전화가 아니라 친구 전화니까."

"그러니까 이 모든 걸 예상하셨단 말씀이세요?"

"아니, 이것까지 예상하진 못했어. 다만 휴대전화기는 기지국에 신호를 보내서 현재 그 전화기가 어디 있는지 위치를 말해주니까 미리 대비한 거야. 만약 볼레르가 전화국의 아는 사람을 통해서 휴대전화기로 내 위치를 알아내려고 한다면 머리를 좀 굴려야 할 거야. 전화기가 오슬로 방방곡곡을 끊임없이 돌아다니고 있을 테니까."

"거기에 대해선 별로 알고 싶지 않아요, 반장님. 어쨌든 여기로 아무것도 보내지 마세요. 아셨죠?"

"알았어."

"죄송해요, 반장님."

"자넨 이미 내게 오른팔을 내줬어, 베아테. 왼팔까지 주지 않았다고 미안해할 필요는 없어."


그는 303호의 문을 짧게 다섯 번 노크했다. 안에서 들리는 음악 소리보다 크게 울렸기를 바라며 문이 열리기를 기다렸다. 다시 노크를 하려는데 음악 소리가 줄어들더니 바닥 위로 맨발이 통통 걸어오는 소리가 들렸다. 문이 열렸다. 그녀는 자다가 일어난 듯했다.

"네?"

그는 신분증을 보여주었다. 엄밀히 말해 그 신분증은 가짜였다. 더 이상 경찰이 아니었기 때문이다.

"토요일에 있었던 일은 다시 한 번 사과드립니다. 대원들이 갑자기 들이닥쳐서 너무 놀라셨을 겁니다." 해리가 말했다.

"괜찮아요. 그냥 해야 할 일을 하느라 그랬겠죠." 그녀가 얼굴을 찡그리며 말했다.

"네." 해리는 발뒤꿈치에 체중을 실은 채 복도를 위아래로 재빨리 훑어보았다. "과학수사과의 동료와 제가 단서를 찾기 위해 마리우스 벨란의 방을 조사 중입니다. 지금 당장 문서 하나를 받아봐야 하는데 제 노트북이 고장 나서요. 아주 중요한 일입니다. 제 기억으로는 토요일에 인터넷을 하고 계시던데 혹시……."

그녀는 더 이상 설명할 필요 없다는 손짓을 하더니 닫혀 있던 노트북을 열었다.

"전원은 이미 켜져 있어요. 방이 지저분해서 미안하다고 사과해야겠죠? 근데 내가 원래 이런 건 신경 쓰지 않아서."

해리는 노트북 앞에 앉아 이메일 프로그램을 열었다. 주머니에서 종이쪽지를 꺼내 손때 묻은 키보드로 에바 마르바노바의 이메일 주소를 쳤다. 내용은 간단했다. '준비됐습니다. 이 메일 주소로 보내세요.' 전송 버튼.

그는 의자를 빙글 돌려 여대생을 바라보았다. 그녀는 소파에 앉아 스키니진을 입고 있었다. 해리는 지금까지 그녀가 팬티만 입고 있었다는 것조차 몰랐다. 아마도 대마 잎 하나가 그려진 헐렁한 티셔츠에 눈길이 가서였을 것이다.

"오늘은 혼잔가요?" 에바에게서 답장이 오기를 기다리는 동안 무슨 말이라도 하기 위해 해리가 물었다. 하지만 여자의 표정으로 보아 대화를 나누려던 해리의 시도는 실패한 듯했다.

"섹스는 주말에만 해서요." 여자는 양말의 냄새를 맡더니 다시 신었다. 그러더니 아무런 대꾸도 못하는 해리를 보고 재미있다는 듯이 씩 웃었다. 해리가 보기에는 치아 미백을 한 것 같았다.

"메일이 왔네요." 여자가 말했다.

해리는 몸을 돌려 모니터를 보았다. 에바에게서 온 메일이었다. 내용은 없고 첨부 파일만 있었다. 그는 파일을 더블 클릭했다. 모니터가 검게 변했다.

"오래된 컴퓨터라 느려요." 여대생이 한층 더 환히 웃으며 말했다. "하지만 메일을 받는 데는 지장 없어요. 좀 기다리기만 하면 되죠."

화면에 사진이 나타나기 시작했다. 처음에는 푸른색만 보이더니 하늘이 끝나고 회색 벽, 검은색과 초록색으로 된 조각상, 그다음에는 광장이 나왔다. 그리고 테이블. 스벤 시버첸. 카메라에 등을 돌린 채 가죽 재킷을 입은 남자. 갈색 머리카락. 튼튼한 턱. 물론 이건 절대 증거로 채택될 수 없었지만 사진 속 남자는 분명 톰 볼레르였다. 하지만 해리가 우두커니 앉아 계속 사진을 바라본 것은 그 때문이 아니었다.

"저기, 이봐요, 나 오줌 싸야 해요." 여자가 말했다. 해리는 자신이 얼마나 오랫동안 앉아 있었는지 알 수 없었다. "근데 소리 나면 창피하니까 이제 그만 좀 가줄래요?"

해리는 자리에서 일어나 고맙다고 중얼거리며 방을 나왔다.

3층과 4층 사이의 계단에 서서 그는 걸음을 멈췄다.

사진.

우연일 리가 없다. 하지만 이론상으로 불가능하다.

가능한가?

어쨌든 그럴 리가 없다. 누구도 그런 짓을 하지는 않는다.

누구도.

# 월요일. 고해성사

　성스러운 사도의 올가 공후 교회 안, 서로 마주 보고 서 있는 두 남자는 키가 똑같았다. 따뜻하고 축축한 공기에서는 달큰한 향과 톡 쏘는 담배 냄새가 났다. 태양은 거의 5주째 매일 오슬로의 하늘에서 작열하고 있었다. 고해성사에 앞서 기도문을 읽어주는 니콜라이 로에프는 두꺼운 모직 튜닉 아래로 땀을 비 오듯 흘리고 있었다.

　"보라, 그대는 치유의 장소에 왔도다. 예수 그리스도의 보이지 않는 영혼이 이곳에 있으며 그대의 고백을 들으리라."

　니콜라이는 더 얇고 현대적인 디자인의 튜닉을 사러 벨하벤스가에 갔지만 러시아 정교회 사제의 의복을 파는 상점은 없었다. 기도가 끝나자 니콜라이는 두 사람 사이에 있는 테이블에 기도 책을 내려놓았다. 그 옆에는 십자가가 놓여 있었다. 앞에 서 있는 남자는 곧 헛기침을 할 것이다. 고해성사를 하러 온 사람들은 늘 헛기침부터 했다. 마치 그들의 죄가 점액과 침 속에 들어 있다는 듯이. 니콜라이는 전에 이 남자를 본 것 같다는 느낌이 어렴풋이 들었지만 그게 어디였는지 기억나지 않았다. 이름을 들어도 마찬가지였다. 고해성사를 하려면 얼굴을 대면해야 하고, 심지어 이름까지 말해야 한다는 걸 알고 남자는 약간 놀란 듯했다. 솔직히 말하면, 니콜라이는 남자가 말한 이름이 본명이 아니라는 느낌이 들었다. 아마 다른 교파에서 왔을 것이다. 그들은 종종 비밀을 간직한 채 이곳에 오곤 했다. 이곳은 아는 사람을 만날 일이 없는 작은 익명의 교회였기 때문이다. 니콜라이는 종종 노르웨이 국교회 신도들의 죄를 사해주곤 했다. 구하면 얻으리라. 신의 자비는 무한하다.

남자는 헛기침을 했다. 니콜라이는 눈을 감고, 집에 가는 대로 욕조 목욕과 차이콥스키로 그의 몸과 귀를 씻어주리라 다짐했다.

"욕정은 물처럼 가장 낮은 곳으로 흘러간다고 합니다, 신부님. 성품에 작은 결함이나 조그만 구멍, 틈만 벌어져도 욕정이 그곳으로 흘러가죠."

"우린 모두 죄인입니다, 형제님. 고백할 죄가 있습니까?"

"네. 제가 사랑하는 여자를 두고 외도를 했습니다. 음탕한 여자를 사귀었습니다. 그녀를 사랑하지 않았는데도 거부할 수가 없었습니다."

니콜라이는 하품이 나오려는 것을 참았다. "계속 말씀하십시오."

"전…… 한때 그녀에게 집착했습니다."

"한때라는 건 이젠 그 여자와 헤어졌다는 뜻입니까?"

"둘 다 죽었습니다."

니콜라이를 놀라게 한 것은 그 말 자체가 아니었다. 그의 목소리에 있는 무언가였다.

"둘이라뇨?"

"여자가 임신했거든요. 그렇게 알고 있습니다."

"참으로 유감입니다, 형제님. 부인도 이 사실을 알고 있습니까?"

"아무도 모릅니다."

"그분은 어떻게 죽었습니까?"

"총알이 머리를 관통했습니다, 신부님."

니콜라이 로에프의 몸에서 흘러내리던 땀이 갑자기 차가워졌다. 그는 침을 삼켰다.

"고백하고 싶은 죄가 더 있습니까, 형제님?"

"네. 한 남자가 있습니다. 형사죠. 제가 사랑하는 여자가 그 남자와 함께 가는 걸 봤습니다. 그걸 보고 전……."

"네?"

"죄스러운 생각을 했습니다. 그게 전붑니다, 신부님. 이제 면죄 기도를 읽어주시겠습니까?"

교회 안에 정적이 흘렀다.

"그게……." 니콜라이가 말문을 열었다.

"전 빨리 가봐야 합니다, 신부님. 어서 읽어주시겠습니까?"

니콜라이는 다시 눈을 감았다. 그러고는 기도문을 외우기 시작했고 '하느님 아버지와 주 예수 그리스도, 성령의 이름으로 너의 죄를 사하노라'라는 문구로 마친 후에야 눈을 떴다.

그는 고개 숙인 남자의 머리 위로 성호를 그었다.

"감사합니다." 남자가 속삭였다. 그러고는 몸을 돌려 서둘러 교회에서 나갔다.

니콜라이는 그 자리에서 꼼짝도 하지 않은 채 아직도 벽 사이에서 떠도는 말들의 잔향을 들었다. 이제야 저 남자를 어디서 봤는지 기억이 났다. 감레 아케르의 예배당. 부서진 베들레헴의 별을 대신할 새 별을 가지고 왔던 남자였다.

성직자로서 니콜라이는 비밀 서약을 지켜야 했고, 방금 들은 말 때문에 그 서약을 깰 마음은 전혀 없었다. 하지만 남자의 어조에는 무언가가 있었다. 아까 사랑하는 여자가 형사와 함께 가는 것을 보며 죄스런 생각을 했다고 말하던 그 어조에는.

니콜라이는 창밖을 바라보았다. 구름은 대체 어디 있는 걸까? 너무 후텁지근해서 곧 무슨 일이 터질 것만 같았다. 비가 내릴 것이다. 하지만 그 전에 먼저 천둥과 번개가 있겠지.

니콜라이는 교회 문을 닫은 후, 작은 제단 앞에 무릎을 꿇고 기도했다. 지난 몇 년간 느껴본 적이 없는 간절함으로. 자신을 올바른 방향으로 인도하고 힘을 달라고. 그리고 용서해달라고.


오후 2시, 비에른 홀름은 베아테의 사무실 문간에 서서 그녀에게 꼭 봐야 할 것이 있다고 했다.

베아테는 자리에서 일어나 그를 따라 현상소로 들어갔다. 홀름은 아직 마르지 않아 줄에 매달아놓은 사진 한 장을 가리켰다.

"지난주 월요일에 찍힌 사진이에요. 5시 반쯤 찍혔어요. 대충 바바라 스벤센이 총에 맞은 지 30분 후죠. 그 시간이면 칼 베르네르 광장에서 프롱네르 공원까지 자전거를 타고 거뜬히 갈 수 있어요."

사진 속에는 분수 앞에서 미소 짓고 있는 한 소녀가 있었다. 소녀 옆으로 조각상의 일부가 보였는데 베아테는 그것이 어떤 조각상인지 알고 있었다. 나무와 함께 있는 인간 조각상들 중 하나로 위에서 급강하하는 소녀의 모습을 담은 조각상이었다. 어릴 때 일요일이면 부모님과 함께 오슬로로 나들이를 나와 프롱네르 공원을 산책하곤 했는데 그럴 때마다 늘 저 조각상을 바라보았다. 어린 소녀가 어른이 되고 훗날 어머니가 되는 것에 대한 두려움을 상징하는 조각이라고 아버지는 설명해주었다.

하지만 지금 베아테가 바라보는 것은 그 조각상이 아니었다. 사진 가장자리로 보이는 한 남자의 뒷모습이었다. 남자는 초록색 쓰레기통 앞에 서 있었고, 한 손에는 갈색 비닐봉지를 들고 있었다. 몸에 달라붙는 노란색 상의에 검은 사이클용 반바지 차림으로. 머리에는 검은 헬멧을 쓰고 선글라스를 꼈으며 입 위로 천을 둘렀다.

"퀵 배달원." 베아테가 속삭였다.

"어쩌면요. 애석하게도 입에는 여전히 천을 둘렀어요."

"어쩌면." 방금 홀름이 한 말의 메아리 같았다. 베아테는 사진에서 눈을 떼지 않은 채 손을 내밀었다. "확대경."

홀름은 테이블에 놓인 화학 시약 봉지 사이에서 확대경을 찾아내 베아테에게 건넸다.

그녀는 한쪽 눈을 꼭 감은 채 사진 위로 확대경을 움직였다.

비에른 홀름은 자신의 상사를 바라보았다. 물론 그도 베아테 뢴이 은행강도 사건을 해결한 이야기들을 익히 알고 있었다. 그녀가 며칠 밤낮으로 밀폐된 비디오실인 '하우스 오브 페인'에 틀어박혀 은행강도 사건의 비디오를 프레임 단위로 나눠 보면서 범인의 체격, 보디랭귀지, 마스크 뒤에 숨겨진 얼굴 윤곽을 알아냈다는 이야기. 결국 그녀는 범인의 정체를 알아냈다. 다른 강도 사건, 그러니까 그녀가 아직 사춘기도 되기 전인 15년 전에 있었던 우체국 강도 사건의 녹화 파일에서 그 범인을 본 적이 있기 때문이다. 그 파일은 CCTV가 생긴 이래로 노르웨이에서 발생한 모든 강도 사건의 녹화 파일과 함께 수백만 명의 얼굴이 담긴 하드 디스크에 저장되어 있었다. 누군가는 그것이 베아테의 비범한 방추상회(뇌에서 사람의 얼굴을 알아보는 부분) 때문이고, 따라서 그녀의 타고난 재능이라고 주장했다. 그런 이유로 비에른 홀름은 사진이 아니라 그녀의

473

눈을 바라보았다. 그들 앞에 놓인 사진을 샅샅이 훑어보며 그로서는 죽었다 깨어나도 알아내지 못할 세세한 것들까지 잡아내는 그녀의 눈을. 그런 세밀함은 절대 배울 수 있는 자질이 아니기 때문이다.

따라서 홀름은 베아테가 확대경으로 들여다보는 것이 남자의 얼굴이 아니라는 걸 알아차렸다.

"무릎을 봐. 보여?" 베아테가 물었다.

비에른은 가까이 다가갔다.

"뭐가요?"

"왼쪽 무릎 말이야. 반창고 같아."

"그러니까 왼쪽 무릎에 반창고를 붙인 사람을 찾아야 한다는 뜻이에요?"

"하나도 안 웃겨, 홀름. 이게 누구인지 알아내기 전에 먼저 이 사람이 퀵 배달원 살인범인지부터 확인해야 해."

"어떻게요?"

"가까이서 범인을 본 적이 있는 유일한 사람을 찾아가야지. 내가 차를 빼 올 동안 이 사진 좀 복사해서 가져와."


스벤 시버첸은 충격을 받은 표정으로 해리를 바라보았다. 방금 해리에게서 그의 가설, 도저히 불가능해 보이는 가설을 들었기 때문이다.

"난 정말 모르겠어." 시버첸이 중얼거렸다. "신문에 실린 피해자들의 사진은 본 적이 없어. 경찰에게 심문받을 때 이름을 듣기는 했지만 내가 아는 이름은 없었어."

"지금으로서는 순전히 가설일 뿐이야. 그 사람이 범인인지는 아직 몰라. 그러려면 구체적인 증거가 필요해."

시버첸은 미소를 지으며 말했다. "이미 내 무죄를 증명해줄 증거가 있다고 거짓말하지 그랬어? 그랬다면 투항하자는 당신 생각에 나도 동의했을 테고, 그럼 당신은 볼레르의 유죄를 증명하는 내 증거를 가질 수 있었을 텐데."

해리는 어깨를 으쓱였다.

"지금이라도 내 보스인 비아르네 묄레르에게 전화해서 순찰차로 우리를 안전하게 데려가달라고 할 수 있어."

시버첸은 단호하게 고개를 저었다.

"이번 일에는 분명히 다른 사람도 개입되어 있어. 경찰청 내에서 볼레르보다 훨씬 윗선에 있는 사람. 난 누구도 믿지 않아. 그러니까 증거 먼저 찾아."

해리는 손을 폈다가 주먹을 쥐었다. "다른 대안이 하나 있어. 우리 둘 모두를 보호해줄 대안."

"그게 뭔데?"

"신문사에 가서 우리가 아는 사실을 말하는 거야. 퀵 배달원 살인마와 볼레르에 대해서. 일단 기사가 나가면 아무도 손을 쓰지 못할 거야."

시버첸은 회의적인 표정을 지었다.

"우리에게는 시간이 얼마 남지 않았어. 볼레르가 점점 다가오고 있다고. 느껴지지 않아?" 해리가 말했다.

시버첸은 손목을 문질렀다.

"좋아. 그 방법을 써봐." 그가 말했다.

해리는 바지 뒷주머니에 손을 넣어 꾸깃꾸깃해진 명함을 꺼냈다. 그러고는 잠시 망설였다. 아마도 자신이 하려는 일이 어떤 결과를 가져올지 예상하기 때문일 것이다. 혹은 예상하지 못해서일 수도 있고. 그는 신문사의 번호를 눌렀다. 신호음이 떨어지기 무섭게 목소리가 들렸다.

"로게르 옌뎀입니다."

그의 목소리 너머로 사람들의 웅성거림, 컴퓨터 키보드가 달그락거리는 소리, 전화벨이 울리는 소리가 들렸다.

"나 해리 홀레요. 잘 들어요, 옌뎀. 퀵 배달원 살인마에 대한 정보가 있소. 무기 밀매에 대해서도. 경찰청의 내 동료가 연관되어 있어요. 알겠소?"

"네."

"좋소. 당신네 단독 기사로 해줄 테니 가능한 한 빨리 아프텐포스텐 웹사이트에 올려요."

"물론입니다. 근데 어디서 전화하시는 겁니까, 홀레 반장님?"

로게르의 목소리는 해리가 예상했던 것보다 무덤덤했다.

"내가 어디 있는지는 중요치 않아요. 스벤 시버첸이 퀵서비스 살인마가 아니라는 증거가 있소. 또 몇 년 전부터 노르웨이에서 활동 중인 무기 밀거래 조직에 잘 나가는 형사가 연루되어 있다는 증거도 있고."

"굉장하군요. 하지만 잘 아시다시피 전화 통화만으로 기사를 쓸 수는 없습니다."

"무슨 말이오?"

"제대로 된 신문사라면 정보통이 믿을 만한지 확인하지도 않고 유명한 경감이 무기 밀매에 연루되었다는 혐의를 제기할 순 없습니다. 당신이 해리 홀레 반장이라는 건 추호도 의심하지 않지만 당신이 취했거나 미쳤거나, 혹은 둘 다일 수도 있잖습니까? 이걸 제대로 확인하지 않으면 우리 신문사가 고소를 당할 수도 있어요. 그러니 우선 만납시다, 홀레 반장님. 그다음에는 당신이 한 말을 모두 기사로 써드리죠. 약속해요."

전화기 너머로 누군가의 웃음소리가 들렸다. 태평한 웃음소리가 물결쳤다.

"다른 신문사에 전화할 생각은 마세요. 다 똑같이 말할 테니까. 절 믿으세요, 홀레 반장님."

해리는 숨을 깊이 들이쉬었다.

"좋소. 달스베르그스타이엔 가에 있는 언더워터에서 봅시다. 5시. 혹시라도 누구와 함께 있다면 날 보지 못할 거요. 그리고 이 일은 절대 비밀로 해야 합니다. 알겠소?"

"알겠습니다."

"이따 봅시다."

해리는 통화 종료 버튼을 누르고 아랫입술을 깨물었다.

"이게 현명한 대안이라면 좋겠군." 시버첸이 말했다.


비에른 홀름과 베아테가 차량들로 붐비는 뷔그되위 가를 벗어난 지 1분 만에 한쪽에는 대형 목조 저택들이 늘어서고 반대쪽에는 벽돌로 지은 세련된 아파트가 늘어선 조용한 길로 접어들었다. 차도 가장자리마다 독일제 차들이 줄줄이 주차되어 있었다.

그들은 노란 인형의 집처럼 생긴 건물 앞에 차를 세웠다.

초인종을 두 번째로 눌렀을 때 인터콤에서 목소리가 들렸다.

"네?"

"앙드레 클로센 씨?"

"그렇습니다만."

"베아테 뢴입니다. 경찰에서 나왔어요. 들어가도 될까요?"

앙드레 클로센은 허벅지까지 내려오는 가운을 입은 채 현관에서 그들을 기다리고 있었다. 그는 볼에 생긴 상처의 딱지를 긁으며 하품을 참는 시늉을 했다.

"미안합니다. 어젯밤 늦게 집에 왔거든요." 그가 말했다.

"혹시 스위스에서 귀국하셨나요?"

"아뇨. 그냥 산장에 좀 다녀왔습니다. 들어오세요."

클로센의 거실은 그의 수집품을 모두 보관하기에는 좁아 보였다. 그 수집품을 보며 비에른 홀름은 클로센의 취향이 미니멀리즘보다는 리버라치*에 가깝다는 결론을 내렸다. 구석에 설치된 분수에서는 물이 줄줄 흘러내렸는데 벌거벗은 여신이 둥근 천장에 그려진 시스티나 벽화를 향해 기지개를 켜고 있었다.

"우선 정신을 집중해서 지난번 법률 사무소에서 봤던 퀵 배달원 살인마를 떠올려주세요. 그런 다음, 이 사진을 봐주세요." 베아테가 말했다.

클로센은 손가락으로 볼의 상처를 훑으며 사진을 들여다보았다. 비에른 홀름은 거실을 구석구석 살폈다. 문 뒤에서 발을 끄는 소리와 동물의 앞발이 문을 긁는 소리가 들렸다.

"어쩌면 이 사람일 수도 있겠네요." 클로센이 말했다.

"어쩌면?" 베아테는 의자 끝에 걸터앉아 있었다.

"가능성이 아주 높아요. 일단 옷이 똑같네요. 헬멧이랑 선글라스도 똑같고."

"좋아요. 그리고 이 사람은 무릎에 반창고를 붙였어요. 범인도

---

* 유명한 피아니스트이자 엔터테이너. 다소 과할 정도로 화려하고 현란한 의상과 무대가 특징이다.

그랬나요?"

클로센은 부드럽게 웃었다.

"그때도 말했다시피 남자의 몸을 그렇게 자세히 뜯어보는 건 내 취미가 아닙니다. 하지만 더 긍정적인 대답을 원하신다면, 이 사진을 처음 봤을 때 이 남자가 내가 봤던 배달원이구나 싶긴 했습니다. 하지만 그 이상은……."

클로센은 양 팔을 옆으로 벌렸다.

"고맙습니다." 베아테가 자리에서 일어나며 말했다.

"천만에요." 클로센은 그렇게 말하고는 그들을 배웅하러 현관까지 나와 손을 내밀었다. 뜬금없는 행동이라고 홀름은 생각했으나 말없이 그의 손을 잡았다. 그러나 베아테는 클로센이 내민 손을 잡지 않고 살짝 미소 지으며 고개를 저었다.

"죄송합니다만…… 손가락에 피가 묻었어요. 볼에서 피가 나네요."

클로센은 손을 얼굴로 가져갔다.

"정말 그렇군요." 그가 미소를 지었다. "트룰스 짓입니다. 제 애완견요. 주말에 산장에서 트룰스와 좀 과격하게 놀았나 봅니다."

클로센은 베아테의 눈을 바라보았고, 그의 미소는 점점 더 환해졌다.

"안녕히 계세요." 베아테가 말했다.

다시 한낮의 열기 속으로 나왔을 때 비에른 홀름은 왠지 모르게 몸을 부르르 떨었다.


클라우스 토르킬센은 사무실의 선풍기 두 대를 모두 자기 얼굴 쪽으로 틀어놓았다. 하지만 선풍기는 그저 기계에서 나오는 뜨거운 공기를 그에게 그대로 되돌려 보내는 듯했다. 클라우스는 모니터의 두꺼운 유리를 손가락으로 톡톡 쳤다. 그의 손가락이 가리킨 것은 쉘베르그 가의 내선 번호였다. 방금 그 전화의 주인이 전화를 끊었다. 그 주인은 오늘 특정 휴대전화와 네 번이나 통화했다. 아주 짧게.

클라우스는 그 휴대전화의 명의자를 알아보기 위해 번호를 더블클릭했다. 명의자의 이름이 화면에 떴다. 이번에는 다시 이름을 더블 클릭하자, 명의자의 주소와 직업이 떴다. 클라우스는 한동안 우두커니 화면을 바라보았다. 그러고는 뭔가 알아내면 전화하라고 했던 번호를 눌렀다.

누군가가 전화를 받았다.

"여보세요?"

"전 텔레노르의 토르킬센이라고 합니다. 누구시죠?"

"알 거 없어, 토르킬센. 뭐 알아냈나?"

클라우스는 땀에 젖은 겨드랑이 살이 상체에 달라붙는 것을 느꼈다.

"좀 조사를 해봤는데요, 홀레의 휴대전화는 끊임없이 움직이고 있어서 추적이 불가능해요. 하지만 어떤 휴대전화가 쉘베르그 가의 내선 전화로 몇 차례 전화를 했습니다."

"그래? 명의자가 누구야?"

"명의자는 외위스테인 아이켈란으로 되어 있습니다. 직업은 택시 운전사고요."

"그래서?"

클라우스는 아랫입술을 내밀어 안경 밑으로 바람을 불어넣었다. 안경에 김이 서렸기 때문이다.

"아무래도 훌레의 전화기가 시내를 계속 돌아다니는 것과 택시 운전사 사이에 어떤 연관이 있지 않을까 싶어서요."

전화기 반대편이 조용해졌다.

"여보세요?" 클라우스가 말했다.

"무슨 말인지 알아들었어. 우리가 준 번호들 계속 감시해, 토르킬센."


비에른 홀름과 베아테가 과학수사과의 로비에 들어섰을 때 베아테의 휴대전화가 울렸다.

그녀는 전화기를 벨트에서 꺼내 액정을 확인하고 곧바로 귀에 댔다. 막힘없이 재빠른 동작으로.

"반장님? 시버첸에게 왼쪽 바짓단을 걷어보라고 하세요. 지난주 월요일 5시 30분에 분수대 앞에서 얼굴에 스카프를 두른 퀵 배달원이 찍혔어요. 왼쪽 무릎에 반창고를 붙였고, 갈색 비닐봉지를 들고 있었어요."

홀름은 몸집이 자그마한 여자 상사와 보조를 맞추기 위해 보폭을 넓혀야 했다. 전화기에서 따닥거리며 목소리가 흘러나왔다.

복도를 걸어 내려가던 베아테는 자신의 사무실로 휙 들어갔다.

"반창고도 상처도 없어요? 네, 그걸로는 아무것도 증명할 수 없다는 거 알아요. 하지만 참고로 말씀드리면 앙드레 클로센은 사진 속의 퀵 배달원이 자신이 할레, 투네 앤드 베텔리 법률 사무소에서 봤던 남자와 대략 일치하는 것 같다고 했어요."

그녀는 책상 의자에 앉았다.

"뭐라고요?"

비에른 홀름은 그녀의 이마에 세 개의 깊은 V자 주름이 나타나는 것을 보았다.

"알았어요."

그녀는 휴대전화를 내려놓고 마치 방금 들은 말을 믿어야 할지, 말아야 할지 모르겠다는 듯이 전화기를 바라보았다.

"반장님 말이 누가 범인인지 알아낸 거 같대." 그녀가 말했다.

홀름은 대답하지 않았다.

"실험실이 비어 있는지 확인해봐. 반장님이 우리에게 새로운 일을 줬어."

"무슨 일인데요?" 홀름이 물었다.

"완전 더러운 일."


외위스테인 아이켈란의 택시는 상크트 한스헤우겐 아래쪽 주차장에 주차되어 있었다. 외위스테인은 눈을 반쯤 감은 채, 길 건너 자바 카페 앞 노천 테이블에 앉아 커피를 마시는 긴 다리 소녀를 감상하는 중이었다. 택시 에어컨의 소음은 스피커에서 흘러나오는 음악에 묻혀 들리지 않았다.

"Faith has been broken, tears must be cried……."

중상모략가들에 의하면 이 노래가 원래 그램 파슨스의 곡이었는데 롤링스톤스가 프랑스에 머무는 동안 슬쩍 훔쳐다가 자신들의 앨범인 〈스티키 핑거스Sticky Fingers〉에 넣었다고 한다. 당시 롤링스톤스는 전성기가 지났고, 영감을 얻기 위해 마약에 빠져 살고 있었기 때문이다.

"Wild, wild horses couldn't drag me away……."

차 뒷문이 벌컥 열리는 바람에 외위스테인은 깜짝 놀랐다. 누군지는 몰라도 뒤쪽 공원에서 나온 게 분명했다. 백미러에 구릿빛 얼굴과 튼튼한 턱, 미러 선글라스가 보였다.

"마리달 호수로 갑시다." 목소리는 부드러웠지만 분명 명령조의 말투였다. "너무 번거롭지 않다면……."

"천만에요." 외위스테인은 그렇게 중얼거리며 음악 소리를 줄이고 마지막으로 담배를 세게 빨아들인 다음, 열린 창문 너머로 던졌다.

"마리달 호수 어디쯤인가요?"

"일단 갑시다. 나중에 말하죠."

그들은 울레볼스바이엔 가를 내려갔다.

"이따 비가 온다고 해서." 외위스테인이 말했다.

"나중에 말하죠." 남자는 대답을 반복했다.

그러니까 팁을 꼭 줘야 한다고, 외위스테인은 생각했다.

주택가를 벗어나 10분쯤 달리자 갑자기 사방에 들판과 농장이 펼쳐졌고 마리달 호수가 나타났다. 너무도 갑작스럽게 풍경이 변하는 탓에 한 번은 그의 택시에 탔던 미국인 승객이 이곳이 테마 파크냐고 물어본 적이 있었다.

"저기서 왼쪽으로 꺾어주시죠." 승객이 말했다.

"숲 속으로 들어가자고요?" 외위스테인이 물었다.

"네. 긴장됩니까?"

외위스테인은 전혀 긴장되지 않았었다. 지금까지는. 다시 백미러를 바라보았지만 남자는 창가에 붙어 앉아 있어서 얼굴의 반만 보였다.

외위스테인은 속도를 늦춘 다음, 좌측 깜빡이를 켜고 차를 왼쪽으로 돌렸다. 그들 앞에 펼쳐진 자갈길은 폭이 좁고 울퉁불퉁했으며 가운데에 풀이 자라고 있었다.

외위스테인은 망설였다.

길 양쪽으로 드리운 나뭇가지의 초록 잎이 햇살에 반짝이며 그들에게 손을 흔드는 듯했다. 외위스테인은 브레이크를 밟았다. 타이어 아래로 자갈이 부서지며 차가 멈춰 섰다.

"미안합니다." 외위스테인은 백미러를 보았다. "섀시를 4만에 고정시켜 놓았거든요. 또 이런 길을 달려야 할 의무도 없고요. 원하시면 다른 택시를 불러드리죠."

뒷좌석의 남자는 미소를 짓는 듯했다. 어쨌거나 백미러에 비친 절반의 얼굴은 그랬다.

"어떤 전화기를 쓰실 생각인가, 아이켈란?"

외위스테인은 목덜미의 솜털이 쭈뼛 서는 것을 느꼈다.

"네 전화기? 아니면 해리 홀레의 전화기?" 남자가 속삭였다.

"무슨 소린지 모르겠지만 어쨌든 더는 못 갑니다, 미스터."

남자가 웃었다.

"미스터? 난 생각이 다른데, 아이켈란."

외위스테인은 침을 삼키고픈 충동을 느꼈지만 꾹 참았다.

"이봐요, 내가 목적지까지 데려다주지 않았으니까 돈은 받지 않겠어요. 여기서 기다리고 있으면 내가 다른 택시를 보내드리죠."

"전과 기록을 보니까 똑똑한 사람이던데, 아이켈란. 그러니까 내가 원하는 게 뭔지 잘 알 거야. 이런 진부한 표현은 쓰기 싫지만, 쉬운 길로 갈지 어려운 길로 갈지는 너한테 달렸어."

"정말 무슨 소리를 하는 건지…… 아야!"

남자가 머리받침대 위로 올라온 외위스테인의 뒤통수를 쳤다. 외위스테인의 몸이 자동적으로 앞으로 튀어나갔고 놀랍게도 눈에 눈물이 고였다. 특별히 아파서가 아니었다. 그건 마치 중학교 때

선생님이 때리던 것과 비슷했다. 아픔보다는 모욕감을 주기 위해 톡 치는 것. 하지만 그의 누관은 뇌가 받아들이기를 거부하고 있던 사실을 이미 인식하고 있었다. 자신이 큰 곤경에 처했다는 사실.

"해리의 휴대전화는 어디 있지, 아이켈란? 사물함에? 신발 속에? 아니면 재킷 주머니?"

외위스테인은 대답하지 않았다. 가만히 앉아서 눈으로 뇌에 정보를 제공했다. 양쪽이 숲이었다. 뒷좌석의 남자는 기운이 좋아 보여서 설령 도망친다 해도 쉽게 붙잡힐 것 같았다. 이 남자는 혼자일까? 다른 택시들과 연결되어 있는 경보기를 눌러야 할까? 다른 사람들을 끌어들이는 게 현명한 짓일까?

"알았어." 남자가 말했다. "어려운 길로 가겠다 이거군. 근데 이거 알아?" 외위스테인은 대답할 수가 없었다. 뒤에서 나온 팔이 그의 목을 두르더니 머리받침대 쪽으로 세게 끌어당겼기 때문이다. "나도 내심 그걸 바라고 있었단 말이지."

외위스테인의 얼굴에서 안경이 떨어졌다. 그는 핸들을 향해 팔을 뻗었지만 닿지 않았다.

"경보기를 눌렀다간 죽여버릴 거야." 남자가 그의 귀에 속삭였다. "과장이 아니야, 아이켈란. 정말로 네 숨통을 끊어놓겠다는 뜻이야."

뇌에 산소 공급이 중단되었는데도 외위스테인 아이켈란의 시각, 청각, 후각은 평소보다 더욱 예리해졌다. 눈꺼풀 안쪽의 복잡하게 얽힌 정맥이 보였고, 남자의 애프터셰이브 로션 냄새가 났으며, 남자의 목소리에서 신이 나 죽겠다는 듯한 칭얼거림이(마치 느슨해진 구동벨트의 소리 같은) 들렸다.

"어디 있지, 아이켈란? 해리 홀레 어디 있어?"

외위스테인이 입을 벌리자, 남자가 팔을 풀었다.

"대체 무슨 말을 하는−."

팔이 다시 그의 목을 졸랐다.

"마지막 기회다, 아이켈란. 네 주정뱅이 친구는 어디 있어?"

외위스테인은 통증과 살고자 하는 짜증나는 의지를 느꼈다. 하지만 이것이 곧 지나가리라는 것을 알고 있었다. 전에도 비슷한 경험을 했었다. 이것은 훨씬 더 즐거운 무감각함으로 넘어가기 전의 과도기에 불과했다. 몇 초가 흘렀다. 뇌가 지선을 폐쇄하기 시작했다. 제일 먼저 시각이 사라졌다.

그러자 남자가 다시 목을 풀어주었고, 뇌에 산소가 밀려들었다. 시각이 돌아왔다. 더불어 통증도.

"우린 어차피 놈을 찾아낼 거야. 그게 네가 죽기 전이 될지, 죽은 후가 될지는 네가 정해." 남자가 말했다.

외위스테인은 차갑고 딱딱한 물건이 관자놀이에 닿는 것을 느꼈다. 그 물건은 콧날 위로 이동했다. 외위스테인은 서부영화를 많이 보았지만 45구경 리볼버를 이렇게 코앞에서 보기는 처음이었다.

"입 벌려."

맛본 적은 더더욱 없었다.

"다섯까지 센다. 그런 다음에 쏠 거야. 내게 하고 싶은 말이 있으면 고개를 끄덕여. 기왕이면 내가 다섯을 세기 전에. 하나……."

외위스테인은 죽음에 대한 두려움과 싸우려 했다. 인간은 이성적이며 뒷좌석의 이 남자가 자신을 죽여서 얻는 이득은 아무것도 없다고 스스로를 타이르려 했다.

"둘……."

난 이성적인 사람이야, 외위스테인은 생각했다. 총신에서는 금

486

속과 피의 메스꺼운 맛이 났다.

"셋. 그리고 좌석 커버는 걱정하지 마, 아이켈란. 내가 다 치우고 깨끗하게 닦아놓을 거니까."

외위스테인은 몸이 떨리는 것을 느꼈다. 영화에서나 보았던, 통제가 불가능한 반응이었다. 예전에 텔레비전에서 봤던 로켓이 떠올랐다. 차갑고 아무것도 없는 공허한 우주 공간으로 날아가기 몇 초 전의 그 로켓은 지금의 그처럼 떨고 있었다.

"넷."

외위스테인은 고개를 끄덕였다. 반복적으로, 힘차게.

총이 사라졌다.

"사물함에 있어요." 외위스테인은 숨을 헐떡였다. "전원을 켜두고 벨이 울려도 받지 말라고 했어요. 내 전화기는 자기가 가져갔고요."

"난 전화에는 관심 없어. 홀레가 어디 있는지 알고 싶은 거지."

"나도 몰라요. 거기에 대해서는 아무 말도 없었어요. 아니다, 말했네요. 내가 아무것도 모르는 게 우리 둘 다에게 좋을 거라고."

"거짓말이야." 남자가 말했다.

그 말은 천천히, 차분히 흘러나왔고 외위스테인은 남자가 화난 건지 아니면 기분이 좋은 건지 알 수 없었다.

"본인에게만 좋은 거야, 아이켈란. 너에겐 아니고."

외위스테인의 뺨에 닿는 차가운 총신이 벌겋게 달아오른 쇳덩이처럼 느껴졌다.

"잠깐! 해리가 한 말이 있어요. 이제야 기억이 나네요. 자기 집에 얌전히 숨어 있을 거라고 했어요."

외위스테인의 입에서 이 말이 속사포처럼 튀어나왔다. 어찌나 빨리 튀어나왔는지 만들어지다 만 단어들을 마구 퍼 올린 것 같았다.

"거긴 이미 가봤어, 이 돌대가리야." 남자가 말했다.

"해리의 집을 말하는 게 아니에요. 옵살에 있는 집 말입니다. 해리가 어릴 때 살았던 집이죠."

남자가 껄껄 웃더니 총신으로 외위스테인의 콧구멍을 찔렀다.

"우린 지난 몇 시간 동안 네 휴대전화의 위치를 추적했어, 아이켈란. 지금 해리가 도심 어느 쪽에 있는지 알고 있다고. 옵살은 아니었어. 그러니까 네가 거짓말을 하고 있다는 거지. 달리 말하면, 다섯."

삐. 외위스테인은 눈을 질끈 감았다. 삐 소리가 계속 울렸다. 이미 죽은 걸까? 삐 소리는 멜로디를 만들고 있었다. 〈Purple Rain〉. 프린스. 휴대전화의 디지털 벨소리였다.

"무슨 일이야?" 뒷좌석의 남자가 말했다.

외위스테인은 감히 눈을 뜰 엄두가 나지 않았다.

"언더워터에서? 5시? 알았어, 당장 다 집합시켜. 나도 그쪽으로 갈게."

외위스테인은 뒤에서 옷이 바스락거리는 소리를 들었다. 죽을 때가 온 것이다. 밖에서 새소리가 들렸다. 고음의 아름다운 지저귐. 그는 심지어 저 새의 이름조차 몰랐다. 알았어야 했는데. 이제는 영영 알지 못하리라. 그러자 그의 어깨를 잡는 손이 느껴졌다.

외위스테인은 조심스럽게 눈을 뜨고 백미러를 바라보았다.

하얀 이가 반짝이더니 아까처럼 신이 나 죽겠다는 듯한 목소리가 말했다. "도심으로 가지, 기사 양반. 팍팍 밟으라고."

# 월요일. 구름

라켈은 깜짝 놀라 눈을 떴다. 가슴이 심하게 두근거렸다. 잠깐 잠이 든 모양이었다. 프롱네르 공원의 야외 수영장에서 수영하는 아이들의 쉴 새 없는 소음이 들렸다. 입 안쪽 점막에서 씁쓸한 풀 맛이 희미하게 났다. 열기가 따뜻한 이불처럼 그녀의 등에 감돌았다. 꿈을 꿨나? 그 꿈 때문에 깬 걸까?

갑자기 바람이 불어와 덮고 있던 담요가 날아갔고, 라켈의 몸에는 소름이 돋았다.

가끔씩 꿈은 미끄러운 비누처럼 손가락 사이로 빠져나가버린다고 생각하며 그녀는 돌아누웠다. 올레그가 없었다. 양 팔꿈치로 몸을 일으켜 주위를 둘러보았다.

이내 자리에서 일어섰다.

"올레그!"

그녀는 달리기 시작했다.

올레그는 다이빙 전용 풀장에 있었다. 풀장 가장자리에 앉아 어떤 소년과 이야기하는 중이었다. 라켈도 전에 본 적이 있는 아이였는데 아마 올레그의 동급생일 것이다.

"안녕, 엄마." 올레그가 실눈으로 그녀를 올려다보며 미소 지었다.

라켈은 올레그의 팔을 잡았다. 의도했던 것보다 더 세게.

"말없이 사라지지 말라고 했지."

"하지만 엄마가 자고 있었잖아요. 엄마를 깨우기 싫었다고요."

올레그는 깜짝 놀라며 살짝 당황해했다. 올레그의 친구도 몇 걸음 물러섰다.

라켈은 잡았던 올레그의 팔을 놓았다. 한숨을 쉬며 지평선을 바라보았다. 파란 하늘에 하얀 구름 하나만 있었다. 마치 누군가가 방금 로켓이라도 발사한 것처럼 구름은 위를 가리켰다.

"이제 곧 5시야. 그만 집에 가야겠다." 라켈이 말했다. 그녀의 목소리는 아득히 멀게 느껴졌다. "저녁 먹어야지."

집으로 가는 차 안에서 올레그는 해리 아저씨도 올 거냐고 물었다.

라켈은 고개를 저었다.

스메스타 교차로에서 신호등이 바뀌기를 기다리는 동안, 그녀는 몸을 앞으로 숙여 하늘을 올려다보았다. 아까 그 구름이 보였다. 같은 자리에 있었지만 지금은 약간 더 올라갔고 아랫부분에 살짝 회색이 감돌았다.

집에 도착했을 때 라켈은 잊지 않고 문을 잠갔다.

# 월요일. 만남

　로게르 옌뎀은 언더워터의 쇼윈도 앞에 서서 수족관 속의 거품을 바라보았다. 머릿속으로 어떤 장면 하나가 획 지나갔다. 공포의 빛이 역력한 표정의 일곱 살 소년이 다급하게, 미친 듯이 팔을 저으며 그에게로 다가오는 장면. 마치 형인 로게르만이 세상에서 유일하게 자신을 구해줄 수 있는 사람이라는 듯이. 로게르는 웃으며 큰 소리로 동생을 불렀다. 하지만 토마스는 자신이 이미 얕은 물에 있으며 그저 두 발로 바닥을 딛고 일어서기만 하면 된다는 것을 깨닫지 못했다. 가끔씩 로게르는 이런 생각을 했다. 동생에게 물속에서 수영하는 법을 가르치기는 했으나 정작 동생은 육지에서 가라앉아버렸다고.

　그는 언더워터 입구에 잠시 서서 눈이 어둠에 익숙해질 때까지 기다렸다. 실내에는 바텐더를 제외하면 딱 한 사람뿐이었다. 빨간 머리 여자였는데 그에게 반쯤 등을 돌린 채 앉아 있었다. 앞에는 절반 정도 남은 맥주잔이 있었고, 손가락 사이에 담배가 끼워져 있었다. 로게르는 계단을 내려가 지하를 훑어보았다. 개미 새끼 한 마리도 없었다. 1층 바에 앉아 기다리기로 하고 위층으로 올라왔다. 그의 발 아래에서 마룻바닥이 삐걱거리자 빨간 머리 여자가 고개를 들었다. 얼굴에 그늘이 져서 잘 안 보이기는 했지만, 앉은 자세와 태도에서 풍기는 무언가가 미인이라는 인상을 주었다. 혹은 미인이었거나. 테이블 옆 바닥에 커다란 가방이 놓여 있었다. 어쩌면 여자도 누군가를 기다리는지 모른다.

로게르는 맥주를 한 잔 주문하고 손목시계를 보았다.

일부러 5시 전에 오지 않으려고 근처를 몇 바퀴 돌다 온 터였다. 자신이 안달한다는 인상을 주고 싶지 않았다. 그랬다가는 의심을 살 수 있다. 하지만 생각해보면, 올여름 최대 사건을 완전히 뒤집어놓을 만한 정보가 달린 일인데 너무 안달 낸다는 이유로 그 기자를 의심할 사람은 없었다. 해리 홀레가 준다는 정보가 정말 그에 관한 것이라면.

로게르는 거리를 어슬렁어슬렁 걸어 다니는 동안 눈을 크게 뜨고 다녔다. 이상한 곳에 주차되어 있는 차는 없는지, 모퉁이에 서서 신문을 읽고 있는 사람은 없는지, 벤치에서 자고 있는 거지가 없는지 살폈다. 하지만 아무것도 눈에 띄지 않았다. 하긴 그 사람들은 프로다. 로게르가 가장 두려운 것도 바로 그것이었다. 그들은 그에게 했던 협박을 실행에 옮길 수 있으며 그러고도 무사히 넘어갈 수 있는 사람들이라는 점. 예전에 술에 취한 동료가 최근 경찰청에서 무슨 일인가가 벌어지고 있으며, 설사 그 사실이 기사화된다 해도 대중들은 믿지 않을 거라고 웅얼거린 적이 있었다. 당시 로게르는 그게 헛소리라고만 생각했었다.

다시 손목시계를 보았다. 7분이 지났다.

그들은 해리 홀레가 도착한 순간에 들이닥치려는 계획일까? 그에게는 아무것도 말해주지 않았다. 그저 약속 시간에 나타나 평소

취재원을 만날 때처럼 행동하라고 했을 뿐이다. 로게르는 다시 맥주를 꿀꺽꿀꺽 마셨다. 알코올이 긴장을 좀 풀어주기를 바라면서.

10분이 지났다. 바텐더는 바의 한쪽 구석에 앉아 피오르 관광 책자를 읽고 있었다.

"실례합니다." 로게르가 말했다.

바텐더는 그를 보는 둥 마는 둥 했다.

"혹시 어떤 남자가 왔다 가지 않았나요? 키가 크고, 금발에……."

"미안합니다." 바텐더는 엄지에 침을 묻혀 관광 책자의 페이지를 넘겼다. "난 손님이 오기 방금 전에 교대해서요. 저쪽 여자분께 물어보시죠."

로게르는 망설였다. 그는 링네스* 로고가 있는 지점까지 맥주를 마신 뒤, 자리에서 일어났다.

"실례합니다……."

여자는 긴장된 미소를 지으며 그를 올려다보았다.

"네?"

그제야 로게르는 보았다. 그녀의 얼굴에 드리운 것은 그늘이 아니었다. 멍 자국이었다. 이마와 광대뼈, 그리고 목에도 있었다.

"여기서 어떤 남자를 만나기로 했는데 아무래도 그냥 가버린 것 같아서요. 키는 190미터쯤 되고 머리는 짧게 깎은 금발이죠."

"아, 젊은가요?"

"아뇨. 서른다섯쯤 됐을 겁니다. 좀 고생한 얼굴이고요."

"나이 들어 보이는 동시에 또 어려 보이기도 하는 파란 눈, 거기

---

* 노르웨이의 대표 맥주.

다 코는 빨갛고요?"

여자는 계속 미소를 지었지만 그 미소가 왠지 밖이 아닌 안으로 향하는 듯해서 로게르는 그 미소의 대상이 자신이 아님을 알아차렸다.

"맞는 거 같네요, 네." 로게르는 망설였다. "혹시 그 사람이……."

"아뇨, 나도 그를 기다리던 중이었어요."

로게르는 그녀의 어깨 너머를 바라보았다. 이 여자도 그들과 한 패일까? 30대 중반의 꽤 매력적이고 멍 자국이 있는 이 여자가? 그럴 가능성은 낮아 보였다.

"그가 올까요?" 로게르가 물었다.

"아뇨." 여자는 잔을 들어 올렸다. "오기를 바라는 사람은 절대 오지 않죠. 오는 건 다른 사람들이에요."

로게르는 다시 바로 돌아갔다. 그의 잔은 치워져 있었다. 그는 한 잔 더 주문했다.

바텐더가 음악을 틀었다. 글루시퍼는 우울한 분위기를 밝게 하려고 최선을 다했다.

"I got a war, baby. I got a war with you."

그는 오지 않을 것이다. 해리 홀레는 오지 않는다. 그게 무슨 뜻일까? 절대 내 탓은 아니었다.

5시 30분이 되자, 문이 열렸다.

로게르는 혹시나 하는 마음으로 고개를 들었다.

가죽 재킷을 입은 남자가 서서 그를 노려보았다.

로게르는 고개를 저었다.

남자는 바 주위를 휙 둘러보더니 손으로 목을 긋는 시늉을 하고 다시 나갔다.

로게르는 남자를 쫓아가야겠다고 생각했다. 쫓아가서 그 동작이 무슨 뜻이냐고 묻고 싶었다. 작전을 중단한다는 뜻인지, 아니면 토마스를⋯⋯. 그때 로게르의 휴대전화가 울렸다. 그는 주머니에서 전화를 꺼냈다.

"안 왔어?" 목소리가 물었다.

가죽 재킷을 입었던 남자도 아니고, 분명 홀레 반장도 아니었다. 하지만 왠지 귀에 익은 목소리였다.

"어떻게 할까요?" 로게르가 나직이 물었다.

"8시까지 거기서 기다려. 만약 오면 가지고 있는 번호로 전화해. 중단할 순 없어."

"토마스는⋯⋯."

"우리가 하라는 대로만 하면 동생에게는 아무 일도 없을 거야. 그리고 이 일은 절대 비밀이야."

"당연하죠. 근데⋯⋯."

"즐거운 시간 보내라고, 엔뎀."

로게르는 전화기를 다시 주머니에 넣고 맥주를 들이켰다. 잔을 내려놓았을 때는 숨이 차서 헐떡거릴 지경이었다. 8시라니. 두 시간하고도 30분이나 남았다.

"내가 뭐랬어요?"

로게르는 뒤를 돌아보았다. 그녀는 바텐더에게 한 잔 더 달라는 뜻으로 검지를 들어 보인 채 그의 바로 뒤에 서 있었다. 바텐더가 마지못해 느릿느릿 움직였다.

"다른 사람들이라는 건 누굴 말하는 거죠?" 그가 물었다.

"다른 사람이라뇨?"

"아까 오기를 바라는 사람은 오지 않고 대신 다른 사람이 온다고 했잖아요."

"꿩 대신 닭이 온다는 말이에요."

"네?"

"당신과 나 같은 사람들."

로게르는 몸을 완전히 돌렸다. 그 말을 하는 그녀의 말투에는 무언가가 있었다. 그 목소리에는 과장도, 진지함도 없었지만 약간의 체념이 담겨 있었다. 거기서 그는 무언가, 일종의 친밀감을 느꼈다. 게다가 이제는 더 많은 것을 볼 수 있었다. 그녀의 눈동자. 빨간 입술. 분명 한때는 미인이었으리라.

"남자친구가 때렸나요?" 그가 물었다.

여자는 고개를 들더니 턱을 내밀었다. 그러고는 자기에게 맥주를 따라주는 바텐더를 바라보았다.

"그건 당신이 알 바 아니에요."

로게르는 잠시 눈을 감았다. 오늘은 이상한 날이었다. 아주 이상한 날. 더 이상해지지 말라는 법도 없었다.

"그럴지도 모르겠네요." 그가 말했다.

여자가 고개를 돌려 그를 노려보았다.

그는 여자가 앉아 있던 테이블 쪽으로 고갯짓을 했다.

"당신이 들고 온 가방 크기로 보건대 이젠 전 남자친구가 됐겠군요. 오늘 밤에 잘 곳이 필요하다면 우리 집에 빈 침실이 하나 있습니다. 집도 아주 넓고요."

"정말요?"

냉랭한 말투였지만 그는 여자의 표정이 바뀐 것을 알아차렸다. 호기심 어리고 캐묻는 듯한 표정으로.

"작년 겨울에 갑자기 집이 텅 비어버렸죠. 제 말벗을 해주면 제가 기꺼이 맥주를 사드리죠. 한동안 여기 있어야 하거든요."

"음. 조금 더 기다리는 거야 쉽죠."

"오지 않을 사람을?"

그녀의 웃음소리가 슬프게 들렸다. 하지만 그래도 웃음은 웃음 이었다.


시버첸은 의자에 앉아 창밖의 벌판을 바라보고 있었다.

"그래도 그냥 갔어야 하는 거 아냐? 그 기자가 무의식중에 한 말일 수도 있다고." 시버첸이 말했다.

"그렇지 않아."

해리는 소파에 누워 회색 천장을 향해 나선형으로 피어오르는 담배 연기를 바라보고 있었다.

"무의식중에 그 기자가 내게 경고를 해준 거라고."

"당신이 볼레르를 '잘 나가는 형사'라고 언급했는데, 그 기자가 그걸 '경감'이라는 말로 받았다고 해서? 그것만으로 그가 꼭 볼레르의 정체를 이미 알고 있다고 단정 지을 순 없어. 그냥 추측한 걸수도 있잖아."

"자기도 모르게 튀어나온 거야. 아니면 전화가 도청을 당해서 내게 경고해주려고 했거나."

"당신은 편집증이야, 해리."

"어쩌면. 하지만 그렇다고 해서 –."

"–놈들이 우리를 찾고 있지 않다는 뜻은 아니지. 아까도 말했어. 연락할 수 있는 기자가 또 있을 거 아냐, 안 그래?"

"믿을 만한 기자는 그 사람뿐이야. 게다가 더는 이 전화기를 쓰면 안 될 거 같아. 사실 전화기의 전원을 꺼버릴 생각이야. 이걸로 우리의 위치를 추적할 수 있으니까."

"뭐라고? 네가 누구 전화를 쓰는지 볼레르는 모를 거 아냐?"

에릭슨 휴대전화기의 초록색 불빛이 꺼졌고, 해리는 전화기를 주머니에 넣었다.

"당신은 톰 볼레르의 능력이 어디까지인지 정말 모르는군. 택시 기사인 내 친구에게 아무 일 없으면 5시에서 6시 사이에 전화하라고 해뒀어. 근데 지금 6시 10분이야. 이 전화기가 울렸어?"

"아니."

"그렇다면 놈들이 이 전화기에 대해 알아냈다는 뜻이야. 우리에게 한 발 더 다가온 거지."

시버첸이 신음했다.

"귀에 못 박히겠군. 당신은 같은 말을 자꾸 반복하는 성향이 있어. 그런 말 많이 들었지? 그건 그렇고 말이야, 당신은 이 위기에서 벗어나려고 별다른 노력을 하지 않는 거 같아."

해리는 그에 대한 대답으로 천장을 향해 통통한 0을 불어 날렸다.

"당신은 왠지 그놈한테 잡히고 싶어 한다는 느낌이 들어. 이 모든 건 그저 쇼에 불과하고 말이야. 우리가 사생결단으로 달아나는 것처럼 보여서 놈으로 하여금 우릴 쫓고 있다고 속아 넘어가게 만드는 거지."

"재미있는 가설이군." 해리가 중얼거렸다.


"노르스케 묄레르의 전문가가 반장님 말이 맞다고 확인해줬어요." 베아테가 전화기에 대고 말하며 비에른 홀름에게 사무실에서 나가라고 손짓했다.

딸깍 소리가 나는 것으로 보아 반장은 공중전화기로 전화하는 모양이었다.

"도와줘서 고마워, 베아테. 그게 내가 알고 싶던 거였어."

"그래요?"

"응."

"방금 시버첸 부인에게 전화했어요. 노심초사하고 계세요."

"음."

"아들 때문만이 아니에요. 하숙인이 주말에 산장에 놀러 갔는데 돌아오질 않았대요. 뭐라고 말씀드려야 할지 모르겠더라고요."

"가급적 아무 말도 하지 마. 곧 끝날 거야."

"약속할 수 있어요?"

반장의 웃음소리는 기관총의 메마른 기침 소리처럼 들렸다. "약속해, 그래."

인터콤이 지직거렸다.

"손님이 찾아오셨어요." 안내 데스크에서 코맹맹이 소리로 말했다. 지금은 4시가 넘었으니 안내원이 아닌 여자 경비가 안내 데스크를 맡고 있을 터였다. 그런데 이 여자 경비마저 한동안 안내 데스크를 맡더니 이제는 코맹맹이 소리로 말했다.

베아테는 앞에 있는 낡은 계기판의 버튼을 눌렀다.

"누가 됐든 일단 기다리라고 하세요. 지금 바빠요."

"네, 하지만 손님이 자꾸 -."

베아테는 인터콤을 꺼버렸다.

"별거 아니에요." 그녀가 말했다.

전화기에 치지직 부서지는 반장의 숨소리 너머로 차 한 대가 멈춰 서더니 시동이 꺼지는 소리가 들렸다. 그 순간, 그녀는 사무실로 들어오던 빛이 달라진 것을 깨달았다.

"그만 끊어야겠어. 시간이 얼마 안 남았어. 나중에 다시 전화할게. 내가 바라던 대로 일이 풀리면. 알았지, 베아테?"

베아테는 전화기를 내려놓았다. 그녀의 시선이 문간으로 갔다.

"친구에게 작별 인사도 안 하나?" 톰 볼레르가 말했다.

"안내 데스크에서 기다리라고 안 하던가요?"

"했지."

톰 볼레르는 문을 닫고 블라인드의 줄을 잡아당겼다. 그러자 밖의 개방형 사무실이 보이던 창문 위로 하얀 블라인드가 주르륵 내려왔다. 볼레르는 그녀의 책상을 돌아 의자 뒤에 서서 책상을 바라보았다.

"저건 뭐지?" 그가 포개져 있는 두 개의 유리판을 가리키며 물었다.

베아테의 호흡이 빨라지기 시작했다.

"실험실에서 분석한 결과에 의하면 씨앗이에요."

볼레르는 그녀의 목에 가볍게 손을 얹었다. 베아테의 몸이 긴장했다.

"해리하고 그 얘기를 하던 중이었나?"

그가 손가락으로 그녀의 살갗을 쓰다듬었다.

"그만해요." 그녀가 꾹 참으며 말했다. "손 치워요."

"이런. 내가 뭐 잘못했나?" 볼레르가 빙긋 웃으며 두 손을 들어 올렸다. "옛날에는 좋아했잖아, 뢴."

"용건이 뭐예요?"

"너한테 기회를 주려고. 아무래도 한 번은 줘야 할 거 같아서."

"그래요? 무슨 기회?"

그녀는 고개를 기울여 그를 바라보았다. 볼레르는 혀로 입술을 적시더니 그녀를 향해 몸을 숙였다.

"내게 서비스할 기회. 복종할 기회. 꽉 조이는 너의 그 차가운 음부를 제공할 기회."

베아테는 주먹을 휘둘렀지만 볼레르는 허공에서 그녀의 손목을 잡았다. 그러고는 단번에 그녀의 등 뒤로 팔을 비틀어 올렸다. 그녀는 숨을 헐떡였고, 의자에 앉은 채 앞으로 쓰러져 이마를 책상에 찧었다. 그녀의 귓가에서 그의 목소리가 씨근거렸다.

"네가 경찰청에 계속 남아 있을 수 있는 기회를 주겠어, 뢴. 해리가 택시 기사인 친구의 전화기로 네게 계속 전화했다는 거 알고 있어. 그놈 지금 어디 있어?"

베아테가 신음했다. 볼레르는 그녀의 팔을 더 위로 비틀어 올렸다.

"아픈 거 알아. 그리고 내가 아무리 아프게 해도 네가 입을 열지 않으리라는 것도 알고. 그러니까 이건 순전히 내 즐거움을 위해서야. 또 너의 즐거움을 위해서이기도 하고."

그는 자신의 사타구니를 그녀의 갈비뼈에 들이밀었다. 그녀의 귀로 피가 몰렸다. 베아테는 목표를 겨냥해 머리를 앞으로 박았다. 그녀의 머리가 쿵 소리를 내며 플라스틱 인터콤 박스에 부딪혔다.

"네?" 코맹맹이 소리가 말했다.

"홀름에게 당장 들어오라고 해요." 베아테가 압지 위에 볼을 댄 채 신음했다.

"알겠습니다."

볼레르는 머뭇거리다가 그녀의 팔을 놓아주었다. 베아테는 몸을 일으켰다.

"나쁜 자식. 반장님이 어디 있는지 난 몰라. 반장님은 절대 날 그런 곤경에 처하게 할 사람이 아니라고."

톰 볼레르는 그녀를 바라보았다. 뜯어보았다. 그동안 베아테는 뭔가 이상한 것을 깨달았다. 더는 그가 두렵지 않았다. 그녀의 이성은 볼레르가 어느 때보다도 위험한 상태라고 말했지만, 그의 눈에 무언가가 있었다. 불안감. 그에게서 한 번도 본 적이 없었던 불안감이었다. 방금 전에 그는 통제력을 상실했다. 아주 잠깐이긴 했지만 그가 그런 모습을 보인 건 처음이었다.

"다시 올 거야. 약속하지. 그리고 너도 알다시피 난 약속은 꼭 지킨다고." 그가 속삭였다.

"대체 무슨 일로……?" 비에른 홀름은 말문을 열었다가 얼른 옆으로 비켜났다. 톰 볼레르가 문간에 선 그의 옆으로 쏜살같이 지나갔기 때문이다.

# 월요일, 비

　오후 7시 30분, 태양은 울레른 언덕을 향해 움직이고 있었고, 과부인 다니엘센 부인은 토마스 헤프튀에스 가에 위치한 자신의 집 베란다에서 오슬로 피오르 위로 연달아 둥둥 떠가는 여남은 개의 하얀 구름을 바라보았다. 베란다 아래의 거리에서는 앙드레 클로센과 트룰스가 지나가고 있었다. 남자나 그가 키우는 개의 이름은 알지 못했지만 그들이 김레 테라세에서 내려오는 모습은 종종 보았다. 그들은 뷔그되위 가의 택시 승강장 옆에 있는 건널목에 멈춰 서서 신호등이 바뀌기를 기다렸다. 아마도 프롱네르 공원에 가려는 모양이라고 다니엘센 부인은 생각했다.

　둘 다 좀 추레해 보였다. 게다가 저 개는 잘 씻겨야 할 듯했다.

　그녀는 코를 찡그렸다. 개가 주인에게서 반 발짝 떨어지더니 엉덩이를 치켜들고 거리에 똥을 쌌기 때문이다. 게다가 주인은 그 똥을 치울 생각도 하지 않았다. 치우기는커녕 신호등이 초록색으로 바뀌자마자 개를 끌고 횡단보도를 건넜다. 다니엘센 부인은 화가 나는 동시에 약간 흥분되었다. 화가 나는 이유는 그녀가 늘 이 도시의 안전, 적어도 이 도시에서 그녀가 사는 동네의 안전을 염려했기 때문이다. 흥분이 되는 까닭은 〈아프텐포스텐〉에 독자 투고를 보낼 건수가 생겼기 때문이다. 요즘에는 그녀의 편지가 통 채택되지 않았다.

개와 개 주인이 필시 죄책감을 느끼며 프롱네르바이엔 가를 서둘러 올라가고 있을 동안, 그녀는 베란다에 서서 범죄 현장을 노려보았다. 그리하여 길 반대편에서 신호등의 파란불이 꺼지기 전에 길을 건너려고 달려오던 여자가 타인의 무책임한 시민 의식의 희생양이 되는 것을 어쩔 수 없이 목격해야만 했다. 그녀는 택시 승강장에 딱 한 대 남아 있는 택시를 잡는 데 정신이 팔려, 자기가 뭘 밟았는지도 모르고 있었다.

다니엘센 부인은 요란하게 콧방귀를 뀌며 마지막으로 구름 함대를 힐끗 바라보았다. 그러고는 독자 투고를 쓰기 위해 집 안으로 들어갔다.


기차가 길고 부드러운 숨결처럼 지나갔다. 눈을 뜬 올레우그는 자신이 정원에 서 있다는 것을 깨달았다.

이상한 일이었다. 그녀는 집을 나온 기억이 없었다. 하지만 장미와 라일락 향이 코끝을 감돌았고, 그녀는 선로 사이에 우두커니 서 있었다. 관자놀이의 욱신거림은 사라지지 않았다. 오히려 그 반대였다. 그녀는 하늘을 바라보았다. 구름이 잔뜩 껴 있었다. 그래서 이렇게 어두운 모양이었다. 그녀는 자신의 맨발을 내려다보았다. 하얀 피부, 푸른 핏줄, 노인의 발. 그녀는 자신이 왜 이 자리에 서 있는지 알고 있었다. 그들이 여기 서 있었기 때문이다. 에른스트와 란디. 오래전 그녀는 자기 방 창문 앞에 서서 황혼 속의 두 사람을 바라보았다. 그들은 지금은 사라지고 없는 진달래 덤불 옆에 서 있었다. 해가 지고 있었고, 그는 그녀에게 독일어로 뭐라고 속삭이며 장미를 꺾어 아내의 귀 뒤에 꽂아주었다. 란디는 웃으며 그의 목덜미에 얼굴을 묻었다. 그러더니 두 사람은 서로의 몸에 팔을 두른 채 서쪽을 바라보며 말없이 서 있었다. 란디는 남편의 어깨에 머리를 기댔고 그렇게 세 사람은 일몰을 감상했다. 그들이 무슨 생각을 하고 있었는지 올레우그는 알지 못했다. 하지만 그녀는 내일도 태양이 뜰 거라고 생각했었다. 어찌나 어렸는지.

올레우그는 본능적으로 하녀의 침실 창문을 올려다보았다. 이나도, 어린 올레우그도 없었다. 그저 팝콘 모양의 구름이 비친, 유리창의 검은 표면뿐이었다.

그녀는 여름이 끝날 때까지 울 것이다. 어쩌면 좀 더 울지도 모른다. 그런 다음, 늘 그랬듯이 나머지 생이 다시 시작될 것이다. 그것이 계획이다. 우리에겐 계획이 필요하다.

뒤에서 기척이 느껴졌다. 올레우그는 서서히 몸을 돌렸다. 돌아가는 그녀의 발앞꿈치 아래로 서늘한 잔디가 짓이겨지는 것이 느껴졌다. 움직이던 그녀의 몸이 얼어붙었다.

개였다.

개 한 마리가 아직 일어나지 않은 일에 대해 미리 용서를 구하는 듯한 눈으로 그녀를 올려다보고 있었다. 순간 과일 나무 아래서 무언가가 소리 없이 미끄러져 나와 개의 옆으로 다가왔다. 남자였다. 그의 눈동자는 크고 검었다. 개의 눈처럼. 마치 누군가가 작은 동물을 목구멍에 밀어 넣은 것처럼 올레우그는 숨을 쉴 수 없었다.

"집 안에 들어갔는데 안 계시더군요." 남자가 말했다. 그는 고개를 갸웃하고는 마치 흥미로운 곤충을 관찰하듯이 그녀를 바라보았다. "제가 누군지 모르실 겁니다, 시버첸 부인. 하지만 전 뵙기를 고대하고 있었죠."

올레우그는 입을 열었다가 다시 다물었다. 남자가 다가왔다. 올레우그는 그의 어깨 너머를 바라보았다.

"맙소사." 그녀는 속삭이며 양 팔을 뻗었다.

한 여자가 계단을 내려오더니 깔깔 웃으며 자갈길을 달려와 올레우그의 품에 안겼다.

"얼마나 걱정했는지 아니?" 올레우그가 말했다.

"그러셨어요?" 이나가 놀란 목소리로 물었다. "계획보다 산장에 더 오래 머물렀어요. 휴가잖아요."

"그래, 그랬겠지." 올레우그가 이나를 꼭 껴안으며 말했다.

개(잉글리시 세터)도 재회의 기쁨에 흥분해 껑충껑충 뛰며 올레우그의 등에 앞발을 올려놓았다.

"테아! 앉아!" 남자가 말했다.

테아는 자리에 앉았다.

"이분은 누구시니?" 마침내 이나를 놓아주며 올레우그가 물었다.

"이쪽은 테리에 뤼에라고 해요." 어스름 속에서도 이나의 볼이 상기되는 게 보였다. "제 약혼자죠."

"세상에나." 올레우그는 그렇게 말하며 박수를 쳤다.

남자는 활짝 웃으며 손을 내밀었다. 미남은 아니었다. 들창코에 숱이 적은 머리, 미간이 좁은 눈. 하지만 올레우그가 좋아하는 솔직하고 직설적인 눈빛이었다.

"만나서 반갑습니다." 그가 말했다.

"나도 만나서 반가워요." 올레우그는 그렇게 말하며 어스름에 자신의 눈물이 가려지기를 바랐다.

★

토야 하랑은 요세피네스 가에 들어선 후에야 택시에서 냄새가 난다는 걸 알아차렸다.

그녀는 의심의 눈초리로 택시 운전사를 뜯어보았다. 피부색이 검은 남자였지만 흑인은 아니었다. 흑인이었다면 애초에 이 택시를 타지도 않았을 것이다. 그녀가 인종차별주의자라서가 아니라 통계 때문이었다.

근데 이 냄새는 대체 뭐지?

그녀는 백미러로 자신을 바라보는 운전사의 눈길을 느꼈다. 내 옷차림이 너무 야한가? 이 빨간 블라우스가 너무 많이 파였나? 옆 트임이 있는 스커트가 너무 짧은가? 하지만 그녀는 다른 이유, 더 즐거운 이유를 생각해냈다. 그녀의 큼직한 사진과 함께 신문에 대서특필된 기사 때문에 자신을 알아본 것이라고. '토야 하랑, 뮤지컬계의 새로운 여왕'이 헤드라인이었다. 〈다그블라데〉의 평론가는 그녀를 '서투르지만 매력적'이라고 했으며, 그녀가 훗날 히긴스 교수에 의해 만들어진 귀부인보다는 꽃 파는 일라이자 역할에 더 잘 어울린다고 했다. 하지만 모든 평론가들이 그녀가 다른 배우들과 훌륭한 앙상블을 이룰 만큼 춤과 노래에 능숙하다고 했다. 그것 봐라. 리스베트가 살았다면 뭐라고 했을까?

"파티에 가시나요?" 운전사가 물었다.

"비슷해요." 토야가 말했다.

둘만의 파티죠, 그녀는 생각했다. 비너스와……. 뭐였더라? 그가 쓴 단어가? 어쨌든 그녀는 비너스였다. 어젯밤 오프닝 공연이 끝나고 열린 축하 파티에서 그가 그녀에게 다가와 속삭였다. 자신은 그녀의 숨겨진 추종자라고. 그래서 오늘 밤 그녀를 자신의 집에 초대하고 싶다고. 그는 자신의 의도가 무엇인지 굳이 숨기지 않았고, 따라서 그녀는 그의 초대를 거절했어야 했다. 품위를 지키기 위해서 거절했어야 했다.

"재밌겠네요." 운전사가 말했다.

품위와 거절. 지금도 가축 사료용으로 말린 풀과 짚단에서 피어오르던 먼지 냄새가 기억난다. 헛간의 널빤지 사이로 새어 들어오던 빛줄기를 가르며 그녀를 때리던 아버지의 벨트가 보였다. 품위와 거절. 나중에 부엌에서 그녀의 머리를 쓰다듬던 어머니의 손길도 기억났다. 어머니는 그녀에게 왜 넌 리스베트를 닮지 않았느냐고 했다. 얌전하고 똑똑한 리스베트. 어느 날 토야는 어머니의 손길을 뿌리치고 이렇게 외쳤다. 나는 원래 이런 사람이고, 아버지를 닮아 그런 것이 분명하다고. 그리고 엄마는 아버지가 돼지우리 속의 암돼지처럼 리스베트 위에 올라타는 것을 보지 못했느냐고, 아니면 그 사실을 아예 모르고 있느냐고. 토야는 엄마의 표정이 변하는 것을 보았다. 그것이 거짓말이라는 것을 몰라서가 아니라 토야가 그들에게 상처를 주기 위해 물불을 가리지 않는다는 사실 때문이었다. 토야는 그들 모두가 미워 죽겠다고 있는 힘껏 소리를 질렀고, 그러자 아버지가 손에 신문을 든 채 거실에서 달려왔다. 그들의 표정을 보건대 그 말만큼은 진실이라는 걸 아는 듯했다. 가족이 모두 죽은 지금도 그녀는 여전히 그들이 미울까? 알 수 없었다. 아니다. 요즘은 아무도 밉지 않았다. 미움 때문에 이 일을 하려는 게 아니었다. 재미 때문이었다. 추잡함과 승낙을 위해서. 그리고 금기에의 유혹 때문이었다.

그녀는 운전사에게 미소를 지으며 200크로네를 주고 잔돈은 가지라고 했다. 차에서 고약한 냄새가 풍기기는 했지만. 택시가 떠난 후에야 그녀는 왜 운전사가 백미러로 자신을 바라보았는지 알았다. 냄새의 진원지는 그가 아니라 그녀였다.

"이런 젠장!"

그녀는 굽이 높은 카우보이 부츠의 바닥을 인도에 대고 문질러 갈색의 줄무늬를 만들었다. 웅덩이를 찾아 두리번거렸지만 오슬로에서 웅덩이가 사라진 지 5주 가까이 되어갔다. 결국 포기하고 현관으로 가서 초인종을 눌렀다.

"네?"

"비너스가 왔어요." 그녀가 달콤하게 속삭였다.

그러고는 속으로 배시시 웃었다.

"이 피그말리온이 열어드리죠." 그가 말했다.

저거였다! 피그말리온!

문의 잠금장치에서 웅 소리가 났다. 토야는 잠시 머뭇거렸다. 도망칠 수 있는 마지막 기회였다. 그녀는 머리카락을 뒤로 넘기고 문을 밀었다.

그는 한 손에 잔을 든 채 문간에 서서 그녀를 기다리고 있었다.

"내가 하라는 대로 했나? 여기 온다는 말, 아무에게도 하지 않았지?" 그가 말했다.

"당연하죠. 미쳤어요?"

토야가 눈동자를 굴렸다.

"그럴지도." 그는 그렇게 말하며 문을 활짝 열었다. "어서 들어와서 갈라테아에게 인사해."

무슨 말인지 도통 알아들을 수 없었지만 토야는 웃음을 터뜨렸다. 아주 끔찍한 일이 벌어지리라는 것을 알고 있었는데도.

★

해리는 마크바이엔 가 아래쪽에 차를 주차하고 시동을 껐다. 차에서 내려 담배를 피워 물고 재빨리 주위를 둘러보았다. 거리에는 인적이 없었다. 사람들은 다들 집 안으로 피신한 듯했다. 오후의 순결한 하얀 구름이 퍼져 하늘 전체를 뒤덮는 청회색 카펫이 되었다.

그는 낙서로 뒤덮인 건물 앞면을 따라 걷다가 마침내 문 앞에 섰다. 필터만 남은 담배는 바닥에 버렸다. 초인종을 누르고 기다렸다. 어찌나 후텁지근한지 손바닥에서 땀이 났다. 아니면 두려움 때문일까? 그는 손목시계를 확인했다.

"네?" 짜증난 목소리가 대답했다.

"안녕하세요. 해리 홀렙니다."

대답이 없었다.

"형사요." 그가 덧붙였다.

"아, 맞다. 죄송해요. 잠시 딴 생각을 하느라. 들어오세요."

문이 웅 소리를 냈다.

해리는 천천히 안으로 들어갔다.

두 사람 모두 문 앞에 서서 그를 기다리고 있었다.

"맙소사, 한바탕 난리가 나겠네요." 루트가 말했다.

해리는 그들 앞의 층계참에서 걸음을 멈췄다.

"비가 오겠다는 뜻이에요." 트론헤임스 외른이 루트의 말을 설명하듯이 덧붙였다.

"아, 그렇군요." 해리는 바지에 손바닥을 닦았다.

"뭘 도와드릴까요, 반장님?"

"퀵 배달원 살인마를 잡는 걸 도와주십시오." 해리가 말했다.

★

토야는 침대 한가운데 등을 구부린 채 누워 옷장 안쪽 거울에 비친 자신의 모습을 바라보았다. 옷장 문은 활짝 열려 있었다. 그녀는 아래층에서 들리는 샤워 소리에 귀를 기울였다. 그는 몸에서 그녀의 냄새를 씻어내는 중이었다. 토야는 반대편으로 돌아누웠다. 물침대가 그녀의 몸에 따라 부드럽게 들어갔다. 그녀는 사진을 보았다. 그들은 카메라를 보고 웃고 있었다. 외국 여행을 가서 찍은 사진이었다. 아마 프랑스일 것이다. 그녀는 손끝으로 차가운 이불 커버를 훑었다. 그의 몸도 차가웠다. 차갑고 단단했으며 그 나이치고는 근육질이었다. 특히 엉덩이와 허벅지가. 젊은 시절에 댄서였기 때문이라고 했다. 15년간 하루도 빠짐없이 단련한 근육은 절대 사라지지 않는 법이다.

토야의 시선이 바닥에 떨어진 그의 바지의 검은 벨트로 향했다.

15년. 절대 사라지지 않는 법이다.

그녀는 몸을 돌려 침대에 등을 대고 누운 뒤, 침대 위쪽으로 올라갔다. 물침대 안에서 물이 꿀렁거리는 소리가 났다. 하지만 지금부터는 모든 게 달라지리라. 이제 토야는 똑똑했다. 착한 딸이었다. 엄마와 아빠가 원했던 대로. 이제는 그녀가 리스베트였다.

토야는 머리를 벽에 기댄 채 침대에 더 깊이 몸을 묻었다. 무언가가 어깨뼈 사이를 간질였다. 강 위의 보트에 누워 있는 기분이었다. 그녀는 그렇게 누운 채 생각으로 빠져들었다.

빌리는 그녀에게 그가 보는 앞에서 딜도를 사용해달라고 했다. 그녀는 그의 부탁대로 했다. 착한 딸이니까. 그는 도구 상자를 열었다. 그녀는 눈을 감았지만 헛간 널빤지 사이로 새어 들어오던 햇살이 여전히 보였다. 그가 그녀의 입에 사정하자, 가축 사료용으로 쓰던 말린 풀의 맛이 났지만 그녀는 아무 말도 하지 않았다. 똑똑한 딸이니까.

빌리가 그녀에게 언니처럼 말하고 노래하라고 훈련시켰을 때도 그녀는 똑똑하게 굴었다. 리스베트처럼 미소 지으려고 했다. 빌리는 메이크업 아티스트에게 리스베트의 사진을 주며 토야가 이렇게 보이도록 해달라고 했다. 그녀가 유일하게 못하는 것은 리스베트처럼 웃는 것이었다. 그러자 빌리는 아예 웃지 말라고 했다. 가끔씩 그녀는 궁금했다. 어디까지가 일라이자 둘리틀을 연기하는 것이고, 어디까지가 리스베트를 향한 빌리의 절절한 그리움인지. 그리고 이제 그녀는 그의 침대에 있었다. 어쩌면 이것 역시 리스베트에 대한 그리움 때문인지도 모른다. 그에게나 그녀에게나. 빌리가 뭐라고 했더라? 욕망은 늘 가장 낮은 곳으로 흘러간다고?

무언가가 다시 그녀의 등을 찌르는 바람에 토야는 신경질적으로 꿈틀거렸다.

아주 솔직히 말해서 그녀는 딱히 리스베트가 그립지는 않았다. 물론 그녀도 언니의 실종 소식을 들었을 때는 다른 사람들처럼 충격을 받았다. 하지만 그 일을 계기로 너무나 많은 기회의 문이 열렸다. 인터뷰가 쇄도했고, 리스베트를 추모하는 스피닝 휠의 콘서트를 연달아 개최하자는 제안을 받았다. 보수도 후하게 쳐주었다. 거기다 이젠 〈마이 페어 레이디〉의 주인공 역할까지. 게다가 이 작품은 성공할 조짐이 보였다. 오프닝 공연 파티에서 빌리는 그녀에게 유명해질 준비를 하라고 했다. 스타, 디바가 될 준비를 하라고. 그녀는 등 뒤로 손을 넣었다. 뭐가 자꾸 등을 찌르는 거지? 시트 밑에 혹이 있었다. 그녀가 누르니 사라졌다가 다시 나왔다. 뭔지 살펴봐야겠다.

"빌리?"

그녀는 아래층의 샤워 소리보다 더 크게 소리를 지르려다가 성대를 쉬어줘야 한다고 했던 빌리의 엄격한 지침이 기억났다. 오늘까지만 휴식을 취한 뒤에는 이번 주 내내 매일 연습을 해야 했다. 아까 그녀가 막 이 집에 도착했을 때 그는 무슨 일이 있어도 절대 말하지 말라고 부탁했다. 전화로 통화할 때만 해도 아직 어색한 대화 부분을 몇 군데 연습하자고 했었는데 말이다. 심지어 실감이 나도록 일라이자처럼 입고 오라는 말까지 했었다.

토야는 물침대의 한쪽 시트를 벗겨 옆으로 잡아당겼다. 시트 아래에는 아무것도 없었다. 그저 푸른색의 투명한 고무 매트리스뿐이었다. 그런데 대체 뭐가 튀어나온 거지? 그녀는 손으로 물침대를 훑어 내렸다. 저기, 매트리스 안쪽에 무언가가 있었다. 하지만 보이지는 않았다. 토야는 옆으로 손을 뻗어 머리맡 테이블의 램프를 켠다음, 매트리스의 볼록 튀어나온 부분을 비췄다. 튀어나온 부분이 또 사라지고 없었다. 그녀는 매트리스에 손을 대고 기다렸다. 그러자 그것이 서서히 올라왔다. 매트리스 안에 있는 것이 무엇인지는 몰라도 그녀가 누르면 가라앉았다가 다시 떠오른다는 것을 깨달았다. 그녀는 손을 움직였다.

처음에는 고무 아래로 어떤 형체의 실루엣이 보였다. 꼭 누군가의 옆얼굴 같았다. 아니, 그런 것 같은 게 아니라 정말로 누군가의 옆얼굴이었다. 토야는 납작 엎드려 숨을 죽였다. 이제는 느낄 수 있었다. 배에서부터 발가락까지. 매트리스 안에는 온전한 육신이 들어 있었다. 물의 부력 때문에 저절로 떠올랐다가 토야의 무게 때문에 가라앉는 것이다. 마치 하나로 합쳐지려는 두 사람처럼. 아마도 그럴 것이다. 그 육신은 마치 거울을 들여다보는 것처럼 그녀와 똑같이 생겼으니까.

이제 토야는 비명을 지르고 싶었다. 성대를 망가뜨리고 싶었다. 착한 딸도, 똑똑한 딸도 되고 싶지 않았다. 그저 다시 토야가 되고 싶었다. 하지만 그럴 수 없었다. 그저 눈동자가 없는 눈으로 그녀를 응시하는 언니의 창백하고 푸르스름한 얼굴을 바라볼 뿐이었다. 쉬이, 하는 샤워 소리를 들을 뿐이었다. 그 소리는 꼭 방송이 끝난 텔레비전에서 나오는 소리 같았다. 그러자 침대 발치의 쪽모이 세공을 한 마루 위로 물방울이 뚝뚝 떨어지는 소리가 났다. 빌리의 샤워가 끝난 것이다.


"그럴 리가 없어요. 그건…… 그건…… 불가능해요." 루트가 말했다.

"지난번에 제가 찾아왔을 때 지붕으로 올라가서 발리 씨 댁을 엿볼까 생각했다고 했죠? 그리고 그 집 테라스 문이 여름 내내 열려 있었다고요. 확실합니까?" 해리가 말했다.

"물론이죠. 하지만 그냥 전화로 얘기하면 안 되나요?" 트론헤임스 외른이 물었다.

해리는 고개를 저었다.

"그랬다간 그가 의심하고 도망칠 위험이 있습니다. 우린 그런 위험을 감수할 처지가 아니고요. 반드시 오늘 밤에 그자를 잡아야만 합니다. 이미 너무 늦은 게 아니라면요."

"뭐가 너무 늦었다는 거죠?" 트론헤임스 외른이 한쪽 눈을 찡그리며 물었다.

"제가 부탁드리고 싶은 건 그저 지붕으로 올라갈 수 있게 댁의 발코니를 좀 빌려달라는 겁니다."

"정말 형사님 혼자뿐인가요? 수색영장이나 뭐 그런 거 없어요?" 트론헤임스 외른이 물었다.

해리는 고개를 저었다.

"의심할 만한 타당한 근거가 있습니다. 수색영장은 필요 없죠." 그가 말했다.

나직하면서도 위협적인 천둥소리가 해리의 머리 위에서 우르릉 울렸다. 발코니 위의 홈통은 노란색으로 칠해져 있었지만 대부분 칠이 벗겨져서 빨간 녹이 큼직하게 드러나 있었다. 해리는 홈통이 제대로 붙어 있는지 확인하기 위해 양손으로 홈통을 살짝 잡아당 겨보았다. 홈통이 신음 소리를 내며 떨어지더니, 나사 하나가 회반 죽에서 빠져 쨍강 소리와 함께 마당에 떨어졌다. 해리는 홈통에서 손을 떼고 욕을 중얼거렸다. 하지만 다른 대안이 없었기에 한 발을 발코니의 난간에 올린 후, 다른 쪽 발도 마저 올렸다. 아래를 내려 다보았다. 저절로 헉 소리가 났다. 마당에 놓인 회전식 빨랫대 위 의 시트가 바람에 나부끼는 하얀 우표처럼 조그맣게 보였다.

한쪽 발로 홈통을 딛고 재빨리 지붕으로 올라갔다. 지붕은 가팔 랐지만 닥터 마틴의 튼튼한 밑창이 기와 위에서 미끄러지지 않고 잘 버텨준 덕분에 두 걸음 만에 굴뚝으로 달려갔다. 그리하여 오랜 만에 다시 만난 친구처럼 굴뚝을 힘껏 끌어안았다. 네소덴 반도 위 쪽으로 번개가 번쩍거렸다. 그가 도착했을 때만 해도 그토록 잠잠 하던 바람이 지금은 그의 재킷 자락을 부드럽게 펄럭이게 했다. 갑 자기 검은 그림자가 얼굴 위로 지나가는 바람에 해리는 깜짝 놀랐 다. 그림자는 안뜰을 가로질렀다. 제비였다. 제비가 처마 밑으로 숨는 것이 얼핏 보였다.

해리는 15미터 거리에 있는 검은 풍향계를 목표로 삼아 지붕 꼭대기로 향했다. 숨을 깊이 들이쉬고 라인 댄스를 추는 사람처럼 양팔을 좌우로 펼쳤다.

중간쯤 갔을 때 일이 터졌다.

처음에 쉭 하는 소리가 들렸을 때는 아래쪽에 있는 나무들 꼭대기에서 나는 소린 줄만 알았다. 그 소리가 점점 커지는 것과 동시에 마당에 있던 회전식 빨랫대가 회전하며 비명을 질러대기 시작했다. 하지만 바람은 느껴지지 않았다. 아직까지는. 그러자 무언가가 그의 얼굴을 때렸다. 가뭄이 끝났다. 그 순간, 바람이 해리의 가슴을 강타했다. 마치 많은 양의 물이 한꺼번에 쏟아지면서 바람이 밀려나온 듯했다. 그는 비틀거리며 뒤로 한 발짝 내딛고 좌우로 몸을 흔들며 다시 균형을 잡았다. 기와를 때리는 후드득 소리와 함께 그것이 그에게로 다가오고 있었다. 비, 그것도 폭우가. 빗줄기가 지붕을 때리더니 눈 깜짝할 사이에 모든 것이 비에 젖어버렸다. 해리는 균형을 잡으려 했으나 손으로 잡을 만한 것이 아무것도 없었다. 마치 비누 위를 걷는 것 같았다. 한쪽 발이 미끄러졌고, 그는 풍향계를 향해 필사적으로 몸을 던졌다. 양팔을 앞으로 뻗어 손가락을 쫙 펼쳤다. 오른손이 무언가 잡을 것을 찾아 기와의 표면을 허둥지둥 더듬었지만 거기에는 아무것도 없었다. 중력이 그를 끌어당겼다. 그가 아래로 미끄러져 내리자, 손톱이 기와를 긁으며 낫을 숫돌에 갈 때처럼 귀에 거슬리는 소리가 났다. 회전식 빨랫대의 비명이 약해지고 무릎에 홈통이 닿았다. 자신이 떨어지기 직전이라는 것을 안 해리는 마지막 시도를 했다. 몸을 쭉 늘려 안테나 쪽으로 팔을 뻗은 것이다. 왼손에 안테나가 잡히자 꼭 움켜잡았다. 안테나의 금속이 부드럽게 휘면서 구부러졌다. 금세라도 그를 따라 마당으로 떨어질 것 같았지만 그래도 용케 버텨주었다.

해리는 양손으로 안테나를 잡고 몸을 끌어당겼다. 신발을 간신히 지붕 위로 올리고 있는 힘껏 지붕을 디뎠다. 얼굴을 맹렬히 때리는 빗줄기를 맞으며 처마로 올라갔고, 그 위에 걸터앉아 안도의 긴 한숨을 내쉬었다. 그의 아래 있는 뒤틀린 금속 안테나는 안뜰을 가리키고 있었다. 오늘 밤에는 누군가가 〈비트 포 비트〉의 재방송을 보지 못할 것이다.

해리는 맥박이 조금 진정될 때까지 기다렸다. 그러고는 일어서서 위험한 줄타기를 계속했다. 풍향계까지 도달한 후에는 기쁨에 겨워 풍향계에 키스했다.

빌리 발리의 집 테라스는 지붕 안쪽으로 들어가 있었다. 그래서 해리는 테라스의 붉은 테라코타 타일 위로 쉽게 안착할 수 있었다. 그의 발이 타일에 닿는 순간 첨벙 소리가 났지만 홈통에 물이 콸콸 흘러넘치는 소리에 묻혀버렸다.

발코니의 의자들은 모두 안으로 들여놓았고, 바비큐 그릴은 한쪽 구석에서 시커멓게 죽어 있었다. 하지만 테라스 문은 빼꼼히 열려 있었다.

처음에는 기와에 요란하게 떨어지는 빗소리밖에 들리지 않았다. 하지만 조심스럽게 문지방을 넘어 집 안에 들어서자 다른 소리가 들렸다. 역시 물소리였는데 아래층 욕실에서 들렸다. 샤워 소리다. 이제야 운이 좀 따르는 모양이다. 해리는 끝을 찾기 위해 물에 흠뻑 젖은 재킷 주머니를 뒤졌다. 빌리 발리가 샤워하느라 옷을 벗은 상태라면 더 바랄 나위가 없었다. 특히나 빌리의 수중에는 토요일, 프롱네르 공원에서 스벤 시버첸에게 건네받은 권총이 있었기 때문이다.

해리는 침실 문이 열려 있는 것을 보았다. 침대 옆 연장통에는 칼이 들어 있었다. 해리는 까치발로 문지방을 넘어 침실로 살그머니 들어갔다.

머리맡 테이블의 독서용 램프만 켜져 있을 뿐 방 안은 어둠침침했다. 해리는 침대 발치에 섰다. 그의 시선은 벽에 걸린 빌리와 리스베트의 신혼여행 사진으로 향했다. 웅장한 옛날 건물과 말에 탄 사람의 조각상 앞에서 찍은 사진. 이제는 저곳이 프랑스가 아니라는 걸 해리도 알고 있었다. 시버첸은 초등학교를 졸업한 사람이라면 저 조각상이 프라하의 바츨라프 광장에 있는 체코의 국민 영웅, 바츨라프라는 것을 아는 게 당연하다고 했다.

이제 해리의 눈은 어둠에 완전히 적응되었다. 그의 시선이 침대로 향한 순간, 몸이 얼어붙었다. 해리는 숨을 죽인 채 눈사람처럼 꼼짝하지 않고 서 있었다. 침대의 이불은 바닥에 떨어져 있었고, 시트는 반쯤 벗겨져 푸른 고무 매트리스가 드러나 있었다. 침대 위에는 누군가가 벌거벗은 채 엎드려 양쪽 팔꿈치로 상체를 받치고 있었다. 그러고는 푸른 매트리스 위, 독서용 램프의 원뿔형 빛이 떨어지는 곳을 바라보고 있었다.

지붕에 떨어지는 빗줄기가 마지막으로 요란한 연주를 하더니 갑자기 뚝 그쳤다. 침대 위에 누워 있는 사람은 해리가 들어오는 소리를 듣지 못한 게 분명했다. 하지만 해리에게는 7월의 눈사람과 똑같은 문제가 있었다. 물이 흘러내리고 있었던 것이다. 재킷의 물이 쪽모이 세공을 한 마루 위로 뚝뚝 떨어졌다. 해리의 귀에는 그 소리가 천둥소리처럼 들렸다.

침대 위에 누워 있던 사람의 몸이 굳어졌다. 그러더니 돌아보았다. 처음에는 머리가, 그다음에는 벌거벗은 몸 전체가.

해리의 눈에 제일 먼저 띈 것은 메트로놈처럼 좌우로 흔들리는 남자의 발기된 페니스였다.

"맙소사! 해리?"

빌리 발리의 목소리는 깜짝 놀란 동시에 안도하는 것처럼 들렸다.

# 월요일. 해피엔딩

"잘 자라."

라켈은 올레그의 이마에 키스하고 올레그의 몸 주위로 이불을 감싸주었다. 그러고는 부엌으로 내려가 식탁에 앉아, 떨어지는 빗줄기를 바라보았다.

그녀는 비가 좋았다. 비는 공기를 깨끗하게 하고 과거를 씻어낸다. 새 출발. 그녀에게 필요한 것이었다. 새 출발.

그녀는 현관으로 가서 문이 잠겼는지 확인했다. 오늘 밤에만 벌써 세 번째다. 대체 뭐가 그리 두려운 거지?

그녀는 텔레비전을 켰다.

일종의 음악 프로그램이 방송 중이었다. 피아노 의자 하나에 세 사람이 앉아 있었다. 그들은 서로에게 미소를 지었다. 단란한 가족 같다고 라켈은 생각했다.

갑자기 천둥이 대기를 찢어발기는 소리에 라켈은 화들짝 놀랐다.

"방금 내가 얼마나 놀랐는지 짐작도 못 할 거요."

빌리 발리는 고개를 저었다. 그의 쪼그라든 페니스도 함께 흔들렸다.

"대충 짐작은 갑니다. 제가 정문이 아닌 테라스로 들어왔으니까요."

"아뇨, 해리. 당신은 절대 모를 거요."

빌리는 침대 가장자리 너머로 허리를 숙여 바닥에 떨어진 이불을 집어 들고 몸에 둘렀다.

"샤워를 하시는 것 같더군요." 해리가 말했다.

빌리는 고개를 저으며 얼굴을 찡그렸다.

"내가 아니오."

"그럼 누구죠?"

"손님이 있소……. 여자."

그는 히죽 웃으며 의자를 가리켰다. 거기에는 스웨이드 스커트와 검은색 브래지어, 고무 밴드가 달린 검은 스타킹 한 짝이 있었다.

"외로움은 남자를 약하게 만들죠. 안 그렇소, 해리? 우리는 손이 닿는 곳에서 위로를 찾소. 누군가는 술에서, 누군가는……."

빌리는 어깨를 으쓱였다.

"우리는 자신의 실수를 기꺼이 받아들일 거요. 안 그래요, 해리? 그리고, 맞소, 난 양심의 가책을 느낀다오."

해리의 눈이 어둠에 익숙해졌고 그제야 볼 수 있었다. 빌리의 볼에 있는 눈물 자국을.

"아무에게도 말하지 않겠다고 약속해주겠소, 해리? 이건 실수였소."

해리는 의자로 다가가 스타킹을 의자 등받이에 걸고는 자리에 앉았다.

"제가 누구에게 말하겠습니까, 빌리. 당신 부인에게요?"

갑자기 번개가 치면서 방 안이 환해졌다. 그 뒤를 이어 귀청이 찢어질 듯한 천둥소리가 들렸다.

"하마터면 우리 집에 떨어질 뻔했군." 빌리가 말했다.

"네." 해리는 손으로 비에 젖은 이마를 닦았다.

"그래서 무슨 일로 찾아왔소?"

"아실 텐데요, 빌리."

"그래도 말해봐요."

"우린 당신을 데리러 왔습니다."

"우리가 아닐 텐데. 당신 혼자잖소, 안 그래요? 혈혈단신."

"왜 그렇게 생각하죠?"

"당신의 눈. 보디랭귀지. 난 행동으로 사람을 읽을 수 있다오, 해리. 당신은 여기 몰래 숨어들었소. 기습 작전에 의존한 거죠. 떼 지어 사냥할 때는 그렇게 기습적으로 공격하지 않아요, 해리. 왜 혼자 왔소? 다른 사람들은 어디에 있소? 당신이 여기 왔다는 걸 아는 사람이 있소?"

"그건 중요치 않습니다. 제가 혼자 왔다고 치죠. 어쨌거나 당신은 네 사람을 살해한 것에 대해 책임을 져야 합니다. 마리우스 벨란, 카밀라 로엔, 리스베트 발리, 바바라 스벤센."

해리가 피살자들의 이름을 나열하는 동안, 빌리는 입술에 검지를 댄 채 곰곰이 생각하는 듯했다. 그렇게 잠시 허공을 바라보더니 천천히 고개를 끄덕이며 입에서 검지를 뗐다.

"어떻게 알아냈소, 해리?"

"'왜'를 알아냈을 때요. 질투였죠. 당신은 두 사람에게 복수하고 싶었던 겁니다, 안 그래요? 프라하로 신혼여행을 갔을 때 리스베트와 스벤 시버첸이 만났다는 사실을 알고 말이죠."

522

빌리는 눈을 감고 머리를 기댔다. 물침대가 꿀렁거렸다.

"당신과 리스베트가 찍은 사진의 배경이 프라하인 줄 몰랐습니다. 오늘 프라하에서 온 사진을 받기 전까지는요."

"그것만으로 모든 걸 알아냈다는 말이오?"

"음, 처음 그 생각이 떠올랐을 때는 말도 안 된다고 치부했죠. 하지만 점점 앞뒤가 들어맞더군요. 말이 안 되면서도 말이 되더란 말이죠. 퀵 배달원 살인마가 성적 동기를 가진 연쇄 살인범이 아니라 성범죄처럼 보이도록 꾸민 사람이라는 점. 이 모든 것이 마치 스벤 시버첸의 범행인 것처럼 보이게 했다는 점이 말이죠. 이런 무대를 꾸밀 수 있는 사람은 전문가뿐입니다. 그것이 직업이며 그 일에 열정을 가진 사람."

빌리가 한쪽 눈을 떴다.

"내가 제대로 이해한 거라면, 지금 당신 말은 범인이 오로지 한 사람에게 복수하기 위해 네 명이나 죽였단 말이오?"

"다섯 명의 희생자들 가운데 세 명만 무작위로 선택됐죠. 당신은 마치 범죄 현장이 악마의 별에 해당되는 지점이라서 무작위로 선택된 것처럼 보이게 했지만, 사실은 그렇지 않습니다. 당신은 두 지점을 먼저 정해놓고 거기에 맞춰서 악마의 별을 만든 겁니다. 당신의 집과 스벤 시버첸의 어머니가 사는 집. 교활하지만 단순한 기하학이죠."

"당신의 그 가설을 정말로 믿는 거요, 해리?"

"스벤 시버첸은 리스베트 발리라는 이름을 들어본 적이 없다고 했습니다. 하지만 이거 알아요, 빌리? 내가 리스베트의 처녀 적 이름을 말해줬더니 똑똑히 기억하더군요. 리스베트 하랑."

빌리는 대답하지 않았다.

"내가 이해할 수 없는 건 말입니다, 왜 그토록 오랜 세월이 흐른 뒤에야 복수를 했느냐는 겁니다." 해리가 말했다.

빌리는 침대 위에서 몸을 꿈지럭거렸다.

"당신이 무슨 말을 하려는 건지 난 통 모르겠다고 칩시다, 해리. 또 자백을 해서 당신과 날 난처하게 만들고 싶지도 않고 말이오. 하지만 다행히도 난 당신이 아무것도 증명할 수 없다는 걸 알고 있기 때문에 조금 수다를 떨어보겠소. 내가 잘 듣는 사람들을 높이 평가한다는 걸 당신도 알 거요."

의자에 앉아 있던 해리는 불편한 마음으로 자세를 바꿨다.

"맞소, 해리. 리스베트는 그 남자와 바람을 피웠소. 하지만 난 올여름에서야 그 사실을 알게 됐소."

다시 이슬비가 내리기 시작했다. 빗방울이 창문에 후드득 들이쳤다.

"부인이 고백하던가요?"

빌리는 고개를 저었다. "리스베트는 절대 그런 말을 할 사람이 아니오. 아내는 사실을 숨기는 데 익숙한 집안에서 자랐으니까. 이 아파트의 보수 공사를 하지 않았더라면 난 결코 몰랐을 거요. 그 공사 때문에 편지를 발견하게 됐지."

"편지요?"

"아내의 서재 외벽은 그냥 벽돌 벽이었소. 이 건물이 처음 지어졌던 20세기 초의 벽 그대로 말이오. 견고하지만 겨울이면 서재가 엄청나게 추웠지. 그래서 난 그 벽에 판자를 대고 안쪽에는 단열재를 넣을 생각이었소. 그런데 리스베트가 반대를 하더군. 난 이상하다고 생각했소. 아내는 농장에서 자란 실용적인 사람이었기 때문에 낡은 벽돌 벽에 향수를 느끼는 사람이 아니었거든. 그래서 어느 날, 아내가 외출했을 때 벽을 살펴봤소. 이상한 점은 없더군. 책상을 한쪽으로 밀치고 그 뒤의 벽까지 살펴봤지만 특이한 점은 없었소. 그러다 벽돌을 하나씩 찔러보았지. 벽돌 하나가 약간 움직이더군. 그래서 그 벽돌을 잡아당겼더니 벽에서 그대로 빠져버렸소. 아내는 벽돌 주위의 금을 감추기 위해 회색 모르타르까지 발라두었더군. 그 안에는 두 개의 편지가 있었소. 봉투에는 리스베트 하랑이라는 이름과 우편 사서함 주소가 써 있었소. 나는 아내에게 그런 사서함이 있는 줄도 몰랐어. 처음에는 이런 걸 읽으면 안 된다고 날 타이르며 편지를 다시 넣어둘 생각이었소. 하지만 난 마음이 약한 사람이오. 도저히 안 읽을 수가 없더군. '리블링, 난 늘 당신을 생각해. 내 입술에 닿던 당신의 입술, 내 살결에 닿던 당신의 살결이 아직도 생생해.' 편지는 그렇게 시작되었소."

침대에서 출렁이는 소리가 났다.

"그 말들은 마치 채찍으로 날 후려치는 것처럼 아프게 느껴졌소. 하지만 난 계속 읽었지. 거기 적힌 말 하나 하나가 모두 내가 쓴 것 같아서 오싹할 정도였소. 리스베트를 얼마나 사랑하는지 늘어놓은 다음에는 그들이 프라하의 호텔방에서 함께 사랑을 나눈 일을 상세히 적어놓았더군. 하지만 날 가장 아프게 한 것은 그게 아니었소. 리스베트가 우리의 관계에 대해 했던 말을 그대로 인용한 부분이었소. 그녀는 그를 만나는 것이 '사랑 없는 결혼 생활의 실질적인 해결책'이라고 했더군. 그게 어떤 기분일지 상상이 가시오, 해리? 당신이 사랑했던 여자가 당신을 속였을 뿐 아니라 당신을 사랑한 적도 없다는 걸 알았을 때의 기분 말이오. 사랑받지 못하다, 이거야말로 실패한 인생의 가장 기본적인 정의 아니오?"

"아뇨." 해리가 말했다.

"아니라고?"

"계속하시죠, 괜찮다면."

빌리는 해리를 뜯어보았다.

"남자는 사진을 동봉했더군. 아마도 리스베트가 보내달라고 애걸했겠지. 사진 속 남자는 나도 본 적이 있는 남자였소. 우리가 페를로바의 카페에 갔을 때 만났던 노르웨이인이었지. 페를로바는 프라하에서도 매춘부들이 많은 수상쩍은 동네인데 사실상 사창가나 다름없소. 그는 우리가 들어갔던 한 바에 앉아 있었소. 휴고 보스의 모델들처럼 원숙하고 카리스마 넘치는 신사적인 분위기를 풍겼기 때문에 나도 그에게 눈길이 갔었지. 세련된 옷차림이었지만 사실 나이가 좀 많았소. 하지만 남편들로 하여금 각별히 부인 단속을 하게 만들 정도로 젊고 장난스런 눈동자를 가지고 있었소. 그래서 잠시 후 그 남자가 우리 테이블에 다가와 자신을 노르웨이인이라 소개했을 때 난 별로 놀라지 않았소. 남자는 혹시 목걸이를 살 생각이 없는지 묻더군. 난 고맙지만 사양하겠다고 공손히 말했소. 하지만 그는 내 말에 아랑곳하지 않고 주머니에서 목걸이를 꺼내 리스베트에게 보여주었소. 리스베트는 당연히 숨넘어갈 듯 호들갑을 떨면서 마음에 꼭 든다고 했고. 그건 오각형 별 모양의 붉은 다이아몬드가 달린 목걸이였소. 그에게 얼마냐고 물었더니 터무니없이 높은 가격을 제시하더군. 너무 말도 안 되는 가격이라서 날 도발하려는 것으로밖에 받아들일 수가 없었소. 그래서 난 그에게 그만 가달라고 했지. 그는 마치 자기가 이겼다는 듯이 내게 미소를 짓더니 종이쪽지에 다른 카페 주소를 적어줬소. 그러면서 내일 이 시간에 그 카페에 있을 테니 혹시 마음이 바뀌면 오라더군. 그 쪽지는 당연히 리스베트에게 줬소. 그날 아침 내내 기분이 어찌나 나쁘던지. 하지만 금세 잊어버렸지. 리스베트는 뭘 잊게 하는 재주가 있거든. 가끔은…….” 빌리는 눈 아래를 손끝으로 훑었다. “……함께 있는 것만으로도 그랬소.”

“흠. 또 다른 편지에는 뭐라고 적혀 있던가요?”

“그건 리스베트가 쓴 편지였소. 그에게 보내려고 했던 모양인데 봉투에 ‘반송’ 도장이 찍혀 있더군. 그녀는 온갖 방법으로 그에게 연락하려 했다고 썼소. 하지만 그가 알려준 전화번호는 아무리 전화해도 받는 사람이 없고, 전화번호부나 우체국에서도 그의 주소를 찾을 수 없다고 했소. 이 편지가 어떻게든 그에게 전달되기를 바란다더군. 그러고는 혹시 프라하에서 도망친 거냐고 물었소. 그녀에게 돈을 빌렸을 때의 경제적 문제가 아직도 해결 안 된 건 아니냐고.”

빌리의 입에서 공허한 웃음이 터져 나왔다.

“만약 그렇다면 자기에게 연락하라더군. 자기가 도와주겠대. 왜냐하면 그를 사랑하니까. 자기 머릿속에는 오로지 그의 생각뿐이며 그와 이렇게 떨어져 있어서 미칠 것 같다고. 시간이 지나면 그가 잊히기를 바랐지만 잊히기는커녕 오히려 병처럼 번져서 온몸이 아프다고. 그리고 어떤 곳은 특히 더 아프다고 했소. 왜냐하면 남편이(그러니까 바로 나요) 그녀의 몸을 만지며 사랑을 나눌 때 그녀는 눈을 감고 상대가 그라고 상상하기 때문이라는 거요. 당연히 난 충격을 받았소. 그래, 망연자실했지. 하지만 날 두 번 죽인 건 봉투에 찍힌 날짜였소.”

빌리는 다시 두 눈을 꼭 감았다.

“소인은 2월로 되어 있더군. 올해 2월.”

다시 번개가 치면서 벽에 그림자가 드리웠다. 그림자는 빛의 망령처럼 벽에 그대로 남아 있었다.

"당신이라면 어떻게 했겠소?" 빌리가 물었다.

"글쎄요. 당신은 어떻게 했습니까?"

빌리는 희미하게 미소 지었다.

"내 해결책은 그녀에게 화이트 와인을 곁들인 푸아그라를 대접하는 거였소. 난 침대를 장미 꽃잎으로 뒤덮고 그녀와 밤새 사랑을 나누었소. 그녀가 새벽녘에 잠들자, 난 누워서 그녀를 바라보았소. 난 그녀 없이는 살 수 없었소. 하지만 그녀를 내 것으로 만들기 위해서는 먼저 그녀를 잃어야만 한다는 것도 알고 있었지."

"그래서 그 모든 일을 계획했군요. 아내의 목숨을 빼앗고 동시에 아내가 사랑했던 남자에게 누명을 씌우는 무대를 꾸미기로."

빌리는 어깨를 으쓱였다.

"난 다른 작품의 무대 감독을 할 때와 똑같은 방식으로 했소. 연극 종사자들이라면 다 알다시피 가장 중요한 건 속임수요. 아주 그럴싸하게 속여야만 진실이 더욱 황당하게 느껴지는 법이거든. 이렇게 말하면 성공하기가 아주 힘들 것 같지만, 이 일을 하다 보면 오히려 그 반대가 더 힘들다는 걸 금방 알게 되지. 사람들은 진실보다 거짓을 듣는 데 훨씬 더 익숙해져 있다오."

"음. 어떻게 했는지 말해주시죠."

"왜 내가 그런 위험을 감수해야 하지?"

"어차피 난 당신이 한 어떤 말도 법정에서 사용할 수 없으니까요. 내겐 증인도 없고, 난 불법으로 당신 아파트에 침입했습니다."

"그야 그렇지. 하지만 당신은 똑똑한 친구야, 해리. 당신이 수사에 이용할 수 있는 무언가를 내가 무심코 말할 수도 있지."

"그럴 수도 있죠. 하지만 당신은 기꺼이 위험을 감수할 겁니다."

"왜지?"

"내게 정말로 말하고 싶을 테니까요. 내게 말하고 싶어서 죽을 지경일 겁니다. 자기 자신이 그 과정에 대해 말하는 걸 듣고 싶어 서."

빌리 발리는 박장대소했다.

"그러니까 당신은 날 파악했다 이거요, 해리?"

해리는 고개를 저으며 담배를 찾아 주머니를 뒤졌지만 허사였 다. 아까 지붕에서 떨어질 때 빠진 모양이었다.

"난 당신이 어떤 사람인지 몰라요, 빌리. 당신과 같은 부류에 속 하는 사람들은 도무지 모르겠더군요. 14년간 살인자들과 일하면 서 내가 알게 된 건 딱 하나뿐입니다. 그들이 자기의 비밀을 말해 줄 사람을 찾고 있다는 거죠. 극장에서 내게 약속해달라고 했던 말, 기억합니까? 범인을 잡아달라고 했죠. 난 내 약속을 지켰어요. 그러니 거래를 합시다. 당신이 어떻게 했는지 말해주면, 난 우리가 가진 증거가 뭔지 말해주죠."

빌리는 해리의 얼굴을 살폈다. 한 손으로 매트리스를 쓰다듬으며.

"당신 말이 맞소, 해리. 난 말하고 싶어. 더 정확히 말하자면, 당 신이 날 이해해줬으면 좋겠소. 내가 아는 당신이라면 이해해줄 수 있을 거요. 사실 이 사건이 시작됐을 때부터 난 당신을 미행했다 오."

해리의 표정을 보더니 빌리는 웃음을 터뜨렸다.

"몰랐소?"

해리는 대답 대신 어깨를 으쓱였다.

"스벤 시버첸을 찾아내는 건 생각보다 오래 걸렸소." 빌리가 말 했다. "난 리스베트가 가지고 있는 놈의 사진을 복사해 프라하로 떠났소. 무스텍과 페를로바의 카페와 바를 샅샅이 돌아다니며 그 사진을 보여주고 혹시 스벤 시버첸이라는 노르웨이인을 아느냐고 물었지. 하지만 아무것도 알아내지 못했어. 몇몇 사람은 그를 알고 있는데도 말해주지 않는 게 분명했지. 그래서 며칠 후에 작전을 바꿨어. 프라하에 오면 붉은 다이아몬드를 구할 수 있다는 말을 들었는데 누구에게 살 수 있는지 묻고 다녔지. 난 페테르 샌만이라는 덴마크 다이아몬드 수집상 행세를 했소. 그러면서 특별히 오각형 별 모양으로 세공한 다이아몬드를 후하게 쳐줄 준비가 되어 있다고 했소. 내가 묵는 호텔도 말하고 다녔는데 이틀 후에 내 방으로 전화가 왔소. 목소리를 듣자마자 그자라는 걸 알았지. 난 목소리를 바꿔 영어로 말했소. 그러고는 지금 다른 다이아몬드를 협상 중이니 나중에 전화해도 되겠냐, 내가 연락할 수 있는 번호를 알려줄 수 있겠냐고 물었지. 놈이 안달하지 않으려고 애쓰는 게 느껴지더군. 잘하면 그날 저녁에 어두운 뒷골목에서 만나자고 해도 쉽게 나올 것 같았소. 하지만 난 마음을 다스렸지. 눈앞에 먹잇감이 보일지라도 모든 여건이 완벽해질 때까지 숨죽여 기다려야 하는 사냥꾼처럼. 이해하겠소?”

해리는 천천히 고개를 끄덕였다. “이해합니다.”

“그는 내게 휴대전화 번호를 알려줬소. 다음 날 난 오슬로로 돌아갔고. 스벤 시버첸에 대한 뒷조사를 하는 데 일주일이 걸렸소. 그의 신분을 알아내는 게 가장 쉬웠지. 주민등록 인구통계에 따르면 스물아홉 명의 스벤 시버첸이 있었는데 연령대가 비슷한 사람은 아홉 명뿐이었소. 그중 한 명만 노르웨이에 주거지가 없더군. 난 그의 마지막 주소지를 적어놓고 전화번호부에서 전화번호를 찾아내 전화했소.

웬 노부인이 전화를 받더군. 그녀는 스벤이 자기 아들인데 오래전에 그 집을 떠났다고 했소. 난 그녀에게 나를 비롯한 몇몇 친구들이 동창회를 기획하는 중이라고 했지. 동창생들이 모두 모이는 동창회. 노부인은 아들이 프라하에 살고 있지만 여행을 많이 다녀서 정해진 주소나 전화번호가 없다고 했어. 무엇보다 자기 아들은 예전 동창들을 만나는 데 관심이 없을 거라더군. 그러면서 내 이름이 뭐냐고 물었지. 난 스벤과 딱 6개월만 같은 반이었기 때문에 그가 내 이름을 기억하지 못할 거라고 했어. 만약 그가 이름을 기억한다면 그건 아마도 당시 내가 경찰과 골치 아픈 문제가 생겼기 때문일 거라고. 소문에 의하면 스벤도 체포된 적이 있다던데 사실이냐고 물었지. 그러자 노부인의 목소리가 약간 날카로워지더군. 그러면서 그건 오래전 일이고, 당시 우리가 스벤을 어떻게 대했는지 생각하면 스벤이 좀 비뚤어졌던 것도 무리는 아니라고 했어. 난 반전체를 대신해 사과한다고 말한 뒤, 전화를 끊고 다시 법원에 전화했지. 그러면서 내가 기자인데 스벤 시버첸이라는 사람이 어떤 형을 받았는지 알 수 있냐고 물었어. 한 시간 뒤, 난 그자가 프라하에서 뭘 하고 있는지 확실히 알게 됐지. 다이아몬드와 총기 밀매. 이제 내가 알아낸 사실을 바탕으로 마음속에서 계획이 윤곽을 잡아가기 시작했어. 그가 밀수를 통해 돈을 번다는 점, 오각형 별 모양의 다이아몬드, 총기, 그의 어머니가 사는 집의 주소. 이제 연관점이 보이나?”

해리는 대답하지 않았다.

“내가 스벤 시버첸에게 다시 전화했을 때는 프라하에 다녀온 지 3주가 지난 후였어. 나는 내 원래 목소리로, 노르웨이어로 말했지. 곧장 본론으로 들어갔어. 오랫동안 총기와 다이아몬드를 구해줄 사람을 찾고 있었다, 중계인은 거치지 않는 거래를 원하는데 적임자를 찾아낸 것 같다, 바로 당신, 스벤 시버첸이라고. 그는 자기 이름과 번호를 어떻게 알아냈느냐고 묻더군. 난 그 답을 모르는 게 그에게도 이득일 거라고 했어. 그러고는 서로의 신변에 대해 더 이상의 불필요한 질문은 삼가자고 제안했지. 시버첸은 그걸 받아들이지 못하는 듯했고 우리 대화는 하마터면 거기서 끝날 뻔했어. 하지만 그때 내가 보수로 얼마를 지불하겠다고 말했지. 그것도 원한다면 스위스 은행에 선불로 입금해주겠다고. 심지어 영화에 흔히 나오는 대사까지 나눴어. 금액을 들은 그가 그게 크로네냐고 묻자, 난 다소 놀란 어조로 당연히 유로라고 했지. 그 정도 돈만 제시하면 내가 경찰일지 모른다는 일말의 의심이 날아가리라는 걸 알고 있었으니까. 닭 잡는 데 소 잡는 칼을 쓸 필요가 있나. 시버첸은 내 말대로 하겠다고 했어. 나는 곧 다시 연락하겠다고 했고.

그래서 〈마이 페어 레이디〉의 리허설이 한창일 때 난 내 계획을 최종적으로 마무리했지. 이 정도면 됐소, 해리?"

해리는 고개를 저었다. 아직도 샤워 소리가 들렸다. 저 여자는 언제까지 샤워를 할 셈일까?

"난 세세한 것까지 알고 싶습니다."

"대부분은 기술적인 것들이오. 지루할 텐데." 빌리가 말했다.

"난 아닙니다."

"알겠소. 제일 먼저 할 일은 스벤 시버첸이라는 캐릭터를 창조하는 일이었소. 관객에게 한 인물을 소개할 때 가장 중요한 점은 그 인물의 원동력이 무엇인지, 가장 은밀한 소망과 꿈이 무엇인지 보여주는 거요. 한마디로 그의 동기가 무엇인지 보여주는 거지. 난 그를 어떤 이성적 동기도 없는 살인자, 하지만 살인이라는 의식에

성적 욕구를 가진 살인자로 설정했소. 좀 흔한 캐릭터긴 하지만 가장 중요한 요소는 시버첸의 어머니를 제외한 모든 희생자들이 무작위로 선택된 것처럼 보여야 한다는 거요. 난 연쇄 살인범에 관한 책을 읽고 거기서 몇 가지 흥미로운 사실들을 선택해 활용했소. 예를 들면, 그들이 어머니에게 집착한다든가, 잭더리퍼가 살인의 장소를 선택했다든가 하는 거지. 특히 후자의 경우에는 수사관들이 그걸 암호로 받아들이더군. 그래서 난 도시계획과에 가서 오슬로 시가 세세하게 묘사된 지도를 한 장 구입했어. 집에 돌아와 산네르가에 있는 우리 집에서 스벤 시버첸의 어머니가 사는 저택까지 선을 그었지. 이 하나의 선에서부터 정확한 펜타그램을 그리고 각각의 꼭짓점들이 위치한 주소를 확인했어. 솔직히 말해서, 지도에 연필로 그 위치를 표시하면서 거기, 바로 거기 사는 누군가의 운명이 지금 이 순간에 결정된다고 생각하니 아드레날린이 마구 솟아나더군.

처음 며칠 동안은 밤마다 그들이 누구이고, 어떻게 생겼을지, 지금까지 어떻게 살아왔을지 상상했어. 하지만 그들은 금세 잊히더군. 중요한 인물들이 아니니까. 그저 풍경이고 엑스트라고 대사가 없는 단역들이지."

"건축 자재로군요."

"뭐라고?"

"아닙니다. 계속하세요."

"일단 스벤 시버첸이 체포되기만 하면, 피의 다이아몬드와 총이 그와 연관 있다는 게 밝혀지리라는 걸 알았지. 의식을 치르는 듯한 살인의 환상을 강화하기 위해 난 몇 개의 단서들을 더 넣었어. 잘린 손가락, 닷새 간격, 5시, 5층."

빌리는 미소를 지었다.

"너무 쉬워 보여도 안 되지만 너무 어려워 보여도 안 되니까. 난 약간의 유머를 넣고 싶었어. 훌륭한 비극에는 늘 약간의 유머가 가미되니까."

해리는 얌전히 앉아 있으라고 스스로를 타일렀다.

"당신은 마리우스 벨란을 죽이기 며칠 전에 첫 번째 총을 받았습니다. 맞습니까?"

"그렇소. 총은 약속대로 프롱네르 공원의 쓰레기통에 들어 있었소."

해리는 숨을 깊이 들이쉬었다. "어땠습니까, 빌리? 사람을 죽이는 일 말입니다."

빌리는 아랫입술을 내밀고는 그 답을 생각하는 듯했다.

"사람들 말대로요. 처음이 가장 어렵더군. 기숙사에 몰래 들어가는 건 쉬웠지만 시신을 넣은 양복 커버를 열선총으로 밀봉하는 일은 생각보다 시간이 훨씬 많이 걸렸소. 또 덩치 큰 노르웨이 발레리나들을 들어 올리며 평생의 반을 보냈는데도 그 남학생을 다락방으로 운반하는 일은 힘들더군."

정적이 흘렀다. 해리는 헛기침을 했다.

"그리고 그다음엔요?"

"그다음엔 자전거를 타고 프롱네르 공원으로 가서 두 번째 총과 다이아몬드를 가져왔소. 독일인의 피가 절반 섞인 스벤 시버첸은 내 바람대로 시간을 잘 지키고 탐욕스러웠소. 살인이 발생하던 시간마다 그를 프롱네르 공원에 있게 한 것은 정말 기막힌 아이디어 아니오, 해리? 결국 그도 범죄를 저지르고 있었던 셈이니 아는 사람을 만나지 않으려고 조심했을 테고, 자기가 어디에 가는지 아무에게도 말하지 않았을 테니까. 그에게 알리바이가 생기지 않도록 내가 손을 쓴 거지."

"브라보." 해리는 그렇게 말하며 손끝으로 젖은 눈썹을 훑었다.

마치 사방이 축축하고 김이 서려 있는 듯했다. 벽과 테라스의 지붕을 통해 빗물이 새어 들어오는 듯했다. 거기다 샤워의 습기까지.

"하지만 지금까지 당신이 말한 건 나 혼자서도 추리해냈던 것들입니다, 빌리. 내가 모르는 걸 말해봐요. 당신 부인에 대해 말해주세요. 리스베트를 어떻게 했죠? 이웃 사람들은 당신이 계속 테라스를 들락거리는 걸 봤어요. 그런데 어떻게 우리가 도착하기 전에 리스베트의 시신을 아파트 밖으로 빼돌린 거죠?"

빌리는 빙그레 웃었다.

"거기에 대해서는 전혀 언급이 없었어요." 해리가 말했다.

"연극이 어느 정도의 신비를 간직하기 위해서는 작가가 너무 많은 걸 설명해서는 안 되지."

해리는 한숨을 쉬었다.

"좋아요, 하지만 제발 부탁이니까 이거 하나만 말해줄래요? 왜 그렇게 복잡하게 만든 거죠? 왜 그냥 스벤 시버첸을 죽이지 않았습니까? 프라하에서 기회가 있었잖아요. 당신 아내를 포함해 무고한 사람을 셋이나 죽이는 것보다는 그 편이 더 간단하고 훨씬 안전했을 텐데요."

"첫째로 난 희생양이 필요했소. 만약 리스베트의 실종 사건이 영영 미제로 남는다면 다들 내가 범인이라고 생각할 거요. 왜냐하면 범인은 언제나 남편이니까. 안 그렇소, 해리? 하지만 그보다 더 큰 이유는 사랑이 갈증이기 때문이오, 해리. 마셔야 해요. 물. 그리고 복수에 대한 갈증. 좋은 표현 아니오? 내 말이 무슨 뜻인지 알 거

535

요, 해리. 죽음은 복수가 아니오. 죽음은 해방이고 해피엔딩이오. 내가 스벤 시버첸에게 주고 싶었던 것은 진정한 비극, 끝없는 고통이었소. 그리고 난 그걸 해냈소. 스벤 시버첸은 스틱스 강의 강둑을 따라 방황하며 안식을 얻지 못하는 영혼이 된 거요. 그리고 난 그를 죽은 자들의 왕국으로 데려다주기를 거부하는 뱃사공 카론이 된 거고. 당신에게는 이게 그저 그리스 신화 속 이야기 같소? 난 그에게 종신형을 선고했소, 해리. 그는 분노에 불타 죽을 것이오. 내가 그랬듯이. 누구를 미워해야 할지 모른 채 미워만 하다 보면 결국 그 미움은 자신에게로, 자신의 비참한 운명으로 향하기 마련이오. 사랑하는 사람에게 배신당하면 그렇게 된다오. 혹은 자신이 하지도 않은 일로 유죄 판결을 받아 감옥에 갇혀 있다 보면 말이오. 그보다 더 좋은 복수가 어디 있겠소, 해리?"

해리는 아직도 끝이 들어 있는지 보려고 주머니를 뒤졌다.

빌리가 큭큭 웃었다. 그의 다음 말을 들었을 때 해리는 기시감이 들었다.

"대답할 필요 없소, 해리. 당신 얼굴에 다 써 있으니까."

해리는 눈을 감고 빌리가 계속 주절거리는 말을 들었다.

"당신도 나와 다르지 않소. 당신의 원동력도 열정이오. 열정은 욕망과 마찬가지로 언제나⋯⋯."

"⋯⋯가장 낮은 곳으로 흘러가죠."

"가장 낮은 곳. 하지만 이젠 당신 차례요, 해리. 당신이 말한 증거가 뭐지? 내가 걱정해야 할 만한 거요?"

해리는 다시 눈을 떴다.

"먼저 그녀가 어디 있는지 알려주셔야 합니다, 빌리."

빌리는 나지막이 웃더니 한 손을 심장 위에 올려놓았다.

"그녀는 여기 있소."

"헛소리가 심하시군요."

"피그말리온은 자신이 본 적도 없는 여자의 조각상인 갈라테아를 사랑했소. 그러니 내가 왜 내 아내의 조각상을 사랑할 수 없겠소?"

"무슨 말인지 모르겠습니다, 빌리."

"알 필요 없소, 해리. 다른 사람은 이해하기 힘들다는 거 아니까."

이어지는 침묵 속에서 해리는 아래층 샤워기의 물줄기가 조금도 약해지지 않고 계속 쏟아지는 소리를 들었다. 어떻게 해야 이 상황을 통제하면서 여자를 아파트 밖으로 데려갈 수 있을까?

빌리의 저음이 샤워기 소리와 섞였다.

"조각상을 되살릴 수 있을 거라 믿은 게 실수였소. 그녀는 하려하지 않았소. 이해하려 들지 않았지. 환상이 소위 현실이라는 것보다 훨씬 강하다는 걸."

"지금 누구 얘길 하는 겁니까."

"또 다른 갈라테아. 살아 있는 갈라테아이자 새로운 리스베트. 그녀는 겁에 질려 모든 걸 폭로하겠다고 협박했소. 이젠 조각상과 사는 것에 만족해야만 한다는 걸 알았지. 하지만 괜찮아."

해리는 몸 안에서 무언가가 올라오는 것을 느꼈다. 그의 위장에서 차가운 것이 올라왔다.

"조각상을 만져본 적 있소, 해리? 죽은 사람의 피부를 만지는 느낌은 참으로 놀랍다오. 그렇게 따뜻하지도, 차갑지도 않지."

빌리는 푸른색 매트리스를 쓰다듬었다.

해리는 몸속이 차갑게 얼어붙는 것을 느꼈다. 마치 누군가가 그의 몸에 냉수를 주입한 것처럼. 그는 목구멍이 수축되는 것을 느끼며 이렇게 말했다. "당신도 이제 끝장났다는 걸 알고 있죠?"

빌리는 침대 위에서 기지개를 켰다.

"내가? 난 그저 당신에게 이야기를 들려주었을 뿐이오. 당신은 하나도 증명할 수 없어."

그는 머리맡 테이블의 무언가를 향해 손을 뻗었다. 그것은 번쩍이는 금속이었다. 해리의 온몸이 긴장되었다. 빌리는 그것을 허공에 들어 올렸다. 손목시계였다.

"늦었소, 해리. 면회 시간은 끝난 걸로 하지. 굳이 내 손님에게 인사할 필요 없으니 먼저 가시오."

해리는 움직이지 않았다. "범인을 찾아달라는 건 당신이 내게 부탁했던 약속의 절반일 뿐입니다, 빌리. 나머지 절반은 범인을 처벌해달라는 거였죠. 혹독하게. 난 당신의 그 말이 진심이었다고 생각해요. 마음 한구석으로는 당신도 처벌받고 싶은 겁니다. 안 그래요?"

"프로이드는 유행이 지났소, 해리. 면회 시간도 지났고."

"내가 가진 증거가 뭔지 듣고 싶지 않습니까?"

빌리는 짜증스럽게 한숨을 쉬었다.

"그걸 말해야만 가겠다면 빨리 말해봐요."

"다이아몬드 반지를 낀 리스베트의 손가락이 배달됐을 때 눈치챘어야 했죠. 왼손 세 번째 손가락. 베나 아모리스. 리스베트야말로 살인범이 사랑받고 싶었던 여자인 겁니다. 하지만 역설적이게도 범인의 정체를 밝힌 것도 바로 그 손가락이었죠."

"밝힌다……."

"정확히 말하면, 손톱 밑의 인분이 밝혔다고 할 수 있죠."

"거기서 내 피가 나온 거 말이오? 그래요, 그건 이미 아는 사실이오, 해리. 그리고 난 이미 설명했소. 우리가……."

"그랬죠. 그 사실을 안 후에 우리는 그 인분을 더 철저히 검사했습니다. 대개는 인분에서 나오는 게 별로 없죠. 우리가 먹은 음식이 입에서 직장까지 도달하는 데는 24시간이 걸리고 그 과정에서 장은 음식을 알아볼 수 없는 형태로 변화시키니까요. 어느 정도로 알아볼 수 없느냐 하면, 현미경으로 들여다봐도 그 사람이 뭘 먹었는지 알아낼 수 없을 정돕니다. 하지만 원래 형태 그대로 소화관을 통과하는 것들이 있죠. 포도 씨라든가ㅡ."

"재미없는 강의는 생략할 수 없겠소, 해리?"

"씨앗이죠. 당신의 인분에서는 두 개의 씨앗이 나왔습니다. 그거야 특별할 게 없죠. 그래서 오늘 범인이 누군지 깨달은 후에 난 실험실에 그 씨앗을 좀 더 자세히 검사해달라고 부탁했습니다. 그리고 그 결과가 뭔지 아십니까?"

"모르겠소."

"그건 통으로 된 회향 씨앗이었습니다."

"그래서?"

"국립극장 카페의 셰프와 이야기를 좀 나눴죠. 당신 말대로 노르웨이에서 회향 씨앗이 통으로 들어간 회향 빵을 만드는 곳은 거기뿐이더군요. 그 빵은ㅡ."

"청어와 잘 어울리지. 내가 거기서 먹었다는 거 알잖소. 대체 무슨 말을 하려는 거요?"

"예전에 이렇게 진술하셨죠. 리스베트가 실종된 수요일에 평소처럼 국립극장 카페에서 아침으로 청어를 드셨다고. 아침 9시에서 10시 사이에요. 제가 궁금한 건 당신 뱃속에 있던 씨앗이 어떻게 리스베트의 손톱에 들어갔느냐는 겁니다.”

해리는 지금까지 한 말을 빌리가 모두 이해할 수 있도록 잠시 뜸을 들였다.

“당신은 리스베트가 5시경에 집을 나갔다고 했습니다. 그러니까 당신이 아침으로 청어를 먹은 지 8시간쯤 지났을 때죠. 그녀가 집을 나가기 전에 마지막으로 한 일이 당신과 사랑을 나누는 일이었다고 칩시다. 그때 손가락을 당신 항문에 넣었다고요. 당신의 장이 아무리 좋다 해도 회향 씨앗이 8시간 안에 당신의 직장에 도달할 수는 없습니다. 그건 의학적으로 불가능하죠.”

해리의 입에서 ‘불가능’이라는 단어가 나오자, 입을 딱 벌리고 있던 빌리의 얼굴이 살짝 실룩였다.

“회향 씨앗이 직장에 도달할 수 있는 가장 이른 시간이라고 해봐야 9십니다. 그러니까 리스베트가 실종된 저녁이나 밤, 혹은 다음 날이 돼서야 그녀의 손가락이 당신의 항문에 들어간 겁니다. 당신이 그녀의 실종 신고를 모두 마친 후에요. 이해가 됩니까, 빌리?”

빌리는 해리를 바라보았다. 정확히 말하면 해리가 있는 방향을 보기는 했지만, 그의 눈동자는 훨씬 더 먼 곳의 한 지점에 고정되어 있었다.

“그게 바로 우리가 법의학적 증거라고 부르는 겁니다.” 해리가 말했다.

“알겠소.” 빌리는 천천히 고개를 끄덕였다. “법의학적 증거.”

“네.”

“과학적이면서도 반박할 수 없는 사실?”

“맞습니다.”

“판사와 배심원들은 그런 걸 좋아하지, 안 그렇소? 자백보다도 좋은 거 아니오. 안 그렇소, 해리?"

해리는 고개를 끄덕였다.

"소극이오, 해리. 난 이 모든 게 소극이라 생각했소. 사람들이 무대로 우르르 나왔다가 다시 우르르 사라지는 소극. 난 일부러 계속 테라스에 있었소. 맞은편에 사는 사람들이 우리를 볼 수 있도록 말이오. 그런 다음, 리스베트를 침실로 불러 연장 상자에서 총을 꺼냈지. 그녀는 눈을 휘둥그렇게 뜬 채 소음기가 달린 긴 총신을 멍하니 바라보더군. 그렇소, 딱 소극에서처럼 말이오."

빌리는 이불 밑에서 손을 꺼냈다. 해리는 총신에 검은 덩어리가 달린 총을 바라보았다. 총구는 그를 향하고 있었다.

"자리에 앉아요, 해리."

해리가 다시 의자에 털썩 앉자, 끝이 옆구리를 찌르는 것이 느껴졌다.

"리스베트는 내 의도를 완전히 오해하더군. 내가 무슨 섹스 게임을 하려는 걸로 말이오. 사실 아주 시적인 정의를 실현할 수도 있었소. 그녀가 그놈을 받아들인 곳에 총알을 사정하는 방식으로 말이오."

빌리는 침대에서 일어났다. 침대가 출렁거리며 꿀렁꿀렁 소리를 냈다.

"하지만 소극의 핵심은 속도요, 속도. 그래서 난 어쩔 수 없이 서둘러 그녀에게 작별을 고했소."

빌리는 알몸으로 해리 앞에 서서 총을 겨눴다.

"나는 총구를 그녀의 이마에 댔소. 그녀는 놀라서 얼굴을 찡그리더군. 세상이 불공평하거나 이해할 수 없다고 생각될 때면 늘 그랬듯이. 내가 그녀에게 〈마이 페어 레이디〉의 원작인 버나드 쇼의 〈피그말리온〉에 대해 이야기해줬을 때도 그랬소. 〈피그말리온〉에서 일라이자 둘리틀이 결혼하는 사람은 히긴스 교수가 아니오. 일라이자는 시장에서 꽃 팔던 자신을 교양 있는 귀부인으로 만들어주고, 온갖 교육을 시켜준 히긴스 교수를 버리고 젊은 프레디와 달아나버리지. 리스베트는 분노하며 일라이자가 어떻게 그럴 수 있느냐, 프레디는 별 볼일 없는 따분한 남자라고 말했소. 그거 압니까, 해리? 그 말을 듣고 난 울었소."

"미쳤군." 해리가 속삭였다.

"물론이오." 빌리가 엄숙하게 말했다. "난 가공할 만한 범죄를 저질렀소. 증오의 지배를 받는 사람은 통제력이라는 걸 모른다오. 난 그저 마음이 시키는 대로 행동하는 단순한 남자요. 내 마음은 사랑하라고 말했소. 신이 우리에게 베풀어 우리를 당신의 도구로 만드는 그런 사랑 말이오. 그렇다면 선지자들과 예수도 미친 거였을까? 당연히 우린 미쳤소, 해리. 미쳤지만 한편으로는 이 지구상에서 가장 제정신인 사람들이오. 사람들이 내가 한 짓을 미친 짓이다, 내 마음은 불구가 틀림없다고 한다면 난 이렇게 묻겠소. 한 순간도 사랑을 멈출 수 없는 마음과 사랑받지만 그 사랑을 돌려주지 못하는 마음, 둘 중에서 뭐가 더 불구냐고."

오랜 침묵이 흘렀다. 해리는 헛기침을 했다.

"그래서 그녀를 죽였습니까?"

빌리는 천천히 고개를 끄덕였다.

"그녀의 이마에 움푹 파인 자국이 생기더군." 그가 놀랍다는 어조로 말했다. "그리고 검은색의 작은 구멍도. 금속판에 대고 못질을 할 때 생기는 그런 구멍 말이오."

"그런 다음에 그녀의 시신을 숨겼군요. 탐지견도 찾아내지 못할 곳에."

"이 아파트는 덥다오." 빌리의 시선은 해리의 머리 위쪽 어딘가에 고정되어 있었다. "파리 한 마리가 창가에서 윙윙거렸고, 난 옷을 몽땅 벗었소. 옷에 피가 묻지 않도록 말이오. 모든 도구는 연장통에 가지런히 놓여 있었지. 난 펜치로 리스베트의 왼손 가운뎃손가락을 잘라냈소. 그런 다음, 리스베트의 옷을 모두 벗기고 실리콘 스프레이를 꺼내 이마에 생긴 총구멍과 손가락이 잘린 부분, 그 외 몸의 모든 구멍을 재빨리 막아버렸소. 전날 물침대의 물을 미리 빼두었기 때문에 침대에는 물이 반만 차 있었소. 난 침대에 미리 뚫어놓은 구멍을 통해 거의 한 방울도 흘리지 않고 리스베트를 매트리스 안에 집어넣었지. 그런 다음, 접착제와 고무, 열선총으로 다시 구멍을 막았소. 처음 할 때보다 훨씬 쉽더군."

"그 후로 리스베트는 죽 거기 있었던 겁니까? 자신의 물침대 속에 매장돼서?"

"아니, 아니." 빌리는 그렇게 말하며 해리의 머리 위 한 지점을 골똘히 응시했다. "난 그녀를 매장하지 않았소. 오히려 그녀를 다시 자궁으로 돌려보낸 거요. 거기서 그녀의 부활이 시작되는 거지."

해리는 지금 자신이 겁에 질려야 마땅하다는 것을 알고 있었다. 이런 상황에서 겁을 먹지 않는 건 위험했다. 지금쯤은 입이 바싹 마르고 심장이 쿵쾅거려야 했다. 그를 서서히 덮치는 이 피로감을 느낄 때가 아니었다.

"그리고 당신은 잘라낸 그녀의 손가락을 당신의 항문에 집어넣었군요." 해리가 말했다.

"흠. 숨기기에 딱 좋은 장소지. 아까 말했다시피, 난 당신들이 탐지견을 데리고 오리라는 걸 알았으니까."

"냄새가 나지 않게 숨길 수 있는 곳은 거기 말고도 또 있습니다. 하지만 아마도 항문에 숨기는 게 변태적인 스릴감을 주었겠죠? 그건 그렇고, 카밀라 로엔의 손가락으로는 뭘 했습니까? 그녀를 죽이기도 전에 잘라낸 손가락 말입니다."

"카밀라, 그래……." 빌리는 미소를 지으며 고개를 끄덕였다. 마치 해리 덕분에 행복한 추억이 떠올랐다는 듯이. "그건 그녀와 나 사이의 비밀로 남아 있을 거요, 해리."

빌리는 총의 안전장치를 풀었다. 해리는 침을 삼켰다.

"총 내놔요, 빌리. 다 끝났어요. 부질없는 짓이라고요."

"그렇지 않소. 당연히 이건 의미 있는 일이오."

"무슨 의미요?"

"늘 그렇듯이 연극에는 멋진 결말이 필요해요, 해리. 내가 조용히 퇴장해버리면 관객들은 배신감을 느낄 거요, 안 그렇소? 우리에게는 웅장한 피날레가 필요해요, 해리. 해피엔딩 말이오. 해피엔딩이 없으면 내가 지어내기라도 할 거요. 그게 내……."

"삶의 모토죠." 해리가 속삭였다.

빌리는 미소를 지으며 해리의 관자놀이에 총구를 댔다. "죽음의 모토라고 하려던 참이었소."

해리는 눈을 감았다. 그저 자고 싶었다. 부드럽게 흐르는 강물을 타고 떠내려가고 싶었다. 저 반대편으로.


라켈은 움찔하며 눈을 번쩍 떴다.

해리에 관한 꿈을 꾸던 중이었다. 두 사람은 보트에 타고 있었다.

침실은 캄캄했다. 무슨 소리가 났나? 무슨 일이 생긴 걸까?

지붕에 떨어지는 빗소리가 그녀를 안심시켜주었다. 혹시 몰라 머리맡 테이블에 놓여 있는 휴대전화가 켜져 있는지 확인했다. 혹시라도 그가 전화할지 모른다. 그녀는 눈을 감았다. 그러고는 둥실 둥실 떠내려갔다.

해리는 시간 감각을 잃어버렸다. 눈을 떴을 때 빈 방에 들어오는 달빛이 달라졌다는 느낌이 들기는 했지만 1분이 지났는지, 1초가 지났는지 알 수 없었다.

침대에는 아무도 없었다. 빌리는 사라졌다.

다시 물소리가 들렸다. 빗소리. 샤워 소리.

해리는 끙끙거리며 일어나 푸른색 매트리스를 바라보았다. 그의 옷 안에서 무언가가 기어 다니는 느낌이 들었다. 머리맡 테이블의 불빛 속에서 물침대 속에 든 사람의 형체가 보였다. 둥실 떠오른 얼굴은 석고상 같았다.

해리는 침실에서 나왔다. 테라스로 향하는 문은 활짝 열려 있었다. 그는 난간으로 가서 마당을 내려다보았다. 하얀 계단에 찍힌 젖은 발자국을 밟으며 아래층으로 내려갔다. 욕실 문을 열었다. 회색 샤워 커튼 뒤로 여자의 실루엣이 보였다. 해리는 커튼을 젖혔다. 토야 하랑의 목은 물줄기를 향해 구부러져 있었고, 턱은 가슴에 닿을 지경이었다. 그녀의 목에 둘러진 검은 스타킹은 샤워기에 묶여 있었다. 눈은 감겨 있었고, 길고 검은 속눈썹에 물방울이 맺혀 있었다. 반쯤 벌어진 입은 딱딱한 덩어리처럼 보이는 노란 거품으로 꽉 차 있었다. 그녀의 콧구멍과 귀, 관자놀이의 작은 구멍도 그 거품으로 채워져 있었다.

해리는 샤워기를 끄고 집에서 나왔다.

아파트 건물 계단에는 아무도 없었다.

해리는 한 발 한 발 조심스럽게 내디뎠다. 몸이 돌로 변해가는 것처럼 온몸에 감각이 없었다.

비아르네 묄레르.

비아르네 묄레르에게 전화해야 한다.

해리는 아파트 정문을 나와 마당으로 갔다. 머리에 가는 빗줄기가 떨어졌지만 아무 느낌이 없었다. 곧 몸이 완전히 마비될 것이다. 회전식 빨랫대에서는 더 이상 끼익끼익 소리가 나지 않았다. 해리는 일부러 그쪽을 보지 않았다. 아스팔트에 떨어진 노란 담뱃갑이 눈에 들어오자 그쪽으로 갔다. 담뱃갑을 열고 담배 하나를 꺼내 입에 물었다. 라이터로 불을 붙이려 했지만 담배 끝이 젖어 있었다. 담뱃갑 속에 물이 들어간 모양이다.

비아르네 묄레르에게 전화하자. 전화해서 이리로 오라고 하자. 묄레르 경정과 함께 기숙사로 가자. 거기서 스벤 시버첸을 심문하자. 톰 볼레르에 대한 그의 진술을 그 자리에서 녹음하자. 묄레르가 볼레르의 체포 명령을 내리는 것을 확인하자. 그런 다음 집으로 가자. 라켈이 있는 집으로.

해리의 시야 끄트머리로 빨랫대가 보였다.

그는 욕을 중얼거리며 담배를 반으로 잘라 필터를 입술 사이로 밀어 넣고 두 번째 시도 만에 불을 붙였다. 뭐가 이렇게 마음에 걸리는 거지? 더 알아내야 할 것도 없었다. 이제 다 끝났다. 완전히.

그는 회전식 빨랫대 쪽으로 몸을 돌렸다.

빨랫대는 한쪽으로 약간만 기울어져 있었지만 아스팔트 위에 세워진 빨랫대의 기둥은 분명 직격탄을 맞았다. 오로지 빌리 발리가 매달린 줄만 끊어져 있었다. 그의 팔은 양쪽으로 축 늘어졌고, 젖은 머리카락은 얼굴에 들러붙었으며, 눈은 위를 보고 있었다. 마치 기도하듯이. 해리는 이상하게 아름다운 광경이라는 생각이 들었다. 젖은 시트를 부분적으로 수의처럼 두른 빌리의 나체는 갈레온*의 이물에 장식된 선수상 같았다. 빌리는 원하던 것을 얻었다. 웅장한 피날레.

해리는 휴대전화를 꺼내 핀번호를 눌렀다. 손가락이 말을 듣지 않았다. 곧 굳어버릴 것이다. 먼저 비아르네 묄레르의 번호를 누른 후, 발신 버튼을 누르려는데 전화가 삑삑 경고음을 냈다. 음성사서함에 1개의 메시지가 있다는 글이 액정에 떴다. 그래서 어쩌라고? 어차피 이건 해리의 전화기도 아니었다. 해리는 망설였다. 본능적으로 묄레르에게 먼저 전화해야 할 것 같은 느낌이 들었다. 그는 눈을 감았다. 그러고는 음성사서함 버튼을 눌렀다.

한 개의 메시지가 있다는 여자 목소리가 흘러나왔다. 삐 소리가 나더니 2, 3초간 정적이 흘렀다. 그리고 속삭이는 목소리가 들렸다.

"안녕, 해리. 나야."

톰 볼레르였다.

"전화를 꺼놓았군그래, 해리. 현명하지 못한 행동이야. 왜냐하면 난 너와 할 말이 있거든. 너도 알다시피."

볼레르가 어찌나 전화기에 입을 바싹 대고 말하는지 그가 바로 옆에 서 있는 듯했다.

"이렇게 작은 소리로 말해서 미안해. 하지만 자는 사람을 깨울 순 없잖아, 안 그래? 내가 어디 있는지 알아? 아마 짐작이 갈 거야. 어쩌면 미리 짐작했어야 했는지도 몰라."

---

* 15-17세기에 사용되었던 스페인의 대형 범선.

해리는 담뱃불이 꺼진 줄도 모르고 담배를 빨았다.

"여긴 좀 어두워. 하지만 벽에 붙어 있는 포스터가 보이는군. 어디 보자. 토트넘 홋스퍼? 머리맡 테이블엔 조그만 게임기가 있군. 겜보이야. 이제 잘 들어봐. 내가 침대 위로 전화기를 댈 테니까."

해리는 전화기를 귀에 바짝 댔다. 어찌나 바짝 대었는지 머리가 아플 지경이었다. 그의 귀에 들리는 것은 홀멘콜바이엔 가의 검은 목조 저택에서 곤히 잠든 소년의 조용하고 규칙적인 숨소리였다.

"사방에 우리의 눈과 귀가 있다는 것을 명심해, 해리. 그러니까 다른 사람에게 전화하거나 알리려는 생각은 하지도 마. 내가 시킨 대로 하지 않으면 이 애는 죽은 목숨이야. 알았어?"

해리의 심장이 마비된 몸에 피를 돌게 했고, 조금 전의 무감각함은 서서히 참을 수 없는 통증으로 대체되었다.

# 월요일. 악마의 별

자동차의 와이퍼가 속삭이고 타이어는 쉭쉭 소리를 냈다.

포드 에스코트는 빗길을 가르며 횡단보도를 통과했다. 해리는 가능한 한 빨리 차를 몰았지만 빗물이 양탄자처럼 도로를 뒤덮고 있었다. 게다가 이 차의 타이어는 거의 마모되어 남아 있는 트레드는 사실상 무늬에 불과했다.

해리는 액셀러레이터를 밟았고 노란불인데도 또 다음 횡단보도를 통과했다. 다행히 도로에는 다른 차가 보이지 않았다. 그는 손목시계를 힐끗 보았다.

12분 남았다. 산네르 가의 아파트 안뜰에서 휴대전화를 손에 쥔 채 누르기 싫은 번호를 억지로 누른 지 8분이 지났다. 8분 전, 그 목소리는 그의 귀에 이렇게 속삭였다.

"드디어 전화하셨군."

해리는 그 말을 하지 않겠다 다짐했지만 저절로 튀어나왔다. "그 애의 손가락 하나라도 건드리면 죽여버릴 거야."

"이런, 이런. 너와 시버첸은 어디 있지?"

"몰라." 해리는 회전식 빨랫대를 바라보았다. "원하는 게 뭐야?"

"난 그저 널 만나고 싶을 뿐이야. 네가 왜 우리의 약속을 깼는지 알고 싶어. 불만이 있다면 우리가 함께 고칠 수 있다고. 아직 늦지 않았어, 해리. 널 우리 팀으로 끌어들일 수만 있다면 난 기꺼이 내 목이라도 내놓을 수 있어."

"알았어. 만나자. 내가 그쪽으로 갈게."

톰 볼레르가 나직이 웃었다.

"난 스벤 시버첸도 함께 만나고 싶은데? 그러니까 내가 그쪽으로 가는 게 나을 거야. 주소를 대. 빨리."

해리는 망설였다.

"사람의 목을 벨 때 나는 소리 들어봤어, 해리? 처음에는 살갗과 연골이 칼날에 베이면서 쓰윽 소리가 나지. 그러다 치과에서 석션 할 때 같은 소리가 나. 기관이 절단되면서 나는 소리야. 기관이 아니라 식도인가? 난 그 두 개가 늘 헷갈리더라고."

"기숙사 406호야."

"맙소사. 범죄 현장? 거길 생각했어야 했는데."

"그래야 했지."

"좋아. 하지만 누구에게 알리거나 덫이라도 만들어놓을 생각이라면 꿈 깨, 해리. 난 아이를 데려갈 거니까."

"안 돼! 제발…… 톰…… 그러지 마."

"제발? 방금 제발이라고 했나?"

해리는 대답하지 않았다.

"난 시궁창에 빠져 있던 널 일으켜서 기회를 줬어. 넌 그런 나의 뒤통수를 쳐놓고는 이제 와서 제발이라고? 내가 이러는 건 내 탓이 아니야. 너 때문이라고. 그걸 명심해, 해리."

"저기 –."

"20분 뒤에 도착할 거야. 방문 열어놓고 바닥에 앉아 있어. 내가 볼 수 있도록 손은 머리 위에 올리고."

"톰!"

볼레르는 전화를 끊었다.

해리는 운전대를 꺾었고, 타이어의 접지력이 떨어지는 것을 느꼈다. 에스코트는 빗물을 타고 옆으로 미끄러졌다. 한순간 그와 자동차는 모든 물리적 법칙이 무시되는 꿈속을 맴도는 듯했다. 1초밖에 지속되지 않았지만 모든 것이 끝났고, 손을 쓰기에는 너무 늦었다는 해방감을 느끼기에 충분한 시간이었다. 하지만 타이어는 이내 접지력을 되찾았고 그는 다시 현실로 돌아왔다.

에스코트는 기숙사 건물 앞에서 방향을 틀어 정문 앞에 멈췄다. 해리는 시동을 껐다. 9분 남았다. 차에서 내려 트렁크를 열고 반쯤 쓰다 남은 유리 세척액, 더러운 걸레를 내버렸다. 그러고는 검은 접착테이프를 집어 들었다. 계단을 올라가는 동안, 허리춤에서 권총을 꺼내 소음기를 떼어냈다. 미처 확인하지는 못했지만 체코 산 총이라면 15미터 높이의 테라스에서 떨어진 걸로 고장 나지는 않을 것이다. 그는 4층의 엘리베이터 앞에 멈춰 섰다. 손잡이는 그가 기억하는 대로였다. 금속판에 튼튼하고 둥근 나무 손잡이가 부착되어 있었다. 소음기를 떼어낸 총을 숨기기에는 충분한 크기였다. 접착테이프로 손잡이 안쪽에 붙인다면. 해리는 총알을 장전하고 길게 잘라낸 테이프 두 조각으로 총을 붙였다. 일이 처음부터 계획대로 진행된다면 그는 이 총이 필요할 터였다. 엘리베이터 옆에 있는 쓰레기 활송장치를 열자, 삐걱 소리가 났다. 하지만 소음기는 소리 없이 어둠 속으로 떨어졌다. 4분 남았다.

해리는 406호의 문을 열었다.

수갑이 라디에이터에 부딪혀 딸그락거리는 소리가 났다.

"잘됐어?"

시버첸은 간절한 어조로 물었다. 해리가 그의 수갑을 풀어주는 동안, 시버첸의 입에서는 고약한 냄새가 났다.

"아니." 해리가 대답했다.

"아니야?"

"볼레르가 올레그와 함께 오고 있어."


해리와 시버첸은 복도 바닥에 앉아 기다렸다.

"늦네." 시버첸이 말했다.

"응."

침묵.

"C로 시작하는 이기 팝 노래. 당신부터 시작해." 시버첸이 말했다.

"그만둬."

"'Chinal girl'."

"지금은 그럴 때가 아니야."

"도움이 된다고. 'Candy.'"

"'Cry For Love.'"

"'Chinal Girl.'"

"그거 이미 했어, 시버첸."

"그건 버전이 두 개라고."

"'Cold Metal.'"

"무섭나, 해리?"

"무서워 죽겠어."

"나도."

"잘됐군. 그럼 우리의 생존율도 올라갈 거야."

"얼마나? 10퍼센트? 20 − ."

"쉬."

"저거 엘리베이터 소리……?" 시버첸이 속삭였다.

"올라오는 중이야. 천천히 심호흡해."

나직한 신음과 함께 엘리베이터가 덜컹 멈춰 서는 소리가 들렸다. 2초가 지나자, 철제문이 드르륵 열리는 소리가 들렸다. 그 소리가 오래 나는 것으로 보아 볼레르가 조심스럽게 엘리베이터 문을 여는 모양이었다. 나지막한 중얼거림. 쓰레기 활송장치의 뚜껑이 열렸다 닫히는 소리가 났다. 시버첸은 수상하다는 듯이 해리를 바라보았다.

"그가 볼 수 있도록 손을 들어 올려." 해리가 속삭였다.

두 사람이 동시에 손을 들어 올리자 수갑이 딸그락거렸다. 그 순간, 복도로 들어오는 유리문이 열렸다.

올레그는 잠옷 위에 트레이닝복 상의를 걸치고 슬리퍼 차림이었다. 그 모습을 보자, 어떤 이미지가 해리의 머릿속을 스쳤다. 복도. 잠옷. 슬리퍼를 끄는 소리. 엄마. 병원.

톰 볼레르는 올레그 바로 뒤에 서 있었다. 양손을 짧은 가죽 재킷 주머니에 넣고 있었지만, 해리는 주머니 안쪽의 총신이 삐죽 튀어나온 것을 볼 수 있었다.

"멈춰." 그들과 해리의 간격이 5미터쯤 되었을 때 볼레르가 말했다.

올레그는 겁에 질린 검은 눈동자로 해리를 바라보았다. 해리도 올레그를 바라보았다. 올레그가 그의 눈빛에서 안도감과 든든함을 얻기를 바라면서.

"왜 둘이 함께 수갑을 차고 있는 거지? 벌써 떨어질 수 없는 사이라도 된 건가?"

볼레르의 목소리가 복도에 날카롭게 울려 퍼졌다. 해리는 지난번 작전을 시행할 때 그들이 작성했던 명단을 볼레르가 확인하고 왔음을 깨달았다. 따라서 볼레르도 알고 있는 것이다. 기숙사 4층에는 방학 때 남아 있는 학생이 아무도 없다는 걸.

"우린 한배에 탔다는 결론을 내렸거든." 해리가 말했다.

"그리고 왜 내가 시킨 대로 방에서 날 기다리지 않았지?"

볼레르는 올레그 뒤로 가서 아이를 그들 사이에 세웠다.

"왜 우리에게 방 안에 있으라는 건데?" 해리가 물었다.

"넌 지금 질문할 처지가 아니야, 홀레. 방으로 들어가. 당장."

"미안, 톰."

해리는 수갑을 차지 않은 손을 펼쳤다. 손바닥에 두 개의 열쇠가 있었다. 하나는 예일 열쇠였고, 다른 하나는 더 작은 열쇠였다.

"방 열쇠와 수갑 열쇠야."

해리는 그렇게 말한 뒤, 입을 벌려 혀 위에 두 열쇠를 올리고 입을 다물었다. 그러고는 올레그에게 윙크하며 열쇠를 삼켰다.

톰 볼레르는 믿을 수 없다는 표정으로 입을 딱 벌린 채 해리의 울대뼈가 올라갔다 내려가는 것을 바라보았다.

"계획을 바꿔야 할 거야, 톰." 해리가 신음하며 말했다.

"내 계획이 뭔데?"

해리는 무릎을 꿇은 자세로 등에 벽을 기댄 채 몸을 거의 일으켜 세웠다. 볼레르는 재킷 주머니에서 손을 뺐다. 총구가 해리를 겨누고 있었다. 해리는 얼굴을 찡그린 채 가슴을 두 번 친 뒤, 말문을 열었다.

"내가 지난 몇 년간 네 뒷조사를 계속했다는 걸 명심하라고, 톰. 난 조금씩 네 수법을 알게 됐지. 네가 어떻게 스베레 올센을 죽이고 그걸 정당방위처럼 보이게 했는지. 또 컨테이너 부두에서도 어떻게 했는지. 그래서 난 네 계획이 뭔지 짐작할 수 있었어. 기숙사방에서 나와 시버첸을 쏴 죽이고는 아마도 내가 시버첸을 쏘고, 그다음에는 자살한 걸로 꾸미려는 거겠지. 그런 다음 넌 기숙사를 나가서 다른 경찰이 날 발견하게 할 거야. 아마 기숙사 건물에서 총소리가 들렸다는 익명의 제보를 할 생각이겠지?"

톰 볼레르는 초초한 시선으로 복도 위아래를 살폈다.

해리는 말을 이었다. "뭐 설명이야 뻔하지. 사이코 알코올 중독자 형사인 해리 홀레가 더는 버티지 못하고 폭발했다. 여자친구에게 버림받고, 경찰청에서 쫓겨나자 피의자를 납치했다. 자기 파괴적인 분노가 결국 재앙을 불러왔다. 개인적 비극. 거의 불가사의한 수준의 비극. 그게 네가 생각했던 계획 아니었나?"

볼레르가 희미하게 미소를 지었다.

"제법이군. 하지만 하나 빠진 게 있어. 여자친구에게 차여서 상심한 년 한밤중에 여자친구의 집에 몰래 숨어들어 그녀의 아들을 납치하지. 너와 함께 죽은 채로 발견되는 게 누굴까?"

해리는 정상적으로 호흡하는 데 집중했다.

"사람들이 정말로 그 이야기를 믿을 거라고 생각해? 묄레르가? 총경이? 언론이?"

"물론이지. 신문 안 읽어? 텔레비전 안 봐? 이 이야기는 잘하면 며칠, 길어야 일주일 회자되다가 말 거라고. 그나마 그 안에 아무 일도 일어나지 않는다면 말이야. 아주 깜짝 놀랄 만한 사건."

해리는 대답하지 않았다.

볼레르는 미소 지었다. "여기서 유일하게 깜짝 놀랄 만한 일이 뭔지 알아? 내가 널 찾아내지 못할 거라고 믿었던 너의 착각이지."

"확실해?"

"뭐가?"

"네가 날 찾아 여기로 오리라는 걸 내가 몰랐다는 게."

"알았다면 여기 숨어 있지 않고 도망쳤겠지. 이제 도망칠 길은 없어, 홀레."

"맞아." 해리가 재킷 주머니에 손을 넣으며 말했다.

볼레르는 총을 들어 올렸다. 해리는 젖은 담뱃갑을 꺼냈다.

"난 지금 독 안에 든 쥐야. 문제는 이게 누구를 잡기 위한 독이냐는 거지."

해리는 담뱃갑에서 담배를 꺼냈다.

볼레르가 눈을 가늘게 떴다. "무슨 뜻이야?"

"그게 말이야," 해리는 담배를 반으로 잘라 필터를 입술 사이에 밀어 넣었다. "휴가라는 게 참 골치 아파. 안 그래? 늘 일손이 부족해서 모든 게 지체되지. 예를 들면, 기숙사에 감시 카메라를 설치하는 일 같은 거 말이야. 혹은 그걸 다시 철거하거나."

해리는 볼레르의 눈꺼풀에 작은 경련이 이는 것을 보았다. 그는 엄지로 어깨 너머를 가리켰다. "오른쪽 구석 위를 봐, 톰. 보여?"

볼레르의 눈이 해리가 가리키는 곳을 따라 위로 올라갔다가 다시 내려왔다.

"아까 말했듯이 난 네 수법을 알아, 톰. 조만간 네가 우리를 찾아 여기로 오리라는 걸 알았지. 다만 내가 널 덫으로 유인한다는 의심이 들지 않도록 일을 어렵게 만들어야 했어. 일요일 아침에 난 너도 아는 그 친구와 오랫동안 이야기했지. 그 후로 그 친구는 이 장면을 녹화하기 위해 버스에서 계속 대기 중이야. 오토 탕엔에게 인사해."

"웃기지 마, 해리. 난 탕엔을 알아. 감히 그런 짓을 할 작자가 못 된다고."

"난 그에게 녹화 테이프의 모든 판권을 주겠다고 했어. 생각해 봐, 톰. 퀵 배달원 살인마라는 혐의를 쓴 남자, 미친 경찰, 그리고 부패한 경찰이 주연한 마지막 결전이 녹화된 테이프라고. 전 세계 방송국에서 사가려고 줄을 설걸?"

해리는 한 발짝 앞으로 나아갔다.

"사태를 더 악화시키기 전에 이쯤해서 내게 총을 주는 게 더 나을지도 몰라, 톰."

"그 자리에서 움직이지 마, 해리." 볼레르가 속삭였다. 총구가 휙 돌아 올레그의 등으로 향했다. 해리는 걸음을 멈췄다. 톰 볼레르의 눈도 깜빡임을 멈췄다. 턱이 굳어지며 그가 집중하는 것이 보였다. 아무도 움직이지 않았다. 건물 안이 너무도 조용해서 벽이 내는 소리마저 들릴 지경이라고 해리는 생각했다. 기압에 미세한 변화가 생길 때 귀에 감지되는, 거의 들리지 않는 장파의 진동과도 같은 소리. 벽이 노래하는 동안, 10초가 흘렀다. 영원과도 같은 그 10초 동안, 볼레르는 눈을 깜빡이지 않았다. 예전에 외위스테인은 인간의 두뇌가 1초에 얼마나 많은 양의 데이터를 처리할 수 있는지 말해준 적이 있었다. 수치는 기억나지 않았다. 하지만 그 사실로 볼 때 10초면 일반적인 도서관의 모든 자료를 쉽게 훑어볼 수 있는 시간이라고 외위스테인은 설명했었다.

마침내 볼레르가 다시 눈을 깜빡였고, 해리는 그의 표정이 차분해진 것을 느꼈다. 그게 무슨 뜻인지는 알 수 없었다. 다만 그들에게 나쁜 징조라는 것밖에는.

"살인사건의 재밌는 점은 말이야," 볼레르가 말했다. "유죄가 입증되기 전까지는 무죄라는 거지. 지금으로서는 여기에 있는 어떤 카메라에도 내가 불법적인 행동을 하는 장면이 찍히지 않았어."

그는 해리와 시버첸에게 다가가더니 수갑을 확 잡아당겨 시버첸을 일어나게 했다. 볼레르는 해리에게서 눈을 떼지 않은 채 권총을 들지 않은 손으로 그들의 몸을 수색했다.

"오히려 난 경찰로서 해야 할 일을 하고 있을 뿐이야. 유치장에서 죄수를 납치한 형사를 체포하는 일."

"방금 카메라 앞에서 자백했잖아." 해리가 말했다.

"너한테는 했지, 그래." 볼레르가 미소 지었다. "내가 기억하는 한 저 카메라는 영상만 녹화되지 소리는 녹음되지 않아. 이건 그냥 정상적인 체포라고. 엘리베이터로 가."

"열 살짜리 아이를 유괴한 건 어쩌고? 네가 아이에게 권총을 겨눈 모습이 녹화됐다고." 해리가 말했다.

"아, 그거." 볼레르는 그렇게 말하며 해리를 세게 밀쳤다. 해리가 앞으로 비틀거리며 튀어나가자 시버첸도 따라갔다.

"이 아이는 한밤중에 일어나서 엄마에게 말 한 마디 없이 경찰청으로 온 거야. 전에도 그런 적이 있으니까, 안 그래? 난 너와 시버첸을 찾던 중에 우연히 경찰청 앞에서 이 애를 만나지. 아이는 무슨 일이 생겼다는 걸 눈치챘어. 내가 상황을 설명하자, 자기가 돕고 싶다고 나서지. 네가 바보 같은 짓을 해서 다치지 않도록 자기를 인질로 써달라는 제안까지 하면서 말이야."

"열 살짜리가 그런 말을 한다고? 맙소사. 사람들이 그 말을 믿을 거 같아?" 해리가 말했다.

"두고 보라고. 자, 다들 이 복도에서 나가 엘리베이터 앞에서 멈춰. 누구라도 허튼짓을 하면 첫 번째 총알이 박히게 될 거야."

볼레르는 엘리베이터로 걸어가 버튼을 눌렀다. 수직 갱도 깊은 곳에서 덜컹거리는 소리가 났다.

"방학 기간 동안에 기숙사가 이렇게 조용하다는 게 이상하지 않아?"

볼레르가 시버첸에게 미소 지었다.

"이거야 원, 귀신 나오는 집 같잖아."

"포기해, 톰." 해리는 발음을 똑바로 하려고 집중했다. 입 안이 모래로 가득 찬 것 같았다. "너무 늦었다고. 아무도 네 말을 믿지 않으리라는 걸 너도 알 텐데."

"넌 지금 같은 말을 자꾸 반복하고 있어, 친애하는 동료여." 볼레르는 그렇게 말하며 엘리베이터의 위치를 나타내는 바늘을 힐끗 바라보았다. 유리 뚜껑 뒤로 비스듬히 기울어져 있던 엘리베이터의 바늘이 나침반의 바늘처럼 천천히 회전했다.

"사람들은 내 말을 믿을 거야, 해리. 간단한 이유 때문이지." 그는 손가락으로 윗입술을 훑었다. "내 말에 반박할 수 있는 사람이 아무도 없을 테니까."

이제 해리는 볼레르의 계획이 무엇인지 알 수 있었다. 엘리베이터. 거기에는 카메라가 설치되어 있지 않았다. 볼레르가 나중에 어떻게 꾸며낼 생각인지는 몰라도(갑자기 몸싸움이 벌어졌고 해리에게 총을 뺏겼다) 한 가지는 확실했다. 그들 모두는 저기서, 저 엘리베이터 안에서 죽을 것이다.

"아빠……." 올레그가 해리를 보며 말했다.

"괜찮아질 거야, 아들." 해리가 억지 미소를 지으며 말했다.

"그래, 다 괜찮아질 거야." 볼레르가 말했다.

금속이 덜컹거리고 찰싹거리는 소음이 들렸다. 엘리베이터가 점점 다가오고 있었다. 해리는 엘리베이터 문의 둥근 나무 손잡이를 바라보았다. 그가 숨겨둔 권총이 제자리에 있다면, 그는 권총 손잡이를 잡는 동시에 방아쇠에 손가락을 걸고 권총을 뽑아들 수 있었다.

쿵 소리와 함께 엘리베이터가 그들 앞에 멈춰 서서 흔들거렸다.

해리는 숨을 들이쉬고 손을 뻗었다. 손잡이를 감싸 쥐고 안쪽으로 손가락을 집어넣었다. 손끝에 차갑고 단단한 금속이 닿으리라 예상했지만 아무것도 없었다. 텅 비어 있었다. 그냥 나무뿐이었다. 그리고 하나 더 있었다. 손잡이에서 떨어진 강력테이프 조각.

톰 볼레르가 한숨을 쉬었다.

"유감스럽지만 그건 쓰레기 활송장치에 던져버렸어, 해리. 내가 숨겨진 무기가 없는지 뒤져보지도 않을 거라 생각했어?"

볼레르는 한 손으로 엘리베이터 문을 잡아 열고 그들에게 총을 겨눴다.

"꼬마부터 타."

해리는 자신을 올려다보는 올레그의 시선을 피했다. 더 큰 확신을 바라는 올레그의 눈길을 마주 볼 수가 없었다. 대신 엘리베이터를 향해 말없이 고갯짓을 했다. 올레그는 안으로 들어가 뒤쪽에 섰다. 엘리베이터 천장의 희미한 조명이 가짜 자단으로 만든 갈색 벽과 거기 새겨진 사랑의 맹세, 구호, 성기, 인사말을 비췄다.

올레그의 머리 위쪽에 '엿 먹어라'라는 글자가 새겨져 있었다.

이 엘리베이터가 우리의 관이 되겠군, 해리는 생각했다.

해리는 수갑을 차지 않은 오른손을 재킷 주머니에 집어넣었다. 전에도 말했다시피 그는 엘리베이터를 싫어했다. 그가 수갑을 찬 왼손을 확 잡아당기자, 시버첸이 균형을 잃고 볼레르 옆으로 쓰러졌다. 볼레르가 시버첸을 향해 돌아서는 순간, 해리는 오른손을 머리 위로 치켜들었다. 칼을 든 투우사처럼 목표물을 겨냥했다. 자신에게는 오로지 한 번의 기회뿐이며 힘보다 정확성이 더 중요하다는 것을 알고 있었다.

그는 손을 아래로 내리꽂았다.

끌의 뾰족한 끝이 찢어지는 소리와 함께 가죽 재킷을 관통했다. 그리하여 오른쪽 쇄골 위의 부드러운 조직 속으로 들어가 경정맥을 뚫고, 완신경총의 신경망을 관통해 팔로 이어지는 운동 신경을 마비시켰다. 탁 소리와 함께 총이 돌바닥에 떨어지더니 계단 아래로 툭툭 굴러갔다. 볼레르는 놀란 표정으로 자신의 오른쪽 어깨를 내려다보았다. 어깨에 삐죽 꽂힌 짧은 초록색 나무 손잡이 아래로 그의 오른팔이 축 늘어져 있었다.

그날은 톰 볼레르에게 힘들고 엿 같은 하루였다. 아침에 일어나 해리가 시버첸을 데리고 사라졌다는 소식을 들었을 때부터 엿 같은 일은 시작되었다. 해리를 찾기가 예상보다 훨씬 힘들어지면서 상황은 나아지질 않았다. 톰은 조직의 다른 사람들에게 올레그를 이용해야 한다고 했지만 다들 거절했다. 너무 위험하다는 이유였다. 이 일의 마무리는 자기 혼자서 해야만 한다는 것을 그도 내심 알고 있었다. 늘 그런 식이었다. 그를 말리는 사람도, 돕는 사람도 없었다. 충성심이란 그 대가가 무엇이냐에 달려 있다. 결국엔 다들 자기 이익만 앞세우기 마련이다. 그리고 엿 같은 일은 끝나지 않고 계속되었다. 이제 그의 팔은 아무런 감각이 없었다. 그저 무언가 따뜻한 것이 가슴으로 흘러내리는 것만 느껴졌다. 혈관을 관통당했다는 뜻이었다.

톰은 다시 해리를 돌아보았다. 해리의 얼굴이 갑자기 코앞으로 다가와 있었다. 그러더니 다음 순간, 해리의 머리가 용수철이 달린 것처럼 튀어 올라 그의 콧등을 들이받았다. 톰의 머릿속에 우드득 소리가 울려 퍼졌다. 톰은 뒤로 비틀거렸다. 해리는 그에게 오른팔을 휘둘렀지만 톰은 간신히 피했다. 해리는 뒤따라와 공격하려 했으나 스벤 시버첸의 왼손에 채워진 수갑 때문에 뒤로 주춤했다. 톰은 입으로 탐욕스럽게 공기를 들이마시며 통증으로 인해 새하얀 분노가, 그에게 생기를 되찾아주는 분노가 혈관에 주입되는 것을 느꼈다. 그는 다시 균형을 되찾았다. 모든 감각을 되찾았다. 거리를 계산하고 무릎을 수그렸다가, 한 발을 축으로 삼아 빙글 돌며 다른 쪽 발을 높이 들어 올려 킥을 날렸다. 완벽한 횡측퇴*였고, 해리는 관자놀이를 가격당했다. 해리가 옆으로 쓰러지며 스벤 시버첸도 함께 쓰러졌다.

톰은 뒤를 돌아 총을 찾았다. 총은 층계참에 떨어져 있었다. 난간을 잡고 두 걸음 만에 아래로 내려갔다. 오른팔은 여전히 말을 듣지 않았다. 그는 욕을 하며 왼손으로 총을 주워 다시 계단을 올라갔다.

하지만 해리와 시버첸은 사라지고 없었다.

뒤를 돌아보자, 마침 엘리베이터 문이 닫히고 있었다. 톰은 총을 입에 물고 왼손으로 문손잡이를 힘껏 잡아당겼다. 팔이 탈골될 것

---

* 영춘권의 한 기술로, 일종의 돌려차기.

만 같았다. 하지만 문은 열리지 않았다. 톰은 엘리베이터 문의 둥근 창문에 얼굴을 들이댔다. 문 안쪽의 철제문은 이미 닫혀 있었고, 안쪽에서 흥분한 목소리들이 들렸다.

정말로 엿 같은 날이다. 하지만 이제 곧 끝날 것이다. 이제 완벽해질 것이다. 톰은 총을 들어 올렸다.


해리는 숨을 헐떡이며 엘리베이터 뒷벽에 등을 기대고 엘리베이터가 움직이길 기다렸다. 간신히 철제문을 닫고 지하로 가는 버튼을 눌렀을 때 엘리베이터 문이 흔들리더니 밖에서 볼레르가 욕하는 소리가 들렸다.

"이 염병할 엘리베이터가 움직이질 않아!" 시버첸이 씩씩거리며 말했다. 그는 해리 옆에 주저앉아 있었다.

엘리베이터가 요란한 딸꾹질을 하듯이 덜컹였지만 여전히 움직이지 않았다.

"이 염병할 엘리베이터가 이렇게 느려 터졌다가는 놈이 계단으로 먼저 내려가서 우리를 맞이하겠는데. '어서 와' 하면서."

"닥쳐." 해리가 나직이 말했다. "1층에서 지하실로 내려가는 문은 잠겨 있어."

해리는 엘리베이터의 둥근 창문을 가로질러 그림자가 휙 지나가는 것을 보았다.

"머리 숙여!" 해리는 그렇게 외치며 올레그를 철제문 쪽으로 밀었다.

와인 병의 코르크 마개가 빠지는 듯한 소리와 함께 총알이 해리의 머리 위를 지나 가짜 자단 벽에 박혔다. 해리는 시버첸도 올레그 쪽으로 밀었다.

그 순간 엘리베이터가 다시 덜컹거리더니, 요란하게 삐거덕거리는 소리와 함께 움직이기 시작했다.

"이런 씨발." 시버첸이 속삭였다.

"해리……." 올레그가 해리의 이름을 불렀다.

그때 와장창 소리가 났다. 해리는 철제문의 격자 사이로 꼭 쥔 주먹이 들어와 올레그의 머리 위로 향하는 것을 보았다. 다음 순간, 유리 파편이 그에게로 쏟아져 내렸다. 그는 본능적으로 눈을 감았다.

"해리!"

올레그의 비명이 해리를 관통했다. 그의 귀, 코, 입, 목구멍을 관통했고 그는 그 속에서 익사했다. 다시 눈을 뜨고 올레그의 휘둥그레진 눈을 똑바로 바라보았다. 고통과 패닉으로 일그러진 아이의 벌어진 입을, 큼직한 하얀 손아귀에 잡힌 아이의 검은 머리카락을. 올레그의 발은 엘리베이터 바닥에서 떠 있었다.

"해리!"

해리는 앞이 보이지 않았다. 억지로 눈을 떴지만 아무것도 보이지 않았다. 그저 새하얀 패닉의 장막만 보일 뿐이었다. 하지만 소리는 들렸다. 쇠스의 비명 소리가 들렸다.

"해리!"

엘렌의 비명 소리가 들렸다. 라켈의 비명 소리가 들렸다. 다들 그의 이름을 불러대고 있었다.

"해리!"

그가 바라보고 있던 텅 빈 하얀 공간이 서서히 검은색으로 변해 갔다. 내가 기절한 걸까? 사라져가는 메아리처럼 비명이 잠잠해졌다. 그는 둥둥 떠내려갔다. 그들이 옳았다. 결정적인 순간에 그는 늘 곁에 없었다. 일부러 다른 곳에 있도록 손을 써두었다. 가방을 꾸렸다. 술을 마셨다. 문을 잠갔다. 겁을 먹었다. 눈앞이 캄캄해졌다. 늘 그들이 옳았다. 아니라면 이제부터라도 그렇게 될 것이다.

"아빠!"

올레그의 발이 그의 가슴을 찼다. 그러자 다시 눈앞이 보였다. 올레그가 그의 앞에 매달려 발길질을 하고 있었다. 볼레르가 아이의 머리채를 꽉 움켜잡고 있었다. 엘리베이터는 멈춰 있었다. 해리는 단번에 그 이유를 알 수 있었다. 철제문이 제자리를 이탈한 것이다. 해리는 시버첸을 보았다. 그는 바닥에 주저앉은 채 얼어버린 시선으로 허공을 보고 있었다.

"해리!" 밖에서 볼레르의 목소리가 들렸다. "엘리베이터 올려. 아니면 아이를 쏴버릴 거야."

해리는 일어섰다가 얼른 다시 몸을 낮췄다. 하지만 자신이 알고 싶던 사실을 확인했다. 4층 엘리베이터의 문은 엘리베이터보다 50센티미터 위쪽에 있었다.

"거기서 아이를 쏘면 탕엔의 테이프에 네가 총을 쏘는 장면이 녹화될 거야." 해리가 말했다.

볼레르의 나직한 웃음소리가 들렸다.

"말해봐, 해리. 너의 그 흑기사가 정말로 존재한다면 진작 경찰이 들이닥쳤어야 하는 거 아냐?"

"아빠……." 올레그가 신음했다.

해리는 눈을 감았다.

"내 말 들어봐, 톰. 엘리베이터는 철제문이 제대로 닫히기 전에는 작동하지 않아. 근데 네 팔이 철제문의 격자 사이에 끼어 있어서 문을 닫을 수가 없어. 그러니까 일단 올레그를 놔줘. 그럼 우리가 문을 제대로 닫고 위로 올라갈게.”

볼레르가 다시 웃었다.

“내가 바본 줄 알아, 해리? 철제문은 겨우 2, 3센티미터 이탈했을 뿐이야. 지금 이 상태로도 얼마든지 닫을 수 있다고.”

해리는 시버첸을 바라보았다. 하지만 그는 흐리멍덩한 시선으로 먼 곳을 바라볼 뿐이었다.

“알았어. 하지만 난 지금 수갑을 차고 있어서 시버첸의 도움이 필요해. 그런데 이 친구는 완전히 겁에 질린 거 같아.” 해리가 말했다.

“스벤! 내 말 들려?” 볼레르가 외쳤다.

시버첸은 겨우 고개를 들었다.

“로딘 기억나, 스벤? 프라하의 네 선임자?”

볼레르의 말이 메아리가 되어 울려 퍼졌다. 시버첸은 침을 삼켰다.

“금속 갈이판에 머리를 처박고 죽었지, 스벤. 너도 한번 당해볼 테야?”

시버첸은 비틀거리며 일어섰다. 해리는 그의 멱살을 잡아 자기 쪽으로 끌어당겼다.

“이제부터 뭘 해야 하는지 알아, 스벤?” 해리는 가수 상태에 빠진 듯한 시버첸의 창백한 얼굴에 대고 소리를 쳤다. 그와 동시에 바지 뒷주머니에 손을 넣어 열쇠를 꺼냈다.

“철제문을 제자리로 돌려놓으란 말이야. 알아들어? 우리가 시작하면 철제문을 꼭 붙잡으란 말이야.”

해리는 엘리베이터 계기판에 있던 둥글고 낡은 검은색 버튼들 중 하나를 가리켰다.

시버첸은 수갑에 열쇠를 꽂아 돌리는 해리를 뚫어져라 보더니 고개를 끄덕였다.

"좋아." 해리가 외쳤다. "우린 준비됐다. 이제 철제문을 제자리로 돌려놓을 거야."

시버첸은 철제문에 등을 댄 채 섰다. 양손으로 철제문을 붙잡아 오른쪽으로 밀었다. 볼레르가 신음했다. 철제문의 격자가 그의 팔을 똑같이 오른쪽으로 잡아당겼기 때문이다. 문이 문틀 옆 바닥에 있는 접합 부분에 닿으면서 부드러운 딸각 소리가 났다.

"됐어!" 해리가 외쳤다.

그들은 기다렸다. 해리는 앞으로 한 발 나아가 위를 바라보았다. 엘리베이터의 둥근 창문과 볼레르의 어깨 사이의 작은 틈으로 두 개의 눈이 그를 노려보고 있었다. 하나는 볼레르의 부릅뜬 눈이었고 또 하나는 맹목적인 검은 총구였다.

"엘리베이터 다시 올려." 볼레르가 말했다.

"아이를 살려준다고 약속하면." 해리가 말했다.

"좋아."

해리는 천천히 고개를 끄덕였다. 그러고는 버튼을 눌렀다.

"결국에는 옳은 선택을 할 줄 알았어, 해리."

"사람이란 대개 그러지." 해리가 말했다.

해리는 갑자기 볼레르의 눈동자가 흔들리는 것을 보았다. 아마 해리의 왼손 손목에서 달랑거리는 수갑을 발견했기 때문일 것이다. 혹은 해리의 말투에서 무언가를 감지했거나. 혹은 그도 느꼈기 때문일 수도 있다. 그 순간이 왔다는 것을.

엘리베이터가 덜컹 움직이면서 금속이 불길한 비명을 질러대는 소리가 들렸다. 그 순간, 해리는 재빨리 앞으로 달려가 까치발로 섰다. 볼레르의 손목에 수갑이 채워지며 메마른 딸각 소리가 났다.

"이런 젠–." 볼레르가 말문을 열었다.

해리는 한 발을 들었다. 95킬로그램에 달하는 해리의 몸이 볼레르를 아래로 끌어내리자 수갑이 두 사람의 손목을 파고들었다. 볼레르는 버티려고 했지만 팔이 창문을 통과해 아래로 쑥 내려갔다. 창문에 어깨가 걸려 더는 내려갈 수 없을 때까지.

엿 같은 하루.

"내 팔 놔줘, 제발!" 차가운 엘리베이터 문에 턱이 눌린 채 톰이 소리 질렀다. 그는 팔을 잡아 빼려 했지만 너무 무거웠다. 고래고래 소리를 지르며 총으로 있는 힘껏 문을 두드렸다. 이건 그의 계획과 달랐다. 저들이 그를 망가뜨리고 있었다. 그의 모래성을 발로 차서 산산이 부수고 망가뜨리더니 이제는 저기 서서 웃고 있었다. 하지만 저들도 알게 되리라. 언젠가는 저들도 알게 될 것이다. 그 순간 톰은 느꼈다. 철제문의 격자가 팔 아래쪽으로 내려간다는 것을. 엘리베이터가 움직이는 것이다. 하지만 방향이 틀렸다. 아래로 내려가고 있었다. 서서히 깨달음이 찾아오면서 그의 목구멍이 오그라들었다. 자신이 끝장나리라는 깨달음. 엘리베이터가 서서히 움직이는 단두대가 되었다는 깨달음. 자신도 죽음을 맞으리라는 깨달음.

"철제문 꽉 잡아, 시버첸!" 해리가 외쳤다.

톰은 잡고 있던 올레그의 머리채를 놓은 다음, 팔을 잡아 빼려 했다. 하지만 해리가 너무 무거웠다. 톰은 패닉 상태에 빠졌다. 다시 한 번 필사적으로 팔을 잡아당겨보았다. 한 번 더. 매끄러운 콘크리트 바닥 위에서 그의 발이 미끄러졌다. 어깨에 엘리베이터 지붕 안쪽이 닿는 것이 느껴졌다. 그는 모든 이성을 잃었다.

"그만해, 해리. 제발."

톰은 소리치려 했지만 흐느낌에 말이 나오지 않았다.

"자비를……."

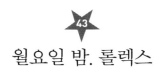

# 월요일 밤. 롤렉스

재깍, 재깍, 재깍.

해리는 바닥에 앉은 채 눈을 감고 초침 소리를 들으며 시간을 쟀다. 시간은 꽤 정확할 것이다. 이 초침 소리는 금으로 된 롤렉스 시계에서 흘러나오고 있었기 때문이다.

재깍, 재깍, 재깍.

그가 정확히 쟀다면 그들이 이렇게 앉아 있은 지 15분이 되었다. 그가 1층과 지하실 사이에서 정지 버튼을 누르고 이제 안전해졌으니 기다려야 한다고 말한 지 900초가 지났다. 900초 동안, 그들은 죽은 듯이 앉아 주변 소리에 귀 기울였다. 발소리. 목소리. 문이 열렸다 닫히는 소리. 그동안 해리는 눈을 감은 채 900초를 쟀다. 아직도 자신의 수갑에 매달린 채 피범벅이 되어 엘리베이터 바닥에 놓여 있는 팔, 그 팔의 손목에 채워진 롤렉스 시계 소리를 들으며.

재깍, 재깍, 재깍.

해리는 눈을 떴다. 수갑을 풀고 아까 삼켜버린 자동차 트렁크 열쇠를 생각했다. 이제 트렁크는 어떻게 열지?

"올레그." 해리는 그렇게 속삭이며 잠든 아이의 어깨를 부드럽게 흔들었다. "네 도움이 필요해."

올레그가 일어섰다.

"그럴 것까지 있어?" 시버첸이 올레그를 올려다보며 물었다. 올레그는 해리의 어깨를 딛고 서서 엘리베이터 천장에서 형광등을 떼어내고 있었다.

"이거나 받아." 해리가 말했다.

시버첸은 올레그에게 팔을 뻗어 두 형광등 중의 하나를 받았다.

"첫째로 내가 지하실로 나가기 전에 내 눈이 어둠에 익숙해지도록 하기 위해서야. 둘째로 엘리베이터 문이 열렸을 때 우리가 불빛 아래 서 있지 않도록 하기 위해서고." 해리가 말했다.

"볼레르가? 지하실에?" 시버첸이 말도 안 된다는 듯이 말했다. "그런 일을 겪고도 살아남을 사람은 없어."

시버첸은 이미 밀랍처럼 하얗게 변한 채 바닥에 떨어진 팔을 형광등으로 가리켰다.

"피를 얼마나 많이 흘렸을지 생각해봐. 기절했을 거라고."

"난 그저 만일의 사태에 대비하려는 것뿐이야." 해리가 말했다.

그러자 엘리베이터 안이 캄캄해졌다.


재깍, 재깍, 재깍.

해리는 엘리베이터에서 내려 재빨리 옆으로 이동한 후 쪼그려 앉았다. 뒤에서 엘리베이터 문이 부드럽게 닫히는 소리가 들렸다. 엘리베이터가 움직이는 소리가 날 때까지 기다렸다. 그들은 지하와 1층 사이에 엘리베이터를 정지시켜두기로 약속했다. 그곳이 가장 안전한 지점이었다.

해리는 숨을 죽이고 소리를 들었다. 지금까지는 유령의 흔적이 없었다. 그는 일어섰다. 지하실 반대편 문에 달린 창문으로 희미한 불빛이 새어 들어왔다. 철망 뒤로 정원용 가구며 낡은 서랍장, 스키의 뾰족한 끝부분 등의 형체가 보였다. 해리는 벽을 더듬으며 앞으로 나아갔다. 문이 나오자 그 문을 열었다. 달큰한 쓰레기 냄새가 풍겼다. 제대로 찾아왔다. 찢어진 쓰레기봉투와 달걀 껍데기, 빈 우유 팩을 밟으며 부패되어가는 쓰레기에서 나오는 끈끈한 열기를 헤치고 나아갔다. 총은 벽 옆에 떨어져 있었다. 아직도 테이프 조각 하나가 총에 붙어 있었다. 해리는 장전이 되어 있는지 확인한 후, 다시 밖으로 나갔다.

그는 허리를 숙인 자세로 빛이 나오는 문을 향해 나아갔다. 저 문 밖에는 분명 1층으로 올라가는 계단이 있을 것이다.

가까이 다가간 후에야 창문 너머의 검은 실루엣이 보였다. 얼굴이었다. 해리는 반사적으로 쪼그려 앉았다가 문 밖에서는 어둠 속의 자신이 보이지 않는다는 것을 깨달았다. 그는 양손으로 총을 들어 올린 채 앞으로 두 걸음 걸어갔다. 얼굴은 유리에 바싹 붙어 있어서 이목구비가 뒤틀려 있었다. 해리는 총의 조준기로 얼굴을 바라보았다. 톰이었다. 휘둥그렇게 뜬 그의 눈은 해리를 넘어 어둠 속을 응시하고 있었다.

심장이 너무 세게 두근거리는 바람에 톰의 얼굴이 조준기를 자꾸 빠져나갔다.

해리는 그대로 기다렸다. 몇 초가 흘렀다. 아무 일도 일어나지 않았다.

그러자 총을 내리고 허리를 폈다.

창문으로 다가가 톰의 게슴츠레한 눈동자를 바라보았다. 눈동자는 푸른 기가 도는 하얀색 막으로 덮여 있었다. 해리는 뒤로 돌아

어둠 속을 꿰뚫어보려 했다.

톰이 바라보고 있었던 것이 무엇이었는지 몰라도 그것은 사라지고 없었다.

해리는 꼼짝하지 않고 서서 고집스럽고 끈덕지게 고동치는 자신의 맥박을 느꼈다. 톡, 톡, 톡. 그게 무슨 의미인지는 잘 알 수 없었다. 그저 자신이 살아 있다는 사실밖에는. 문 반대편의 저 남자는 죽었기 때문이다. 또한 문을 열고 남자의 살갗에 손을 대 사라져가는 몸의 온기를 느끼고, 결이 변해가는 살갗, 생명력을 잃어 단순한 포장지로 전락한 살갗을 느낄 수 있다는 것밖에는.

해리는 톰 볼레르의 이마 위에 자신의 이마를 댔다. 창문의 차가운 유리가 마치 얼음처럼 얼얼하게 느껴졌다.

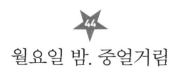

# 월요일 밤. 중얼거림

그들이 탄 차는 알렉산데르 쉴란 광장 옆의 빨간불에 걸려 멈춰 섰다.

와이퍼가 좌우로 움직였다. 한 시간 반 후에는 여명이 틀 테지만 지금은 아직 밤이었고, 구름은 쥐색 방수포처럼 도심 위에 내려앉아 있었다.

해리는 올레그의 어깨를 끌어안은 채 뒷좌석에 앉아 있었다.

두 남녀가 발데마르 트라네스 가의 인적 없는 보도 위에서 그들을 향해 비틀비틀 걸어 내려오고 있었다.

해리, 스벤, 올레그가 엘리베이터에서 나와 빗속으로, 단단한 땅 위로 널브러진 지 한 시간이 지났다. 그들은 해리가 마리우스의 방 창문에서 보았던 키 큰 자작나무를 발견하고 그 아래의 마른 잔디 위로 몸을 던졌다. 해리는 제일 먼저 〈다그블라데〉 취재부에 전화해 당직 중이던 기자와 이야기했다. 그런 다음 비아르네 묄레르에게 전화해 자초지종을 설명하고, 외위스테인 아이켈란의 행방을 찾아달라고 부탁했다. 마지막으로 라켈에게 전화해 자던 그녀를 깨웠다. 20분 뒤, 기숙사 건물 앞은 카메라 플래시와 푸른 경광등으로 대낮처럼 환해졌다. 언제나 그렇듯이 언론과 경찰의 멋진 조합이었다.

해리와 올레그, 스벤은 자작나무 아래에 앉아 그들이 기숙사 건물을 들락날락하는 것을 바라보았다.

그러더니 해리가 담배를 비벼 껐다.

"다 끝났군." 스벤이 말했다.

"'Character*'." 해리가 말했다.

스벤은 고개를 끄덕이며 말했다. "그걸 깜빡했군."

그들은 광장을 걸어 내려갔고, 비아르네 묄레르가 얼른 달려와 그들을 경찰차로 안내했다.

그들은 제일 먼저 경찰청으로 가서 간단한 심문을 받았다. 혹은 묄레르의 표현대로 하자면 '브리핑'을 했다. 시버첸이 유치장에 수감되자, 해리는 수사과 형사 두 명이 24시간 동안 그의 감방을 지켜야 한다고 우겼다. 그러자 묄레르는 다소 놀라며 시버첸이 도주할 가능성이 그렇게 크냐고 물었다. 해리는 대답 없이 고개를 흔들기만 했고, 묄레르는 더 묻지 않고 해리의 말대로 해주었다.

그런 다음, 지구대에 연락해 올레그를 집까지 데려다줄 경찰차를 보내라고 했다.

두 남녀가 우에란스 가를 건너는 동안, 신호등이 삐삐 울리는 소리가 고요한 밤공기를 갈랐다. 여자는 남자에게서 빌린 것이 분명해 보이는 재킷을 머리 위로 뒤집어쓰고 있었다. 남자는 비에 젖어 셔츠가 몸에 찰싹 달라붙었는데도 큰 소리로 웃고 있었다. 해리는 두 사람의 얼굴이 눈에 익다고 생각했다.

---

* C로 시작하는 이기 팝의 노래 중 하나.

신호등이 초록색으로 바뀌었다.

해리가 재킷 아래로 여자의 빨간 머리를 얼핏 본 순간, 두 남녀는 그의 시야에서 사라졌다.

그들이 빈데렌을 지날 때 갑자기 비가 그쳤다. 무대 위의 커튼처럼 구름이 양옆으로 갈라지더니 오슬로 피오르 위의 검은 하늘에서 새 달이 환히 빛났다.

"드디어." 묄레르는 그렇게 말하며 미소 띤 얼굴로 조수석에서 뒤를 돌아보았다.

해리는 아마도 비가 그친 것을 말하는 것이리라 생각했다.

"드디어." 달에서 눈을 떼지 않은 채 해리가 대답했다.

"넌 아주 용감한 아이란다." 묄레르는 그렇게 말하며 올레그의 무릎을 토닥였다. 올레그는 힘없는 미소를 지으며 해리를 올려다보았다.

묄레르는 다시 몸을 돌려 앞을 바라보았다.

"내 복통이 사라졌네. 말끔히 사라졌어." 그가 말했다.

그들은 스벤 시버첸을 데려간 곳에서 외위스테인 아이켈란을 발견했다. 다시 말해, 유치장에서. 통곡자 그로트의 보고서에 의하면 외위스테인은 음주 운전이 의심된다는 이유로 톰 볼레르에게 끌려왔다고 한다. 혈액 검사 결과, 실제로 알코올이 검출되었다. 묄레르가 모든 공식 절차를 중단하고 외위스테인을 풀어주라고 명령했을 때 놀랍게도 통곡자 그로트는 전혀 이의를 제기하지 않았다. 오히려 이례적으로 순순히 명령에 따랐다.

경찰차가 자갈이 깔린 진입로에 들어섰을 때 라켈은 현관 옆에 서 있었다.

해리는 올레그 위로 몸을 내밀어 차 문을 열어주었다. 올레그는 차에서 폴짝 뛰어내려 라켈에게 달려갔다.

뮐레르와 해리는 차 안에 남아 두 모자가 계단 위에서 말없이 포옹하는 모습을 바라보았다.

뮐레르의 휴대전화가 울리자 그는 전화를 받았다. 두 번의 '응'과 한 번의 '알았네' 후에 전화를 끊었다.

"베아테야. 빌리 발리의 아파트 마당에 있는 쓰레기통에서 사이클 장비가 잔뜩 든 봉지를 발견했다는군."

"흠."

"이제 지옥문이 열릴 걸세. 다들 자네를 뜯어먹으려 할 거야, 해리. 신문사, 방송사는 물론 외국 언론들까지. 스페인에서도 퀵서비스 살인마를 알고 있다니 말 다했지. 뭐 전에 한 번 겪었으니 자네도 잘 알 거야."

"죽진 않을 겁니다."

"나도 그럴 거라 믿네. 그리고 어젯밤 기숙사에서 벌어진 일이 녹화된 영상을 입수했네. 생각할수록 신기하단 말이야. 어떻게 탕엔이 일요일 오후에 녹화장치를 끄는 걸 깜박하고 그대로 켜둔 채 집에 갈 수가 있지?"

뮐레르는 해리의 얼굴을 살폈지만 해리는 무표정했다.

"거기다 미리 하드 디스크를 다 지워놓아서 며칠 분은 거뜬히 녹화될 공간까지 남아 있었고 말이야. 이런 행운이 어디 있나? 정말 놀랍지 않나? 누가 보면 미리 짜고 그런 줄 알 걸세."

"그럴 수도 있겠네요." 해리가 중얼거렸다.

"내부 감사가 있을 거야. 내가 SEFO에 연락해서 볼레르의 비리를 고발했네. 이 사건이 경찰청 내부에 파문을 일으킬 가능성도 염두에 두고 있어. 내일 그쪽 사람들과 첫 회의를 하기로 했네. 우린 이 일을 끝까지 파헤칠 걸세, 해리."

"좋습니다, 보스."

"정말인가? 별로 확신에 찬 목소리가 아닌데?"

"글쎄요. 보스는 확신하십니까?"

"못할 이유가 없잖나."

"누굴 믿어야 할지 모르니까요. 심지어 자기 자신도요."

뮐레르는 아무 대답도 못한 채 눈만 두 번 깜빡이고는 운전대를 잡은 경관을 힐끗 바라보았다.

"잠시 기다려주시겠습니까, 보스?"

해리는 차에서 내렸다. 라켈은 올레그를 놓아주었고, 올레그는 집 안으로 들어갔다.

라켈은 가슴 앞에서 팔짱을 낀 채 자기 앞에 선 해리의 셔츠에 시선을 고정시켰다.

"젖었네." 그녀가 말했다.

"음. 비가 오면……."

"……젖는 거지." 그녀는 슬프게 미소 지으며 그의 뺨에 손을 댔다.

"이제 끝났어?" 그녀가 속삭였다.

"이제 끝났어."

라켈은 눈을 감고 몸을 앞으로 내밀어 해리에게 기댔다. 해리는 그녀를 껴안았다.

"올레그는 괜찮을 거야." 해리가 말했다.

"알아. 무섭지 않았대. 당신이 옆에 있어서."

"음."

"당신은 어때?"

"좋아."

"그때 그 말 사실이야? 다 끝났다는 말?"

"다 끝났어." 그가 그녀의 머리카락에 대고 속삭였다. "오늘이 형사로서 내 마지막 날이야."

"잘됐네." 그녀가 말했다.

그는 그녀의 몸이 가까이 다가와 둘 사이의 작은 틈을 모조리 채우는 것을 느꼈다.

"다음 주부터는 새로운 일을 할 거야. 좋은 일이야."

"친구가 소개해줬다는 일?" 라켈은 그렇게 물으며 그의 목에 손을 댔다.

"응." 그녀의 향기가 그의 머릿속을 채웠다. "외위스테인. 외위스테인 기억하지?"

"택시 운전사?"

"응. 택시 운전사 시험이 화요일이야. 매일 벼락치기로 오슬로 거리 이름을 외우고 다녔어."

그녀는 웃으며 그의 입에 키스했다.

"어떻게 생각해?" 그가 물었다.

"당신은 미쳤어."

그녀의 웃음소리가 그의 귓가에서 작은 개울처럼 물결쳤다. 그는 그녀의 뺨에 흐르는 눈물을 닦아주었다.

"그만 가야 해." 그가 말했다.

라켈은 웃으려고 했으나 도저히 웃음이 안 나오는 듯했다.

"난 괜찮지 않을 거야." 그녀는 울먹이지 않고 간신히 그렇게 내뱉었다.

"괜찮을 거야." 해리가 말했다.

"괜찮지 않아……. 당신 없이는."

"그렇지 않아." 해리는 그렇게 말하며 그녀를 끌어당겼다. "당신은 나 없이도 아주 괜찮을 거야. 문제는 나와 함께여도 괜찮냐는 거지."

"그거 질문이야?" 그녀가 속삭였다.

"생각할 시간을 줄게."

"당신은 아무것도 몰라."

"생각부터 해봐, 라켈."

그녀는 고개를 뒤로 젖혔고, 그는 그녀의 등이 휘는 것을 느꼈다. 그녀는 그의 얼굴을 가만히 들여다보았다. 뭔가 달라진 구석이 있는지 찾고 있는 거라고 해리는 생각했다.

"가지 마, 해리."

"약속이 있어. 원한다면 내일 아침 일찍 들를게. 우리 함께……."

"함께 뭐?"

"모르겠어. 난 아무 계획도 없어. 생각도 없고. 그래도 괜찮아?"

그녀는 미소 지었다.

"아주 좋아."

그는 그녀의 입술을 바라보며 망설였다. 그러다 그녀에게 키스하고 떠났다.


"여기요?" 운전대를 잡은 경관이 백미러를 들여다보며 물었다. "영업 끝나지 않았나요?"

"평일에는 정오부터 새벽 3시까지야." 해리가 말했다.

경관은 복서 앞의 연석에 차를 세웠다.

"함께 가실 겁니까, 보스?"

묄레르는 고개를 저었다.

"자네와 단둘이서 만나고 싶어 하시네."

주방은 오래전에 문을 닫았고, 마지막으로 남은 손님들도 바를 떠나는 중이었다.

총경은 지난번과 똑같은 자리에 앉아 있었다. 그늘 속에서 움푹 들어간 그의 눈이 보였다. 앞에 놓인 맥주잔은 거의 비어 있었다. 그의 얼굴에 틈이 벌어졌다.

"축하하네, 해리."

해리는 의자와 테이블 사이로 간신히 들어갔다.

"아주 훌륭해. 스벤 시버첸이 퀵서비스 살인마가 아니라는 걸 어떻게 알아냈는지 꼭 듣고 싶군."

"프라하에서 시버첸이 찍은 사진을 봤습니다. 그걸 보니, 예전에 빌리와 리스베트가 똑같은 장소에서 찍은 사진이 생각났죠. 게다가 감식 결과, 손톱 밑의 인분에서……."

총경은 테이블 위로 몸을 내밀어 해리의 팔에 손을 올렸다. 그의 입에서 맥주와 담배 냄새가 풍겼다.

"증거를 말하는 게 아닐세, 해리. 생각. 의심이 언제 들었는지 묻는 거야. 단서를 범인과 연결시킨 생각이 뭐냔 말일세. 영감의 순간은 언제였나? 그 생각을 맨 처음 하게 만든 것은 뭐였지?"

해리는 어깨를 으쓱였다. "생각은 늘 끊임없이 하죠. 그런데……."

"그런데?"

"모든 게 너무 완벽하게 맞아떨어졌습니다."

"무슨 뜻인가?"

해리는 턱을 긁적였다. "그거 아십니까? 듀크 엘링턴은 피아노 조율사에게 피아노를 너무 완벽하게 조율하지는 말라고 했죠."

"그래?"

"피아노가 완벽하게 조율되면 소리가 좋지 않습니다. 완벽한 게 잘못된 건 아니지만 온기랄까, 진정성 같은 게 사라지죠."

해리는 테이블에서 벗겨지기 시작하는 광택제를 손톱으로 긁었다.

"퀵서비스 살인마는 우리에게 언제, 어디에서 살인이 벌어질 것인지 말해주는 완벽한 암호를 주었습니다. 하지만 동기는 주지 않았죠. 그런 식으로 우리에게 동기보다는 행동에 초점을 맞추게 한 겁니다. 사냥꾼은 다들 알고 있죠. 어둠 속에서 먹이를 볼 때는 똑바로 바라보지 말고 약간 옆을 봐야 한다는 걸. 사실을 바라보는 걸 멈춰야 비로소 들을 수 있었습니다."

"듣는다고?"

"네. 이 소위 연쇄 살인이라고 하는 것들이 너무 완벽하게 조율되어 있다는 걸요. 음은 맞았지만 진짜처럼 들리지가 않았습니다. 살인은 철저하게 공식을 따르고 있었죠. 어떤 거짓말 못지않게 그럴싸한 설명을 해주었지만 사실처럼 들리지는 않았습니다."

"자넨 그걸 알아차렸다는 건가?"

"아뇨. 하지만 근시안적인 시각을 버렸더니 시야가 밝아지더군요."

총경은 고개를 끄덕이며 테이블 위에서 손으로 빙빙 돌리고 있던 둥글고 투박한 맥주잔을 내려다보았다. 조용하고 텅 빈 술집에 맷돌 가는 듯한 소리가 울려 퍼졌다.

총경은 목청을 가다듬었다.

"톰 볼레르에 대해서는 내가 틀렸네, 해리. 사과하지."

해리는 대답하지 않았다.

"내가 하고 싶은 말은 난 아직 자네 해고서에 서명하지 않았다는 걸세. 자네가 계속 경찰청에 남아주기를 바라네. 내가 자네를 신임한다는 걸 알아주게. 전폭적으로 말일세. 그리고 말일세, 해리……."

총경은 고개를 들었고, 그의 얼굴 아래쪽에 일종의 미소와도 같은 틈이 벌어졌다.

"……자네도 날 그렇게 믿어줬으면 좋겠네."

"생각해보죠." 해리가 말했다.

얼굴 아래쪽에 벌어졌던 틈이 사라졌다.

"경찰청에 계속 남는 것에 대해서요." 해리가 덧붙였다.

총경은 다시 미소 지었다. 이번에는 그 미소가 눈가까지 닿았다.

"물론 그래야겠지. 내가 맥주 한 잔 사겠네, 해리. 주방 문이 닫히긴 했지만 내가 부탁하면……."

"전 알코올 중독잡니다."

총경은 잠시 당황하더니 껄껄 웃었다.

"미안하네. 내 생각이 짧았군. 자네에게 할 말이 하나 더 있네, 해리. 혹시……."

해리가 기다리는 동안, 맥주잔이 다시 한 바퀴 돌아갔다.

"이번 사건을 어떻게 설명할지 생각해본 적 있나?"

"어떻게 설명하냐고요?"

"그래. 보고서에 그리고 언론에 말일세. 언론은 자네와 이야기하고 싶어 할 거야. 그리고 볼레르의 무기 밀매 사실이 밝혀지면 이 사건 전체에 확대경을 들이대겠지. 그렇기 때문에 자네는……."

총경이 적절한 표현을 찾는 동안, 해리는 담뱃갑을 찾았다.

"……혹시라도 오해의 소지가 남게 설명해서는 안 되네." 마침내 총경이 말했다.

해리는 희미하게 미소를 지으며 마지막 남은 담배를 바라보았다.

총경은 마음의 결정을 내리고 남아 있던 맥주를 결연히 마셔버리더니 손등으로 입을 닦았다.

"그가 뭐라고 하든가?"

해리의 한쪽 눈썹이 올라갔다. "볼레르를 말씀하시는 겁니까?"

"그래. 죽기 전에 남긴 말이 있었나? 그 밀매 조직에 가담했던 공모자라든가, 달리 연루되었던 사람들에 대해서 말일세."

해리는 마지막 담배를 아껴두기로 마음먹었다. "아뇨, 아무 말도 없었습니다. 한 마디도요."

"유감이군." 총경은 멍한 표정으로 해리를 바라보았다. "그 녹화 테이프는 어떤가? 거기에서 이와 관련된 정보가 밝혀질 가능성은 없나?"

해리는 총경의 푸른 눈을 바라보았다. 해리가 아는 한, 총경은 평생을 경찰청에 몸담아온 사람이었다. 그의 콧날은 도끼날처럼 예리했고, 직선으로 다물어진 입은 심술궂어 보였으며, 손은 크고 거칠었다. 그는 이 경찰 조직의 주춧돌과도 같은 사람이었다. 딱딱하지만 든든한 화강암.

"그거야 모르죠. 하지만 별로 걱정하실 필요 없습니다. 제가……." 마침내 해리는 테이블에서 광택제 조각을 떼어냈다. "……오해의 소지가 없도록 설명할 테니까요."

때마침 술집의 조명이 깜빡거리기 시작했다.

해리는 자리에서 일어섰다.

두 사람은 서로를 바라보았다.

"차로 데려다줄까?" 총경이 물었다.

해리는 고개를 저었다.

"산책을 좀 하고 싶습니다."

총경은 해리의 손을 오랫동안 꼭 잡으며 악수를 했다. 해리는 문을 향해 걷다가 걸음을 멈추고 돌아보았다.

"그러고 보니 볼레르가 딱 한마디 했네요."

총경의 푸른 눈동자가 흔들렸다.

"그랬나?" 총경이 조심스럽게 말했다.

"네. 자비를 베풀어달라고 했습니다."


해리는 구세주의 묘지를 지나가는 지름길로 갔다. 나무에서 비가 뚝뚝 떨어지고 있었다. 빗방울은 작게 한숨을 쉬며 아래쪽 잎으로 뚝 떨어졌다가 다시 땅으로 떨어졌고, 목이 타던 대지는 빗방울을 빨아들였다. 묘지 사이로 난 오솔길을 걸어가던 해리는 죽은 자들의 중얼거림을 들었다. 그리하여 걸음을 멈추고 귀를 기울였다. 감레 아케르 예배당이 그의 앞에 우뚝 솟아 있었다. 검게 잠든 채로. 젖은 혀와 볼의 속삭임이 들렸다. 해리는 갈림길에서 왼쪽으로 걸어가 텔투스 언덕 쪽으로 나 있는 문을 통과했다.

아파트에 도착하자 옷을 찢듯이 벗어 던지고는 욕실로 가서 샤워기의 뜨거운 물을 틀었다. 욕실 벽마다 수증기가 흘러내렸고, 그는 살이 빨갛게 익고 쓰릴 때까지 샤워기 밑에 서 있었다. 그러고는 침실로 들어갔다. 물기는 저절로 증발해버렸고, 그는 몸을 닦지도 않은 채 침대에 누웠다. 눈을 감고 기다렸다. 잠이 들기를. 혹은 영상이 보이기를. 뭐든 오기를.

하지만 그를 찾아온 것은 중얼거리는 소리였다.

그는 귀를 기울였다.

뭘 속삭이고 있는 거지?

무슨 꿍꿍이인 거지?

그들은 암호로 말하고 있었다.

해리는 몸을 일으켜 앉았다. 머리를 벽에 기대자 거기에 새겨진 악마의 별이 뒤통수에 닿는 게 느껴졌다.

손목시계를 보았다. 곧 밖이 환해질 것이다.

해리는 침대에서 일어나 현관으로 갔다. 재킷 주머니를 뒤져 마지막 담배 한 개비를 찾아냈다. 끝을 떼어내고 불을 붙였다. 거실의 윙체어에 앉아 아침이 오기를 기다렸다.

달빛이 거실로 새어들었다.

그는 영원을 응시하던 톰 볼레르를 생각했다. 그리고 경찰청 구내식당 밖의 테라스에서 볼레르와 대화를 나눈 직후, 그가 찾아갔던 오슬로 구시가지의 남자를 생각했다. 그를 찾기는 쉬웠다. 아직도 같은 별명으로 통했으며 여전히 가족 소유의 가게에서 일하고 있었기 때문이다.

"톰 브룬이라고요?" 금이 간 목제 카운터 뒤의 남자는 그렇게 묻더니 떡 진 머리를 손으로 쓸어 넘겼다. "기억하고말고요. 불쌍한 놈이었죠. 맨날 지 아버지한테 두들겨 맞았거든요. 아버지가 벽돌공이었는데 백수였어요. 허구한날 술에 취해서는. 친했냐고요? 아뇨, 난 톰 브룬과 전혀 친하지 않았어요. 네, 내 별명이 솔로 맞아요. 유럽 배낭여행요?"

남자는 껄껄 웃었다.

"내가 제일 멀리까지 가본 데라고는 오슬로 남쪽 해변인데요. 사실 톰 브룬에게는 친구가 별로 없었어요. 착한 애였죠. 길 건너는

586

할머니들을 도와주는 그런 애요. 보이스카우트 비슷하다고 할까? 하지만 좀 이상한 애였어요. 그 애 아버지의 죽음이 어딘지 석연치 않았죠. 아주 이상한 사고로 죽었거든요."

해리는 약지로 테이블의 매끈한 표면을 쓸었다. 손끝에 작은 입자가 달라붙었고, 그는 그것이 끝에서 떨어진 노란 가루라는 것을 알고 있었다. 전화기의 빨간 불이 깜박거렸다. 기자들일 것이다, 아마도. 오늘 아침부터 시작될 것이다. 해리는 손끝을 혀에 댔다. 쓴맛이 났다. 모르타르다. 기숙사 406호실 문 위에서 떨어진 가루, 빌리 발리가 악마의 별을 새길 때 떨어졌던 가루일 것이다. 해리는 혀를 차면서 입맛을 다셨다. 벽돌공이 아주 이상한 반죽을 쓴 것이 틀림없었다. 모르타르 어딘가에서 다른 맛이 느껴졌기 때문이다. 달큼한 맛? 아니다, 금속 맛이었다. 달걀 맛.

《데빌스 스타 The Devil's star (노르웨이 원제 Marekors)》는 해리 홀레 시리즈의 다섯 번째 작품이자 오슬로 삼부작의 마지막이다. 또한 시리즈 중에서 영미권에 제일 먼저 출판되기도 했는데 그것은 이 책의 출간과 함께 해리 홀레 시리즈가 비로소 베스트셀러의 반열에 올랐기 때문이다. 이 시리즈는 처음부터 선풍적인 인기를 끌었다기보다 점점 입소문이 퍼지며 독자들이 늘어나는 추세였는데 〈데빌스 스타〉에 이르러 기존의 남성 독자들뿐 아니라 여성들까지 끌어들이게 되었다. 요 네스뵈 자신도 그제야 이 시리즈가 정말로 성공하리라는 것을 깨달았다고 한다.

《데빌스 스타》는 이전의 《레드브레스트》나 《네메시스》와 달리 어떤 정치적, 도덕적 쟁점도 없이 오로지 연쇄 살인만을 충실히 다루고 있다. 아름다운 여자들이 줄줄이 죽어나가고, 범인은 사건 현장에 단서와 다이아몬드를 남기며, 피해자들 간의 연관성은 전혀 없다. 고전적이고 진부하기도 한 설정이지만 네스뵈는 연쇄 살인에 관한 전문 지식과 생생한 인물 묘사, 빠른 전개로 이야기를 풀

어나간다. 그리고 물론 이 살인 사건보다 더 흥미로운 것은 해리와 톰 볼레르 간의 갈등이다.

오슬로 삼부작에서 톰 볼레르는 해리만큼이나 큰 비중을 차지하는 인물이다. 두 사람의 관계는 다른 크라임 노블에서는 흔히 볼 수 없는, 이 시리즈만의 매우 독특한 요소라고 할 수 있다. 전작들에서 해리는 선, 볼레르는 악으로만 그려졌다면 이 책에서 두 사람은 조금씩 다른 모습을 보여준다. 거리에서 얼어 죽기 직전의 노숙자를 두고 해리와 볼레르가 보여주는 상반된 반응이 대표적이다. 볼레르는 단지 혐오스러운 인종차별주의자로만 묘사되지 않고, 좀 더 복잡하며 그래서 한편으로 더 섬뜩하게 그려진다. 반면 해리는 복수에 대한 무서운 집착을 보이며 조금씩 어둠 속으로 빠져든다. 이 시리즈가 괴물을 쫓다 스스로 괴물이 되어가는 한 남자의 이야기라고 한다면 이 책이 그 시작이라 할 수 있다.

해리와 볼레르는 서로를 미워하지만 사실 겹치는 부분이 많다.

둘 다 친구가 없고, 경찰 수사에 헌신적이며, 각자 악이라 믿는 것을 응징하는 데 집착한다. 그런 면에서 볼레르는 해리와 정반대라기보다 해리 내면의 그림자를 보여주는 인물에 가깝다. 해리를 비추는 거울이자 쌍둥이이며, 우리는 그런 두 사람의 모습에서 영웅과 악당이 종이 한 장 차이라는 것을 알 수 있다. 재미있는 점은 볼레르가 '프린스'를 즐겨 듣는다는 것이다. 단순히 좋아하는 정도가 아니라 자신의 정체성을 나타내는 암호명으로 쓴다는 점이 의미심장하다. 네스뵈는 인터뷰에서 인종차별주의자인 볼레르가 흑인 동성애자의 노래를 듣는다는 불일치는 그가 겉보기와 정반대의 인물일 수도 있음을 암시한다고 했다. 이를테면, 볼레르가 사실은 지독한 자기혐오에 빠진 동성애자일 수도 있다는 것이다.

이 책은 전작들과 다르게 오슬로의 여름을 배경으로 한다. 대다수가 휴가를 떠나 비정상적으로 고요한 한여름의 오슬로는 연쇄살인과 썩 잘 어울린다. 사람들의 공포심과 비례해 기온이 치솟는 불볕더위, 잠 못 이루는 열대야, 벽에 대고 축구공을 차는 소리만

이 울려 퍼지는 적요한 거리 등이 모두 연쇄 살인의 훌륭한 배경이 된다. 또한 네스뵈가 오슬로에 대해 잘 알고 싶다면 이 책을 읽으라고 했을 정도로 오슬로의 과거와 역사, 대표적인 명소들이 곳곳에 등장한다. 살인 사건을 따라가다 보면 덤으로 한여름의 오슬로도 즐길 수 있을 것이다. 다음 책은 톰 볼레르의 빈자리를 채워줄 수 있을 정도로 매력적이고 미워할 수 없는 악당이 등장하는 《리디머》이다.

노진선